Rupert Undercover – Das große spektakuläre Finale

Rupert hatte sich im Leben nie besser gefühlt. Irgendwie war er angekommen. Er lebte in zwei Welten, wechselte problemlos zwischen seinem Leben als Hauptkommissar und Undercover-Agent hin und her. Doch dieser Anruf veränderte alles. Nie würde er den Moment vergessen, als die unheimliche Stimme am Telefon ihren Namen nannte. Frederico Müller-Gonzáles – der totgeglaubte Drogenboss. Ruperts Tarnung war aufgeflogen. Jetzt wusste er: Sein Leben war vorbei, wenn er nicht sofort die undichte Stelle fand.

»Ein Krimi mit Wohlfühlfaktor und Strandkorbsehnsucht, süffig zu lesen, witzig und abgedreht.« *Elisabeth Höving, Westdeutsche Allgemeine Zeitung*

*Klaus-Peter Wolf*, 1954 in Gelsenkirchen geboren, lebt als freier Schriftsteller in der ostfriesischen Stadt Norden, im selben Viertel wie seine Kommissarin Ann Kathrin Klaasen. Wie sie ist er nach langen Jahren im Ruhrgebiet, im Westerwald und in Köln an die Küste gezogen und Wahl-Ostfriese geworden. Seine Bücher und Filme wurden mit zahlreichen Preisen ausgezeichnet. Bislang sind seine Bücher in 26 Sprachen übersetzt und über dreizehn Millionen Mal verkauft worden. Mehr als 60 seiner Drehbücher wurden verfilmt, darunter viele für »Tatort« und »Polizeiruf 110«. Der Autor ist Mitglied im PEN-Zentrum Deutschland. Die Romane seiner Serie mit Hauptkommissarin Ann Kathrin Klaasen stehen regelmäßig mehrere Wochen auf Platz 1 der Spiegel-Bestsellerliste, derzeit werden einige Bücher der Serie prominent fürs ZDF verfilmt und begeistern Millionen von Zuschauern.

*Weitere Informationen finden Sie auf www.fischerverlage.de*

KLAUS-PETER WOLF

# RUPERT UNDERCOVER

## Ostfriesisches Finale

Kriminalroman

FISCHER Taschenbuch

Aus Verantwortung für die Umwelt hat sich der S. Fischer Verlag zu einer nachhaltigen Buchproduktion verpflichtet. Der bewusste Umgang mit unseren Ressourcen, der Schutz unseres Klimas und der Natur gehören zu unseren obersten Unternehmenszielen.

Gemeinsam mit unseren Partnern und Lieferanten setzen wir uns für eine klimaneutrale Buchproduktion ein, die den Erwerb von Klimazertifikaten zur Kompensation des $CO_2$-Ausstoßes einschließt.

Weitere Informationen finden Sie unter:
www.klimaneutralerverlag.de

Die **Rupert-Undercover-Reihe:**

1. Rupert Undercover – Ostfriesische Mission
2. Rupert Undercover – Ostfriesische Jagd
3. Rupert Undercover – Ostfriesisches Finale

Originalausgabe
Erschienen bei FISCHER Taschenbuch
Frankfurt am Main, Juni 2022



Satz: Dörlemann Satz, Lemförde
Druck und Bindung: CPI books GmbH, Leck
Printed in Germany
ISBN 978-3-596-70617-4

»Wir ändern die Spielregeln und machen ab jetzt nur noch böse Miene zum bösen Spiel.«
*Hauptkommissar Rupert, Kripo Aurich (zurzeit undercover als Gangsterboss Frederico Müller-Gonzáles)*

»Wenn es stimmt, dass man durch Fehler klug wird, ist Rupert ein weiser Mann. Wenn nicht, ist er auch nur einer der üblichen Dummschwätzer.«
*Holger Bloem, Chefredakteur Ostfriesland Magazin*

»Rupert ist nicht dumm. Er hat nur manchmal etwas Pech beim Denken…«
*Hauptkommissar Frank Weller, Kripo Aurich*

**Klar wollten ihm viele reinreden.** Aber zu dem Spiel gehörte immer auch einer, der sich reinreden ließ. Und so einer war Rupert nun mal gar nicht. Noch glaubte er, die ganze Sache im Griff zu haben.

Er führte zwei Existenzen. Eine als ostfriesischer Hauptkommissar, der mit dem Fahrrad zur Dienststelle fuhr, und eine als Gangsterkönig mit Bodyguard, Chauffeur und gepanzerter Luxuslimousine.

Er war Undercover-Polizist bei freier Zeiteinteilung.

Das Leben zwischen zwei Frauen gefiel ihm besonders. Da war die Geliebte, dort die Ehefrau. Jede auf ihre Art faszinierend und schön.

Frauke, die zwar immer noch großzügige monatliche Zuwendungen erhielt, fühlte sich aber nicht mehr nur als Miet-Ehefrau, sondern als Geliebte, und genau das war sie auch für ihn. In der Privatklinik hinterm Deich, zwischen Greetsiel und Norddeich, erholte sie sich von den Strapazen ihrer Entführung. So konnte Rupert, wenn er mal wieder eine Nacht bei seiner Ehefrau Beate in Norden verbracht hatte, zehn Minuten später bei seiner Geliebten sein oder auch – wenn er in die entgegengesetzte Richtung fuhr – in der Polizeiinspektion am Markt, was allerdings nicht oft vorkam. Frauke übte einfach einen größeren Reiz auf ihn aus als sein Büro. Wenn er sich entscheiden musste, Berichte zu schreiben oder mit Frauke zu knutschen, musste er nicht lange grübeln.

Überhaupt war Grübeln nicht so sein Ding. Dafür hatte er gutes Heilfleisch. Die Kugel, die er sich in Emden gefangen hatte, hing jetzt an einer goldenen Kette um seinen Hals. Er humpelte mehr als nötig. Was waren Helden ohne ihre Verletzungen?

Seine Frau Beate bemutterte ihn jetzt noch mehr. Sie kochte seine Lieblingsspeisen und verwöhnte ihn im Bett. Ihr war durch die Kugel auf erschreckende Weise klargeworden, wie sehr sie ihren Mann liebte, und dass sie Angst hatte, ihn zu verlieren.

All seine Fehler, über die sie sich früher so sehr aufgeregt hatte, waren belanglos geworden. Sein ständiges Zuspätkommen. Seine Affären. Dieses ganze Machogehabe. Seine Prahlerei, die manchmal Hemingway'sche Ausmaße annahm – was bedeutete das alles? Hauptsache, er lebte und kam immer wieder zu ihr zurück. Die Beziehungen zu ihren Reiki-Freunden waren ja auch nicht immer ganz platonisch.

Rupert hatte sich nie im Leben besser gefühlt als jetzt. Irgendwie war er angekommen. Ja, glücklich! Er wechselte problemlos zwischen Rupert und Frederico Müller-Gonzáles hin und her. Beide Persönlichkeiten gehörten inzwischen zu ihm. Als Frederico managte er die Kompensan-Bank.

Er betrieb das wie ein Spiel, eine Mischung aus Monopoly und Poker.

Wenn er etwas konnte, dann bluffen. Da waren ihm alle ausgebildeten Bankfachleute unterlegen. Die trauten sich viel zu wenig. Während sie noch nach Sicherheiten suchten, machte er schon Kasse und verteilte die Beute. Er fühlte sich dabei ein bisschen wie Robin Hood.

Seine Onlinebank verfügte über gewaltige Geldmengen. Der europäische Drogenhandel wurde praktisch über seine Bank abgewickelt. So bekam das BKA Einblick in alle großen Geschäftstransaktionen des organisierten Verbrechens.

Rupert schlenderte über den Deich in Richtung *Regina Maris*. Da seine Chefs seine Abneigung gegen Dienstbesprechungen kannten, beraumten sie die Treffen gern in Restaurants oder Hotelsuiten an. Heute im *Regina Maris,* beim letzten Mal im *Möwchen.*

Dirk Klatt bestimmte immer den Ort. Hauptsache, es gab dort große Fleischportionen. Der Rest war dem Spesenritter egal. Die fehlende Anerkennung durchs weibliche Geschlecht kompensierte Klatt, indem er sich auf BKA-Kosten mächtige Steaks einverleibte und dazu Bier und edle Schnäpse trank. Wenn Rupert ihm beim Essen zusah, bekam er immer mehr Verständnis für Vegetarier.

Im *Regina Maris* warteten Klatt und die Leitende Kriminaldirektorin Liane Brennecke bereits seit einer halben Stunde auf Rupert. Polizeichef Martin Büscher war schon wieder gegangen, weil er es am Magen hatte und ständig aufstoßen musste. Er wollte den anderen nicht den Abend verderben.

Rupert ließ gern auf sich warten. So unterstrich er die Bedeutung seiner Person.

Jetzt, bei Niedrigwasser, schmeckte die Luft besonders jod- und salzhaltig. Rupert schluckte, als könne er den Nordwestwind kauen. Der Wattboden dünstete in der Abendsonne die abgestorbenen Tier- und Pflanzenreste aus. Im Schlickwatt kämpften Muscheln und Krebse ums Überleben. Eine Möwenarmee, die bis vor kurzem einen Krabbenkutter verfolgt hatte, suchte jetzt im tonigen Schlick nach leichter Beute. Der Tisch für die Raubvögel war reichlich gedeckt. Auch für einige Austernfischer blieb noch genug übrig. Sie bohrten mit ihren langen, roten Schnäbeln im Matsch herum.

Rupert blieb stehen, atmete tief durch und sah ihnen zu. Der Meeresboden war jetzt, je nach Perspektive, entweder ein Schlachtfeld oder ein köstliches Büfett. Das Watt war für ihn ein Sinnbild des Lebens. Er konnte sich gar nicht sattsehen. Der Himmel über Juist vibrierte glutrot. Es war, als würde die Sonne sich weigern, unterzugehen.

Rupert sah den Tierfotografen Uwe Hartmann mit großem Teleobjektiv im Deichgras sitzen. Er hatte neulich Fotos von Flamingos in einer Salzwiese in Harlesiel veröffentlicht. Rupert wollte ihn gerne fragen, ob die Tiere aus einem Zoo geflohen waren oder einfach auf dem Weg nach Süden in Ostfriesland Rast machten. Rupert mochte gute Fotos und konnte sich das auch als Hobby für sich vorstellen. Allerdings wollte er keine Vögel oder Sonnenuntergänge fotografieren, sondern lieber schöne Frauen in scharfen Dessous.

Er ging auf Uwe zu, da spielte sein Handy *Born to be wild.* Rupert zog es aus der Jacke. Auf dem Display stand: *Anonym.* Er meldete sich vorsichtshalber mit: »Jo?«

Er würde diesen Moment, als er die Stimme zum ersten Mal hörte, nie wieder vergessen. Dieser Anruf veränderte alles.

»Wir müssen uns treffen. Wir haben einiges zu besprechen.«

Es passierte Rupert nicht oft, dass ihm ein Schauer über den Rücken lief, wenn er mit einem Mann sprach. Diesmal war es so.

»Wer sind Sie?«, fragte er und bewegte sich von dem Vogelfotografen Hartmann weg, als hätte er Angst, ihn zu stören. Dabei wollte er nur selbst unbeobachtet und unbelauscht sein.

»Ich bin Frederico Müller-Gonzáles«, sagte die unheimliche Stimme. Ruperts Herz schlug heftig. Er machte ein paar schnelle Schritte, wie jemand, der vor etwas wegläuft. Uwe Hartmann fotografierte zwei Möwen, die sich in der Luft um einen Krebs stritten.

»*Ich* bin Frederico Müller-Gonzáles«, sagte Rupert tapfer. Er klang nicht ganz so überzeugend wie sonst, und er erntete für seine Aussage eine klare Entgegnung: »Nein. Sie spielen ihn nur. Aber ich muss zugeben, Sie spielen ihn verdammt gut.«

»Was wollen Sie von mir?«, hakte Rupert nach.

»Ich will Sie treffen.«

Irgendjemand hat geplaudert, dachte Rupert grimmig, und jetzt kennt so ein Spinner mein Geheimnis und will mich erpressen. Er verdächtigte Klatt, dem er noch nie über den Weg getraut hatte. Während Rupert sich vorstellte, Klatts Gesicht in das blutige Steak zu drücken, das er sich vermutlich gerade bestellte, weil er es nicht länger aushielt, zu warten, fragte er: »Wollen Sie mich erpressen? Geht es um Geld?«

»Es geht um viel mehr. Ich will den Mann kennenlernen, der sich so perfekt als Frederico Müller-Gonzáles ausgibt, dass alle darauf hereinfallen. Selbst Tante Mai-Li und Charlotte. Das enttäuscht mich fast ein wenig. Ich … ich hätte ihnen mehr zugetraut …«

Der Mann, der mit Rupert sprach, wurde eindeutig abgelenkt. Er stotterte unkonzentriert: »Ich … ich … rufe später wieder an.«

Das Gespräch brach abrupt ab.

Rupert sah zum *Regina Maris.* Er wäre fast hingerannt. Er wollte sich Klatt greifen und ihn konfrontieren. Dies eitle Wrack von einem Mann drohte mit seinem angeberischen Geschwätz Ruperts Sicherheit zu ruinieren. Er würde sich das nicht gefallen lassen, sondern ein paar Dinge klarstellen und mal so richtig auf den Putz hauen.

Im Restaurant *Regina Maris* warteten sie im Wintergarten auf Rupert. Sie hatten diesen Raum für sich allein. Es roch nach Grillfleisch.

Klatt hatte, wie er es ausdrückte, einen *Mordshunger.* Er war nicht bereit, noch länger mit knurrendem Magen auf einen Untergebenen zu warten, der auch nach offizieller Einschätzung kurz davor war, größenwahnsinnig zu werden.

Klatt hatte sich einen halben Liter Pils und das größte Steak bestellt. Er säbelte das erste blutige Stück ab. Er lächelte, als sei er mit der Welt versöhnt. So mochte er es am liebsten. Kurz angebraten. Saftig. Irgendetwas in ihm, das sich weigerte, komplett zum Büromenschen zu werden, wurde beim Genuss solcher Fleischbrocken wach. Etwas, das wild war und ausbrechen wollte aus dem Käfig, in dem es gefangen gehalten wurde, tobte in ihm. Nach dem Verzehr legte sich das Raubtier in ihm gern wieder satt schlafen und genoss die Annehmlichkeiten hinter den Gitterstäben an einem schattigen Plätzchen.

Aber jetzt schnitt er das Steak an, roch das gebratene Fleisch, das Blut, und fühlte sich für einen Moment stark. Frei. Ja, unzivilisiert. Er hatte nur noch Augen für sein Fleisch.

Ann Kathrin Klaasen, Kriminaldirektorin Brennecke und Frank Weller vermieden es, Klatt beim Essen zuzusehen. Sie guckten weg, als würden sie sich genieren. Als würde er nackt vor ihnen auf dem Klo sitzen.

Liane Brennecke aß einen Salat. Weller hatte sich Matjes Hausfrauenart bestellt und Ann Kathrin, die gerade irgendeine Diät machte, die angeblich keine Diät war, sondern *Intuitives Essen* hieß, hatte nur eine Krabbensuppe vor sich stehen, auf der ein Sahnehäubchen schwamm. Sie hob es mit dem Löffel ab und ließ die Sahne auf den Unterteller tropfen.

Ann Kathrin spürte Ruperts Wut in ihrem Rücken, bevor sie ihn sah. Liane Brennecke stand auf. Sie hatte als Polizistin viel Erfahrung mit aufbrausenden Menschen gesammelt. Ein Blick in Ruperts Gesicht sagte ihr: *Da tobt einer vor Wut.* Seine Körperhaltung verriet ihr zudem, dass es nicht mit einem verbalen Ausbruch getan war.

Während der schrecklichen Zeit in Geiers Folterkeller in Dinslaken hatte sie eins gelernt: Sie wollte nie wieder einem gewaltbereiten Menschen sitzend oder liegend begegnen. Sie stand auf und hielt die Salatgabel wie eine Waffe in der Faust.

Weller bekam genau mit, was geschah. Er berührte Liane Brennecke sanft am Arm und sagte: »Das ist nur Rupert. Nicht dieser Folterknecht ...«

Sie erwachte wie aus einem Albtraum. Sie legte die Gabel auf den Tisch und setzte sich wieder.

Rupert packte wortlos Klatts Kopf und drückte ihn auf das blutige Steak.

Klatt presste seine Hände neben dem Teller auf den Tisch. Er versuchte, sich hochzustemmen. Als Rupert ihn losließ, schnellte Klatts Kopf nach oben. Das Steak klebte an seiner linken Wange, verdeckte sein Auge und reichte bis zur Stirn. Es fiel ab und landete wieder auf dem Teller.

Rupert holte zu einem Faustschlag aus. Ann Kathrin funkte dazwischen, ohne aufzustehen: »Rupert, es reicht!«

Er trat sofort einen Schritt zurück und senkte die Faust.

»Das wird ein dienstliches Nachspiel haben!«, zischte Klatt.

Weller sprang seinem Kumpel Rupert bei: »Das hat er nicht als Polizist getan, sondern als Gangster. Wir können ihm das dienstlich nicht anlasten ...«

Rupert schnaufte und zeigte auf Klatt: »Der hat mich verraten!«

Ann Kathrin guckte sich um. Sie war froh, dass im Wintergarten keine anderen Gäste saßen. Sie vermutete, Rupert hätte wenig Rücksicht darauf genommen.

»Wie, verraten?«, fragte Weller.

»Wer«, schimpfte Rupert, »soll es denn sonst gewesen sein?! Wir haben eine undichte Stelle!«

»Und da verdächtigst du gleich ihn?«, fragte Ann Kathrin.

»Ja! Wen denn sonst?«, antwortete Rupert angriffslustig.

Klatt wischte sich das Gesicht mit einer Serviette ab. Fett, Blut und ein paar braune Fleischfasern verschmierten zu einer Masse.

»Was ist denn passiert?«, wollte Ann Kathrin wissen und hoffte, Ruperts Wut mit dieser Frage nicht noch weiter anzustacheln.

Rupert platzte damit heraus: »Ein Typ hat mich gerade angerufen und behauptet, er sei Frederico Müller-Gonzáles ... Ich würde ihn gut nachmachen ...«

Für einen Moment waren alle still. Diese Nachricht musste erst jeder für sich verarbeiten.

Weller brach das Schweigen: »Und was glaubst du, wer das war?«

»Entweder Frederico Müller-Gonzáles oder jemand, der alles weiß und uns jetzt an den Eiern hat ...«, sagte Rupert. Er klang heiser.

»Frederico Müller-Gonzáles, nein, nein, das kann gar nicht sein«, behauptete Liane Brennecke. »Er ist in Lingen im Gefängnis ermordet worden. Sozusagen unter Staatsaufsicht. Seine Leiche wurde verbrannt, und er ...« Sie sprach nicht weiter.

Rupert trat näher an den Tisch. Klatt wich ängstlich zurück.

Weller hatte den Impuls, Rupert von seinem Wein anzubieten, aber er kannte Ruperts Vorliebe für Bier. Er nahm Klatts halben Liter und hielt Rupert das Glas hin.

»Willz 'n Pils?«, scherzte Weller und spielte damit bewusst auf Ruperts Mutter an, die aus Dortmund war. Rupert trank gierig. So ein halber Liter war für ihn genau die richtige Menge. Er leerte das Glas, schnalzte und stellte es wieder auf dem Tisch ab.

»Niemand«, behauptete Ann Kathrin, »hat die wahre Identität der Leiche überprüft. Darf ich euch daran erinnern? Ihr ...«, sie fixierte Klatt vorwurfsvoll, »konntet die Leiche gar nicht schnell genug loswerden.«

»Sein Gesicht war Mus. Ein einziger Brei«, gestand Klatt kleinlaut.

Ann Kathrin erinnerte die Runde daran: »Und es gab keine DNA-Überprüfung. Er wurde verbrannt und auf Staatskosten beerdigt. Unbekannter Junkie ...«

»Ihr glaubt«, fragte Rupert, »es kann echt sein, dass mich der Tote angerufen hat?« Rupert ließ sich mehr auf den Stuhl fallen, als dass er sich setzte.

Weller betonte: »Nein! Tote telefonieren nicht. Wenn schon, dann hat dich tatsächlich der lebende Frederico Müller-Gonzáles angerufen.«

»Klugscheißer!«, zischte Rupert.

»Oder jemand verarscht uns ganz gewaltig«, gab Liane Brennecke zu bedenken.

»Wir wissen es nicht«, sagte Ann Kathrin, »aber völlig egal, was passiert ist – eins ist jetzt auf jeden Fall klar: Wir müssen Rupert sofort abziehen und irgendwo in Sicherheit bringen. Er braucht jetzt unseren Schutz.«

»Am besten in einer anonymisierten Wohnung«, ergänzte Weller.

Rupert tippte sich gegen die Stirn: »Leute, ich bin für euch zum Gangsterkönig geworden und habe die Leitung einer Bank für Schwarzgeld übernommen. Ich habe echt jeden Scheiß mitgemacht. Aber ihr glaubt doch nicht im Ernst, dass ich in ein Zeugenschutzprogramm gehe! Nee! Nicht mit mir, Leute.«

»Was hast du stattdessen vor?«, erkundigte sich Ann Kathrin.

»Ich werde den Typen treffen«, erklärte Rupert, »und dann fühle ich ihm auf den Zahn. Und außerdem ...« Er sah sich auf dem Tisch nach etwas Trinkbarem um, aber Ann Kathrin, Liane und Weller hatten Weingläser vor sich stehen. Weller erkannte das Problem und winkte dem Kellner.

Rupert zeigte auf Klatts Teller: »Und außerdem will ich auch so ein Steak. Und zwar mit Pommes. Und ein großes Bier vom Fass. Aber kalt.«

Der Kellner eilte zum Tisch.

Klatt schnitt an seinem Steak herum, während er es mit den Augen schon aufaß. Der Frust vergrößerte seine Fressgier nur.

»Na, schmeckt's?«, fragte Weller.

Klatt schmatzte und nickte.

Seit Kleebowski und Marcellus sich auf Borkum befanden und sie mit der Inselbahn gefahren waren, ging Marcellus ein Lied aus Kindertagen nicht mehr aus dem Kopf. Ständig summte er:

*Eine Insel mit zwei Bergen und dem tiefen weiten Meer*
*Mit viel Tunnels und Geleisen und dem Eisenbahnverkehr*

Kleebowski fand das überhaupt nicht witzig. Wer sollte denn einen Berufsverbrecher ernst nehmen, der Kinderlieder sang? Jedes Mal stieß er Marcellus in die Seite und fragte ironisch: »Soll ich dir vielleicht ein Eis kaufen?«

Zweimal hatte Marcellus fröhlich mit »ja« geantwortet. Die Begeisterung kam zweifellos nicht vom Mafioso, der den nächsten Schachzug im Gangsterkrieg plante, sondern von dem kleinen Jungen, der er früher mal gewesen war, der sich auf einen Tag am Strand freute und nur zu gern ein Eis gehabt hätte und vermutlich auch eine Tüte mit Pommes.

Die Leichtigkeit auf dieser Insel machte Kleebowski Sorgen. Man vergaß hier rasch bei einem Latte macchiato vor einer Strandbude, dass das Leben ein Hauen und Stechen war.

Schon morgens trank man hier Aperol Spritz aus großen Gläsern mit klimpernden Eiswürfeln drin. Vor den Strandkörben zeigten sich Frauen, deren Bikinis spack saßen, weil sie seit dem letzten Sommer ein paar Kilos zugenommen hatten.

Kleebowski gefiel das. Er konnte mit diesen spindeldürren Fotomodellen, die sich aus seiner Sicht ihre Weiblichkeit weggehungert hatten, nichts anfangen. Er stand auf »richtige Frauen«, wie er gern betonte, und die fand man nicht auf den Titelseiten von Illustrierten, sondern zum Beispiel hier auf Borkum am Strand.

Kleebowski befürchtete, sie könnten sich der Leichtigkeit des Seins hingeben und dabei vergessen, warum sie nach Borkum zurückgekommen waren.

Sie wussten doch beide, dass sie im Kampf gegen den Gangsterboss Willi Klempmann, der von allen *George* genannt wurde, jämmerlich versagt hatten. Sie rangen darum, wer von ihnen der Erste Offizier für Frederico Müller-Gonzáles sein durfte. Ihren eigenen Machtkampf mussten sie erst einmal vergessen. Sie rechneten damit, durch junge Heißsporne ersetzt zu werden. Ein anderer Gangsterboss vom Format eines George hätte die beiden einfach liquidieren lassen. Frederico war da anders. Um der alten Zeiten willen war er bereit, ihnen eine zweite Chance zu geben. Und sie waren wild entschlossen, diese Chance zu nutzen.

Um die Schmach zu tilgen, die George und seine Leibwächterinnen ihnen zugefügt hatten, mussten sie sich mit einem großen Ding rehabilitieren. Ein Coup, der alles andere vergessen machte.

Sie hatten sich mit Susanne Kaminski und ihrem Mann Martin angefreundet. Susanne war ohne Argwohn. Sie wusste nicht, dass sie ein wichtiger Trumpf im Poker zweier Gangsterbanden werden sollte.

Susanne saß mit Kleebowski, der sich Alexander von Bergen nannte, auf der Außenterrasse des *Café Ostland.* Sie nannte es: *Die letzte Gaststätte vor Juist.* Sie aß ein Vanilleeis mit roter Grütze.

Als Alexander von Bergen spielte Kleebowski gern den Gentleman und Mann von Welt. Er aß das Gleiche wie Susanne und lobte dann ihre Wahl.

Susanne blickte auf die Weidelandschaft und atmete tief durch.

Kleebowski war ganz auf das Gespräch konzentriert. Außenstehende hätten glauben können, er sei verliebt in Susanne und himmle sie gerade an.

Marcellus stand am Eingang des Cafés und beobachtete die Umwelt mit kritischen Augen. Seit ihnen auf Wilhelm Kempmanns Yacht solche Schmach zugefügt worden war, mochte er Borkum nicht mehr. Jede andere ostfriesische Insel war ihm lieber. Hier erinnerte ihn alles an die grauenvolle Niederlage. Nackt waren Kleebowski und er hier gestrandet.

Susanne war braungebrannt und erzählte begeistert von Reggaekonzerten, die sie auf Jamaika besucht hatte. Kleebowski spielte den Interessierten, in Wirklichkeit fand er Reggae öde und fühlte sich nirgendwo auf der Welt so wohl wie im alten Europa.

Was ihn eigentlich interessierte, war Susannes Verbindung zu einer Frau namens Silvia. Man sagte, dass Willi Klempmann alias George ihr verfallen sei. Sie gab gern die Diva und er den geradezu devoten Pantoffelhelden. Sie war vierundfünfzig Jahre alt und hatte mit Susanne Kaminski einiges gemeinsam. Beide besaßen eine Ferienwohnung auf Borkum, liebten die Insel, bezeichneten sich als Leseratten, standen auf Reggaemusik und fühlten sich jünger als viele Frauen mit dreißig.

Kleebowski hoffte, von Susanne mehr über die geheimnisvolle Silvia zu erfahren. Warum hatte diese Frau den Gangsterboss so sehr im Griff? Er ließ sich von Leibwächterinnen beschützen, die bei jedem Casting für Hollywoodfilme eine Chance gehabt hätten, weil sie besser aussahen und sich anmutiger bewegten als die meisten Filmschauspielerinnen, die Kleebowski von der Leinwand kannte.

Er ging davon aus, dass George viele Frauen hätte haben können. Er sah zwar aus wie eine Kaulquappe, hatte aber Macht und verfügte über jede Menge Bargeld. Sein Herz aber hing an dieser Silvia. Kleebowski hatte vor, so viel wie möglich über diese mysteriöse Frau herauszubekommen.

Einige in der Szene behaupteten sogar, sie sei der eigentliche Boss und George ihr Laufbursche fürs operative Geschäft. Sozusagen der Mann fürs Grobe. Der Blödmann, der sein Gesicht und seine Knochen hinhalten musste.

Ganz so war es nicht, das ahnte Kleebowski. Vorsichtig, wie zufällig, fragte er nach Silvia, tat, als sei sie eine gemeinsame Bekannte. Von Susanne erfuhr er, dass Silvias Mann irgendetwas mit Immobilien mache und darin wohl recht erfolgreich sei. Er habe eine Yacht, mit der er oft vor Borkum kreuze. Silvia hatte Susanne bereits zweimal dorthin eingeladen, und sie konnte die Inneneinrichtung sehr genau beschreiben. Viel mehr konnte Kleebowski nicht in Erfahrung bringen.

Aus den Augenwinkeln sah er eine verdächtige Bewegung bei Marcellus. Sein Partner griff zur Waffe. Im letzten Moment hielt Marcellus jedoch inne und strich zum Zeichen, dass alles in Ordnung sei, zweimal links neben seinem Bauchnabel übers Hemd. Dann griff er sich mit rechts an die Hutkrempe. Das bedeutete: Fehlalarm. Bei einem echten Alarm hätte er sich nicht um seinen Hut gekümmert, sondern stattdessen die rechte Hand zum Feuern benutzt.

Fast hätte Marcellus einen Familienpapa mit seiner Beretta niedergestreckt, weil der mit einer Wasserpistole herumfuchtelte, die er seinem Sohn gekauft hatte. Im Gegenlicht sah sie aus wie eine schwere, automatische Waffe.

Marcellus hatte eine kleine Spinne auf der rechten Wange tätowiert und galt ohnehin als übernervös. Kleebowski war nicht gerade zimperlich, wenn es darum ging, jemanden auszuknipsen, doch verglichen mit Marcellus war er ein freundlicher Herr. Er befürchtete, irgendwann könne Marcellus' hitzköpfige Art sie alle noch mal in Schwierigkeiten bringen.

Susanne verbrachte viel Zeit auf der Insel und kannte hier viele Menschen. Detlef Perner kam vorbei und setzte sich auf einen Espresso zu ihr. Er war der Chef des Markant-Supermarktes. Die beiden redeten über ein befreundetes Schriftsteller-Ehepaar, das bald wieder die Insel besuchen kommen wollte. Am liebsten hätte Kleebowski die beiden angebrüllt, sie sollten den Mund halten und ihm gefälligst Rede und Antwort stehen. Er musste alles über diese Silvia wissen und zwar sofort. Aber mit der üblichen Befragungsmethode würde er sich vermutlich hier nicht durchsetzen.

Marcellus hatte Mühe, sich gegen eine Fünfzehnjährige zu wehren, die unbedingt ein Selfie mit ihm machen wollte, weil er so ein geiles Tattoo hatte.

»Du siehst damit echt aus wie dieser Schauspieler aus dem Boot. Bist du das wirklich, oder machst du den nur nach?«, lachte sie. Auf ihrem T-Shirt stand: *Papas Prinzessin.*

Seit im Internet ein Video kursierte, das Marcellus und Kleebowski nackt in einem Paddelboot zeigte, das voll Wasser lief und von den Wellen langsam in Richtung Borkum gespült wurde, hatte Marcellus eine sehr kritische Einstellung zu Selfies und Handyfilmchen. Das Video war inzwischen mehr als eine halbe Million mal angesehen worden. Frecherweise war zweimal ganz nah an ihn herangezoomt worden. Seitdem wurde er immer wieder auf der Straße erkannt und hatte schon so manches Autogramm geben müssen.

Kleebowski stand auf. »Ich wollte noch einen kleinen Strandbummel machen. Sehen wir uns heute Abend bei *Ria's*?«

Susanne schüttelte den Kopf und ließ ihre Locken fliegen. »Nein, daraus wird leider nichts, ich bin heute Abend bei Silvia eingeladen.«

Kleebowski war wie elektrisiert, durfte sich das aber nicht anmerken lassen. Wie, verdammt, fragte er sich, kann ich es schaffen, auch eingeladen zu werden …

»Und – geht dein lieber Mann Martin auch mit?«, fragte er vorsichtig.

Susanne schüttelte den Kopf. »Nein, leider nicht. Der muss zurück aufs Festland. Hättest du etwa Lust?«

Am liebsten hätte er seine Smith & Wesson gezogen und ein paar Freudenschüsse in die Luft abgegeben. Er beherrschte sich aber und gab ganz den Coolen: »Ihr Mädels wollt doch bestimmt unter euch sein.«

Marcellus gab ihm ein Zeichen.

»Und schließlich kann ich meinen Freund Marcellus schlecht alleine lassen.«

Susanne überlegte kurz. Sie wiegte den Kopf hin und her und löffelte, bevor sie sprach, die letzten Reste ihrer roten Grütze aus dem Glas.

»Ich weiß auch nicht, ob das wirklich so eine gute Idee ist. Silvia kann sehr menschenscheu sein. Aber dann wieder«, Susanne breitete die Arme aus, als wolle sie die Welt umarmen, »braucht sie jede Menge Trubel und viele Leute um sich. Vielleicht ein anderes Mal …«

Kleebowski verabschiedete sich. Marcellus trottete neben ihm her und beäugte jeden, der ihnen entgegenkam, misstrauisch, als könne er ein Meuchelmörder sein.

»Irgendwie ist es nicht ganz so optimal gelaufen«, maulte Kleebowski. »Sie weiß viel, aber sie weiß nicht, wie wichtig das ist, was sie weiß.«

»Vielleicht sollten wir andere Saiten aufziehen und es einfach aus ihr rausquetschen.«

»Fang bloß auf Borkum nicht so an, Marcellus«, mahnte Kleebowski ihn.

»Ja, bist du jetzt unter die Feingeister gegangen oder was?«, fragte Marcellus.

Er spürte Susannes Blicke in seinem Rücken und sah sich um. Grinsend saß sie mit Detlef Perner da.

»Sind das die beiden«, fragte Detlef, »die du nackt am Strand aufgegabelt hast?«

Sie nickte.

»Die beiden aus dem Boot?«

»Ja, genau die zwei.«

»Hat sich da jemand einen üblen Scherz mit ihnen erlaubt, oder ist das nur einfach ein witziges YouTube-Video?«, wollte Detlef wissen.

»Ich bin mir«, gab Susanne zu, »mittlerweile gar nicht mehr so sicher. Vielleicht hat ihnen nur jemand sehr übel mitgespielt. Sie sind im Grunde beide feine Kerle. Manchmal ein bisschen unbeholfen vielleicht, aber sonst schwer in Ordnung …«

Geier war voller Hass. Er wohnte in Bremerhaven im Hotel Haverkamp. Es wurde hier bestens für ihn gesorgt, doch er fühlte sich unbehaust. Seitdem sein Haus in Dinslaken-Eppinghoven niedergebrannt war, gelang es ihm nicht, irgendwo heimisch zu werden. Er hatte seitdem die Zeit nur in Hotels und Ferienwohnungen verbracht. Er war kreuz und quer durch die Republik gereist auf der Suche nach einem neuen Zuhause.

In Osnabrück hatte er ein paar Nächte im Romantik-Hotel Walhalla geschlafen. Im Frühstücksraum hatte er ein Auge auf ein neues Opfer geworfen. Eine alleinstehende Frau um die fünfzig, lebensfroh, sehr charmant, nicht gerade unvermögend und offensichtlich auf der Suche nach einem neuen Lebenspartner.

Er hatte Phantasien, was er mit ihr anstellen könnte, doch das wären nur Ersatzhandlungen gewesen. Eigentlich ging es darum, sich zu rächen, an diesem Frederico Müller-Gonzáles und seiner Frauke. Die beiden hatten ihm das Wichtigste genommen, das er im Leben besaß: seine Heimat.

Die einen verknüpften mit dem Heimatgefühl ihre erste Liebe, Freunde, eine bestimmte Landschaft. Die Kneipe, in der sie das erste Bier getrunken, den Hausflur, in dem sie den ersten Kuss bekommen hatten. Für die einen waren es die Berge, für die anderen das Meer oder der Blick auf die Lichter der Großstadt.

Für ihn war es sein Folterkeller in Dinslaken-Eppinghoven.

Die Wut war wie ein wildes Tier, das durch seine Gedärme kroch und sich darin festbiss. Er spürte kratzende Krallen in sich und ein Gefühl, als sei die Wut eine nagende Ratte in ihm.

Vielleicht hätte er diese lebenslustige Fünfzigjährige aus dem Walhalla genommen, um sich ein bisschen Luft zu verschaffen. Doch er wusste nicht, wohin er sie bringen konnte. Er brauchte zuerst einen Ort, der ihm gehörte und ganz nach seinen Vorstellungen gestaltet war.

Es musste ein einsames Haus sein, damit niemand die Schreie hörte. Er würde die Wände isolieren, aber trotzdem, es sollte einsam sein und er brauchte die Nähe zu einem Fluss. Ja, es war wichtig für ihn, fließendes Wasser in seiner Nähe zu haben. Hier in Bremerhaven hatte er zumindest die Nähe zur Nordsee. Er suchte ein Haus, am besten dort, wo die Geeste in die Weser floss. Die Vereinigung zweier Flüsse – ja, das hatte etwas für ihn. Vögel wollte er hören, wenn er den Keller verließ und die Schreie noch lange in seinen Ohren nachhallten.

In Leer hatte er an der Leda gesucht. Ein Waldgebiet wäre auch nicht schlecht. Im Grunde hatte er genaue Vorstellungen von dem, was er suchte. Aber er konnte damit schlecht zu einem Immobilienmakler gehen.

Eine Weile war er im Internet unterwegs gewesen, aber dann hatte er verstanden, dass der Ort selbst eine gewisse Magie haben musste. Schon wenn er sich auf das Haus zubewegte, wollte er spüren, dass er dorthin gehörte.

Dieses magische Gefühl hatte sich nirgendwo wieder eingestellt.

Im Flussdreieck Fürth, zwischen Rednitz und Pegnitz, das wäre es gewesen. Hier war er im Morgengrauen spazieren gegangen und hatte den Nebel auf den Flüssen genossen. Aber hier gab es kein alleinstehendes Haus mit Keller.

Er würde weitersuchen. Heute wollte er nach Wremen fahren. Er suchte die Kinoprogramme nach Horrorfilmen ab. Er setzte sich gern in die Vorstellung und schloss die Augen. Er brauchte die Bilder nicht. Meist fand er sie stümperhaft, nicht mit der Wirklichkeit zu vergleichen. Aber er genoss es, die Stimmen und die Schreie zu hören, außerdem die Filmmusik. Sie regte seine Phantasie an. Er konnte sich in Filmmusiken hineinfallen lassen. Sie gaben den Rhythmus für seine Illusionen vor, die er mit realen Erinnerungen mischte. Er drehte seine Filme gern im eigenen Kopf.

Geld war wirklich nur bedrucktes Papier, wenn man genug davon hatte. Doch die Flammen hatten ihm nicht nur sein Haus in

Dinslaken genommen, sondern auch einen großen Teil seiner Ersparnisse zu Asche gemacht. Fast fünf Millionen waren verbrannt. Zum Glück hatte er nicht alles an einer Stelle aufbewahrt. Er besaß noch ein Schließfach in der Sparkasse in Oldenburg, eins in Gelsenkirchen und eins in Uslar. In jedem gut anderthalb Millionen aus dem Deal mit Gonzáles.

Aber er wusste nicht, wie viel die Polizei inzwischen über ihn herausgefunden hatte. Was konnten sie in den Resten seines verbrannten Hauses gefunden haben? Er war übereilt aus den Flammen geflohen. Warteten vielleicht überall mobile Einsatzkommandos darauf, dass er kam, um sein Geld abzuholen?

Er musste die Schließfächer zunächst unangetastet lassen. Er brauchte einen Gewährsmann, der für ihn zur Bank ging. Bis dahin war er knapp bei Kasse.

Er war immer auf alles gut vorbereitet gewesen. Sein Fluchtauto, der dunkle VW-Transporter, hielt alles Werkzeug bereit, das einer wie er für eine Entführung brauchte. Die Ladefläche innen war schalldicht isoliert, Ketten und Handschellen lagen unbenutzt herum. Gut achtzig Schuss Munition und zwei Handfeuerwaffen, außerdem ein Aktenköfferchen mit Bargeld. Fünfzigtausend Euro, zwanzigtausend Schweizer Franken, dazu Goldmünzen, Krügerrand und Australian Kangaroo. Sogar ein kleines Säckchen voller Diamanten, aber da wusste er am wenigsten, wie er sie zu Geld machen sollte.

Er brauchte einen neuen Job, das war klar. Er rief George an. Wenn jemand eine Rechnung mit Gonzáles offenhatte, dann er.

Willi Klempmann, der von allen George genannt wurde, war verschnupft. Seine Stimme klang belegt. Geier zögerte einen Moment, weil ihm nicht klar war, ob er George wirklich am Telefon hatte. Er konnte in seiner Situation gar nicht vorsichtig genug sein. Er wollte kein Risiko eingehen.

George erkannte Geiers Stimme sofort und reagierte mit einer Frage: »Weißt du, wo er ist, Geier?«

»Ja, ich bin ganz nah an ihm dran. Und an seiner Furie.«

»Dann weißt du ja, was du zu tun hast.«

»George, ich brauche Bargeld. Es ist nicht alles so ganz optimal gelaufen …«

George lachte heiser. Er hörte sich an wie eine Hyäne, fand Geier.

»Nicht ganz optimal gelaufen? Du hast dich zum Gespött gemacht! So tief kann eine Legende fallen … Du hast dich von einem Flittchen fertigmachen lassen. Die Szene lacht über dich, Geier. Um deinen Job bewerben sich zig junge Talente, die wittern alle ihre große Chance.«

»Das nutzt dir nichts. Die beiden sind komplett von der Bildfläche verschwunden. Aber ich weiß, wo sie sind.«

Geier spürte, dass Georges alte Wut wieder aufflackerte. »Das Weib hat meine Ziehsöhne kaltgemacht.«

»Carl und Heiner waren gute Jungs«, sagte Geier, um George noch mehr anzustacheln. Er selbst hatte nie viel von den beiden gehalten, aber was spielte das jetzt noch für eine Rolle?

»Was brauchst du?«, wollte George wissen.

»Eine Million Spielgeld für den Anfang. Ich muss mir ein neues Quartier machen und …«

George lachte. »Melde dich wieder, wenn du sie hast. Dann gebe ich dir zehn. Vorher siehst du keinen Cent.«

»Das ist nicht dein Ernst!«

»Sieh es mal so, Geier – ich gebe dir eine Chance, deinen Ruf wiederherzustellen«, zischte George zynisch.

Geier wippte nervös mit dem Fuß. Das Gespräch dauerte schon viel zu lange. Er hatte eine Prepaidkarte, und auch die wechselte er alle paar Tage.

Ihm wurde klar, dass er es auf eigene Faust machen musste, ohne jede Hilfe von außen.

»Denk drüber nach, George«, sagte er und drückte das Gespräch weg.

Es war einer dieser Abende, an denen Rupert sich von seinen Gangsterfreunden besser verstanden fühlte als von seinen Kollegen bei der Kripo und von seiner Geliebten besser als von seiner Ehefrau. Folglich führte ihn sein Weg direkt vom *Regina Maris* zur Privatklinik hinter dem Deich.

Das Ding hatte noch keinen Namen. Andere Kliniken wurden nach Heiligen benannt oder nach Wissenschaftlern. Das erschien in diesem Fall abwegig. Es gab Vorschläge, die Klinik nach berühmten Stripteasetänzerinnen, legendären Huren oder Gangsterbossen zu benennen. Intern wurde der Laden gern *Sommerfeldt-Sanatorium* genannt, um daran zu erinnern, dass der berühmte Serienkiller einst in Norddeich als Hausarzt gewirkt hatte. Doch seitdem der falsche Doktor als Professor Dr. Ernest Simmel ebendiese Klinik leitete, war das zu heiß geworden und es grenzte an Verrat, wenn jemand das Haus hinter dem Deich unbedacht so nannte.

Frauke bewohnte die Präsidentensuite. Vier Zimmer, großes Bad mit Whirlpool. Konferenzraum. Ein Fernsehbildschirm, so groß wie eine Kinoleinwand. Raucherzimmer mit begehbarem Humidor. Sonnenterrasse. Große Pflanzen. Italienische Designermöbel.

Der Bodyguard vor der Tür trug einen dunklen Anzug mit silberner Weste und korrekt gebundener Krawatte. Er hatte wache Augen, gute Manieren und sah aus wie ihr Butler, war aber ein vielfach preisgekrönter Kickboxer. Er hörte auf den Kampfnamen Tiger. Er legte Wert darauf, dass er englisch ausgesprochen wurde und nicht deutsch.

Die körperlichen Wunden, die Geier Frauke zugefügt hatte, heilten rasch. Schon trainierte sie wieder im Fitnessstudio mit Hanteln und an einigen Maschinen.

Der Elektroschocker hatte Verbrennungen auf ihrer Haut hinterlassen. Es tat nicht mehr weh, aber es sah hässlich aus, und da sie eine schöne Frau war, wollte sie das Problem gerne operativ lösen lassen.

Größere Schwierigkeiten bereiteten ihr die Augen. Vielleicht würde sie nie wieder die alte Sehstärke zurückbekommen. Sommerfeldt nannte es, vermutlich, um medizinisch korrekt zu sprechen: *aktinische Keratopathie*. Durch die hohe UV-Strahlung, der sie ungeschützt ausgesetzt gewesen war, sei sie praktisch schneeblind geworden.

Die Vernarbungen auf der Netzhaut machten ihr Sorgen, denn sie, die Präzisionsschützin, brauchte für ihre Treffsicherheit nicht nur eine ruhige Hand, sondern auch einen klaren Blick.

Sie trug dunkle Sonnenbrillen und kühlte die Augäpfel mehrmals am Tag mit feuchten Tüchern. Ein Spezialist hatte sie untersucht und sprach von einer möglichen Operation in ein paar Wochen in Paris oder Wien.

Schlimmer aber waren die Wunden, die das alles auf ihrer Seele hinterlassen hatte.

Dieser sadistische Geier verfolgte sie in ihren Träumen. Tagsüber hatte er keine Chance, aber die Dunkelheit war sein Revier. Sie traute sich kaum, die Augen zu schließen. Sobald sie einnickte, war er da, und sie lag nackt und gefesselt auf dem Zahnarztstuhl vor ihm, ganz seinen kranken Phantasien ausgesetzt.

Sie, die, ohne zu zögern, beide Ziehsöhne von George erschossen hatte, wachte nachts schreiend vor Angst auf und schämte sich auch noch deswegen. Sie empfand sich nicht mehr als Fredericos Miet-Ehefrau, sondern als seine Braut. Als Gangsterbraut. Sie wollte mit all ihren antrainierten Fähigkeiten gleichzeitig Fredericos Leibwächterin und Ehefrau sein. Ja, sie hatte den Anspruch an sich, ihn zu beschützen. Stattdessen hatte er sie in diesem Sanatorium hinter dem Deich untergebracht, wo sie behandelt wurde, wie Prinzessinnen und Filmdiven vermutlich gern behandelt worden wären. Leider waren die meisten adligen Ehemänner, Agenten oder Filmproduzenten dafür aber zu knauserig oder zu arm.

Nicht so ihr Frederico. Täglich schickte er ihr einen frischen Blumenstrauß. Die Suite war prächtiger dekoriert als so mancher Blumenladen.

Wenn Frauke sich umsah, dann gab es Momente, in denen sie sich wie in den Flitterwochen fühlte. Dort die Schafe auf dem Deich. Da die Nordsee. Dazu die Blumen, all diese freundlichen Menschen, die sich um sie kümmerten, und aus den Augen ihres Frederico strahlten sie Liebe und Verehrung an. Ja, für ihn war sie die Schönste, das spürte sie genau. In seiner Nähe fühlte sie sich gesehen und gemeint.

Er kam heute sehr spät, aber er kam zu ihr, und nur das zählte.

Er roch nach Bier und frisch gebratenem Fleisch. Dazu, wie so oft, nach Pommes frites. Sie mochte es, wenn er so echt war, so unverstellt, so voller Lebensgier und -lust.

Sie zog ihn zu sich aufs Sofa. Zu gern hätte Rupert ihr von Fredericos Anruf erzählt, aber da sie ihn ja für Frederico hielt und von seinem erbärmlichen zweiten Leben als unterbezahlter ostfriesischer Hauptkommissar nichts wusste, musste dies leider sein Geheimnis bleiben. Eigentlich gab es nur zwei Menschen, mit denen er offen über alles reden konnte: Dr. Bernhard Sommerfeldt und, so lächerlich es ihm selbst vorkam, dem Journalisten Holger Bloem.

Sein Freund und Kollege Frank Weller war viel zu sehr Kripobeamter und stand bei seiner Frau Ann Kathrin Klaasen unterm Pantoffel. Diesem dämlichen Klatt traute sowieso niemand über den Weg. Nein, in seiner Situation brauchte Rupert einen unparteiischen Freund. Einen, der keiner Seite verpflichtet war, weder dem organisierten Verbrechen noch der Polizei oder der Justiz.

Bloem als Journalist war jemand, der irgendwie zwischen allen Stühlen saß, an Pressekonferenzen und manchmal sogar Dienstbesprechungen der Polizei teilnahm, aber auch Serienkiller im Gefängnis besuchte oder einen Kriminellen in der freien Wildbahn interviewte, ohne ihn an die Polizei zu verpfeifen. Ihm trauten beide Seiten.

Sommerfeldt fühlte Rupert sich richtig nah. Denn der wusste, wie es war, sich als jemand anderes auszugeben, ein geliehenes Leben zu leben. Rupert beschloss, mit ihm über diesen mysteriösen Anruf des richtigen Frederico zu reden, den sie bis dato für tot gehalten hatten.

Aber jetzt war Rupert bei seiner Frauke und wollte ihr Aufmerksamkeit schenken. Sie sagte es frei heraus: »Ich werde keine Ruhe finden, Frederico. Dieser Geier verfolgt mich. Er lebt, und das alleine reicht schon, um mir Angst zu machen.«

Rupert hielt ihre Hand und hörte ihr zu. Das alles erinnerte ihn an ein Gespräch mit Kriminaldirektorin Liane Brennecke, die sich einmal, genau wie Frauke, in Geiers Händen befunden hatte. Seitdem war sie besessen davon, Geier zur Strecke zu bringen. Das war – zumindest aus ihrer Sicht – Ruperts eigentlicher Auftrag.

Jetzt war die Jagd auf Geier auch für ihn zu etwas sehr Persönlichem geworden.

Frauke schluckte beim Sprechen schwer. Ihre Stimme hörte sich an, als würde ihr jemand den Hals zudrücken, um sie am Reden zu hindern: »Ich kann nicht glücklich werden, solange er lebt. Bitte versteh mich nicht falsch, Liebster. Ich bade hier im Glück. Ich habe dich an meiner Seite. Wir sind finanziell unabhängig. Aber der Gedanke, dass er lebt, macht mich trotzdem fertig. Ich werde mich nie wieder sicher fühlen, solange er da draußen herumläuft.«

Rupert hörte nur zu und sah sie an.

Sie wischte sich mit dem Handrücken Tränen ab und sagte: »Ich werde bald wieder ganz gesund sein. Ich will auch nicht ewig in diesem Gangstersanatorium wohnen …«

»Das verstehe ich, Liebste. Willst du wieder mit mir ins Kölner Savoy ziehen?«

Sie lachte, als hätte er einen Scherz gemacht. Sie spielte mit der Kugel an seinem Hals, die Sommerfeldt aus ihm herausoperiert hatte. Andere Männer trugen Krawatten oder Fliegen. Ihr Frederico eine Kette mit einer Kugel daran, der es nicht gelungen war, ihn umzubringen. Welch ein Symbol!

»Nein, nicht in ein Hotel! Lass uns sesshaft werden, mein Hase. Wir könnten uns ein Haus auf einer Insel kaufen. Hier haben wir sieben Inseln direkt vor der Haustür, und du fühlst dich doch wohl in Ostfriesland. Ich merke das genau. Du benimmst dich, als würdest du exakt hierhin gehören.«

»In diese Klinik?«

»Nein, nach Ostfriesland. Du hast vermutlich selbst keine Ahnung davon, aber du bewegst dich hier sogar ganz anders. Ich sehe dich und denke, dein Frederico gehört genau hierhin. An die Küste. Hinter den Deich. Nicht nach New York. Nicht nach Rom, Florenz, Paris oder London, sondern …«

»Nach Norddeich?«, fragte er fassungslos.

Sie küsste die Kugel an seinem Hals, dann seine Lippen. Sie raunte: »Sogar der Sex mit dir ist hier besser als in Köln.«

Er wurde am ganzen Körper steif. Er fühlte sich mit einem Mal bewertet.

Sie bemerkte seine Irritation sofort und hatte Sorge, ihn gekränkt zu haben. Die stärksten Männer konnten ja plötzlich sehr sensibel und verletzlich werden, wenn ihre Fähigkeiten im Bett in Frage gestellt wurden.

»Ich meine«, versicherte sie eilig, »der Sex mit dir war immer großartig. Also, auch in Köln. Besseren Sex als mit dir hatte ich nie … Und glaub mir, als Miet-Ehefrau hat man da schon gewisse Vergleichsmöglichkeiten …«

Falsch, dachte sie. Ganz falsch. Sie sah es ihm an. Sie machte damit alles nur noch schlimmer. »Also, mit dir, da hatte ich den besten Sex meines Lebens … Ja, guck nicht so! Ist echt wahr! Es war einfach …«, sie breitete die Arme aus, »Wow! Mehr kann ich nicht sagen als Wow!«

Rupert guckte betreten weg.

Sie machte noch einen Versuch: »Also, obwohl es schon von Anfang an so toll mit dir war, da finde ich doch – also, ich weiß gar nicht, wie ich es sagen soll – hier an der Küste … da spürt man die Nähe zum Meer. Diese jodhaltige Luft. Diese maritimen Aerosole. Das Salz auf den Lippen und auf der ganzen Haut … Der Wind in den Haaren … Ebbe und Flut … Der Wechsel der Gezeiten … Das alles sorgt dafür, dass es auch im Bett besser läuft … äh, ich meine, also, so richtig prickelt …«

»Sagst du mir gerade durch die Blume, dass ich es im Bett nicht bringe?«, fragte Rupert geknickt. Er hatte unzählige Affären hinter sich und dazu regelmäßig Sex mit seiner Ehefrau Beate und auch mit der Nachbarin. Bis vor wenigen Minuten hatte er sich für den tollen Hecht im Karpfenteich gehalten. Aber gerade schmolz sein Selbstbewusstsein auf die Größe einer Kaulquappe zusammen.

Wenn er es genau betrachtete, hatte er Affären mit Polizistinnen gehabt, mit alleinerziehenden Deutschlehrerinnen und verheirateten Sport- und Religionslehrerinnen. Mit Frauen aus Beates Reiki-Seminaren, mit Journalistinnen, einer Köchin und, nicht zu vergessen, einer Floristin aus Wanne-Eickel und ihrer Schwester aus Wattenscheid, die Stripteasetänzerin werden wollte oder Barfrau, aber leider für diese Berufe zu schlechte Zähne hatte.

Allerdings hatte er nie eine Affäre mit einer Professionellen gehabt, und im Grunde war Frauke doch genau das. Klar stand sie nicht irgendwo am Straßenrand und bot sich an, sondern sie hatte die Speerspitze in ihrem Beruf erreicht. Sie war zur teuren Miet-Ehefrau geworden. Zu einer, die Zehntausend im Monat kassierte, dazu schicke Kleidung, Reisen, edle Restaurants ... So eine musste man sich schon leisten können, und es ging nicht um Stunden oder Tage, sondern immer gleich um ein paar Monate oder ein ganzes Jahr. Im Grunde war sie ein Luxusweib mit Erfahrungen, die Rupert nicht einfach so wegwischen konnte, auch nicht als Frederico Müller-Gonzáles.

Er musste es nicht aussprechen. Sie ahnte genau, was in ihm vorging.

»Ich liebe dich von ganzem Herzen«, sagte sie. »Mein Kölner Ehemann war ein Dreckskerl. Er wollte eigentlich nicht mich als Person. Für den war ich nur eine ständig sprudelnde Geldquelle, die er auch dringend brauchte, weil er selbst nichts auf die Reihe bekam. Meine Kunden waren viel charmanter und geistreicher als er. Aber geliebt habe ich keinen von ihnen. Ich habe ihnen nur Liebe vorgespielt. Das war rein professionell. Mit dir – das ist eine ganz andere Dimension. Mit dir will ich wirklich zusammenleben. Am liebsten hier in Ostfriesland. Ich habe mir im Internet schon ein paar Häuser angeguckt, auf Norderney und Langeoog.«

Rupert wurde mulmig zumute. Er konnte doch nicht auf dem Festland als Hauptkommissar Rupert mit Beate wohnen und gleichzeitig als Frederico Müller-Gonzáles auf Norderney mit Frauke. Das alles war ihm jetzt viel zu nah. Über kurz oder lang würden sie auffliegen.

Hier in der Klinik hinterm Deich war sie völlig isoliert. Er konnte mal eben mit dem Rad vorbeifahren und sie besuchen. Hier wurden Gangster aus ganz Europa behandelt und operiert. In der Klinik war man abgeschottet. Ein sicherer Ort. Auch für ein Treffen mit der Geliebten. Aber so richtig hier mit ihr zu wohnen, im Supermarkt einkaufen zu gehen, das stellte er sich albtraumhaft vor.

»Mir hat es im Savoy immer gut gefallen. Außerdem mag ich diese rheinische Art und … Spaziergänge am Rhein und …«

Ruperts Handy spielte *Born to be wild*. Er guckte aufs Display. Anonym.

Sein Herz pochte heftig. Das konnte eigentlich nur dieser Frederico Müller-Gonzáles sein. Auf keinen Fall wollte er mit ihm in Fraukes Beisein telefonieren. Er stand auf, bat sie gestisch um Verständnis und ging mit dem Handy in den Konferenzraum.

Er sah Fraukes enttäuschtes Gesicht. Er legte eine Hand schützend über das Handy, obwohl er den Anruf noch gar nicht entgegengenommen hatte und raunte um Verständnis heischend in ihre Richtung: »Geschäfte!« Dabei verdrehte er die Augen, als sei es nur lästiger Quatsch und irgendein Alltagskram, der sie ohnehin nicht interessieren würde und den er ihr ersparen wollte.

So, wie sie guckte, glaubte sie ihm nicht. Er nährte ihr Misstrauen noch, als er die Tür hinter sich schloss. Instinktiv öffnete er ein Fenster und setzte sich ans Ende des langen Tisches, auf den von der Tür am weitesten entfernten Platz.

Er fragte sich, ob er das tat, weil er vermutete, dass sie lauschen würde.

Durchs offene Fenster konnte er die Nordsee hören. Dazu kamen ein paar Möwenschreie. Ein Blaukehlchen machte auf dem

Deich seinem Ruf als *Nachtigall des Nordens* alle Ehre. Trotzdem wäre ihm jetzt ausnahmsweise Straßen- und Baulärm wie in einer Großstadt viel lieber gewesen. Die Ruhe hinterm Deich hatte nicht nur Vorteile.

Rupert nahm das Gespräch an. Er flüsterte heiser: »Rufen Sie wieder an, um mir zu erzählen, dass Sie angeblich …«

»Wir müssen uns treffen.«

»Warum sollte ich jemanden treffen, der behauptet, ich zu sein?«

»Wir haben gemeinsame Interessen.«

Rupert lachte demonstrativ und legte die Füße auf den Tisch. So kam er sich irgendwie gangstermäßiger vor.

»Willi Klempmann, der sich gern George nennen lässt, weil das nicht so spießig klingt, hat meine Frau umbringen lassen«, behauptete der Mann am Telefon.

»Das war meine Frau«, protestierte Rupert.

»Nein, das war sie nicht. Ihre Frau heißt Beate und wohnt in Norden. Meine hieß Madonna Rossi und war übrigens eine Lesbe.«

Rupert erschrak, weil der Name seiner ostfriesischen Ehefrau fiel. Das alles hörte sich an, als wollte sein Gesprächspartner ihn durch das Aufzählen von Namen und Ereignissen überzeugen. Oder war es schon eine Drohung?

»Schön auswendig gelernt«, spottete Rupert. »Das alles stand in jeder Zeitung.«

»Auch, dass George Rache geschworen hat und jeden umbringen lässt, der auch nur im Verdacht steht, mit der Gonzáles-Familie Geschäfte zu machen oder für sie zu arbeiten? Die großen Clans verbünden sich gerade mit ihm. Er schmiedet eine Armee gegen die Familie zusammen. Wenn er so weitermacht, kriegt er auch noch die Rossis auf seine Seite. Aber das, mein Lieber, ist nicht dein größtes Problem.«

Mitten im Gespräch wurde Rupert plötzlich geduzt und genau das war die Stelle, an der er endgültig realisierte, dass er wirklich mit dem echten Frederico Müller-Gonzáles redete.

Rupert schwieg nachdenklich. Sein Gesprächspartner fuhr fort: »Dein größtes Problem heißt Geier. Er will dich. Und er wird Frauen in Stücke schneiden, nur weil du mal mit ihnen eine Affäre gehabt hast. Die werden sich kaum noch an dich erinnern, aber er wird sie sich trotzdem holen …«

»Warum?«, fragte Rupert entsetzt. Er musste sich eingestehen, dass die Drohung ihm Angst machte. Das Ganze schlug ihm auf den Magen. Er musste plötzlich dringend zur Toilette, konnte das aber jetzt schlecht sagen.

»Warum?«, wiederholte die Stimme, die er jetzt Frederico zurechnete. »Nun, weil er dich quälen will. Und aus der Deckung locken möchte.«

»Was soll ich deiner Meinung nach tun?«

»Ich sagte schon – wir sollten uns treffen.«

Rupert stand auf und kniff die Arschbacken fest zusammen. Er krümmte sich vor Bauchweh.

»Wer sagt mir«, fragte Rupert, »dass ich nicht mit dem Geier selbst telefoniere und direkt in eine Falle gelockt werde?«

»Frag mich etwas, das nur der wahre Frederico Müller-Gonzáles wissen kann. Etwas, das in keiner Zeitung stand.«

Rupert fragte das Erste, was ihm einfiel. Er kam sich sehr schlau dabei vor: »Wer hat dieses Bild gemalt, das Quadrat, ganz in Schwarz und sonst nix drauf?«

»Kasimir Malewitsch. Das Bild war ein Meilenstein der Malerei der Moderne. Ein abstraktes suprematistisches Kunstwerk. Befindet es sich in deinem Besitz?«

»Nein, aber ich hätte es fast gekauft«, gab Rupert zu.

»Für wie viel? Von wem?«

»Für zwölf Millionen.«

Ein höhnisches Lachen erklang. »Zwölf? Das ist ein Spottpreis! Kannst du mir das Bild für die Summe besorgen?«

»Okay«, sagte Rupert, »du bist es. So verrückt kann nur einer sein …«

»Ich schlage vor, wir treffen uns gleich morgen. Wie wäre es in Köln im Museum Ludwig? 15 Uhr? Aber nicht bei der Pop-Art oder den Picassos, sondern da, wo die Bilder der russischen Avantgarde hängen.«

Rupert hielt sich das Handy mit links ans Ohr und drückte seine Rechte gegen seinen rebellierenden Magen. Musste er das nicht alles erst mit seinen Kollegen besprechen? Oder wenigstens mit Dr. Bernhard Sommerfeldt? Er brauchte einen Rat. Er fühlte sich schrecklich unwohl in seiner Haut.

»Ich kann hier nicht so einfach weg. Ich fürchte, ich …«

Frauke glaubte, genug gehört zu haben. Sie öffnete die Tür, verzog die Lippen und zischte mit großzügiger Geste: »Triff dich ruhig mit ihr. Ich bin nicht eifersüchtig!«

Rupert drückte das Gespräch weg und stammelte: »Aber … ich habe doch gar keine Frau am Telefon …«

»Sondern?«

»Das war … das ist … ein Geschäftspartner.«

Frauke kam auf Rupert zu. Sie wiegte die Hüften, spießte ihn aber mit Blicken auf. »Geschäftspartner? Und warum guckst du dann, als ob du gleich in die Hose machen würdest?«

»Weil es genau so ist«, rief Rupert und rannte ins Bad.

Frauke sah sich auf seinem Handy den letzten Anruf an. Anonym. Na bitte.

Sie ärgerte sich über sich selbst. Sie musste es sich eingestehen: Sie war stocksauer und tierisch eifersüchtig. Sie wollte nicht so sein. Sie hatte ein anderes Bild von sich selbst.

Sie fragte sich, was mit ihr los war. Dieser Frederico hatte sie irgendwie verändert. Oder war es die Zeit in Geiers Folterkeller gewesen?

Piri Odendahl wollte eigentlich Lehrerin werden, weil sie einen Brotberuf brauchte. Sie studierte deshalb Deutsch und Musik. Als Sängerin, die ihre eigenen Songs schrieb, verdiente sie nicht genug. Nach dem ersten Staatsexamen musste sie erfahren, dass sie mit Jugendlichen einfach überhaupt nicht klarkam. Sie brauchte dringend einen Beruf, der sie ernährte, ohne ihr zu viel Lebenszeit zu rauben.

Sie war auf dem besten Weg, Profikillerin zu werden. Sie hielt das für einen Beruf mit Zukunft. Geringer Zeitaufwand, hohe Gage. Sie hatte versucht, sich die von George auf Frederico Müller-Gonzáles ausgesetzte Prämie zu holen und ihn dabei in Emden schwer verletzt. Dafür war George zwar nicht bereit gewesen, zu zahlen, aber er gab jungen Frauen gern eine zweite Chance. Er bot ihr für Marcellus und Kleebowski je Zehntausend plus Fünf als Spesenpauschale. Alles natürlich steuerfrei und ohne Quittung.

Sie fand die zwei über einfache Internetrecherche. Marcellus war dumm genug gewesen, Seehundfotos, die er von der Promenade aus gemacht hatte, auf Instagram zu posten.

Piri hatte die Fähre von Emden aus genommen. Sie wohnte im *Inselhotel Vier Jahreszeiten* im Stadtzentrum, gegenüber vom kleinen Bahnhof, an dem die Bimmelbahn hielt. Sie hatte das letzte freie Doppelzimmer mit Balkon bekommen und Halbpension gebucht, weil sie glaubte, etwas Unverdächtigeres gäbe es gar nicht. Wer glaubte schon, dass eine gedungene Auftragsmörderin täglich zum Frühstück und Abendessen erschien und freundlich zu allen Kindern und dem Personal war.

Sie hatte einen traurigen Blick und wirkte in sich gekehrt. Falls sie angesprochen wurde, erzählte sie, dass sie noch auf ihren Freund wartete, der aber verheiratet sei. Niemand hatte Lust, sich diese traurige Geschichte anzuhören, und so wurde sie in Ruhe gelassen.

Sie fragte jeden Tag an der Rezeption nach Post oder einer Nachricht. Es kam aber nie etwas. Jeder würde verstehen, wenn sie plötzlich abreiste und nicht die vollen zehn Tage, die sie gebucht hatte, blieb. Nach dem erfolgreichen Abschluss ihrer Mission würde sie tränenüberströmt abreisen – so hatte sie es sich zumindest vorgenommen. Eine verlassene Frau, draufgesetzt von ihrem verheirateten Lover, erregte vielleicht Mitleid, aber sicher nicht den Verdacht, in einem Gangsterkrieg zum schlagenden Arm der Gegenseite zu gehören.

Nein, diesmal würde sie nicht das Gewehr mit dem Zielfernrohr benutzen. Damit hatte sie schon einmal versagt. Außerdem war es unhandlich und viel zu auffällig. George hatte ihr eine P22 mit Schalldämpfer geschenkt. Zehn Patronen im Magazin plus zwei Reservemagazine.

»Das sollte reichen«, hatte er knapp festgestellt und ihr dann eine kurze Einführung gegeben: »Geh ganz nah ran. Knöpf sie dir einzeln vor. Sieh ihnen in die Augen, wenn du feuerst, und geh immer auf Nummer sicher. Wenn einer getroffen am Boden liegt, schieß ihm vorsichtshalber noch einmal in die Stirn. Jeder braucht einen Gnadenschuss. Feuer nicht auf den Körper. Von wegen Schuss ins Herz! Das ist Kino. Man schießt immer ins Gesicht.«

Sie hatte ihn angesehen wie eine gelehrige Schülerin, obwohl sie schon ahnte, dass es ihr schwerfallen würde. Nicht das Töten, wohl aber ein Schuss ins Gesicht. Sie stellte sich das als Riesensauerei vor. Sie hätte lieber aus der Entfernung getötet, am liebsten mit dem Joystick am Bildschirm.

Einen Schuss ins Herz stellte sie sich sauber vor. Immerhin trugen die Leute ja Hemden, und das machte alles viel leichter. Deshalb nannte George es *Kino*. Niemand wollte die Sauerei wirklich sehen, die eine Kugel im Gesicht anrichtete.

Sie brauchte das Geld, aber sie wollte keine schlimmen Bilder in ihrem Kopf behalten. Sie nannte das *Psychohygiene*. Irgendwann wäre sie eine berühmte Sängerin, sagte sie sich, und dann wollte sie diesen ganzen Mist einfach vergessen können. Vielleicht würde sie bald schon im *Mittagsmagazin* über ihre ausverkaufte Tournee reden oder über ihr neues Album. Sie stellte sich Fernsehshows vor, bei denen sie mit ihrer eigenen Band auftrat. Große Tourneen durch ganz Europa. Richtige Hallen, nicht diese öden Kneipen, in denen sich Besoffene unterhielten, während sie sang.

Marcellus und Kleebowski waren nur Schritte auf ihrem Weg dorthin. Mit dem erfolgreichen Abschuss würde ihre Chance steigen, noch ein paar gute Aufträge von George zu bekommen. Diesen Frederico Müller-Gonzáles wollte sie auf jeden Fall noch für ihn erledigen. Immerhin humpelte er schon. Sie fand, sie war ihm einen Gnadenschuss schuldig, aber niemand wusste im Moment, wo der Typ sich aufhielt. Ihr gefiel der Gedanke, dass er sich aus Angst vor ihr verkroch. Das machte sie irgendwie größer.

Oft hatte sie Angst vor Männern gehabt. Jetzt hatte ein großer Mann Angst vor ihr.

Sie stand im *Vier Jahreszeiten* im Badezimmer vor dem Spiegel und redete sich selbst ein: *Du schaffst das, Piri. Du kriegst das hin.*

Sie war sich ihrer Wirkung auf Männer sehr bewusst. Sie konnte Signale aussenden, die jeden zweiten hochintelligenten Akademiker rasch zu einem brünstigen Brüllaffen werden ließen. Sie würde sich erst diesen Marcellus holen, denn der machte auf sie einen nervösen Eindruck, als würde er zu Gewaltausbrüchen neigen.

Wenn ich es umgekehrt mache, dachte sie, wird dieser Marcellus völlig ausrasten. Er wüsste, wenn er Kleebowskis Leiche findet, genau, dass er der Nächste wäre. Für sie war der Mann mit der Spinne im Gesicht klar der Gefährlichere.

Sie zog ihre Lippen nach. Der neue Lippenstift roch beerig süß und fühlte sich auf den Lippen weich und cremig an. Sie brauchte es für sich selbst, sich schick zu machen. Sie wollte sich begehrenswert fühlen, nur dann, so glaubte sie, konnte sie auch für andere begehrenswert sein.

George hatte ihr aufgetragen, sie solle nach getaner Tat ein Foto machen und es ihm nicht per *WhatsApp*, sondern per *Signal* schicken, das sei sicherer. Danach solle sie das Foto auf ihrem Gerät sofort wieder löschen.

»Ich bin Anfängerin, aber ich bin nicht blöd. Ich habe studiert«, hatte sie erwidert.

Sie überprüfte die P22 in ihrer Handtasche. Sie ging nicht davon aus, eins der zusätzlichen Magazine benutzen zu müssen. George hatte sie gefragt, ob sie schon einmal mit einer P22 geschossen hätte. Sie hatte genickt, als seien das kleine Fische für sie. Selbstverständliche Übungen.

Die Wahrheit war, ihr Exfreund Sigurd hatte mit ihr ein paar Schießübungen im Westerwald zwischen Altenkirchen und Betzdorf veranstaltet, aber nicht mit einer P22, sondern mit einem Gewehr und einer Glock. Damals hatte sie keine Lust gehabt und es nur ihm zuliebe getan. Ganz legal war es sicherlich auch nicht gewesen. Heute war sie froh, mitgemacht zu haben. Mehr Übung besaß sie nicht.

Im Hotelzimmer richtete sie die Waffe auf das Fernsehgerät, fuhr dann herum, als würde jemand hinter ihr stehen, und bedrohte das Kopfkissen. Sie hielt die P22 mit beiden Händen und streckte die Arme weit vor, um die Waffe so nah wie möglich an den Gegner heranzubringen und gleichzeitig so weit wie möglich von ihrem Gesicht wegzuhalten. Sie kam sich geschickt vor. Fast so, als würde die Pistole aus ihr eine andere Person machen.

Wenn sie ans Mikrophon trat, wenn die Scheinwerfer auf sie gerichtet waren, dann verwandelte sie sich auch. Sie wurde zur Diva. Exzentrisch. Leidenschaftlich. Verletzlich. Aber wenn sie vor einer Schulklasse stand, dann passierte genau das nicht. Sie wurde eben nicht zur Lehrerin. Wenn sie in die Gesichter sah, musste sie sich eingestehen, dass sie die Klasse nicht leiden konnte. Sie nahm keine Individuen wahr, sondern nur eine uninteressante Gruppe. Sie wollte niemanden von ihnen motivieren und auch niemandem etwas beibringen. Sie hoffte nur, dass sie bis zur Pausenklingel durchhalten würde, ohne herumzubrüllen. Irgendetwas an Jugendlichen machte sie aggressiv, obwohl sie sich manchmal wie eine von ihnen fühlte. Sie konnte ihnen einfach nicht verzeihen, dass sie so jung waren, wie sie selbst auch einmal gewesen war, aber ohne die Zeit zu nutzen und all den Blödsinn zu machen, den sie im Kopf gehabt hatte.

Aber vielleicht war jetzt die Zeit gekommen, Regeln zu brechen und egoistisch zu sein. Als Schülerin war sie eine Streberin gewesen, der es nie gelungen war, Klassenbeste zu werden.

Wieder wirbelte sie herum und zielte jetzt auf die Tür. Vielleicht würde sie diesmal die Beste werden. Was ihr als Pädagogin und Sängerin noch nicht geglückt war, das konnte sie vielleicht als Killerin schaffen. George hatte ihr gesagt: »Frauen sind in diesem Job meist viel besser als Männer. Sie kommen näher und viel unkomplizierter an die Zielpersonen heran. Bei einer schönen Frau wittert niemand Lebensgefahr, weil wir alle dem Trugschluss erliegen, das Böse sei hässlich und das Gute schön.«

So, wie er aussah, würde ihn dann vermutlich niemand für einen Guten halten. Er war ein hässlicher Mensch, fand sie, und hatte trotzdem etwas an sich, das ihr gefiel. Vielleicht war es seine Art, sie zu fördern.

Er hatte sie angelächelt: »Wenn eine Frau den Job macht, gibt es nicht einmal ein richtiges Wort dafür. Ist sie dann ein Hitman oder eine Hitwoman?«

Da es ihrem Frederico rapide schlechter ging, rief Frauke Dr. Ernest Simmel. Ganz klar stand ihrem Mann, dem ja praktisch die Klinik hier gehörte, wenn sie das richtig verstanden hatte, eine Chefarztbehandlung zu.

Dr. Simmel war auch gleich bei ihnen in der Suite, nahm Frederico aber mit in sein Sprechzimmer. Hier gab es für Patienten einen bequemen Ohrensessel und einen Schemel, um die Füße hochzulegen. In der Klinik wurde alles getan, damit sich die Patienten nicht als Kranke beim Arzt fühlten, sondern als Gäste zu Besuch bei Freunden.

Rupert nahm im Sessel Platz. Sein Darm machte Geräusche. Da war ein beängstigendes Blubbern und Knurren.

Frauke blieb neben ihm stehen und streichelte seinen Kopf. Sie wunderte sich, weil Frederico zweimal *Bernhard* zu Ernest Simmel sagte. Sie führte es auf seine geistige Verwirrtheit zurück.

Rupert erhielt einen Tropf mit einer Kochsalzlösung gegen den Wasserverlust und eine Beruhigungsspritze. Er protestierte dagegen, doch der Doktor blieb hart und sprach mit seinem Patienten wie mit einem ungezogenen Kind.

Dann bat er Frauke, ihn mit Frederico allein zu lassen. Er wolle ihn gründlich untersuchen. Sie wäre gerne dabeigeblieben, respektierte aber Dr. Simmels Wunsch.

Kaum hatte sie den Behandlungsraum verlassen, zog Rupert sich die Nadel aus der Armbeuge.

»Hey, was machst du da?«, protestierte Dr. Sommerfeldt.

»Was hast du mir für eine Scheißspritze gegeben?«, pflaumte Rupert ihn an. Sommerfeldt winkte ab.

»Ich darf nicht einpennen. Ich muss jetzt hellwach sein«, schimpfte Rupert. »Frederico Müller-Gonzáles hat mich angerufen. Der echte.«

»Mich auch.«

»Was?«

»Ja, immerhin bezahlt er hier alles. Er hat sich nach dir erkundigt. Er hat mich gebeten, dich umzubringen. Ich soll dich aber nicht lange leiden lassen.«

Rupert federte aus dem Ohrensessel hoch.

Sommerfeldt kicherte: »Das war ein Scherz, Mensch! Ein Scherz. Ich wollte nur gucken, ob du drauf reinfällst. Du bist ja nervöser, als ich dachte.«

Rupert funkelte Sommerfeldt wenig amüsiert an. »Mach so was nicht noch mal mit mir!«

Sommerfeldt versuchte, ihn zu beruhigen: »Du glaubst doch nicht im Ernst, dass der Echte noch lebt?«

»Er hat mich vor Geier gewarnt, und er war bereit, zwölf Millionen für das Schwarze Quadrat von diesem Mallemann zu zahlen.«

»Malewitsch«, verbesserte Sommerfeldt.

Rupert sprach es spöttisch aus: »Zwölf Millionen für diesen Mellenstein der modernen Malerei.«

»Malerei der Moderne«, korrigierte Sommerfeldt. »Das ist ein Unterschied«, tadelte er.

Rupert stöhnte. Er hatte keine Lust, jetzt über Kunstrichtungen zu diskutieren.

»Wenn er lebt, dann gibt es zwei Möglichkeiten«, fuhr Sommerfeldt fort.

»Welche?«, fragte Rupert.

»Entweder die Familie wusste die ganze Zeit Bescheid und hat dich nur als nützlichen Idioten benutzt, um ihren Sohn im Gangsterkrieg aus der Schusslinie zu nehmen und dem passt das alles jetzt nicht mehr, und er will sein altes Leben zurück.«

Das klang einleuchtend. Immerhin trachteten viele Frederico Müller-Gonzáles nach dem Leben.

»Oder?«, wollte Rupert wissen.

»Nun, im ersten Fall wärst du nur dazu da, an seiner Stelle bei einem Attentat zu sterben.«

»Was ja fast passiert wäre«, stimmte Rupert zu. »Aber jetzt raus mit der Sprache, Doc. Was ist die zweite Möglichkeit?«

»Ich denke, die Familie weiß von nichts, und der richtige Frederico will, dass es auch so bleibt.«

»Aber warum meldet er sich dann bei mir? Weil er Geld will?«

»Ein Mann, der für zwölf Millionen ein Kunstwerk kaufen will, wird kaum in Geldnot sein«, vermutete Sommerfeldt. »Aber vielleicht will er sein altes Leben zurück. Vielleicht wirst du ihm auch zu mächtig. Oder du führst den Laden nicht ganz in seinem Sinne. Du bist ja mehr Banker als Gangsterboss geworden.«

Rupert ging zum Fenster. Er wirkte gebrechlich auf Sommerfeldt.

»Das ist aber nicht alles, was dich bedrückt«, riet der Klinikchef, »oder?«

»Nein, ist es nicht. Das mit Frauke wird ernster. Sie will mehr.«

Sommerfeldt scherzte: »Na, herzlichen Glückwunsch! Du hast eben Glück bei den Frauen. Dann heirate sie doch.«

»Ich bin verheiratet, und ich werde mich doch nicht von meiner Beate scheiden lassen!«

»Natürlich nicht. Aber verheiratet bist du nur als Rupert. Als Frederico bist du ein schwerreicher Witwer.«

Rupert sah aus dem Fenster. Er hatte Sommerfeldt den Rücken zugedreht. »Ich fühle mich als blinder Passagier im eigenen Leben«, klagte er.

»Jetzt wirst du auch noch zum Poeten?! Die Ader kenne ich ja gar nicht an dir. Über kurz oder lang, mein Lieber, wirst du dich entscheiden müssen, wer du wirklich sein willst. Frederico Müller-Gonzáles oder Rupert.«

Rupert drehte sich zu Sommerfeldt um und widersprach: »Aber ich will beides sein!«

Sommerfeldt lächelte verständnisvoll. »Ich weiß, ich weiß. Aber auf die Dauer ist das sehr stressig, und inzwischen wird es auch gefährlich. Ich habe immer eine alte Identität abgelegt und dann erst eine neue angenommen. Zwei gleichzeitig werden zum Problem. Von Johannes Theissen aus Bamberg wurde ich zu Dr. Bernhard Sommerfeldt, dem Hausarzt in Norddeich. Und jetzt bin ich als Klinikchef Professor Dr. Ernest Simmel. Ein stabiler innerer Kern in uns sorgt dafür, dass wir immer wir selbst bleiben. Der Rest ist wie Kleidung, die wir anziehen und auch wieder ablegen können.«

»Ich weiß nicht, Doc, ob ich auch so einen Kern habe. Ich löse mich in der jeweils neuen Persönlichkeit praktisch auf.«

Sommerfeldt fischte eine Flasche Schweizer Kräuterschnaps aus der Schreibtischschublade, dazu zwei Kristallgläser, die edel aussahen. Er goss für Rupert und sich ein. »Bei Magenproblemen nehme ich gerne einen Appenzeller. Der hat mehr Kräuter als Prozente.«

Er reichte Rupert ein Glas. Das Licht brach sich darin. Das Glas funkelte wie ein riesiger Diamant.

»Ich glaube«, diagnostizierte Sommerfeldt, »deine Magenschmerzen sind eher psychosomatischer Natur.«

»Fang bloß nicht so an«, wehrte Rupert sich, nahm aber dankbar den Schnaps. Sie stießen an.

»Du musst dich bald entscheiden, wer du sein willst.« Sommerfeldt nippte am Appenzeller.

Rupert kippte seinen Schnaps und schüttelte sich. »Entscheiden? Kann man das echt einfach so entscheiden?«

Sommerfeldt brüstete sich: »Schau mich an. Ich habe es getan.«

»Hast du nicht manchmal das Gefühl, du würdest am liebsten wieder der werden, der du einmal warst?«

Sommerfeldt schüttelte den Kopf. »Johannes Theissen? Nein, ganz sicher nicht. Überhaupt, wer war man jemals wirklich? Es war doch immer nur eine Rolle, die andere uns zugedacht hatten, oder?«

Wenn George auf der Insel war, speiste er gern mit seiner Silvia im *Palée.*

Kleebowski und Marcellus aßen mit Blick auf den Musikpavillon bei *Leos* ihre duftenden Pizzen. Sie wollten es heute lieber rustikal mit Blick aufs Meer. In diesem Gewusel der vielen Touristen, die aufgekratzt von der Meerluft und der Sonne einen guten Platz mit Aussicht suchten, verschwanden die zwei praktisch.

Trotzdem blieb Marcellus vorsichtig. Er fürchtete Georges Rache. Er nannte ihn gern bei seinem richtigen Namen, Willi Klempmann. Wer hatte schon Angst vor einem Willi Klempmann? Das klang doch nach einem harmlosen Opa, der Rosen züchtete und mit seinen Enkelkindern zum Angeln fuhr.

Marcellus checkte jeden Mann, der in ihre Nähe kam. Männer

mit Bierbäuchen, die T-Shirts trugen, fand er harmlos. Schlanke Männer, die in Jacken steckten, erregten sofort seinen Verdacht. Auf Männer mit Militärhaarschnitten reagierte er allergisch.

Kleebowski fand seine Pizza mit extra Käse spannender. Er liebte es, wenn die abgesägten Stücke lange Fäden zogen.

Eine Frau Anfang dreißig, in einem Minirock, der schärfer war als die Peperoni auf Kleebowskis Pizza, ging vor dem Musikpavillon auf und ab. Sie guckte auf die Außenterrassen der Restaurants und suchte offensichtlich einen Platz. Am Tisch der beiden Gangster waren zwei Stühle frei. Sie nahm Blickkontakt zu Marcellus auf. Er genoss das mehr als sein Essen.

Gestisch fragte sie aus gut fünf Metern Entfernung, ob dort frei sei. Er nickte erfreut.

Kleebowski brummte: »Das ist jetzt nicht dein Ernst, oder?«

Sie war es noch nicht gewohnt, einen falschen Namen zu führen. Sie stellte sich mit ihrem realen Vornamen vor: »Ich heiße Piri. Das ist voll lieb von euch, dass ich mich zu euch setzen darf. Hier ist es ja voll voll.«

»Kein Problem«, sagte Marcellus. »Mein Kumpel wollte sowieso gerade gehen. Seine Frau wartet im Hotel auf ihn und macht immer gleich einen Riesenaufstand, wenn er nicht pünktlich zurück ist.«

Kleebowski guckte belämmert. »Kann ich noch meine Pizza aufessen?«, fragte er sauer.

»Ach, nimm sie dir lieber mit, Alter. Schmeckt aus der Hand eh am besten. Und schöne Grüße an deine holde Ehefrau.«

Kleebowski rollte die restliche Pizza zusammen und trank sein Weißweinglas mit einem Zug leer. Er stellte es hart auf den Tisch zurück. »Ja, dann wünsche ich euch noch einen schönen Abend.«

Marcellus lächelte Piri breit an und ließ seinen Goldzahn blitzen. »Du heißt echt Piri?«

Sie nickte und warf ihre Haare zurück. »Schmeckt die Pizza?«

Kleebowski stand noch bei ihnen und sah sich die Szene an, als könne er es nicht fassen.

»Ja, und der Weißwein ist schön kalt«, bestätigte Marcellus. Er winkte dem Kellner und versuchte, den weltgewandten Lebemann zu spielen. »Mein Lieblingsgericht in Portugal heißt Frango Piri-Piri. Hühnchen mit Chilisoße mariniert.« Er küsste seine Fingerspitzen. »Ein Gedicht. Scharf. Heiß. Genau wie du …«, raunte Marcellus.

»Auch so billig?«, stichelte Kleebowski und verzog sich rasch.

»Du darfst ihm das nicht übelnehmen«, bat Marcellus. »Er ist ein Spießer. Stellvertretender Abteilungsleiter beim Finanzamt. Unglücklich verheiratet, mit gesundheitlichen Problemen.«

Sie bestellte sich Spaghetti vongole.

»Du magst Muscheln?«, fragte Marcellus.

»Venusmuscheln besonders«, konkretisierte sie. Sie deutete auf die Spinne an seiner Wange. »Geiles Tattoo.«

»Nix für Leute mit Spinnenphobie.«

»Bedeutet es etwas?«

»Kleine Spinnen haben, verglichen mit uns Menschen, ein riesiges Gehirn. Es ist nicht nur hier«, er pochte sich gegen die Stirn, »es ist in ihrem ganzen Körper. Auch in den Beinen.«

Sie wirkte beeindruckt und kommentierte: »Ich habe oft das Gefühl, mit dem Bauch zu denken …«

»Dann bist du ja auch so eine kleine Spinne«, lachte Marcellus.

Noch bevor der Kellner die Spaghetti vongole brachte, fragte Marcellus: »Gehen wir danach noch auf einen Drink zu mir oder zu dir?«

»Das hoffe ich doch sehr«, erwiderte sie und strahlte ihn erwartungsvoll an. »Aber erst machen wir einen Verdauungsspaziergang, oder?«, schlug sie vor. Sie zwinkerte ihm zu. »Ich kenne da eine ganz einsame Stelle in den Dünen, gar nicht weit, am Ende der Strandpromenade, hinter der *Heimlichen Liebe.*«

Der Kellner brachte die dampfenden Spaghetti und den Wein.

»Wir zahlen dann auch gleich«, sagte Marcellus, der es kaum noch abwarten konnte.

Piri machte es Spaß, ihn so an der Angel zappeln zu sehen. Sie genoss eine gewisse Macht und verspürte fast schon mehr Freude als Angst. Sie lutschte Muschelfleisch aus der ersten Schale und sah Marcellus dabei verliebt an.

Was muss er von sich denken?, dachte sie. Hält er sich für unwiderstehlich? Oder läuft das heutzutage so? War sie immer zu brav gewesen während ihrer Studienzeit und als sie mit diesem Sigurd zusammen gewesen war?

Aber sie hatte das Flirten noch nicht verlernt, und vielleicht fühlte sie sich zum ersten Mal wirklich frei dabei, denn sie würde diesen Flirtpartner danach töten. Sie kannte schon den Ausgang dieser kurzen Affäre. Er noch nicht.

Sie kam sich gerissen vor. Raffiniert. Irgendwie voller Selbstbewusstsein.

Wie weit werde ich es treiben, fragte sie sich selbst. Werde ich vorher mit ihm knutschen? Vielleicht ein bisschen rumfummeln? Ihn so richtig heiß machen und ihn dann ausknipsen? Vielleicht würde sie sogar vorher mit ihm schlafen. Alles war drin. Für das Spiel gab es kein Regelbuch. Nur eins war klar: Am Ende musste er tot sein, und zur Bestätigung würde sie ein Foto an George schicken.

Sie aß ihre Nudeln mit großem Appetit. Ja, sie schlang sie in sich hinein, als sei sie völlig ausgehungert.

Ruperts Magenschmerzen verschwanden. Er wusste nicht, woran es lag. Vielleicht an dem Appenzeller Kräuterschnaps? Vielleicht an dem Gespräch mit Sommerfeldt? Jedenfalls ging es ihm jetzt besser.

Er fragte den Doktor, ob er ihm helfen könne, Geier zu finden. »Ich kann erst aussteigen, wenn ich ihn erledigt habe. Das bin ich Frauke schuldig und der Kriminaldirektorin Brennecke. Ich verdanke ihr, dass ich überhaupt noch hier undercover bin.« Rupert überlegte einen Moment und fuhr dann fort: »Im Grunde bin ich es der ganzen Menschheit schuldig, diesen Typen aus dem Verkehr zu ziehen.«

»Und jetzt möchtest du, dass ich dir helfe, Geier zu finden?«, orakelte Sommerfeldt.

»Ja, klar. Du kennst doch jeden in der Szene.«

»Er ist ein Phantom, Rupert. Es gibt ernstzunehmende Menschen, die bezweifeln, dass er überhaupt existiert.«

»Ich nicht«, widersprach Rupert.

»Ich auch nicht. Aber ich fürchte, ich kann dir nicht helfen. Du musst ihn allerdings auch gar nicht suchen. Er wird dich finden.«

Eine Weile überlegte Rupert, dann protestierte er: »Wieso wird er mich finden, ich ihn aber nicht?«

»So sind die Regeln.«

»Was für Regeln?«

»Die, nach denen gespielt wird«, erklärte Sommerfeldt.

Rupert schnaufte. Er verstand immer noch nicht.

Dr. Bernhard Sommerfeldt spielte den geduldigen Lehrer: »Der nutzt all seine Möglichkeiten. Der fragt nicht nach Moral oder Gesetz. Du schon, Rupi.«

Rupert registrierte, dass Sommerfeldt ihn als Rupert ansprach. Er redete mit dem Polizisten, nicht mit dem Gangsterboss.

Sommerfeldt klopfte Rupert auf die Brust: »Tief in dir drin bist du Polizist und fragst dich immer, was man darf und was nicht. Du fühlst dich schon als Superheld im Kampf gegen das Böse, wenn du gegen die Datenschutzgrundverordnung verstößt oder ohne richterlichen Beschluss eine Wohnung durchsuchst …«

Rupert fragte sich, was der Doktor damit sagen wollte.

Sommerfeldt fuhr fort: »Geier und die ganze Bande denken über all diese Sachen nicht einmal nach. Der geht geradlinig auf sein Ziel zu. Nur das interessiert ihn. Er ist skrupellos. Würdest du jemandem einen Finger abschneiden, damit er dir verrät, was du wissen willst?«

»Nein, natürlich nicht«, empörte Rupert sich.

»Siehst du, das ist euer Nachteil. Ihr habt eine Moral. Er nicht. Ihr haltet euch an Regeln. Er lacht darüber.«

Rupert pustete: »Es gibt Grenzen, Mensch! Wir sind die Guten …« Er relativierte: »Also, wir versuchen zumindest, die Guten zu sein. Und wir halten uns schon lange nicht mehr an alle Regeln.«

»Ach?«, staunte Sommerfeldt.

Rupert blähte seine Brust auf: »Ja, ich stehe hier und rede freundschaftlich mit einem Serienkiller, den meine Kollegen überall jagen, ohne zu ahnen, wo er steckt. Ich spiele selbst den Gangsterboss und …«

»Ja, ja, ja, ist ja gut«, lenkte Sommerfeldt ein. »Ihr gebt euch Mühe, ich weiß schon. Aber tu nicht so, als wärt ihr skrupellos.«

»Ich will auch gar nicht skrupellos sein. Meine Mutter hat versucht, mich zu einem anständigen Kerl zu erziehen.«

Sommerfeldt klopfte Rupert auf die Schulter: »Sie hat bestimmt ihr Bestes gegeben, und es wäre ihr auch fast gelungen … fast.«

Rupert wusste nicht, ob das ein Kompliment gewesen war oder eine Rüge.

Er ging zurück zu seiner Frauke. Er fühlte sich besser, und er ahnte, dass die nächsten Tage eine Entscheidung bringen würden.

Geier hatte große Lust, in eine Leichenhalle einzubrechen. Er hatte sich schon als Jugendlicher gern mit Leichen beschäftigt. Jetzt, da er noch kein neues eigenes Haus besaß, brauchte er es so sehr wie lange nicht mehr. In Bremerhaven stand er schon vor der Leichenhalle am Friedhof Spadener Höhe und wollte einsteigen, als er es sich im letzten Moment anders überlegte. Wenn jemand bemerkte, dass an den Leichen manipuliert worden war – das fiel allerdings nur selten jemandem auf, dann würde die Polizei vielleicht darauf schließen können, dass er sich in der Stadt befand. Das wollte er nicht riskieren.

Er fuhr eine Weile herum. Das Institut für Rechtsmedizin am Klinikum Mitte reizte ihn auch. Dort wurde praktisch jeder Tote aus Bremen und Bremerhaven rechtsmedizinisch untersucht. Durch die qualifizierte Leichenschau sollte verhindert werden, dass Morde unentdeckt blieben. Gerade dort zu wüten, stellte er sich prickelnd vor.

Viele Muslime hatten Probleme mit dieser Art der Untersuchung, denn dadurch kam es zu Verzögerungen bei der Leichenüberführung. Im Islam ist eine Bestattung innerhalb von 24 bis 48 Stunden Tradition. Einige wollten in ihren Herkunftsländern beerdigt werden. Gerade an Wochenenden und Feiertagen kam es oft zu Wartezeiten. Viele Muslime hatten dagegen protestiert. Bestimmt würde man es ihnen zuschreiben, wenn er dort seine Phantasien auslebte.

Aber dann war es ihm doch zu riskant. Er fuhr nach Oldenburg. Dort hatte er ohnehin noch Geld im Schließfach, und er wusste auch, wie er es sich holen würde.

Er brauchte nur eine gefühlte Stunde. Die Straßen waren frei. Er hörte seine Lieblingsmusik. Er hatte sie auf einen Stick geladen.

Es waren die Schreie und das Flehen seiner Opfer. Vor einigen Jahren hatte er begonnen, diese gequälten Stimmen aufzunehmen. Sie klangen ganz anders als die Schreie in den Horrorfilmen. Das waren eben nur Schauspieler, die selbst noch nie richtige Todesangst gehabt hatten. Sie machten etwas nach, das sie gar nicht kannten. Er hörte sofort, was echt war und was gefaktes Gejammere. Menschen, die vor Angst fast wahnsinnig wurden, verloren die Kontrolle über ihre Stimme.

Als er in Oldenburg ankam, hörte er noch Liane Brenneckes erstickende Gurgellaute. Die Kriminaldirektorin hatte sich ihrer Schreie und Angst sogar noch geschämt und versucht, beides zu unterdrücken.

In solchen Situationen waren alle anders. Die einen wurden unterwürfig, jammerig, heischten nach Mitleid. Einige taten so, als hätten sie sich in ihn verliebt. Diese Frauke hatte ihn ihren blanken Hass und ihre Verachtung spüren lassen. Ihr Widerstandsgeist war bis zum Schluss ungebrochen gewesen. Sie hatte sein ganzes Anwesen zerstört. Sie und dieser Frederico Müller-Gonzáles würden dafür bezahlen …

Er hatte auf der Fahrt *seine Musik* laut aufgedreht. Das hatte ihm die Zeit verkürzt. Als er jetzt die A28 in Oldenburg-Eversten verließ, war er aufgeladen von den Stimmen und Erinnerungen. Das gab ihm meist so viel Kraft wie der Besuch einer Leichenhalle.

Er wollte auf der Edewechter Landstraße bei Esso tanken. Als er aus dem Wagen stieg, kam gerade ein Pärchen aus dem Verkaufsraum. Sie waren gut gelaunt und hielten Schokoriegel, Chips und zwei Flaschen Cola light in den Händen.

Aus seinem offenen VW-Transporter drangen Todesschreie. Er knallte die Tür zwar schnell zu, aber die junge Frau ließ ihre Colaflasche fallen. Ihr Freund bückte sich danach und verlor dabei die

Schokoriegel. Die Chipstüte platzte, und Chips regneten auf den Boden.

Geier riss die Tür wieder auf, beugte sich zurück ins Auto und knipste die Musikanlage aus. Er grinste die beiden an: »Deathcore. Steht ihr nicht auf Hardcore-Punk? Death Metal? Brüllen. Keifen. Grunzen. So geht Gesang, der tief von innen kommt.« Er schlug sich mit der Faust gegen die Brust.

Die zwei versuchten zu lächeln, aber er war ihnen unheimlich. Sie gingen, ohne zu zögern, zu ihrem Auto. Sie überspielten die Situation und taten, als sei alles ganz normal. Er beobachtete sie und fragte sich, ob er sie sich besser schnappen sollte. Wer sagte ihm, dass sie nicht sein Nummernschild aufschrieben und der Polizei durchgaben? Aber was sollten sie denen schon groß erzählen?

*»Ein Mann ist aus seinem Auto gestiegen, und da waren ganz komische Schreie zu hören, die klangen so echt.«*

*»Haben Sie eine Person gesehen, die in Not war?«*, würde der Polizist vermutlich fragen.

*»Nein, gesehen haben wir nichts.«*

*»Und was ist dann geschehen?«*

*»Dann hat der Mann das Radio ausgemacht.«*

Nein, die Geschichte war einfach zu dämlich, und sein gefälschtes Nummernschild war eine exakte Kopie. Es gehörte gleichzeitig an den Familienwagen eines Ministerialrats aus Hannover. Er benutzte stets Kopien, niemals gestohlene Nummernschilder. So ergab jede Überprüfung, dass alles in Ordnung war und der Wagen keineswegs geklaut. Er fälschte nur Nummernschilder seriöser Leute, die das gleiche Wagenmodell fuhren wie er. Nur hatte wahrscheinlich kaum jemand einen schalldicht isolierten Laderaum mit Handschellen und Ketten.

Er hatte noch weitere Nummernschilder mit. Eins von einem

Kneipenbesitzer aus Düsseldorf, eins von einer Ärztin aus Schwerte, eins von einem Musiker aus Wremen und eins von einer Friseurmeisterin aus Gelsenkirchen.

Außerdem hatte er verschiedene Klebefolien im Auto. Zum Beispiel von dem Musiker und seiner Band, so konnte er einen Tourneebus aus seinem Transporter machen. Selbstklebende Werbung für den Friseursalon besaß er ebenfalls. Er fühlte sich für die kommenden Taten gut gerüstet. Immerhin war ihm der Transporter geblieben. Ein Stückchen Heimat.

Er tankte voll und kaufte sich ein Mr.-Tom-Riegel und eine Tüte Haribo.

Er hatte Frederico Müller-Gonzáles' Foto im Internet durch die Gesichtserkennung gejagt. Er war rasch fündig geworden. Eine Bärbel hatte, allerdings schon vor drei Jahren, ein Foto von einem sehr glücklich wirkenden Pärchen gepostet. Darunter stand: *Meine Freundin Birte.* Natürlich stand nicht dabei, dass der Mann neben dieser Birte Frederico Müller-Gonzáles hieß.

Er hatte eine Weile im Netz recherchiert und schließlich Bärbels komplette Adresse gefunden und dann auch die ihrer Freundin. Sie hieß Birte Jospich, hatte einen zwölf Jahre alten Sohn und war mit Hansjörg Jospich verheiratet. Die Familie wohnte in der Edewechter Landstraße, und er würde sie jetzt besuchen. Er sah auf die Uhr. Anständige Menschen guckten jetzt vielleicht noch einen Film und gingen dann ins Bett. Der Abend der Jospichs würde anders verlaufen. Ganz anders.

Piri und Marcellus flanierten über die Strandpromenade in Richtung *Heimliche Liebe.* Sie hatten noch eine Flasche gekühlten Weißwein mitgenommen. Die Sterne am nachtblauen Himmel funkelten in einer Pracht, die in vielen Menschen Glücksgefühle auslöste und anderen zeigte, dass sie verlorene Existenzen in der unendlichen Weite des Alls waren. Die einen spürten die Anwesenheit eines Schöpfers, erlebten Gottes Größe, den anderen wurde klar, dass es außerirdisches Leben geben musste und es nur eine Frage der Zeit war, wann die Aliens landen würden.

Piri registrierte, dass die meisten Leute in den Himmel sahen oder aufs Meer. Kaum jemand würde sich später an sie erinnern, so hoffte sie. Die Perücke und der Minirock mussten ausreichen, um die Blicke derer abzulenken, für die Meer und Sterne nicht ausreichten.

Sie wollte rasch in die Dünen, doch Marcellus blieb immer wieder stehen, zeigte in den Himmel und fragte sie nach Sternbildern. Damit war er bisher bei Frauen immer sehr gut angekommen. Er gab vor, sich für Piris Aszendenten zu interessieren, aber anders als die Frauen, die er früher beflirtet hatte, gefiel ihr zwar der klare Sternenhimmel, aber sie konnte über die Idee, die Sterne hätten Einfluss auf ihren Charakter oder ihr Leben, nur lachen.

»Ich möchte«, flüsterte Piri ihm ins Ohr, »dass wir uns hier draußen lieben. Über uns die Sterne. Vor uns das Meer.«

Hocherfreut scherzte Marcellus: »Hier?« Er zeigte auf ein Pärchen, das auf der Promenade knutschte.

Piri knuffte ihn in die Seite: »In den Dünen. Lass uns eine einsame Stelle suchen.«

»Ja«, lachte er, »und danach baden wir nackt in der Nordsee …«

Sie willigte ein und wollte ihn mit sich ziehen. Aber er hielt sie fest und fragte mit einer Stimme, die auf lächerliche Weise verführerisch klang, als würde er sich für ein Casting bei einer Werbeagentur vorbereiten. So sprachen schlechte Schauspieler, die einem etwas verkaufen wollten. »Oder sollen wir vorher nackt ins

Meer, und ich leck dir danach das Salz am ganzen Körper von der Haut?«

Um ihr zu demonstrieren, welche Freuden sie erwarteten, wischte er ihr mit der Zunge einmal vom Hals bis zum Ohr.

Piri lief ein Schauer über den Rücken. Das war aber eher Ekel als Lust. Gleichzeitig freute sie sich, denn er war ohne Argwohn. Es tat ihr gut, wie Marcellus auf sie abfuhr. Ihr dämlicher Ex, der hieß wie ein alter Comicheld, Sigurd, hatte sie ständig mit ihren besten Freundinnen betrogen, und als er die alle flachgelegt hatte, hatte er sich wahllos andere Frauen gesucht. Das heißt, ganz so wahllos war es doch nicht gewesen. Sie sollten jung sein und mindestens Körbchengröße C haben.

Er würde staunen, wenn er sie so sehen könnte. Für ihn war sie nach ein paar Jahren unattraktiv geworden. Für den Rest der Männerwelt nicht.

»Besser als Nachspiel«, sagte sie. »Ich will dich jetzt.«

Das gefiel ihm. Es war eben doch ein Unterschied, ob man es mit Professionellen trieb oder mit einer, die es selbst wirklich wollte und die total horny war. Hier ging es nicht um Geld, sondern um Lust, glaubte er und freute sich, der Auserwählte zu sein. Das war fast neu für ihn oder zumindest sehr lange her. Normalerweise suchte er sich die Frauen aus. Diesmal war es irgendwie anders gewesen. Sie hatte ihn gewählt. Das hätte ihn eigentlich misstrauisch machen müssen, doch die Urlaubsatmosphäre auf der Insel veränderte auch ihn. Außerdem schmeichelte es ihm und tat seiner Seele nach all den demütigenden Niederlagen gut.

Marcellus stand kurz vor seiner Ermordung, aber er fühlte sich lebendig wie schon lange nicht mehr. Er würde an einem zauberhaft schönen Ort sterben. Der Nordwestwind spielte mit seinen Haaren.

Piri stand vor ihm, zeigte ihm ihre Reize und spielte mit ihrer Handtasche, in der die P22 steckte, wie eine Stripperin mit der Stange. Er saß am Fuß einer Düne und prostete ihr zu, bevor er einen Schluck Wein aus der Flasche nahm. Dazu legte er den Kopf in den Nacken und sah zu den Sternen hoch. Er fand sein Leben plötzlich großartig.

Die erste Kugel traf ihn in die linke Schulter. Es hatte nur *Plopp* gemacht. Er kannte das Geräusch. Schalldämpfer waren ihm nicht fremd. Die Weinflasche fiel in den Sand. Marcellus brauchte einen Moment, um zu verstehen, dass sie auf ihn geschossen hatte. Er glaubte zunächst an eine Attacke von links, wo dichte Hagebuttensträucher standen. Dann glotzte er Piri verständnislos an.

Die zweite Kugel zerfetzte sein Herz. Sein Hemd färbte sich links dunkelrot. Seine Beine bewegten sich, als wolle er weglaufen, obwohl er am Boden lag und vermutlich schon tot war.

Piri erinnerte sich an Georges Worte. Wahrscheinlich hatte sie alles falsch gemacht. Sie sollte den Zielpersonen doch ins Gesicht schießen. Das fiel ihr schwer. Viel schwerer als die beiden Schüsse in den Oberkörper. Aber dann zielte sie einfach auf die Spinne an seiner Wange und stellte sich vor, auf eine giftige Spinne zu feuern, die auf ihren Badesachen herumkrabbelte. Das war viel einfacher, als auf das Gesicht eines Menschen zu schießen. So ging es gut. Sie legte es sich in ihrem Kopf einfach so zurecht, wie sie es brauchte. Obwohl sie nicht einmal wusste, ob es in Deutschland überhaupt giftige Spinnen gab, fiel es ihr bei der Vorstellung leichter. Sie feuerte, ohne zu zögern.

Nein, das sah nun wirklich nicht schön aus, und etwas Blut war auch an ihre nackten Beine gespritzt. Am liebsten wäre sie weggerannt, doch sie blieb noch und machte ein Handyfoto von Marcellus. Sie schickte es sofort kommentarlos an George.

Sie leuchtete mit dem Handy ihre Beine ab und wischte Marcellus' Blut von ihrer Haut. Wenige Minuten später war sie schon wieder auf der Strandpromenade.

Das waren die ersten zehntausend Euro, sagte sie sich und nahm sich vor, in Zukunft teurer zu werden. Aber wer verdiente schon an einem Abend Zehntausend plus Spesen? Sie hatte sich eigentlich vorgenommen, Kleebowski in der gleichen Nacht zu töten. Das machte dann zwanzigtausend plus fünftausend Spesen.

Aber jetzt fror sie ein bisschen und gestand sich ein, dass sie innerlich zitterte. Vielleicht wäre ein zweiter Gig heute zu viel für ihr Nervensystem. Sie war einfach noch nicht daran gewöhnt, Leute auszuknipsen.

Sie ging am Meer spazieren, um sich zu beruhigen und neue Kraft zu sammeln. Die nackten Füße im Sand taten gut. Sie ging direkt an der Wasserkante entlang. Es patschte zwischen ihren Zehen.

»Du schaffst das, Piri. Du kriegst das hin«, sagte sie sich mantrahaft auf. Zwei in einer Nacht, das würde George und die ganze Szene beeindrucken. Aber sie war jetzt zu nervös, zu aufgeladen mit Adrenalin.

Sie ging zu *Ria's Beach* und stellte sich in der Strand-Lounge an die Theke. In dem tropischen Dekor bestellte sie sich einen Tequila. Sie streute sich eine ordentliche Portion Salz auf die Hand, leckte es ab, dabei spürte sie wieder Marcellus' Zunge an ihrem Hals. Sie fragte sich, ob sie dieses Gefühl jemals wieder loswerden würde.

Sie kippte den Tequila und biss in die Zitronenscheibe. Nie wieder würde sie Tequila trinken können, ohne an Marcellus zu denken.

Sie bestellte sich »noch mal dasselbe« und kam sich merkwürdig männlich dabei vor, wie sie hier allein an der Theke stand und trank.

Gleich werde ich mir noch ein bisschen frischen Wind um die Nase wehen lassen, und dann hole ich mir diesen Kleebowski, nahm sie sich vor und streute sich erneut Salz auf den Handrücken. Ich werde in sein Hotel gehen und an seine Tür klopfen. Wenn er öffnet, schieße ich ihm ins Gesicht und mache ein Foto von ihm. Dann verschwinde ich sofort wieder, dachte sie und betrachtete dabei ihr Gesicht im Spiegel hinter der Theke.

George hatte ihr das Hotel, in dem die zwei sich eingenistet hatten, genannt und auch ihre Zimmernummern. Sie wollte es zu Ende bringen. Noch heute Nacht.

Sie würde ihn mit dieser fast lautlosen Waffe erschießen und an die Zimmertür das *Bitte-nicht-stören*-Schild hängen.

Wenn jemand etwas hört, dachte sie, dann wird man den Schuss für das Ploppen eines Sektkorkens halten.

Sie nahm sich vor, nach erledigter Arbeit die P22 im Meer zu entsorgen und mit der ersten Fähre morgens die Insel zu verlassen. Bis der Zimmerservice den toten Kleebowski fand, wäre sie längst weit weg. Marcellus könnte noch viel länger liegen, ohne entdeckt zu werden. Wer ging schon in die Dünen? Überall standen Hinweisschilder *Betreten verboten.*

Geier klingelte. Er wollte es langsam angehen und sich in Ruhe mit den Jospichs amüsieren. Hansjörg Jospich öffnete zögerlich. Im Gesicht eine Mischung aus Ärger über die späte Störung und Sorge, es könne etwas Unangenehmes passiert sein.

Er trug einen weinroten Schlafanzug. Mehrere zerknüllte Papiertaschentücher beulten die Tasche im Oberteil aus. Er war verschnupft.

Geier schlug ihm nicht ins Gesicht, um sich Zugang ins Haus zu verschaffen. Er drohte ihm auch nicht mit dem Fleischermesser, das er, sorgfältig geschärft, bei sich trug. Es war aus Damaststahl. Er sprach leise, so dass Jospich den Kopf zu ihm reckte, um ihn besser zu verstehen.

»Ihr Sohn hat Nacktfotos von zwei Mitschülerinnen ins Internet gestellt.«

»Was? Pascal?« Jospichs Haltung änderte sich sofort. Er wirkte wie jemand, der sofort unter Rechtfertigungsdruck geriet.

»Haben Sie noch mehr Söhne?«, fragte Geier.

»Nein … Ich …«

»Wollen wir das jetzt hier zwischen Tür und Angel besprechen?«

Jospich öffnete rasch die Tür weiter und trat zur Seite. »Nein, natürlich nicht. Verzeihen Sie … Kommen Sie doch rein.«

Hansjörg Jospich stampfte voran. Geier folgte ihm.

So leicht kommt man in eine Wohnung, wenn die Leute ohne Argwohn und schlechte Erfahrungen sind, dachte er. Der kleine Idiot dreht mir sogar den Rücken zu, und gleich präsentiert er mir seine Familie. Das wird ein Spaß, freute Geier sich.

Es wäre leicht gewesen, Jospich jetzt von hinten niederzustechen und dann mit dem blutigen Messer in der einen Hand und den toten Vater am Schopf hinter sich her schleifend im Wohnzimmer zu erscheinen, um der Familie den Fernsehabend zu versauen. Aber er hatte andere Pläne. Er musste jetzt aufpassen. Die Phantasie ging mit ihm durch. Diese fast zwanghafte Vorstellung, töten zu müssen. Doch er brauchte diese Menschen. Er hatte Pläne mit ihnen, für die er sie lebendig brauchte. Also beherrschte er sich.

Birte und Pascal saßen auf dem großen Sofa, jeder in seiner Ecke, zwischen sich mehrere Kissen, unter denen sie bis vor Sekunden ihre Füße platziert hatten. Jetzt setzten sie sich, weil Besuch kam, rasch anders hin.

Auf dem Tisch stand eine Schüssel mit Erdnussflips und Salzstangen, daneben eine randvolle Karaffe mit Wasser. Vor Frau Jospich ein großes Cognacglas.

Pascal trank Apfelsaftschorle. Neben seinem Glas lag sein Handy in einer Lederhülle. Darauf war ein Aufkleber: *Ewig Grün-Weiß.*

Hansjörg hatte wohl im Sessel gesessen, und weil ihn das Fernsehprogramm manchmal langweilte, lag auf der Sessellehne ein aufgeklapptes Taschenbuch. Auf der anderen Lehne stand ein bayrischer Bierkrug. Ein Mitbringsel aus dem verregneten letzten Wanderurlaub.

Er las gern Psychothriller. Noch ahnte er nicht, dass er kurz davor war, etwas zu erleben, das der Stoff für einen solchen Thriller hätte werden können.

Er fuhr seinen Sohn an: »Grins nicht so, Pascal!«

»Ich grinse doch gar nicht«, verteidigte der Junge sich. Ihm war gleich klar, dass es unangenehm werden würde. Es gab da ein paar Dinge, die er vor seinen Eltern gern geheim gehalten hätte. Sie limitierten idiotischerweise, wie er fand, seine Handy- und Computerzeit. Erst sollte man Home-Schooling machen und dem Unterricht online folgen, gutes WLAN wurde zur Grundbedingung fürs Vorwärtskommen in der Schule, dann plötzlich waren Computer und Handy wieder Teufelszeug. Er hatte sich mit Freunden leichten Zugang zu kostenlosen Pornofilmen im Internet verschafft. Die anderen hatten ihm das praktisch aufgedrängt. Er musste nicht einmal online bestätigen, dass er schon achtzehn war. Ein Mausklick. Das Ganze war ein Kinderspiel. Im Gesicht seines Vaters sah er, dass es um so etwas gehen musste. Etwas unterhalb der Gürtellinie.

Geier stellte sich instinktiv in die Mitte des Raumes. Von hier aus hatte er alles im Griff. Über seinem Kopf ein schwerer Kronleuchter mit zwölf elektrischen Kerzen. Bestimmt ein Erbstück.

Von der Frau erwartete er den meisten Widerstand. Den Mann zu brechen, stellte er sich leicht vor.

»Darf ich mal dein Handy haben?!«, fragte Hansjörg mit einem Ton, der jeden Widerspruch im Keim ersticken sollte.

»Dein Vater glaubt, dass du Nacktbilder von deinen Klassenkameradinnen gepostet hast«, sagte Geier, ohne sich vorzustellen.

Pascals Finger krallten sich ins Sofa. Er war augenblicklich kreidebleich.

Hansjörg staunte den Besucher an, weil er den Sachverhalt nicht ganz korrekt darstellte.

Geier fügte hinzu: »Wenn es wenigstens nur Nacktfotos gewesen wären … Aber musste es gleich so perverser Kram sein?«

»Ich habe gar keine Fotos *irgendwelcher Klassenkameradinnen.*« Pascal sprach das Wort *Klassenkameradinnen* aus, als gäbe es so etwas überhaupt nicht oder er wisse nicht, wer damit gemeint sein könne. Jemand, der so ein Wort benutzte, war in seinen Augen ein alter Sack und ein Volltrottel.

»Dein Handy und deinen Computer! Sofort!«, zischte Hansjörg Jospich.

»Wollen Sie etwa behaupten, mein Sohn hätte irgendeinen Schweinkram verschickt?«, fauchte Birte Jospich. Sie stand auf, als müsse sie sich schützend vor ihren Sohn stellen.

»Nicht nur von seinen Klassenkameradinnen, auch von Ihnen, wenn ich Sie mir so genau anschaue.« Geier legte seinen Kopf schräg und taxierte Birte Jospich. »Klar sind Sie das …«, schlussfolgerte er, und die Empörung in seiner Stimme ließ ihn glaubhaft klingen. Er verzog angewidert den Mund: »Ich glaub es nicht, dass du solche Bilder von deiner eigenen Mutter ins Netz gestellt hast!«

Pascal schossen Tränen in die Augen: »Ich habe nix gemacht! Echt nicht!«, schrie er mit zitternden Lippen.

Es fängt gerade erst an, und der Erste heult schon, freute Geier sich.

»Dein Handy«, forderte der Vater.

»Wer sind Sie, und was wollen Sie?«, fragte Frau Jospich den Besucher.

»Oh, das sind ja gleich die ganz großen philosophischen Fragen des Lebens. Wer bin ich, und was will ich? Aber das lenkt jetzt nur von Ihren Problemen ab. Um mich geht es nämlich hier nicht, sondern um Ihr Früchtchen von einem Sohn.«

Hansjörg machte einen Schritt vor und nahm Pascals Handy vom Tisch. »Deinen PIN-Code«, forderte er.

Pascal hielt sich ein Kissen wie ein Schutzschild vor den Bauch.

Seine Mutter antwortete für ihn: »Neunzehn zwölf.«

Der Vater tippte die Zahlen ein und schüttelte den Kopf.

»Hast du den Code geändert?«, fragte Birte ihren Sohn.

»Glaubst du, ich bin so blöd und nehme meinen Geburtstag, Mama?«, erwiderte Pascal.

»Danke! Ich habe mein Geburtsdatum ...«, empörte Birte sich und ging sichtlich auf Distanz zu ihrem Sohn, hatte er sie doch gerade auf Umwegen als blöd bezeichnet.

»Hast du Nacktfotos deiner Mutter verschickt?«, brüllte Hansjörg.

Geier mischte sich ein: »Nicht direkt Nacktfotos wie im Playboy oder so. Mehr so Schmuddelkram ... Auf dem Klo. Unter der Dusche. Im Schlafzimmer.«

Birte knallte ihrem Sohn eine. Er hatte in seinem Leben noch nicht viele Ohrfeigen bekommen. Von seiner Mutter nur ein einziges Mal vor ein paar Jahren. Danach hatte sie selbst geheult und sich bei ihm entschuldigt. Entsprechend erschüttert war er jetzt. Er versuchte, seinem Vater das Handy abzunehmen. Die zwei rangelten miteinander.

»Was für eine tolle Familie«, spottete Geier amüsiert. »Ich bin kaum eine Minute hier, und schon gehen alle aufeinander los.«

Das Handy fiel auf den Wohnzimmerteppich. Pascal stieß seinen Vater weg und wollte damit nach oben flüchten.

Geier hielt ihn auf. Er bog ihm den Arm auf den Rücken, Pascal jaulte, weil seine Gelenke schmerzten.

»Hey, Kleiner, du sollst Vater und Mutter ehren ... Schon vergessen?«, mahnte Geier ihn ruhig und schubste den Jungen gegen seinen Vater. Der schüttelte ihn: »Wenn du ein gutes Gewissen hättest, würdest du mir den PIN-Code freiwillig geben!«

Pascal wusste nicht ein noch aus. Um die Wut seines Vaters zu stoppen, rief er: »Sechs, neun, sechs, neun.«

»Neunundsechzig neunundsechzig?«, lachte Geier. »Ist das deine Lieblingsstellung?«

»Der Junge ist zwölf!«, empörte Birte sich.

Hansjörg tippte die Nummer ein und durchsuchte Pascals Handy nach Videos und Fotos.

»Gib es mir wieder«, verlangte Pascal. »Hab ich gar keine Privatsphäre?«

»Nicht, wenn man seine Mutter auf dem Klo filmt«, spottete Geier.

»Aber das hab ich doch gar nicht getan!«

Hansjörg wurde schnell fündig. Einerseits erleichterte ihn, dass er keine Bilder seiner Frau fand, andererseits war da ein Link zu *Nylonschlampen.* Er klickte darauf und hatte gleich zig Pornos zur Auswahl.

»Du bist zwölf und guckst harte Pornos?«

»Aber das probiert doch jeder mal aus«, verteidigte Pascal sich.

Birte war geschockt. Sie bekam kaum noch Luft. »Du bist zwölf!«, rief sie erneut, und es klang wie eine nicht mehr funktionierende Beschwörungsformel.

»Und was ist mit den Fotos deiner Mutter? Was ist mit deinen Mitschülerinnen?«, hakte Hansjörg scharf nach.

»Das ist eine Lüge! So was hab ich nie gemacht!« Pascal tippte sich gegen die Stirn: »Ich filme doch nicht meine Mutter auf dem Klo!«

Geier machte eine sanfte Geste, als wollte er schlichten: »Wenn ich einen Vorschlag machen dürfte …«

»Ja?«, bat Birte vorsichtig.

»Vielleicht habe ich mich ja geirrt, Frau Jospich. Als ich Sie sah, wie Sie auf dem Sofa saßen, da dachte ich nur, das ist sie, die Frau habe ich doch auf den Fotos und Videos gesehen. Darf ich vielleicht mal in Ihr Bad gucken? Dann kann ich Ihnen sagen, ob …«

Er hatte zwar die Frau angesprochen, doch der Mann reagierte: »Gerne!« Er lief voran. Birte folgte den beiden. Pascal blieb im Wohnzimmer zurück und fragte sich, ob er die Chance nutzen sollte, in sein Zimmer zu fliehen, sich einzuschließen, um die Festplatte seines Computers zu reinigen. Zumindest könnte er einige verräterische Dateien löschen.

Oder war längst Hopfen und Malz verloren, und es ging nur noch darum, abzuhauen? Vielleicht könnte er auf irgendeinem Kutter anheuern oder sich in ein besetztes Haus durchschlagen. Bis Hamburg oder Bremen, wo es solche Wohnprojekte gab, käme er bestimmt. Zumindest hatte er davon gehört, dass es Häuser gab, wo Jugendliche Unterschlupf finden konnten. Jetzt, im Sommer, war es sogar möglich, eine Weile auf der Straße zu leben und in Parks oder abbruchreifen Häusern zu schlafen. Alles war besser, als sich dem drohenden Strafgericht zu Hause auszusetzen, fand er.

Geier warf einen Blick ins Badezimmer und zeigte sich ratlos: »Ja, kann schon sein … Es sah so aus wie hier. Also, die Farbe der Kacheln und so. Aber ich bin mir unsicher.« Er tastete Birte mit

Blicken ab, als versuche er, durch ihre Kleidung zu schauen. Sie fühlte sich zunehmend unwohl.

»Einfacher wäre es, Frau Jospich, Sie würden sich mal ganz zwanglos auf die Toilette setzen und mir Ihren zweifellos schönen weißen Arsch zeigen. Dann wüsste ich gleich, ob ich Sie gesehen habe oder …«

Birte atmete heftig aus. Hansjörg pflaumte ihn an: »Also, das ist doch …!«

Birte schimpfte: »Sind Sie wahnsinnig?« Ihr fehlten die Worte, um seine Aussage wirklich zu kommentieren. Sie befürchtete, gleich ohnmächtig zu werden. Sie hörte den Satz: »Was sind Sie für eine impertinente Person?!« Sie wusste aber nicht, ob ihr Mann es gesagt hatte oder sie selbst. Viele Stimmen waberten durch den Raum. Ihr Kopf schien zu platzen. Sie hielt sich unwillkürlich die Ohren zu.

»Ich werde jetzt die Polizei rufen«, stellte ihr Mann fest. Ja, das war ganz klar die Stimme ihres Mannes. Laut und deutlich.

Sie schwankte und stützte sich an der Flurwand ab. Für einen kurzen Moment verschwamm alles vor ihren Augen. Als die Bilder wieder klarer wurden, lag ihr Mann gekrümmt vor Schmerzen auf dem Boden. Aus seinem Mund tropfte Speichel. Seine Gesichtshaut glühte rot, und seine Augäpfel quollen hervor.

Geier stieg über ihn weg und packte sich Pascal, der die Treppen hochwollte. Pascal entkam ihm nicht. Geier hielt ihn jetzt wie einen Freund im Arm, quetschte ihm aber dabei fast die Luft ab. »Na, mein Junge, was sagt dir das alles? So schnell zerbricht die falsche Gewissheit. Nix mit: *Die Familie hält zusammen – Wir vertrauen uns alle und respektieren unterschiedliche Meinungen …* Jetzt weißt du, was deine Eltern wirklich von dir halten. Eine einzige Behauptung eines völlig Fremden genügt. Dein Vater glaubt sofort, dass du heimlich schweinische Bilder von deinen Klassenkameradinnen und deiner Mutter machst. Sie haut dir sofort eine rein. Merkst du was, Kleiner? Wer dir so etwas zutraut, hält dich für ein asoziales Schwein. Diese Meinung von dir haben sie nicht erst, seit ich vor ein paar Minuten gekommen bin. Die war schon immer da. Ich habe es nur aufgedeckt.«

Birte sah als Erstes nach ihrem Mann. Er blutete nicht. Geier hatte ihm lediglich zunächst ein Knie in die Magengrube gerammt und ihm dann einen Leberhaken verpasst. Hansjörg rang um Luft und spuckte, aber er würde es überleben.

Birte schnappte sich den erstbesten Gegenstand. Es war eine schwere Jugendstillampe mit buntem Glas und Messingfuß. Sie stand seit Jahren auf einem gehäkelten Deckchen auf der Anrichte. Sie holte mit der Tischlampe aus. Sie wollte Geier von hinten niederschlagen. Das Stromkabel der Lampe flog wie eine Peitsche durch die Luft.

Geier nahm hinter sich ein Geräusch wahr und eine Bewegung. Er duckte sich und fuhr herum. Der Lampenschirm zersplitterte. Buntes Glas, das immer für eine sanfte Beleuchtung gesorgt hatte, regnete zu Boden.

So kannte Pascal seine Mutter gar nicht. Birte hielt die Lampe in beiden Händen. Sie holte erneut damit aus, als sei das Jugendstilstück ein Schwert oder ein Baseballschläger. Sie versuchte, Geiers Kopf zu erwischen.

Pascal hielt sich vor Angst den Mund zu. Fast hätte er »Vorsicht!« gerufen. Doch so war nur ein erstickter Laut zu hören.

Piri wollte es versuchen. Der Tequila brannte immer noch im Hals, und ihre Lippen schmeckten salzig-sauer, wenn sie mit der Zunge darüberfuhr.

Kleebowski wohnte im *Nordseehotel Borkum*. Er residierte dort, wie er es selbst gern nannte, wenn er den Alexander von Bergen gab. Er befleißigte sich dann einer Sprache, von der er vermutete, dass sie unter Akademikern, Adligen oder Playboys gesprochen wurde. Er wirkte dabei immer wie jemand, der unverhofft zu Geld gekommen war und bis vor kurzem seine Anzüge noch auf dem Flohmarkt gekauft hatte. Je mehr er sich um Eleganz bemühte, umso plumper kam er rüber.

Er hatte etwas Grobschlächtiges an sich. Seinen Feinden machte das Angst. Sie spürten seine Rücksichtslosigkeit. Nicht allen Frauen gefiel es. Einige zog er allerdings an.

Er aß gern. Immer wieder auch in Sterne-Restaurants. Er orientierte sich am Guide Michelin. Insgeheim führte er eine Liste der besten Restaurants. Er gab viel Geld für Sterneköche aus, aber wohl fühlte er sich woanders. Wenn das Restaurant sehr fein und das Essen erlesen war, fiel ihm garantiert ein Weinglas um oder eine Gabel auf den Boden. Er kam sich, umgeben von einem gewissen Luxus, immer tölpelhaft vor. In Pizzerien, Pommesbuden oder Dönerläden war ihm noch nie etwas runtergefallen, und er hatte auch noch nie eine Bierdose umgekippt. Er konnte mit Pommespickern umgehen, hatte aber Schwierigkeiten mit Hummer- oder Austernbesteck.

Er fand, dass es unheimlich cool aussah, eine geknackte Auster aus der Schale zu schlürfen, aber es war irgendwie nicht sein Ding. Es sah besser aus, als es schmeckte, fand er.

Nach der Pizza bei *Leos* hatte er sich noch in *Hinnis Strandoase* ein letztes Bier gegönnt, bevor die Milchbuden geschlossen wurden.

Er stand mit Marcellus in ständiger Konkurrenz. Sie kämpften nicht nur um Fredericos Gunst. Ihr Kampf hatte sich auf alle Bereiche des Lebens ausgedehnt. Wer besser schoss, fitter war oder mehr Ahnung hatte. Dabei spielte das Thema überhaupt keine Rolle. Jeder wollte es besser wissen als der andere.

Jetzt machte Marcellus in Kleebowskis Augen ein paar Punkte, weil er eine Frau abgeschleppt hatte. Wohlgemerkt, eine seriöse. Keine Prostituierte. Die zählten nicht.

Kleebowski musste gleichziehen. Noch heute Nacht. Eigentlich hätte er lieber mit einem Sixpack Bier auf dem Bett gelegen und ferngesehen. Aber er geriet unter den Druck, sich eine Urlauberin aufzureißen. Die jungen Frauen waren ihm zu anstrengend. Außerdem war er nicht sehr wählerisch. Er hielt nach einer leichten Beute Ausschau. Er glaubte, sie in *Hinnis Strandoase* zu sehen.

Sie war vierundfünfzig Jahre und erfahren genug, um lebenslustig zu sein. Er sah ihr an, dass sie wild entschlossen war, sich zu amüsieren und mitzunehmen, was das Leben ihr zu bieten hatte. Sie war vielleicht nicht Angelina Jolie, aber er schließlich auch nicht Brad Pitt.

Die Milchbude schloss. Er sprach sie an: »Ich fürchte, hier kriegen wir nichts mehr.«

Sie nickte und lachte: »Schade. Ich sitze hier gern und gucke einfach aufs Meer.«

»Wir können uns ja noch woanders ein gemütliches Plätzchen suchen.«

Große Worte waren nicht ihr Ding. Sie lächelte ihn an, und im Grunde war schon alles klar zwischen ihnen. Blicke hatten gereicht. Sie gingen lediglich noch auf einen Drink in die Stadt, um nicht zu ausgehungert nach Liebe zu wirken.

Sie waren beide aufgeregt und gleichzeitig entspannt. Er schlug vor, *Sex on the beach* zu trinken, weil er glaubte, dass Frauen auf süße Drinks standen. Er selbst mochte weder Aprikosenlikör noch Cranberrysirup im Wodka, fand aber den Namen des Getränks so schön anspielungsreich.

»Das macht man besser, als es zu trinken«, sagte sie trocken und wollte lieber einen *Caipi.* Er bestellte zwei. Sie tranken ihre Caipirinhas und zerkrachten das Eis zwischen den Zähnen. Sie nahm die Limettenstückchen aus ihrem Glas und presste sie zwischen den Fingern aus. Er vermutete, dass sie es nur machte, um danach ihre Finger lasziv ablecken zu können, doch sie wischte sie an der Serviette ab.

Sie war aus Uslar und hatte zwei erwachsene Kinder. Zwei Scheidungen hatte sie überlebt und zwei schwere Krankheiten. Jedes Jahr machte sie zwei Wochen Urlaub auf Borkum. Sie wollte noch etwas Spaß im Leben haben, und dieser Teddybär versprach Spaß.

Ihr Übergewicht machte es ihm leicht, sein eigenes zu respektieren. Sie hielten sich nicht mit langen Vorreden auf. Sie schafften es gerade noch, ein paar lockere Sprüche loszulassen.

Was spielte es schon für eine Rolle, womit man sein Geld verdiente oder ob man verheiratet war oder nicht? Gleich schon – nackt im Zimmer – unterschieden sich Abteilungsleiter nicht mehr von Klempnern, und Professorinnen nicht mehr von Bäckereifachverkäuferinnen.

»Noch einen?«, fragte er.

»Musst du mich dir schöntrinken?«, kokettierte sie.

»Nein, ich habe Durst. Ich mag Vollweiber.«

»Vollweiber?!«, lachte sie. »Das Wort habe ich ewig nicht gehört. Wer sagt denn heute noch so etwas?«

»Ich.«

»Du gefällst mir«, kicherte sie und berührte ihn am Arm.

»Also noch zwei Caipi?«

»Ja.«

Er bestellte zwei neue Drinks. Sie nippten noch ein paarmal daran, tranken aber nicht mehr aus.

Sie ging mit zu ihm. Auf dem Zimmer bot er ihr noch Sekt an, aber sie hatte genug und nahm lieber ein Wasser.

Als sie sich auszogen, entstand eine kurze Situation der Peinlichkeit. Es war ihr zu hell. Das ließ sich rasch ändern. Sie liebten sich im Halbdunkel und hatten erstaunlich viel Spaß miteinander.

Er wollte sie gern noch bis zum Frühstück bei sich behalten, um das Punktekonto mit Marcellus auszugleichen. Ihm gefiel der Gedanke eigentlich nicht, dass Marcellus sie kennenlernte, aber er brauchte ja irgendeinen Beweis.

Er lag befriedigt auf dem Rücken, schob sich die Hände unter den Kopf und sagte: »Du bist kein Vollweib, sondern ein Prachtweib!«

»Soll das ein Kompliment sein?«

»Ja.«

Sie setzte sich im Bett auf und gestand: »Du hast mir gutgetan … und du bist der erste Mann, mit dem ich im Bett war, ohne seinen Namen zu kennen.«

»Alexander«, sagte Kleebowski. »Alexander von Bergen.«

Sie stellte sich als Hannelore vor, verschwieg aber ihren Nachnamen.

»Dann«, sagte sie, »bist du wohl auch der erste Adlige, mit dem ich in die Kiste gesprungen bin.«

Es klopfte an der Tür. Sie flüsterte: »Bitte sag mir jetzt nicht, dass du verheiratet bist und deine Frau kommt.«

Er mochte den Gedanken, dass Marcellus zurückkam, um mit seiner Eroberung anzugeben. Sein Erfolg würde sofort weggefegt werden, wenn Hannelore ihm öffnete. Am besten nackt und mit diesem postkoitalen Lächeln im Gesicht.

»Keine Sorge«, beruhigte er sie.

Sie kicherte: »Dann waren wir vielleicht zu laut.«

Er blieb einfach liegen, als ginge ihn auch das erneute Klopfen nichts an. Sie wickelte sich ein Laken um den Körper und ging zur Tür. Sie war schon als kleines Mädchen neugierig gewesen. Wenn es irgendwo einen Schalter gab, musste sie ihn drücken, um zu gucken, was passierte.

Birte Jospich erinnerte Geier an diese Wildkatze Frauke, die in Wirklichkeit Marie-Luise Wunstmann hieß und sich früher gern Chantal genannt hatte. Fredericos Teufelsbraut. Er hasste solche Frauen, wie er überhaupt Menschen hasste und Frauen ganz besonders.

Aber da gab es auch noch etwas in ihm, so eine kleine, versteckte Stelle, da hatte er Respekt vor ihnen. Wenn er ganz ehrlich zu sich war, dann war es sogar mehr Angst als Respekt. Er wollte sie zerstören, bevor sie Macht über ihn bekamen.

Seine rechte Gesichtshälfte war angeschwollen, und er hatte eine Schnittwunde quer über die Wange. Sein Rücken schmerzte. Birte Jospich hatte ihm mit der Tischlampe ganz schön zugesetzt. Aber jetzt saß sie gefesselt an einen Küchenstuhl mitten im Wohnzimmer unter dem Kronleuchter. Er hatte die drei Stühle aus der Küche ins Wohnzimmer geholt, weil sich erfahrungsgemäß eine Person auf einem Stuhl mit Armlehne besser fixieren ließ als auf einem Sofa oder einem dicken Sessel.

Es gab nur zwei Stühle mit Armlehnen. Darauf hatte er die Erwachsenen gefesselt und sie geknebelt. Auf dem dritten Stuhl, links neben seiner Mutter, aber mit gut zwei Armlängen Abstand, hatte er Pascal festgemacht. Seine Arme waren hinter seinem Rücken zusammengebunden.

Geier hatte allen die Oberteile ausgezogen, aber die Hosen gelassen. Das war eine ganz einfache Methode, jemanden gefügig zu machen. Jeder hatte Angst, das letzte Kleidungsstück zu verlieren.

Die Schnur schnitt in ihre Haut. Frau Jospich ertrug das klaglos. Entweder aus Stolz oder sie war Schmerzen gewohnt, dachte Geier.

Pascal heulte die ganze Zeit, und sein Vater versuchte, sich durch sinnloses Herumruckeln zu befreien. Dabei fügte er sich selbst Schmerzen zu.

Geier hatte aus der Küche Plastiktüten geholt. Allein, dass er sie auf den für alle gut sichtbaren Wohnzimmertisch legte, stachelte ihre Phantasie an und die Ängste, nichts mehr zu sehen und noch schwerer Luft zu bekommen als mit dem Knebel im Mund.

»So«, sagte er ganz ruhig, »endlich ist es mal still. Immer dieser Lärm. Davon wird einem ja ganz schlecht. Nun fragt ihr euch, was ich will – ich werde es euch verraten. Ich habe in Oldenburg in der Sparkasse ein Schließfach. Es gibt Gründe, warum ich da nicht selber hinwill. Ich vertraue dir, mein lieber Hajo, meine Kontokarte an. Die brauchst du, um da reinzukommen. Dazu meinen Schlüssel und meinen Geheimcode. Ja, da staunst du, was? So viel Vertrauensvorschuss gebe ich dir. Du wirst morgen früh, nachdem die Bank geöffnet hat, als einer der ersten Kunden dort reinspazieren und mein Fach leeren. Ich passe solange auf deine Familie auf.« Geier ging zu Birte und streichelte ihr Gesicht. »Was glaubst du? Wird dein Gatte mit meiner Kohle durchbrennen?«

Sie konnte, da sie geknebelt war, nicht antworten. Sie starrte Geier nur an und folgte jeder seiner Bewegungen.

Er fuhr fort: »Wird er auf euch scheißen und die Chance wahrnehmen, um ein neues Leben zu beginnen und euch Bagage loszuwerden? Brennt er mit meinem Geld durch? Ist ja steuerfrei. Reicht für ein paar Jahre all inclusive in der Sonne.«

Geier zog den Knebel aus Pascals Mund. Der Schüler spuckte und japste.

»Na, Kleiner, was denkst du? Ist dein Vater froh, dich und deine fette Mutter loszuwerden? Oder kommt er mit meinem Geld zurück und löst euch aus?«

»Machen Sie uns los!«, forderte Pascal.

»Das ist keine Antwort auf meine Frage, Kleiner«, konterte Geier und roch an dem nassen Lappen, den er aus Pascals Mund gezogen hatte. »Wissen deine Eltern eigentlich, dass du rauchst?«

»Ich rauche nicht!«

»Nein, du doch nicht, ist doch klar. Du guckst ja auch keine Pornos.«

»Lassen Sie uns bitte in Ruhe. Wir haben Ihnen nichts getan. Mein Vater wird alles tun, was Sie von ihm wollen. Aber bitte machen Sie meine Mutter los. Sie können mich ja so lange als Geisel nehmen.«

Frau Jospich schüttelte den Kopf, stieß mit dem Knebel im Mund Grunzlaute aus und ruckte auf ihrem Stuhl panisch hin und her.

Pascal schrie: »Meine Mutter hat Herzprobleme! Sie muss Tropfen nehmen und …«

Geier wollte den Lappen zurück in Pascals Mund stopfen. Der Junge presste die Lippen aufeinander und drehte den Kopf weg. Geier drückte ihm die Nase zu. Pascal gab sofort auf. Aus seinem Mund hing ein Stückchen vom Tuch, wie der Schwanz eines Tieres, das versuchen wollte, durch seine Speiseröhre zu kriechen.

Geier ging zum Wohnzimmertisch, hob das große Cognacglas hoch und roch daran. »Herztropfen? Riecht aber fast wie Hennessy oder Remy. Neulich habe ich einen Hennessy probiert, der hat mehr als zweitausend Euro gekostet. Also, die Flasche, nicht das Glas, versteht sich.« Er nahm einen Schluck und schüttelte missbilligend den Kopf: »Nee. Das hier ist Billigware. Aber weißt du, was mich wundert, Pascal? Du wolltest dich für deine Mutter opfern, obwohl sie dich geohrfeigt hat!«

Wieder führte sie sich verrückt auf. Es gelang ihr sogar durch Anspannung ihrer Muskulatur, mit dem Stuhl ein paar Zentimeter zu hoppeln.

Geier machte Fotos von ihr. Das würde George gefallen. Er hatte zwar Frederico oder Frauke noch nicht in seiner Gewalt, aber es war immerhin eine Ex von Frederico. Das war auch nicht schlecht. Wenn er sich eine Affäre nach der anderen schnappte, würde Frederico nervös werden.

Geier sagte es ihr. »Lächle, Süße. Es ist für Frederico.«

Sie bog in den Fesseln ihren Körper und schüttelte sich.

»Wenn du schreist, ist das Ding sofort wieder drin«, versprach Geier und zog das Handtuch aus ihrem Mund wie eine Schlange, die sich in ihre Zunge verbissen hatte.

»Ich bin nicht fett! Und ich kenne keinen Frederico! Das muss eine Verwechslung sein!«

Geier ließ seinen Zeigefinger zwischen zwei ihrer Speckröllchen entlanggleiten und grinste: »Nein, du bist nicht fett, und dein Sohn guckt auch keine Pornos. Und natürlich kennst du auch keinen Frederico.« Er zeigte ihr triumphierend den Instagram-Post auf dem Display seines Handys. »Das hier hat deine Freundin Bärbel gepostet.«

Birte hustete: »Sie ist nicht mehr meine Freundin. Sie hat sich an meinen Mann rangemacht.«

Geier lachte. »An den Schlappschwanz? Vermutlich hat sie das nur getan, um dir eins auszuwischen, stimmt's?«

»Sie ist eine Bitch. Hat sie dich geschickt?«

Die Frage verblüffte ihn. »Mich? Nein. Mich schickt man nicht. Ich bin kein Laufbursche.«

Er hob die offene Hand, als wolle er sie schlagen. In Erwartung seiner Ohrfeige schloss sie die Augen und presste die Lippen aufeinander. Das reichte ihm. Er schlug nicht zu. Ihre Angst war auch so zu spüren.

»Aber deine Freundin hat mich zu dir geführt. Durch dieses zauberhafte Foto von dir und Frederico. Er macht sich sonst rar. Es gibt kaum Bilder von ihm im Netz.«

»Das ist nicht i h r Frederico«, behauptete Birte.

»Ach nein? Wer ist das denn?«

»Rupert.«

»Rupert? Und wie weiter?«

»Weiß ich nicht. Keine Ahnung, wie er mit Nachnamen heißt. Ich habe ihn nur ein-, zweimal getroffen. Er war eigentlich Bärbels Freund. Er hat mich dann aber angegraben. Ich wollte gar nichts von ihm.«

»Klar«, spottete Geier, »jetzt verstehe ich das auch. Deshalb hat deine beste Freundin sich an deinen Mann rangemacht. Aus Rache!«

Er ging zu Hansjörg und stieß ihn an. »He, Alter, schlaf nicht ein. Ist das nicht ein jämmerliches Gefühl? Da will dich endlich mal eine und dann aber nur aus Rache? Du selbst mit deinem schlaffen Body warst ihr nämlich völlig egal. Das ist bitter, was? Und nun sag schon, hast du sie geknallt? Ach, verzeih, du kannst ja gar nicht sprechen. Aber macht nichts. Schüttle einfach den Kopf oder nicke. Das kriegst du doch noch hin, oder?«

Hansjörg tat nichts dergleichen. Geier zeigte auf Birte: »Du hast mit Frederico geschlafen und er mit deiner besten Freundin. Ihr habt es gut. Ihr seid quitt.«

»Mein Mann besorgt Ihnen morgen das Geld. Warum quälen Sie uns? Das bringt doch nichts.«

Geier sah nachdenklich aus. Für einen Moment schöpfte Birte

Hoffnung, ihn mit ihren Worten erreicht zu haben. War es ihr tatsächlich gelungen, die Situation zu verbessern?

Aber dann reagierte er. »Oh doch, das bringt sogar sehr viel. Spaß! Spannung! Auf jeden Fall mehr als so ein öder Film im Fernsehen.«

Er stopfte ihr das Handtuch wieder in den Mund. Sie öffnete ihn freiwillig.

»Ihr habt doch hoffentlich nichts dagegen, wenn ich mir ein paar Eier in die Pfanne haue. Ich habe einen Mordskohldampf.«

Er ging und fuhrwerkte in der Küche herum. Es roch nach heißem Olivenöl, brutzelndem Speck und Gewürzgurken. Plötzlich erschien er wieder mit der heißen Pfanne im Wohnzimmer. Er stellte sie auf dem Tisch ab und aß direkt aus der Pfanne sein Rührei mit Toast. Aus dem offenen Glas fischte er Gurken und zerkrachte sie genüsslich mit den Zähnen.

»Ihr könnt das alles überleben«, sagte er mit vollem Mund, »wenn ihr kooperiert.«

Birte atmete auf.

Geier federte vom Sofa hoch und fuhr Hansjörg an: »Wenn du versuchst, mich reinzulegen, dann vergiss nicht, ich habe deine Frau und dein Kind. Ich werde nicht hier mit ihnen warten, bis du mit den Bullen reinkommst. Ich bin doch nicht blöd. Du hast keine Chance. Ich nehme sie mit zu mir.« Er überlegte einen Moment, fuhr mit dem Toast durch die Pfanne und baggerte sich eine letzte Ladung Rührei in den Mund. Er sprach, ohne vorher alles runtergeschluckt zu haben: »Wenn du sie liebst, Hajo, ja, so ist das, dann wirst du auch zurückkommen. In jedem Scheiß-Schlager macht Liebe uns stark und glücklich. Manchmal vielleicht auch traurig. Aber in Wirklichkeit macht sie uns nur schwach und verwundbar.«

Birte Jospich blickte ihn fast mitleidig an. Sie begriff, dass sie einem Menschen ausgeliefert waren, der Liebe als Horror erlebt hatte. Die gelernte Sozialarbeiterin in ihr hatte vielleicht kein Mitgefühl mit ihm, aber doch einen Ansatz von Verständnis. Sie wünschte sich einen professionellen Betreuer für ihn. Vielleicht hatte der Kerl ja doch einen guten Kern. Gleichzeitig dachte sie darüber nach, wie sie an eine Waffe gelangen könnte, um ihn anzugreifen. Sie musste erreichen, dass er sie losband.

In der Küche gab es scharfe Messer. In Pascals Zimmer ein Samurai-Schwert. Sie war dagegen gewesen, doch Hans hatte es dem Sohn zum Geburtstag geschenkt. Es hing als Dekoration an der Wand neben einem Kinoposter.

Wenn ich zur Toilette muss, wird er mich losbinden. Auf dem Weg dahin könnte ich versuchen, in die Küche zu laufen und mich da bewaffnen.

Noch während sie darüber nachdachte, wie sie ihm geknebelt signalisieren konnte, dass sie dringend zur Toilette musste, spürte sie tatsächlich Druck auf der Blase. Sie wusste nicht, ob das jetzt echt war oder eingebildet.

Warum, verdammt, macht mein Mann nichts, fragte sie sich. Er liest ständig Thriller und guckt Filme, in denen Männer Helden sind. Sie kämpfen für ihre Freiheit, ihr Land, ihre Ehre, für Gerechtigkeit oder ihre Familien. Es kann doch nicht sein, dass er jetzt einfach nur so dasitzt. Oder tut er das alles aus taktischen Gründen, um unterschätzt zu werden, und hat längst einen Plan, wie er diesen schrecklichen Menschen ausschalten kann?

Es war kein Problem für Piri gewesen, ins Hotel zu den Zimmern zu gelangen. Sie hatte sich das viel schwieriger vorgestellt. Plötzlich schienen Zufälle ihr alles leicht zu machen. Oder war sie nur euphorisiert durch die gelungene erste Tat und ein bisschen benebelt vom Alkohol? Begann sie, Fehler zu machen, unvorsichtig zu werden?

Dem kurzen Anflug des Zweifelns folgte eine tiefere Verunsicherung. War es nicht völlig irre gewesen, mit ihrem Opfer kurz vor der Tat auf der Promenade spazieren zu gehen? Hatte sie sich zu sehr auf ihre schönen Beine, die Perücke und den Sternenhimmel verlassen? Was, wenn sie auf Urlaubsfotos gemeinsam mit Marcellus auftauchte? Hatte eins dieser Touripärchen ein Bild vom Meer gemacht, auf dem sie und Marcellus dann zufällig zu sehen waren?

Überhaupt wurde ihr in diesem Moment klar, dass sie mit zwei Schnäpsen im Körper niemals Auto fahren würde, aber für einen weiteren Mord fühlte sie sich klar genug im Kopf ... Da waren sie wieder, ihre Selbstzweifel, die sie schon aus ihrer Ursprungsfamilie kannte, die sie vor Prüfungen verfolgten, als sei sie ein zum Abschuss freigegebenes Wild. Diese Unsicherheit hatte ihr das Leben als Lehrerin unmöglich gemacht. Wie sollte sie von anderen ernst genommen werden, wenn sie sich selbst für inkompetent hielt?

Diese Gedanken schossen ihr durch den Kopf, als sie noch einmal klopfte. Sie fragte sich, ob ein zweiter Mord wirklich das Richtige war, um gegen ihre Minderwertigkeitsgefühle anzukämpfen. Musste sie zur Killerin werden, um einen stabilen Selbstwert zu erreichen? Sie war sich nicht einmal mehr sicher, ob sie vor der richtigen Zimmertür stand. Hatte sie die Nummern von Marcellus und Kleebowski verwechselt? War die Information von George falsch? Lief sie gerade direkt in eine Falle?

Die P22 mit Schalldämpfer wartete in ihrer Handtasche auf ihren Einsatz. Sie wollte sie eigentlich hervorkramen, um sofort schießen zu können, aber vielleicht gab es Kameras in diesem Flur. War das Ganze eine blöde Idee? Wäre es besser, erst ins Hotelzimmer zu gehen?

Jetzt klemmte auch noch der Reißverschluss. Das durfte doch nicht wahr sein! Sekunden, bevor die Tür geöffnet wurde, hatte sie endlich die Hand in der Tasche und ertastete die P22.

Sie hoffte, es zu schaffen und rasch hinter sich zu bringen. Dann stand aber nicht Kleebowski vor ihr, sondern eine Frau. Sie hatte ihren barocken Körper nur mit einem Laken bedeckt. Darunter war sie offensichtlich nackt.

Die beiden guckten sich erstaunt an. Hannelore fragte recht schnippisch: »Sie wünschen?«

Piri wollte kurz entschlossen die Waffe aus der Tasche ziehen, aber der lange Schalldämpfer machte es nicht so einfach. Als Antwort richtete Piri die Waffe auf Hannelore. Die nahm das aber nicht besonders ernst und rief nach hinten: »Alexander? Deine Ex ist – glaube ich – ganz schön sauer!«

»Wer? Was?«, rief Kleebowski vom Bett aus.

Hannelore wies Piri zurecht: »Nun mach mal hier nicht so eine Welle, Mädchen. Komm mal runter. Wer war nicht schon mal eifersüchtig. Aber das ist der Typ doch nun wirklich nicht wert.« Sie flüsterte: »Unter uns, meine Gute, eine Granate im Bett ist er nicht gerade. Eher so Durchschnitt – also, wenn du mich fragst.«

Piri schaffte es nicht, der Frau ins Gesicht zu schießen. Sie zielte auf die Stelle zwischen ihren Augen, aber sie konnte nicht abdrücken. Piri atmete heftig, verlagerte ihr Gewicht von einem Bein aufs andere, aber der Finger am Abzug weigerte sich, mitzuspielen.

Sie drehte sich um und rannte los. Erst auf der Treppe steckte sie die Waffe wieder ein. Scheiße, dachte sie, jetzt ist er gewarnt, und sie weiß, wie ich aussehe. Ich habe es verbockt. Als ich mich bei *Leos* zu ihm gesetzt habe, habe ich Idiotin sogar meinen richtigen Namen genannt. Er weiß, dass ich Piri heiße. Jetzt wird alles kompliziert. Gefährlich kompliziert.

Sie lief zum Strand und wollte die P22 eigentlich in der Nordsee entsorgen. Die Pistole bei sich zu tragen erschien ihr verräterisch. Es konnte sie auf Jahrzehnte ins Gefängnis bringen, wenn die Polizei sie erwischte. Aber ohne Waffe war sie schutzlos Fredericos Gangstern ausgeliefert.

Was mache ich, fragte sie sich. Hau ich morgen mit der ersten Fähre ab, bevor sie Marcellus gefunden haben, oder muss ich erst alles hinter mich bringen, das Geld kassieren und dann eine Weile abhauen?

Am liebsten hätte sie alles rückgängig gemacht. Leider gab es für Menschen keinen Resetknopf und kein Back-up. Einmal tot, war einer für immer erledigt.

Weller wollte es sich gerade mit dem neuen Nele-Neuhaus-Roman gemütlich machen und in seinem Ohrensessel die Füße hochlegen, als es im Distelkamp an der Tür klingelte. Wellers Laune ging sofort in den Tiefflug. Lesen war für ihn sehr wichtig. Er brauchte Romane als Korrektiv zur Wirklichkeit. Er musste sich ab und zu in andere Personen und Situationen hineinversetzen lassen, um den Blick aufs eigene Leben und die eigenen Sorgen zu relativieren. Wenn er lange genug daran gehindert wurde, kam eine innere Unruhe in ihm auf und eine Unzufriedenheit, die sich nur damit vergleichen ließ, wenn er mal eine Woche lang weder ein Krabbenbrötchen noch einen ordentlichen Matjes bekam. Auf Fleisch konnte er gut verzichten, auf Schnaps auch, aber ab und zu brauchte er ein Matjesbrötchen und ein paar Happen Literatur.

Missmutig ging er zur Tür, bereit, jedem, der jetzt etwas von ihm wollte, eine Abfuhr zu erteilen. Seine Frau Ann Kathrin Klaasen vielleicht ausgenommen, die respektierte seine Leseleidenschaft, ja, teilte sie mit ihm. Sie war jetzt bei ihrer Freundin

Bettina Göschl zu Besuch. Manchmal mussten die beiden sich einfach ausquatschen, danach ging es ihnen besser.

Vor der Tür stand Kevin Janssen, der in der Polizeiinspektion Lisbeth Salander genannt wurde. Er war noch keine dreißig Jahre alt, sah aber aus, als würde er hart auf die fünfzig zugehen. Die Kleider schlabberten an seinem dürren Körper. Er wurde jeden Tag ein bisschen weniger, wusste aber immer mehr. Er hatte schwarze Ränder unter den Augen, ungepflegte Haare und griff sich aus irgendeinem Grund immer wieder an die Nase.

Er galt als Genie unter den Computerfachleuten. Er stellte gelöschte Festplatten wieder her, knackte jedes Passwort und kannte aus Wellers Sicht alle Tricks. Er verbrachte vierzehn bis fünfzehn Stunden am Tag vor dem Computer.

Er hatte vor kurzem Bilder von einem Kinderschänder, der sein Gesicht verpixelt hatte, wieder entpixelt und über Gesichtserkennungsverfahren sogar seine Adresse herausgefunden. Seitdem galt er vielen als Held.

So, wie er jetzt dastand und herumdruckste, war er nicht nur krank und überarbeitet, sondern hatte auch noch ein Problem. Weller vermutete, dass seine Freundin ihn verlassen hatte. Was wollte sie auch mit so einem Typen, der sich den ganzen Tag in seinem Büro vergrub, auf seiner Tastatur herumhämmerte und Bildschirme anglotzte.

Weller wäre bereit gewesen, darauf zu wetten, dass sie längst mit einem Surfer, Golfer, Kiter oder irgendeinem anderen Typen liebäugelte, auf jeden Fall mit einem Menschen, der viel Zeit an der frischen Luft verbrachte, sportlich war und das Leben in vollen Zügen genoss. Also einem, der ganz anders war als der hochintelligente Kevin mit seinem gequälten Gesichtsausdruck.

Sein Anblick stimmte Weller milde. Er öffnete die Tür und sagte: »Komm rein, Junge. Soll ich dir was zu essen machen?«

»Nein danke, ich hab keinen Hunger.«

»Red keinen Scheiß, du brauchst was zwischen die Kiemen.«

»Weller, ich will euch nicht stören, ich will auch gar nicht reinkommen. Aber ich muss dir was sagen …«

»Ist es dienstlich?«

Salander druckste herum: »Ja, so halb und halb.«

»Komm erst mal rein. Ich hab noch Fischsuppe und …«

»Können wir nicht lieber ein bisschen spazieren gehen?«

Weller verstand sofort. Diese Mischung aus Maulwurf und Grottenolm brauchte frische Luft noch mehr als Kalorien.

»Klar«, sagte Weller. »Gerne. Sollen wir zum Deich oder einfach nur hier durch die Siedlung?«

»Mir völlig egal.«

Weller hatte eine Rosinenschnecke neben seinem Sessel liegen. Er aß beim Lesen gern Baumkuchen, Rosinenschnecken oder Schokolade. Er hatte schon zweimal in die Rosinenschnecke reingebissen. Er brach einfach die Hälfte davon ab und hielt sie im Rausgehen Kevin hin. Der nahm sie tatsächlich, hielt sie aber unschlüssig in der Hand und sah sie an, als wisse er nichts damit anzufangen.

»Die ist von ten Cate«, ermunterte Weller ihn und biss in sein Stück hinein. Er schmatzte demonstrativ.

Sie gingen an Bettina Göschls Haus vorbei. Weller sah Ann Kathrin mit Bettina im Garten sitzen. Die zwei winkten ihnen zu. Ann Kathrin guckte kritisch, weil sie sich über Kevins Besuch wunderte, er galt als kontaktscheu.

»Männergespräche«, rief Weller ihr zu. Sie lachte und konterte: »Frauengespräche!«

Erst als sie bei Grendels Haus angekommen waren, packte Kevin Janssen aus: »Keiner weiß ja genau Bescheid. Es gibt eine Menge Gerüchte, was mit unserem Rupi wirklich los ist. Mit uns spricht ja keiner offen. Ich hasse diese ganze Geheimniskrämerei. Das Wissen der Welt steht mir im Internet unverschlüsselt zur Verfügung, aber was in unserer Dienststelle läuft, ist ein Riesengeheimnis.« Kevin tippte sich gegen die Stirn. »Ihr lebt doch alle im falschen Jahrtausend.«

Weller erklärte: »Es ist nur zu Ruperts Schutz, wenn wir so wenig Leute wie möglich einweihen. Das ist doch nichts gegen dich persönlich. Das ist rein professionell.«

»Tu doch nicht so. Ich weiß, dass du auch keinen Kontakt mehr zu ihm hast und Ann auch nicht.«

»Woher denn? Liest du etwa unsere Mails?«

Kevin lächelte gequält über so viel Unwissen und stellte eine Gegenfrage: »Wer hat denn den Virus von deinem Computer geholt?«

Weller seufzte.

Eine Weile schwiegen sie. Jeder musste erst verdauen, was der andere gesagt hatte. Dann machte Weller einen Versuch: »Aber deshalb bist du doch nicht gekommen.«

»Na ja, ich habe da etwas entwickelt, das euch vielleicht helfen könnte. Dass Rupert undercover in irgendeiner Verbrecherorganisation ist, das hat inzwischen wohl auch der Letzte kapiert.«

»Und da willst du uns helfen?«, staunte Weller, der davon ausging, dass Salander sich maßlos überschätzte und keine Ahnung vom organisierten Verbrechen hatte.

»Ihr habt doch immer Probleme damit, Telefone zu überwachen, Handys auszulesen oder den E-Mail-Verkehr zu kontrollieren.«

»Ja«, stöhnte Weller, »dazu das öde Bankgeheimnis … Das sind doch alles olle Kamellen. Man macht es uns gern schwer und den Gangstern leicht.«

»Ja, und in dem Zusammenhang habe ich etwas entwickelt …

Also, es ist nicht ganz legal, ich würde jetzt keinen Antrag auf offizielle Zulassung stellen. Aber wir könnten damit einige Probleme umgehen.«

Weller wurde neugierig.

»Alle«, dozierte Kevin, »haben Angst vor staatlicher Überwachung. Die Leute wollen ihre Daten nicht jedem preisgeben. Nicht ihre Fotos und …«

»Ja, ich weiß«, gab Weller mürrisch zu.

»Deswegen gehen einige von WhatsApp weg und benutzen lieber Signal, weil das angeblich sicherer ist. Von da gehen jetzt wieder viele weg zu Threema …« Kevin guckte Weller an, als sei damit bereits alles gesagt.

»Na und«, fragte Weller, »was nutzt uns das?«

Kevin grinste: »Ich habe eine eigene App gebaut. So was wie WhatsApp. Man kann darin kostenlos Nachrichten und Fotos verschicken.«

»Ja, und? Brauchen wir noch mehr von diesem Scheiß?«, fragte Weller.

»Du verstehst den Sinn gar nicht, was?«

»Nee.«

»Wenn es uns gelingen könnte, den Gangstern zu erzählen, dass diese App absolut sicher ist, dann können wir ihre gesamte Kommunikation verfolgen, als würde sie nur für uns geschrieben. Wir gründen praktisch mit denen zusammen eine WhatsApp-Gruppe«, lachte Kevin.

Weller spürte ein Kribbeln auf der Haut. Das Wissen rieselte durch seinen Körper. Es war wie das Gefühl, erleuchtet zu werden. Er hielt an und umarmte Kevin auf der Straße. Dadurch wurde ihm bewusst, wie dürr der Kerl wirklich war. Überall Knochen und nur wenig Fleisch.

Weller formulierte seine Gedanken voller Euphorie: »Das heißt, wir brauchen überhaupt keinen richterlichen Beschluss mehr, weil die unsere App benutzen. Wir hacken uns nicht in deren Geräte, sondern die nutzen kostenlos etwas, das wir ihnen anbieten?! Wie geil ist das denn?«

»Wir brauchen nur noch einen schönen Namen dafür«, lachte Kevin. »So was wie *Top Secret* oder *Anonym*. So etwas, dass jeder Blödmann gleich weiß, wozu die neue App da ist. Wenn sich dieses Ding in Verbrecherkreisen rumspricht …«

Weller führte Kevins Satz auf seine Art zu Ende: »… dann können wir sie im Homeoffice überführen. Aber warum soll das Ganze kostenlos sein? In den Kreisen ist etwas doch umso wertvoller, je teurer es ist.«

Plötzlich bekam Kevin Gewissensbisse. »Ich bin mir nicht so ganz sicher, ob wir uns damit strafbar machen oder nicht, Weller. Ich wollte dich nur an meiner Erkenntnis teilhaben lassen. Ich gebe dir gerne die App, und du kannst damit machen, was du willst. Wenn ich euch damit helfen kann, dann …«

Weller packte Kevins Kopf, zog ihn zu sich runter und küsste ihn auf die Stirn. »Das ist der Joker im Spiel! Und ich weiß auch schon, wie wir das Ding in die Gangsterkreise einführen.«

»Wenn Klatt oder Büscher davon erfahren, dann muss das Ding bestimmt erst genehmigt werden, geht durch alle möglichen Prozesse und am Ende sind alle Ganoven gewarnt.«

»Das lass mal meine Sorge sein, Kleiner.« Weller fand es witzig, den Großen *Kleiner* zu nennen. Der konnte darüber aber gar nicht lachen. Ein Radfahrer ohne Helm, aber mit dickem Kopfhörer auf den Ohren raste an den beiden so nah vorbei, dass sie seinen Schweiß riechen konnten.

»Am einfachsten ist es«, schlug Weller vor, »wenn du gar nichts damit zu tun hast. Unser Freund Rupert wird das Ganze in Gangsterkreisen einführen. Die haben ihre eigene Bank und ihr eigenes

Gesundheitssystem. Warum sollen die keine eigene App haben? Das ist genial, Junge. Echt genial! Du hast den Namen Lisbeth Salander wirklich verdient.«

»Weißt du«, fragte Kevin, »was das Verrückte ist? Ich habe diese Romane von Stieg Larsson nie gelesen. Aber alle nennen mich nach dieser Figur. Ich habe mir dann die Filme angeguckt. Sie ist ja nicht gerade ein Sympathiebolzen.«

Weller schüttelte den Kopf. »Sie ist genial. Und das bist du auch. Ich liebe dich, Junge, und das sage ich Männern nicht oft. So, und jetzt gehen wir zu mir, und ich koche uns was Anständiges. Von so einer halben Rosinenschnecke kann doch kein Mensch leben. Der Geist braucht Nahrung.«

Da Kevin unschlüssig guckte und Weller schon befürchtete, der junge Mann würde sich jetzt wieder zurückziehen wollen, ergänzte er: »Dabei kannst du mir dann die App genau erklären.«

Das Gezwitscher von Amseln schien eine vielversprechende Zukunft zu prophezeien. Die beiden drehten um. Als sie auf dem Rückweg wieder bei Grendels ankamen, legte Peter gerade Würstchen auf den Grill und rief: »Rita hat einen Nudelsalat gemacht, ohnehin viel zu viel! 'ne Wurst, Freunde?« Er freute sich auf den Besuch. Doch Weller schüttelte den Kopf. »Nee, wir haben noch was zu besprechen. Ist privat.«

Rita und Peter hatten sofort Verständnis und sahen den beiden hinterher.

»Bestimmt Liebeskummer«, orakelte Rita.

»Weller?«, fragte Peter.

»Nein, das Gerippe neben ihm.«

In dieser Nacht schlief Rupert schlecht. Er hatte das Gefühl, die Kontrolle über die Situation zu verlieren oder vielleicht nie gehabt zu haben. Er lag neben Frauke. Sie konnte schnarchen, wie kleine Katzen schnurrten. Dieser Ton zwischen Knurren und Summen entspannte ihn sonst, es war ja mehr ein Atmen als ein Schnarchen. Aber heute brachte es ihn nicht runter, sondern nervte ihn, was er ihr aber nie hätte sagen können.

Sie kuschelte sich in ihr Kissen. Er wälzte sich unruhig hin und her. Dieser Geier machte ihn nervös. Er hatte den Ehrgeiz, ihn zu finden und auszuschalten. Als Frederico Müller-Gonzáles würde er damit zum Helden werden.

Geier hatte die Tochter der Rossi-Familie ermordet. Madonna. Seine offizielle Ehefrau. Er musste sie rächen, um zu verhindern, dass die Rossis sich im Gangsterkrieg auf die Gegenseite schlugen. Einige behaupteten, er selbst habe Madonna ermorden lassen.

Polizeirätin Liane Brennecke forderte von Rupert genau dasselbe: »Erledige Geier!«

Er selbst hatte auch einen Grund. Er musste Frauke beschützen.

Alles lief auf die Frage hinaus, ob er diesen Geier als Hauptkommissar Rupert verhaften oder als Gangsterboss Frederico Müller-Gonzáles umlegen würde?

Er sah vom Bett aus in die Sterne. Falls da nicht gerade ein Hubschrauber abgeschossen worden war und jetzt brennend vom Himmel fiel, musste das eine Sternschnuppe gewesen sein.

Seine Ehefrau Beate, die von all seinen Sorgen keine Ahnung hatte, behauptete, wenn man eine Sternschnuppe vom Himmel fallen sah, dürfe man sich etwas wünschen. Sie glaubte in ihrem magischen Weltbild sogar fest daran, dass solche Wünsche in Erfüllung gingen.

Er hielt das Ganze für eine nette Idee. Für eine Geschichte, die man Kindern erzählte. Aber er glaubte nicht daran.

Jetzt wusste er nicht einmal, was er sich wünschen sollte. Alles, was ihm einfiel, hatte mit Geier zu tun und wurde in seiner Vorstellung jedes Mal zum Desaster. Wenn er ihn stellte, würde diese ganze Undercoveraktion beendet werden müssen, fürchtete Rupert. Aber was wurde dann aus Frauke und dem süßen Leben, das sie bisher geführt hatten?

Er stand ganz leise auf. Er durfte sie nicht wecken. Sie würde ihn nicht so ohne weiteres gehen lassen.

Er schlich sich wie ein Liebhaber nach einem One-Night-Stand, den er jetzt bereute, heimlich aus dem Zimmer. Er musste nach Köln. Er wollte den richtigen Frederico Müller-Gonzáles sprechen, sofern es ihn wirklich gab und er tatsächlich noch lebte.

Er nickte dem Bodyguard vor der Tür zu, ging dann aber noch mal zurück, als hätte er es sich anders überlegt. Er baute sich vor dem Kickboxer auf, der fast zwei Köpfe größer war als er selbst, sah ihm von unten in die Augen und raunte: »Du stehst hier immer vor der Tür, Tiger?«

Tiger zog sich etwas aus dem Ohr und zeigte es wie zum Beweis vor: »Nein, natürlich nicht, Boss.«

Rupert war zwar erleichtert, fand aber als Frederico gleich ein Haar in der Suppe. Streng fragte er: »Und wenn dann da drin irgendein Typ versucht, sich meine Frauke zu holen? Wenn sie mit ihm kämpft und schreit, dann hörst du sie nicht?«

»Doch, Boss, natürlich. Das sind keine Ohrstöpsel, wie man sie bei Konzerten trägt, sondern ich bin dadurch nur ständig mit dem Team verbunden.«

»Trotzdem«, insistierte Rupert. »Wenn einer durchs Fenster einsteigt, dann ...«

Tiger schüttelte den Kopf. »Dann schießt Erich ihn vom Balkon.«

»Erich?«

»Ja, der bewacht die Klinik von außen. Fratzen-Kalle mit den Kameras die Straße und den Parkplatz. Hier bewegt sich keine Kuh, ohne dass wir das mitkriegen, Boss.«

»Gut. Ich verlasse mich auf dich, Tiger. Pass gut auf sie auf.«

Der Kleiderschrank lächelte und nickte. Rupert deutete an, dass er ihn für einen fähigen Mann hielt und ihm vertraute.

»Klar, Boss«, raunte sein Angestellter, dankbar über so viel Beachtung.

Am Ende des Flurs drehte Rupert sich noch einmal um, hob drohend den Zeigefinger und rief der Testosteronbombe vor Fraukes Tür zu: »Aber auch nicht zu gut! Kapiert?!«

»Keine Sorge, Chef, keine Sorge.«

Rupert fuhr auf dem Ostfriesenspieß Richtung Ruhrgebiet. Er musste Frederico alleine treffen. Nicht einmal seine eigenen Leibwächter durften erfahren, wo er war. Er kannte dieses Spiel. Schließlich konnte er auch schlecht von seinen Securityleuten bewacht zum Dienst in der Polizeiinspektion erscheinen. Manche Dinge musste er eben ohne sie machen. Er stellte sie dann immer ab, um Frauke zu bewachen oder andere Aufgaben zu erledigen.

Marcellus und Kleebowski suchten gerade auf Borkum nach George. Und der würde ihn letztendlich zu Geier führen.

Rupert war also völlig schutzlos auf der Autobahn unterwegs. Als ihm das bewusstwurde, spielte sein Darm wieder verrückt. Die meiste Zeit über wurde er bewacht, was völlig sinnlos schien und ihn nur störte, aber jetzt, da es um alles ging, musste er die Sache alleine erledigen.

Bis zur Tankstelle Ems-Vechte konnte er nicht warten. Er hielt am ersten Parkplatz, wo es nicht einmal eine Toilette gab und ließ zwischen Lkws die Hose runter. Bis zu dem kleinen Wäldchen hätte er es nicht mehr geschafft.

Wenn dies eine Falle war, dann fuhr er schutzlos hinein.

Rupert kam nachts im Savoy an. Dieses Hotel hatte für ihn etwas von einem verwunschenen Märchenschloss. Sobald er das Hotel betrat, durchflutete ihn eine Energie der Unbesiegbarkeit. Hier war er einfach nur Frederico Müller-Gonzáles, ein geachteter Geschäftsmann, von dem man munkelte, er habe gute Kontakte in die Unterwelt und gleichzeitig in höchste Wirtschafts- und Regierungskreise.

Auf der Fahrt hierher hatte er sich vorgestellt, zur Beruhigung eine Massage zu nehmen. Das ging in Hotels, in denen auch Rockstars abstiegen, sogar nachts. Aber jetzt war er zu müde. Er schaffte es nicht einmal, noch einen Bummel durch die Altstadt zu machen oder um den Dom herum.

Er legte die Füße im Sessel hoch. Das Zimmer hatte etwas von einem Serail an sich, zumindest stellte Rupert sich einen orientalischen Palast von innen so vor. Es war als heimlicher Regierungssitz geeignet und gleichzeitig als Harem.

Er betrachtete sich im Spiegel. Im Grunde hatte er ja einen Harem. Nur wussten die Frauen nicht viel voneinander. Bei Beate und seiner Frauke sollte das auch besser so bleiben.

Dann war da noch seine Nachbarin. Die wusste natürlich, dass er verheiratet war. Schließlich war sie es auch. Für sie hatte er bei all dem Stress schon lange keine Zeit mehr gehabt. Hoffentlich nahm sie es nicht persönlich. Sie bezog oft alles, was geschah, auf sich. Sie glaubte zum Beispiel, dass der Typ gegenüber den Rasen nur mähte, wenn sie ihren Schönheitsschlaf hielt oder wenn sie draußen auf der Terrasse saß und in Ruhe lesen wollte. Sie war auch eine von diesen Leserinnen, die ständig über Bücher reden wollten und statt Handtaschen oder Stöckelschuhe zu kaufen lieber in Buchhandlungen auf Jagd nach Neuerscheinungen gingen. Sie sammelte sogar signierte Exemplare und stand dafür gern mal bei einer Signierstunde in der Schlange.

Rupert würde die Frauen nie verstehen, das wusste er. Aber er liebte sie.

Der Rupert in ihm wollte die Nachbarin jetzt auch anrufen, um sich für seine Nachlässigkeit in letzter Zeit offiziell zu entschuldigen. Aber er nickte ein und träumte von Beate. Sie hatte vegan gekocht und ihm zuliebe eine Knackwurst hineingeschnitten. So mochte er ihre vegane Gemüsesuppe am liebsten.

Kleebowski kam aus dem Lachen nicht mehr raus. »Ich schwöre es dir, Hannelore, wenn du Kabarett machen würdest, du kämst ganz groß raus! Heißt das nicht heute Stand-up-Comedy? Ich stelle mir gerade vor, wie du auf der Bühne rüberkämst.«

Sie erzählte die Sache jetzt zum fünften Mal. Zwischendurch hatten sie die Minibar leer gemacht, alle Erdnüsse aufgegessen und sich zweimal etwas zum Naschen bringen lassen.

Hannelore behauptete, nach gutem Sex immer so hungrig zu werden. Sie klopfte sich einladend auf die Hüften: »Daher der Speck«, kicherte sie. »Im Ernst, ich schwöre, diese magersüchtige Bitch hat mich mit einer Waffe bedroht. Sie hat auf mein Gesicht gezielt. Da war so ein Dings dran, an der Pistole, so eine Verlängerung.«

»Schalldämpfer. Das heißt Schalldämpfer, Süße.«

»Ich habe ihr gesagt, dass sie mal runterkommen soll und diese ewigen Eifersüchteleien doch auch nichts bringen.«

»Und dann ist sie abgehauen?!«, amüsierte Kleebowski sich.

Er hatte keine eifersüchtige Ehefrau, die zwanzig Jahre jünger war als er, folglich konnte sie hier auch nicht mit einer Pistole herumfuchteln. Das war der Vorteil von Miet-Ehefrauen, fand Kleebowski. Sie flippten nicht aus, wenn man sich von ihnen trennte. Sie hofften höchstens, noch einmal gebucht zu werden. Er galt als großzügig, und besonders anspruchsvoll war er auch nicht.

Eine von Georges schießwütigen Sportstudentinnen war es bestimmt nicht gewesen, denn die rannten nicht weg, sondern galten als sehr durchsetzungsfähig und zielorientiert. George setzte ja gern schöne junge Frauen als Leibwächterinnen ein. In der Branche wurden sie *Sportstudentinnen* oder *Schauspielerinnen* genannt. Die meisten seiner Engel hatten sogar studiert und beherrschten mehrere Sprachen fließend. Die Zeiten, in denen dumpfe Muskelpakete die Jungs fürs Grobe waren, gingen dem Ende entgegen. Aber wäre es eins dieser jungen Talente gewesen, hätte Hannelore jetzt ein Loch zwischen den Augen gehabt.

Kleebowski hielt alles für einen Witz, oder jemand hatte sich in der Tür geirrt. Bedrohungen sahen für ihn anders aus. Er genoss sein Leben gerade. Er konnte sich vorstellen, diese Nacht mit Hannelore zu wiederholen. Sie hatte so etwas herrlich Erfrischendes an sich. Vermutlich machte sie sich nur einen Scherz mit ihm und an der Tür hatte der Zimmerservice geklopft.

Es machte ihn hungrig, ihr beim Essen zuzusehen. Er mochte den Gedanken, dass ihre Gier etwas mit dem Sex zu tun hatte, den sie gerade miteinander gehabt hatten. Spaghetti und Eiscreme waren auch für ihn besser als die Zigarette danach, obwohl er vorher schon eine Pizza gehabt hatte.

Er rülpste und gähnte wohlig. »Bitte bleib über Nacht«, sagte er. »Ich würde gerne neben dir schlafen und morgen mit dir frühstücken.«

Sie lag nackt neben ihm, fühlte sich geehrt, tat aber so, als müsse sie nachdenken und abwägen. Sie versuchte, so rüberzukommen, als hätte sie möglicherweise noch einen anderen Termin. Sie wollte gern noch ein bisschen gebeten werden.

»Glaub ja nicht, dass ich das jeder anbiete«, stichelte er. Es sollte wie ein Scherz klingen, hörte sich aber gar nicht so an.

Sie lachte trotzdem. »Du hast wohl Angst alleine, was? Keine Sorge, Alexander, ich beschütze dich.«

Sie hob ein paar Spaghetti mit den Fingern hoch über ihren Kopf und saugte sie ein. Er sah zu. Wie unabsichtlich ließ sie ein paar Nudeln auf ihren Körper fallen. Sie streckte sich lang auf dem Bett aus und reckte sich. »Falls du noch Hunger hast …«, grinste sie und schloss die Augen.

Er nahm das Angebot an.

Es sah nach einem friedlichen Morgen aus. Fast windstill. Nur wenige Schäfchenwolken am Himmel. Seehunde lagen faul auf der Sandbank. Viele kleine Krebse konnten heute ungehindert im Watt herumkriechen. Die Möwen fanden an Land leichtere Beute. Sie pickten an Marcellus herum.

Piri hatte zum Frühstück nur einen Kaffee getrunken und dabei versucht, einen möglichst traurigen Eindruck zu machen. Es gelang ihr. Eine alleinerziehende Mutter mit ihren wunderschönen Zwillingen wohnte ebenfalls im Hotel und versuchte, Piri zu trösten. Männer seien es einfach nicht wert, dass frau hinter ihnen hertrauere, behauptete sie, und in ihren Augen flammte die alte Verletztheit auf.

»Ich warte nicht länger auf ihn«, hatte Piri geantwortet. »Es ist so erniedrigend. Ich reise ab.«

»Am Ende«, sagte die nette Mutter, während ihre Zwillinge sich Obst vom Frühstücksbuffet holten, »am Ende müssen wir Frauen die Entscheidung fällen.«

Piri gab ihr recht: »Männer warten gern ab und halten uns hin.«

Die Zwillinge fanden jetzt Spaß daran, sich selbst Waffeln zu machen. Sie übertrieben es ein bisschen, jeder hatte schon drei Waffeln auf dem Teller. Der Duft erfüllte den Frühstücksraum.

Piri wusste nicht einmal den Namen der Frau, doch die beiden umarmten sich mitten im Frühstücksraum. Der Kellner sah das und lächelte. Am liebsten hätte er alle beide getröstet.

Die Zwillinge liefen hinter Piri her und schenkten ihr eine Waffel für die Rückreise. Die beiden machten sogar synchron einen Knicks dabei. So etwas hatte Piri schon lange nicht mehr gesehen. Gerührt von dem Geschenk, wickelte sie die Waffel in eine Serviette und steckte sie in ihre Handtasche.

Piri verließ die Insel unbehelligt. Ja, sie genoss die frühe Fähre sogar. Sie hatte auf dem Außendeck eine ganze Bank für sich allein. Das Schiff fuhr mit sechzehn Knoten. Langsamer ging es kaum. Sie rechnete es im Kopf aus, es waren keine dreißig Stundenkilometer. Rechnen gab ihr das Gefühl, die Dinge unter Kontrolle zu haben. Schon als Kind hatte sie, wenn es Probleme gab, angefangen, rechnend die Welt zu begreifen. Sie erinnerte sich daran, einmal zehn Reiskörner abgewogen zu haben, um danach ausrechnen zu können, wie viele Reiskörner in der 500-Gramm-Tüte waren, während ihre Eltern sich anschrien und von Trennung sprachen.

Sie hätte auch von Borkum nach Emden fliegen können, dann wäre sie in einer Viertelstunde auf dem Festland gewesen. Mit dem Katamaran in knapp sechzig Minuten. Aber genau das tat sie nicht. Sie wählte die langsamste Form. Sie nahm die Fähre nach Emden. Das Schiff tuckerte langsam durchs Wasser und brauchte mehr als zwei Stunden. Piri glaubte, allein diese Wahl würde sie unverdächtig erscheinen lassen. Niemand wählte auf der Flucht die langsamste Verbindung mit der schönsten Aussicht.

Die *Ostfriesland* fuhr mit Flüssiggas. Das Schiff war für eintausendzweihundert Passagiere und siebzig Autos zugelassen, aber an diesem Morgen verließen keine hundert Gäste die Insel, und zwischen den Familienkutschen hätten noch einige Busse und Schwertransporter Platz gehabt.

Piri trug die P22 bei sich. Ihre Angst vor Frederico und seinen Leuten war größer als die vor der Polizei. Fredericos Schergen machten keine Gefangenen, so sagte man.

Die Morgensonne streichelte ihre Haut. Sie streckte sich lang auf der weißen Bank aus. Möwen stolzierten auf Futtersuche übers Deck. Sie hatten etwas von Schiffsinspektoren, die nach dem Rechten sehen wollten, fand Piri.

Willi Klempmann schickte ihr eine Nachricht: *Gute Arbeit. Aber was ist mit dem anderen Trottel?*

*Mit dem tanze ich auch noch Tango,* antwortete sie.

*Warum verlässt du dann das Tanzlokal,* wollte George wissen.

Sie unterdrückte den Impuls, das Handy in die Nordsee zu werfen. Er konnte sie jederzeit orten. Er wollte wissen, wo sie sich aufhielt und was sie tat. George betrachtete Menschen, die für ihn arbeiteten, als sein Eigentum.

Sie hatte ihre Handtasche vor die Bank gestellt. Angelockt vom Duft der Waffel, pickte eine Möwe jetzt daran herum und versuchte, sie herauszuziehen. Piri ließ das Tier gewähren. Ihr gefiel die Unverfrorenheit, mit der die Möwe ihr Ding durchzog.

Piri schrieb an George: *Ich mache nur eine kleine Pause, bevor ich weitertanze.*

Prompt reagierte er: *Pass nur auf, dass sich keine andere an ihn ranschmeißt. So charmante Männer sind doch sehr begehrt.*

Sie verstand genau, was er damit sagen wollte. Sie war nicht die Einzige, die sich das Honorar verdienen wollte. Kleebowskis Tod war beschlossene Sache. Die Frage war nur, wer es wann erledigen würde. Er war Freiwild, auf das ein Preis ausgesetzt war.

Sie überlegte, ob sie die nächste Fähre zurück nehmen sollte, um die Sache zu Ende zu bringen. War das hier eine chaotische Flucht? Oder ein kluger, geordneter Rückzug? Es widerstrebte ihr, als Befehlsempfängerin zu arbeiten. Sie wollte lieber frei und selbständig sein. Aber gab es so etwas überhaupt im Berufsleben oder war es nur eine Täuschung?

Ihre kurze Illusion von Unabhängigkeit zerplatzte. Waren freie Künstler wirklich frei? Selbständige wirklich selbständig? Oder waren nicht alle in einem Netz von Abhängigkeiten gefangen?

Die Möwe flatterte mit der Waffel davon. Die Serviette flog windgetrieben in Piris Gesicht. Drei Möwen versuchten, der Diebin die Waffel abzujagen.

Dieses Bild kam Piri vor wie ein Symbol für ihre augenblickliche Situation, wenn nicht gar für ihr ganzes Leben. Sie wollte ein Handyfoto von dem Luftkampf machen, aber sie bekam nur ein Stückchen Himmel aufs Bild und links oben den Fetzen einer Schäfchenwolke.

Als Frauke erwachte, wusste sie gleich, dass ihr Frederico nicht mehr in dieser Klinik hinter dem Deich war. Es lag nicht einfach am leeren Schlafplatz neben ihr im Bett. Frederico hätte ja auch im Bad sein können, auf der Terrasse oder im Nebenzimmer. Aber sie fühlte das Fehlen seiner Energie.

Es war nicht nur sein Geruch, sondern für Frauke verbreitete er eine respektvolle Aura um sich. In seiner Gegenwart wurde für sie vieles leichter, was vorher noch schwer gewesen war. Er begegnete dieser Welt mit einer Mischung aus Verachtung und Herzlichkeit. Er hielt sich nicht lange damit auf, was war, sondern suchte sofort nach Möglichkeiten, alles zu seinen Gunsten zu verändern. Er sah Chancen, wo andere nur Probleme entdeckten. Etwas davon strahlte er aus, und das war jetzt weg.

Sie machte sich gleich Sorgen um ihn. Manchmal war er zu vertrauensvoll. Er glaubte so sehr an sein Glück, dass er zum Kugelfang wurde. Den ersten Treffer trug er ja an einer Kette um den Hals, als wolle er den Mörder, der auf ihn angesetzt worden war, verspotten:

*Hier, schau nur, du Scharfschütze, was für ein Versager du bist. Hast du wirklich geglaubt, mit einer Kugel könne man mich umbringen?*

Sie warf sich einen seidenen Morgenmantel über und wollte in den Flur. Vor ihrer Tür saß Tiger auf einem unbequemen Stuhl. Es war irgendeine Antiquität im Kolonialstil. Eigentlich ein Staubfänger. Schön anzuschauen, aber schlimm, wenn man länger als fünf Minuten darauf sitzen musste. Vermutlich stand er deshalb da. Reine Dekoration. Leibwächter sollten aufrecht stehen, aufmerksam die Gegend beobachten und einschüchternd wirken. Trotzdem war Tiger eingenickt. Seit Frederico die Suite verlassen hatte, war nichts mehr passiert. Zu beobachten gab es hier im Flur für ihn nicht viel. Eine Fliege summte herum. Er konnte Fliegen, Insekten und Mücken nicht leiden. Am liebsten hätte er auf sie geschossen. Dreimal hatte er versucht, sie zu erschlagen, jedes Mal war sie schneller gewesen als er.

Drei Bilder hingen an den Wänden. Ein Holzschnitt von Gölzenleuchter. Daneben der original Druckstock. Gegenüber ein Ole West, ein Leuchtturm auf einer Seekarte. Direkt neben der Tür ein abstraktes Ölbild von Marlies Eggers.

Der Fußboden war beleuchtet. Die Lichtquelle lag in den Fußleisten. Die Decke dagegen war dunkel. Es gab hier im ganzen Gebäude beruhigende Farb- und Lichtkonzepte. Da fiel es nicht leicht, stundenlang wach zu bleiben. Tiger hätte vor Stunden abgelöst werden müssen, aber das war nicht geschehen. Tapfer hielt er die Stellung. Sein Kumpel habe sich einen Magen-Darm-Virus eingefangen, hieß es.

Frauke stupste ihn an, um ihn zu wecken. Ihr Leibwächter riss die Augen auf.

Frederico Müller-Gonzáles hätte ihn vermutlich geohrfeigt und fristlos entlassen. Frauke dagegen fragte den aufgeschreckten Kickboxer nur: »Weißt du, wo Frederico ist?«

Tiger zuckte mit den Schultern und verzog den Mund. »Der Boss ist mir keine Rechenschaft schuldig. Er wollte noch einmal weg. Bitte, Sie werden ihm doch nicht sagen, dass ich …« Er sprach nicht weiter.

Frauke rannte mit wehendem Morgenmantel zur Treppe. Sie hatte etwas von einem fliehenden Engel an sich. Tiger folgte ihr, um sie zu beschützen. Sie war barfuß, lief aber die Treppe runter Richtung Ausgang.

Der Klinikleiter Ernest Simmel trat aus einem Raum, an dessen Tür ein Schild auf den privaten Bereich hinwies. Er lachte Frauke an und öffnete die Arme: »So wollen Sie aber doch hoffentlich nicht raus, meine Liebe? Man sollte den Wind am Deich nicht unterschätzen. Sie sind noch rekonvaleszent.«

»Frederico ist weg. Ich habe Angst, dass er sich in Gefahr begibt.«

Dr. Sommerfeldt schickte Tiger mit einer Handbewegung weg.

»Gefahr ist sein zweiter Vorname«, scherzte der Doktor. »Frederico kann damit umgehen.«

Tiger druckste herum. »Soll ich nicht besser hier bei ihr bleiben, Professor Simmel?«

Sommerfeldt schüttelte kurz den Kopf. »Gehen Sie. Legen Sie sich hin. Sie haben Schlaf nötig, Tiger. Sie«, er deutete auf Frauke, »ist bei mir in Sicherheit.«

Tiger verzog sich. Er hatte nicht vor, sich mit dem Chef anzulegen. Er hatte viele Kämpfe gewonnen, galt als einer, der harte Schläge einstecken konnte, ohne umzufallen. Aber Autoritäten gegenüber, denen er sich loyal verpflichtet fühlte, knickte er sofort ein. Er war ein Draufgänger, aber eben auch ein Befehlsempfänger.

Sommerfeldt bat Frauke gestisch in seinen privaten Bereich. »Ich habe Tee aufgebrüht. Ich trinke morgens gerne eine Tasse und gehe dann ins Watt.«

Sie schaute ihn aufmerksam an.

»Eigentlich«, erklärte er, »ist es schon ein bisschen spät für mich. Ich mag das Morgengrauen oder den Sonnenuntergang am liebsten, wenn es im Watt ganz still wird. Totenstill.«

Heiser sagte sie: »Das verstehe ich gut.«

»Wollen Sie mit?«

Sie nickte erfreut, aber er warnte sie: »Ich gehe richtig ins Watt. Und danach wasche ich mich in einem Priel. Das reinigt die Seele, ist aber saukalt.«

»Ich bin dabei.«

Er erklärte: »Ich tue es nackt.« Er fand, er war es ihr schuldig, das vorher zu sagen.

Sie lächelte. »Ich weiß. Ich habe Sie schon dabei beobachtet. Sie sauen sich so richtig voll. Sie sehen dann aus wie ein Wesen aus einer anderen Welt.«

Es schien ihm gar nichts auszumachen, dass sie sein Geheimnis kannte. »Ich werde dann erst wieder wirklich ich selbst. Es kommt mir vor wie eine Verwandlung.«

Sie verstand genau, was er meinte. »Exakt das fehlt mir«, behauptete sie.

»Erst einen Tee?«, fragte er.

Sie willigte ein.

Während der Kandis in der Tasse knisternd zersplitterte, sah

Frauke sich seine beeindruckenden Bücherwände an. Nur die Fenster waren ausgespart. Tolstoi. Dostojewski. Puschkin. Turgenjew. Tschechow. Gorki. Pasternak.

Seine Sammlung russischer Literatur interessierte sie besonders. Sie zog *Schuld und Sühne* aus dem Regal. »Ich habe mich beim Lesen in den armen Raskolnikow verliebt«, schwärmte sie.

»Er hatte kein Geld, aber er war nicht arm«, widersprach Sommerfeldt. »Er war hochintelligent. Er glaubte letztendlich daran, morden zu dürfen, um eine Ungerechtigkeit wieder auszugleichen. Leider war er nicht so rücksichtslos, wie er glaubte zu sein.«

»Er litt unter seiner Tat, und ich habe mit ihm gelitten«, gestand Frauke. »Ich hatte beim Lesen immer Angst, dass er sich stellt.«

Es tat ihr gut, mal wieder mit jemandem über Literatur zu reden. Schließlich waren Leseerfahrungen auch Erfahrungen. Bücher hatten sie mehr geprägt als lebende Menschen, glaubte sie manchmal. Vielleicht lag es daran, dass sie Romane oder Gedichte näher an sich heranließ.

»Für so dumm habe ich ihn nicht gehalten«, lachte Sommerfeldt. »Aber seine Zerrissenheit zwischen zwei Welten machte ihn angreifbar.«

»Mich hat auch Sonja beeinflusst – äh, ich meine, beeindruckt«, stammelte Frauke. »Hieß sie nicht so? Sonja? Oder Sarah? Sie zog die ganze bitterarme Familie durch, indem sie auf den Strich ging …«

Frauke drehte ihm den Rücken zu und sah ins Buch. Sie hatte das Gefühl, gerade zu viel von sich preisgegeben zu haben.

»Die Hure, die viel moralischer handelt als alle, die auf sie herabsehen, ermöglicht uns einen tiefen Blick in die gesellschaftlichen Verhältnisse«, behauptete Sommerfeldt.

Frauke legte den Roman zur Seite und nippte an ihrem Tee. Sommerfeldt registrierte, dass sie das Buch nicht zu den anderen ins Regal zurückstellte, sondern neben der Teekanne platziert hatte. Sommerfeldt folgerte daraus, dass Frauke noch nicht fertig damit war und sich den Roman entweder leihen oder aber das Gespräch darüber später fortsetzen wollte.

»Wir sollten langsam los, bevor die ersten Touristen kommen«, schlug Sommerfeldt vor.

Frauke lief vor ihm den Deich hoch. Der Westwind ließ ihren Morgenmantel flattern.

Tiger beobachtete die beiden vom Fenster aus, bereit, jeden niederzuschießen, der sich ihnen näherte und eine verdächtige Bewegung machte. Da war aber nur eine Joggerin, und die lief nicht auf die zwei zu, sondern entfernte sich mit jedem Schritt von ihnen.

Vielleicht, dachte Tiger, braucht sie keinen Leibwächter in der Nähe von Professor Simmel. Professor, das klang für ihn immer so harmlos, altbacken, ja verschroben. Aber in Ernest Simmels Nähe spürte er, dass er es mit einem gefährlichen Mann zu tun hatte. Einem, der kein Duell fürchtete.

Tiger war froh, auf seiner Seite zu stehen und ihn nicht als Gegner zu haben. Als Arzt wusste er garantiert, wohin man schlagen musste, damit es richtig weh tat.

Geier hatte Birte Jospich und ihren Sohn in seinen VW-Transporter gebracht. Sie lagen gefesselt und geknebelt auf der Ladefläche. Dem Jungen hatte er noch eine Beruhigungsspritze verpasst. Bei Birte war das nicht nötig. Doch er wollte ihr noch heimzahlen, dass sie sein Gesicht mit der Lampe zerkratzt hatte.

Ja, er war verdammt nachtragend, wenn es um Beleidigungen ging oder um Schmerzen, die ihm jemand zugefügt hatte.

Doch jetzt musste er zunächst an sein Geld kommen. Er schärfte Hansjörg ein, was er zu tun hatte: »Wenn du einen Fehler machst, stirbt als Erstes dein Sohn. Mit deiner Frau amüsiere ich mich dann eine Weile, bevor ich dir die Einzelteile schicke. Also hör mir jetzt gut zu. Du bist die ganze Zeit über dein Handy mit mir verbunden. Ich höre jedes Wort, das du sagst. Ich sehe auch alles, was du tust. Wenn diese kleine Kamera in deinem Kragenknopf nicht mehr sendet, muss ich davon ausgehen, dass du mich bescheißen willst und dein Sohn ist erledigt. Ich kenne kein Pardon. Ich akzeptiere keine Ausreden und keine Entschuldigung.«

Hansjörg wirkte wie jemand, der kurz davor war, zu kollabieren. Er japste und schwitzte. »Aber wenn mich jemand nach meinem Ausweis fragt …«

Geier lachte und kramte ein Dutzend Personalausweise hervor. »Ich habe das Schließfach als Falk Schikowsky eröffnet. Ich war nur ein einziges Mal dort. Wir haben ungefähr ein Alter. Das geht glatt durch. Du hast vor allen Dingen auch meine Kontokarte. Das ist deine Zugangsberechtigung. Und dann noch der Schließfachschlüssel. Also bau keinen Scheiß. Alles wird gut. Und denk dran: Ich sehe, was du siehst, und ich höre dich und jeden, der mit dir spricht.«

»Aber …«, wandte Hansjörg ein, »was, wenn das Netz instabil wird? Was, wenn die Technik spinnt?«

Geier tätschelte Hansjörgs Gesicht: »Dann hast du Pech gehabt. Immerhin wirst du überleben. Du kannst dir eine neue Frau suchen und der dann auch ein neues Kind machen …« Geiers Gesichtszüge verhärteten sich: »Nee, war nur ein Scherz. Sobald sich die ganze Aufregung gelegt hat, komme ich nämlich zurück und hole dich. Lange wirst du dein Glück ohne deine Family also nicht genießen können.«

»Ich … ich … fürchte, ich … werde ohnmächtig.«

»Och, Hajo, mach jetzt nicht auf krank. Willst du wirklich, dass ich deinem Sohn erzähle, was für ein Versager du bist, dass Papi es einfach nicht gebracht hat und ich ihm jetzt leider die Kehle durchschneiden muss?«

»Nein, nein, nein, natürlich nicht! Ich schaffe das!«

Geier lobte den Familienvater: »Siehst du, so musst du da rangehen. Und wie heißt du? Hast du es dir gemerkt?«

»Falk. Falk Schikowsky. Mit Ypsilon am Ende!«

Geier brachte Herrn Jospich zum Auto. Er hielt ihm sogar die Tür auf und schnallte ihn an. Dann fragte er ihn erneut: »Wie heißt du?«

Diesmal gab Geier die Antwort nicht, sondern fixierte Hansjörg, als hätte er vor, ihm sehr weh zu tun, wenn er nicht sofort die richtige Antwort wusste.

»Falk. Falk Schikowsky. Am Ende mit Ypsilon!«

»Gut! Du schaffst das. Bau jetzt keinen Unfall. Immer schön bei Rot anhalten. Du kennst das ja. Wenn du deine Sache gut machst, ist in einer knappen Stunde der ganze Albtraum für euch vorbei. Ich bin dann weg. Ihr seht mich nie wieder. Und du bist der Held.«

Morgens über den Markt zu bummeln und die Gerüche zu genießen gehörte für Frank Weller zum Zauber dieser Welt, den er nicht missen wollte. Er, der Genussmensch, wollte nicht schnell einkaufen. Er bedauerte die Menschen, die mit Zettel und Korb loszogen und ganz genau wussten, was sie haben wollten, weil ihr Essensplan schon für die ganze Woche feststand. Er dagegen flanierte über den Markt, um sich inspirieren zu lassen, wollte mit allen Sinnen Impulse in sich aufsaugen.

Er probierte überall, was angeboten wurde. Ein paar Macadamianüsse, ein Deichkäse, Roggenbrot, eine alte Apfelsorte, die langsam wieder zurückkam.

Der Duft frischer schwarzer Trüffel zog ihn magisch an. Er schloss die Augen und roch nur. Ja, er würde für sich und Ann Kathrin heute Spaghetti mit Cremoso al Tartufo und Walnüssen zubereiten. Er kaufte etwas von dem Löffelgorgonzola und dann noch – obwohl sündhaft teuer – Cremoso al Tartufo dazu. Er beschloss, beide Sorten zu mischen. Er stellte sich schon vor, wie er die gekochten Spaghetti in die Pfanne zu der cremigen Käsesoße hob. Bei Spaghetti hatte Weller wenig Humor. Sie gehörten in einen großen Topf und durften nicht gebrochen werden. Auch predigte er gern beim Kochen gegen die Unsitte an, ein paar Tropfen Olivenöl ins Wasser zu geben. Ann Kathrin hatte das früher gern gemacht. Aber dann verband sich nach Wellers Meinung die Soße nicht so gut mit den Nudeln.

Zu Beginn ihrer Beziehung hatte Ann die Spaghetti sogar auf den Teller geladen und dann Bolognese aus dem Topf darüber gekippt. Für Weller eine Kulturlosigkeit sondergleichen. Spaghetti gehörten zu der Soße in die Pfanne. Dort wurden sie gewälzt, und dann kamen sie direkt aus der Pfanne auf den Teller.

Er wählte auch noch einen Rohmilchkäse aus, nahm etwas Sahne mit und stand in Gedanken schon im Distelkamp am Herd. Er musste erst noch in die Polizeiinspektion, die er von hier aus mühelos sehen konnte, der er aber keinerlei Beachtung schenkte. Arbeit musste man entweder tun oder völlig ignorieren, sonst versaute sie ihm das ganze Leben, fand Weller.

Neben ihm kaufte Liane Brennecke ein. Die Polizeidirektorin war immer noch gezeichnet von der Zeit, die sie in Geiers Folterkeller verbracht hatte, aber ihre große erotische Strahlkraft hatte sie schon wieder zurück. Sie zog Männerblicke auf sich. Einige vergaßen in ihrer Gegenwart, dass sie mit ihrer Frau zum Markt gekommen waren. Sie mussten durch Zupfen am Ärmel oder kleine Stöße in die Rippen daran erinnert werden, dass sie verheiratet waren.

Nicht so Frank Weller. Er beachtete Frau Brennecke gar nicht, sondern kaufte weiter ein.

»Moin, Herr Weller«, sagte sie, und da er nicht reagierte, sondern Walnüsse kaufen wollte, versuchte sie es mit mehr Nachdruck: »Moin, Moin, Herr Weller.«

Jetzt sah er sie an und lächelte milde: »Man sagt nur Moin. Moin Moin gilt bei den Ostfriesen schon als Gesabbel.«

»Ich sehe, Sie kennen sich mit Käse aus. Können Sie mir einen Weichkäse empfehlen? Nicht zu würzig. Ich mag ihn eher milde.«

Weller guckte ihr in die Augen und wusste, dass sie etwas anderes wollte und nur mit einer unverfänglichen Frage begonnen hatte. War sie vielleicht gar nicht zufällig hier? Sie wusste vermutlich genau, dass er gern an Markttagen morgens vor Dienstbeginn in aller Frühe einkaufte.

»Von der Ziege, der Kuh oder vom Schaf?«, fragte er.

Sie machte ein Gesicht, als sei es ihr gleichgültig. Er empfahl ihr gleich zwei Sorten. Sie nahm beide.

Sie zahlte, ohne aufs Wechselgeld zu achten, und fragte: »Haben Sie es eilig oder Zeit für ein Tässchen Kaffee?«

»Wir können auch in mein Büro gehen«, schlug Weller vor.

»Ach nein«, sagte sie, »das, was ich Ihnen zu sagen habe, ist doch eher privat als dienstlich.«

Es waren nur einige Schritte bis zum Café am Markt, doch vor dem Marktpavillon waren ihr offensichtlich zu viele Menschen. Sie lud Weller, der eigentlich gern draußen gesessen hätte, zu *ten Cate* ein.

Sie gingen nebeneinander her und sprachen nicht. Sie bereitete sich innerlich auf das vor, was sie ihm zu sagen hatte. Weller erwartete eine Ungeheuerlichkeit, hatte aber nicht die geringste Ahnung, worum es gehen könnte.

Während sie neben ihm herging, merkte er, wie sehr sie noch von Hass getrieben war. Sie wollte diesen Geier, alles andere war ihr egal. Rache war ihr eigentliches Lebensziel geworden. Er fragte sich, ob er ihr das sagen sollte und ob es Sinn machen könnte, sie auf die Schönheit der Welt hinzuweisen.

Vor dem *Café ten Cate* waren schon die ersten Tische besetzt. Sie gingen rein und suchten sich einen Platz ganz hinten. Sie nahm einen Milchkaffee. Weller hatte das Gefühl, etwas Stärkeres zu brauchen, und bestellte sich einen Black Eye. Außer ihm machte das nur selten jemand, aber Monika Tapper wusste genau, was er wollte. Eine Tasse schwarzen Kaffee und einen doppelten Espresso. Er goss den Espresso in den Kaffee.

»Wer davon nicht wach wird, ist so gut wie tot«, lächelte Monika Tapper und stellte aus alter Verbundenheit noch einen kleinen Teller mit Naschereien auf den Tisch. Weller griff gleich nach der Deichgrafkugel.

Monika verstand genau, dass die beiden etwas zu bereden hatten, und ließ sie höflich allein. Einem verliebten Pärchen, das ins Café kam, wies sie freundlich einen Fensterplatz zu, so weit wie möglich von Liane Brennecke und Weller entfernt.

»Also?«, fragte Weller, den es nervte, dass Liane Brennecke ständig in ihrem Milchkaffee herumrührte.

Sie zog den Löffel raus, leckte ihn ab und sagte: »Ich bin mir nicht mehr sicher, wem ich trauen kann und wem nicht.«

»Wie meinen Sie das?«

»Ich bekomme kaum noch Informationen. Ich habe das Gefühl, dass man etwas zurückhält.«

»Vielleicht«, gab Weller zu bedenken, »schützt man Sie ein wenig, weil Sie doch sehr verstrickt in den Fall sind.«

»Sehen Sie, und genau das will ich nicht. Ich möchte Bescheid wissen. Ich will nicht aus der Zeitung erfahren, dass Geier gefasst wurde. Ich möchte dabei sein.«

»Dabei sein?«

Sie nickte. »Wenn Sie mir helfen, Frank, ich kann eine Menge für Sie tun. Ich habe Einfluss.«

Er wusste, dass diese Aussage kein Bluff war. Sie hatte lange V-Leute geführt und ein dichtes Informationsnetz aufgebaut. Vor ihr hatte man auch in höchsten politischen Kreisen Angst.

»Wenn Sie karrieremäßig weiterkommen wollen, Frank – ich darf doch Frank zu Ihnen sagen, dann kann ich Ihnen behilflich sein. Ich stelle nirgendwo Forderungen. Ich äußere meist nur eine Bitte.«

»Ich fühle mich eigentlich hier ganz wohl.«

Sie schaute ihn ungläubig an und lächelte süffisant: »Stehen Sie nicht doch ein bisschen sehr unter der Fuchtel Ihrer Frau? Wie ist das für einen Mann, wenn seine Frau die Vorgesetzte ist? Kommen Sie da nicht in Konflikte?«

»Was wollen Sie von mir, Frau Brennecke?«

»Sagen Sie ruhig Liane zu mir.«

»Also?«, insistierte Weller und trank seinen Black Eye. Jetzt wäre so eine starke Koffeinzufuhr gar nicht mehr nötig gewesen. Das Gespräch mit ihr war bis zu diesem Punkt schon aufregend genug, dass er keine Sorge haben musste, einzunicken. Er hatte nachts lange gelesen und war dann mit seinem Roman eingeschlafen. Wenn er durch spannende Lektüre nicht mehr als drei, vier Stunden Schlaf bekommen hatte, trank er gerne einen Black Eye.

Liane Brennecke beugte sich über den Tisch und flüsterte in Wellers Richtung: »Für Klatt und die anderen BKAler ist Geier nur ein kleiner Fisch. Der schlagende Arm einer Organisation, die sie aufrollen wollen. Denen geht es nicht um den Folterknecht, denen geht es um die Drogenbarone.«

Sie sprach nicht weiter und guckte, als sei damit schon alles gesagt.

Weller vervollständigte ihre Gedanken zu seiner Sicherheit: »Aber Ihnen geht es um Geier.«

»Ich habe Angst, dass man ihm einen Deal vorschlägt.«

Weller staunte. »Einen Deal? Wir reden über einen sadistischen Massenmörder! Dem bietet man doch keinen Deal an. Er ist doch nicht irgendein Junkie, der seinen Dealer verraten soll, sondern …«

Sie winkte ab: »Ich staune über Ihre Naivität, Frank. Nach dem Zweiten Weltkrieg und dem Zusammenbruch des Hitler-Faschismus hat man vielen Massenmördern Deals angeboten. In der Justiz, in der Verwaltung, in den Universitäten – mein lieber Frank, der Verfassungsschutz war so braun, dagegen ist mein Schokokeks hier rosa.« Sie hob den Keks von der Tasse und biss hinein.

»Sie glauben doch nicht im Ernst, Geier könnte davonkommen und irgendwelche Geschäfte mit der Justiz machen, um …«

»Doch, genau das fürchte ich. Geier kennt die Auftraggeber, kann wichtige Leute verraten. Wenn er sein Wissen geschickt einsetzt …«, sie winkte ab, als dürfe sie gar nicht über die Konsequenzen nachdenken. »Und deswegen brauche ich Ihre Hilfe«, fuhr sie fort.

Weller stützte sich auf dem Tisch ab: »Soll ich ihn für Sie umlegen, oder was?«, empörte er sich.

»Nein, das würde ich gerne selber tun. Sie sollen mich nur auf dem Laufenden halten, damit ich die entsprechenden Maßnahmen ergreifen kann.«

Weller starrte auf seinen Kaffee. Er schaffte es nicht, Frau

Brennecke jetzt anzusehen. Meinte die Kriminaldirektorin das ernst? Wollte sie Geier töten und bat ihn dabei um Mithilfe?

Monika Tapper sah von weitem Wellers betretenes Gesicht. Sie winkte. »Noch einen Black Eye?«

»Nein, danke. Mein Herz schlägt jetzt schon bis zum Hals«, antwortete Weller.

»Wohnen Sie noch bei Rita und Peter?«, fragte er Liane Brennecke.

»Ja. Ich fühle mich in der Ferienwohnung bei den Grendels wohl. Ich komme schnell mit dem Rad hierher und fühle mich im Distelkamp auch irgendwie sicher.«

Weller zeigte Verständnis. Immerhin wohnte er ja selbst da, hatte sie aber schon eine ganze Weile nicht mehr gesehen.

»Manchmal«, erklärte sie, »gibt es Tage, da traue ich mich gar nicht unter Leute, will gar keinen sehen, bin richtig menschenscheu. Dann bin ich auch froh, dass ich noch krankgeschrieben bin. Aber dann wieder gibt es Tage, da will ich dabei sein, im Dienst, voll im Einsatz. Es kommt und geht, wie Ebbe und Flut, wie der Wechsel der Gezeiten.« Sie drehte ihre Handrücken nach oben und dann wieder nach unten. »Mal so, mal so«, fügte sie hinzu. »Ich werde erst Ruhe finden, wenn alles vorbei ist.«

»Heißt, wenn Geier in einem Holzsarg liegt und ihn die Würmer fressen?«

Offensichtlich hatte sie sich bereits Gedanken darüber gemacht. Sie antwortete, ohne nachzudenken: »Nein. Es würde mir besser gefallen, wenn er verbrannt wird.«

Die Worte *am besten bei lebendigem Leib* fügte sie nicht hinzu, doch Weller sah ihr an, dass sie es genau so meinte, es aber niemals aussprechen würde.

Geier ließ Pascal im Laderaum des Transporters und zog sich mit Frau Jospich ins Haus zurück. Er fand es klug, die zwei zu trennen. Wenn – wider Erwarten – die Polizei auftauchen sollte und er fliehen müsste, hatte er zumindest eine zweite Geisel im Auto.

Er wollte sich mit Birte gemeinsam ansehen, wie ihr Mann die Geldtasche holte. Notfalls konnten ihre Schreie ihn bestimmt zu Höchstleistungen anspornen, vermutete er. Er fläzte sich aufs Sofa und platzierte sie zu seinen Füßen auf dem Boden. Das Handy auf dem Tisch sendete Bilder. Die Tischkante war auf ihrer Nasenhöhe. Die Bilder waren ziemlich unruhig. Eine verengte Sicht und wackelig obendrein. Aber er wollte ja auch keinen Filmpreis gewinnen, sondern sehen, ob alles glattlief.

»Dein Typ fährt wie eine gesengte Sau«, schimpfte Geier. »Hoffentlich baut der keinen Unfall. Das könnte unser kleines Geschäft gefährden.«

Geier befreite Birte vom Knebel und verlangte: »Red ihm gut zu. Auf dich hört er ja vermutlich.«

Sie tat, was Geier verlangte. »Du machst das toll«, lobte sie ihren Mann. »Alles wird gut. Immer ruhig ein- und ausatmen. Bau jetzt nur keinen Unfall. Du hast Zeit. Ruhig Blut. Es geht uns gut.«

Sie beeindruckte Geier durchaus, aber er wollte auch nicht, dass dies hier ein gemütlicher Familienausflug wurde. Er griff ihr hart in die Haare und zog ihren Kopf nach hinten. »Nein«, schrie er, »du machst das überhaupt nicht gut! Du bist viel zu langsam. Wir haben keine Zeit. Glaub ja nicht, dass es deinen Liebsten noch lange gutgeht! Ich bin ziemlich sauer. In jeder Minute, die du vertrödelst, kommen mehr Leute in die Sparkasse und die Innenstadt füllt sich. Das weiß doch jeder!«

Ihr Nacken schmerzte, doch Birte rief: »Du bist toll, Hansjörg! Ich liebe dich!«

»Klar liebst du ihn«, fauchte Geier zynisch, »aber du betrügst ihn mit Frederico!«

»Ich habe schon einmal gesagt, ich kenne keinen Frederico.«

»Du bist nicht die Einzige, die auf ihn reingefallen ist. Er ist der Kronprinz! Erbe eines gewaltigen Vermögens und Chef einer Gangsterbande.«

»Er war bestimmt kein Kronprinz, sondern Polizist. Unterbezahlt, wie er immer betont hat. Und ...«, Birte rief in Richtung Handy, »ich hatte nichts mit ihm, Liebster, das musst du mir glauben! Er war der Freund meiner Freundin Bärbel! Dieser Rupert ist ein Luftikus! Er wollte etwas von mir, aber ich nicht von ihm! Ich liebe nur dich!«

»Du lügst gut«, lachte Geier. »Echt gut!«

»Ich glaube dir, Liebste«, beteuerte Hansjörg mit erstickender Stimme.

Das Liebesgesülze nervte Geier, aber er hakte trotzdem nach: »Wie hieß dieser Rupert mit Nachnamen?«

»Das weiß ich nicht«, behauptete Birte.

Geier schlug sie. »Wie er heißt, hab ich gefragt!«

»Ich weiß es nicht!«

»Wo ist der denn Polizist?«

»In Norden. Er hat gesagt, er wohnt in der ältesten ostfriesischen Stadt.«

Geier war wie elektrisiert. Er verstand, dass Birte nicht einfach versuchte, ihrem Mann gegenüber billige Ausreden zu erfinden. An der Sache war mehr dran. Er wollte alles in Erfahrung bringen. »Was weißt du noch über ihn?«

»Er hat mehrfach über eine Frau gelästert. Seine Chefin oder Kollegin. Eine Ann Kathrin. Sie sei eine blöde, nervige Ziege. Ich denke, er hat ohnehin ein Problem mit Frauen und mit einer Frau als Chefin sowieso.«

Hart schlug Geier erneut gegen ihren Kopf. »Das hilft mir nicht, ihn zu finden. Aber vielleicht weiß deine Freundin Bärbel ja mehr.«

»Wir haben keinen Kontakt mehr. Wir sind völlig zerstritten. Mein Gott, lassen Sie uns doch in Ruhe! Wir haben Ihnen nichts getan, und Sie sind hier wirklich an der falschen Adresse.«

Er schlug noch einmal zu. Ihr Kopf knallte gegen die Tischplatte. Das machte sie aber nicht gefügig. Geier nährte nur ihren Widerspruchsgeist. Sie biss nach seiner Hand. Er zog sie weg.

»Was haben Sie meinem Kind gespritzt?«, wollte sie wissen und guckte ihn an, als ob sie in der Lage wäre, ihn mit ihren Blicken zu durchbohren.

»Ein Beruhigungsmittel, damit er keinen Scheiß macht. Wäre es dir lieber gewesen, wenn ich ihm Meskalin gegeben hätte oder Kokain?«

»Machen Sie mit mir, was Sie wollen, aber lassen Sie Pascal in Frieden.«

Hansjörg hatte Mühe, in die Parklücke zu kommen. Das Alarmsystem seines Wagens schlug an, weil er links vorne zu nah an das andere Auto herankam.

»Hey«, schrie Geier, »willst du die Polizei anlocken oder was?«

»Nein, nein, ich habe einen Fehler gemacht. Ich bin nervös.«

Birte versuchte, den aufgebrachten Geier zu beruhigen: »Es ist doch gar nichts passiert.«

Geier schrie: »Zieh das jetzt durch! Mach keinen Stress mehr, Hajo, oder ich richte hier ein Blutbad an!«

»Mein Gott«, stöhnte Birte, »seine Nerven liegen blank!«

»Meine auch«, betonte Geier.

Rupert ging in seinem Zimmer im Savoy auf und ab. Er kam sich schrecklich einsam vor. Getrennt von allem und jedem. Das hier musste er alleine durchziehen. Nicht einmal eine seiner beiden Ehefrauen durfte davon wissen. Weder Frauke noch Beate.

Er fragte sich, warum er aus dem Treffen mit Frederico auch innerhalb der Kripo ein Geheimnis machte. Schützte er damit sich oder den richtigen Frederico? Identifizierte er sich bereits so sehr mit ihm?

Rupert hatte Hunger auf einen Burger mit ordentlich Zwiebeln und Pommes mit Mayo, aber er wusste, dass er nichts runterkriegen würde, nicht einmal seine geliebte Currywurst. Er musste schon aufstoßen, wenn er nur daran dachte.

Er verließ das Hotel und ging zum Domplatz. Er schenkte einem Straßenmaler zwanzig Euro. Zweimal umschlich er das Museum, dann ging er runter zum Deich, aber nicht einmal das Lachen schöner junger Frauen konnte ihn aus seinen düsteren Gedanken holen. Er galt vielen als primitive Frohnatur. Jetzt wäre er es zu gern gewesen, hatte aber die dazugehörige Leichtigkeit und den Optimismus verloren. Er, der angeblich nichts ernst nahm, war jetzt voller Sorge.

Schon zwei Stunden vor dem Termin betrat er das Museum Ludwig und schlich durch die Hallen wie ein Kunstdieb, der Angst hatte aufzufliegen und gar nicht wie jemand, der sich für die Ausstellung interessierte. Sein Gang hatte etwas Verstohlenes an sich. Je mehr Kunst er betrachtete, umso fremder wurde ihm dieser Frederico Müller-Gonzáles. Interessierte der sich wirklich für das, was hier an den Wänden hing, oder heuchelte er es nur sehr geschickt? Rupert nahm sich vor, Frederico zu fragen.

Ratlos sah sich Rupert in der Picasso-Ausstellung um. War der ein Genie, oder konnte er einfach nicht malen, fragte er sich. War dieser Typ nur berühmt geworden, weil niemand sich traute zu-

zugeben, den Quatsch nicht zu verstehen? Diese Nasen. Diese viel zu großen Augen. Zwei auf einer Gesichtshälfte … Waren Menschen wirklich so hässlich? Hatte dieser Picasso das alles unter Drogeneinfluss gemalt?

Je länger Rupert zwischen den Bildern hin und her ging, umso mehr begann er sich selbst als Picasso zu fühlen. Ist das genauso ein Aufschneider, wie ich einer bin, fragte Rupert sich. Im Grunde, dachte er, tue ich doch auch immer nur so als ob. Im Dienst spiele ich den Hauptkommissar. Undercover den Gangsterboss. Bei Beate den braven Ehemann. Bei Frauke den großen Macker und bei meiner Nachbarin den Frauenversteher. Hat dieser Picasso genauso den wilden Künstler gespielt wie ich den Kunstsammler und Weinkenner? War alles im Leben nur ein Bluff?

Jetzt, da er auch noch den Vorstandsvorsitzenden einer Bank gab, ohne dabei aufzufallen, konnte er keinerlei Respekt mehr vor Fachleuten haben. All diese BWLer, diplomierten Volkswirte und erfahrenen Manager tanzten nach seiner Pfeife, obwohl er bis vor kurzem nicht einmal in der Lage gewesen war, das Formular für die Hypothek, die sie so dringend brauchten, richtig auszufüllen, geschweige denn, es zu verstehen. Jetzt leitete er aber problemlos eine reale Bank, über die das organisierte Verbrechen Milliarden hin und her schob.

War Wissen nur Flitterkram? Woher sollten denn diese Broker, Wirtschaftsfachleute und Analysten wissen, welche Aktie als Nächstes steigen oder fallen würde? Es war doch alles nur ein Glücksspiel, mehr nicht. Sie verbrämten es nur wissenschaftlich.

Er sprach ein Selbstbildnis an: »Du und ich, Alter, wir sind uns ähnlich. Also, nicht dass du denkst, ich bin so hässlich wie du auf dem Bild. Aber ich kann genauso wenig eine Bank leiten, wie du malen kannst. Dafür habe ich Glück bei den Frauen, wie du ja wohl auch …«

Von hinten war jemand an ihn herangetreten und sagte: »Sie reden mit dem Bild. Das mache ich auch oft. Allerdings habe ich mehr das Gefühl, die Gemälde sprechen zu mir. Ich quatsche sie nicht voll. Ich nehme in mich auf, was sie mir über mich selbst zu sagen haben.«

Rupert traute sich kaum, sich umzudrehen. Hinter ihm stand Frederico Müller-Gonzáles. Der echte.

Wuchernder Vollbart. Am Kinn schon silbern, wie die Schläfen, sonst aber schwarz. Bunte Turnschuhe. Enge, rostbraune Jeans. Abgeschrammelte Motorradjacke mit Anarcho-Zeichen auf dem linken Arm und einer Friedenstaube auf dem rechten. Weißes T-Shirt mit der Aufschrift: *Sei anders. Sei du!* Creole im linken Ohrläppchen. Aber trotzdem hatte Rupert das Gefühl, in den Spiegel zu sehen. Vor ihm stand er selbst, nur verkleidet als friedensbewegter Soziologiestudent aus den Achtzigern.

Rupert trat einen Schritt zurück, um den ganzen Kerl besser mustern zu können und vielleicht auch, weil ihm die körperliche Nähe Angst machte. Er hatte das Gefühl, als würde er sich gleich in seinem Gegenüber auflösen. Mit ihm verschmelzen.

Frederico kommentierte sein Aussehen mit dem Satz: »Das Klischee wirkt immer wahrer als die Wirklichkeit.«

Rupert nickte sprachlos und strich über das breite Revers seines maßgeschneiderten silbergrauen Anzugs, der von einem glitzernden Faden durchzogen war. Je nachdem, wie das Licht fiel, flirrte Rupert dadurch kurz, als sei er nur ein Hologramm.

Diese Augen, dachte Rupert, das ist ja irre. Genau wie meine.

Zu wissen, dass man einen Doppelgänger hatte, oder ihm gegenüberzustehen war etwas völlig anderes. Die erschütternden Möglichkeiten der Verwandlung wurden deutlich. Jeder Mensch, kapierte Rupert, konnte so vieles sein und trug alle Möglichkeiten in sich.

»Kleider machen Leute«, sagte Frederico und gab sich Mühe, sympathisch rüberzukommen. Er lächelte Rupert an, als sei dieses Treffen der Startschuss für ein flottes Junggesellenwochenende. Da Rupert immer noch keine Worte fand, zitierte Frederico einen Satz aus *Casablanca*: »Ich glaube, das ist der Beginn einer wunderbaren Freundschaft.«

Damit rührte er Rupert, denn der versuchte seit ewigen Zeiten zu sein wie Humphrey Bogart. Dabei hatte er immer gehofft, diesen legendären Satz selbst mal anbringen zu können.

»Ich bin gekommen, um dir zu danken, Rupert. Du machst einen wirklich guten Job«, sagte Frederico. Rupert fühlte sich verarscht und befürchtete, später mit zwei Löchern im Kopf von der Putzkolonne in der Picasso-Ausstellung gefunden zu werden. Wieder keimte der Verdacht in ihm auf, er sei in eine Falle geraten.

»Für einen Toten bist du verdammt lebendig«, sagte Rupert und erkannte seine eigene Stimme nicht. Er hörte sich roboterhaft an. Er war froh, dass er Schritte hörte. Endlich besuchten auch andere Menschen die Ausstellung.

Er checkte den Raum. An der Tür stand stocksteif ein Mann in einer Phantasieuniform. War das ein Bodyguard von Frederico, ein Museumswärter oder ein gedungener Mörder, der einen auf Museumswärter machte?

Die zwei Frauen im Partnerinnenlook taten, als seien sie Schwestern oder beste Freundinnen, waren aber wohl Mutter und Tochter.

Frederico gab den lockeren ewigen Studenten. Er sagte so laut, dass die Damen es hören mussten: »Mutter und Tochter? Nie im Leben!«

Die reifere der beiden drehte kurz den Kopf in seine Richtung und zwinkerte ihm zu.

Rupert fragte: »Wen haben wir an deiner Stelle beerdigt?«

»Eingeäschert«, korrigierte Frederico und fuhr grinsend fort: »Keine Ahnung, wie das arme Schwein hieß. Er kam als mein Anwalt, sollte mich aber wohl killen. Nun, das ging schief. Ich habe in seinen Klamotten das Gefängnis in Lingen verlassen.«

Die Erklärung klang für Rupert logisch. Angesichts der damaligen Umstände war die Sache nicht an die große Glocke gehängt worden. Offiziell war Frederico Müller-Gonzáles ja in Freiheit.

Rupert nickte. »Ihr habt uns gelinkt.«

»Ihr wolltet es so gerne glauben, Rupert. Es hat euch alles leichter gemacht. Ihr habt geglaubt, was ihr eben glauben wolltet. So machen die Menschen es. Ich hätte das Gesicht des armen Anwalts gar nicht so zermatschen müssen. Es war echt eklig.«

Rupert atmete tief durch. »Wie nennst du dich jetzt?«

»Joseph Polke.«

»Klingt nichtssagend.«

Frederico schmunzelte. »Joseph nach Joseph Beuys und Polke nach Sigmar Polke.« Frederico erkannte an Ruperts Reaktion, dass der Name Sigmar Polke ihm nichts sagte. »Arbeiten von ihm kannst du auch hier sehen. Das Drama dieses großen Künstlers ist, dass er sich, wahrscheinlich durch die Verwendung giftiger Farben wie Kobaltnitrat, selbst zugrunde gerichtet hat. Ein Jammer.«

»Es sterben mehr Leute durch Berufskrankheiten als durch Kugeln«, stellte Rupert lakonisch fest und wunderte sich selbst über seine Weisheit.

Diese Typen sind doch alle gleich, dachte er. Der nennt sich nach zwei Künstlern, die er mag. Sommerfeldt nach Ernest Hemingway und Johannes Mario Simmel. Diese Intellektuellen setzen gern aus zwei Namen einen neuen zusammen und hoffen, so etwas von beiden auf sich zu übertragen. Aber vielleicht war es gar nicht so tiefsinnig, wie es klang. Vielleicht konnten sie sich dann die beiden Namen besser merken, weil sie damit Gesichter verbanden und einen Bezug dazu hatten.

Wie würde ich mich nennen, fragte Rupert sich. Die Antwort hatte er sofort. Vermutlich Humphrey Willis.

»Was willst du von mir, Frederico?«, fragte Rupert. »Soll ich den Platz räumen? Willst du wieder du werden?«

Frederico verzog kritisch den Mund.

Mutter und Tochter gingen nah an ihnen vorbei. Der Museumswärter hatte mehr Aufmerksamkeit für die Waden der Mutter als für die dünnen Beine der Tochter.

»Lass uns zu den Russen gehen«, forderte Frederico.

Sie machten ein paar Schritte, um den anderen Besuchern aus dem Weg zu gehen. Sie mieden die vollen Hallen.

»Ich habe deinen Laden nach bestem Wissen und Gewissen geführt«, beteuerte Rupert. »Ich kann dir geordnete Verhältnisse übergeben, Frederico, sofern man bei diesen Geschäften überhaupt von geordneten Verhältnissen reden kann …«

»Wir sind nicht gerade ärmer geworden, seitdem du den Laden führst, Rupert. Respekt. Für einen Bullen machst du das erstaunlich gut. Und nein – ich will den Laden nicht zurückhaben. Besser als jetzt ist es mir noch nie gegangen. Du bist von uns beiden eindeutig der bessere Gangsterboss.«

Das musste Rupert erst einmal verdauen. So ein großes Lob hatte er auf seiner Dienststelle in Norden noch nie bekommen.

Sie gingen durch die Andy-Warhol-Ausstellung. In der Mitte standen aufeinandergestapelte weiße Kartons, auf denen mit roten und blauen Buchstaben *Brillo Soap Pads* stand.

Rupert deutete darauf. »Welcher Banause lässt hier mitten im Museum die Waschmittel stehen? Das ist doch wirklich nicht nötig. Die haben doch hier auch einen Putzraum, oder nicht?«

Frederico lächelte und sah Rupert an, als wolle er ergründen, ob Rupert gerade Spaß machte oder wirklich keine Ahnung hatte.

Rupert erklärte: »Na ja, gutes Personal ist heutzutage nicht leicht zu kriegen. Aber ich bitte dich – die können doch nicht einfach alles hier so rumstehen lassen! Wie sieht das denn aus? Man räumt doch auf, bevor die ersten Besucher kommen.«

»Das ist die White Brillo Box von Andy Warhol.«

»Und, ist das hier der Chef der Putzkolonne?«

Frederico lachte schallend. Von den Wänden hallte ein Echo zurück. »Du bist ein echt witziger Kerl, Rupert. Ich mag dich.«

Rupert druckste herum. »Also, dann lass uns zu deinen Russen gehen und sag mir, was du von mir willst.«

Frederico nahm Rupert in den Arm. Rupert wehrte sich dagegen. Es war ihm unangenehm. »Wir sind hier in Köln«, sagte Frederico, »da ist gleichgeschlechtliche Liebe völlig normal. Es ist ein Ort der Freiheit.«

Frederico zog Rupert nur noch näher zu sich heran und sprach leise, aber eindringlich: »George hat meine Frau töten lassen. Das ist erst der Anfang. Er hat es auch auf meine Familie abgesehen. Du musst meinen Vater schützen, meine Mutter, Mai-Li und Charlotte. Ich könnte es nicht ertragen, wenn ihnen etwas zustößt.«

Rupert befreite sich aus Fredericos Griff. »Kannst du das nicht besser selbst machen? Ich meine, wer ist hier der Gangsterboss, du oder ich?«

»Machen wir uns doch nichts vor, Rupert. Am Ende wirst du wieder zum loyalen Staatsbürger werden. Zum Kriminalhauptkommissar, der bestimmt eine tolle Beförderung erhält. Du wirst sie alle der Justiz übergeben, das ist doch deine eigentliche Aufgabe, oder? Du sammelst Material gegen meine Leute.«

»Ja«, gab Rupert zu, »genau darum geht es.«

»Okay. Ich kann das verstehen. Du arbeitest halt für die Gegenseite. Ich bin bereit, dir zu helfen. Aber ich habe eine Bedingung.«

»Nämlich?«

»Du wirst Mai-Li, Charlotte und meine Eltern raushalten. Dann kannst du von mir alles bekommen. Namen, Verbindungen, alles, was ich weiß.«

Rupert glaubte ihm nicht.

Eine Gruppe japanischer Touristinnen füllte den Raum. Sie posierten jeweils vor einzelnen Kunstwerken und ließen sich fotografieren, indem sie die darauf abgebildeten Personen nachmachten oder ihre Brüste entblößten.

Rupert wusste nicht, ob es sich dabei um ein Happening handelte, irgendeine Kunstaktion oder schlicht um Spaß oder Blödsinn.

»Du willst deine eigenen Leute ans Messer liefern?«

»Nicht meine Familie«, schränkte Frederico ein. »Den Rest schon.«

»Warum?«

»Ich weiß, was Drogensucht bedeutet. Sie überschwemmen ganz Europa mit ihrem Dreck. Ich will dabei nicht mithelfen. Meine Familie hat große Schuld auf sich geladen. Ich kann nichts dafür, dass ich da hineingeboren wurde. Ich habe mich nie als einer von ihnen gefühlt. Ich habe durch dich, mein lieber Rupert, die Chance, ein ganz neues Leben zu führen. Ich bin clean, und ich habe noch ein bisschen Geld. Die Kohle hat mir meine Mutter für den Aufbau eines Gesundheitssystems gegeben. Das reicht für ein gutes Leben. Mach Schluss mit dem ganzen Mist, Rupert. Du kannst es. Aber halte meine Eltern und meine beiden Tanten raus.«

»Kann es sein, dass es sich bei dem bisschen Geld, das du noch hast, um sechzig Millionen handelt?«

Frederico nickte. »Ja, allerdings Schweizer Franken.«

»Das Geld fehlt jetzt. Sie verlangen es von mir. Ich soll den Aufbau der Kliniken finanzieren und all das.«

»Aber bitte, stell dich doch nicht so kleinlich an. Dafür hast du schließlich die Bank.«

Rupert war verwirrt. War das hier die Chance seines Lebens? Konnte er zu dem Helden werden, der tatsächlich den Drogenhandel im großen Stil in Europa beendete?

»Ich weiß nicht, ob ich dir garantieren kann, deine Eltern und deine Tanten da rauszuhalten, Frederico. Ich bin kein Richter, ich darf solche Absprachen gar nicht treffen.«

»Mach mich nicht ärgerlich, Rupert. Geier ist hinter dir her, und George hat dir eine verrückte Bande von Killern auf den Hals gehetzt. Du brauchst einen guten Freund. Du bist dazu da, Beweise zu sammeln. Du kannst meine Familie aus dem Spiel lassen. Mein Vater ist ein alter Mann und meine Mutter …«

Rupert sah zu den Japanerinnen. Ein Museumswärter lief, die Hände über dem Kopf schüttelnd, auf sie zu. Er wollte verhindern, dass zwei sich nackt vor einem Aktbild fotografierten.

»Vielleicht«, sagte Rupert leise, »sollte ich wirklich öfter ins Museum gehen. Hier ist viel mehr los, als ich dachte.«

»Deal?«, fragte Frederico.

»Deal!«, antwortete Rupert.

Hajo Jospich hatte das Schließfach geleert und den gesamten Inhalt ohne jede Verzögerung nach Hause gebracht. Noch im Türrahmen war er zusammengebrochen. Nein, er hatte keinen Herzinfarkt. Er konnte einfach nicht mehr. Er zitterte und weinte. Seine Hände und Beine machten unkontrollierte Bewegungen.

Geier gab Birte die Möglichkeit, ihrem Mann zu helfen. Er spottete: »Das ist ja peinlich, Hajo. Peinlich ist das. Was bist du für ein Kerl?«

Birte küsste Hajo und lobte ihn. Er habe das gut gemacht und sei ein ganz toller Mann.

»Ein Jammerlappen ist er«, tönte Geier. »Guck ihn dir doch an! So feiert der seine Triumphe? Zitternd und heulend am Boden.«

Geier kontrollierte den Inhalt der Tasche. Er war zufrieden. Er hatte befürchtet, die Kripo könnte das Schließfach geöffnet und Tasche und Geldscheine präpariert haben. Aber die waren vermutlich lange nicht so clever, wie er gedacht hatte.

Alles schien in Ordnung. Trotzdem lud er den Inhalt in eine andere Sporttasche um. Er nahm die von Pascal. Es lagen noch stinkige Fußballklamotten darin. Geier warf sie hoch in die Luft und forderte von Birte, sie solle sich mal besser um die Erziehung ihres Sohnes kümmern als um ihren Pflegefall von Ehemann.

Hansjörg presste seine Hände gegeneinander, um das Zittern unter Kontrolle zu bekommen. Er wies so sachlich, wie es ihm möglich war, Geier auf sein Versprechen hin: »Sie haben uns gesagt, wenn ich das Geld bringe, lassen Sie uns in Frieden. Ich habe meinen Teil der Abmachung eingehalten.«

Geier lachte höhnisch: »Ach, du denkst, wir hätten einen Deal? Haben wir nicht. Ich bestimme, und ihr gehorcht. So läuft das. Wir sind hier doch nicht in der Schule: … *Wenn du schön brav bist, bekommst du eine gute Note …* «

Birte fragte vorwurfsvoll: »Was wollen Sie denn noch von uns?«

»Wo ist Pascal?«, wollte Hansjörg wissen. Seine Frau gab ihm Wasser zu trinken, aber er wartete erst die Antwort ab, bevor er den ersten Schluck nahm.

»Ich stelle hier die Fragen«, fuhr Geier ihn an.

Birte sagte: »Er ist in seinem Auto. Er lebt.«

Geier riss Birte von ihrem Mann weg. Er konnte die Nähe der beiden – ihre Verbundenheit – nicht aushalten. Er war kurz davor, Hansjörg zu töten, nur um dieses Geturtele zu beenden. Aber er hatte einen größeren Plan, den er zunächst durchführen musste.

»So, Birte. Du rufst jetzt deine alte Freundin Bärbel an. Du fragst sie nach diesem Rupert aus. Ich will alles über ihn wissen. Hat er eine Frau? Eine Exfrau? Kinder? Eine Geliebte? Und wo treibt er sich rum, wenn er mal alleine auf die Pauke hauen möchte? Wo wohnt er? Was sind seine Schwächen?«

Er glaubte, etwas ganz Einfaches von Birte zu verlangen, doch sie sah ihn mit einer Mischung aus Entsetzen und Überforderung an: »Nein. Das kann ich nicht.«

»Warum nicht?«, keifte Geier. Er mochte es nicht, wenn Leute, die er in seiner Gewalt hatte, *nein* zu ihm sagten. Es bedeutete doch, dass sie ihn nicht ernst nahm. Nicht einmal jetzt. Der Gedanke machte ihn rasend. Er äffte Birte übertrieben tuntig nach: »O nein! Das kann ich nicht! Mir ist gerade nicht danach … Schneid doch lieber meinem Mann die Ohren ab oder meinem Sohn die Finger der rechten Hand … Dann muss er wenigstens die nächste Klassenarbeit nicht mitschreiben … Der kleine süße Nichtsnutz hat mal wieder nichts gelernt.«

Sie versuchte sich händeringend zu erklären: »Wir sind wirklich im ganz schlimmen Streit auseinander. Das Tischtuch zwischen uns ist zerrissen. Ich kann sie nicht …«

Geier brüllte: »Ich zerreiß dir gleich die Klamotten, Süße!«

»Ruf sie an«, bat Hansjörg, dem sich nicht erschloss, warum seine Frau sich so sehr gegen den Anruf sperrte.

»Wir stellen auf Laut und hören alle zu. Wenn ich von dir bekomme, was ich brauche, dann hole ich euren Sohn rein. Der liegt bestimmt nicht so ganz bequem auf der Ladefläche. Euer Sofa ist vermutlich viel einladender für ihn.«

Birte stöhnte verzweifelt: »Ich habe nicht einmal ihre neue Adresse.«

»Aber ich«, lachte Geier. »Es gibt da nämlich so eine ganz neue Erfindung. Heißt Internet. Da findet man praktisch alles sehr rasch. Die haben da sogar Suchmaschinen.« Er tischte jetzt gleich auf, was er wusste: »Bärbel Wirths, einundfünfzig Jahre alt, geschieden. Wohnt jetzt wieder in Gießen in der Marburger Straße, nicht weit von der Druckerei. Nachdem sie mit dem Reisebüro in Bergisch Gladbach gescheitert ist, wollte sie wohl wieder in ihre alte Heimat zurück. Sie ist bei den Weight Watchers und spielt Tennis, um sich fit zu halten – behauptet sie. Ich glaube aber, dass sie nur versucht, da einen neuen Typen kennenzulernen. Das alles weiß ich von ihrem Instagram-Account. Und jetzt rufst du sie an. Oder soll ich es machen? Die Frage ist doch nur, wird sie deine Schreie hören oder sprichst du ruhig mit ihr und bringst in Erfahrung, was ich wissen will.«

Birte biss sich auf die Unterlippe und nickte.

Hansjörg trank Wasser gegen den Schwindel. Die Wände des Zimmers bewegten sich auf ihn zu. Er schloss die Augen und riss sie wieder auf.

Wir werden das alles nicht überleben, dachte er. Am Ende wird er uns töten. Er kann uns gar nicht leben lassen. Wir kennen sein Gesicht.

So beunruhigend der Gedanke war, so schaffte er doch Boden für klare Überlegungen. Egal, wie oft sie noch nachgaben und taten, was dieser schreckliche Mensch von ihnen verlangte, am Ende würden sie kämpfen müssen, um zu überleben. Es ging um alles oder nichts. Der Rest war nur ein Herauszögern. Mehr nicht. Vielleicht konnten sie Zeit gewinnen. Er glaubte allerdings nicht an eine Hilfe von außen. Ein Endkampf stand bevor. Hansjörg begann sich innerlich darauf vorzubereiten. Er sah fix und fertig aus, und das wusste er auch. In ihm aber wuchs die Entschlossenheit, seine Familie zu verteidigen. Er sah inzwischen jedes Verhandeln als sinnlos an und jeden erreichbaren Gegenstand als Waffe.

»Hast du dich nicht früher manchmal nächtelang mit ihr via Skype unterhalten?«, fragte Hansjörg gespielt naiv. Ein Bildschirm bot die Möglichkeit, Zeichen zu geben, hoffte er.

»Nee, nix Skype! Ihr wollt mich reinlegen. Die soll euch nicht sehen, sondern nur hören. Glaubt ihr, ich bin blöd? Ein falsches Wort und ich …«

»Sie müssen Ihre Drohungen nicht ständig wiederholen. Wir haben schon Angst genug. Das kann man nicht mehr steigern«, empörte Hansjörg sich.

Da die Jospichs noch ein Festnetztelefon besaßen, schaltete Geier das Gerät auf Laut und suchte im Adressspeicher nach Bärbel Wirths. Er fand sie rasch und grinste: »Da ist sie ja. Vergessen zu löschen, was? Kenn ich! Man entfreundet sich zwar, hat aber noch alle Daten des anderen gespeichert. So. Jetzt sei gut, Birte. Überrasch mich! Nimm dir ein Beispiel an deinem Mann. Der hat es doch auch prima hingekriegt.«

Hansjörg wunderte sich über das Lob, befürchtete aber, nur als Druckmittel gegen seine Frau eingesetzt zu werden.

Nach dem vierten Klingeln meldete Bärbel sich: »Birte? Du? Ich wollte erst gar nicht drangehen, als ich deinen Namen auf dem Display gesehen habe.«

Birte Jospich blies heftig aus: »Ja, ich bin es. Wie geht es dir?«

»Du rufst doch jetzt nicht echt an, um mit mir Smalltalk zu machen. Ich bin immer noch stocksauer auf dich! Ach, ich krieg schon soo einen Hals, wenn ich nur deine Stimme höre!«

Birtes angespannte Gesichtshaut schien plötzlich teigig zu werden. Muskeln zuckten nervös. »Ich wollte mich bei dir entschuldigen, Bärbel.«

Birtes Stimme war heiser, ja brüchig.

»Komm mir bloß nicht so!«, keifte Bärbel. »Man kann sich nicht selbst entschuldigen. Man kann höchstens um Verzeihung bitten. Ich habe keinen Bock mehr auf diesen ewigen Konkurrenzscheiß. Lass mich einfach in Ruhe. Ich will nicht mehr die Bessere sein. Du hast gewonnen und gut ist.«

Geier zeigte Birte deutlich seinen Unmut. Er hatte keine Zeit für solche *Zickengespräche.* Er drohte Birte mit der Faust.

»Hast du noch Kontakt zu Rupert? Meinst du, der hieß wirklich so?«

Bärbel schnaufte: »Ja, das ist doch ... Meinst du, ich interessiere mich für deine abgelegten Lover?«

Eine Träne löste sich aus Birtes rechtem Auge und rollte ihre Wange runter bis zu ihrer Oberlippe. Hansjörg reckte seinen Kopf, um seiner Frau ins Gesicht sehen zu können. Er wunderte sich über seine Gefühle. Noch vor wenigen Stunden hätte er behauptet, eheliche Treue sei für ihn eine unverzichtbare Voraussetzung. Jetzt erschien ihm das alles so belanglos. So unwichtig wie das viel zu schwere Essen und der Rotwein, das sie vor zwei Wochen bei Freunden genossen hatten.

Er wollte nur, dass Birte nicht länger gequält wurde. Seelische Schmerzen, das erkannte er, konnten schlimmer sein als körperliche.

»Erst machst du mit meinem Mann rum, dann schmeißt du dich an meine Affäre ran. Gut, mein Ex hat alles flachgelegt, was nicht bei drei auf dem Baum war, da reihst du dich in eine lange Schlange der Eroberungen ein. Aber dieser Rupert, den hab ich nur für mein eh schon angeknackstes Selbstbewusstsein gebraucht. Aber darauf musstest du dann ja auch noch herumtrampeln. Nein, du bist keine Freundin! Du warst auch nie eine. Du wolltest mich immer nur besiegen.«

Damit war das Gespräch für Bärbel beendet. Birte rief noch: »Bitte, ich …!« Aber ihre Worte hörten nur noch ihr Ehemann und Geier.

»Es ist gut, Liebste, es ist alles gut. Es bedeutet mir nichts. Ich liebe dich trotzdem«, beteuerte Hansjörg.

»Doch, es bedeutet dir etwas. Es war gemein von mir. Ich weiß selbst nicht mehr, warum ich so blöd sein konnte. Ich hatte eine schwierige Phase. Ich fühlte mich nicht mehr liebenswert und …«

»Lass gut sein«, bat Hansjörg. Die beiden sahen sich verschämt und gleichzeitig verliebt an.

Geier brüllte die zwei an: »Schluss mit dem Gesülze! Ihr geht mir so was von auf den Sack!« Geier baute sich vor ihnen auf und spielte demonstrativ mit seinem Messer. »Ihr wisst, was ich jetzt tun muss?«

»Wir werden niemandem etwas sagen. Wir sind verschwiegen wie ein Grab. Wir …«

Weiter kam Hansjörg nicht. Mit einer schnellen, fließenden Bewegung durchtrennte die Klinge seine Halsschlagader.

Birte Jospich musste zusehen, wie ihr Mann auf dem Wohnzimmerteppich verblutete. Sie war wie gelähmt, und gleichzeitig begriff sie, wie sehr sie ihn geliebt hatte. Sie war bereit, ihm zu folgen. Sie wollte dort sein, wo auch er jetzt war. Das Einzige, was sie in diesem Leben festhielt, war das Bewusstsein, dass ihr Sohn noch lebte und sie brauchte.

Das Blut, das aus dem Hals ihres Mannes gespritzt war, brachte sie auf die Idee, sie könne versuchen, Geiers Halsschlagader zu durchbeißen. Das musste doch möglich sein. Wenn er ihr nur nahe genug käme, hätte sie eine Chance …

Kleebowski hatte mit Hannelore wieder ein kurzes Aufflammen seiner alten Träume erlebt, die ihm manchmal so lächerlich altbacken vorkamen, die aber immer noch da waren. Selbst wenn er den harten Schwerkriminellen gab, bis er fast Angst vor sich selbst bekam oder wenn er den adligen Alexander von Bergen spielte, ließ sich diese bohrende Sehnsucht kaum unterdrücken.

Er wollte ein ganz normales Leben führen. Ein Häuschen mit Garten am Stadtrand. Keine Villa. Halt ein Einfamilienhaus. Er brauchte auch keinen Bentley in der Garage, sondern am besten ein unauffälliges Familienauto. Eine dralle Frau wollte er an seiner Seite. Eine, die gern aß und lachte. Keine, die rumlief wie ein Model auf der Suche nach einer Chance, aufs Titelbild zu kommen. Die Frauen in Zeitschriften und Filmen erinnerten ihn in ihren Outfits an Zwangsprostituierte. Die, mit der er leben wollte, sollte sich in bequeme Klamotten kleiden und nicht so nuttig rumlaufen.

Er stellte sich vor, Opa zu sein und Enkelkinder zu haben. Im Garten sollte eine Schaukel an einem dicken Ast hängen. Seine letzte Miet-Ehefrau, Uschi, die hatte so hausfrauliche Qualitäten, konnte einen Gugelhupf backen, und ihr Sauerbraten war zum Niederknien gut. Aber sie war eben auch eine Miet-Ehefrau und hatte viel gesehen und erlebt, das nicht zu einem normalen, bürgerlichen Leben passte, wie er es sich in seinen Träumen, die ihm selbst manchmal peinlich waren, vorstellte.

Er hatte niemanden, mit dem er darüber reden konnte. Mit Hannelore konnte er sich einen Neustart vorstellen. Er wollte nicht irgendwann an einer Bleivergiftung sterben oder mit einem Messer im Rücken in einem Fahrstuhl verrecken. Er träumte ernsthaft davon, sich zur Ruhe zu setzen. Vielleicht war das mit Hannelore möglich. Etwas an ihrer Art – ihre unbeschwerte Fröhlichkeit oder diese Entschlossenheit, Spaß haben zu wollen, oder die Fähigkeit, genießen zu können – befeuerte den Gedanken, mit ihr könne es klappen. Sie schien auch verrückt genug zu sein, sich auf so ein Abenteuer einzulassen.

Sie ließ ihn vergessen, dass er keineswegs auf der Insel war, um Urlaub zu machen. Er wunderte sich nicht, noch nichts von Marcellus gehört zu haben. Er ging davon aus, dass der alternde Casanova, von Aufputschmitteln gepusht, seine neue Flamme bis zur Erschöpfung geliebt hatte und nun Schlaf brauchte.

Hannelore stand am Fenster und schlug einen Spaziergang am Meer vor. »Oder noch besser«, überlegte sie, »meine Freundin Sabine ist letztes Jahr Witwe geworden. Ihr Mann war so ein begeisterter Segler, weißt du? Ich bin manchmal mit ihnen zusammen gesegelt. Ein großer Spaß … Sie schafft es nicht, das Boot zu verkaufen, weil so viele Erinnerungen dranhängen. Kannst du segeln? Sie will gerne mal wieder mit uns raus. Sie hat auch ihrem Mann zuliebe damals einen Segelschein gemacht oder wie das heißt, traut es sich aber alleine nicht zu. Er hat ja immer alles gemacht.«

»Mit dir alleine auf einem Segelboot? Das könnte mir gefallen«, lachte Kleebowski.

Hannelore winkte ab: »Nee, nee, nicht mit mir alleine. Wir müssten sie schon mitnehmen.«

Er umarmte sie von hinten und flüsterte ihr ins Ohr: »Hast du dir mal vorgestellt, wie es wäre, wenn ein Mann in dein Leben treten würde, der dir sagt: Hannelore, ich hab ein hübsches Sümmchen auf der hohen Kante. Lass uns auf alles pfeifen und gemeinsam abhauen.«

Sie kuschelte sich in seine Arme und seufzte. Dabei sah sie aufs Meer. »Alle Brücken abbrechen?«, fragte sie.

»Ja. Ganz neuer Anfang. Neue Namen. Neue Identität. Keine poplige Verwandtschaft mehr. Keine alten Freunde oder Geschäftsbeziehungen.«

»Kann es sein«, fragte sie, »dass das hübsche Sümmchen nicht ganz legal ist?«

Er grinste: »Es handelt sich nicht gerade um einen staatlich geförderten Bausparvertrag, der fällig wird.«

Sie drehte sich in seinen Armen um. Sie blickten sich in die Augen.

»Wie groß ist die Summe denn?«

Er blieb vage. Konkrete Zahlen hätten der Situation ihren Zauber genommen, fand er. Außerdem wusste er es selbst nicht so genau. Die Diamanten waren von schwankenden Marktpreisen abhängig. Er hatte einige Säckchen voll in seinem Schließfach. Die Aktien standen ganz gut, und einiges von dem Falschgeld war so perfekt, dass die Banken es problemlos abnahmen. Statt einen Geldtransporter zu klauen, hatte die Rossi-Familie das Papier gestohlen, aus dem Geldscheine gedruckt wurden. Aber selbst wenn er nur seine Barreserve mit staatlichem Geld zählte – also mit richtiger, legaler Währung, hatte er mehr als eine halbe Million zur Verfügung.

»Es reicht für uns zwei«, versprach er.

Sie küsste sein Kinn. »Für vierzehn Tage? Für ein paar Monate? Oder gar für ein paar Jahre?«

Er wiegte den Kopf hin und her: »Wenn ich eine Frau habe, die mir hilft, die Kohle zusammenzuhalten, könnte es fürs Alter reichen. Bis ans Ende unserer Tage.«

Sie küsste seine Lippen und raunte: »Du meinst eine Frau, die kochen kann?«

»Ich meine eine, mit der das Leben Spaß macht.«

Sie löste sich aus seinen Armen und reckte sich. »Das ist ein schöner Traum, Alexander. Alles hinschmeißen. Einfach weg aus jeder Verantwortung. Raus aus allen Verpflichtungen. Auf Nimmerwiedersehen.« Sie lachte und fragte dann kritisch: »Aber mal ehrlich … könntest du das?«

Er nickte, schränkte dann aber ein: »Nicht allein. Mit der richtigen Partnerin sofort.«

Sie nahm sich ein Glas Leitungswasser und sprach davon, dass es aus einer Süßwasserlinse der Insel stamme. Es sei naturbelassenes Regenwasser und schmecke so richtig nach Borkum. Es war mehr ein Versuch, abzulenken und Zeit zum Nachdenken zu gewinnen, vermutete er. Wollte sie damit auch sagen, dass es ihr im alten Europa gut gefiel, sie sich hier zu Hause fühlte und es Dinge gab, die sie nicht missen wollte?

»Alles verlassen, was man geliebt hat …«, flüsterte sie nachdenklich.

»Neuanfang ist Neuanfang. Voll den Resetknopf drücken. Wie im Zeugenschutzprogramm. Keine alten Kontakte mehr und mit einem erfundenen Leben woanders neu anfangen. Ist das nicht eine verrückte Idee? Dann kann man gewesen sein, wer man gerne gewesen wäre. Du zum Beispiel könntest eine Balletttänzerin sein, die sich zur Ruhe gesetzt hat.«

»Danke«, lachte sie. »Aber heißt das auch: raus aus Deutschland?«

»Würde dir das schwerfallen?«

»Ich mag die Sprache. Ich fühle mich in ihr mehr zu Hause als in einer Gegend.«

Ihr Handy neben dem Bett meldete sich. Eine Flut von Nachrichten ließ den Bildschirm blinken. Sie wollte hin.

»Och nö, nicht jetzt«, protestierte Kleebowski, doch sie griff nach dem Handy. Sie guckte aufs Display, und ihr Lächeln verschwand.

»Sie haben eine Leiche gefunden.«

Er nahm es gelassen, hob die Arme, als wolle er sich ergeben und beteuerte: »Ich war's nicht. Ich habe ein Alibi, Herr Richter. Ich war mit einer wunderbaren Frau die ganze Nacht im Bett.«

Sie wischte seinen Spaß mit einer Handbewegung weg, als hätte er die Worte mit Kreide an eine Schifffahrtstafel geschrieben. »Da ist keiner zu weit rausgeschwommen und ertrunken …«, erklärte sie.

»Sondern?«, fragte er genervt von der Störung und griff jetzt zu seinem Handy, als müsse er beweisen, dass er auch so einen Quälgeist besaß.

»Erschossen«, erwiderte sie.

Kleebowski starrte sie an.

»Ist das der Grund, warum du verschwinden willst, Alexander? Ist jemand hinter dir her?«

Kleebowski antwortete ihr nicht. Er schaltete sofort in den Gangstermodus zurück und versuchte, Marcellus zu erreichen. Vergeblich.

Die Nachricht löste in der Polizeiinspektion bei Ann Kathrin und Weller eine Lawine von Angstszenarien aus. Auf dem Tatortfoto erkannte Ann sofort, dass es sich um eine professionelle Hinrichtung gehandelt hatte und nicht um einen Mord aus Eifersucht unter Urlaubern.

»Das sieht nicht nach unserem Geier aus. Der lässt die Leute länger leiden«, stellte Weller fest. »Hier war jemand gnädig. Es ging nicht darum, zu quälen oder einzuschüchtern. Jemand sollte schlicht liquidiert werden.«

Ann Kathrin vermutete, es könne sich um den als Marcellus bekannten ersten Offizier von Frederico Müller-Gonzáles handeln. Sie deutete auf den Goldzahn, der links vorne in seinem offenen Mund zu sehen war. »Genau so einen hat Marcellus. Ist bei Männern in dem Alter eher selten. Man setzt heute Porzellanprothesen ein. Er hat das nur gemacht, weil er es cool findet, Gold im Mund zu haben.«

»Ja, er könnte es sein«, räumte Weller ein, »aber die Spinne sieht man nicht.«

»Genau dahin hat der Killer geschossen, um uns die Identifizierung nicht ganz so leicht zu machen.«

»Das heißt«, folgerte Weller, »Rupert ist auf Borkum, und die Leute von George rechnen mit ihm ab.«

Ann Kathrin war blass. Ihre Lippen blutleer. Sie hatte plötzlich feuchte Handflächen. »Erst töten sie seine Getreuen, dann ihn.«

Sie stürmten gemeinsam aus dem Büro. Sie wollten zu Büscher und Klatt. Die zwei begegneten ihnen im Flur. Büscher machte einen kränklichen Eindruck. Klatt wirkte energiegeladen, ja getrieben von einer beängstigenden Euphorie.

»Wir werden Rupert jetzt sofort abziehen«, forderte Weller ultimativ. Es war wichtig für ihn, das vor Ann Kathrin zu sagen. Sie wollte dasselbe wie er und jeder andere verantwortungsvolle Mensch in dieser Inspektion ebenfalls. Aber Weller hatte seit einiger Zeit den Eindruck, Klatt würde ihn nicht mehr ernst nehmen und hinter seinem Rücken behaupten, er stünde unter Ann Kathrin Klaasens Pantoffel.

Ann Kathrin stemmte ihre Fäuste in die Hüften, stellte sich so vor Klatt hin, dass er nicht an ihr vorbeikam, und ergänzte Wellers Worte: »Mit *sofort* meinen wir nicht binnen der nächsten vierzehn Tage, sondern augenblicklich!«

Büscher keuchte wie nach einem schnellen Lauf, dabei kamen die zwei nur aus seinem Büro. Klatt zeigte erst auf Ann, dann auf Weller und belehrte sie lauthals: »Sie ziehen niemanden irgendwo ab! Das alles hat mit Ihnen und Ihrer dilettantischen Polizeiarbeit nichts zu tun. Das ist nicht einmal Sache des BKA, sondern wir sind Teil einer Sondereinheit zur Bekämpfung des international organisierten …«

Weiter kam er nicht, denn Ann Kathrin fauchte ihn an: »Das ist unser Kollege! Wir haben Angst um ihn. Wir wollen ihn nicht auf dem Altar Ihres Erfolges opfern, Herr Klatt.«

Weller setzte hinzu: »Sie führen ihn zur Schlachtbank.«

Ann Kathrin verlangte: »Wir wollen sofort Kontakt zu ihm!«

Klatt stellte sich stur und verschränkte die Arme vor der Brust. Er schob sein Kinn vor: »Kommt überhaupt nicht in Frage!«

Weller ging Büscher an, der immer noch kein Wort gesagt hatte: »Danke, dass du uns so gut unterstützt, Martin. Das ist wirklich hilfreich.«

»Mir ist übel«, antwortete der Kripochef. Es klang glaubwürdig.

In dem Augenblick spielte Wellers Handy *Piraten Ahoi!* Er wusste gleich, dass Rupert am Apparat war. Während er sein Handy aus der Tasche zog, sang er Bettina Göschls Song mit: »Hisst die Flaggen, setzt die Segel …«

Klatt verdrehte die Augen.

»Moin. Hier ist Rupert.«

Wellers Handy war wie immer auf Laut gestellt. Alle konnten mithören.

»Ich hab mich schon lange nicht mehr so gefreut, deine Stimme zu hören, Alter«, tönte Weller.

»Marcellus ist ermordet worden.«

»Ich weiß. Komm sofort zurück!«

»Ich bin doch nicht wahnsinnig!«

»Ja, willst du abwarten, bis sie dich auch abgeknallt haben?«, schrie Weller das Handy an. Klatt versuchte, es ihm abzunehmen, doch Weller drehte sich so weg, dass es Klatt nicht gelang. Ann Kathrin stoppte Klatt mit der offenen Handfläche, die sie vor sein

Gesicht hielt. Büscher lehnte sich an die Wand und raunte: »Kinder … bitte …«

»Kann ich sprechen«, fragte Rupert, »oder hören die Arschgeigen mit?«

»Klatt ist hier, Martin, Ann und ich. Wir stehen auf dem Flur der Polizeiinspektion«, warnte Weller seinen Kollegen. Er fummelte an seinem Handy herum und versuchte, es leiser zu stellen, war aber so nervös, dass es ihm fast hingefallen wäre.

»Ich brauche dich bei mir, Weller«, gab Rupert fast zähneknirschend zu. »Das wächst mir hier alles über den Kopf.«

»Ja, das glaube ich sofort«, bestätigte Ann Kathrin, die ihrem Mann ansah, dass er bereit war, Rupert zu Hilfe zu eilen. Sie zog Wellers Hand mit dem Handy zu sich und nahm ihre Rolle als Vorgesetzte wahr: »Willst du, dass sie Frank auch abknallen? Der ganze Wahnsinn hat jetzt ein Ende. Du kommst sofort zurück zu uns nach Norden.«

»Irrtum, Süße«, lachte Rupert und versuchte, seine Trümpfe gegenüber Ann Kathrin auszuspielen. Auf so eine Gelegenheit hatte er schon lange gehofft. »Du hast überhaupt keine Ahnung, was hier läuft.«

»Sag nicht Süße zu mir«, zischte Ann Kathrin. »Ich bin keine deiner Stripteasetänzerinnen!«

»Warum betonst du das so? Suchst du ’n Job, Ann? Wenn du ’n bisschen an der Stange übst, kann ich mir das schon vorstellen.«

Ann Kathrin presste die Lippen fest zusammen, um nicht ausfällig zu werden. Sie durfte jetzt nicht beleidigt reagieren, sondern musste ganz professionell versuchen, die Sache hier in den Griff zu bekommen.

Weller holte wütend aus: »Was stimmt nicht mit dir, Alter?! Drehst du völlig am Rad? Ich würde dir dafür zu gerne eine reinhauen!«

Ann Kathrin versuchte, ihren Mann gestisch zu beschwichtigen, und signalisierte ihm, dass jetzt etwas anderes wichtig war.

»Ach, ist doch wahr!«, grummelte Weller.

Rupert tönte: »Du bist mein Freund, Frank. Du musst zu mir halten!«

Es war für Weller wie eine Auszeichnung und eine Drohung gleichzeitig. Er sah sich stolz in der Runde um und antwortete vorsichtig: »Ja. Klar.«

Rupert gab sofort Anweisungen, als sei er noch der Gangsterboss und auch in der Polizeiinspektion eine anerkannte Autorität: »Frank! Nimm dir ein Taxi und lass dich nach Köln zum Savoy bringen. Fahr hier bloß nicht mit deinem popeligen Dienstwagen vor! Ich zahle dir das Taxi. Du kriegst die Juniorsuite, direkt neben mir. Aber lass deine Spaßbremse zu Hause.«

»Er ist im Savoy«, erklärte Büscher, als hätte das niemand verstanden und er müsse alle unterrichten.

»Ich muss Schluss machen, Frank.«

»Halt!«, forderte Weller. »Wieso ist Marcellus auf Borkum? Ich denke, der soll auf dich aufpassen?!«

»Ich habe ihn und Kleebowski hingeschickt. Sie sollten für mich etwas rauskriegen … da etwas erledigen …«

»Na, das hat ja wunderbar geklappt«, stellte Ann Kathrin fest.

»Was denn?«

»Das erzähle ich dir, wenn du hier bist. Zieh dir was Anständiges an, Weller. Hier kannst du nicht in deinem Konfirmationsanzug rumlaufen. Gib Gas. Bis gleich!«

Büscher fragte mit leiser Stimme: »Du willst doch jetzt nicht wirklich …«

»Doch«, antwortete Weller. »Genau das will ich. Soll ich dir vielleicht vorher noch einen Termin bei Frau Dr. Scholle machen? Du siehst aus, als würde es dir richtig dreckig gehen, Martin.«

Büscher versuchte, den Kripochef zu spielen: »Ich kann dich nicht nach Köln fahren lassen, Frank. Wir haben hier …«

»Ich habe noch siebzig Überstunden aus dem letzten Monat abzufeiern. Ich glaube, ich fange jetzt damit an«, konterte Weller.

Ann Kathrin wusste, dass jeder Versuch, ihn aufzuhalten, zum Scheitern verurteilt war. »Komm heil mit ihm zurück«, bat sie.

Weller machte ganz auf optimistisch: »Worauf du dich verlassen kannst. Und dann mache ich uns heute Abend Spaghetti mit Cremoso al Tartufo und Walnüssen. Köstlich, sag ich dir!« Weller küsste seine Fingerspitzen.

Weller wollte sich eine Abschiedsszene mit Ann Kathrin ersparen, drehte sich um und lief zum Ausgang. Klatt rief hinter ihm her: »Ihr werdet sterben, Weller! Überlasst das den Profis!«

Weller zeigte ihm den erhobenen Mittelfinger, ohne sich umzudrehen.

Klatt ballte die Fäuste und presste die Zähne aufeinander. »Ihr habt kein Recht dazu, mir das kaputtzumachen«, schimpfte er trotzig.

Geier fuhr mit seinem VW-Transporter über die Emsland-Autobahn Richtung Emden, um nach Norden zu kommen. Er sah diese kleine Polizeiinspektion am Markt schon vor sich. Er war hasserfüllt, wenn er an diesen Ort dachte. Er wusste nicht genau, was dort gespielt wurde, aber irgendwie war da die Zentrale. Von diesem baufälligen Gemäuer zwischen Rathaus und Bibliothek ging eine Kraft aus, die ihm ständig Schwierigkeiten bereitete.

Die Kriminaldirektorin Liane Brennecke hatte er sich von dort geholt. Mit diesem Auftrag hatte damals sein Niedergang begonnen. Selbst sein Keller in Dinslaken war dem zum Opfer gefallen. Was hatte Frederico damit zu tun?

War alles ein Fake? Gab es Frederico Müller-Gonzáles gar nicht?

Baute die Polizei einen Popanz auf, damit sich das organisierte Verbrechen gegenseitig fertigmachte? Ging es darum, einen Gangsterkrieg zu inszenieren und ständig neu zu befeuern? Sollten sich alle gegenseitig an die Gurgel gehen? War das der Plan und Frederico Müller-Gonzáles der Vollstrecker?

Brachte ein Bulle aus Ostfriesland alles durcheinander?

Er fragte sich, ob er diese Polizeiinspektion einfach niederbrennen sollte. Er stellte sich vor, wie das Ding in die Luft flog. Dann, wie es in Flammen stand. Er wusste nicht, was schöner war. Es reichte ihm einfach. Bisher führten Gauner die Polizei an der Nase herum. War es jetzt umgekehrt? Drehten diese Provinzfuzzis den Spieß einfach um?

Noch während er mit Urlaubern in einer Blechlawine Schlange stand, weil nur eine Fahrbahn befahrbar war, hörte er im Radio eine Meldung, die seine Wut ins Unermessliche steigerte: Auf Borkum war ein seit Jahren gesuchter Krimineller erschossen worden.

Geier versuchte, mit seinem Handy mehr zu erfahren. Er fuhr im Schritttempo weiter und hielt das Handy auf dem Lenkrad fest, als würde er damit navigieren.

Auf Instagram gab es inzwischen einen Hashtag *#GrüßefürFrederico.* Dort war ein Foto vom lachenden Marcellus hochgeladen worden, sein Goldzahn und seine tätowierte Spinne deutlich sichtbar. Darunter stand: *Die Party beginnt.*

Oben am Bildrand sah Geier, dass es noch ein weiteres Foto hinter dem ersten gab. Er wischte weiter und sah den erschossenen Marcellus im Borkumer Dünengras.

Irgendwer wilderte da in seinem Revier. Jemand erledigte eindeutig seinen Job, und das machte Geier rasend. Wollte George ihm zeigen, dass es andere, bessere, als ihn gab? Hatten sie vor, ihn aufs Abstellgleis zu bugsieren?

Geier nahm alles persönlich. Immer. Er wusste nicht, wohin mit seiner Wut. Er schlug auf den Lenker und warf das Handy gegen die Windschutzscheibe.

Hinten im Laderaum lagen Birte Jospich und ihr Sohn Pascal. Er hatte große Lust, sie seinen Zorn spüren zu lassen. Er brauchte jetzt ein Ventil für seine Wut, sonst würde er gleich mörderische Kopfschmerzen bekommen, die nicht mit Medikamenten zu bekämpfen waren.

Er lenkte den Wagen auf einen Rastplatz und parkte beim Toilettenhäuschen. Er wollte zu seinen Gefangenen, um ihnen weh zu tun. Nur ihr Leid konnte seinen Zorn mildern. Er wollte ihre Schreie hören.

Er stand schon hinterm Fahrzeug und wollte die Tür öffnen, als ihm klarwurde, dass dahinten auf dem Seitenstreifen nicht etwa einfach irgendein Bus abgestellt worden war, sondern eine Kaffeefahrtgesellschaft Pinkelpause machte. An Bord viele einsame alte Menschen, die gerade überteuerte Rheumadecken und Saftpressen gekauft hatten, außerdem ein Vitaminpulver. Angeblich gut für die Sehkraft, hilfreich gegen kalte Füße und Schmerzen in den Gelenken.

Nein, er musste hier weg. Nach Norden. So schnell wie möglich. So lange würde er noch durchhalten müssen, bevor er sich endlich an seinen Gefangenen austoben konnte.

Piri Odendahl hatte nicht damit gerechnet, George selbst anzutreffen. Aber er ließ es sich nicht nehmen, ihr das Geld persönlich zu übergeben. Er hatte sie ins *Hotel Atlantic* nach Wilhelmshaven beordert.

Schon auf dem Parkplatz wurde Piri von Christine empfangen. Sie war eine von Georges Leibwächterinnen. Drahtig, durchtrainiert, gebildet. Sie wäre als Model für Sport- oder Wellnesswerbung sofort gebucht worden. Sie hatte sich bewusst keinen der im Rotlichtmilieu beliebten Namen wie *Chantal, Larissa* oder *Yvonne* gegeben, sondern nannte sich nach der berühmten Vollkontakt-Kickboxerin Christine Theiss, die nicht nur zuschlagen konnte, sondern auch einen Doktortitel besaß. Ihren richtigen Namen verriet sie nicht. Sie war Christine, und fertig.

Sie sorgte dafür, dass niemand in die Nähe ihres Arbeitgebers kam, der eine Waffe trug, und sie stand bei Gesprächen, die George führte, immer so, dass jeder, der George berühren wollte, erst an ihr vorbeimusste. Das galt für Gesprächspartner genauso wie für Kellner. Nur seine geliebte Silvia durfte sich ihm nähern, ohne dass Christine misstrauisch guckte und bereit war, sofort einzugreifen.

Christine tastete Piri zunächst mit Blicken ab, durchkämmte dann ihre Handtasche und bat sie in eine schwer einsehbare Ecke zwischen Auto und Hotelwand, wo sie Piri durchsuchen konnte.

Christine gab sich keine Mühe, zu verheimlichen, dass sie Piri nicht mochte. Sie war eifersüchtig auf alle Frauen zwischen zwanzig und fünfunddreißig, die sich George näherten. Nein, sie hatte keineswegs ein Auge auf ihn geworfen. Sie befürchtete nur berufliche Konkurrenz. Frauen, die mit George ins Bett wollten, gab es genug. Er war nicht gerade ein Sexsymbol, hatte gut fünfzig Kilo Übergewicht und ein Gesicht wie eine Qualle, aber er war mächtig, und er war reich.

Mit wem George schlief, war Christine völlig gleichgültig. Sie wollte nur ihren Job nicht verlieren. Sie hatte keine Lust, wieder als Steuerfachwirtin in die Finanzbuchhaltung zurückzugehen. Vermutlich war er sowieso längst impotent, dachte sie, und gab sich deshalb so gern mit schönen jungen Frauen ab, um sich selbst darüber hinwegzutäuschen. Seine Silvia besuchte ihn einmal pro Woche. Er vergötterte diese alternde Diva, aber Christine bezweifelte, dass zwischen den beiden noch viel lief. Sie aßen gern und üppig gemeinsam, und sie sprachen über Hemingway, die Löwenjagd und das Fischen auf Blue Marlin.

Christine begleitete Piri in den Fahrstuhl und drückte auf den Knopf für den 6. Stock. Sie klopfte zweimal kurz und einmal lang. Aber es erschien nicht George, sondern Annika. Sie war noch strenger und misstrauischer als Christine.

»Ist sie sauber?«, fragte sie.«

»Sicher«, antwortete Christine und klang gekränkt, als sei ihr ungerechterweise vorgeworfen worden, einen Fehler gemacht zu haben. Sie schnippte mit den Fingern, womit sie andeuten wollte, dass Piri ihr folgen solle.

Annika hatte lange blonde Haare. Piri vermutete eine Echthaarperücke. Sie ging schmalhüftig, mit wippendem Gang, voran. Die ist so schön, dachte Piri, die würde sich am liebsten selber küssen.

Sie hatte gar nicht vor, den beiden Konkurrenz zu machen. Sie wollte lieber in der freien Wildbahn auf sich allein gestellt arbeiten, als die ganze Zeit in der Nähe eines launischen, anspruchsvollen Chefs.

George war im Hotel nicht unter seinem richtigen Namen Willi Klempmann abgestiegen. Er nannte sich hier Henry Jaeger, nach einem Schriftsteller, den er noch mehr verehrte als Hemingway. Das durfte seine Freundin Silvia aber nicht wissen.

Henry Jaeger war als Chef einer Bande nach zig Überfällen und Einbrüchen geschnappt worden und hatte im Gefängnis, das damals noch Zuchthaus genannt wurde, einen Roman geschrieben, der zum Bestseller wurde. Nach seiner Entlassung heiratete er eine Journalistin, die Tochter eines Landgerichtsdirektors.

Jaeger war längst tot, seine Romane vergessen. Aber Willi Klempmann spielte sogar mit dem Gedanken, einen Verlag zu kaufen, um Jaegers Werk neu herauszubringen. Wenn es ihm schon nicht gelang, in seinem Boxstall einen Weltmeister zu trainieren, so wollte er doch wenigstens als Verleger Furore machen. Er vermutete, damit könne er auch Silvia sehr beeindrucken.

An Hemingways Werk käme er vermutlich nicht so leicht heran wie an das von Henry Jaeger. Das Geld aus dem Drogen- und Waffenhandel musste irgendwie legalisiert werden, da erschien ihm die Idee, einen Verlag zu kaufen oder zu gründen, ganz verlockend.

Jaeger war völlig verarmt gestorben, was für Willi Klempmann ein klares Signal war, dass nicht nur Erpresser, Bankräuber, Killer, Drogendealer und Prostituierte einen Boss brauchten, der sie schützte und leitete, sondern Schriftsteller ebenso.

Er saß mit dem Rücken zur Tür vor einem großen Fenster und genoss die Aussicht auf den Hafen. Das Zimmer war maritim eingerichtet. Es sollte Gästen das Gefühl vermitteln, sich in einem Luxusliner zu befinden, der gerade in einen Hafen einläuft.

Annika sagte leise, als sei es ihr unangenehm, George zu stören: »Piri Odendahl ist da, Meister.«

Er drehte sich nicht zu ihr um, sondern sah weiter aus dem Fenster. Er roch an seiner Zigarre, ohne sie anzuzünden. Er hielt sie an sein Ohr und rollte sie zwischen den Fingern.

Piri wollte sprechen, doch Annika deutete streng mit erhobenem Zeigefinger an, sie solle gefälligst schweigen. Piri kam sich blöd vor. Sie stand dumm herum und wartete. Er lauschte dem Knistern des Tabaks, und Annika atmete nicht einmal, um das Geräusch nicht zu übertönen.

»Ich erkenne ein gutes Blatt schon am Geräusch …«, sagte George leise. Es klang, als hätte er allen Anwesenden damit ein Geheimnis anvertraut. Er gab den erfahrenen Lebemann: »Warum hast du deine Aufgabe nicht erledigt?«, fragte er.

»Marcellus ist tot«, antwortete Piri.

Sie wusste, dass es viel zu platt war. Viel zu geradeheraus. Aber es verunsicherte sie, dass George sich ihr nicht zuwendete, sondern aus dem Fenster guckte und mit der Zigarre spielte. Er hätte einen Satz besser gefunden, der alles umschrieb. Eine Aussage wie: *Ich habe das Liebesspiel nur kurz unterbrochen und werde es bald dem Höhepunkt entgegenführen.*

George stellte fest: »Ich habe mich wohl nicht klar genug ausgedrückt. Ich wollte zwei Steaks, nicht nur eins, und zwar blutig. Ich mag sie englisch.«

»Wir hätten sie selbst erledigen sollen«, zischte Annika und machte ein von Selbstvorwürfen zerfressenes Gesicht.

»Nein, Herzchen«, widersprach George, »ihr habt sie mit dem Video lächerlich gemacht. Genau das wollte ich. Die Branche soll über Frederico und seine Offiziere lachen. Ich will, dass sie keiner mehr ernst nimmt. Dann erst legen wir sie um. Alle. Klar?«

»Klar«, stimmte Annika kleinlaut zu.

George wuchtete sich aus dem Sessel hoch. Annika stand sofort bei ihm, bereit, ihm behilflich zu sein. Er tat, als hätte er so etwas nicht nötig, ging schwerfällig ein paar Schritte auf und ab und setzte sich aufs Sofa. Er sprach Piri direkt an: »Du hast Talent. Aus dir kann etwas werden. Ich fördere junge Talente gern, aber ich verlange absolute Loyalität.«

»Das ist selbstverständlich für mich.«

»Du bist nicht die Einzige, die sich um den Job bewirbt. Jeder weiß, dass Kleebowski als Nächster dran ist. Er auch. Er wird versuchen, sich zu schützen. Warum hast du gezögert?«

Sie wollte ihre Schwäche nicht zugeben und versuchte, sie zur Stärke umzulügen: »Er weiß jetzt, dass er sterben wird. Ich wollte ihn noch eine Weile leiden lassen.«

»Jetzt ist er vorbereitet. Und er ist ein Vollprofi.«

Sie lachte demonstrativ: »Er hat Schiss!«

Ungefragt mischte Annika sich schnippisch ein: »Ein anderer Hitman wird den Job erledigen. Wetten? Jeder will den Job. Jeder!«

»Ich dachte, ich habe ihn«, protestierte Piri.

»Das ist ein freies Land«, grinste George. »Da suchen viele junge Talente ihr Glück.« Er machte eine Handbewegung, mit der er Piri wegschicken wollte, als sei sie ihm lästig.

Christine gab ihr einen Umschlag mit Geld. Piri wollte noch etwas sagen und sich nicht einfach abspeisen lassen, doch Annika schob sie geradezu genüsslich aus dem Raum.

»Bitte lass es uns erledigen, Chef«, bat Annika.

George schüttelte den Kopf. »Und wer passt dann auf mich auf? Nein, nein, nein, dich und Christine will ich bei mir haben. Ganz in meiner Nähe. Der Rest ist eine Aufgabe für freie Kräfte. Und jetzt hätte ich gerne einen Tee und ein Mettbrötchen.«

Geier fuhr in Emden von der Autobahn. Er tankte den Wagen hier direkt noch einmal voll. Ein voller Tank war im Moment mindestens so wichtig für ihn wie ein volles Portemonnaie.

Birte Jospich beflügelte seine Phantasie. Er hatte Lust, ein paar Dinge mit ihr anzustellen und an ihr herumzuschnippeln. Aber das alles machte keinen Spaß, wenn er ihre Schreie nicht hören konnte. Sein Keller in Dinslaken-Eppinghoven war einfach ideal dafür gewesen. Dort konnte er sich austoben. Für ihn war es kein

Keller, sondern ein Schloss. Sein Traumschloss. Einsam in einer Auenlandschaft.

Während er tankte, träumte er sich dahin zurück. Er stand eine Weile fast apathisch am Zapfhahn, als sei er eingeschlafen. Am liebsten hätte er sein altes Gemäuer an Ort und Stelle wieder aufgebaut, um sein Leben fortzusetzen, so wie es einmal gewesen war. Altes, Totes, Zerfallenes gefiel ihm. Leichen fand er attraktiver als schöne, lebendige Menschen.

Hatten Häuser nicht ihren wirklichen Reiz erst kurz vor dem Einsturz? Was war ein modernes Fertighaus mit Solaranlage gegen eine einsturzgefährdete Ruine, in der es nur noch ein, zwei bewohnbare Räume gab?

Als Jugendlicher hatte er davon geträumt, Leichenwäscher zu werden. Später dann Chirurg. Dieses Gefühl, an wehrlosen Menschen herumoperieren zu können und die Entscheidung zu haben, ihn zu retten oder sterben zu lassen, faszinierte ihn. Leider brauchte man gute Schulnoten für so ein Studium, und das war ihm dann doch zu anstrengend gewesen. Denkmalschützer wäre auch etwas für ihn gewesen, doch da verdiente man einfach zu wenig.

Je länger er über sich und sein Leben nachdachte, umso deutlicher wurde ihm, dass er genau das Richtige geworden war: ein mordender Einzelgänger. Ein Schreckgespenst, das sich gut bezahlen ließ. Er hatte nicht vor, sich ausbooten zu lassen. Er musste herausfinden, wer Marcellus getötet hatte, um denjenigen dann auszuknipsen. Sie sollten alle wissen, dass er wieder mitspielte, und auch dabei würde Birte ihm helfen.

Ich werde, dachte er und ging zur Kasse, euch alle in Angst und Schrecken versetzen. Kein Hitman wird sich trauen, meinen Job zu machen, weil jeder befürchten muss, dann von mir zur Rechenschaft gezogen zu werden. Ich dulde keine Konkurrenz.

Er kaufte sich noch ein paar Nüsse, Lutschbonbons mit Pfefferminzgeschmack und zwei Flaschen Mineralwasser. Der jungen Aushilfe an der Kasse lief ein Schauer den Rücken runter. Sie machte den Job nicht erst seit ein paar Tagen und war auch an manchen Nachtdienst gewöhnt. Sie bildete sich ein, zu spüren, ob mit Kunden etwas stimmte oder nicht. Schon viermal hatte sie jemanden beim Diebstahl erwischt. Sie wusste es immer schon vor der Tat und beobachtete die Personen aus den Augenwinkeln. Sie machte auch Fotos von ihnen mit ihrem Handy. Vom Chef hatte sie deshalb sogar einmal eine Gratifikation bekommen.

Der Mann, der jetzt vor ihr stand und bar zahlte, würde nicht stehlen. Er steckte das Wechselgeld ein, ohne nachzuzählen, ja ohne hinzugucken. Das waren Peanuts für ihn, darum kümmerte er sich nicht. So verhielten sich ihrer Meinung nach nur Menschen, die es ungeheuer eilig hatten oder für die Geld überhaupt keine Rolle spielte. Der hier schien den Schein, den er ihr über den Tisch schob, geradezu zu verachten, als sei Geld etwas Schmutziges, das anständige Menschen sowieso ablehnen würden. Dieser Mann hatte ein dunkles, böses Geheimnis. Sie war froh, als er die Tankstelle verlassen hatte. Selbst sein schwarzer VW-Transporter strahlte für sie Gefahr aus.

Sie hatte keine hellseherischen Fähigkeiten, aber sehr wache Instinkte, und sie konnte gut beobachten. Sie hatte bei ihrem letzten Freund gewusst, dass er sie betrügen würde, bevor er die Frau auch nur kennengelernt hatte, mit der es dann Wirklichkeit wurde.

Sie verschwieg ihre Ahnungen gern. Sie wollte sich nicht zum Gespött machen.

Sie sah dem Wagen nach. Erst als er wieder auf der Straße war, betrachtete sie sich im Spiegel. Sie hatte das Gefühl, die Blicke des Mannes würden noch an ihr kleben.

Er fuhr über Suurhusen und Hinte nach Norden. Er konnte nicht anders. Er musste anhalten. Gegen den schiefen Turm von Suurhusen war der schiefe Turm von Pisa gerade. Darin hätte er gern gewohnt, aber wer würde einem wie ihm eine Kirche verkaufen? Er ging über den Friedhof und stand vor dem Turm. An solchen Orten fühlte er sich zu Hause. Ein Kirchturm, der aussah, als würde er umfallen, drum herum alte Gräber – genau sein Ding. Welch ein Wohlfühlort!

Er atmete tief durch und sah zu seinem VW rüber. Ich brauche wieder ein Zuhause, dachte er. Das Leben im Auto und in Hotels ist auf Dauer nichts für mich. Einer wie ich braucht schalldichte Räume.

Er freute sich auf Birte. Den Sohn behielt er nur, um eine Geisel zu haben, falls es eng werden würde. Er ging noch ein wenig zwischen den Gräbern spazieren und las die alten ostfriesischen Namen auf den verwitterten Grabsteinen. Er musste an die junge Frau in der Tankstelle denken. Sie hatte ihn so merkwürdig angesehen, mit einem wissenden Blick. Hatte sie ihn erkannt? Gab es Fahndungsfotos?

Er fragte sich, ob er zurückfahren sollte, um sie zu holen. Wer ihn so merkwürdig anglotzte, war ihm Rechenschaft schuldig, fand er. Gleichzeitig hatte er Angst, sich zu verzetteln.

Konzentrier dich jetzt darauf, wer dieser Scheiß-Rupert ist … Konnte es möglich sein, dass sich der Gangsterboss Frederico Müller-Gonzáles bei der Kripo eingeschlichen hatte?

Es gab viele Gerüchte über Frederico. Einige sagten, er sei auf Internaten und Eliteschulen ausgebildet worden, andere wiederum behaupteten, er sei ein Volltrottel, ganz bestimmt nicht in der Lage, die Führung der Gonzáles-Familie zu übernehmen.

Als gesicherte Erkenntnis galt nur, dass er und Madonna Rossi miteinander verheiratet worden waren. Es gab Gerüchte, sie sei lesbisch und er schwul. Trotzdem hielt das Bündnis zweier mächtiger Familien. Solche Zweckehen hatten sich die Gangsterbosse und Clanchefs von den adligen Familien abgeguckt. Was in Königshäusern funktionierte, das probierte man gern auch in der Unterwelt aus.

Die meiste Zeit hätten sich Madonna und er nicht mal auf demselben Kontinent aufgehalten, hieß es. Doch nun, da sie tot war, musste er sie rächen.

Was, wenn das alles nur bewusst inszenierte Legenden waren und Frederico Müller-Gonzáles in Wirklichkeit ein unauffälliges Leben als Polizist in Ostfriesland führte, in einem vom Weltgeschehen weit abgelegenen Ort, der so hieß wie eine Himmelsrichtung: Norden.

Weller fuhr vor dem Savoy vor. Er fand hier keine Parkmöglichkeit, stellte den Wagen auf der Straße ab und ging zur Rezeption, um nach einem Parkplatz zu fragen. Mit einem entwaffnend freundlichen Lächeln bekam er die Antwort: »Sie können mir Ihren Schlüssel geben. Wir bringen Ihren Wagen ins Parkhaus.«

Okay, dachte Weller und sah sich um. Ja, verdammt, er gestand es sich nicht gerne ein, aber dieses Hotel beeindruckte ihn schon. Es war hier ein bisschen so, als würde es die Welt draußen gar nicht geben, als sei sie nur ein Witz, eine Geschichte, die man sich erzählt. Das Gefühl, hier sei für einen gesorgt, man müsse sich um nichts kümmern, machte sich in Weller breit, und er verstand, warum Rupert hier so gerne war.

Er fragte sich, ob das später auf seiner Spesenabrechnung auftauchen würde. Dieses Hotel war sicherlich nicht für Dienstreisen gelistet.

Stolz zeigte Rupert seine Suite, die natürlich doppelt so groß war wie Wellers. Rupert breitete die Arme aus, drehte sich im Raum um und lachte: »Ja, das ist schon was anderes als eine Ferienwohnung auf Wangerooge, was? Bestell dir, was du möchtest. Wir brauchen nicht zu sparen, wir sind echte Spesenritter, mein Freund. Die machen hier tolle Sachen, die Currywurst und der Burger zum Beispiel sind einsame Spitze!«

Typisch, dachte Weller, selbst wenn er sich alles leisten kann, denkt Rupert zunächst an Currywurst und Burger.

»Warum«, fragte Weller, »sehe ich hier keine Leibwächter?«

»Niemand weiß, wo ich bin. Ich musste praktisch auch vor den eigenen Leuten abhauen, verstehst du?«

Weller nickte. »Ach, und dann versteckst du dich an diesem völlig unauffälligen Ort, wo dich nie einer suchen würde, oder was? Bist du völlig bescheuert?«

»Na, du bist ja jetzt da.« Rupert boxte Weller gegen den Oberarm. »Lass es dir gutgehen, Alter. Die haben hier ein Wellnessprogramm vom Feinsten. Lass dich mal durchmassieren, du machst so einen verspannten Eindruck. Oder soll ich dir lieber ein paar Stripperinnen kommen lassen? Du alter Ehemuffel willst es doch bestimmt mal so richtig krachen lassen, was? Ich kann dir ein paar Miet-Ehefrauen bestellen, dann kannst du dir eine aussuchen.«

Es tat Weller fast schon leid, gekommen zu sein. Er fühlte sich in eine Situation hineingeworfen, für die er nicht gemacht war. »Ich bin nicht du, Rupert. Ich habe ganz andere Bedürfnisse. Ich …«

»Tu doch nicht so, Frank!« Rupert klatschte gegen Wellers Bauchansatz. »Du denkst vielleicht schon, dass du völlig impotent geworden bist, aber glaub mir, das liegt nur an dem norddeutschen Kühlschrank, mit dem du zusammen bist. So eine richtig scharfe Schnecke bringt die Tinte in den Füller … Hier gibt's Viagra auf zwei Beinen!« Rupert lachte über seinen eigenen Witz.

Weller verstand, dass sein Kollege ihm wirklich etwas Gutes tun wollte, aber überhaupt keine Ahnung hatte, wie. Natürlich wollte er auch angeben und herumprahlen, aber dahinter spürte Weller noch etwas: Rupert hatte Angst. Todesangst und Lebensgier lagen oft ganz nah beieinander, das wusste Weller nicht nur aus Romanen, sondern er hatte es auch schon am eigenen Leib erfahren.

Er ließ sich auf das übergroße Bett fallen, verschränkte die Arme hinterm Kopf und sagte: »Wenn du mir was Gutes tun willst, Rupert, dann weihe mich ein. Erzähle mir alles. Und wenn ich alles meine, spreche ich nicht von neuen Stellungen, die du im Bett gelernt hast, sondern wie dein Undercover-Job läuft? Wieso bist du hier? Und was hast du für weitere Pläne?«

Rupert benutzte seine Finger, um es auszuzählen, und ging dabei vor dem liegenden Weller auf und ab. Er erinnerte Weller dabei auf kuriose Weise an Ann Kathrin bei ihren berühmten Verhörgängen, wenn sie nach jedem zweiten Schritt einen Blick auf den Verdächtigen warf.

»Erstens: Willi Klempmann ist von der Bildfläche verschwunden. Mit seiner Yacht kreuzt er meist außerhalb der Dreimeilenzone vor irgendeiner ostfriesischen Insel herum. Mittwochs und donnerstags ist er gern vor Borkum. Da wohnt seine …« Rupert suchte nach Worten, fand nicht das richtige, »… nun, nennen wir sie Geliebte. Sie ist eine echte Dame, hat etwas Adliges an sich, nicht irgend so eine Bordsteinschwalbe. Sein Schiff fährt immer noch durch die Nordsee, aber man weiß nie, ob er an Bord ist oder nicht.«

»Wer steuert es denn dann?«, fragte Weller.

Rupert unterbrach seinen Gang und sah Weller an, als hätte er eine so dämlich-naive Frage von ihm nicht erwartet. Er belehrte Weller: »Mensch, das ist kein kleiner Playboy, der sich toll fühlt, wenn er sein eigenes Motorboot steuern kann. Der hat einen

Käpt'n, eine Mannschaft, einen Koch an Bord und natürlich ein paar Miezen, die auf ihn aufpassen. Und Gott weiß, was sie sonst noch für ihn tun.«

Rupert winkte ab und begann noch mal von vorn: »Also, erstens, Klempmann ist weg. Der ist aber der Schlüssel zu allem. Er ist der Boss. Zweitens suche ich Geier. Der ist sein schlagender Arm, der gefährlichste Mann im ganzen Spiel. Im Gegensatz zu Willi Klempmann ist Geier richtig verrückt. Die beiden müssen wir ausschalten.«

Weller schluckte: »So, wie du *ausschalten* sagst, meinst du jetzt nicht *verhaften*, oder?«

Rupert antwortete nicht, sondern sah Weller nur an.

Weller fragte vorsichtshalber nach: »Spreche ich jetzt gerade mit meinem alten Kumpel Rupert, der beim Skat einen Grand Hand verliert, obwohl er alle Trümpfe in der Hand hat, aber dann die falsche Farbe aufspielt? Oder mit dem Gangsterboss Frederico Müller-Gonzáles?«

Rupert winkte ab. Er wollte nicht gern an dieses Skatspiel, in dem er sich in der Tat fürchterlich blamiert hatte, erinnert werden.

»Ich denke, Geier sollten wir auf jeden Fall ein für alle Mal aus dem Rennen nehmen. Ich fürchte, ich werde ihn in Notwehr erschießen müssen. Ab dann ist uns Liane Brennecke auf ewige Zeiten zur Dankbarkeit verpflichtet. Ich glaube, sie ist nicht die Einzige, die erst wieder ruhig schlafen kann, nachdem Geier eingeäschert wurde. Klempmann könnten wir vor Gericht stellen. Ich fürchte allerdings, dass seine Leute ihn rausholen werden, und dann geht der ganze Mist wieder von vorne los. Oder der leitet sein Imperium aus dem Gefängnis heraus. Hat es alles schon gegeben. Was meinst du, warum das organisierte Verbrechen so sehr für Privatisierung in allen Bereichen ist? Die würden am liebsten auch die Polizei, den Justizapparat und natürlich die Gefängnisse privatisieren. Dann bauen die sich einen Knast wie dieses Hotel hier, weißt du. So eine Luxusunterkunft, in der es alles gibt. Und ab dann lachen die nur noch über Gefängnisstrafen …«

Weller hatte keine Lust auf Ruperts gesellschaftspolitische Erkenntnisse. Er zeigte auf Ruperts Finger: »Und? Wie weiter? Punkt drei. Was soll dann passieren?«

»Der richtige Frederico Müller-Gonzáles war bei mir. Er ist ein feiner Kerl. Könnte ein Kumpel von uns werden.«

Weller setzte sich aufrecht im Bett hin. »Ich habe nicht viele Schwerkriminelle in meinem näheren Bekanntenkreis.«

»Du würdest dich wundern, Weller. Ich glaube, ihr hättet schnell einen Draht zueinander. Der interessiert sich für genauso ’n Scheiß wie du. Moderne Kunst. Schwülstige Literatur. Überteuerten Rotwein …«

Rupert wollte seine Aufzählung fortsetzen, doch Weller unterbrach ihn: »Danke, mein Bedarf an Freunden ist gedeckt. Ich bin mir nicht mal sicher, ob ich weiterhin dein Freund sein möchte, Rupert, weil ich nie weiß, mit wem ich gerade rede.«

Rupert ging darüber locker hinweg. Er schob es auf Wellers Nervosität und führte weiter aus: »Frederico findet, dass ich den Job gut mache und ich soll auch gerne weitermachen. Er zieht sich zurück. Er ist sozusagen durch mich zu einem freien Mann geworden. Aber ich soll auf seine Familie aufpassen. Er hat Angst, dass sie seine Mutter, seinen Vater, Mai-Li und Charlotte – die sind so etwas wie seine Tanten – töten, so wie sie bereits Madonna umgebracht haben. An der lag ihm nichts, aber gerächt werden muss sie natürlich trotzdem.«

Weller verzog den Mund. »Klar. Das sieht ja jeder ein«, spottete er.

Rupert schwieg und goss sich einen schottischen Whisky ein.

Der Whisky musste etwa so alt sein wie Frauke. Der sanfte Geschmack erinnerte Rupert an seine Miet-Ehefrau. Er bekam Sehnsucht nach ihr.

»Und wie soll ich dir jetzt dabei helfen?«, fragte Weller. »Ich meine, wollen wir Polizeischutz für Mafiachefs beantragen?«

Rupert lachte und schaukelte den Whisky im Stamper hin und her. Im Licht spiegelte sich der goldbraune Gerstensaft. »Das ist ein echter Malt. Müsstest du mal probieren. Du hast das Gefühl, die Himmelstore öffnen sich.«

»Mit anderen Worten, du hast auch keine Ahnung, wie wir diese Leute schützen sollen«, hakte Weller nach und überlegte, ob er jetzt die App ins Spiel bringen sollte, die Kevin Janssen entwickelt hatte.

Rupert nahm noch einen Schluck, schnalzte mit der Zunge und behauptete: »O doch, das habe ich. Aber es läuft nicht ganz so wie bei Zeugenschutzprogrammen. Sein Vater ist in Kolumbien, da wissen wir nicht mal den genauen Aufenthaltsort. Meist treibt er sich irgendwo in Lateinamerika rum. Dort beschützt ihn eine halbe Armee. Ich bin mir sicher, mein Freund, wenn wir uns mit denen anlegen, ziehen wir den Kürzeren. Genauso sieht es mit seiner Mutter aus.«

»Na, was will der Sohnemann dann von uns?«, fragte Weller.

»Von mir, Weller. Von mir will er dasselbe wie Klatt, das BKA, die Staatsanwaltschaft oder Liane Brennecke: Ich soll Geier und George ausschalten. Aber von beiden kennen wir die Aufenthaltsorte nicht. Mai-Li und Charlotte sind in Europa. Charlotte wurde neulich noch in der Nähe von Greetsiel behandelt. Die Ärmste ist schwer krank.«

»Okay«, sagte Weller und stand auf. Er nahm Rupert das Glas aus der Hand. Rupert ließ es geschehen, weil er dachte, dass Weller probieren wollte, doch das tat er nicht. Er knallte das Glas einfach hart auf den Tisch und sagte: »Auf die beiden Damen, gerade wenn sie in Deutschland sind, können wir gut aufpassen, und für den Rest haben wir auch Spezialisten, Rupert.«

Rupert tat, als habe Weller einen Scherz gemacht. Er holte sich das Glas wieder, trank es aus, pustete Weller mit seinem Whiskyatem an und stellte klar: »Ich bin der Boss. Du bist mein Leibwächter. Ich sage, wo es langgeht, und du passt auf mich auf. Klar?«

Weller guckte ihn an, als sei er wahnsinnig geworden.

Rupert tippte Weller gegen die Nasenspitze: »Ich zahle dir Zehntausend pro Woche. Steuerfrei. Außerdem übernehme ich alle Spesen. Guck nicht so belämmert, Frank, das ist mehr, als du jemals verdient hast.« Rupert berührte die Kugel an seinem Hals und konkretisierte sein Angebot an Weller: »Und wenn ich diesen Monat überlebe, kaufe ich dir als Bonus ein richtiges Auto. Einen Ferrari. Oder stehst du mehr auf so Opa-Schlitten? Bentley und so?«

Weller fragte sich, wie er Ann Kathrin von diesem Gespräch erzählen sollte. Ihm fehlten die Worte, das glaubhaft wiederzugeben.

»Ja, da staunst du, Alter, was? So großzügig ist dein Kumpel Rupert. Der Haken an der Sache ist nur, erst musst du mal richtig arbeiten. Nicht nur so tun und Akten schieben. Wir spielen hier mit vollem Risiko.«

»Weißt du, was ich mich frage?«

»Nee, was? Raus damit!«

»Ich frage mich, ob du ein Held bist, den ich bewundern sollte, oder ob es nicht Zeit wird, einen Arzt zu rufen, der dich in die Geschlossene einweist, weil du für dich und andere zu einer Gefährdung wirst.«

Rupert wendete sich zornig von Weller ab. Er dachte kurz nach.

Dann fuhr er herum und brüllte Weller an: »Ich werde zur Gefährdung? Du hast doch überhaupt keine Ahnung, Alter! Das organisierte Verbrechen hat längst weite Bereiche unserer Gesellschaft übernommen. Denen gehört inzwischen mehr als der Bundesrepublik Deutschland, weißt du? Jede Privatisierung nehmen die als Kaufangebot. Bald wird es völlig egal sein, was für eine Regierung wir wählen, weil die Regierung sowieso nichts mehr zu entscheiden hat. Clanchefs und Gangsterbosse regieren uns dann, und zwar ganz legal, Alter. Die übernehmen den Laden ganz einfach mit ihrer Riesenkohle. Und deswegen machen wir einen Superjob!«

Weller staunte über die klugen Worte seines Kollegen und fragte sich, ob er Rupert vielleicht lange Zeit unterschätzt hatte.

Das war für ihn der Moment, ihm die App anzubieten: »Unser Kevin hat mir was für dich gegeben. Wenn du das in deinen Gangsterkreisen einführst, mein Lieber, dann wissen wir, was sie vorhaben.«

Rupert lachte: »Was hat er vor? Will er die Datenschutzgesetze streichen?«

»Nein, aber so eine Art WhatsApp-Gruppe mit allen gründen. Er hat eine App für uns zusammengebastelt, die angeblich sicherer ist als alle anderen.«

Rupert kapierte sofort: »Das ist so ähnlich wie mit der Kompensan-Bank? Die denken, sie hätten eine eigene Bank und keiner kann ihnen auf die Finger gucken, dabei ist es unser Laden?«

Weller nickte. »Genau so. Meinst du, du kannst das Ding einführen?«

Rupert strahlte triumphierend: »Ob ich das kann? Ich bin der Boss, Alter! Ich bin Frederico Müller-Gonzáles! Wenn ich sage, wir benutzen das jetzt, dann tun wir es.«

Als Erstes schickte er einen Link zur App an Kleebowski, mit der

Anweisung, alle Kommunikation habe in Zukunft über dieses System zu laufen.

Inzwischen hatte Kevin Janssen seiner Schöpfung auch einen Namen gegeben: *Top Secret.*

Plötzlich zögerte Rupert: »Heißt das, wenn Frauke das auch benutzt, kannst du alles mitlesen, was ich mit ihr …«

Weller grinste: »Dein Liebesgeturtele interessiert mich nicht.«

George hatte Silvias Bitte nachgegeben, einen geselligen Abend auf der Yacht zu geben. Ein Abend voller Meeresfrüchte und Champagner war geplant.

Susanne Kaminski und ihr Mann Martin waren eingeladen, Detlef Perner und seine Frau Bettina, außerdem Göran Sell, der Geschäftsführer der »Ostfriesische Inseln GmbH«, der gemeinsamen touristischen Vereinigung der sieben Inseln.

Der Musiker Ralf Kleemann sollte den Abend mit einem Harfenkonzert eröffnen. Man munkelte auch, Alt-Bundeskanzler Gerhard Schröder sei eingeladen.

Susanne und Silvia saßen bei *Ria's* in den Strandkörben auf der Promenade und beobachteten die Yacht bereits durch ihre Ferngläser. Silvia hatte vorgeschlagen, vorher nichts zu essen, denn bei George sei es immer recht üppig mit den Speisen. Deshalb hatten die beiden sich nur einen Aperol Spritz bestellt. Die Gläser standen vor ihnen auf Holzkisten, in denen angeblich einmal Tee aus Übersee transportiert worden war. Sie hatten nur wenig getrunken, doch waren beide schon ziemlich angeheitert, als vor ihren Augen weit hinten auf der Nordsee die Yacht explodierte. Der Knall hallte übers Meer, und die Druckwelle ließ die Eiswürfel in ihren Gläsern gegeneinanderklirren.

Silvia ließ das Fernglas fallen. »George!«, schrie sie.

Susanne hatte nur einen Gedanken: Mein Gott – wir wären fast an Bord gewesen.

Göran Sell, der sich noch im Restaurant mit Martin und anderen Gästen unterhalten hatte, rannte heraus. Brennende Schiffsteile schwammen auf dem Wasser. Eine zweite Detonation, noch heftiger als die erste, erfolgte.

Jetzt hatten bereits viele Urlauber ihre Handys in der Hand und versuchten, das Bild näher ranzuzoomen.

Ein kleines Mädchen, das auf dem Schoß der Mutter nach einem langen Strandtag eingeschlafen war, schreckte hoch. Die Erwachsenen rannten aufgeregt herum. Gläser fielen um. Das verschlafene Kind zeigte aufs Wasser und fragte die Mutter: »Guck mal, Mama. Das Meer brennt! Ist die Sonne vom Himmel gefallen?«

Ein Junge lief weinend über die Promenade und schrie nach seinem Opa.

Susanne nahm sich seiner an. Es half ihr gegen das eigene Entsetzen. Alles wurde leichter, wenn sie sich um jemanden kümmern konnte.

Silvia hielt sich an Susanne fest. »Er ist tot«, sagte sie. »Tot. Das da hat keiner überlebt. Und ich habe ihn insgeheim immer für unsterblich gehalten.«

»Unsterblich?«

»Ja, er war immer wie so eine Comicfigur.« Sie hielt sich eine Hand vor die Lippen. »Himmel, ich spreche schon von ihm in der Vergangenheit …«

Noch bevor der Alarm bei der Deutschen Gesellschaft zur Rettung Schiffbrüchiger und der Polizei einging, waren die Bilder bereits im Internet.

Ann Kathrin sah im Kalender neben *Papiermüll rausstellen* Wellers handschriftlichen Eintrag: *K.*

Sie fragte sich, was das bedeuten könnte: Kino? Kegeln? Konzert? Kochen? Köln? Krimidinner? Keller aufräumen?

Irgendetwas hatte er zweifellos vorgehabt. Es roch nach Gorgonzola, Trüffeln und frischen Kräutern. Dunkelviolette Zwiebeln und Knoblauch, so reif, dass die Zehen schon herausbrachen, lagen auf der Anrichte wie weggeworfen. Weller hatte sich nicht einmal die Zeit genommen, den Einkauf vom Markt richtig einzuräumen. In so etwas war er sonst sehr ordentlich und sie eher nachlässig.

Er war zu Rupert gefahren. Sie würde also selbst für sich kochen müssen. Sie liebäugelte mit dem Gedanken, ins *Smutje* zu gehen oder sich bei ihren Nachbarn einzuladen. Rita und Peter Grendel waren zu Hause, und bei Bettina Göschl roch es nach Fischsuppe. Vielleicht sollte sie einfach klingeln. Sowohl Grendels als auch Bettina würden sie bestimmt hereinbitten und fragen, ob sie Lust hätte, mitzuessen. Es war durchaus verlockend. Ein bisschen Abwechslung täte ihr gut. Gespräche über Musik, Filme oder die leider immer noch für Autos nicht gesperrte Osterstraße. Sie hatte auch Lust, sich mal wieder mit den anderen darüber aufzuregen, warum die Osterstraße immer noch keine Fußgängerzone geworden war. Ein Thema, über das man in Norden seit Jahren gerne stritt.

Doch gleichzeitig brauchte sie auch ein bisschen Ruhe, hatte ein Bedürfnis nach Rückzug und Alleinsein. Der Rummel in der Inspektion machte sie zunehmend fertig. Klatt brachte Stress herein, und die nicht mehr klar abgegrenzten Kompetenzen nervten sie zunehmend.

Sie setzte heißes Wasser für die Spaghetti auf und wollte eine rote Zwiebel würfeln, da heulte der Seehund in ihrem Handy. Sie hoffte darauf, Wellers Stimme zu hören, doch ihr Ehemann war nicht dran. Das Display zeigte Marion Wolters Bild.

Ann nahm das Gespräch an. Marion sagte nur: »Schalt das Fernsehen ein.«

Ann tat es sofort, ohne das Telefon dabei aus der Hand zu legen. Auf ZDF, NDR und N-TV liefen identische Bilder. Ein Handyvideo von einer Explosion. Eine Luxusyacht war vor Borkum in die Luft geflogen. Von einem tragischen Unfall war im NDR die Rede und von einem möglichen terroristischen Anschlag bei N-TV und ZDF.

Ann Kathrin wusste gleich, dass es sich um das Schiff von Willi Klempmann handelte. Sie bedankte sich bei Marion und wählte dann Frank Wellers Nummer. Er kaute etwas und meldete sich mit vollem Mund: »Moin, Ann. Ich bin bei Rupert in Köln.«

Rupert fluchte: »Das sollst du doch nicht jedem auf die Nase binden, verdammt!«

»Gib ihn mir«, forderte Ann Kathrin.

»Ich weiß nicht, ob das so klug ist, Ann.«

»Was? Wieso?«

Weller musterte Rupert. Der war gerade von Kleebowski über die Ereignisse informiert worden.

»Na ja, Ann, unser Rupi ist nicht gerade in der Stimmung, sich vorschreiben zu lassen, was er zu tun hat.«

Ann Kathrin stellte klar: »Ich bin seine Vorgesetzte.«

»Ja, ich weiß das. Aber ich bezweifle, dass er es genauso sieht.«

»Was will die Schnepfe?«, fragte Rupert, und als Weller nicht sofort antwortete, verlangte Rupert: »Leg auf. Wir haben jetzt keine Zeit für irgend so einen Dienststellenplausch.«

Weller befürchtete, dass Ann jedes Wort verstehen konnte. Er hörte sie schimpfen und reichte Rupert das Handy. Der nahm es zwar widerwillig, hielt es aber so weit von seinem Kopf weg, als müsse er Ann auf Abstand halten.

»Was denkt der kleine Gernegroß eigentlich, wer er ist?« Ann Kathrins Satz hallte aus Wellers Handy durch den Raum. Er hing zäh wie schwerer Morgennebel in der windstillen Suite. Weller hielt den Atem an.

Rupert holte tief Luft. Er wollte Überlegenheit zeigen, indem er ruhig blieb. Ihr ehemaliger Kripochef Ubbo Heide hatte versucht, ihnen das beizubringen. Es war ihm bei Rupert nicht wirklich gelungen. Er sagte jetzt knapp: »Moin.«

»Hast du den Befehl gegeben, das Boot von Willi Klempmann zu sprengen?«, fragte Ann Kathrin.

Sofort brach Ruperts Konzept, die Oberhand durch Gelassenheit zu erlangen, zusammen. Schließlich war er ja nicht Buddha.

»Was soll die dämliche Frage, Puppe?«

Weller ahnte, dass das Gespräch nur noch schiefgehen konnte. Er bat Rupert: »Gib sie mir lieber wieder. Ich regle das.«

Doch Rupert wollte nicht so mit sich umspringen lassen. Weller versuchte, ihm das Handy abzunehmen. Rupert rannte vor ihm weg. Weller verfolgte ihn. Sie drehten ein paar Runden um den Tisch. Rupert versuchte, übers Bett zu entkommen. Weller mit großen Schritten hinterher. Das Bett quietschte. Eine Vase fiel um.

Sie rangen um das Telefon. Es entglitt ihnen und landete zwischen den Scherben der Vase. Auf dem Teppich liegend, reckten sich beide danach, während jeder mit einer Hand versuchte, den anderen zurückzuziehen.

Aus dem Handy tönte Anns Stimme: »Wenn du noch einmal Puppe zu mir sagst, rede ich dich in Zukunft mit Stummelschwänzchen an. So nennen dich doch deine Exfreundinnen gern, oder?«

»Ich hatte nie etwas mit ihr, Weller, echt nicht, das musst du mir glauben«, beteuerte Rupert und verzog dabei den Mund, als würde ihm schon bei dem Gedanken, mit Ann Kathrin ins Bett zu gehen, schlecht werden.

»Versucht ihr zwei da gerade ernsthaft, diesen Gangsterkrieg zu gewinnen?«, spottete Ann Kathrin böse.

Weller erreichte das Handy mit den Fingerspitzen. Rupert hielt ihn zurück.

Weller reckte den Hals und rief: »Nein, natürlich nicht!«

»Ja, glaubst du denn, wir lassen uns von denen fertigmachen?«, schnauzte Rupert zurück. »Natürlich geben wir denen Contra!«

Weller schob Rupert mit den Füßen weg und schnappte sich das Handy: »Ann, du glaubst doch nicht im Ernst, dass wir damit irgendetwas zu tun haben! Wir sind doch keine Mörder! Wir sprengen doch keine Yacht in die Luft!«

Weller stierte Rupert an, der aufstand und zur Zimmerbar ging, als hätte er mit all dem hier nichts mehr zu tun. Weller hielt die Hand übers Handy und flüsterte, unsicher geworden: »Stimmt doch, Rupert, oder?«

Rupert trank Wasser und rang nach Luft. »Ruhe«, antwortete er, »ich muss nachdenken.«

Er war zu weit vom Handy weg. Ann Kathrin verstand ihn nicht. »Was hat er gesagt?«, fragte sie.

»Noch nichts. Er denkt nach.«

»Frank!«, mahnte Ann Kathrin ihren Mann. »Wir sind in einer ungeheuerlichen Situation. Egal, ob er es veranlasst hat oder nicht: Alle werden glauben, dass die Gonzáles-Familie dahintersteckt.«

»Heißt das«, fragte Weller, »George ist tot und der Rest der Blase auch?«

»Keine Ahnung. Jedenfalls hat bestimmt niemand die Explosion an Bord überlebt.«

Auf Ruperts Handy kam eine Nachricht von Kriminaldirektorin Liane Brennecke an: *Bravo! Herzlichen Glückwunsch! Das nenne ich eine klare Ansage …*

Rupert war immer noch damit beschäftigt, die Sätze zu verdauen, da kam eine zweite Nachricht von Liane Brennecke: *Harte, schnelle Schläge. Ich wusste, dass du aufräumst, mein Guter. Ich hoffe, Geier war nicht an Bord. Ich gönne ihm keinen so raschen Tod.*

Rupert fragte sich, was das alles zu bedeuten hatte. Sollte er sich hinter die Aktion stellen, die Verantwortung dafür übernehmen und so Furcht und Schrecken verbreiten? Nutzte es ihm vielleicht gar?

»Das ist kein Cowboyspiel, Jungs«, mahnte Ann Kathrin. »Brecht sofort alle Zelte ab und kommt zurück. Die anderen werden reagieren. Die Gewaltspirale steigert sich jetzt. So ist das immer. Man kennt solche Prozesse aus der Friedens- und Konfliktforschung. Jetzt kommt ein Vergeltungsschlag, und der soll natürlich noch viel schlimmer sein …«

»Ja, was sollen wir denn deiner Meinung nach machen?«, fragte Weller.

Rupert baute sich vor Weller auf, der am Boden vor dem Bett saß und sich ans Handy klammerte, als wolle er es zwischen den Fingern zerquetschen.

»Das ist alles nur Fake«, sagte Rupert.

Weller kapierte nicht: »Wie, Fake?«

»Ja, ein Bluff. Eine Täuschung. Fake halt, wie man auf Plattdeutsch sagt.«

»Fake ist nicht Platt, Rupert. Mensch, Fake ist Englisch.«

»Ist mir doch egal.«

Ann Kathrin stöhnte ungehalten: »Gib mir jetzt Rupert.«

Weller tat es.

»Was hast du gesagt?«, fragte Ann.

Rupert wiederholte: »Das ist ein Fake.«

»Wie meinst du das?«

»Wörtlich. Fake ist kein ostfriesisches Platt, sondern Englisch. Das müsstest du doch eigentlich verstehen.«

»Verstehe ich auch, aber was meinst du damit?«

»Nun, ich glaube das alles nicht.«

Ann Kathrin seufzte: »Rupert, die Aufnahmen sind echt. Zig Leute haben es gesehen. Die Trümmer schwimmen im Meer.«

»Ja, das bezweifle ich auch nicht, aber es ist trotzdem ein Versuch, uns reinzulegen.«

Ann Kathrin hakte nach: »Wie kommst du darauf?«

»Na, weil alles nur Lug und Trug ist. Nicht einmal ich bin der, der ich bin. Man sagt das eine und tut das andere. Warum soll ich noch irgendwem irgendetwas glauben? Mit allem, was geschieht, verfolgt irgendjemand einen Plan und andere versuchen, ihn zu durchkreuzen.«

Weller erhob sich schwerfällig und schob die Scherben mit seinem Fuß zusammen. »Du glaubst doch nicht ernsthaft«, widersprach er, »dass einer seine zig Millionen teure Luxusyacht in die Luft sprengt. Welchen Sinn soll das denn haben? Versicherungsbetrug?« Weller tippte sich gegen die Stirn.

Ungehört sagte Ann Kathrin: »Da können zig Menschen an Bord gewesen sein.«

Weller stellte sich vor Rupert und sah ihm in die Augen. Er war erschüttert über Ruperts Aussage, bedeutete es doch auch, dass Rupert nicht die Finger im Spiel hatte. Oder versuchte Rupert, von seiner Fehlentscheidung abzulenken? Hatte er den Befehl gegeben, die Yacht in die Luft zu sprengen?

Weller versuchte, diesen Gedanken nicht zu Ende zu denken.

Rupert rief: »Ann, ich versteh dich nicht! Die Verbindung ist so schlecht! Ann?! Ann?!« Er warf das Handy aufs Bett und ein Kissen darüber. Beugte sich dann übers Kissen und brüllte das Kissen an: »Ann? Ann?« Dann viel leiser: »Na, Zuckerpuppe, hörst du uns noch?«

Weller zog Rupert vom Bett und hielt ihn fest. »Sieh mich an, Alter. Hast du den Befehl dazu gegeben?«

»Nein, ich sag doch, es ist ein Fake!«

»Und warum sollte das jemand tun?«

»Damit wir denken, dass George tot ist.«

Das leuchtete Weller zwar ein, aber er hatte trotzdem Zweifel.

Rupert erklärte: »Es scheint von Vorteil zu sein, für tot gehalten zu werden. Frederico Müller-Gonzáles der Echte möchte auch nicht wieder lebendig auftauchen. Deswegen stecke ich in diesem Anzug. Er ist heilfroh darüber, dass ich ihn abgelöst habe. Wenn George einen finden würde, der fett genug wäre, um ihn zu spielen, glaube ich, er würde ihm nur zu gerne auch die Rolle verpassen. Im Grunde führen jetzt gerade zwei Leute gegeneinander Krieg, die es eigentlich gar nicht mehr gibt.«

Weller überlegte: »Oder hat eine dritte Kraft die Hände im Spiel?«

Rupert winkte ab, als sei ihm das egal.

Weller versuchte zu argumentieren: »Ann hat im Grunde schon recht, Rupert. Jeder wird denken, dass du es angeordnet hast. Das *ist* eine Eskalation der Gewalt. Es wird furchtbar werden.«

Rupert hob hilflos die Arme: »Ja, soll ich eine Pressekonferenz geben und beteuern, dass ich es nicht war? So läuft das in unseren Kreisen nicht …«

»Unsere Kreise! Hast du gerade echt in unseren Kreisen gesagt?«

»Ja. Hab ich. Und weißt du, was ich mich frage?«

»Nein.«

»Was würde Sommerfeldt an meiner Stelle tun?«

»Der Doktor? An deiner Stelle?« Weller zuckte zusammen. »Glaubst du, der hat …«

Rupert schüttelte den Kopf. »Nein, das ist nicht sein Ding. Viel zu laut. Er hasst Lärm. Er arbeitet lieber mit dem Messer.«

Die erste Nachricht von Kleebowski über *Top Secret* kam: *Hier sind drei Arme auf der Seehundbank angespült worden. Die Seehunde zanken sich darum.*

Kleebowski schickte ein Foto mit. Rupert zeigte es Weller. Weller fragte: »Was hat das zu bedeuten?«

»Drei Arme? Nun«, erklärte Rupert, »das bedeutet entweder, zwei Leute sind garantiert tot und einen Arm haben sich die Fische geholt oder es waren drei Einarmige an Bord. Oder denkst du, ein Mann hatte drei Arme?«

»Halt jetzt mal einen Moment die Fresse«, bat Weller.

Rupert merkte selbst, welchen Unsinn er geredet hatte, und schwieg. In seinem Kopf herrschte große Unordnung. Die Gedanken waberten hin und her. Er musste sich eingestehen, durchaus einen Triumph zu empfinden, gleichzeitig aber auch große Angst und Ratlosigkeit.

Plötzlich lagen Rupert und Weller sich in den Armen. Niemand hätte später sagen können, wie es genau begonnen hatte, aber sie hielten sich ganz fest, drückten sich, und es ist auch nicht ganz ausgeschlossen, dass ein paar Tränen flossen.

Sie sprachen nie wieder darüber.

Weller hatte nicht das Gefühl, einen Gangsterboss zu umarmen. Auch nicht seinen Kollegen, sondern eher einen kleinen Jungen, der kurz davor war, nach seiner Mama zu schreien, sich aber schämte, weil die großen Jungs nicht wissen durften, welche Angst er hatte.

Der Wind schob eine clownsgesichtige Wolke mit großen Augen, weit offenem Mund und abstehenden Ohren vor die Sonne. Zunächst sah es aus, als würden die Augen strahlen, dann, als hätte der Clown einen Goldzahn. Ein bisschen wirkte die viel fotografierte Wolke, als würde Marcellus von oben auf die Welt herunterlachen. Der Gangster war den irdischen Ermittlungsbehörden auf immer entwischt, dachte Ann Kathrin.

Sie hatte sich mit seiner Akte beschäftigt. Marcellus war unter sechs verschiedenen Namen bekannt. Ein hochgefährlicher Mann. Es gruselte Ann Kathrin bei dem Gedanken, dass Rupert ihn manchmal *meinen Freund* oder *meinen Ersten Offizier* genannt hatte.

Ihre Freundin Bettina Göschl hatte ein neues Bilderbuch über den Glücksdrachen Paffi herausgebracht. Ann Kathrin mochte diese Geschichten so sehr. Manchmal nahm sie mehrere dieser Bilderbücher mit ins Bett. Sie waren wie ein Schutzschild gegen schlechte Träume.

Ann Kathrin identifizierte sich mit dem kleinen Drachen, weil sie sich manchmal fühlte, als sei sie selbst nicht von dieser Welt und würde ihr eigentliches Zuhause noch suchen. Das neue Bilderbuch lag signiert *Für die beste Kommissarin der Welt, meine Freundin Ann Kathrin Klaasen* wie eine Aufforderung im großen Lesesessel. Dort versank Weller gern in seine Kriminalromane. Hatte er seine Liebe für Bilderbücher entdeckt?

Ann Kathrin kämpfte mit sich. Einerseits wollte sie die Zeit nutzen und durch Internetrecherche tiefer in den Fall eindringen, andererseits lockte der kleine Drache sie, mal ein bisschen auszusteigen. Sie hatte sich gerade entschieden, das Bilderbuch zur Belohnung zu lesen und erst zwei, drei Stunden der weiteren

Ermittlungsarbeit zu opfern. Sie hatte das Gefühl, auf Rupert und Weller lauerten Gefahren, von denen sie noch gar nichts wussten. Hier spielte jeder ein eigenes Spiel. Die einzelnen Gangster und Clangruppen ebenso wie das BKA, die Sonderermittlungseinheit, Klatt, und Frau Brennecke sowieso. Einer versuchte, den anderen auszutricksen, Informationen, die man hätte weitergeben müssen, wurden zurückgehalten, jeder misstraute dem anderen. Die Polizeiarbeit kam ihr in letzter Zeit vor wie ein Sumpf. Hier zogen längst nicht alle, die in einem Gebäude arbeiteten, an einem Strang. Hier wurden auch Karrieren befördert oder ausgebremst.

Vielleicht war es in der Polizeiarbeit manchmal nicht anders als in der Politik. Die persönlichen Karrieren spielten eine größere Rolle als Sachfragen, innerhalb des Ränkespiels wurde auch alte Wäsche gewaschen und so mancher Racheplan geschmiedet. Da war für Ann Kathrin Kriminaldirektorin Brennecke noch am durchschaubarsten. Ann konnte die Frau verstehen. Geier hatte sie in seinem Folterkeller gefangen gehalten. Sie hatte überlebt, und nun wollte sie sich rächen. Um nichts anderes ging es ihr. Sie wollte diesen Geier. Rupert war ihr Instrument.

Rupert riskierte Kopf und Kragen, um dieser Frau zu gefallen. Um Geld ging es dabei sicherlich nicht. Ann Kathrin hatte Rupert nie als käuflich erlebt. Er war eher anfällig für sexuelle Versprechungen und wollte so gerne in den Augen einer schönen Frau zum Helden werden. Als Mann war er ein Instrument, auf dem Frauen gut spielen konnten. Er tat Ann Kathrin fast ein bisschen leid.

Sie verfolgte Kleebowskis Lebenslauf, beziehungsweise das, was über ihn bekannt war. Ihr Bauchgefühl sagte ihr, dass der nächste Anschlag Kleebowski gelten würde. Erst danach käme Rupert dran. Sie hatte vor, das sogar in die Akten zu schreiben.

Sie versuchte jetzt, ihr Bauchgefühl zu rationalisieren. Sie suchte gute Argumente.

Ann Kathrin wunderte sich über Widersprüche innerhalb der Aufzeichnungen. Kleebowski nannte sich jetzt Alexander von Bergen. Er war auf den Namen Karl-Heinz getauft und wurde auf drei Kontinenten gesucht, bewegte sich aber ungezwungen im ganzen Land. In der Nähe von Venedig hatte er seine demente Mutter in einer teuren Altersresidenz untergebracht. Bei einem Besuch hatte er feststellen müssen, dass die alte Dame blaue Flecken im Gesicht hatte. Das hatte zwei ihrer Pfleger das Leben gekostet. In den Berichten hieß es, seine Mutter sei aus dem Bett gefallen, hätte das aber vergessen.

Kleebowski hatte einen Autounfall inszeniert, bei dem er angeblich ums Leben gekommen war. Niemand glaubte diese Geschichte so wirklich. Als Alexander von Bergen bewegte er sich frei. Als Berufsverbrecher hatte er mehrfach vor Gericht gestanden, doch man konnte ihm nie etwas nachweisen. Im letzten Moment hatte alle Zeugen jedes Erinnerungsvermögen verlassen.

Dass ihm ausgerechnet die Liebe zu seiner Mutter zum Verhängnis wurde, fand Ann Kathrin nicht frei von Ironie. Es gab Videoaufzeichnungen davon, wie er die Pfleger hingerichtet hatte. Das alles war schon wieder vier Jahre her, und inzwischen war er zu Alexander von Bergen geworden.

Einerseits sah es so aus, als habe Kleebowski den Namen gewählt, um vor Verfolgung durch die Polizei sicher zu sein, andererseits deutete vieles darauf hin, dass er die neuen Papiere direkt aus dem Justizapparat erhalten hatte. War Kleebowski ein V-Mann? Er wäre nicht der erste Gangster, der die Seiten gewechselt hatte. Belieferte er Klatt mit Informationen?

Der Gedanke, Wellers Eintragung im Kalender könne bedeuten, dass ein Besuch von Klatt geplant war, ließ Ann Kathrin erschaudern. Sie hatte auf den Typen nun wahrlich keine Lust. Sie beschloss, sich einen Kaffee zu machen und Weller anzurufen und zu fragen. Doch Sekunden später wusste sie, was das *K* im Kalender bedeutete: Kinderbesuch.

Wellers Töchter Sabrina und Jule standen vor der Tür. Sie kamen nicht alleine, sondern mit ihren neuen Freunden und zukünftigen Schwiegereltern.

Ann Kathrin wusste noch gar nicht, dass Jule sich von ihrem Verlobten getrennt hatte. Sie hatte Jule und Sabrina gut ein halbes Jahr lang nicht gesehen. Mein Gott, wie doch die Zeit vergeht, dachte sie.

Die Freunde und Schwiegereltern wollten sich vorstellen. Sabrina sah prächtig gelaunt aus. Ihre zukünftige Schwiegermutter, eine Frau um die fünfzig mit raumnehmender Ausstrahlung, umarmte Ann Kathrin gleich, als seien sie seit Jahrzehnten befreundet, und eröffnete das Gespräch mit einem großen Kompliment: »Mein Gott, wohnen Sie schön! Mitten im Weltnaturerbe. Beneidenswert!«

Sabrina wusste sofort, was los war. »Ihr habt es vergessen«, zischte sie.

»Nein, natürlich nicht«, log Ann Kathrin. »Es sind nur gerade so viele Sachen passiert. Ein Mord auf Borkum und dann diese Schiffsexplosion …«

Jule pampte gleich los: »Papa ist gar nicht da?!«

»Er hat euch natürlich nicht vergessen. Wir hätten auch noch angerufen, aber …«

Sabrina drehte sich zu den anderen um, die noch hinter ihr in der Einfahrt standen. Sie breitete die Arme aus und tönte, so dass man es noch bis in den Mohnweg hören konnte: »So war mein Leben! Jetzt habt ihr es auf einem Punkt. Irgendwelche Scheißverbrecher waren immer wichtiger als ich.«

Ein zukünftiger Schwiegervater, dessen Namen Ann Kathrin noch gar nicht kannte, mit sympathischem Vollbart und gemütlichem Bauch, versuchte zu beschwichtigen: »Ach, sei doch jetzt nicht ungerecht. Er hat doch immer gut für euch gesorgt, und so einen Mord kann er ja nicht im Voraus planen.« Dann sah er seine Frau an und bat: »Marlene, sag du doch auch mal was.«

Betreten grummelte sie: »Wir haben uns extra ein Zimmer im Reichshof genommen und sind von Wilhelmshaven gekommen, um …«

Ann Kathrin war zum Heulen zumute. Sie spürte nicht einmal Wut auf Weller. »Wollt ihr nicht erst mal reinkommen?«, fragte sie. »Ich wollte sowieso gerade einen Kaffee aufbrühen. Wir haben auch guten Ostfriesentee.«

Sabrina wickelte ihren mitgebrachten Blumenstrauß aus dem Papier, knüllte es zusammen und warf den Strauß in den blauen Blumenkübel vor der Tür, in dem bunte Kap-Margeriten vor sich hin kümmerten. Sie drehte sich schon um und ging zum Auto zurück. Das zusammengeknüllte Papier warf sie achtlos hinter sich. Der Wind spielte mit dem Ball.

Jule hob das Papier auf. In Umweltfragen grenzte sie sich klar von ihrer Schwester ab. »Schöne Grüße an Papa«, sagte Jule noch zu Ann Kathrin, »und viel Erfolg bei der Verbrecherjagd.«

»Wollt ihr nicht wenigstens kurz reinkommen?«, schlug Ann Kathrin vor.

Die zukünftige Schwiegermutter unterstützte sie mit dem Satz: »Ihr habt doch so eine schöne Terrasse, da könnten wir ja ein Stück Kuchen essen, das reicht doch dicke für uns alle.«

»Na klar«, zischte Sabrina, »und dann machen wir am besten eine Zoom-Konferenz mit Papa.« Sie tippte sich gegen die Stirn.

Mein Gott, dachte Ann Kathrin, ist sie sauer.

So schnell, wie sie gekommen waren, verschwanden sie auch wieder in drei verschiedenen Mittelklassewagen, die sie in der Einfahrt geparkt hatten.

Ann Kathrin kam sich einsam und geschlagen vor. Sie fragte sich, ob es das Los aller erfolgreichen Menschen war, familiär zu versagen. Sie hatte es mit ihrem Sohn Eike ja auch nicht auf die Reihe gekriegt. Letztendlich war Eike bei seinem Vater und dessen neuer Frau großgeworden.

Sie begann ihren Beruf zu hassen, und gleichzeitig war sie enorm wütend auf sich selbst. Komischerweise nicht so sehr auf Weller. Sie schrieb ihm: *Sabrina und Jule waren gerade hier.*

*Oje,* antwortete Weller, *war das heute?*

Sie tippte schnell: *Ja, du hast es in den Kalender geschrieben.*

*In welchen Kalender,* fragte Weller.

*In den an der Pinnwand,* antwortete Ann Kathrin.

Sie kannte das Problem nur zu gut. Sie benutzten beide einen digitalen Kalender im Computer. Darin waren alle beruflichen Termine. Sie konnte Wellers Kalender einsehen, er ihren. Was an der Pinnwand stand, galt als privat und wurde leider allzu oft nicht übertragen und vergessen.

Vielleicht, dachte Ann Kathrin, ist das ein Zeichen dieser Zeit. Das Digitale siegt über das Analoge. Der Beruf über das Familienleben. Das Böse nimmt sich mehr Raum als das Gute. Das Verbrechen durchdringt die Gesellschaft. Wir funktionieren alle nur noch und wehren uns unserer Haut, statt das Leben zu genießen.

Um aus den schweren Gedanken herauszukommen, griff sie zum Bilderbuch. Der Glücksdrache Paffi, der die Welt nicht wirklich verstand, aber in ihr zurechtkommen musste, tat Ann Kathrin jetzt gut.

Piri Odendahl hatte eine besondere Beziehung zu Emden. Eine Weile hatte sie dort studiert, mit ihrer ersten großen Liebe eine glückliche Zeit verbracht, in der Nordseehalle wunderbare Konzerte erlebt und in der Johannes-à-Lasco-Bibliothek Autorenlesungen besucht. Die Kunsthalle Emden hieß für sie immer noch Henri-Nannen-Museum und war mal so etwas wie ihr zweites Wohnzimmer gewesen.

In Emden hatte sie den ersten Schuss auf einen Menschen abgegeben: auf Frederico Müller-Gonzáles. Sie hatte ihn erwischt, aber leider nicht tödlich. Er hatte versucht, sich unter sein tiefergelegtes Auto zu rollen, was ihm missglückt war.

Jetzt hatte sie ihren ersten richtigen Mord hinter sich. Es war noch kein Meisterstück, aber schon eine ganz gute Visitenkarte, fand sie.

Kleebowski alias Alexander von Bergen sollte der nächste sein. Sie wollte eigentlich nach Borkum übersetzen, um ihn dort zu stellen und es zu Ende bringen, wo immer er sich befand. In seinem Hotelzimmer, in einem Restaurant oder am Strand – was spielte das noch für eine Rolle? Sie wollte einfach hingehen und es tun.

Doch sie hatte noch nie in ihrem Leben ein solches Polizeiaufgebot in Emden erlebt. Je näher sie dem Hafen kam, umso heftiger wurde es. Am Bahnhof eine Hundertschaft. Gepäckstücke anreisender Touristen wurden kontrolliert. Die Nervosität war hoch.

Aus Bremen, Hamburg und dem Ruhrgebiet war Verstärkung angereist. Vermummte Polizisten in modernen, kugelsicheren Ritterrüstungen. Polizeikräfte traten martialisch mit automatischen Waffen auf. Ein bisschen wirkten sie wie Darth Vaders Armee. Zum Hafen und zum Fährschiff gab es kein unkontrolliertes Durchkommen mehr.

Touristen, die Borkum verlassen wollten, saßen jetzt seit Stunden fest und mussten Kontrollen über sich ergehen lassen, die den Gedanken an eine Freizügigkeit innerhalb Europas zum schlechten Scherz werden ließen.

Ein verschwitzter Urlauber aus Dortmund hatte vier Stunden gebraucht, um von der Fähre bis zum Parkplatz zu kommen. Er lächelte Piri an und scherzte: »Wollen Sie nach Borkum, junge Frau? Da braucht man neuerdings ein Visum, fürchte ich. Die drehen alle völlig durch. Plötzlich ist jeder Urlauber ein potenzieller Attentäter.« Er winkte ab: »Ausgerechnet an meinem letzten Tag passiert so ein Ding.«

»Na, dann haben Sie zu Hause wenigstens was zu erzählen«, lachte Piri. Ihr Wagen parkte direkt neben seinem VW, auf dem hinten der Spruch klebte: *Ich brauche keine Therapie, ich muss nur mal wieder auf die Insel.*

Sie zeigte darauf und nickte. »Wie wahr.«

Sie wartete noch, bis er den Parkplatz verlassen hatte. Sie fragte sich, ob es überhaupt sinnvoll war, jetzt nach Borkum zu fahren. Einerseits war es für sie undenkbar, mit einer Waffe anzureisen. Sie musste damit rechnen, peinlich genau kontrolliert zu werden. Auf der Insel lief wahrscheinlich genauso viel Polizei herum wie jetzt hier in Emden.

Eins sprach trotzdem dafür: Kleebowski würde kaum versuchen, jetzt die Insel zu verlassen. Hier wurden Papiere kontrolliert und Protokolle geschrieben. Sie konnte sich nicht vorstellen, dass er Lust hätte, sich in diesem Spinnennetz zu verfangen. Gleichzeitig saß er auf der Insel allerdings auch fest. Natürlich würden die Hotelgäste kontrolliert und befragt werden. Zweifellos war er mit Marcellus zusammen gesehen worden.

Hatte er überhaupt eine Möglichkeit, sich dem Zugriff der Polizei auf Borkum zu entziehen? Egal, wie gut seine gefälschten Papiere waren, bei einer ernsthaften Kontrolle konnte er immer auffliegen. Borkum war im Moment nicht der richtige Aufenthaltsort für ihn. Die Fähre ein zu enges Nadelöhr.

Sie versuchte, sich in ihn hineinzudenken. Was würde er tun?

Kleebowski hatte einen anderen Weg gewählt, sich von der Insel zu entfernen. Noch bevor die ersten Polizeikräfte eintrafen, segelte er zusammen mit Hannelore und Sabine von Borkum in Richtung Juist. Der Wind stand günstig.

Sabine war glücklich, nicht bevormundet zu werden, sondern mal selbst die Kommandos geben zu können. Kleebowski fand durchaus Gefallen daran, mal auf eine Frau zu hören. Sein Leben würde sich grundlegend ändern. Er hatte das Gefühl, eine glückliche Zeit vor sich zu haben, vielleicht die glücklichste seines Lebens. Er musste nur die nächsten Tage überleben.

Fünf Hubschrauber kreisten über Borkum.

Hannelore betrachtete das alles, kuschelte sich an *ihren Alexander* und fragte: »Sind wir jetzt ein bisschen auf der Flucht? Betreiben die all den Aufwand wegen dir?«

Bevor er antworten konnte, rief Sabine gegen den Wind: »Auf Juist müssen wir uns unbedingt Pferde leihen! Ich bin so lange nicht mehr geritten! Mein Helmut wollte ja immer nur segeln.«

Kleebowski bestätigte sie: »Ja, gerne, ich bin dabei! Ich liebe so einen richtig feurigen Ritt!« Dabei zwinkerte er Hannelore doppeldeutig zu.

Sie stupste ihn an: »Ach du!«

Er flüsterte ihr zu: »Wenn wir uns neue Papiere machen lassen, kannst du dir einen neuen Namen aussuchen. Wie möchtest du heißen?«

Ohne lange zu überlegen, antwortete sie: »Lale.«

»Wegen Lale Andersen?«, fragte er.

»Nein«, sagte sie, »ich hatte in der Schule eine Klassenkameradin, die hieß eigentlich Lieselotte, wurde aber von allen Lale genannt. Ich dachte am Anfang sogar, das sei ihr richtiger Name. Ich habe sie sehr bewundert.«

»Warum? War sie so gut in der Schule?«

»Nein, überhaupt nicht. Aber sie hat immer ihr Ding gemacht und sich nicht groß drum geschert, was andere von ihr dachten. So wollte ich immer gerne leben. Unabhängig von der Meinung der anderen.«

Kleebowski reckte sich. »Das gefällt mir, Lale. Lass uns heute damit beginnen.«

Birte Jospich stupste immer wieder ihren Sohn an, weil sie panische Angst hatte, er könne einfach aufhören zu atmen. So, wie er auf dem Boden des Transporters lag, kam er ihr leblos vor, als habe er bereits aufgegeben und wolle einfach nur noch schlafen. Wenn sie ihn mit dem Fuß anstieß, sog er Luft durch die Nase ein. Einmal öffnete er sogar kurz die Augen und sah sich verwirrt um. Er reckte den Kopf hoch und sah aus, als wisse er nicht, wo er sich befinde. Es war nur ein kurzes Aufbäumen, dann schloss er die Augen wieder, und der Kopf sank zurück in diese unnatürliche Stellung, die bestimmt nicht gut für seine Halswirbel war.

Gern hätte sie ihm ein Kissen unter den Kopf gelegt, aber hier gab es keine Kissen. Dafür schalldicht isolierte Wände und Ketten. Dieses Fahrzeug war für Entführungen umgebaut und ausgerüstet worden. Sie befanden sich nicht in den Händen eines Mannes, der durch irgendein Ereignis durchgedreht war, folgerte sie. Der Mensch, mit dem sie es zu tun hatten, würde nicht zur Vernunft kommen und alles bereuen. Nein, er hatte sorgfältig geplant und sich in Ruhe vorbereitet. Die Entführung war keine spontane Tat. Aber warum, verflucht, warum? Was hatten sie und Bärbel in diesem Typen ausgelöst? Er verfolgte einen Plan, sie verstand aber nicht, was das alles mit diesem Vorstadtcasanova Rupert zu tun hatte.

Die Gewissheit, dass ihr Tod beschlossene Sache war, ließ sie nicht mutlos werden, sondern aggressiv. Sie stellte sich vor, ein Raubtier zu sein, eingesperrt und in Ketten gelegt. Wurden sie verschifft, um in irgendeinem Zoo ausgestellt zu werden? Oder ging es geradewegs ins Schlachthaus?

Sie würde sich auf jeden Fall mit Klauen und Zähnen verteidigen. Sie war bereit, für sich und ihr Kind zu kämpfen.

Vielleicht, dachte sie, ist diese Geräuschisolierung ja gar nicht wirklich dicht. Diente sie vielleicht nur zur Schau, um sie einzuschüchtern? Sollte sie erst gar nicht versuchen, um Hilfe zu schreien? Wenn hier wirklich alles schalldicht war, warum dann die Knebel? Nur, um ihnen das Atmen zu erschweren?

Gefühlt waren es in diesem Wagen vierzig, fünfzig Grad. Die Luft staute sich wie in einem Brutkasten. Das Geruckele hatte aufgehört. Sie standen irgendwo. Während der Fahrt waren sie in gewisser Weise in Sicherheit. Er konnte schlecht lenken und gleichzeitig nach hinten kommen und ihnen etwas antun.

Sie hoffte zum ersten Mal im Leben, in einen Verkehrsunfall verwickelt zu werden. Ein Unfall könnte die Rettung sein. Wie sehr hatte sie ihn herbeigesehnt! Sie stellte sich vor, wie ein Rettungsteam den Wagen öffnete und sie und ihren Sohn fand. Eine Fahrt im Krankenwagen wurde zum schönsten Wunschtraum.

Als Mädchen hatte sie sich nach einer Hochzeitskutsche gesehnt. Jetzt nach Blaulicht und einem Mobilen Einsatzkommando.

Ganz so schalldicht war der Lieferwagen ohnehin nicht. Entweder erklang da gerade ein Glockenspiel oder mit ihrem Kopf stimmte etwas nicht und sie drehte langsam durch. Sie kannte diese Melodie. Sie hatte mal mit ihren Eltern die Ludgeri-Kirche besichtigt und dort einem Orgelkonzert gelauscht. Sie hatte es damals sterbenslangweilig gefunden. Sie war im zweiten Schuljahr und wollte lieber ans Meer, aber ihr Vater schwärmte von der berühmten Arp-Schnitger-Orgel und ihrem Klang.

Wie gut es jetzt tat, daran zu denken. Aus den Bildern in ihrer Erinnerung schöpfte sie neue Kraft. Neben der Kirche, durch eine Straße abgetrennt, stand in ihrer Vorstellung ein Kirchturm mit Glockenspiel. Direkt daneben gab es einen Imbisswagen, wo sie Pommes bekommen hatte, weil sie in der Kirche so brav gewesen war. Sie musste sich beim Pommesessen befragen lassen. Ihr Vater wollte immer, dass sie Wissen speicherte. Er gab ihr gegenüber gern den Allwissenden. Sie nannte ihn auch: *mein Lexikon.* Er saugte Wissen auf und wartete nur auf Gelegenheiten, es zu präsentieren. Google gab es ja damals noch nicht.

Sie wusste noch heute, dass die Ludgeri-Kirche die größte mittelalterliche Kirche Ostfrieslands war. Für sie stand fest, dass sie ganz in der Nähe gefangen gehalten wurden. War das nicht verrückt? In Ketten neben einer mittelalterlichen Kirche?

Sie konnte nicht ertragen, wie verrenkt Pascal dalag. Wie eine weggeworfene Schaufensterpuppe. Das musste doch weh tun. Sie versuchte, ihn in eine bessere Position zu schieben. Sie hatte keine andere Möglichkeit, als es mit ihren Füßen zu probieren. Sie streifte sich die Schuhe ab. Es war schrecklich für sie, ihren Sohn zu berühren. Dabei spürte sie zunächst, wie eiskalt ihre Füße trotz der Bullenhitze hier drin waren.

Pascal fühlte sich leblos an.

Der Wagen ruckte. Eine Tür schlug zu. Der Transporter rollte wieder.

Frau Dr. Bumfidel drängte auf ein Gespräch. Im Vorstand brenne die Hütte. Sie schickte dem *sehr geehrten Vorstandsvorsitzenden*

*der Kompensan-Bank, Herrn Frederico Müller-Gonzáles,* einen Link zur Zoom-Konferenz.

»Zoom-Konferenz«, spottete Weller. »Haben die noch nicht kapiert, dass die Pandemie vorbei ist? Machen die immer noch einen auf Home-Office?«

Rupert verteidigte seine Leute: »Für eine Onlinebank ist das gar nicht so ungewöhnlich.«

Frau Dr. Bumfidel war in Wirklichkeit Polizistin und spielte Ruperts rechte Hand im Aufsichtsrat. Er wurde aber das Gefühl nicht los, dass sie nur dazu da war, ihn fürs BKA zu kontrollieren, damit er nicht mit der Kohle durchbrannte oder zu viel Mist baute, für den am Ende die berühmten Steuerzahler geradestehen mussten.

Rupert war ganz froh, Weller mal demonstrieren zu können, was er als Banker so im Vorstand zu leisten hatte. Er hoffte, so ein bisschen mehr Respekt von seinen ostfriesischen Kollegen zu bekommen, die ja leider nie dabei waren, wenn er versuchte, die Kompensan-Bank neu zu ordnen.

Er warf Frank Weller eine kleine Speisekarte zu. »Bestell uns doch ein paar Snacks. Oder willst du heute Abend noch essen gehen?«

Weller guckte sich die Karte an und bekam gleich Appetit.

Rupert war schon mit dem Link zur Konferenz beschäftigt: »Pass nur auf, dass dich keiner sieht, Weller. Wehe, du läufst hinter mir her durchs Bild.«

»Keine Sorge, ich bin ja nicht blöd. Was willst du denn?«

»Also, ein paar kleine Schweinereien. Nur was zum Naschen. Und ein Kölsch.«

»Wie, Kölsch? Trinkst du kein Bier mehr?«, scherzte Weller. Er fand, mit ein paar kleinen Späßen war der Druck besser zu ertragen. Das nannten die Menschen vermutlich Galgenhumor. Ihm half es tatsächlich.

Weller bestellte beim Zimmerservice.

An der Onlinebesprechung nahmen außer Rupert Frau Dr. Bumfidel, Professor Dr. Flickteppich und ein Mensch mit hängenden Mundwinkeln teil, an dessen Namen Rupert sich nicht erinnerte, den er aber von einer früheren Sitzung kannte. Er hatte etwas von einem kranken Seehund, der in der Aufzuchtstation in Norddeich aufgepäppelt werden musste. Rupert nahm sich vor, das nicht zu erwähnen, aber immer, wenn er den Mann sah, hatte er das Gefühl, ihm einen Hering zuwerfen zu müssen.

Rupert machte gleich eine klare Ansage: »Spart euch allen Schnickschnack und kommt sofort zur Sache. Meine Zeit ist knapp.«

Weller betrachtete Rupert. Der stand jetzt ganz anders da und gab wirklich den Chef. Seine Körperhaltung hatte sich verändert. Von dieser lässig-entspannten Rupert-Art, wie er sonst durch die Polizeiinspektion schlappte, war nichts mehr zu sehen.

Professor Flickteppich räusperte sich. Er fühlte sich deutlich unwohl in seinem Maßanzug. Er trug ausnahmsweise eine Krawatte, die saß aber nicht richtig. Der doppelte Windsorknoten war falsch gebunden.

»Also«, sagte er, »wir stehen vor einer unhaltbaren Situation.«

»Die da wäre?«, fragte Rupert.

»Immense Geldströme erreichen uns. Das Geld kommt aus Italien, Frankreich, Ungarn, Polen, Spanien – also aus praktisch ganz Europa. Einiges auch aus Übersee.«

»Nun, und wo soll das Problem sein?«, fragte Rupert grinsend. Er guckte Weller groß an, denn er war stolz darauf. Diese Geldströme hatten mit ihm zu tun. Das internationale organisierte Verbrechen schätzte seine Bank und zahlte dort ein. Genau das wollten sie erreichen, um die Geldströme besser kontrollieren zu können.

»Wir wissen nicht, wo wir das Geld unterbringen sollen.«

»Jetzt fangen Sie bloß nicht wieder mit den Strafzinsen der Bundesbank an«, tönte Rupert. »Denen geben wir unser Geld nicht.«

»Herrjeh, wir reden über sieben, acht Milliarden täglich! Gestern waren es elf. Wir sind eine kleine Onlinebank. Barzahlungen sind eigentlich überhaupt nicht vorgesehen. Vor unserer Dortmunder Zentrale parken Lkws, voll mit Geldscheinen.«

»Na, ist doch prima«, freute Rupert sich. »Andere machen Werbung für ihre Bank, müssen Luftballons verteilen oder Bonbons an Kinder. Uns vertrauen die Leute ihr Geld ohne solchen Schnickschnack an.«

»Ja, aber wir brauchen für das Bargeld Nachweise. Mein Gott, Bargeld!?! Bargeld«, Flickteppich hob die Arme, »das ist doch das alte Jahrtausend. Man macht keine Bargeldgeschäfte mehr. Geld ist virtuell geworden.«

»Eine Schlange, die sich nicht häutet, stirbt irgendwann«, sagte Rupert und zauberte damit ein großes Fragezeichen in die Gesichter aller. Er hatte den Satz bei seiner Frau Beate aufgeschnappt, die als Reiki-Meisterin Menschen durch Lebenskrisen begleitete. Manchmal halfen ihre Lebensweisheiten ihm auch weiter. Er wirkte dann weniger dämlich, fand er.

»Was wollen Sie damit sagen, Herr Müller-Gonzáles?«, fragte Frau Dr. Bumfidel.

»Dass man sich verändern muss, wenn man überleben will. Auch eine Bank. Wir müssen uns den neuen Gegebenheiten anpassen.«

»Das alles verstößt gegen die goldenen Regeln der Betriebswirtschaft. Wir können doch nicht …«

Rupert ließ Flickteppich nicht ausreden. »Ich scheiß auf Ihre Regeln! Mit Ihren Regeln sind Sie nicht weit gekommen. Als wir den Laden übernommen haben, waren Sie mit Ihren Regeln kurz davor, pleitezugehen. Lassen Sie sich mit Ihren Regeln beerdigen, wenn Sie wollen!«

Professor Flickteppich verkrampfte seine Finger ineinander. »Herr Müller-Gonzáles, ich muss die Bankenaufsicht informieren. Wir können nicht …«

Rupert provozierte bewusst: »Halten Sie den Mund, Herr Dr. Fickteppich. Es gibt nicht nur die offizielle Personalakte, nach der Sie natürlich ein ganz wunderbarer Mensch sind, geeignet, meinen Stellvertreter im Vorstand zu geben. Wir haben noch eine Akte. Eine, die wohl besser unter Verschluss bleibt. Das ist doch auch in Ihrem Interesse, oder?«

Flickteppichs Blicke irrten durch den Raum, als würde er in dem Zimmer, in dem er sich befand, irgendwo eine an die Wand geschriebene Antwort suchen.

»Herrjeh, wir müssen das Geld doch irgendwo unterbringen. Die Liquidität erdrückt uns!«

»Wir kaufen Immobilien«, sagte Rupert im Befehlston.

»Was für Immobilien denn?«

»Ach, was weiß ich? Wir werden ein paar flotte Jungs und Mädels engagieren, die für uns Immobilien kaufen. In Köln, die Südstadt und vielleicht eine ostfriesische Insel. Die sind doch bis zur Halskrause verschuldet. Vielleicht können wir Wangerooge kaufen oder Langeoog.«

»Das ist jetzt nicht Ihr Ernst?!«

Der Seehund hatte noch gar nichts gesagt, schrieb aber etwas mit.

»Herrjeh«, stöhnte Rupert, »entweder man geht aufs Ganze oder man geht nach Hause!«

»Was wollen Sie damit sagen? Was soll das bedeuten?«, fauchte Flickteppich. »Wollen Sie mich loswerden?«

»Nun«, erklärte Rupert, »es bedeutet, entweder man geht aufs Ganze oder man geht nach Hause.«

»Und das soll uns jetzt weiterhelfen?«, fragte Flickteppich.

Weller saß auf dem Bett, so dass er nicht von der Videokamera in Ruperts Handy erwischt wurde. Allerdings bewegte Rupert sich und hielt das Handy so, dass er den Bildschirm sehen konnte und sein Gesicht immer drauf war. Vorsichtshalber setzte Weller sich jetzt auf den Boden, um nicht bei einer Aufnahme mit aufs Bild zu kommen.

Weller flüsterte von unten: »Ist das auf deinem Mist gewachsen, Alter?«

Rupert antwortete für alle: »Das ist aus *Zombieland*. Das sagt Woody Harrelsen. Ich bin ein echter Fan von ihm, seit er *Larry Flynt* in *Die nackte Wahrheit* gespielt hat.«

Frau Dr. Bumfidel hielt sich die Hände vors Gesicht.

»Wollen Sie die Bank mit philosophischen Erkenntnissen aus Zombiefilmen retten?«, fragte Professor Flickteppich.

»Retten?«, fragte Rupert. »Ich soll eine Bank retten, die in einer Geldschwemme erstickt?« Er redete nicht mehr in Richtung Handybildschirm, sondern drehte den Kopf zu Weller. »Das ist vielleicht ein Idiot«, sagte Rupert, guckte dann wieder in die Kamera und fragte: »Wissen Sie überhaupt, wer Larry Flynt war?«

Flickteppich schüttelte den Kopf und schluckte trocken.

»Der Herausgeber vom *Hustler*!«

»Der liest keine Sexblättchen«, kicherte Weller.

»Ich lese die Wirtschaftspresse«, erklärte Flickteppich sich.

»Siehst du«, grinste Weller.

Der Zimmerservice klopfte an der Tür, und Weller bewegte sich auf allen vieren mit hochgerecktem Hintern zur Tür. Dabei war er hinter Rupert im Bild zu sehen.

»Larry Flynt«, tönte Rupert, »hat aus dem Nichts heraus Millionen gemacht, indem er mit seinem Blatt den Markt aufgemischt hat. Er hatte die besseren Fotos und die schärferen Schnitten. Nehmen Sie sich an dem ein Beispiel, verdammt!«

Frau Dr. Bumfidel versuchte zu schlichten und das Gespräch wieder in ordentliche Bahnen zu lenken: »Der Herausgeber eines Sexmagazins kann schlecht ein Vorbild für uns sein.«

»O doch«, brüllte Rupert und machte jetzt ganz einen auf Chef. »Der hat auch nicht vorher Journalismus studiert und Fotografie. Der hat einfach gesehen, dass die anderen Blätter öde und langweilig waren. Er hat die Regeln verändert! Alle haben ihn gehasst dafür, nur die Leser nicht.« Rupert holte tief Luft und fügte hinzu: »Genau so werden wir es machen. Alle werden uns hassen. Besonders unsere Konkurrenz. Nur unsere Kunden, die werden uns lieben.«

Flickteppich versuchte zu lächeln, als sei alles bisher ein Scherz gewesen: »Das ist ja alles netter Smalltalk, aber wir haben hier ein real existierendes Problem, Herr Müller-Gonzáles. Wir müssen gewaltige Geldsummen legal unterbringen.«

»Genau deswegen gibt es Banken«, grinste Rupert. »Wir werden groß ins Gesundheitssystem investieren. Zwischen Norddeich und Greetsiel gibt es eine Klinik, da würde ich mich gerne beteiligen. Am besten kaufen wir sie gleich komplett. Denen werden wir ein Angebot machen.«

Damit schien selbst Flickteppich sich anfreunden zu können.

»Und dann«, schlug Rupert vor und fand an seiner eigenen Idee so viel Gefallen, dass er freudig auf und ab hüpfte, »werden wir unseren Kunden sämtliche Schulden erlassen.«

»Wie? Was?«, meldete sich der Seehund zum ersten Mal zu Wort. Er wirkte dabei, als würde er nach einem Hering schnappen.

»Na ja, überzogene Konten, Hypotheken, was es halt so gibt. Wir nehmen das Bargeld, das wir nicht so einfach unterbringen können und tun so, als hätten die Kunden damit ihre Schulden bei uns beglichen.«

»Verbindlichkeiten. Wir nennen das Verbindlichkeiten«, betonte Flickteppich. »Und das geht nicht!«

»Warum nicht?«, wollte Rupert wissen.

»Na, weil ... weil ... das kostet uns zig Millionen!«

»Na ja, ich denke, wir haben sowieso zu viel Geld und müssen irgendwohin damit. Dann ist das Problem doch gelöst, und unsere Kunden werden kaum dagegen protestieren. Wir parken unser Geld praktisch bei ihnen.«

»Ich weiß nicht«, wendete Frau Dr. Bumfidel ein, »ob das wirklich so eine gute Idee ist ...«

Rupert sah ihr an, dass sie sich nur Sorgen um das Geld der Steuerzahler machte. Er ging allerdings nicht davon aus, dass es die Staatskasse Geld kosten würde. Ganz im Gegenteil. Er fühlte sich wie jemand, der die Wirtschaft wieder flottmachte.

»Meine Zeit«, sagte Rupert, »ist knapp bemessen. Die Strategie ist jetzt klar. Sie, Herr Professor Flickteppich, sind mein Stellvertreter. Bitte leiten Sie alles Notwendige in die Wege. Ich werde Ihnen ein paar Leute schicken, die das mit den Immobilien anstoßen, wenn Sie nicht dazu in der Lage sind.«

»Ja, aber ich ...«

Weller hielt die Zoom-Konferenz durch Ruperts Ansage für beendet und fragte: »Wenn du dich zwischen einem gesunden Salat und einem saftigen Burger entscheiden musst, nimmst du den Burger dann mit Pommes oder ohne?«

Das Bad mit Klinikchef Ernest Simmel in der Nordsee ging Frauke nicht mehr aus dem Kopf. Sie spürte es immer noch auf der Haut:

Das Salzwasser. Den feuchten Meeresboden. Den Wind. Den Schlamm. Seine Blicke.

Das alles hatte etwas Archaisches, fast Tierisches an sich gehabt. Sie war ganz Körper geworden, als sei etwas zu ihr zurückgekommen, das sie lange vermisst hatte. Das Wälzen im Watt war ihr wie ein Reinigungsritual vorgekommen. Ja, je verdreckter sie aussah, umso sauberer fühlte sie sich.

Der Matsch klebte an ihr wie eine natürliche Kleidung. Organisch. Lebendig. Das Salzwasser machte sie dann wieder gesellschaftsfähig.

Es war etwas ganz Besonderes, es mit Simmel gemeinsam zu tun. Er rieb sich sehr langsam und bewusst mit Schlick ein. Er baggerte sich eine Ladung ins Gesicht und verrieb alles genüsslich, reckte den Kopf zum Himmel und blies mit weit aufgerissenem Mund Luft aus, als könne er mit seiner Atmung die Wolken bewegen. Er keuchte heftig, fast orgiastisch. Seine weißen Zähne bekamen in dem schwarzen Gesicht etwas bedrohlich Leuchtendes. Eine Miesmuschel klebte an seiner Wange fest, da, wo bei Marcellus die tätowierte Spinne gesessen hatte.

Diese Bilder bewegte sie in ihrem Kopf. Das alles hatte etwas mit ihr gemacht. Interessierte dieser Mann sich für sie? Warb er um sie?

Seit sie mit Frederico Müller-Gonzáles zusammen war, hatte kein Mann mehr gewagt, sie zu beflirten. Als Frau eines Unterweltkönigs war sie tabu. Simmel ging unbeeindruckt davon sorglos mit ihr um. Sie schätzte ihn als einen sehr klugen Mann ein, der genau wusste, was er tat. Er liebte das Spiel mit dem Feuer. Er mochte Nervenkitzel und Gefahr.

Baggerte er sie an, weil er wusste, wie riskant das war? Lag darin für ihn der Reiz? Oder wollte er gar nichts von ihr, und sie phantasierte sich das nur zusammen, so, wie sie früher bei Konzerten geglaubt hatte, der Leadsänger habe sie angesehen oder ihr gar zugezwinkert.

War das alles Wunschdenken? Und was sagte es über ihre Beziehung zu Frederico aus, wenn sie gerade dabei war, sich neu zu verlieben, während sie plante, mit Frederico ein gemeinsames Leben zu führen?

In ihrem Kopf herrschte brummendes Chaos.

Dann rief auch noch Frederico an. Ihr Gespräch wurde kein Liebesgeflüster. Er bat sie, sich nach interessanten Immobilien umzusehen. Geld spiele dabei natürlich überhaupt keine Rolle. Ja, er sagte *natürlich*, als würde er den Gedanken, Geld habe irgendeine Bedeutung für sein Leben, als Beleidigung empfinden. Das war keine Angeberei von ihm, nein, das war – so empfand sie es – die reine Wertschätzung ihrer Person gegenüber. Das schmeichelte ihr.

Als Miet-Ehefrau war sie es gewohnt, dass Männer so taten, als habe ihre Beziehung mit Geld nichts zu tun. Sie wollten das Gefühl haben, zu einer Geliebten ins Bett zu steigen, mit ihr in Urlaub zu fahren, essen zu gehen oder ins Theater, nicht mit einer Prostituierten. Das alles war Lüge, Heuchelei, aber bei Frederico kam es ihr echt vor.

Er gab ihr völlig freie Hand beim Immobilienkauf. Ob auf den Inseln oder auf dem Festland, war ihm egal. Sie musste zweimal nachfragen. Seine Antwort war immer gleich: »Entscheide du«, schlug er vor. Damit war es für ihn erledigt.

Sie glaubte, es ginge um ein gemeinsames Zuhause und vielleicht noch um ein Sommerhäuschen für den Urlaub. Doch er wollte nur die Drogengelder irgendwo unterbringen und dachte nicht daran, in den Gebäuden zu wohnen. Sie sprachen völlig aneinander vorbei. Das fiel erst auf, als sie vorsichtig fragte: »Wie viel darf ich denn ausgeben, Liebster? Ich weiß ja, dass du mir vertraust und großzügig bist, aber einen gewissen Rahmen brauche ich schon, zur eigenen Sicherheit. Ein Haus auf Norderney oder Langeoog kostet ein Vermögen.«

Er kaute irgendetwas. Sie verstand ihn nicht gut. »Ein paar Milliarden stehen schon zur Verfügung.«

Sie lachte: »Du meinst Millionen, Liebster.«

»Nein. Milliarden. Sieh es wie eine Art Monopoly-Spiel. Kauf ein paar Straßen. Gern mit Geschäftshäusern.«

»Ja, wie? Ich denke, es geht um ein Liebesnest für uns, um ein Haus für die Familie, die wir gründen werden …«

Er verschluckte sich an dem Zeug, auf dem er herumkaute und hustete. »Ja, klar … das auch … Aber ich muss Immobilien im großen Stil kaufen! Also, nicht ich jetzt persönlich, sondern mehr meine Bank.«

Sie begriff sofort: »Und ich soll das für dich organisieren? Das ist gut! Das mache ich gerne! Ich helfe dir, Geld anzulegen. Ich meine, ich brauche ja sowieso irgendetwas Eigenes, ich will ja nicht einfach nur Ehefrau sein. Als Miet-Ehefrau hatte ich ja wenigstens einen richtigen Beruf … Aber einfach nur so verheiratet sein, das ist schon komisch … Und als deine echte Ehefrau kann ich ja schlecht weiter als Miet-Ehefrau arbeiten, oder was denkst du?«

Er hustete.

Sie überlegte laut: »Da ist doch so eine Immobilienfirma gar nicht schlecht. Irgendwas Eigenes brauche ich ja. Ein Kunsthandel wäre mir zwar lieber, aber … mit Immobilien kann ich mich auch anfreunden.«

Sie spürte, dass er unter Druck stand. »Ist alles in Ordnung, Liebster? Du klingst so … abwesend.«

»Klar«, lachte er, »ich bin in Köln, und du bist in Greetsiel. Übrigens, ich schick dir jetzt eine sichere App rüber, darüber können wir uns in Zukunft schreiben. In WhatsApp und all das Zeug kommen die Bullen zu leicht rein.«

»Du meinst eine App, die keiner mitlesen kann?«

»Genau.«

»Wo hast du die her, Frederico?«

»Ach, so etwas benutzt man halt in unseren Kreisen.«

Sie lobte ihn: »Du bist clever. Nichts ist wichtiger als ein wasserdichtes Informationssystem.«

Rupert starrte auf sein Handy und schlug sich mit der rechten Hand gegen den Kopf. Vor ihm lagen noch ein kalter Burger und ein paar Süßkartoffeln.

Wie blöd kann man eigentlich sein, fragte er sich selbst. Er sah aus, als könne er nicht glauben, was er gerade gemacht hatte.

Weller versuchte, ihn zu beruhigen. »Ich finde, es läuft ganz gut ... also ... du kannst zufrieden sein ...«

Rupert stand kopfschüttelnd da. Trotzdem zählte Weller auf: »Du lebst noch. Das ist doch was. Beate hat keine Ahnung. Wir wohnen in diesem geilen Hotel. Du isst mir gerade meine Pommes weg.« Nachdem er die positiven Ereignisse aufgezählt hatte, ging er zu den weniger erfreulichen Dingen über: »Aber es gibt natürlich auch ein paar Probleme. Du hast lastwagenweise Geld und weißt nicht, wohin damit. Dein Erster Offizier wurde gerade umgelegt. Alle denken, du hättest Klempmanns Yacht in die Luft gejagt, und der Tote, für den du dich ausgibst, lebt. Ein Heer von Killern ist hinter dir her und will dich umlegen. Aber sonst ist eigentlich alles in Ordnung. Oder hast du immer noch Sausen im Darm?«

»Nein, verdammt, ich habe Frauke die dämliche *Top-Secret*-App gegeben!«

»Na und?«

»Na und?! Guck nicht so doof, Weller! Willst du, dass jeder dein Liebesleben – sofern du überhaupt noch eins hast – mitliest?«

Weller winkte ab. »Im Moment habe nur ich Zugriff und vielleicht noch Salander. Aber sonst weiß noch keiner Bescheid. Das Ganze ist ja nicht so richtig legal …«

»Gut«, sagte Rupert, »das ist gut.« Er wirkte fast schon wieder versöhnt mit sich selbst.

»Kann es sein«, fragte Weller, »dass es zum ersten Mal eng für dich wird?«

Rupert markierte jetzt ganz den coolen Gangsterboss: »Meinst du, weil diese Stümper hinter mir her sind und mich kaltmachen wollen?«

»Nein, weil es zum ersten Mal um mehr für dich geht. Frauke ist nicht nur so ein kleines Abenteuer mit langen Beinen …«

Rupert wusste nicht, was er sagen sollte. Er guckte nur betreten vor sich auf den Boden.

Weller setzte nach: »Sie will mehr, stimmt's?«

»Ja«, brummte Rupert. »Ein Häuschen im Grünen. Einen Ehering. Und, Gott bewahre, vermutlich auch noch Kinder.«

»Ich wusste, dass du in Schwierigkeiten steckst, Alter, deshalb bin ich gekommen. Aber ich wusste nicht, wie tief du wirklich in der Tinte sitzt.«

Die meisten Touristen wollten so nah wie möglich ans Meer. In Norddeich gab es schon keine freien Zimmer mehr. Aber etwas weiter im Inland, in Großheide, Hage, Ihlow, Marienhafe, Georgsheil oder Wiesmoor, gab es selbst um diese Jahreszeit noch freie Ferienwohnungen und -häuser. Aber die meisten hatten leider keine Keller. In Ostfriesland baute man gern kellerlose Häuser. In vielen Gegenden nah am Meer oder dem Moor war so ein Untergeschoss nur schwer trocken zu halten. Wer wollte schon ein sumpfiges Schwimmbad unter der Küche haben?

Auf der Suche nach einem sicheren Unterschlupf fielen Geier die Baumhäuser in Lütetsburg mit Blick auf den Golfplatz auf. Sie waren vermutlich genau das luftige Gegenstück zu seinem Keller, aber für seine Zwecke im Moment leider nicht zu gebrauchen. Jeder würde die Schreie weit ins Land hinein hören.

Er mietete ein Haus mit WLAN, Garage, Terrasse und großem Garten in Westerstede. In der Nähe gab es einen Bach. Er hieß *Große Norderbäke* und sollte ein Geheimtipp für Angler sein, da der Bach nur wenig befischt wurde. Auch ein Kanal war nicht weit.

Das Haus lag nicht ganz so schön und versteckt wie sein altes in Dinslaken, aber er gab sich damit zufrieden. Hier war er ungestört. Es stand weit genug vom nächsten entfernt.

Er brachte Pascal in den Keller. Dort gab es ein Badezimmer und ein Gästezimmer, direkt neben dem Heizungsraum. Im Badezimmer fesselte er den Jungen an Heizungsrohre. Aus dem Gästezimmer holte er das Radio und stellte es an. Nicht zu laut, es sollte ja nicht auffällig wirken, aber irgendwelche verdächtigen Geräusche, die Pascal machen könnte, musste das Radio schon übertönen. Er stellte den Rock- und Popsender *Radio 21* ein. Solche Mucke hörte man gerne laut.

Birte ließ er hinten im Transporter. Sie drehte völlig durch, als er ihren Sohn aus dem Auto holte. Getrennt zu werden von ihrem Kind war für sie schlimmer, als sich von einem Körperteil verabschieden zu müssen.

Er kannte das von Frauen. Es machte ihm Spaß, Birte im Unklaren darüber zu lassen, was er mit Pascal gemacht hatte. Je größer ihre Angst wurde, umso mächtiger fühlte er sich.

Es brachte ihm nicht nur einen Lustgewinn, Mutter und Sohn zu trennen, sondern er glaubte auch, dass er damit seine Sicherheit erhöhte. Sollte er gefasst werden, hatte er immer noch einen Trumpf in der Hinterhand, und er war immer bereit, all seine Trümpfe skrupellos auszureizen.

Er stellte sich vor, wie er der Kommissarin ins Gesicht lachte: »Okay, ihr habt mich. In Oldenburg liegt der tote Ehemann in der Wohnung. In meinem Wagen seine verängstigte Ehefrau. Auch der Sohn lebt noch. Er verhungert und verdurstet, wenn ihr mich nicht freilasst. Fragt doch mal seine Mutter, wie sie das so sieht.«

Menschen, die sich liebten, machten sich oft mehr Sorgen um den anderen als um sich selbst. Er konnte das überhaupt nicht nachvollziehen. Es war für ihn ein Zeichen von Verblödung, falls es nicht einfach nur Heuchelei war.

Er hätte sich ihr durch den feuchten Knebel gedämpftes Gewimmer gern noch länger angehört, aber er spritzte sie ruhig.

Bevor er nach Norden fuhr, ging er im Restaurant *Vossini* essen. Es gehörte zum Schokoladenhotel. Er setzte sich draußen auf die Terrasse. Von dort hatte er einen Blick auf den Marktplatz, den Brunnen und das Rathaus. Die St.-Petri-Kirche zu seiner Rechten ignorierte er.

Er genehmigte sich hausgemachte Nudeln mit Lachs, Rucola, Tomaten und Oliven. Er aß voller Lust. Er liebte diese Momente, wenn er die Angst seiner Gefangenen spüren konnte. Er ließ sie im Ungewissen und ging selbst ganz gemütlich essen. In Dinslaken gern bei *Zorbas,* aber auch die Pestonudeln dort schmeckten ihm.

Auf dem Tisch lag die NWZ. Auf der Titelseite ein Foto von Bürgermeister Michael Rösner. Geier las den Artikel und freute sich jetzt noch mehr, Westerstede ausgesucht zu haben. Der Bürgermeister war ein ehemaliger Kripobeamter, ein Todesermittler …

Und genau in deinem Gebiet halte ich mich auf und werde dir ein, zwei Leichen hinterlassen, dachte er. Viel Spaß damit!

Zum Nachtisch bestellte er sich ein Schokoladensoufflé mit flüssigem Kern und Früchten garniert. Wenn sie ein Schokoladenhotel führen, werden sie das wohl beherrschen, dachte er sich und er hatte recht.

Er zahlte, gab ein großzügiges Trinkgeld und fuhr nach Norden.

Er pfiff die Titelmelodie vom *Tatort*. Das hatte er als Jugendlicher gern gemacht, wenn es spannend wurde.

Er parkte hinter der Volkshochschule, nicht weit von der Polizei am Markt entfernt. Er bummelte durch die Stadt. Ein *Rupert* stand in Norden in keinem Adress- oder Telefonbuch. Dafür hatte Geier sogar Verständnis. Polizisten, Richter, Staatsanwälte, Kommunalpolitikerinnen, Lehrer oder andere Menschen, die sich der Gefahr ausgesetzt sahen, dass nicht alles, was sie taten, jedem gut gefiel, anonymisierten gern ihre Adressen oder Telefonnummern, damit nicht jeder frustrierte Bürger ihnen auf der privaten Ebene Stress machen konnte.

Aber Theken waren überall die besten Umschlagplätze für Gerüchte, Geschichten und Nachrichten. Er stand im *Mittelhaus* keine fünf Minuten an der Theke, sein Pils wurde noch gezapft, da wusste er schon mehr über Rupert.

»Eigentlich«, sagte er der charmanten Dame am Zapfhahn, »wollte ich hier Rupert treffen, aber ich glaube, ich habe mich verspätet. Ist er schon weg?«

Sie strich sich die schwarzen Locken aus der Stirn und lächelte: »Der war heute noch gar nicht hier.«

Ein stoischer Trinker vom anderen Ende der Theke, nah beim Spielautomaten, hob sein Glas und prostete Geier zu. »Der kommt in letzter Zeit nicht mehr so oft. Wahrscheinlich lässt Beate ihn nicht raus.«

»Ist sie so eine Kratzbürste?«, fragte Geier. Er war bereit, dem Biertrinker mit der polierten Glatze einen auszugeben, um noch mehr zu erfahren.

»Nein«, antwortete der gelassen, »das ist eher so eine ganz Sanfte. So Öko und Weltfrieden und so. Kein Fleisch wegen der armen Tiere …«

Geier scherzte: »Klar. Aber dem Mann den Kneipenbesuch verbieten.«

Die Kellnerin behauptete: »Der lässt sich nichts verbieten.« Dann bekräftigte sie ihre eigene Aussage noch einmal: »Der ganz bestimmt nicht.«

Geier gab einen Klaren aus. Er legte einen Zwanzigeuroschein auf die Theke und rief schon im Gehen: »Schöne Grüße an ihn! Ich war da.«

Erst als er wieder auf dem Neuen Weg war, fragte der trinkfeste Thekensteher: »Wer war das eigentlich?«

»Keine Ahnung«, antwortete die Kellnerin. »Ich dachte, du kennst den.«

Geier kehrte ins *Dock N° 8* ein und versuchte dort, mit den Leuten ins Gespräch zu kommen. Um nicht aufzufallen, musste er sich etwas zu essen bestellen. Er nahm ein Steak. Blutig. Er wunderte sich, welchen Hunger er schon wieder hatte, als das Steak vor ihm stand. Mit jedem Bissen wuchs seine Gier.

Er fragte die Kellnerin, ob sein Freund Rupert heute schon hier gewesen sei. Sie zuckte nur mit den Schultern. »Den habe ich schon eine Weile nicht mehr gesehen. Schöne Grüße, wenn Sie ihn treffen.«

Bei *Wolberg*s nahm er danach noch einen Drink, und auch hier war dieser Rupert kein Unbekannter. Er hatte sich im Norden von Norden ein Einfamilienhaus gekauft, das er, so gingen die Gerüchte, noch abstottern musste, worüber Geier sich königlich amüsierte. Das sollte der große Frederico Müller-Gonzáles sein? Lebte dieser Mann mit so einer Legende? Machte es ihm Spaß, hier den armen Schlucker zu spielen?

Geier sah sich das Haus an. Frederico Müller-Gonzáles hätte sich die ganze Siedlung vermutlich aus der Portokasse kaufen können, glaubte er, zumindest aber die gesamte Straße. Der Bau war neu. Typisches Einfamilienhaus mit ordentlichem Vorgarten. Aber das Apfelbäumchen brauchte noch ein, zwei Jahre bis zur ersten Ernte. Noch war es mehr ein Zweig. Ein Versprechen, das einmal ein Baum werden wollte.

Was hatte das alles zu bedeuten? Führte Frederico Müller-Gonzáles ein Doppelleben? Jedenfalls wusste Geier eins: Er würde in diese Idylle hineindonnern wie eine Abrissbirne in ein abbruchreifes Haus. Keine Mauer im Leben dieses Rupert würde mehr stehen, wenn er mit ihm fertig war. Er hatte vor, alles gründlich zu verwüsten.

Im Garten hinter dem Haus saß eine Frau und meditierte vor den Tomatenpflanzen. Das musste diese Beate sein, aber von dem Typen war nichts zu sehen.

Jetzt wusste Geier, was er tun würde: Frauentausch.

Jawohl. Das war es.

Er grinste und spielte in Gedanken durch, wie es für diesen Rupert wohl wäre, statt seiner Beate seine alte Affäre Birte anzutreffen.

Ja! Daran hatte Geier wirklich Spaß. Er würde diesen Typen so richtig fertigmachen.

»Als Erstes«, flüsterte er, als stünde dieser Rupert neben ihm, »wirst du, wenn du nach Hause kommst, im Ehebett nicht deine Frau vorfinden, sondern deine verflossene Affäre. Tot natürlich. Und deine Beate, die nehme ich mit. Die verbietet dir keinen Kneipenbesuch mehr. Die wimmert höchstens noch bei mir um

Gnade. Ich werde ihr Manieren beibringen.« Etwas lauter, mit veränderter Stimme, sagte er zu sich selbst: »Die Party beginnt.«

Er ging aufs Grundstück und rief Beate zu: »Darf ich Sie mal etwas fragen, junge Frau?«

Sie saß mit geschlossenen Augen auf ihrem Meditationskissen. Normalerweise wurde sie nicht gern gestört und reagierte ungehalten, aber sie blinzelte Geier geschmeichelt an. *Junge Frau* hatte schon lange niemand mehr zu ihr gesagt.

Kleebowski wunderte sich. Jemand musste doch diese Frau, die sich Piri genannt hatte, kennen. Er wollte sie erledigen.

Nein, er fand nicht, dass er das Marcellus schuldig war. Er hatte ihn mehr als Konkurrenten empfunden und nicht leiden können. Dieser Typ war ihm immer vorgekommen wie ein Gangsterdarsteller. Alles an ihm hatte Kleebowski als zu dick empfunden, zu übertrieben und herausgestellt: die Spinne auf der Wange. Den Goldzahn. Dieses ganze kriminelle Gehabe und Getue. Für ihn war da viel heiße Luft dabei gewesen, aber ungesühnt durfte der Mord an Marcellus nicht bleiben. Das könnte auf ihn zurückfallen und seinen Ruf beschädigen.

Er schrieb an ein paar Informanten und Nachrichtenhändler. Er bat sie, sich über *Top Secret* zurückzumelden. Er glaubte an das sichere System und wollte sich keiner möglichen Ausspionierung durch BKA-Hacker aussetzen.

So trug er rasch zur Verbreitung der neuen App bei.

Überall auf dieser Insel war Pferdegetrappel zu hören. Hannelore konnte dabei entspannen. Wellen. Wind. Pferdehufe. Vögel. Das war genau ihre Geräuschkulisse. Sie wollte gern mit ihrem Alexander einen Strandspaziergang machen und über die Zukunft nachdenken. Sein vermutlich ernstgemeinter Vorschlag, einfach abzuhauen und gemeinsam irgendwo neu anzufangen, hatte etwas in ihr ausgelöst. Wünsche, Träume, Ideen wurden in ihr aus der Tiefe nach oben gespült. Das alles schien ihr gar nicht so absurd, wie es sich zunächst vielleicht angehört hatte.

Alexander stand mächtig unter Druck, das war ihr klar. Die Polizei war zweifellos hinter ihm her oder er befürchtete dies zumindest. Und jemand wollte ihm ans Leben.

Bei ihr sah es längst nicht so dramatisch aus, doch auch in ihrem Leben gab es ein paar unschöne Baustellen. Über einige Dinge wuchs inzwischen Gras, andere begannen langsam zu stinken wie eine Müllhalde an einem schwülen Sommertag.

Ein Schnitt und ein Neuanfang! Nicht vielen Menschen bot sich so eine Chance im Leben. Sie überlegte, was sie vermissen würde, und spürte, dass die Freude auf Neues schneller wuchs als die Angst, Altes zu verlieren.

Er war die ganze Zeit mit seinem Handy beschäftigt, schrieb viel, telefonierte aber eher selten und nur sehr kurz.

Ein entspannter Mensch im Urlaub sah anders aus. Von ihrer Freundin Sabine erntete sie schon mitleidige Blicke. Dieser Alexander war zwar ein imposanter Mann, aber welche Frau brauchte schon einen Mann, der sich mehr für sein Handy interessierte als für sie?

Sabine ließ die zwei alleine. Sie sah, dass die Freundin ein paar ernste Worte mit ihrer neuen Bekanntschaft reden wollte. Das erste Beziehungsgespräch stand an. Sabine war sich gar nicht sicher, ob der gemeinsame Ausflug nach Juist noch lange dauern würde oder heute bereits sein Ende fand. Hannelore hatte mal zu ihr gesagt: »Männer sind wie Ebbe und Flut. Man freut sich, wenn sie kommen, und wenn sie gehen, sieht man erst die Verwüstung, die sie hinterlassen haben.«

Sie hatte Hannelore oft wegen ihrer Konsequenz bewundert. Die quälte sich nicht lange mit Leuten herum, die ihr nicht guttaten, sondern trennte sich lieber, als zu lange zu leiden.

Kleebowski saß mit dem Gesicht zum Meer, sah aber auf sein Handy. Dem zauberhaften Bild vor sich schenkte er keine Beachtung. Am Strand ritten zwei junge Mädchen entlang. Ihre Haare flatterten wie der Schweif ihrer Pferde. Ein fast blauschwarzer Friese und ein Apfelschimmel.

»Ein Bild, über das sich jeder Kameramann freuen würde«, sagte Hannelore, als sei sie gekommen, um einen Spielfilm zu drehen.

Kleebowski drehte sich zu ihr um. Sie zeigte nach vorn aufs Meer. Er verstand sofort, dass er ihr zu wenig Aufmerksamkeit geschenkt hatte, und versuchte, sich zu entschuldigen: »Verzeih, es ist wegen …« Weiter sprach er nicht.

»Deinem Freund, den sie getötet haben«, ergänzte sie seinen Satz. Das Wort *Freund* stimmte für ihn zwar nicht, aber er nickte trotzdem.

»Jetzt willst du die Frau zur Rechenschaft ziehen«, schlussfolgerte sie.

»Mir bleibt gar nichts anderes übrig. Sie ist eine Profikillerin.«

Hannelore erschrak einerseits, andererseits lachte sie: »Und hat sich von mir ins Bockshorn jagen lassen?«

»Marcellus ist jedenfalls tot«, konterte er.

Sie überlegte kurz und strich ihm mit der Hand über die Wange. Es war nicht so sehr eine zärtliche Bewegung, sondern es war, als wolle sie eine Fluse aus seinem Gesicht nehmen. Da war aber nichts.

»Wenn du das mit dem Neuanfang ernst gemeint hast …«, begann sie vorsichtig.

»Hab ich!«

»… warum machen wir es dann nicht einfach?«

Er setzte sich anders hin, war jetzt ganz ihr zugewandt, das Meer hinter seinem Rücken. Er pustete ihr in die Haare, griff in ihre Locken, sog Luft ein, wie ein Hund, der sie erschnüffeln wollte.

»Wenn ich mich diesem Problem gewidmet habe, dann können wir ...«

Sie schüttelte den Kopf. »Mach dir nichts vor. Wenn du sie tötest, werden sie jemand anderen schicken. Wenn wir einen Neuanfang wollen, brauchen wir einen ganz harten Schnitt. Wir verschwinden, und weg sind wir. Mietvertrag kündigen, Wohnung ausräumen, Möbelwagen rufen, all das gibt es in unserem Fall nicht. Wir können nicht erst unser altes Leben aufräumen und dann ein neues beginnen.«

»Warum nicht?«, fragte er.

»Weil wir dann nie mit dem neuen beginnen werden, sondern das alte immer dominant bleibt.«

Er sah ihr in die Augen, und es war ihm, als könne er tief in ihre Seele gucken. Er spürte, wie ehrlich sie ihm zugewandt war. »Du willst wirklich mit mir verschwinden?«

»Ja, ich meine es ernst. Aber lass uns nicht zu lange darüber nachdenken. Wenn erst die Zweifel kommen, machen wir es sowieso nicht mehr.«

Möwen kreischten, und der Wind ließ irgendwo eine Tür zuknallen. Für sie klang es fast wie ein Schuss. Er wusste, wie sich Schüsse anhörten.

»Ich bin nie auf die Idee gekommen, mein altes Leben einfach zu verlassen und ein neues zu beginnen«, sagte sie. »Aber jetzt weiß ich, dass ich es könnte. Nur im Gegensatz zu dir kann ich auch in mein altes zurück und versuchen, ein paar Dinge zu verändern, die mir schon lange auf den Nägeln brennen.«

»Und warum tust du es nicht?«

»Ich möchte nicht morgens die Zeitung aufschlagen, dein Foto darin sehen und lesen, dass es dich erwischt hat. Stattdessen würde ich lieber morgens neben dir wach werden und zusehen, wie sich dein Gesicht beim Kaffeeschlürfen langsam entknittert.«

Er lachte: »Das willst du wirklich?!«

Sie baute sich vor ihm auf, ging ein paar Schritte, reckte die Arme hoch und drehte sich. Sie persiflierte dabei Heidi Klums *Germanys next Topmodel.* Er genoss es, klatschte ihr Beifall. Sie blickte ihn an und stellte klar: »Glaube ja nicht, dass ich für dich abnehme. Die Zeiten, in denen ich für Männer gehungert habe, sind vorbei.«

Er klatschte noch heftiger Beifall und versprach: »Ich liebe jedes Pfund an dir. Für mich musst du garantiert nicht abnehmen. Du siehst sehr gesund aus.«

Mit zwei Schritten war sie bei ihm, griff an seinen Bauch und scherzte: »Was man von dir nicht unbedingt behaupten kann.«

Sie biss ihm spielerisch ins Ohr.

Er foppte sie: »Ich wusste nicht, dass du Mike Tyson bist.«

»Und du bist auch nicht Holyfield.«

Es beeindruckte ihn, dass sie vom Kampf der beiden Schwergewichtslegenden wusste. »Du interessierst dich fürs Boxen?«, fragte er.

»Es gab eine Phase«, schmunzelte sie, »da habe ich gerne schwitzenden Männern zugesehen, die sich gegenseitig das Gesicht poliert haben. Diese Phase ist vorbei.«

»Jetzt verstehe ich auch, warum manche Frauen so gerne Boxen gucken«, grinste er.

Sie wurde wieder ernst: »Hauen wir jetzt zusammen ab oder nicht?«

»Du willst eine Entscheidung, hm?«

»Ja. Noch heute.«

Er zeigte auf sie: »Weil du Angst hast, dass du es dir sonst anders überlegst.«

Sie schüttelte den Kopf. »Nein. Weil ich nicht bei deiner Beerdigung dabei sein möchte.« Fast ein bisschen kleinlaut fügte sie hinzu: »Zumindest noch nicht so bald.«

Die nächsten Stunden verbrachte sie damit, Fluchtwege auszuloten, doch er schien ihr merkwürdig uninteressiert. Sie glaubte schon, er habe es sich anders überlegt, da nahm er sie zur Seite und sagte: »Für so etwas gibt es Quartiermacher.«

»Das ist in deiner Szene ein richtiger Job, oder was?«

»Ja. Du musst dir das vorstellen wie Reiseveranstalter oder Wohnungsvermittler. Aber eben alles unter dem Radarschirm. Die mieten Häuser, buchen Reisen, bringen einen von A nach B, auch über Grenzen. Früher war das in Europa ein Riesenproblem, heute existiert das ja praktisch gar nicht mehr.«

»Und wieso sagst du mir das erst jetzt? Ich suche hier die ganze Zeit für uns nach guten Möglichkeiten und du …«

Es fiel ihm nicht leicht, doch er sagte es ihr: »Es fällt mir schwer, einen alten Kumpel im Stich zu lassen. Ich kann es ihm schlecht vorher mitteilen. Er wird ohne mich ganz schön alleine dastehen.«

»Von wem sprichst du?«

»Von einem Mann, über den man noch viel reden wird. Frederico Müller-Gonzáles. Er hat für eine Menge Durcheinander gesorgt. Manchmal denke ich, er ist ein Schwachkopf, dann aber wieder, wenn ich sehe, was er tut, denke ich, ich habe ein Genie vor mir. Ich kann ihn nicht einschätzen, und ich glaube, ich bin inzwischen so was wie«, er schluckte, »sein Freund geworden.«

Sie wiederholte den Namen: »Frederico Müller-Gonzáles.« Sie zuckte mit den Schultern. »Sagt mir nichts.«

Geier hatte es tatsächlich geschafft, sich bei Beate einzuschleimen. Er saß bei ihr auf der Terrasse. Sie erzählte ihm bereitwillig, die Überdachung habe ihr Mann eigentlich selber machen wollen, aber der sei handwerklich völlig unbegabt. Zum Glück hätten sie ganz in der Nähe einen guten Freund, den sie *den Maurer Peter Grendel* nannte. Der habe sie dabei beraten und wenn er hier wirklich bauen wolle, so könne sie Peter nur empfehlen. Außerdem hatte sie gleich eine ganze Liste mit ehrlichen Handwerkern parat.

Er zeigte sich sehr dankbar dafür, aß von ihrem selbstgemachten Pflaumenkuchen und ließ sich von ihr erzählen, wie das Leben in Ostfriesland war. So, wie sie davon schwärmte, würde er geradezu in ein Paradies kommen, wenn er seine Frau davon überzeugen könnte, die leider die Berge bevorzuge, und er wisse noch gar nicht, ob sie wirklich bereit wäre, mit ihm nach Ostfriesland zu ziehen.

»Wissen Sie«, sagte er, »meine Frau hat Angst vor dem Herbst und dem Winter hier. Sie sagt, im November und im Januar sei Ostfriesland schrecklich. Sie mag die Sommer hier durchaus. Wir machen ja immer wieder Urlaub hier. Aber die Winter stellt sie sich kalt und verregnet vor.«

Beate behauptete: »Ihre Frau wird den November in Ostfriesland lieben! Dann sind hier sehr wenige Touristen, praktisch nur Einheimische, und von denen fliegen viele noch irgendwo anders hin, in den Süden. Ja, es ist dann hier schon einsam. Manchmal gibt es Herbststürme und Sturmfluten. Aber dann wieder ist das Meer still wie ein Teich. Man hat die Sonne selbst im Herbst sehr lang, weil ja keine Berge im Weg sind und keine Hochhäuser. Der letzte November war so ein goldener November, und den Januar habe ich besonders genossen.«

Er fand es faszinierend, wie arglos diese Frau war und mit welcher Energie sie versuchte, einen möglichen neuen Nachbarn davon zu überzeugen, das freie Grundstück am Ende der Straße zu kaufen.

Sie bot ihm noch ein Stück Pflaumenkuchen an. Während sie ihm erzählte, wie sie die vegane Sahne aus Mandelmilch gemacht hatte, dachte er darüber nach, ob es gut wäre, sie dabei zusehen zu lassen, wie er Birte Jospich tötete oder ob er sie vorher bewusstlos schlagen sollte. Er entschied sich für die erste Variante. Es würde sie einschüchtern, wenn sie mitbekam, wie hart er vorgehen konnte und was er draufhatte. Schließlich musste er sie davon überzeugen, dass er keineswegs der nette Kerl war, für den sie ihn hielt.

»Nein«, sagte er, »mehr kriege ich wirklich nicht runter. Außerdem will ich ja Ihrem Mann nicht alles wegessen.«

Beate beruhigte ihn, ihr Rupert käme ohnehin so bald noch nicht nach Hause, er sei dienstlich unterwegs. Während sie diesen Satz formulierte, tat es ihr schon leid. Sie nahm plötzlich etwas an dem Besucher wahr, das ihr vorher entgangen war. Da war ein Flattern in den Augen, ein nervöses Zucken um die Mundwinkel herum. Etwas an seiner Energie veränderte sich. Beate konnte es deutlich spüren. Es war, als würde sie einer Häutung beiwohnen, einem Gestaltenwandel, von Dr. Jekyll zu Mr. Hyde.

Er kannte das. Es gab immer diesen einen Moment, bevor er zupackte. Da wussten seine Opfer schon, dass etwas mit ihm nicht stimmte, und spürten die Bedrohung. Nur die wenigsten nutzten diesen Augenblick und versuchten, noch zu entkommen. Sie trauten ihrer Wahrnehmung zu wenig, wollten sich nicht blamieren oder versuchten sich zu arrangieren.

Nicht so Beate. Sie schnappte sich das Messer, mit dem sie den Kuchen abgeschnitten hatte, nahm es fest in beide Hände, richtete die Spitze auf ihn und forderte: »Verlassen Sie sofort mein Grundstück.«

Gespielt lachend hob er beide Hände, zeigte sie zum Zeichen seiner Unschuld vor und versuchte, sie auf charmante Art nicht ernst zu nehmen. »Habe ich etwas Falsches gesagt? Sie beleidigt? Ihren Pflaumenkuchen, Ostfriesland oder Ihren Mann? Ich wollte Ihnen wirklich nicht zu nahe treten.«

Sie wurde sofort unsicher. Die Messerspitze senkte sich. »Entschuldigen Sie, ich komme Ihnen bestimmt schrecklich hysterisch vor. Erst bitte ich Sie zu mir, serviere Ihnen Kuchen und dann …«

Er lächelte in sich hinein. Ja, so waren die Frauen. Sie hofften, heil davonzukommen, logen sich Situationen schön, statt die drohende Gefahr ernst zu nehmen.

»Ich werde Ihnen nichts tun«, log er. »Ich gehe jetzt besser. Ich habe schon zu viel Ihrer Zeit in Anspruch genommen.«

Er ahnte, dass sie ihn jetzt einladen würde, weil es ihr leidtat. Und immerhin konnte es ja sein, dass er bald schon in ihrer Nähe wohnen würde. Wie stünde sie dann da? Als eine hysterische dumme Kuh, die ihn mal mit dem Messer bedroht hatte, und er war doch nur vorbeigekommen, um zu fragen, wie es sich hier so das ganze Jahr über lebte.

»Nein, bitte, das tut mir leid«, beschwor sie ihn. »Kann ich Ihnen vielleicht noch ein Stückchen Kuchen für Ihre Frau einpacken oder …«

Er zeigte auf die Buddhastatue im Garten und das Meditationskissen bei den Tomatenpflanzen: »Gehören Sie einer Sekte an?«, fragte er, wissend, dass niemand gern verdächtigt wurde, einer Sekte anzugehören.

Sie begann gleich, sich zu erklären und zu verteidigen. Nein, sie hätte nichts mit einer Sekte zu tun, sie sei Reiki Meisterin, aber das sei eine alte Heilkunst. Ihr Mann sei bei der Kriminalpolizei. Sie behauptete, zwar an Gott zu glauben, aber keiner Kirche anzugehören. Auf sein Nachfragen hin versicherte sie, auch keine

Buddhistin zu sein, zumindest nirgendwo organisiert. Der buddhistische Glaube habe für sie lediglich einige interessante Ansichten des Lebens zu bieten.

Fast verschämt legte sie das Messer wieder auf den Tisch zurück und stellte sich so hin, als könne sie damit vergessen machen, die Spitze jemals auf ihn gerichtet zu haben.

Er stand auf und ging zur Tür. Jetzt, bei der Verabschiedung, war sie völlig ohne Argwohn und versuchte nur noch, einen guten Eindruck bei ihm zu hinterlassen. Sie war dumm genug, ihn von der Terrasse durchs Wohnzimmer zum Ausgang zu führen, so dass er einmal ihr Haus durchqueren konnte.

Es sah hier wohnlich aus, vielleicht nicht gerade nach Feng-Shui-Prinzipien eingerichtet, aber jede einzelne Ecke schien eine kleine Welt für sich zu sein.

Die Tür war von innen abgeschlossen, der Schlüssel steckte. Sie reichte ihm die Hand zum Abschied. Das war der Moment, in dem er zupackte.

Er bog ihre rechte Hand nach hinten und packte mit links ihre Gurgel. Sie lag sofort am Boden. Er drückte mit seinem linken Knie auf ihren Brustkorb und würgte sie.

Er wusste nicht, wie gelenkig Frauen auch in ihrem Alter sein konnten, wenn sie Yoga machten. Plötzlich hatte er ihre nackten Füße am Kopf. Ihre Zehen tasteten in seinem Gesicht herum. Er versuchte, sie abzuschütteln, dabei lockerte er den Würgegriff. Er verlor das Gleichgewicht und rollte schwerfällig bis zum Schuhschrank, wo Beates blaue Filzschuhe standen, die Rupert ihr zum Geburtstag geschenkt hatte. Genauer gesagt, zwei Tage später, weil er ihren Geburtstag vergessen hatte.

Sie stand schneller wieder auf den Beinen als er und zog einen Schirm aus dem Ständer. Sie stieß mit der Spitze nach ihm.

Mit so viel Widerstand hatte er nicht gerechnet. Glaubte sie tatsächlich, einen Kampf gegen ihn gewinnen zu können? Er fühlte sich verspottet.

Langsam erhob er sich, reckte sich, bog seine Finger durch, dass sie knackten, und achtete darauf, immer zwischen Beate und der Tür zu sein. Auf keinen Fall durfte sie nach draußen entkommen.

Sie hatte aber einen ganz anderen Plan. Sie versuchte nicht, durch den Eingang zu fliehen, sondern rannte quer durchs Wohnzimmer zur Terrasse. Dabei schrie sie laut um Hilfe.

Er bekam sie erst auf der Terrasse zu fassen.

Sie erinnerte sich an einen Selbstverteidigungskurs, den Rupert ihr aufgedrängt hatte. Sie war nicht der Meinung, so etwas jemals im Leben nötig zu haben und war nur dazu bereit gewesen, weil er sich im Gegenzug von ihr eine Reiki-Behandlung geben ließ. Er hatte versucht ihr beizubringen, wie man mit Mittel- und Zeigefinger ein V formte, um einen Stich auszuführen. Sie sollte in einem Kampf auf Leben und Tod einem überstarken Gegner einfach beide Finger in die Augen stoßen.

Sie hatte auf solche Ratschläge nur mit einem Kopfschütteln reagiert. Sie wusste damals schon, dass sie dazu nicht in der Lage war. Das war einfach viel zu krass. Sie war nicht gemacht für so etwas.

Er hatte ihr noch ein paar andere Sachen beigebracht, und eine davon funktionierte tatsächlich: Mit der offenen Handfläche dem anderen unter die Nase zu hauen, das schaffte sie mit einer kurzen, schnellen Bewegung.

Sie wusste nicht, wie effektiv diese Verteidigungstechnik wirklich war. Der Eindringling jaulte los wie der einsame Seehund in Ann Kathrin Klaasens Handy. Der Schlag schien ihn fast blind gemacht zu haben. Er torkelte herum. Blut schoss aus seiner Nase. Die Tropfen verteilten sich in der Wohnung.

Sie hatte im Grunde schon gewonnen und machte dann den

entscheidenden Fehler. Es tat ihr leid, ihrem Gegenüber so weh getan zu haben. Sie glaubte, der Kampf sei beendet, wollte ihm ein Taschentuch reichen, Erste Hilfe leisten oder eventuell einen Arzt rufen. Sie hörte sich diese Fragen stellen.

Geier taumelte und wischte sich mit dem Handrücken der linken Hand über die Nase, die eine blutige Spur darauf hinterließ. »Sie haben mir das Nasenbein gebrochen!«, jammerte er und erhöhte damit noch ihre Schuldgefühle.

Sie trat heran, um sich anzusehen, was sie angerichtet hatte. Noch während seine Faust sie traf, stellte sie sich vor, dass Rupert später sagen würde: Wie konntest du nur so dämlich sein? Warum hast du nicht deine Chance genutzt und dem angeschlagenen Kerl ein Stuhlbein über den Kopf gezogen?

Was ist bloß mit mir los, dachte sie. Ich versuche mich zu verteidigen, ohne dem anderen weh zu tun.

Zwischen Wohnzimmertür und Terrasse wurde sie ohnmächtig.

Da Rupert ab jetzt *Top Secret* benutzte, verloren die anderen Kanäle, über die er sonst Nachrichten austauschte, sein Interesse. So hatte er lange nicht mehr auf WhatsApp und Messenger nachgesehen. Beates Sprachnachricht war ihm entgangen. Er hörte sie jetzt in Wellers Beisein ab.

*Liebster, wir haben ein Problem. Der Wagen kommt so nicht mehr über den TÜV, ich habe ihn zur großen Inspektion abgegeben. Bei Immoor sagen sie, es würde sich im Grunde kaum noch lohnen und ob wir nicht lieber einen neuen Gebrauchten haben wollen. Die haben auch gute Jahreswagen … Meine Reiki-Kurse laufen aber jetzt erst wieder langsam an. Durch Corona ist ein ziemliches Loch in der Kasse entstanden. Wir müssen das bald entscheiden. Ruf mich doch mal an, wie du darüber denkst.*

Weller lachte sich schlapp. »Unser großer Gangsterkönig hat nicht genug Kohle, um seine Schrottkarre über den TÜV zu bringen, aber kauft gerade für Milliarden Immobilien. Wolltest du nicht Juist kaufen oder Norderney?«

Rupert schüttelte den Kopf. »Ich dachte eher an Langeoog oder Wangerooge.«

Er antwortete seiner Beate per Sprachnachricht: *Ich hab gerade keinen Kopf für so was, Liebste. Wenn ich zurückkomme, regeln wir das.*

»Was soll der Quatsch?«, fragte Weller. »Kauf doch einfach ein neues Auto.«

»Das ist nicht so einfach.«

»Wie, nicht so einfach? Du hast mir doch gerade noch angeboten, ich könne von dir zehntausend im Monat kriegen, wenn ich dich beschütze.«

Weller stand am großen Fenster und sah auf den Kölner Dom. Das Gebäude hatte was, fand er, konnte aber den Blick auf die Nordsee nicht wirklich ersetzen. Das Meer kam ihm göttlicher vor als der Dom. Er fragte sich, ob das blasphemische Gedanken waren und ob er die überhaupt äußern durfte. Jedenfalls empfand er so. Das musste er sich zugestehen. Und er mochte Kirchen und glaubte an Gott.

»Pro Woche, nicht pro Monat«, maulte Rupert und machte dann eine Geste, als würde das überhaupt keine Rolle spielen. »Dir kann ich so viel Kohle rüberschieben, wie du willst, Weller. Wir schöpfen aus dem Vollen. Aber was soll denn dann Beate von mir denken? Die ist doch so stolz darauf, dass ich als Bulle nie Geld genommen habe, weißt du? Das ist eine Frau, die steht auf Männer mit Charakter. Wenn die den Eindruck kriegt, dass ich käuflich bin, dann verlässt sie mich, das sag ich dir.«

»Mit allem anderen wird sie fertig?«, fragte Weller. »Deine ständigen Affären, deine blöden Sprüche, dein …«

Rupert klopfte sich gegen die Brust: »Für Beate zählt nur, was tief in einem drinsteckt. Sie liebt meinen ehrlichen Kern.«

»Ja, wenn du so was hast, wie schön für dich. Aber ich glaube, eine funktionsfähige Karre fände sie auch nicht schlecht. In Ostfriesland kann man die Einkaufstüten nicht zu Fuß transportieren.«

»Sie fährt Rad.«

»Mensch Rupert, mach dich nicht lächerlich. Erzähl ihr irgendwas. Du hast eine Erbschaft gemacht oder im Lotto gewonnen oder …«

»Ich spiele seit zwanzig Jahren Lotto. Sie kennt meine Zahlen ganz genau. Sie weiß, ob die gekommen sind oder nicht. Und eine Erbschaft – wer soll denn da gestorben sein?«

Weller hatte eine Idee und fand sich toll: »Sag ihr, du hast es beim Poker gewonnen oder, besser noch, beim Roulette. Ich bin dein Zeuge. Wir haben gemeinsam Roulette gespielt, und du hast die Bank geknackt.«

»Beate mag es nicht, wenn ich Glücksspiele mache. Lotto geht gerade noch, aber Roulette, Poker und so, das ist für sie schon alles am Rande des Rotlichtmilieus.«

Weller stöhnte: »Mein Gott, stehst du unter dem Pantoffel! Ich hatte auch keine Ahnung, wie spießig sie ist.«

Rupert ging zum Gegenangriff über: »Was würde deine Ann Kathrin denn sagen, wenn du nach Hause kommst, eine Tüte voll Geld auf den Teppich kippst und sagst, das hab ich beim Roulette gewonnen.«

Weller lachte: »Sie würde mir vermutlich gratulieren.«

Rupert wiegte den Kopf hin und her. Das konnte er nicht ganz glauben. »Und dann«, fragte er, »was würdet ihr dann tun?«

»Dann würden wir uns lieben«, gab Weller an, um Rupert gegenüber zu zeigen, dass er eben doch noch ein Liebesleben hatte.

Das interessierte Rupert nun wirklich. »Auf dem Boden, zwischen den Geldscheinen?«

Weller drückte die Brust raus und zog den Bauch ein: »Ja, vermutlich.«

Rupert sah ihn ungläubig an, und Weller relativierte: »Na ja, gut, vielleicht würden wir dazu dann ins Bett gehen.«

»Klar«, grinste Rupert, »oder sie hat Kopfschmerzen und ihr guckt Fernsehen.«

Dr. Sommerfeldt konnte sich nicht vorstellen, dass Rupert seiner Geliebten gegenüber lange dichthalten würde. Er war genau der Typ, der sich rasch verplapperte. Es wunderte Sommerfeldt sowieso, dass Rupert als Frederico Müller-Gonzáles noch nicht aufgeflogen war.

Vielleicht riss er sich in Gangsterkreisen ja zusammen, weil es um sein Leben ging, aber Frauke gegenüber würde bestimmt bald der kleine Aufschneider mit ihm durchgehen, der gern damit angab, einen Wissensvorsprung vor allen anderen zu haben. Oft war das in seinem Leben ja noch nicht der Fall gewesen.

Sommerfeldt entschloss sich, es selbst zu tun. Er suchte Frauke in ihrer Suite auf. Er kam mühelos an ihrem Bodyguard Tiger vorbei, der auch nicht wagte, den Klinikleiter zu durchsuchen, sondern ihm stattdessen noch die Tür öffnete und eine Verbeugung machte.

»Der Doktor möchte Sie sprechen«, rief Tiger und ließ die zwei wieder allein. Für Sommerfeldt war er als Bodyguard damit im Grunde erledigt. Er arbeitete gern mit Fachpersonal, und Tiger war bei einer direkten Auseinandersetzung möglicherweise eine richtige Kampfmaschine, aber er dachte nicht genug mit, checkte nicht genug ab.

Frauke saß auf dem Balkon und beobachtete mit ihrem Fernglas ein paar Löffler und Austernfischer, die sich zu einer seltenen Konferenz im Deichgras zusammengefunden hatten. Sie trank aus einem Sektglas ostfriesisches Leitungswasser. Sie fand, es schmeckte heute besser als Champagner.

Sie bot Sommerfeldt auch davon an. Er stimmte zu. Das Wasser hatte sie in eine edle Karaffe abgefüllt. Das geschliffene Kristall leuchtete in der Abendsonne wie ein Diamantencollier.

»Was führt dich zu mir?«

Sie freute sich, ihn zu sehen. Sie rechnete mit einem Gespräch über Literatur. Sie wollte ihm Fragen zu *Dr. Schiwago* stellen. Er hatte etwas von ihm, fand sie. Nicht, dass er Omar Sharif aus der Verfilmung ähnlich gesehen hätte, das nicht, aber da war etwas in seinem Charakter …

»Wenn ich dich sehe«, sagte sie, »muss ich manchmal an Dr. Schiwago denken, einen Mann, der mitten in revolutionären gesellschaftlichen Umwälzungen versucht, zu sich zu finden oder er selbst zu bleiben. Dann wieder an Greystoke …« Als müsse sie erklären, wer Greystoke war, sagte sie: »Tarzan, zurückgekommen aus dem Dschungel, der die tierischen Verhaltensweisen noch ganz in sich trägt, aber bereits führendes Mitglied der englischen Oberschicht wird. Ja«, lachte sie, »so kommst du mir vor.«

Er nahm einen Schluck Wasser. Die Löffler und die Austernfischer trennten sich jetzt, während ihre Schnäbel laut klapperten. Die eine Gruppe flatterte nach Westen, die andere nach Osten davon, beide in Richtung Watt.

»Du romantisierst mich«, sagte er. »Einerseits gefällt mir das, ja, es schmeichelt mir, das gebe ich zu, andererseits möchte ich gerne, dass du die Wahrheit über mich weißt. Vielleicht spürst du da etwas.«

Sie setzte sich anders hin und musterte ihn. »Heißt das, es gibt da ein Geheimnis?«, fragte sie neugierig.

»Ja, so kann man es wohl nennen. Ich bin nicht der, für den du mich hältst. Mein wirklicher Name ist nicht Ernest Simmel.«

Sie riet: »Sondern den hast du dir zugelegt nach zwei Schriftstellern, die du magst, Ernest Hemingway und Johannes Mario Simmel.«

Er nickte.

»Da kann man ja froh sein«, lachte sie, »dass du dich nicht Boris Dostojewski genannt hast, nach Boris Pasternak und …«

Er ließ sie nicht ausreden, sondern legte seinen Zeigefinger über ihre Lippen und flüsterte: »Pssst …«

Sie schwieg und er auch. Er musste durchatmen, bevor er es schaffte, mit der Wahrheit angemessen herauszukommen. »Ich habe eine Gesichts-OP hinter mir. Das waren wirkliche Spezialisten. Nobelpreisverdächtige Fachleute. Mein Bild hing früher in jedem Polizeipräsidium. Der Name, unter dem ich wohl den meisten bekannt bin, ist …«

Noch bevor er es aussprechen konnte, hauchte sie es: »Dr. Bernhard Sommerfeldt.« Mit weit aufgerissenen Augen sah sie ihn an und hielt sich eine Hand vor den Mund.

Er nickte. »Ja, der bin ich. Ich habe nicht weit von hier eine Hausarztpraxis geführt. Man hat mir sechs Morde angelastet, und ich müsste eigentlich in Lingen im Gefängnis sitzen, aber …«

»Ich weiß. Du bist geflohen. Man lastet dieser Kommissarin Klaasen noch heute an, sie sei an deiner Flucht beteiligt gewesen. Sie und ihr Ehemann, dieser Frank Weller. Ich habe es in den Illustrierten gelesen. Und dann war doch noch irgend so ein depperter Polizist dabei, der von nichts eine Ahnung hatte und …«

»Rupert«, erklärte Sommerfeldt.

»Genau. Das war sein Name«, lachte Frauke. »Was für ein bescheuerter Name. Ist das eigentlich sein Vor- oder sein Nachname?«

Sommerfeldt zuckte mit den Schultern. »Gut, dass du es so gelassen nimmst.«

»Ich bitte dich! Ich habe ständig als Miet-Ehefrau mit Männern zu tun gehabt, die mal so, mal so hießen. Unter ihren richtigen Namen wurden die meisten wohl gesucht oder stellten zumindest nichts Besonderes dar.« Sie berührte seinen Unterarm und fragte: »Sag mir, Sie haben dich wegen fünf- oder sechsfachen Mordes verurteilt. Stimmt doch, hm?«

Es frischte ein wenig auf. Sommerfeldt legte ihr eine flauschige Decke um die Schultern. Immerhin war sie ja noch seine Patientin.

»Sechs Morde haben sie mir nachgewiesen«, gestand er.

»Und – du bist unschuldig?«, fragte sie.

Er lachte. »Oh nein, das bin ich nicht. Sie haben mir nur sechs Morde nachgewiesen. In Wirklichkeit waren es schon ein paar mehr.«

»Du hast nur Dreckskerle umgelegt, stimmt's?«

Er wiegte den Kopf hin und her. »Ja, es gibt schon einige Leute – hauptsächlich Frauen, die glauben, ich hätte die Welt ein bisschen sicherer und lebenswerter gemacht.«

»Warum erzählst du mir das?«, fragte sie und kuschelte sich in die Decke. Sie zog sie vor ihrer Brust zu wie einen Theatervorhang, als müsse sie sich gegen ihn schützen und die Vorstellung sei beendet.

Er sagte nicht: *Weil ich Angst habe, dass dein Typ, die alte Plau-*

*dertasche, dir alles verrät,* sondern mit weicher Stimme raunte er: »Ich wollte nicht, dass eine Lüge zwischen uns steht.«

Sie schmolz dahin.

Irgendetwas wehte in sein linkes Auge. Er rieb es ganz heftig mit der Hand.

»Nicht«, sagte sie, »das müsstest du als Doktor doch wissen. Zeig her. Was ist da?« Sie fasste sein Gesicht an, hielt sein Auge weit offen und suchte, fand aber nichts. Ihr Gesicht war jetzt ganz nah an seinem. Sie konnte seinen Atem riechen. Ihre Lippen berührten sich schon fast. Sie wusste genau, was in den nächsten Sekunden passieren würde, wenn sie jetzt nicht die Notbremse zog.

Sie tat es. Sie wandte sich von ihm abrupt ab und verschränkte die Arme vor der Brust: »Das sollten wir besser nicht tun«, sagte sie.

»Warum nicht?«, fragte er.

Sie sah ihn bewusst nicht an, zeigte ihm den Rücken und konzentrierte sich auf die Deichkrone. »Frederico hat um meine Hand angehalten«, behauptete sie, wissend, dass es nicht ganz so gewesen war. Es wäre ihr nur blöd vorgekommen, Sommerfeldt zu gestehen, dass sie um seine Hand angehalten hatte und immer noch auf ein entschiedenes Ja wartete. Oder war es schon ein Ja, wenn der andere sagte: *Kauf uns ein paar Immobilien. Geld spielt keine Rolle.*

»Es tut mir leid«, gestand Sommerfeldt, »ich wollte nicht zu weit gehen. Du bist eine bezaubernde Frau. Kein Wunder, dass du in mir Gefühle auslöst.«

Er wusste, dass sie sich jetzt nur aus Loyalität Frederico gegenüber nicht auf ihn einließ. Sie fühlte sich schon nicht mehr als Miet-Ehefrau und entdeckte jetzt in sich Charaktereigenschaften, die auch etwas mit Treue und Loyalität zu tun hatten. Es wäre ihm ein Leichtes gewesen, ihre Gefühle zu gewinnen und die für Frederico zu torpedieren, wenn er ihr verraten hätte, wer Frederico Müller-Gonzáles wirklich war. Doch das kam ihm zu billig vor.

Er machte einen Schritt rückwärts und sah sie sich noch einmal an.

Auf so etwas Schönes, dachte er, muss man auch schon mal warten können. Die Zeit spielte für ihn, das war ihm klar.

Er fragte sich, ob ein eifersüchtiger Rupert ihn einfach hochgehen lassen würde. Ein Nebenbuhler im Gefängnis oder auf der Flucht war halt nicht ganz so störend wie einer, der als Chefarzt eine Klinik leitete und als Gesundheitsminister der Familie ein effektiv arbeitendes System von Krankenhäusern aufbaute.

Pascal fragte sich, ob er noch lebte oder schon tot war.

War das hier die Hölle oder das berühmte Fegefeuer? Nur eins war klar: Im Himmel war er ganz sicher nicht.

Er saß auf dem blauweiß gekachelten Boden eines Badezimmers, das unbenutzt aussah. Es gab – ungewöhnlich für ein Badezimmer – kein Fenster.

Aus der Toilette roch es nach frischen Südfrüchten. Alles war auf fast sterile Art sauber, ja unbewohnt. Es stand nicht das übliche Zeug im Badezimmer herum. Keine Zahnbürsten in den Bechern. Keine Sprays, Cremes oder Kämme auf der Ablage.

Pascal spürte seine Beine nicht mehr. Er sah sie, konnte sie auch bewegen, aber sie waren wie taub. Wattig. Gleichzeitig kamen sie ihm geschwollen vor. Überhaupt war sein ganzer Körper schwer geworden. Steif. Am schlimmsten die Hände und die Füße. Zwischen den Schulterblättern juckte es, als sei er nicht an die Heizung gebunden, sondern nackt in einem Brennnesselfeld gefesselt worden.

Er hatte etwas Feuchtes im Mund. Am liebsten hätte er den Knebel ausgelutscht, so trocken war sein Hals. Das Atmen wurde zur Qual. Durch den Mund konnte er keinen Sauerstoff einsaugen, und ein Nasenloch schwoll zu. Das linke. Jedes Luftholen wurde zum Kraftakt. Es pfiff jämmerlich, nicht wie bei einem Menschen, der schnarcht, sondern wie bei einem ertrinkenden Nichtschwimmer, der noch einmal den Kopf aus dem Wasser reckt.

Er hatte den Mord an seinem Vater nicht gesehen, und niemand hatte es ihm gesagt, aber er wusste es, so wie man weiß, ob Sommer oder Winter ist, Tag oder Nacht, selbst wenn man in einem fensterlosen Zimmer wach wird.

Als er noch zur Grundschule gegangen war, war seine größte Angst gewesen, beide Eltern könnten bei einem Verkehrsunfall ums Leben kommen. Das war einem Jungen passiert, den er kannte. Jetzt würde es Wirklichkeit werden, das spürte er mit jeder Faser seines Körpers. Ja, sein Körper wusste es schon und rebellierte dagegen. Seele und Verstand weigerten sich noch, es anzunehmen.

Er hoffte, gleich zu erwachen und zu Hause in seinem Bett zu liegen, im Zimmer mit dem Samurai-Schwert an der Wand. Er schnaufte nach Luft und presste den Hinterkopf gegen die Heizungsrohre.

Was kann ich tun, fragte er sich. Gibt es überhaupt noch irgendetwas, das ich tun kann?

Das hier bedeutete ohne Zweifel das Ende für sein Leben – zumindest so, wie er es bisher geführt hatte.

Er stellte sich vor, dass dieser schreckliche Mann gleich hereinkommen, an den Händen das Blut seiner Eltern. Im Gesicht dieses Grinsen, das leider nur auf den ersten Blick dämlich und unverschämt war, dann aber, wenn man ihn näher kennenlernte, rasch teuflisch wurde.

Als sein Blut warm am Handgelenk herunterlief, bis zu seinen Ellbogen, gab er auf, die Fesseln durchscheuern zu wollen. Etwas in ihm zerbrach. Es war nicht der schneidende Schmerz, der ihn fertigmachte, sondern es waren seine Phantasien und der warme Blutstropfen, der fast zärtlich an seinem Unterarm herunterkroch wie eine kleine Schnecke. Er betrachtete den schmalen roten Fluss und verlor für einen Augenblick jede Hoffnung. Er, der immer so gern von zu Hause wegwollte, seine Eltern spießig und peinlich fand, hatte jetzt nur noch ein Ziel: mit ihnen zusammen zu sein. Im Wohnzimmer, während der Fernseher lief, oder im Familiengrab. Hauptsache, zusammen!

Kevin Janssen war stolz darauf, seinem Spitznamen Lisbeth Salander mit der App alle Ehre gemacht zu haben. *Top Secret* wurde inzwischen auf einundzwanzig Geräten genutzt. Stündlich wurden es mehr. Seine Entwicklung mauserte sich zum Bestseller. Er hoffte, dass zu viele Nutzer nicht den Rahmen sprengen würden. Noch speicherte und kontrollierte er jede Aktivität, aber bald schon würde er dafür ein Team brauchen. Das Ganze kam ihm vor wie eine Lawine, die talabwärts rutschte.

Er rief Rupert an, denn es war undenkbar für ihn, innerhalb der Dienststelle für seine nicht ganz legale Aktion einen Etat oder gar personelle Verstärkung zu bekommen.

Rupert lag auf dem Bett im Savoy. Er hatte für sich und Weller eine ayurvedische Ganzkörpermassage mit warmem Sesamöl bestellt und danach gleich eine Lomi-Lomi-Tempelmassage. Die Methode kam angeblich aus Hawaii. Durch rhythmische Streichbewegungen sollte ein Gefühl der Schwerelosigkeit entstehen. Da Rupert sich zwischen den zwei Massageangeboten nur schwer entscheiden konnte, nahm er halt beide. Ähnlich war er mit der Pizza und dem Burger verfahren.

In einer halben Stunde sollten die Massagen beginnen. Er freute sich darauf. Wenn sie schon unter Lebensgefahr die Welt retten mussten, dann sollten sie es sich dabei wenigstens gutgehen lassen, dachte er.

Nur die Entspannungsmusik machte ihn manchmal nervös, aber er konnte in der Wellnessatmosphäre schlecht bitten, die Hits der 80er aufzulegen, obwohl ihm jetzt gerade nach *Rock me Amadeus* oder *Skandal im Sperrbezirk* war.

Jetzt hatte er Frederico Müller-Gonzáles am Haustelefon, der eine klare Botschaft aussprach: »Lass dich nicht narren, Bruder. Das Schwein lebt noch.«

»Klar«, sagte Rupert und fühlte sich gebauchpinselt, weil Frederico ihn *Bruder* nannte. Irgendwie waren sie Verbündete geworden.

»Der hat wahrscheinlich auf dem Schiff noch ein paar verräterische Mitarbeiter oder Konkurrenten mit hochgejagt und legt selbst irgendwo die Füße in die Sonne«, vermutete Rupert und kam sich sehr cool und voller Insiderwissen vor, als er das aussprach.

Ruperts Handy spielte *Born to be wild.* Er hielt sich ein Ohr zu und konzentrierte sich auf Frederico. Weller deutete er mit Blicken an, er solle ans Handy gehen. Weller schüttelte den Kopf und brummte: »Bin ich deine Sekretärin?« Er tat nicht, was von ihm erwartet wurde, sondern verschränkte trotzig die Arme vor der Brust.

Rupert drückte das Telefon fester an sein Ohr, um Frederico verstehen zu können: »Häng dich an seine Liebste. Diese Silvia Schubert. Sie wird dich zu ihm führen.«

Rupert lachte: »Es sei denn, er hat mit dem großen Knall auf der

Nordsee nicht nur versucht, seine Verfolger loszuwerden, sondern auch noch seine Alte … Er wird der trauernden Witwe bestimmt einiges hinterlassen und sucht sich jetzt ein neues Betthäschen, denkst du nicht?«

»Nein, glaub ich nicht. Sie wird uns zu ihm führen. Hast du Leute, die an ihr dran sind?«

»Klar«, behauptete Rupert und zischte in Wellers Richtung: »Geh dran, Mensch!«

»Und was soll ich sagen, wer ich bin?«

»Mein persönlicher Assistent«, schlug Rupert vor.

Weller stöhnte und winkte ab, ging dann aber doch ran, weil ihn dieser ständige Klingelton nervte. Da er nicht wusste, ob er einen Gangster, eine Miet-Ehefrau, eine Arbeitskollegin oder wen auch immer am Handy hatte und ihm nicht klar war, ob er sich mit *Rupert* oder *Frederico* zu melden hatte, sagte er: »Jaa … Der Herr kann im Moment leider nicht an den Apparat kommen. Sie reden mit seinem persönlichen Assistenten. Mit wem spreche ich?«

»Mensch, Weller, du bist Ruperts Assistent? Das ist ja ein Ding!«

Wellers Magen übersäuerte sofort. Er blaffte: »Wenn du irgendeinem in der Inspektion erzählst, dass ich …«

»Keine Sorge«, beruhigte Salander ihn kichernd, »ich spreche mit niemandem darüber. Immerhin ist das, was wir hier machen, nicht ganz legal.«

Rupert machte mit der Hand eine Bewegung, als wolle er Fliegen verscheuchen. Weller ging mit dem Handy ins andere Zimmer. Immerhin war die Suite groß genug, dass zwei Leute telefonieren konnten, ohne sich in die Quere zu kommen.

»Was willst du, verdammt?«, fauchte Weller.

»Ich brauche zusätzliche Leute. Mit unserer App sind wir echt in eine Marktlücke vorgestoßen. Wir befinden uns in einem exponentiellen Wachstum.«

Weller nervte allein der Ausdruck. Seit der Corona-Krise wusste offenbar jeder, was ein exponentielles Wachstum war, und benutzte das Wort schon für die Spritpreise an der Tankstelle, aber kaum jemand beherrschte die Kurvenberechnung wirklich.

»Ich brauche ein, zwei Mitarbeiter. Am besten ein ganzes Team. Hier müssen verschiedene Nachrichtenkreisläufe erfasst werden. Die Nachrichten müssen wir ja nicht nur haben, sondern auch mitlesen, verstehen, einordnen …«

»Konntest du dir das nicht vorher überlegen, verdammt?«

»Pflaum mich nicht an! Kaum macht man etwas, das erfolgreich wird, schon steckt man bis zum Hals in Schwierigkeiten. Hier, siehst du? Wir sind schon«, Weller hörte ein paar Klickgeräusche, als würde Salander auf einer Tastatur herumhacken, »bei siebenundfünfzig Benutzern. Wir hätten doch Geld dafür nehmen sollen. Wenn es so weitergeht, haben wir heute Abend bereits ein paar hundert, und nächste Woche benutzt die gesamte Unterwelt unsere App.«

Weller fuchtelte mit den Armen herum, nahm dann eins der bunten Kissen und warf es gegen die Wand. Am liebsten hätte er einen Punchingball benutzt. Vielleicht hatte Rupert recht und er brauchte dringend eine Entspannungsmassage.

»Ich kann dir doch jetzt keine Leute genehmigen! Wer soll das denn unterschreiben? Büscher? Klatt? Oder willst du damit gleich zur Leitenden Staatsanwältin? Vielleicht hat sie ja noch eine Idee.«

Zufrieden lächelnd erschien Rupert hinter ihm. »Gleich geht's los, Alter. Mach dich schon mal locker. Du siehst so verkrampft aus.«

»Verkrampft? Hier, führ deine Gespräche doch selber!« Er reichte Rupert das Handy.

Während Rupert sich anhörte, was Kevin von ihm wollte, fluchte Weller: »Zusätzliches Personal …« Er tippte sich gegen die

Stirn. »Klar. Am besten eine ganze eigene Sondereinheit, mit Büro, Sekretärin, Dienstwagen …«

Als Weller Rupert reden hörte, machte er erst ein paar Liegestütze. Er wusste nicht mehr, wohin mit den überschäumenden Energien. Für Rupert, das wurde Weller klar, war das alles nur ein Spiel, das ihm große Freude bereitete. Er hatte offensichtlich noch nicht begriffen, dass dies hier kein Monopoly war.

Rupert tönte: »Alles kein Problem, Lisbeth, du kriegst von mir, was du brauchst. Und wende dich bloß nicht an die Sesselfurzer in der Inspektion. Wir regeln das unter Männern.«

»Heißt?«, fragte Kevin verunsichert.

»Du eröffnest dir ein Konto bei der Kompensan-Bank. Das ist jederzeit gedeckt. Du hast ein Spesenkonto off limits. Ja, Junge, so nennt man das heutzutage. Und stell ein, wen du willst. Die meisten kriegt man ja für ein paar Euro. Du kennst die Spezialisten. Bloß nicht irgendwelche Typen aus unseren Reihen, die nur einen Fortbildungskurs gemacht haben. Wir brauchen richtige Fachleute, Typen vom Chaos Computer Club oder so.«

»Ja, und wer bezahlt die dann?«

»Ich natürlich. Ich sagte doch, dein Konto wird immer gedeckt sein. Aber sei vorsichtig. Gib ihnen nicht mehr als acht- oder zehntausend pro Monat, sonst drehen sie bloß durch, und jeder merkt, dass mit denen was nicht stimmt.«

»Ist ja krass! Verarschst du mich auch nicht?«

»Junge, du bist ein Genie. Genies darf man nicht mit bürokratischem Müll blockieren. Man gibt ihnen, was sie brauchen, damit sie tun können, was sie für richtig halten. Können wir auf der Basis zusammenarbeiten?«

»Rupert«, versprach Kevin, »du bist«, er suchte nach Worten, fand keins, das groß genug war. Fast hätte er gesagt: *ein Gott für mich*, doch dann begnügte er sich damit, zu sagen: »der Größte!«

Rupert drückte das Gespräch weg und sah den zerknirschten Weller, der gerade beim sechzehnten Liegestütz nicht wieder hochkam. »Das wird alles«, keuchte Weller, »böse enden.«

»Klar«, grinste Rupert, »für die Jungs von der anderen Seite. Wir werden am Ende als Sieger vom Platz gehen, Weller, und die anderen beschämt haben.«

Weller versuchte hochzukommen. Rupert reichte ihm die Hand.

»Glaubst du das wirklich?«

»Die denken«, erklärte Rupert und versuchte dabei auszusehen, wie er sich große Philosophen vorstellte, »sie hätten es mit ostfriesischen Provinzbullen zu tun. Mit Formularen und engen Dienstplänen.«

»Und mit wem haben sie es zu tun?«, fragte Weller.

»Mit uns«, lachte Rupert. »Und wir sind unberechenbar.«

Birte Jospich ins Haus zu schleppen war nicht einfach. Sie half kein bisschen mit, sondern machte auf ohnmächtig. Er kannte solche Situationen nur zu gut. Er wusste, wie wirklich Ohnmächtige aussahen und wie es war, sie zu transportieren. Die hier tat nur so, um es ihm besonders schwer zu machen.

Er hatte seine Methoden, um gespielt Ohnmächtige aufzuwecken. Er wuchtete sie hoch über seine Schulter und ließ sie dann einfach wieder runterknallen. Wer noch wache Instinkte hatte, reagierte und versuchte, sich abzustützen oder das Aufkrachen des Kopfes abzumildern. Nur wirklich ohnmächtige Menschen oder Leichen fielen völlig ungeschützt, wie ein Sack Kartoffeln. Aber sie kreischten nicht und sie versuchten auch nicht, ihren Kopf zu schützen, wie Birte.

Jetzt lag sie verrenkt vor dem Schuhschrank im Flur und suchte ängstlich eine Position, um sich vor Schlägen oder Tritten zu schützen, die sie erwartete.

Beate musste das alles mit ansehen. Er hatte die Küchentür ausgehängt und Beate daran gefesselt. Sie war mit Isolierband getaped. Die Tür hatte er so gestellt, dass Beate von dort aus mitbekam, was im Flur, in der Küche und im Schlafzimmer geschah. Sie ahnte, warum er das gemacht hatte. Er wirkte jetzt zwar völlig verrückt, handelte aber planvoll und organisiert. Es hatte etwas von Professionalität an sich. Jeder Handgriff saß. Alles wirkte in seiner Ungeheuerlichkeit trotzdem, als sei es oft geprobt worden.

Er zerrte Birte an ihren Haaren zum Schlafzimmer. Er schleifte sie über den Boden. Der Teppich kräuselte sich, und eine große, bunte Vase fiel um.

Er warf sein Opfer aufs Bett. Alles sah für Beate so aus, als sollte sie gleich Zeugin einer Vergewaltigung werden, doch Beate wusste, dass es darum nicht ging. Stattdessen sollte sie zusehen, wie er die Frau tötete, damit sie wusste, was sie selbst zu erwarten hatte. Alles, was er dieser Frau antat, sollte sie erschrecken. So wollte er ihre Angst ins Unermessliche steigern.

Er baute sich vor Beate auf und grinste: »Wenn man eine tote nackte Frau im Ehebett findet, dann wird der normale ostfriesische Bulle, verblödet, wie er ist, sofort glauben, dass sie aus Eifersucht umgebracht wurde. Wenn sie dann auch noch deine Fingerabdrücke am Messer in ihrer Brust finden, ist der Fall für sie klar. Nur dein Göttergatte wird wissen, dass du keineswegs auf der Flucht bist und dass ich dich habe. Ich schicke ihm nämlich Fotos von dem Spaß, den wir zusammen haben. Du könntest mir helfen, sie zu töten. Möchtest du das?«

Beate nickte, dabei wurde ihr dramatisch klar, wie eng ihre Bewegungsspielräume waren. Sie hatte es mit einem Fesselkünstler und Klebefetischisten zu tun. Nur, wenn sie völlig still stand, tat es nicht weh. Schon der Versuch einer Kopfdrehung schmerzte. Mit einem Nicken schnürte sie sich selbst den Hals zu.

Er schien erfreut, doch sie ahnte, dass er gern Emotionen heuchelte oder dass sie rasch ins Gegenteil umschlugen. Bei ihm wusste sie nicht, was er spielte und was echt war.

»Du willst gnädig mit ihr sein und sie rasch ins Jenseits befördern, stimmt's, Beate? Damit sie nicht so lange leiden muss. Ich würde ihr nämlich die Gliedmaßen einzeln abtrennen und sie langsam verbluten lassen. Du dagegen«, säuselte er, »bist ein guter Mensch. Du wirst ihr mit einem kurzen Stich ins Herz einen schnellen Tod bereiten. Richtig?«

Erneut versuchte sie zu nicken. Sein Gesicht war ganz nah an ihrem. Sein Atem wehte sie an wie ein Hauch des Todes. Er führte die Klinge seines Messers schon unter die ersten Klebestreifen an ihrem rechten Arm.

Sobald ich das Messer habe, werde ich ihn damit attackieren, schwor sie sich selbst. Sie versuchte, sich Mut zu machen. Sie brauchte jetzt einen Moment äußerster Tapferkeit. Sie musste es riskieren und alles auf eine Karte setzen.

Aber er schien ihre Gedanken lesen zu können und stoppte, bevor auch nur der erste Schlitz im Gaffaband klaffte. Er nahm ihre Nase zwischen die Finger und drehte und kniff sie. »Denkst du, ich bin blöd, du gelenkiges kleines Luder? Wenn ich dir das Messer gebe, gehst du damit auf mich los. Besser ist es wohl, du schaust einfach nur zu. Und ganz so leicht wollen wir es der Dame doch auch nicht machen. Schließlich wollen wir ein bisschen Spaß haben, oder?«

Er ließ von ihr ab und drehte ihr den Rücken zu. Er sagte es laut zu sich selbst: »Vielleicht sollte ich sie aufs Rad flechten, so biegsam, wie diese Yogatussi ist.«

Beate ließ sich nichts vormachen. Sie hatte längst begriffen, dass er sich an ihrer Angst weidete. Sie schloss für einen Moment die Augen. Es war wie ein seelisches Durchatmen.

Vor ihrem inneren Auge sah sie ihren Ehemann Rupert, wie er vor dem Haus parkte, aus dem Auto stieg und seine Hose in den richtigen Sitz brachte. Er ging zur Tür. In ihrer Vorstellung reichte Ruperts Erscheinen auf der Bildfläche, um diesen ekelhaften Verbrecher zu vertreiben. Die Wirklichkeit würde viel heftiger werden, drohte ihr Verstand, doch all ihre Hoffnungen klammerten sich an ihren Rupert. Er war wie gemacht dafür, mit dieser Situation fertigzuwerden. Ein Hauptkommissar mit guter Nahkampfausbildung, regelmäßigen Schießübungen und fest entschlossen, für seine Frau ein Held zu sein. Gut, er hatte eine Schussverletzung nur knapp überlebt und humpelte ein bisschen. Man durfte auch seine Rückenprobleme nicht völlig unberücksichtigt lassen. Er hatte manchmal Schwierigkeiten beim Treppensteigen und beim Schuhezubinden oder beim Spülmaschine ausräumen, aber sonst war er noch topfit.

Sie fragte sich, ob der Mann, der Rupert angeschossen hatte, sich jetzt hier in ihrem Haus befand. Gleichzeitig schämte sie sich dafür, dass ihr nur gewaltsame Lösungen einfielen. Sie hielt sich selbst für spirituell und galt als sehr feinfühlig. Sie hatte sich in ihrer Jugend der Friedensbewegung zugehörig gefühlt und gegen die Stationierung von Atomraketen in Ost und West demonstriert. Sie hatte den Anspruch an sich, Dinge friedlich zu lösen, den Ausgleich zu suchen und Kompromisse zu finden. Aber angesichts der Aggression, der sie sich ausgesetzt sah, erschien ihr die Suche nach einem Kompromiss verrückt. Dieser Mann musste einfach nur gestoppt werden.

Sie glaubte nicht, dass er unter Drogen stand. Sie hatte es einfach zum ersten Mal im Leben mit einem wirklichen Sadisten zu tun. Aus diesem Holz mussten KZ-Aufseher oder Totenkopf-

SS-Männer gemacht gewesen sein, dachte sie. Sie hatte sich oft gefragt, wie Menschen in der Lage waren, solche Gräueltaten zu begehen. Jetzt bekam sie eine Ahnung davon. Wenn ein System solche Menschen nicht stoppte, sondern sogar noch protegierte, ja für ihre Brutalitäten belohnte, dann tobten sie sich aus.

Trotzdem wollte sie versuchen, ihn zu erreichen. Vielleicht gab es ja auch in ihm irgendeinen gesunden Kern, Überreste einer einigermaßen intakten Persönlichkeit. Irgendetwas, so glaubte sie, war in seinem Leben, in seiner seelischen Entwicklung, grundlegend schiefgelaufen. Nein, das entschuldigte nichts, aber vielleicht gab es ihr eine Ansatzmöglichkeit. Niemand wurde doch als so ein schrecklicher Mensch geboren. Doch um mit ihm zu reden, musste er sie überhaupt erst in die Lage versetzen, sprechen zu können. Gaffaband klebte auf ihren Lippen.

Sie musste mit ansehen, wie er der Frau in ihrem Ehebett die Kleider mit einer Schere vom Körper schnitt. Zwischen den Fetzen ihrer zerstückelten Kleidung erstach er sie.

Beate zählte die Stiche nicht. Sie zuckte bei jedem zusammen, als würde die Klinge sie treffen.

Mit seinem Handy machte er Fotos von seinem toten Opfer. Beate begriff, dass er die Aufnahmen verschickte. Dieser Mann tat das nicht nur für sich selbst, sondern im Auftrag. Aber er genoss, was er tat.

In ihren Ohren war ein Rauschen und Klingeln. Das Zimmer begann zu trudeln, die Wände kamen näher und zerflossen.

»Wenn dein Stecher nach Hause kommt, wird er zunächst denken, dass du da im Bett liegst. Was glaubst du, wie erleichtert dein Rupert sein wird, wenn er danach deine Kleidung findet. So weiß er, dass ich dich mitgenommen habe. Nackt.«

Sie hatte keine Chance, zu sprechen. Er begann ohne Eile, mit der Schere auch ihre Kleidung zu zerschneiden. Sie spürte das

Metall auf ihrer Haut. Es glitt an ihrem linken Bein entlang. Zweimal verletzte die Spitze der Scherenblätter ihre Haut. Er entschuldigte sich dafür, als täte es ihm tatsächlich leid, es war aber reiner Hohn.

Sein Handy meldete sich. Er ließ von Beate ab und schaute sich die Nachricht an, die er von George bekommen hatte.

*Wir kommunizieren in Zukunft ausschließlich über Top Secret. Das ist eine sichere App. Lade sie dir runter.*

Geier machte jetzt noch Bilder von Beate, verschickte die aber noch nicht an George. Er wollte noch etwas in der Hinterhand haben. Er spürte das triumphale Gefühl, wieder die Oberhand zu gewinnen.

Rupert lag wieder kauend auf dem großen Bett, links neben sich einen kalten Burger mit ein paar Pommes, rechts neben sich die Pizza. Er aß mit den Fingern und trank Bier aus der Flasche. Er rülpste gegen die Decke und sagte: »Es geht doch nichts über so ein schönes kühles Bier. Weißt du, Weller, in meinen Kreisen, da muss man manchmal Champagner schlürfen. Die tun immer alle so etepetete. Je schlimmer sie sind, umso feiner tun sie. Ich bin immer froh, wenn der Scheiß-Champagner alle ist und die guten Getränke kommen.«

»Mit guten meinst du vermutlich ein Pils, oder?«

»Ja, was denn sonst?«

*Steppenwolf* spielte wieder *Born to be wild.* Ruperts Handy meldete sich.

»Geh ran«, sagte Weller. »Das ist die Bumfidel. Die geht mir so was von auf den Keks, die hat schon dreimal angerufen. Glaub ja nicht, dass ich die noch mal abwimmle.«

Rupert nahm das Handy bewusst langsam in die Hand, betrachtete es, als wisse er gar nicht, wie man so ein Gespräch annimmt, oder als sei das Handy eine ihm noch unbekannte Erfindung. Dann meldete er sich ganz vornehm mit: »Sie wünschen?«

»Wir haben ein Problem.«

»Ich weiß. Zu viel Geld.«

»Ja, spotten Sie nur. Aber es gibt tatsächlich Probleme. Große Probleme!«

Rupert bemühte sich, fröhlich zu bleiben und die Oberhand zu bewahren: »Aber Frau Dr. Bumfidel, ich darf Sie doch auch privat so nennen, oder? Sie sprechen mit so einer Grabesstimme. Wissen Sie, Probleme sind doch gar nichts Schlimmes, sondern etwas Gutes.«

»Gutes?«

»Ja, sagt doch schon das Wort. P r o-blem. Pro heißt doch gut. Pro ist doch was Positives, oder nicht?«

»Ja, äh, ich verstehe nicht.«

Rupert entwickelte seine Theorie: »Wenn ein Problem etwas Schlimmes wäre, dürfte es ja nicht Pro-blem heißen, sondern zum Beispiel Anti-blem.«

»Bitte, können wir jetzt zur Sache kommen?«, flehte Frau Dr. Bumfidel. »Flickteppich und wesentliche Teile des Vorstands sind nicht mehr bereit, Ihre Verrücktheiten zu decken.«

Rupert richtete sich im Bett auf und biss von seiner Pizza ab, um sich zu beruhigen. »Der Flickteppich, dieser Schmierlappen! Was hat der vor? Zwergenaufstand oder was? Der Versager soll froh sein, wenn ich ihn nicht rausschmeiße!«

»Den kann man nicht so einfach kündigen!«

Rupert wurde rasch zu Frederico: »Soll ich ihn besser ausknipsen lassen? Nur weil der Versager nicht in der Lage ist, das ganze Geld unterzubringen …«

»Herr Dr. Flickteppich bemüht sich ja schon sehr. Aber ihm sind doch auch die Hände gebunden.«

»Hände gebunden«, spottete Rupert, als wisse er gar nicht, was das bedeuten solle.

»Im Grunde findet er Ihre Idee gut, diese Investitionen in die Klinik in Greetsiel, ihre Vorschläge, in Krankenhäuser und ins Gesundheitssystem zu investieren. Aber da müssen vorher die Bücher geprüft werden.«

Rupert prustete los. Die Pizzaresteilchen flogen aus seinem Mund, landeten auf dem Bett und auf Wellers Hemd, der vor dem Bett auf und ab ging und mithörte.

Rupert konnte vor Lachen kaum sprechen: »Die Bücher wollen Sie überprüfen, die Erbsenzähler! Wissen nicht, wohin mit ihrem Geld, wollen aber erst mal anderen auf die Finger gucken.« Dann brüllte er: »Und was soll bei so einer Buchprüfung rauskommen?«

»Na, ob das Haus solide durchfinanziert ist. Ob man mit Gewinnen rechnen kann oder …«

Rupert war außer sich und verbreitete jetzt Sommerfeldts Theorien: »Krankenhäuser sind nicht dazu da, Gewinne zu machen! Welcher Idiot ist denn darauf gekommen? Krankenhäuser sind dazu da, Menschen gesund zu machen! Wenn der Flickteppich einen Darmdurchbruch kriegt und ganz dringend eine OP braucht – ob er dann auch noch so einen Müll redet?«

Sie ruderte zurück, das war schon rein stimmlich zu hören. Sie war es nicht gewöhnt, angebrüllt zu werden: »Ja, aber … der hat doch auch nur Angst vor Kontrolle.«

»Wer soll uns denn kontrollieren?«, fragte Rupert. »Der Laden gehört uns!«

»Sie haben das noch nicht richtig verstanden. Wir können nicht machen, was wir wollen, wir sind an Gesetze gebunden, und Flickteppich hat Angst vor einer Überprüfung durch die BaFin.«

»BaFin? Was soll das sein?«, fragte Rupert.

Weller fasste sich an den Kopf und grummelte: »Er ist Vorstandsvorsitzender einer Bank und weiß nicht, was die BaFin ist. Man glaubt es nicht!«

Mit schriller Stimme erklärte Frau Dr. Bumfidel: »Das ist die Bundesanstalt für Finanzdienstleistungsaufsicht. Die kontrollieren, ob bei Versicherern, beim Wertpapierhandel, bei den Banken und so weiter alles mit rechten Dingen zugeht. Die unterstehen dem Bundesministerium für Finanzen.«

Weller sah sich das jetzt genau an. Er nahm es mit allen Sinnen wahr: Wie Rupert dalag, zwischendurch in die Pizza biss, einen Schluck Bier trank, und Weller fragte sich, ob Rupert wirklich nicht wusste, was die BaFin war oder ob er diese Frage nur gestellt hatte, um dieses übermächtige Monster kleinzumachen. Um Frau Bumfidel zu zeigen, dass er diese Leute nicht ernst nahm.

Der tut manchmal nur so blöd, dachte Weller. Und damit verunsichert er seine Gegner.

Ruperts Gelächter schien ihm recht zu geben. »Die BaFin«, kicherte er. »Ach so! Na klar! Jetzt erinnere ich mich. Das sind diese Helden, die bei Wirecard nicht gemerkt haben, dass vierzig Milliarden fehlen. Oder waren es fünfzig? Da frage ich mich doch, Frau Dr. Bumfidel, wie kann das passiert sein? Sind die BaFin-Leute so blöd? Dann brauchen wir sie nicht zu fürchten. Oder hatten die Wirecard-Leute sich ein paar Politiker gekauft, denn die BaFin steht doch auch unter Aufsicht, oder? Denen sind doch auch«, zitierte Rupert genüsslich, »bestimmt die Hände gebunden. So sagt man das doch gern, wenn man wider besseres Wissen etwas Falsches tut oder die Augen ganz fest zukneift, stimmt's?«

Sie fühlte sich von Rupert in die Enge getrieben, machte aber noch einen Versuch: »Wenn die Finanzaufsicht uns auf die Finger guckt, wird uns niemand decken. Dann sind wir geliefert.«

»Klar«, grinste Rupert, »wir haben schließlich fünfzig Millionen zu viel, die die Wirecard-Leute zu wenig hatten. Das ist natürlich ein Problem. In dem Fall würde ich wirklich sagen, Problem ist was Gutes, finden Sie nicht? Während die Wirecard-Leute ein Antiblem hatten.«

Frau Dr. Bumfidel räusperte sich: »Wir können so lange hin und her diskutieren, wie wir wollen. Der Vorstand wird das nicht mitmachen.«

»Was wird er nicht mitmachen?«

»Zum Beispiel, dass Sie unser Geld auf den Konten der Kunden parken wollen, statt bei der Europäischen Zentralbank. Und erst recht nicht, dass den Kunden ständig Geld geschenkt wird.«

Rupert wurde jetzt ganz zu Frederico Müller-Gonzáles. Er räkelte sich auf dem seidenen Bettlaken und machte sich nichts daraus, dass eine halbe Pizza unter seinem Rücken lag. »Nun, was will denn dieser Flickteppich? Macht? Frauen? Hat er Dreck am Stecken?« Rupert lachte. »Oder braucht er selber Geld? Hat das große Finanzgenie etwa privat Schulden?«

»Sie meinen, ob er erpressbar ist?«

»Ja, so können Sie es auch nennen. Machen Sie mir eine vernünftige Personalakte, damit ich weiß, wo ich den Kerl anfassen kann. Und dann werden wir ihm ein Angebot machen, das er nicht ablehnen kann.«

»Sie erwarten doch nicht von mir, dass ich in seinem Privatleben herumspioniere, um zu gucken, ob er Dreck am Stecken hat?«

»Doch, genau das erwarte ich von Ihnen. Sie sind doch dazu da, mich zu unterstützen.«

»Ich mach keine kriminellen Dinge!«

Rupert lachte: »Ich weiß. Sie sind Hauptkommissarin. Wir arbeiten immerhin beide bei der gleichen Firma. Aber wir sind jetzt nicht hinter Falschparkern oder Fahrraddieben her. Wir kämpfen mit härteren Bandagen. Hier geht's um Drogen- und Menschenhandel. Um Waffenschmuggel und ...«

»Sie müssen mir nicht erzählen, worum es geht.«

»Ich frage mich«, sagte Rupert, »wer hier den Ernst der Lage nicht begriffen hat. Sie oder ich. Sagen Sie Flickteppich, dass ich ihn sprechen will, von Mann zu Mann, unter vier Augen.«

Ihre Stimme wurde brüchig. »Sie haben doch nicht etwa vor, ihn ...« Sie rang nach Luft. »Man munkelt, dass Sie etwas mit der Explosion vor Borkum zu tun haben.«

»So, munkelt man das? Wie schön. Am Ende ist Ruhm doch nicht mehr als die Summe aller Gerüchte, die sich um eine Person ranken.«

Sie spürte, dass sich das Gespräch dem Ende näherte, wollte aber noch eins klarstellen: »Glauben Sie ja nicht, dass ich alle Ihre Schweinereien mitmache. Auf keinen Fall werde ich in Dr. Flickteppichs Privatleben für Sie rumschnüffeln. In den Polizeiakten ist er ohnehin ein unbeschriebenes Blatt. Man kann nichts gegen ihn vorbringen.«

»Das ist ja schrecklich«, gestand Rupert. »Mit solchen Leuten will ich einfach nicht zusammenarbeiten.«

Rupert knipste das Gespräch weg, stand auf, warf das Handy aufs Bett, reckte sich und begann sich auszuziehen, weil Pizzareste an seinem Hemd klebten und Zwiebel- und Thunfischkrümel an seiner maßgeschneiderten champagnerfarbenen Hose.

»Ruf Holger Bloem an«, befahl er Weller. Der wurde schon allein deshalb sauer, weil ihm der Tonfall nicht gefiel.

»Holger Bloem, den Journalisten?«

»Nein«, konterte Rupert, »den Golfchampion.«

»Spielt Holger Bloem neuerdings Golf?«, fragte Weller irritiert.

Rupert grinste: »Ja, seit der Papst wieder boxt und zum zweiten Mal geheiratet hat.«

Weller nickte betreten. Rupert setzte nach: »Holger soll seine journalistischen Fühler ausstrecken. Ich will alles über Flickteppich erfahren. Und Tante Mai-Li frage ich auch. Die hat ihre ganz eigenen Informationskanäle.«

»Wir sind von der Kripo«, gab Weller zu bedenken. »Wir haben unsere eigenen Ermittlungsmöglichkeiten.«

»Ja«, lachte Rupert, »deswegen frage ich ja lieber einen Journalisten oder eine erfahrene Clanchefin wie Mai-Li.«

Hannelore und Kleebowski gingen barfuß an der Wasserkante entlang in Richtung Westen, der untergehenden Sonne entgegen. Sabine beobachtete die zwei durch ihr Fernglas. Sie hatte ihre Freundin Hannelore noch nie so aufgekratzt und verliebt gesehen, und sie war Freundin genug, es ihr zu gönnen. Sie selbst fühlte sich noch nicht frei für eine neue Beziehung. Seit ihr Helmut tot war, lebte sie ein bisschen für sie beide weiter. Sie segelte jetzt. Das war eigentlich seine Leidenschaft gewesen, und sie spielte mit seinen Schlägern Golf. Indem sie seine Hobbys weiterpflegte, schien sie weiterhin eine Verbindung zu ihm zu haben.

Sie sah die Frau, die mit nackten Beinen, in einen Kapuzenpulli gehüllt, auf die beiden zulief. Die typische Joggerin, dachte Sabine zunächst. Schöne, schlanke Beine. Durchtrainiert. Aber anders als die meisten Joggerinnen, die Sabine beobachtet hatte, machte sie nicht viele kleine Schritte mit rhythmischen Armbewegungen, sondern sehr lange Schritte, ja fast Sprünge, wie jemand, der nicht einfach die Muskulatur optimal trainieren will, sondern eine Strecke rasch hinter sich bringen möchte. Die Frau kam ihr, je länger sie sie beobachtete, komisch vor.

Kleebowskis Informanten hatten ihm noch nicht gesagt, wo

er Piri Odendahl finden konnte. Aber einer von ihnen hatte Piri einen Tipp gegeben. Sie wollte die Sache erledigen, bevor es ein anderer tat. Diesmal würde diese Frau sie nicht aus dem Konzept bringen. Piri hatte nicht die Nerven, um darauf zu warten, ihn alleine zu erwischen. Diesmal sollte alles schnell und glatt gehen. Die beste Zeit war – wie meistens – jetzt!

Sie war ganz sicher, Kleebowski vor sich zu haben. Sie hielt sich aber an die alte Berufskillerregel: *Vergewissere dich immer, ob du auch den Richtigen erwischst. Den Richter interessiert es nicht, ob du die Zielfigur ausgeknipst hast oder irgendeinen anderen. Deinen Auftraggeber aber schon.*

Also rief sie, als sie sich dem Pärchen von hinten auf zehn Schritte genähert hatte: »Kleebowski?!«

Hannelore wunderte sich, warum Alexander sich umdrehte. Sie sah das Gesicht der Frau, umrahmt von der dunklen Kapuze. Ihre Augen leuchteten fiebrig. Sie wirkte wie eine Erscheinung. Ihre Pistole hatte einen langen Schalldämpfer.

Als Kleebowski seinen Namen hörte, wusste er, worum es ging. In der Drehbewegung zog er, aber er war nicht schnell genug. Die erste Kugel traf ihn, da steckte seine Waffe noch halb im Holster.

Er versuchte, obwohl die Kugel bereits in seiner Brust brannte, seine Smith & Wesson auf Piri zu richten.

Hannelore kreischte.

Die zweite Kugel traf Kleebowski im Gesicht. Nicht zwischen den Augen, sondern etwas höher in die Stirn.

Er fiel nach hinten. Eine sanfte Welle spülte über seinen Körper und zog ihn ein Stückchen ins Meer zurück.

»Was haben Sie getan?!«, schrie Hannelore.

Piri zögerte. Sie sagte sich, dass es nur richtig und konsequent wäre, die Frau ebenfalls zu erschießen. Es durfte keine Zeugen geben.

Hannelore kniete jetzt in den auslaufenden Wellen. Ihre Finger verkrampften sich in Kleebowskis nasser Kleidung. Sie wollte ihn nicht ans Meer verlieren.

»Das ist unfair!«, brüllte sie. »Unfair!« Als sei sie auf den Himmel oder irgendeinen Gott wütender als auf die Killerin, denn sie sah abwechselnd Kleebowski an und reckte dann den Kopf nach oben und kreischte den Mond an.

Piri zielte mit ausgestreckten Armen auf Hannelores Kopf. Sie wollte schießen. Sie sagte sich, dass es notwendig war, aber zum zweiten Mal spürte sie es wie einen Fluch: einen zweiten Mord an einem Tag bekam sie einfach nicht hin. Sie würde die Frau leben lassen und hoffen, dass es niemals zu einer Gegenüberstellung käme …

Sie fischte ihr Handy hervor und versuchte, ohne ihre P 22 aus der Hand zu legen, ein Beweisfoto des toten Kleebowski zu machen. Eine Welle überspülte sein Gesicht. Es war schwierig für Piri, die richtige Position für ein Foto zu finden. Hannelore bewegte sich über Kleebowski. Piri trat nach ihr, um sie zu vertreiben.

»Warum rennst du nicht weg?!«, fluchte Piri. »Willst du, dass ich dich auch erschieße, du blöde Kuh?«

Hannelore griff Piri von unten an wie ein bissiger Hund, der sich auf ein Bein stürzt, um zuzupacken. Piri torkelte und wäre beinahe in die Wellen gefallen. Der Kapuzenpulli wurde nass und klebte am Körper. Sie hielt das Handy hoch. Es sollte auf keinen Fall Salzwasser abbekommen. Handys waren empfindlicher als Pistolen.

Hannelore hatte plötzlich etwas Furchtloses, Walkürenhaftes an sich. Sie war rasend vor Wut.

Piri floh. Sie rannte in Richtung Dünen. Sie hörte nur noch ihren eigenen Atem. In der linken Hand hielt sie das Handy, in der rechten die Pistole. Ein Schuss löste sich. Um wenige Zentimeter verfehlte Piri ihren eigenen rechten Fuß. Die Kugel bohrte sich in den Sand.

Piri fuhr herum. Hannelore war nur wenige Meter hinter ihr. Piri schoss. Hannelore taumelte, von der Wucht des Einschlags getroffen, erst nach hinten, dann nach rechts. Sie drehte sich, als wolle sie zu ihrem Geliebten laufen. Sie machte sogar noch zwei Schritte in seine Richtung, bevor sie zusammenbrach.

Piri riss die Arme hoch. Das war geschafft. Von Hannelore brauchte sie kein Foto. Für George war nur der tote Kleebowski wichtig, und nur für den Abschuss würde er bezahlen.

Piri ging fast fröhlich tänzelnd zu den Dünen. Sie wollte ins Dorf und dann zum Flugplatz. Sie gab sich keine Mühe, die Leichen zu verstecken oder gar zu verbuddeln. Sie würden spätestens morgen von Urlaubern gefunden werden.

Auf dieser autofreien Insel fuhr die Polizei inzwischen sogar ein Elektro-Quad. Angeblich schaffte das Ding bei Vollgas fast vierzig Stundenkilometer. Damit konnte also ein Radfahrer eingeholt werden.

Piri fürchtete sich vor der Inselpolizistin nicht. Erst durch Verstärkung vom Festland konnte es hier für sie ungemütlich werden. Sie war sicher, die Insel mit dem Flieger vorher rasch verlassen zu können. Die Flugzeit betrug nur vier bis fünf Minuten.

Sie fühlte sich nicht wirklich gut. Irgendwie war sie schon zufrieden mit sich, weil sie Kleebowski erledigt hatte. Aber ein wirklich triumphales Gefühl wollte sich nicht einstellen. Sie sah sich um. Sie fühlte sich beobachtet. Aber da war niemand weit und breit. Nur ein menschenleerer Strand.

Sie schaute hoch zum Himmel. War da ein Gott, der ihr grollte? Gab es da irgendwo eine Macht, die mit ihr überhaupt nicht einverstanden war? Oder hatte sie eine himmlische Mission erfüllt, als sie diesem Schwerkriminellen ein Ende bereitet hatte?

Die Wolken gaben ihr keine Antwort. Sie zogen unbeeindruckt in Richtung Osten. Eine Windböe trieb Sandkörner wie Nebel über den Strand. Sie piekten auf ihrer Haut wie winzige Nadelstiche.

Sabine saß mit ihrem Fernglas in den Dünen. Es war irgendwie unwirklich und doch logisch. Fast folgerichtig. Jetzt, da es geschehen war, kam es ihr vor, als hätte sie es von Anfang an geahnt. Das konnte nicht gutgehen. Als hätten weder sie noch ihre Freundin ein langanhaltendes Liebesglück verdient.

Sie war gerade Zeugin eines Doppelmordes geworden. Sie war noch nie im Leben mit einer derartigen Situation konfrontiert worden. Und doch kam ihr alles bekannt vor. Man hatte ja nicht gerade in der Schule gelernt, wie man mit so etwas umgehen sollte. Sie spürte den Impuls, hinzulaufen und nach den beiden zu sehen. Zumindest nach Hannelore. Vermutlich würde sie sich damit aber in große Gefahr begeben.

Dieser Alexander von Bergen war vor der Polizei und vor irgendwelchen Verbrechern geflohen. Sie hatte keine Lust, durch eine Aussage ebenfalls ins Schussfeld zu geraten. Ihre Freundin war nur umgebracht worden, weil sie zur Zeugin geworden war. Sabine entschied, dass es besser für sie sei, nichts gehört und gesehen zu haben. Gleichzeitig fühlte sie sich schuldig deswegen.

Sie blieb einfach wie erstarrt sitzen. Sie fragte sich sogar, ob sie sich strafbar gemacht hatte. Dies hier war mehr gewesen als ein Segeltörn nach Juist. Es war ein Fluchtversuch vor der Polizei, vor gedungenen Mörderinnen oder was auch immer … Jedenfalls alles andere als ein Sommerferienausflug.

Sie zitterte. Sie zog die Beine an den Oberkörper und legte ihre Arme um ihre Beine. Das hohe Deichgras peitschte ihren Körper, als wolle es sie von diesem Ort vertreiben.

Sie fühlte sich hier gleichzeitig sicher und bedroht. Sie traute sich nicht aufzustehen. Sie wollte nicht die Polizei rufen. Sich nicht erklären müssen. Sie wollte auch nicht in die Ferienwohnung, sondern zurück auf ihr Boot. Dort war sie nie wirklich allein, sondern sie spürte Helmuts Anwesenheit. Nein, sie glaubte nicht an Geister, wohl aber an die große Liebe.

Sie verlor jedes Zeitgefühl.

Als es so dunkel war, dass sie die Leichen aus der Entfernung nicht mehr sehen konnte und der Sand zu schimmern schien, schlich sie zu ihnen. Ihre Gefühle tobten. Was, wenn Hannelore gar nicht tot war, sondern hier im feuchten Sand um ihr Leben kämpfte? Hatte sie dann wertvolle Zeit sinnlos verstreichen lassen?

Zunächst pirschte sie sich langsam, gebückt, ihr Fernglas wie eine Waffe in der Hand haltend in die Richtung, wo sie Hannelore ihrer Meinung nach finden konnte. Dann beschleunigten ihre Gedanken ihre Schritte. Das Gefühl, zu spät zu kommen, nicht richtig gehandelt zu haben, spülte viele ähnliche Situationen aus ihrem früheren Leben in ihr hoch. Manchmal, wenn sie genau wusste, dass gehandelt werden musste, und sogar, was zu tun war, fühlte sie diese Lähmung aus ihrem Inneren heraus, so dass sie sich kaum noch bewegen konnte. Sie war dann nicht mehr in der Lage zu handeln, als würde sie dadurch alles nur noch schlimmer machen. Zeit verstrich, und einige Probleme lösten sich von selbst. Andere, zu Beginn noch Bagatellen, türmten sich zu unüberwindbaren Bergen auf.

Immer wieder hatte ihr geduldiger Mann die Kastanien für sie aus dem Feuer geholt. Er nannte sie deshalb – nur sehr selten und immer mit freundlichem Lächeln – *meine Katastrophen-Sabine.*

Er hatte das alles längst nicht so schwergenommen wie sie. Für ihn war vieles ein Witz, über den er lachen konnte, als könne man das Leben an sich sowieso nicht ernst nehmen. Vielleicht hatte sie ihn wegen dieser Gelassenheit geliebt.

Hannelore hatte einmal zu ihr gesagt: *Du bläst die Probleme auf, und er lässt dann die Luft raus. Ihr seid ein perfektes Team.*

Hannelore! Die Gute. Die Freundin. Die so erfrischend geradeheraus gewesen war.

Sabine kniete jetzt vor ihr und betastete den toten Körper. Sie suchte nach einem Lebenszeichen. Doch Hannelore atmete nicht mehr.

Sabine fragte sich, ob die Flucht des Liebespärchens mit dem Tod vielleicht sogar geglückt war. Sie sah hoch zu den Sternen und hoffte, dass die beiden dort oben ab jetzt eine gute Zeit miteinander hätten. Diesen Gedanken fand sie jetzt tröstlich.

Holger Bloem traf spät im Savoy ein. Zwei Kleiderschränke begleiteten ihn in den Fahrstuhl, wo sie ihn, nachdem die Tür sich geschlossen hatte, abtasteten. Das einzige Wort, das einer von ihnen sprach, war: »Clean.«

Er hatte in der Redaktion mächtig unter Druck gestanden. Dort war die Personaldecke nicht viel dicker als bei der ostfriesischen Polizei.

Er war durstig und hungrig. Rupert und Weller erwarteten ihn auf der Dachterrasse des Hotels. Rupert fand, dass das Sky Lounge genannte Restaurant mit Panoramablick über die Stadt genau der richtige Ort sei, um Holger zu zeigen, welches Leben in Zukunft auf ihn wartete. Er bestellte für Holger gleich ein Filetsteak. Als er merkte, dass das vielleicht ein bisschen übergriffig war, fragte er ihn laut: »Oder willst du lieber zwei Burger? Wir haben schon gegessen.«

Holger setzte sich und verlangte nach einem alkoholfreien Weizenbier. Er war verschwitzt von der Fahrt und genoss den Luftzug, der vom Rhein her wehte. Nicht gerade mit dem Nordwestwind an der Nordsee zu vergleichen, aber doch erfrischend. Holger streckte sich und blickte auf den Bahnhof hinunter.

Es amüsierte ihn zu sehen, wie Rupert sich als großer Boss inszenieren wollte.

Rupert schwadronierte eine Weile über das tolle Leben im Hotel. Holger stoppte ihn mit dem Satz: »Ich habe auch schon mal in einem Hotel gewohnt.«

Nachdem er das Bier bekommen hatte, hörte Holger sich Ruperts Angebot an: »Ich zahle dir das Doppelte von dem, was du beim Ostfriesland Magazin verdienst – ach, was sag ich, das Doppelte? Das Dreifache! Und natürlich alles steuerfrei, wenn du für mich arbeitest.«

»Ab sofort«, fügte Weller ernst hinzu.

Holger trank erst mal in Ruhe sein Weizenbierglas leer und sah sich die beiden dann an. Er zeigte auf Weller: »Arbeitest du auch für ihn?«

Rupert nickte stolz. Weller schüttelte vehement den Kopf.

»Was jetzt?«, hakte Holger nach.

Weller erklärte: »Ich arbeite nicht f ü r Rupert.«

Rupert ergänzte: »Natürlich nicht. Er arbeitet für Frederico Müller-Gonzáles.«

Weller stöhnte und verdrehte die Augen.

Holger fragte: »Als was?«

»Im Moment als Leibwächter«, lachte Rupert. »Die einzigen zwei Figuren, denen ich bisher trauen konnte, waren Marcellus und Kleebowski.«

»Und die zwei Gestalten, die mich gerade nach Waffen durchsucht haben?«, wandte Holger ein.

Rupert winkte ab: »Das sind nur Vorstopper. Nah an mich ran kommen die nicht. Aber wenn du jetzt zum Beispiel versuchen würdest, mit dem Steakmesser auf mich loszugehen, dann würde mein Freund Weller sich dazwischenwerfen.«

Holger sah Weller an. Der wirkte wenig begeistert. »Würde ich nicht.«

Rupert empörte sich. Holger unterbrach die zwei: »Also: Worum geht es?«

»Im Grunde«, sagte Rupert ehrlich, »brauche ich nicht nur einen Leibwächter, sondern auch einen Berater.«

Holger winkte dem Kellner. Er wollte noch ein Weizen. Er bekam gleichzeitig sein Steak und zwei Burger. Ruperts laute Bestellung war wohl missverstanden worden.

»Ich helfe dir«, schlug Rupert vor und schnappte sich gleich einen Burger. Er biss hinein und sprach mit vollem Mund, kam für seine Verhältnisse aber merkwürdig kleinlaut rüber: »Manchmal baue ich Mist …«

Weller setzte sich anders hin und staunte. So kannte er Rupert gar nicht.

Der sah sich kauend um. Er wollte bei seinem Geständnis nicht gern belauscht werden: »Wir haben jetzt eine App – *Top Secret* – und ich Idiot habe sie meiner Frauke gegeben, und jetzt kann jeder Arsch in der Polizeiinspektion in Norden mitlesen, was ich …«

Holger begriff sofort und schlug vor: »Du brauchst einen Decknamen, damit nicht jeder deiner Kollegen sofort weiß, dass du … Außerdem: wenn das mal vor Gericht auftaucht, solltest du besser weder Rupert heißen noch Frederico Müller-Gonzáles.«

Rupert war sofort begeistert und tadelte Weller: »Warum bist du nicht darauf gekommen?« Er boxte gegen Wellers Oberarm.

Weller verzog den Mund: »Deckname?!«

Holger aß und dachte dabei nach. Mit vollem Mund konnte er gut denken. Er zeigte auf Rupert und erklärte: »Du solltest dich *The Brain* nennen.«

Weller war baff. »Wie? Ausgerechnet er? *The Brain*? Spinnst du?«

Holger nickte und sprach Rupert direkt an. Er ignorierte Weller demonstrativ: »Na klar. *The Brain.* Dann kommt wenigstens keiner darauf, dass du es bist, Rupert.«

Während Rupert noch daran verdaute und Weller sich amüsierte, legte Holger einen handschriftlich geschriebenen Zettel auf den Tisch: »Ich habe mal meine Kontakte spielen lassen und alles über Dr. Flickteppich in Erfahrung gebracht.«

Rupert war sofort versöhnt und verzieh Bloem die Unverschämtheit. Überhaupt fand er die Idee, sich *The Brain* zu nennen, gar nicht so verkehrt. Dieser Bloem war schon sein Geld wert, sagte er sich. Für einen Schreiberling gar nicht so blöd.

Holger fuhr fort: »Er hat da ein Geheimnis, der Herr Flickteppich ...«

Das gefiel Rupert noch mehr. »Nämlich?«

»Für einen Mann in seiner Position hat er einen erstaunlich sauberen Lebenslauf. Bilderbuchkarriere. Keine Affären. Nichts.«

»Wie? Der ist noch nicht mal vorbestraft?«, empörte Rupert sich. »Wie konnte der denn dann Vorstandsvorsitzender werden?«

»Das war«, erläuterte Holger, »bevor Gangsterbanden die Kompensan-Bank übernommen haben.«

Rupert nickte: »Verstehe ...«

Weller protestierte: »Eins will ich mal geraderücken, Freunde: Gangsterbanden haben die Bank nicht übernommen, sondern Frederico Müller-Gonzáles, mit Geld vom Bundeskriminalamt. Die Bank gehört also praktisch ...«

»Mir«, ergänzte Rupert stolz.

»Dem deutschen Steuerzahler«, korrigierte Weller.

Rupert nahm seinen Burger in beide Hände und biss noch einmal rein. Er kaute und entschuldigte sich: »Wenn ich unter so einem Druck stehe, habe ich immer einen Mordshunger.«

Weller schob ihm den zweiten Burger rüber: »Dann würde ich den an deiner Stelle auch noch nehmen. Ich bin satt.«

Kevin wollte es nicht, aber er konnte nicht anders. Er musste ständig auf sein Handy gucken. Immer wieder. Er war einfach zu stolz auf seine App und wollte nichts verpassen. Es waren bereits 2791 Nachrichten hin und her gelaufen. Einige auf Russisch. Es gab auch eine Menge arabische Schriftzeichen, und irgendwie war die App wohl in Italien sehr beliebt.

Kevin hatte in der Schule Englisch und Latein gelernt, das half ihm aber jetzt wenig. Noch gab es keine Verstärkung für ihn. Aber er wollte zwei junge Frauen rekrutieren. Die eine war seine Schwester, die von ihrem Typen sitzengelassen worden war. Er hatte ihr nicht nur sechzigtausend Euro Schulden hinterlassen, sondern auch noch Mietverträge, aus denen sie nicht so ohne weiteres herauskam. Ihr gemeinsamer Comicladen mit Café hatte keine Zukunft und war für ihn ohnehin mehr eine Aufreißstation für zeichnende Gymnasiastinnen gewesen, denn er versprach ihnen, ihre Geschichten und Figuren berühmt zu machen. Aber seine ach so guten Kontakte zu Verlegern und Heftchenproduzenten existierten nur in seiner Phantasie.

Kevin liebte seine ältere Schwester. Sie war alleinerziehend, und Kevin bedauerte, so wenig Zeit für sie zu haben. Zu gern hätte er sich mehr um seine Nichte gekümmert, was sie eigentlich auch von ihm erhoffte. Zehn bis zwölf Stunden am Computer waren für Kevin die Normalität. An Wochenenden auch gern mal bis zu zwanzig Stunden. Aber jetzt konnte er etwas für sie tun. Und da sie mal einen syrischen Freund gehabt hatte, könnte sie vielleicht sogar ein paar arabische Sätze entziffern, hoffte er.

Mit Ruperts Angebot konnte sie ihre Wohnung halten und die Schulden abstottern. Kevin hatte ihr achttausend pro Monat angeboten, und sie hatte ihm geantwortet: »Spinn nicht rum, Kleiner.«

Die zweite Kraft war Kevins Ex, der er eigentlich beweisen wollte, dass er es eben doch draufhatte. Sie hatte ihn am Telefon schallend ausgelacht.

Jetzt versuchten beide Frauen gleichzeitig, ihn zu erreichen. Seine Schwester per WhatsApp und seine Ex per E-Mail. Die Schwester fragte nach einem Vorschuss. Seine Ex riet ihm, einen Psychologen zu besuchen, er sei größenwahnsinnig und leide unter zunehmendem Realitätsverlust. Er solle sich in Zukunft von ihr fernhalten.

Er wollte ihr gerade antworten, da ploppte das Foto des erschossenen Kleebowski auf. Kevin kannte den Mann nicht, aber er wusste, dass er dieses Bild von einem Toten am Strand sofort weiterleiten musste. Er schickte es mit den Worten an Rupert und Weller: *Das ging an einen Typen, der sich G-Punkt nennt.*

Weller probierte gerade einen edlen Rotwein, den er sich hatte aufs Zimmer kommen lassen, um den Tag mit etwas Schönem abzuschließen. Er roch zunächst am Wein, dann ließ er ihn über die Zunge rollen. »Schmeckt nach Waldboden«, schwärmte er. »Holzfass. Alte Eiche. Ein bisschen nach Moos und leicht erdig.«

»Dann kipp das Zeug halt weg und nimm dir ein Bier«, riet Rupert.

Holger Bloem sagte nichts dazu und genoss seinen Wein mit geschlossenen Augen. Rupert guckte kopfschüttelnd zu.

Weller stellte das Weinglas ab und sah auf sein Handy. Er musste nichts sagen. An seinem Gesicht erkannte Bloem, dass es ernst war.

Weller rief sofort bei Kevin an und verlangte von ihm, den Standort beider Handys festzustellen, zwischen denen das Foto hin und her gegangen war.

»Das kann ich nicht«, gestand Kevin kleinlaut.

Insgeheim tat es Weller gut, dass dieser Computerfuzzi mal etwas nicht konnte. Er hatte aber schon oft über diesen Weg den Aufenthaltsort von Kriminellen ermitteln lassen. Eigentlich war das ganz einfach, ein Richter musste dem nur zustimmen.

»Warum nicht?«, fragte Weller ungehalten.

»Weil wir es nicht mit ein paar Zuhältern zu tun haben, die Straßennutten abkochen, sondern mit hochkriminellen Fachleuten, schätze ich mal«, verteidigte Kevin sich, der gleich Angst um seinen Ruf als Lisbeth Salander hatte und immer unter dem Druck stand, der Beste sein zu wollen und niemanden zu enttäuschen.

Weller guckte Rupert an. »Sag doch auch mal was.«

Rupert sah blass aus. Reagierte erschrocken, überhaupt nicht professionell: »Das … ist … Kleebo …«, stammelte er. »Scheiße, Leute, es wird eng. Die legen meine besten Männer um!«

»Was soll das heißen? Dass ich der Nächste bin?«, wollte Holger Bloem wissen, und Weller fragte sich, ob er selbst auch zu den Besten gehörte und folglich zur Zielscheibe werden würde.

Rupert zuckte zusammen. »Beate!!!«, rief er und pflaumte Weller sofort an: »Wieso bist du Idiot hier? Wieso bist du nicht bei Beate?«

Weller holte tief Luft: »Und um deine Frauke machst du dir keine Sorgen?«

Rupert trampelte heftig auf: »Verdammt«, schrie er, »Frauke ist in der Klinik gut geschützt!« Rupert glaubte, dass an Sommerfeldt so leicht keiner vorbeikam, selbst wenn Tiger oder die anderen Kleiderschränke versagen sollten. Sommerfeldt war ein stabiler Schutzdeich. Aber wer schützte Beate?

»Ich könnte in ein paar Stunden wieder in Norddeich sein«, versprach Holger Bloem, »Oder holen wir Beate hierher?«

»Ins Savoy?«, kreischte Rupert. »Spinnst du? Nirgendwo ist sie gefährdeter als in meiner Nähe!«

Das leuchtete Holger Bloem ein.

Weller versuchte, Rupert zu beruhigen, ihm wurde aber gerade selber komisch. »Niemand weiß, dass Frederico Müller-Gonzáles in Wirklichkeit ein Polizist aus Ostfriesland ist«, gab Weller zu bedenken.

»Blödsinn«, schimpfte Rupert. »Wenn Frederico es herausgefunden hat, dann können das andere auch.«

»Rupert«, mahnte Weller, »denk doch mal nach! Klar weiß Frederico, dass du nicht Frederico bist. Er ist doch selber Frederico!« Weller spürte, wie wacklig seine Argumentation war, und fügte hinzu: »Die Kollegen fahren im Viertel öfter Streife als sonst und werfen ein Auge auf dein Haus.«

»Ja, ganz toll!«, brüllte Rupert und wählte seine Beate an. Doch weder übers Festnetz noch übers Handy erreichte er sie.

Ratlos sah Rupert Weller und Holger an.

Weller rief seine Frau Ann Kathrin an und bat sie, bei Beate vorbeizugehen.

Ann Kathrin verließ ihr Haus im Distelkamp und wollte sofort zu Beate fahren. Sie hatte einen Draht zu dieser spirituellen Frau. Nach ein paar Metern, auf der Höhe von Grendels Haus, stoppte sie und kehrte noch einmal um. Sie hatte ihre Dienstwaffe nicht bei sich. Instinktiv ahnte sie, dass es jetzt aber besser war, nicht mehr unbewaffnet aus dem Haus zu gehen. Sie hasste den Gedanken, akzeptierte aber die Notwendigkeit.

Sie steckte die Heckler & Koch ins Holster an ihrem Hosenbund. Sie hatte längst Feierabend, fühlte sich aber wie im Einsatz. Wie so oft wusste sie nicht mehr, was privat war und was dienstlich. Fuhr sie gerade los, um einem Kollegen einen Gefallen zu tun und mal eben nach seiner Frau zu schauen? Besuchte sie eine Freundin nach Feierabend? Oder war das hier schon Personenschutz?

Weller hätte auch in der Dienststelle anrufen können, aber er hatte den kürzesten aller Dienstwege versucht und seine Frau kontaktiert.

Als Ann Kathrin den Twingo vor Ruperts Haus parkte, legte sie sich Sätze zurecht. Sie wollte Beate nicht erschrecken. Vielleicht ging sie ja nur deshalb nicht als Telefon, weil sie gerade eine Reiki-Behandlung gab oder ein intimes Gespräch mit einer Freundin führte und nicht unhöflich sein wollte.

Ann Kathrin kannte Beate als Frau, die nicht ständig online war und auch nicht immer erreichbar sein wollte. Sie hatte mal gesagt: »Man darf sich von dem Alarmismus der Welt nicht verrückt machen lassen. Ich sehe ja an meinem Mann, wohin das führt.«

Die Haustür war verschlossen. Das alte Auto stand in der Garage. Die Fahrräder auch. Ann Kathrin folgerte daraus, dass Beate zu Hause sein müsse oder einen kleinen Spaziergang in der Siedlung machte. Hier standen keine anderen Fahrzeuge vor dem Haus, also gab Beate auch gerade kein Seminar.

Ann Kathrin klingelte. Als nicht geöffnet wurde, ging sie in den Garten. Sie hoffte, Beate meditierend im Gras oder lesend in der Hängematte anzutreffen. Trotzdem legte sie die rechte Hand auf ihre Waffe, nicht so sehr, um im Notfall schneller ziehen zu können, sondern, um sich selbst zu vergewissern, dass sie die Pistole wirklich am Körper trug.

So einen Einsatz machte man prinzipiell nicht alleine, schon mal gar nicht auf einem privaten Grundstück oder in einem fremden Haus. Aber war dies überhaupt ein Einsatz? Ein fremdes Haus war es auch nicht wirklich. Sie beruhigte sich mit dem Gedanken, dass sie gerade eine Freundin besuchte. Sie nahm die Hand von der Waffe.

Die Terrassentür stand offen. Bestimmt nichts Ungewöhnliches bei dem Wetter.

Ann Kathrin trat ein und rief: »Beate?! Ich bin's, Ann!«

Die Bluttropfen im Wohnzimmer änderten die Lage sofort. Ann Kathrin zog ihre Waffe und nahm sie in beide Hände. Sie sicherte zunächst den Raum. Hinter dem Sofa und den Sesseln versteckte sich niemand.

Die Küchentür fehlte. Im Flur lag ein Schirm auf dem Boden. Hier hatte ganz eindeutig ein Kampf stattgefunden.

In der Küche befand sich niemand. Von hier aus konnte Ann ins offene Schlafzimmer sehen. Im Bett lag eine schrecklich zugerichtete Frau.

»Beate?!«, schrie Ann und rannte hin. Sie war unvorsichtig. Ein Krimineller, der sich zwischen Schrank und Tür an die Wand gelehnt hätte, wäre jetzt in der Lage gewesen, sie von hinten anzugreifen.

Der Gedanke, sich schlecht zu schützen, erschreckte sie. Sie fuhr herum und richtete die Waffe in die ungesicherte Position. Dort lauerte zum Glück niemand auf sein Opfer, aber durch die abrupte Drehbewegung rutschte Ann Kathrin auf dem Blut aus und strauchelte. Sie versuchte sich abzustützen, um nicht zu der Leiche ins Bett zu fallen.

Sie sah die Spusi-Leute praktisch schon vor sich, mit ihren verächtlichen Blicken, weil sie immer davon ausgingen, dass die ersten anwesenden Polizeikräfte den Tatort kontaminierten. In diesem Fall hatten sie dann vermutlich sogar recht.

Ann Kathrin stand vorsichtig auf. Blut klebte an ihrer Hose und an ihren Händen. Es war sehr viel Blut auf dem Boden, im Bett und an den Wänden.

Sie sah die Tür, an der noch Klebeband hing.

Sie bekam eine Ahnung von dem, was hier passiert war. Aber die Frau im Bett war nicht Beate. Ann Kathrin schämte sich dafür, dass der Gedanke sie erleichterte. Sie kannte diese Frau zwar nicht, aber auch sie war ein Mensch, hatte Freunde, Verwandte, vielleicht Kinder …

Bei jedem Mordfall, den sie zu bearbeiten hatte, war sie froh, dass es keinen ihrer Liebsten getroffen hatte. Nicht ihren Sohn Eike und auch nicht ihren Mann Frank Weller.

Ihr Verstand raste und spielte Kombinationen durch. War das hier eine Warnung an Rupert oder an die ostfriesische Polizei an sich? Wer war die Tote? Wo war Beate? Was hatte es mit der Tür auf sich? Wie war der Täter ins Haus gekommen? Hatte diese Frau ihn begleitet?

Während Ann Kathrin Wahrscheinlichkeiten abwog, hatte sie ihr Handy am Ohr. Sie erreichte Marion Wolters. Marion konnte Rupert nicht leiden, weil er sie immer mal wieder *Bratarsch* nannte, aber sie war eine hervorragende Polizistin, auf die Ann sich blind verlassen konnte. Genau so jemanden brauchte sie jetzt, denn sie ahnte, dass die nächsten Stunden sehr anstrengend werden würden, und sie fürchtete, nicht voll einsatzfähig zu sein.

Alles, was bisher geheim gewesen war, würde nun öffentlich werden. Sie fühlte sich wacklig. Sie brauchte dringend Flüssigkeit. Wasser und Kaffee. Ihr Kreislauf sackte ab. Es war schwülwarm hier drin. Sie schwitzte ihr T-Shirt durch. Sie hatte das Gefühl, ihr Herz müsse unheimlich pumpen, um den Sauerstoff bis ins Gehirn zu transportieren.

Sie hörte Marion wie durch eine Wolldecke gedämpft sprechen. Selbst ihre eigene Stimme kam ihr unbekannt vor. Sie wollte so schnell wie möglich zurück in ihre Professionalität finden.

Marions Frage war mehr eine Feststellung: »Mit anderen Worten: Du brauchst das ganz große Besteck?«

»Ja. Aber bitte nicht diesen Helmut, dessen Nachnamen ich immer vergesse«, bat Ann Kathrin.

»Bent. Er heißt Helmut Bent«, belehrte Marion Ann Kathrin. »Er gilt als einer der besten Spezialisten für forensische Biologie.«

»Ja. Aber er ist eine sexistisch aufgeblasene Arschgeige. Ich übergebe ihm nicht gern eine weibliche Leiche«, hörte Ann Kathrin sich sagen und erschrak über ihre eigenen Worte.

»Gegen den ist unser Rupi ein Gentleman«, versicherte Marion und fuhr fort: »Aber er wird kommen und mit ihm …«

Marion hörte ein Geräusch. »Ann? Ann, bist du in Ordnung?« Es raschelte und knisterte.

»Ja, ich bin ok, mir ist nur gerade das Handy runtergefallen.«

»Soll ich kommen, Ann? Du klingst gar nicht gut.«

Ann Kathrin hechelte. Sie betrachtete die Tür. »Ich glaube, ich weiß, was hier geschehen ist … Irgendjemand will uns zeigen, was er mit Beate vorhat. Das ist eine Demonstration.«

Marion Wolters blies heftig aus. »Phuuu. Und das muss jetzt irgendjemand unserem Rupi sagen … Der tickt völlig aus …«

»Wir können es schlecht vor ihm geheim halten. Er braucht psychologische Betreuung.«

»Sowieso«, stimmte Marion Wolters zu. »Schon lange. Ist ja mein Reden.«

Gleich schämte sie sich für ihre unflätigen Worte angesichts der Situation.

Ann Kathrin lehnte sich mit dem Rücken gegen die schräg an die Wand gestellte Tür. Ein bisschen tat sie es, weil sie Halt brauchte, vor allen Dingen aber, weil sie sich in die Lage des Menschen versetzen wollte, der hier fixiert worden war. In Beates Lage.

Eins der herunterhängenden Klebebänder berührte ihren

Oberarm und pappte sofort daran fest. Ann Kathrin riss den Arm zur Seite, als habe sie einen elektrischen Schlag erhalten.

Sie stand jetzt so, wie Beate gefesselt gewesen sein musste. Von dort war der Blick auf die Tote unausweichlich.

Mit links hielt sie sich das Handy vor die Lippen. »Es war der Geier«, sagte Ann Kathrin, »und er ist furchtbar wütend.«

Geier sah Beate als wertvolle Fracht. Er hatte sie ruhiggespritzt. Sie lag hinten im Transporter, angekettet zwischen schallisolierten Wänden. An dem hochabsorbierenden Spezialschaum klebten noch Blut und Haare ihrer Vorgängerinnen.

In London gab es ein *Jack-the-Ripper*-Museum. Er hatte es natürlich besucht. Auch die Foltermuseen in Wien, Amsterdam und Prag hatte er besichtigt. Er war sogar, kurz bevor es endgültig geschlossen wurde, nach Freiburg gefahren, um das mittelalterliche Foltermuseum dort anzuschauen. Auch das in Rüdesheim am Rhein kannte er. Das *Henkerhaus* in Nürnberg fehlte noch in seiner Sammlung.

Er stellte sich vor, dass es einst ein Museum für ihn und seine Taten geben würde. Zweifellos wäre sein Keller in Dinslaken der passende Ort gewesen. Aber alles war dort verbrannt. Im Grunde war nur dieser VW-Transporter übrig geblieben. Er würde einst im Museum stehen. Vermutlich mit offenen Türen, gut ausgeleuchtet und mit einer Informationstafel über alle, die darin transportiert worden waren. Immerhin würde er Fotos seiner Opfer hinterlassen. Die Bilder und Filme waren in Dinslaken nicht mitverbrannt. Ein Vorteil des digitalen Zeitalters. Er hatte alles in der Cloud.

Sein Lieblingsgrieche in Dinslaken, *Zorbas,* würde bestimmt den Tisch und den Stuhl spenden, an dem er immer gesessen hatte. Er stellte sich vor, sein Lieblingsessen würde dort konserviert auf dem Tisch stehen. Tsatsiki, Weißbrot und gegrillte Peperoni als Vorspeise. Dann die berühmte Ouzo-Platte.

Daniel Spoerries *Eat-Art*-Kunst hatte ihn begeistert und gab ihm die Hoffnung, Vergängliches aus seinem Leben könnte für die Nachwelt fixiert werden. Die Reste eines Frühstücks seiner Freundin hatte Spoerri auf einem Brett verewigt. Festgeklebt und haltbar gemacht.

Als Geier das gesehen hatte, wusste er, dass sein Tisch bei *Zorbas* schon bald im Museum an der Wand hängen würde. Die Tischbeine müssten halt abgesägt werden.

Der Leichenpräparator Gunther von Hagens hatte mit seinen Körperwelten-Ausstellungen neue Dimensionen für Geier eröffnet. Wenn so etwas möglich war, warum sollten dann nicht auch seine Arbeiten einem großen Publikum zugänglich gemacht werden? Klar würden über ihn Filme gedreht und Bücher geschrieben werden. Das sowieso. Doch sein eigentliches Geheimnis würde nie jemand ergründen, so glaubte er. Er war auch überzeugt davon, dass der Ruhm erst nach seinem Tod auf ihn wartete. Ja, sein Tod würde ihn letztendlich unsterblich machen.

Er fühlte sich großartig, als er in Westerstede hinter dem Hotel *Altes Stadthaus* vor der Apotheke parkte. Bevor er Beate in sein Versteck zu diesem Lümmel Pascal bringen würde, wollte er noch ein bisschen unbeschwert durch die Stadt bummeln und den Erfolg genießen. Vielleicht ein Eis essen und einen Espresso trinken. Ja, etwas Kühles und etwas Heißes wären jetzt gut.

Er hatte Willi Klempmann noch kein Bild von Beate geschickt. Er mochte es, andere warten zu lassen. Er konnte das hektische Rotieren in den Polizeistationen spüren. Es war wie das Wispern trockener Blätter, wenn ein sanfter Wind sie streichelte.

*»Der Geier ist wieder aktiv.«*

Ihm gefiel der Gedanke, dass er Angst auslöste und für Betriebsamkeit sorgte, während er bei *Claudio* ein Spaghettieis löffelte und dazu einen doppelten Espresso trank.

Zwei zusätzliche Leibwächter, die Tiger empfohlen hatte, stellten sich vor. Weller telefonierte nebenan. Aber Holger Bloems journalistische Neugier war geweckt.

Er hockte alleine auf der samtschwarzen Couch, auf der locker acht oder zehn Personen Platz gefunden hätten. Über den japanischen Tisch davor war er zweimal fast gestolpert, denn die Tischplatte schwebte nur zwanzig oder dreißig Zentimeter über dem Fußboden.

Die Einrichtung der Suite war prunkvoller Savoy-Stil, aber an den Tischbeinen hatte man gespart, behauptete Rupert. Weller nannte das Möbelstück Teetisch oder Opiumtisch. Es lud dazu ein, davor auf dem Boden zu sitzen oder, wenn man sich lieber aufs Sofa fläzte, die Füße darauf zu legen.

Holger machte beides nicht. Dafür war er zu gut erzogen. Er betrachtete die Szene mit den neuen Leibwächtern genüsslich und machte sich Notizen.

Beim Filmcasting hatte er ein paarmal zugeguckt, da in Norden Kriminalromane verfilmt worden waren. Doch dies hier war ganz anders.

Der erste Bewerber war ein ehemaliger Bundeswehrleutnant, der nach seinem Afghanistan-Einsatz nicht wieder »richtig Tritt gefasst hatte«, wie er von sich selbst sagte, und nicht mehr »am Putenrennen teilnehmen wollte«.

Der zweite war ein gut doppelt so breiter Muskelprotz, der statt eines Anzugs lieber ein Muskel-T-Shirt trug, um zu zeigen, was er zu bieten hatte. Auf seinem Oberarm prangten chinesische Schriftzeichen. Er nannte sich – vermutlich auf Jean-Claude van Damme anspielend – Jean-Claude.

Rupert wollte wissen, was die Schrift auf seinem Arm bedeuten sollte. Er hatte keine Lust, einen Bodyguard einzustellen, der für die Chinesen oder Japaner arbeitete. Auch einige Thai-Gangs formierten sich in Deutschland und in der Schweiz. Viele Gangs markierten ihre Mitglieder durch Tattoos.

»Das bedeutet: *Mein Körper ist mein Tempel. Voller Kraft!*«, sagte Jean-Claude so theatralisch, als würde er am Burgtheater vorsprechen. Holger Bloem lachte laut.

Rupert drehte sich zu ihm um: »Stimmt was nicht, Holger?« Sein Verdacht, Tiger wollte ihm vielleicht einen Spion unterschieben, wuchs. Aber warum zeigte der sein Tattoo so offen, wenn es ihn doch verriet, fragte Rupert sich.

Holger Bloem fragte den Muskelmann: »Hat man dir wirklich erzählt, das bedeutet, mein Körper ist mein Tempel?«

»Ja«, bestätigte Jean-Claude, dessen Kopf im Vergleich zum Körper sehr klein wirkte, obwohl er sich von den Köpfen anderer Männer im Raum kaum unterschied.

Holger kicherte. »Das heißt frei übersetzt: *Nummer 24 mit Hühnchen und Reis.*«

Jean-Claude wusste nicht, ob er sich auf Holger stürzen sollte, um ihn für die Unverschämtheit zu bestrafen, oder ob der Journalist vielleicht recht hatte. Die junge Vietnamesin hatte beim Stechen des Tattoos so merkwürdig gelächelt. Im Grunde wusste Jean-Claude auch nicht, ob es chinesische, japanische, koreanische oder vietnamesische Schriftzeichen waren. Bis jetzt hatte er sie cool gefunden. Manchmal war es ihm gelungen, Frauen zu verführen, indem er ihnen erzählte, auf seinem Oberarm stehe: *Nur die Liebe zählt.*

Weller stürmte ins Zimmer und platzte mit seiner Nachricht mitten in die ungeklärte Situation. Ann Kathrin hatte ihm gesagt, er solle es Rupert vorsichtig beibringen. Das klappte nicht ganz. Rupert sah ihm sofort an, dass etwas Schreckliches passiert war.

Weller stand im Raum und druckste herum.

»Was denn?«, fragte Rupert.

»Der Geier hat Beate«, sagte Weller heiser.

Rupert starrte ihn aus irren Augen an.

»In eurem Schlafzimmer liegt eine weibliche Leiche«, ergänzte Weller, hob die Arme und versuchte, Rupert mit Handbewegungen zu beruhigen: »Das ist aber nicht Beate.«

Rupert taumelte auf Weller zu. Weller zeigte ihm auf dem Display seines Handys ein Bild der Toten. »Sie ist es eindeutig nicht, Alter. Ann ist vor Ort und hat gesagt …«

Rupert baute sich vor den neuen Bodyguards auf und machte eine schneidende Handbewegung. »Ihr seid engagiert«, krächzte er. »Ich brauche gute Männer. Killermaschinen.«

»Das sind wir«, behauptete Jean-Claude. Der Leutnant war da weniger begeistert.

Rupert war blass, und ihm wurden die Knie weich. Er befürchtete, gleich ohnmächtig zu werden. Ausgerechnet jetzt, in dieser Situation, wo es doch darauf ankam, stark zu sein, fühlte er sich schwach, ja wacklig auf den Beinen. Er wollte sich an der Sessellehne abstützen, griff aber daneben. Holger sah es kommen und hielt ihn. Er geleitete Rupert zum Sofa. »Setz dich«, schlug Holger vor, bugsierte Rupert in eine einigermaßen bequeme Haltung und bettete sogar seine Füße auf einen Hocker.

Ruperts Lippen waren fast weiß, aber auf seiner Stirn breitete sich ein großer roter Fleck aus.

»Wasser«, sagte Holger, »wir brauchen Wasser.«

Der Leutnant lief ins Bad und hielt einen Zahnputzbecher unter den Wasserhahn. Weller öffnete zeitgleich eine Sprudelwasserflasche.

»Das ist die Rache für Klempmann«, orakelte Weller.

Rupert bäumte sich kurz auf und rief etwas wie: »Sie werden ihren Krieg bekommen!« Seine Worte waren nicht gut verständlich. Er verschluckte Silben, und dann war er einen kurzen Moment lang weg. Als er die Augen wieder öffnete, verschluckte er sich an etwas.

Weller kniete neben ihm auf dem Sofa und hielt ihm eine Flasche Sprudel an die Lippen. Ruperts Hals war nass. Er schob Weller zur Seite und wuchtete sich vom Sofa hoch.

Der Leutnant stand mit dem Zahnputzbecher im Weg und wusste nicht, wo er ihn abstellen sollte.

»Mir ist schlecht«, gestand Rupert und stürmte zwischen seinen Leibwächtern hindurch ins Bad.

Jean-Claude, der Holgers Stellung in der Organisation nicht richtig einschätzen konnte, fragte: »Heißt das jetzt, wir haben den Job?«

»Aber so was von«, bestätigte Holger.

Jean-Claude ballte vor Freude die rechte Faust und schlug damit in die Luft. Dem Leutnant war das alles nicht ganz geheuer. Er trank jetzt selber einen Schluck aus dem Becher.

Weller wollte die zwei loswerden. Er schickte sie mit einer Handbewegung weg. Er hatte Angst, dass sie zu viele Dinge mitbekommen könnten, von denen sie besser nichts wussten. Zum Beispiel, dass Rupert Polizist war. Obwohl, wenn sich George, Geier und die Bande jetzt an Beate heranmachten, dann wusste es ohnehin längst jeder.

Weller ging in den Nebenraum und rief Ann Kathrin zurück. »Was sollen wir jetzt tun, Ann? Sollen wir nach Norden kommen, um bei der Suche nach Beate zu helfen, oder ist es besser, wir bleiben in der Gonzáles-Organisation, um dort mehr zu erfahren? Kann sein, dass schon bald Forderungen an Frederico gestellt werden, oder was denkst du?«

Ann Kathrin klang zwar noch geschockt, aber sie bemühte sich, hochprofessionell zu sprechen. Sie war um Sachlichkeit bemüht, es fiel ihr aber schwer. »Rupert ist aufgeflogen. Bald schon wird auch die ganze Gonzáles-Familie hinter ihm her sein.«

»Du klingst, als sei er so gut wie tot …«, sagte Weller.

»Ja«, gab sie zu, »ich wundere mich in der Tat, dass er überhaupt noch am Leben ist. Wir haben einen Gangsterkrieg ausgelöst, Frank, und ich befürchte, er wird in Ostfriesland stattfinden. Jeder Polizist ist jetzt eine Zielscheibe. Wir müssen Prioritäten setzen. Es geht zunächst darum, Beate zu retten.«

»Du glaubst, sie lebt noch?«, rief Weller hoffnungsvoll.

»O ja. Und sie werden sie benutzen, um uns in Angst und Schrecken zu versetzen.«

»Also kommen wir nach Norden«, folgerte Weller.

»Nein, bitte nicht. Ich kann Rupert jetzt hier echt nicht gebrauchen. Bleib bei ihm, Frank, und sorg dafür, dass er sich irgendwo verkriecht, wo man ihn nicht findet.«

»Ann, was redest du da? Das ist mit dem doch nicht zu machen. Du kennst den doch. Der …«

»Ich muss Schluss machen, Frank. Die Kavallerie rückt an. Pass gut auf dich auf. Und bring Rupert heil nach Hause. Aber nicht, bevor wir Beate haben.«

Weller vernahm fassungslos den Ton, mit dem sie das Gespräch wegdrückte. Er betrachtete nachdenklich sein Handy.

Er hörte Rupert drohen: »Sie töten meine Leute? Sie entführen meine Frau? Sie wissen nicht, mit wem sie sich anlegen!«

Er wollte noch ein paar Verwünschungen gegen seine Gegner ausspucken, doch sein Magen spielte verrückt. Ein ausgesprochen guter Cheeseburger samt Süßkartoffelpommes kamen ihm wieder hoch.

Pascal hörte die Stimme einer Frau. Kurz flammte die Hoffnung in ihm auf, es könne seine Mutter sein, doch dann erkannte er, dass es sich um eine andere Frau handeln musste. Sie kreischte.

Vor der Tür zu dem Raum, in dem er gefangen gehalten wurde, gab es ein wildes Gerangel. Seine Phantasie machte Bilder dazu. Es waren keine schönen.

Es fand eindeutig ein Kampf statt. Mehrfach krachte ein Körper hart gegen die Tür. Schweres Atmen war zu hören. Keuchen und das Klatschen von Fäusten.

Ein Mann fluchte. Es lief nicht alles so, wie er es sich gewünscht hatte. In seiner Stimme klangen unterdrückter Schmerz und mörderische Wut.

Pascal hatte sich eingenässt. Er schämte sich deswegen. Sein Verstand sagte ihm, dass hier nichts peinlich für ihn sein könne, sondern alles nur eine Schande für den Täter war. Im Ethikunterricht hatte er gelernt, dass für den Philosophen Sokrates nur das eigene Gewissen entscheiden könne, ob einem eine Tat zur Schande gereiche oder nicht.

Es kam ihm selbst fast lächerlich vor, aber Gedanken an den Schulunterricht halfen ihm gerade. Leitsätze waren etwas, woran man sich festhalten konnte.

Er sagte sich den Lehrsatz des Pythagoras auf: »A Quadrat plus b Quadrat gleich c Quadrat. In allen ebenen rechtwinkligen Dreiecken ist die Summe der Flächeninhalte der Kathetenquadrate gleich dem Flächeninhalt des Hypotenusenquadrates.«

Das war wahr und richtig. Es half ihm zwar jetzt nicht ernsthaft aus der misslichen Lage, aber der Satz sagte ihm, dass es außerhalb des Wahnsinns hier noch eine Welt gab. Zumindest mathematische und physikalische Gesetze funktionierten dort noch. Es gab eine vernünftige, verstehbare Welt.

Er nahm einen süßlichen Chloroformgeruch wahr, wusste aber nicht, ob es sich dabei um Einbildung handelte. Er atmete die ganze Zeit heftig durch die Nase ein und aus. Seine olfaktorische Wahrnehmung wuchs. Schon im Chemieunterricht hatte er damit punkten können, flüchtige Stoffe mit seinem Geruchssinn bestimmen zu können. Wo seine Mitschüler sich auf Beipackzettel und Flaschenbeschriftungen verlassen mussten, half ihm die Nase weiter.

Der Kampf an der Tür war beendet. Er hörte eine Frau weinen. Sie schluchzte: »Was sind Sie nur für ein Mensch?! Sie brauchen dringend Hilfe!«

»Hilfe? Ich?«, lachte Geier höhnisch. Er atmete aber noch schwer, wie jemand, der einen Körpertreffer noch nicht ganz verdaut hatte. Der scharfe Geruch von Salmiakgeist fuhr Pascal in die Nase. Die Frau hustete. Da war etwas umgefallen, folgerte Pascal. Eine Reinigungsflüssigkeit lief aus.

»Ich habe nichts gegen dich, Zuckerpuppe«, behauptete Geier. »Ich werde dich nur leiden lassen, um deinen Mann zu bestrafen.«

»Meinen Mann?«, fauchte Beate und machte für Pascal selbst durch die geschlossene Tür wahrnehmbar Geräusche wie ein Raubtier, das zubeißen möchte. »Du hast ja keine Ahnung, was da auf dich zukommt! Mein Mann ist noch so ein richtiger Kerl, weißt du, einer, der glaubt, dass Männer nicht nur dazu da sind, ihre Frauen auf Händen zu tragen, sondern sie auch zu beschützen. Der wird zum Tier, wenn du mir ein Haar krümmst. Zum reißenden Wolf. Der betet den Boden an, über den ich gehe. Er verehrt mich, wie ein Mann eine Frau nur verehren kann. Noch hast du eine Chance, heil aus der Sache hier rauszukommen. Lass mich einfach gehen. Ich werde ein gutes Wort für dich bei ihm einlegen. Du warst nicht zurechnungsfähig, als du den Mord in unserem Schlafzimmer begangen hast. Also praktisch schuldunfähig …«

Geier lachte höhnisch. Trotzdem fuhr die Frau tapfer fort. Ihre Stimme wackelte erstaunlich wenig: »Wenn du mich jetzt gehen lässt, dann wird man sagen, du seist von der Tat zurückgetreten, als du wieder Herr deiner Sinne warst. Mit einem guten Anwalt kannst du …«

Pascal hörte einen harten Faustschlag und das Krachen eines Kopfes gegen die Tür.

»Wenn mein Mann erfährt, dass du mich geschlagen hast«, rief die Frau und spuckte aus. Pascal stellte sich vor, dass es ihr eigenes Blut war. Sie begann noch einmal von vorn. Jetzt zitterte ihre Stimme: »Wenn … mein Mann erfährt, dass du mich geschlagen hast, dann wird er sehr böse werden. Er hasst Frauenschläger. Selbst wenn du mich tötest, wird er dich finden, und noch bevor er mit dir fertig ist, wirst du bereuen, was du getan hast. Du wirst nach deiner Mama jammern und würdest am liebsten alles ungeschehen machen. Aber das Leben hat keinen Resetknopf. Noch kannst du von der Tat zurücktreten.«

Ein zweiter Schlag, heftiger, ließ die Frau verstummen.

»Glaub mir«, rief der Entführer wütend, »er wird es erfahren, dafür sorge ich. Dein Mann wird es sein, der jammert und heult. Und jetzt halte still, damit ich dir deinen frechen Mund zubinden kann. Hier, los, schluck den Knebel. Oder ist dir die Spritze lieber? Schöne Träume statt Horrortrip? Du kannst dich entscheiden.«

Einen endlosen Moment lang war es ganz still. Dann hörte Pascal Beißgeräusche und einen Schrei.

»Du verfluchtes Biest, du! Mein Finger! Mein Finger! Was hast du mit meinem Finger gemacht?«

Pascal erinnerte sich an die vielen Hörspiele, die er im Bett gehört hatte. Zum Einschlafen durfte er das fast immer. Doch das hier fand live statt, in echt. Hinter der Badezimmertür.

Jemand spuckte etwas aus und brüllte.

Pascal schwankte zwischen völliger Resignation und der Einsicht, dass sein junges Leben hier beendet werden würde. Dann wieder schüttelte ihn wildes Aufbegehren. Hatte die Frau ihrem Peiniger gerade den Finger abgebissen?

Sie sprach jetzt fast wie eine Lehrerin zu einem ungezogenen Kind: »Wer nicht hören will, muss fühlen. Manche Menschen spüren sich nur, wenn es ihnen weh tut. Kennst du das? Verletzt du deswegen andere? Woher kommt diese irre Wut in dir? Wer hat dir so Schreckliches angetan, dass du nun die ganze Welt dafür leiden sehen willst?«

»Halt die Fresse, Dreckshure!«

»Ich bin keine Hure. Ich mache es nicht für Geld, sondern nur aus Liebe, und zwar mit meinem Mann. So etwas kennst du gar nicht, stimmt's? Du musst immer dafür bezahlen, und auch das macht dich sauer.«

»Du sollst ruhig sein, verfluchtes Weib!«

»Mach mich los, dann verbinde ich dich. Oder willst du mit der Wunde zum Notarzt?« Sie äffte seine Stimme nach, machte dabei aber ein kleines Kind aus ihm: »Herr Doktor, ich habe eine Frau im Keller eingesperrt, die hat mir in den Finger gebissen.«

Beim Hören seiner Hörspiele hätte Pascal das vielleicht lustig gefunden, aber jetzt, in der Realität, gefesselt an die Heizung, machte es ihm Angst. Er fand die Frau nicht mutig, sondern dumm. Sie provozierte den Falschen. Mit dem Typen war nicht zu spaßen. Der würde höchstens immer schlimmer werden, befürchtete Pascal.

Er behielt recht. Er musste den Wutausbruch und die damit

einhergehende Prügelorgie akustisch miterleben. Irgendwann schwieg die Frau, und Pascal hörte nur noch das Hecheln des sadistischen Killers.

Willi Klempmann galt als eisenhart und durchsetzungsfähig. Er war skrupellos, wenn es um seine Interessen ging. Seine Silvia hatte er, damit sie nichts verraten konnte, nicht eingeweiht. Natürlich hätte sie ihn niemals bewusst verraten, doch sie war eine Frau voller Gefühle und Abgründe, die er als liebender Mann zwar spürte, die sich ihm aber nicht erschlossen.

Damit alles echt aussah und die Menschen an seinen Tod glaubten, brauchte er eine trauernde Frau. Irgendwann, wenn Gras über die ganze Sache gewachsen und Frederico Müller-Gonzáles tot war und seine ganze Sippschaft erledigt, dann würde er seine Silvia wieder zu sich holen.

Er stellte sich das großartig vor. Wie der wiederauferstandene Sohn Gottes würde er ihr erscheinen und sie in die Arme schließen. In der Zwischenzeit war gut für sie gesorgt. Er ging davon aus, dass sie ein keusches Leben in Trauer führen würde.

Aber jetzt hielt er es kaum aus, sie so leiden zu sehen. In ihrem Penthouse auf Borkum waren ohne ihr Wissen Kameras angebracht worden. Sie waren praktisch ins Gebäude integriert. Er hatte Einblick in jeden Raum. Das Wohnzimmer sah er gleich aus drei verschiedenen Perspektiven. Die Bilder konnte er sich direkt auf sein Handy holen. Er hatte den Ton normalerweise ausgeschaltet. Er empfand es nicht als Überwachung oder gar Ausspionierung, Nein, er nutzte die Videoanlage, um Nähe zu ihr herzustellen, um ihre Liebe zu befeuern. Wenn er sah, dass sie abends Hemingway las, dann fischte er den Roman, in den sie vertieft war, aus seinem Bücherregal und las genau das, was sie gerade verzauberte. So fühlte er sich ihr verbunden.

Später, wenn sie sich zu einem Festmahl trafen, gemeinsam Meeresfrüchte aßen oder Eier ausschlürften und sie ihn fragte, was er in den letzten Tagen getrieben habe, dann erzählte er nichts von seinen Geschäften. Er wollte sie weder langweilen noch gefährden. Er sagte dann Sätze wie: »Mir war nach Hemingway. Ich habe noch einmal *Paris – Ein Fest fürs Leben* gelesen«. Dann glänzten ihre Augen, sie bekam diesen unwiderstehlichen Blick und hatte sofort etwas von Marlene Dietrich.

Sie war erfasst von der Magie der großen Liebe. Es spielte keine Rolle mehr, dass sein einst muskulöser Körper fett geworden und sein Gesicht aufgedunsen war. Sie liebte die innere Verbindung, die zwischen ihnen bestand. Ein Band, unsichtbar, aber sehr stabil. Sie fühlte sich dann, als sei sie ein Teil von ihm.

So ähnlich erlebte er es auch. Gemeinsam wurden sie erst komplett. Sie repräsentierte alles, was er nicht hatte: ein gutes Gewissen. Schönheit. Mitgefühl. Eleganz. Bildung.

Jemand hatte mal über sie gesagt, sie sei eine Charity-Lady. Nun, eine Lady war sie ganz sicher und eine Wohltäterin ebenfalls. Ständig luchste sie ihm Geld ab für SOS-Kinderdörfer, Behindertenwerkstätten, Ärzte ohne Grenzen, Brot für die Welt, Schulbücher für Nepal, Trinkwasserversorgung in Vietnam, Saatgut für Familien in Peru.

Ihr Penthouse auf Borkum war eine Anlaufstelle für wohltätige Organisationen. Sie wussten alle, dass hier eine Quelle leicht anzuzapfen war.

Er ließ sich nicht lumpen. Andere zahlten Steuern. Er spendete eben und wurde damit in Silvias Augen zum Helden. Fünf- bis zehntausend im Monat gab er mindestens für gemeinnützige Zwecke aus. Silvia fragte nicht, ob das Geld aus Prostitution, Drogenhandel, Erpressung oder Waffenschmuggel kam. Für sie war Geld nur eine Energie, die eben fließen musste. Am besten in die richtige Richtung. Um ihr zu gefallen, spielte er den Gutmenschen. Er wusste, dass sie eigentlich zu gut war für diese Welt.

Jetzt sah er sie im Penthouse leiden. Sie plante, mit Susanne Kaminski eine Stiftung zu gründen. Erst verstand er durch ein Knistern in der Leitung, es solle eine Stiftung für Stripperinnen werden, aber rasch begriff er, dass seine Silvia davon gesprochen hatte, sie wolle gern im Hintergrund bleiben und Susanne solle die Strippen in der Stiftung ziehen. Wenn er sich richtig erinnerte, ging es um den Bau eines Hospizes am Meer.

Immer wieder wurden Silvias Sätze von Tränenausbrüchen und ihrem Schluchzen unterbrochen. Jedenfalls sollte die Stiftung seinen Namen tragen. Da Silvia Kontovollmacht hatte und als Alleinerbin festgelegt war, wollte sie zunächst die Stiftung mit fünf Millionen ausstatten und dann jährlich die weitere Arbeit mit Zuwendungen unterstützen.

Er musste zwar nicht unbedingt fürchten, als armer Mann wiedergeboren zu werden, denn es gab noch ein paar Konten und Geldverstecke, von denen Silvia nichts wusste, aber der Verlust der Millionen schmerzte ihn trotzdem fast so sehr wie der seiner geliebten Yacht.

Was ihm aber am meisten zusetzte, war Silvias Zustand. Sie bewegte sich zombiehaft. Er hatte das Gefühl, sie würde unter Beruhigungsmitteln stehen. Sie so leiden zu sehen machte ihn fertig. Sie aß nicht einmal ihre geliebten Belon-Austern, obwohl Susanne ihr sechs mitgebracht hatte. Das Eis, auf dem sie lagen, schmolz.

Er hielt Silvias Tränen nicht länger aus. Sie weinte um ihn. Sie gehörte zu den ganz wenigen Menschen, die seinen Tod wirklich glaubten. Da war sie genauso naiv wie die deutschen Behörden. In Gangsterkreisen wurde vermutet, George sei noch am Leben und würde seine Truppen um sich sammeln, um zum ganz großen Schlag auszuholen. Ihm traute man zu, zum Boss der Bosse zu werden, zum Titan der Titanen.

Zwei Clans und einige durchaus einflussreiche Bandenchefs hatten ihm bereits die Bereitschaft signalisiert, mit ihm zusammenzuarbeiten. Das alles war noch kein Treueschwur, aber doch ein Schritt in die richtige Richtung, ihm Respekt zu zollen. Ihm traute man zu, die Gonzáles-Familie zu zerschlagen oder die Organisation zu übernehmen. Danach würden sich die einen aus Angst fügen und die anderen unter seiner Führung vereinigen, um mehr vom Kuchen abzubekommen, der jetzt zu verteilen war. Und der Kuchen, um den es ging, war gigantisch.

George sah, wie Susanne versuchte, seine Silvia zu trösten. Es zerriss ihn fast.

»Ich kann ohne ihn nie wieder Austern essen«, sagte Silvia. »Es erinnert mich zu sehr an ihn. Nicht einmal Eier kriege ich mehr runter.«

Susanne war eine gute Zuhörerin. Silvia klang mehr verzweifelt als entschlossen, als sie ihrer Freundin gestand: »Ich will bei ihm sein. Ich will dahin, wo er ist …«

»Muss ich mir Sorgen machen?«, fragte Susanne.

Silvia wandte sich von ihr ab. Es war für ihn, als würde seine Geliebte direkt in die versteckte Kamera gucken, um ihn anzusprechen. Aber er war sich sicher, dass sie von der Existenz der Anlage nichts wusste.

Es lief ihm heiß und kalt den Rücken runter.

»Ohne ihn«, behauptete Silvia, »ist irgendwie alles sinnlos. Ich fühle mich so leer. Lass uns das Geld verteilen, die Stiftung gründen, und dann musst du ohne mich weitermachen, Susanne.«

Silvia breitete die Arme aus, als hätte sie vor, durch die offene Tür nach draußen zu laufen und in den Tod zu springen.

»Das Penthouse kannst du haben«, sagte Silvia.

»Ich will dein Penthouse nicht. Ich will lieber mit dir die Austern essen und noch eine schöne gemeinsame Zeit verbringen.«

Vorsichtshalber schloss Susanne die große Glastür.

Du musst es ihr sagen, dachte George. Du kannst sie nicht länger im Glauben lassen, du seist tot.

Es schützte sie im Moment mehr als ihn. Er wollte sie auf keinen Fall in den Gangsterkrieg hineinziehen. So, wie es jetzt aussah, war sie draußen. Trotzdem überlegte er, was er als Nächstes tun könnte, um ihr zu helfen. Konnte er es riskieren, selbst nach Borkum zu fahren? Oder musste er Silvia eine Botin schicken, um sie hierher ins Hotel Atlantic nach Wilhelmshaven zu holen, wo er unter dem Namen Henry Jaeger abgestiegen war?

Wenn Silvia eine Nachricht von Henry Jaeger erhält, wird sie wissen, dass ich lebe, dachte er. Wir haben oft über das Werk des alten Gauners gesprochen. Ich könnte ihr eine Einladung zur Geburtstagsfeier oder zur Hochzeit schicken. Aber wird sie dann dichthalten, oder plaudert sie in ihrer Freude gleich alles aus?

Er vermutete, dass sie Susanne gegenüber nicht würde schweigen können.

Er rief seine Leibwächterinnen Christine und Annika.

Rupert lag auf dem großen Bett im Savoy und dirigierte seine Leute per Handy. Er erteilte Dr. Sommerfeldt einen Auftrag, den dieser nur zu gern annahm. Rupert sagte knapp: »Die Schweine haben Beate. Du bist mir für Fraukes Sicherheit verantwortlich.«

Sommerfeldt überlegte, ob es besser sei, sich mit Frauke in der Klinik zu verschanzen oder ob sie für ein paar Tage gemeinsam verreisen sollten. Er kannte da ein paar hübsche kleine Wellnesshotels.

»Kann ich mich auf dich verlassen?«, hakte Rupert scharf nach, weil Sommerfeldt schwieg. Der seufzte und beruhigte Rupert: »Ich werde nicht von ihrer Seite weichen. Versprochen.«

»Gut, sorg dafür, dass sie bewaffnet ist. Aber nicht so einen Damenrevolver, sondern gib ihr einen echten Ballermann. Sie kann damit umgehen. Sie ist eine hervorragende Schützin.«

»Ich weiß«, bestätigte Sommerfeldt.

Holger Bloem, der sonst so ruhige ostfriesische Journalist, der seine Worte mit Bedacht wählte, wirkte nervös. Er rang mit den Fingern, setzte sich, stand wieder auf, kontrollierte seine Nachrichten auf dem Handy und setzte sich wieder. Er war hin und her gerissen. Als Journalist wollte er nah am Zentrum des Geschehens sein. Einerseits zog es ihn nach Norden zurück. Er wollte die Ermittlungen dort begleiten und in Ann Kathrins Umgebung sein. Andererseits ahnte er, dass man in Norden jetzt nur reagieren konnte, während hier, aus diesem Hotelzimmer, der Takt vorgegeben werden würde. Es war für ihn ganz klar, dass Rupert um Handlungsführung rang. Er fragte sich, welchen Beitrag er selbst zur Rettung Beates leisten konnte. Alles andere, die Geschäfte der Kompensan-Bank, die Aufteilung des Drogenmarktes in Europa, die Milliarden illegaler Gelder, ja selbst die Morde an Kleebowski und Marcellus gerieten für ihn in den Hintergrund. Da war er sich mal wieder mit Rupert einig: Es ging um Beate.

Holger stand wieder auf und baute sich vor Ruperts Bett auf. »Du wolltest mich als Berater.«

Holgers Satz klang ein bisschen wie eine Frage, als bräuchte er eine Bestätigung.

Rupert nickte.

Holger zeigte auf Rupert: »Also, okay, dann will ich dir erst mal sagen, dass du scheiße aussiehst, mein Freund. Du spielst hier den coolen Gangsterboss, der sich auf dem Bett rekelt, aber ich glaube, dass du nur da liegst, weil du dich nicht mehr auf den Beinen halten kannst.«

Weller nickte. Er war froh, dass Holger so klare Worte fand.

»Mir geht's gut«, log Rupert. »Ich liege hier nur, weil ich dann besser denken kann …«

Weller tippte sich gegen die Stirn.

Rupert passte es nicht, hier zum Patienten gemacht zu werden. Er verlangte von sich selbst, jetzt stark sein zu müssen. Ihm wurde aber schon schwindlig, wenn er nur versuchte, den Oberkörper aufzurichten.

»Also«, forderte Rupert, »berate mich.« Er guckte zu Weller und sagte: »Bin gespannt, was dem Schreiberling einfällt …«

»Chefredakteur«, verbesserte Weller.

Holger winkte ab. Titel spielten in dieser Situation keine Rolle.

»Wenn sie deine Beate haben, dann wollen sie etwas von dir. Entführer wollen immer etwas.«

Rupert glotzte Holger an, als müsse er sich gleich noch einmal übergeben.

Holger fuhr fort: »Gib es ihnen einfach. Die ganze Kompensan-Bank. Geld … oder was immer sie haben wollen.«

Rupert war einverstanden: »Klar. Scheiß auf die Bank. Scheiß auf die Milliarden. Aber ich fürchte, die wollen etwas ganz anderes.«

»Was denn?«, fragte Holger.

»Mich«, erwiderte Rupert.

»Rache«, konkretisierte Weller.

Rupert wuchtete sich hoch und breitete die Arme aus. Er kam sich tapfer, ja heldenhaft vor, als er rief: »Dann sollen sie mich bekommen!«

Die Reaktion von Holger und Weller bekam er schon nicht mehr mit. Da war nur noch ein Klingeln in seinen Ohren, und die Wand kam auf ihn zu. Sie blähte sich auf wie eine riesige Kaugummiblase, die jeden Moment platzen konnte. Das Bett begann sich zu drehen. Er befand sich plötzlich auf einem Karussell.

Rupert hielt sich an der Bettdecke fest. »Bitte nicht«, sagte er, »bitte nicht jetzt.« Dann wurde ihm schwarz vor Augen.

Als er wach wurde, hielt Holger seine Füße hoch. Rupert sah ihn, wenn auch verschwommen, hinter seinen Zehen.

»Alter«, ermutigte Holger ihn, »mach jetzt nicht schlapp!«

»Ich ... ich lass mich austauschen«, versprach Rupert.

»Wenn sie dich haben, legen sie dich nicht einfach um. Die wollen an dir ein Exempel statuieren«, warnte Weller.

»Ja, mach mir ruhig Mut«, forderte Rupert. »Mehr davon!«

Frauke fand, dass der Name Bernhard besser zu Dr. Sommerfeldt passte als Ernest. Sie musste sich beherrschen, ihn im Beisein anderer nicht Bernhard zu nennen. Hier in der Klinik, vor dem Personal, musste sie ihn weiterhin mit Dr. Simmel anreden oder auch, mehr privat, mit Ernest. Aber wenn sie alleine waren, sagte sie Bernhard und sprach den Namen so erotisch aus, wie er ihn selber noch von keiner Frau zuvor gehört hatte.

Vielleicht, dachte er, lag es daran, dass er noch nie mit einer Professionellen zusammen gewesen war, sondern mit einer Lehrerin und einer medizinischen Fachangestellten. Aber er wollte Frauke nicht als Miet-Ehefrau sehen. Auch nicht als ehemalige Miet-Ehefrau, sondern einfach nur als den wunderbaren Menschen, der sie für ihn war. Er wollte ja auch nicht immer als Serienkiller oder als Klinikleiter betrachtet werden. Hinter all den Fassaden und falschen Namen gab es doch noch etwas: ihn. Den

Mann, der sich nach Liebe sehnte, nach einer Seelenverwandten.

Sie war eine Gestaltwandlerin wie er. Sie konnte so vieles sein. Die Killerin. Die Leibwächterin. Die Poetin. Die leidenschaftliche Geliebte. Die Patientin.

Er hätte die Aufzählung noch lange fortsetzen können. Frauke war im Grunde genauso innerlich zerrissen wie er. Und deshalb gehörten sie auch zusammen.

Er schreckte sie nicht mit den Nachrichten auf, ihr Freund sei in Wirklichkeit ein verheirateter Bulle aus Ostfriesland, dessen Frau entführt worden war. Er musste andere Gründe finden, in ihrer Nähe zu sein. Liebe war der beste Grund, den man sich vorstellen konnte. Verliebte klebten doch ständig aneinander.

Er hätte sie gern geküsst, doch sie gab sich keusch. Er respektierte ihre Zurückhaltung sofort und lud sie zum Golf ein. Sie staunte.

»Lass uns ein paar Bälle schlagen«, schlug er vor.

»Du spielst Golf?«

»Ja, in Lütetsburg. Ein wunderbarer Platz. Achtzehn Loch. Ganz nah beim Schloss und beim Park.«

Sie lachte: »Bist du echt Mitglied in einem Golfclub?«

Er nickte und machte eine Bewegung, als ob er einen imaginären Golfschläger schwingen würde.

»Du verblüffst mich immer wieder, Bernhard.«

»Golf ist für mich wie Meditation. Konzentration auf einen Punkt. Auf ein einziges Ziel, und dann muss der Verstand loslassen und der Körper übernimmt die Führung. Trifft man den Ball oder schlägt man vorbei …«

So, wie er davon sprach, wollte sie gleich mit dabei sein. Zweimal war sie als Miet-Ehefrau mit Golfern liiert gewesen. Der eine hatte ständig darum gekämpft, sein Handicap von achtzehn zu verbessern, und sprach den ganzen Tag über Golf oder Golfplätze. Aber nie so philosophisch und poetisch, wie Bernhard es gerade getan hatte.

Der andere hatte den Golfplatz mehr genutzt, um Geschäfte zu machen. Beides waren freundliche, erfolgreiche Männer gewesen. Beide hatten gescheiterte Ehen hinter sich und waren voller Bindungsängste. Der eine befürchtete, jede Frau, die nett zu ihm war, wolle nur in seine Firma einheiraten. Er hielt sich selbst für wenig liebenswert.

Der andere hatte – nach eigenen Angaben – einfach keine Zeit für eine Beziehung. In Wirklichkeit aber fürchtete er nur die Familie, die meist »mit dranhing«, wie er es einmal formulierte. Er war auf Taufen, Beerdigungen, Hochzeiten und runden Geburtstagen von Onkeln, Tanten und den Geschwistern seiner Ex traumatisiert worden. Golfturniere waren jetzt sein Familienfeiern-Ersatz. »Da«, so sagte er, »gibt es wenigstens klare Regeln.«

Frauke wusste also einiges über Golf, tat aber so, als hätte sie keine Ahnung, und bat Dr. Sommerfeldt, ihr ein bisschen beizubringen. Er war gleich bereit dazu, aber sie schämte sich, denn sie hatte ihm gegenüber altes, gelerntes Verhalten an den Tag gelegt. Als Miet-Ehefrau hatte sie immer alles gegeben, um ihren Kunden zu gefallen. Der einfache Weg, von ihnen gemocht zu werden, war, sich dümmer zu stellen, als sie war, und ihnen die Möglichkeit zu geben, ihr die Welt zu erklären, mit ihrem Wissen zu glänzen. Sie gab ihnen für ihre schlauen Ausführungen Bewunderung und begriff, dass ältere Männer nicht einfach aus körperlichen Gründen auf junge Frauen standen, nein, das weckte in einigen sogar sexuelle Versagensängste. Was junge Frauen für sie so interessant machte, war, dass sie hofften, ihnen mit ihrer Lebenserfahrung und ihrem Wissen etwas vorauszuhaben. Es reichte heute einfach nicht mehr, als Frau schön und sexy zu sein, man musste auch ein bisschen dümmer oder zumindest unerfahrener sein als er, um für ihn attraktiv zu sein.

Aber so wollte sie mit Sommerfeldt nicht umgehen. Er war kein Kunde. Er war viel mehr. Zwischen ihnen beiden entwickelte sich gerade etwas, das ihr guttat und gleichzeitig Angst machte.

Er hielt ihr wortlos eine Beretta mit Schalldämpfer hin. Sie wiegte die Waffe in der Hand.

»Du gibst mir eine M9? Fünfzehn Patronen im Magazin. 9 mm. Luger. Das ist eine Allerweltswaffe. Die Patrone ist die am weitesten verbreitete auf Erden. Die findet auch in Maschinenpistolen Verwendung. Das Ganze mit Schalldämpfer? Wen soll ich damit umbringen?«

»Sie dient nur zu deinem Schutz.«

Sie lachte. »Weshalb dann der Schalldämpfer?«

Er griff sich an die Ohren und verzog das Gesicht. »Weil ich Lärm hasse.«

»Hast du sie mir deshalb mit solcher Verachtung gegeben?«

»Habe ich das?«

»Ja.«

Es tat ihm leid. Er hoffte, dass sie es ihm nicht übelnahm. Es war ihm nicht klar gewesen, dass man ihm seine Verachtung für Knallwaffen ansah. Er hatte das Gefühl, seit der Gesichtsoperation würden andere Menschen seine Emotionen an seinem Gesicht besser ablesen können als vorher. Er hatte verlernt, ein Pokerface zu machen. Es war halt nicht mehr wirklich sein Gesicht.

»Ich selbst«, sagte er leise, »habe immer nur mit einem Einhandmesser gearbeitet.«

»Du fährst bewaffnet zum Golf?«

Er lächelte, als sei das ja wohl eine Selbstverständlichkeit.

Weller schaltete zur vollen Stunde den Fernseher ein. Er erwartete, nein, er befürchtete, neue Entwicklungen könnten eingetreten sein. Nachdem Klempmanns Yacht explodiert war, hätte es Weller nicht gewundert, wenn bewaffnete Banden versucht hätten, ein Gefängnis oder eine Polizeiinspektion zu stürmen. In seiner Vorstellung hatten sie es mit hochgerüsteten Armeeeinheiten zu tun, die gegeneinander in Stellung gingen. Bald würde es richtig losgehen. Das Geschehen bisher war alles nur eine Art Vorspiel.

In den Nachrichten kam dann die Meldung, die berühmte Currywurst würde aus der VW-Kantine verbannt werden. Wenn Rupert noch einen weiteren Hinweis gebraucht hätte, dass die Welt völlig verrückt geworden war, so wäre er das zweifellos gewesen.

Gleichzeitig war es wie ein Startschuss für ihn, sich dem Irrsinn der Welt entgegenzustemmen. Er schaffte es, sich im Bett aufrecht hinzusetzen. Weller schob ihm vorsichtshalber ein dickes Kissen in den Rücken.

»Bloem!«, rief Rupert.

Holger sah ihn an und wunderte sich, warum Rupert ihn plötzlich mit seinem Nachnamen ansprach.

»Ich gebe dir jetzt eine Pressekonferenz.«

Holger rang sich ein gequältes Lächeln ab. »Dazu gehören eigentlich mehr Journalisten …«

»Denen traue ich aber nicht. Du bekommst das extern.«

»Du meinst, exklusiv?«

»Ja, ganz wie du willst. Schreib!«

Weller wunderte sich, aber Holger zog seinen Block und nahm einen Stift zur Hand.

Rupert räusperte sich, wischte mit dem Handrücken Schweiß von Stirn und Mund und diktierte: »Geier, du Drecksack!«

»Mo … Moment«, bat Holger. »Sollen wir nicht lieber versuchen, ihn zu besänftigen, statt ihn zu …«

»Nein«, sagte Rupert hart. »Schreib jetzt: Geier, du Drecksack!« Rupert fixierte Holger. »Hast du das?«

»Ja, klar. Ist ja nicht so schwer.«

»Du bist eine niederträchtige Ratte, Geier! Weil du zu feige bist, es mit mir aufzunehmen, greifst du dir unschuldige Frauen.«

Weller wiegte den Kopf hin und her. »Na ja, Marcellus, Kleebowski – das waren nicht gerade Frauen …«

Rupert ging darauf nicht ein: »Bestimm du, wann und wo. Ich werde da sein. Dann tragen wir es von Mann zu Mann aus, wenn du dich traust.«

Holger fragte: »Soll ich das online veröffentlichen?«

»Ja. Am besten sofort.«

Weller hatte wieder Einwände: »Ruhig Blut! Lasst uns noch mal nachdenken, Freunde.«

Rupert pflaumte ihn an: »Da gibt's nichts nachzudenken!«

Weller blieb hart: »Das ist alles sehr ehrenhaft von dir, Rupert. Ein verzweifelter Versuch. Aber wenn er den Ort bestimmen darf, dann wird er dich in eine Falle locken, und aus der kommst du nicht mehr lebend raus …«

Rupert dachte kurz nach. An Wellers Worten war etwas dran. »Ja, soll ich ihn hierher einladen? Ins Savoy? Oder besser zu uns in die Polizeiinspektion? Glaubst du ernsthaft, der kommt da hin? Oder vielleicht besser zu Kaffee und Kuchen ins *Café ten Cate* …«

»Rupert«, mahnte Weller. »Der Ort ist entscheidend! Es geht um Leben oder Tod … Dein Leben oder deinen Tod.«

»Ich könnte«, schlug Holger vor, »versuchen, den Vermittler zu spielen. Einer muss es ja tun.« Er sah aus, als sei er zwar entschlossen, aber fühle sich dabei nicht gerade wohl.

Rupert wimmelte ihn ab: »Mach noch ein bisschen drum herum. Saug dir irgendeinen Scheiß aus den Fingern. So was kannst du doch gut. Hauptsache, es sieht so aus, als hättest du mich wirklich interviewt. Also, Frederico Müller-Gonzáles.«

Holger ließ die Beleidigung seiner Zunft einfach an sich abprallen und konzentrierte sich auf das Wesentliche. »Also, ich könnte es in etwa so formulieren: Weil du zu feige bist, dich mit mir anzulegen, entführst du harmlose Polizistenfrauen, deren Ehemänner mir ähnlich sehen. Wie lächerlich ist das denn?«

»Ja«, schrie Rupert, »ja! Du bist ein Genie, Holger! Ein Genie!« Er robbte aus dem Bett, hin zu Holger und küsste ihn auf die Stirn. Holgers Block fiel auf den Boden.

In letzter Zeit, dachte Weller, fängt Rupert Leute damit, dass er sie *Genie* nennt. Er fragte sich, ob Rupert das von Frauke gelernt hatte oder ob er wirklich der Meinung war. Vermutlich brauchte Rupert etwas, woran er sich festhalten konnte, und da war ein Genie besser als ein normaler Durchschnittsbürger. Insgeheim hoffte Weller, auch mal von Rupert *Genie* genannt zu werden. Er wunderte sich darüber, dass er es sich wünschte, aber er musste sich eingestehen, dass es so war.

Rupert schöpfte Hoffnung: »Wenn Geier denkt, dass er die Falsche hat, dann …«

»Ja«, ermutigte Holger ihn, »vielleicht können wir den Typen verunsichern und so Zeit gewinnen.«

Weller war davon weniger überzeugt: »Leute, glaubt ihr echt, ihr könnt den so einfach verarschen? Dieser Geier weiß genau, was er tut.«

»Ich auch«, log Rupert.

Als Beate mit einem fürchterlichen Brummschädel wach wurde, konnte sie kaum etwas sehen. Ihr linkes Auge war zugeschwollen, und vor dem rechten schwebte ein milchiger Schleier, wie dichter Seenebel vor Spiekeroog. Sie wollte mit der Zunge ihre Zähne abtasten, doch es kam ihr so vor, als sei die Zunge zu dick geworden, um überhaupt noch in den Mund zu passen.

Durch das rechte Nasenloch konnte sie atmen. Es fiel ihr leichter als durch den Mund. Ihr Gaumen, ja, der ganze Rachenraum, fühlte sich wund an. Das Atmen tat weh, als würde die eingesaugte Luft in die trockenen Schleimhäute schneiden.

Sie wollte sich ins Gesicht fassen, um es zu betasten, doch er hatte sie ans Bett gefesselt. Ihre Arme weit nach links und rechts ausgestreckt, war sie mit Handschellen ans Bettgestell befestigt.

Sie hörte seine Stimme wie durch eine Wolldecke gesprochen, gleichzeitig hatte sie aber auch etwas von zersplitterndem Glas. Es war eine angstmachende Stimme, die eines Menschen, der völlig die Kontrolle über sich und seine Gefühle verloren hatte.

»Den Finger wirst du mir teuer bezahlen, Süße. Sehr teuer! Und jetzt erzählst du mir erst mal alles, was du weißt. Wenn du lügst, verlierst du jeweils einen Finger. Nach zehn Lügen kommen die Zehen dran. Oder sollen wir lieber mit den Zehen beginnen? Was meinst du?«

»Gewalt ist die letzte Zuflucht der völlig Unfähigen«, sagte Beate. Sie erkannte ihre eigene Stimme nicht, aber sie freute sich, dass sie überhaupt in der Lage war, zu sprechen.

Er wollte sich ihre Weisheiten nicht gefallen lassen und krächzte ihr entgegen: »Auge um Auge! Zahn um Zahn!«

»Ja«, sagte sie, »so wird die ganze Welt blind und zahnlos.«

»Halt's Maul!«, brüllte er. »Dein Mann sollte mir dankbar sein, wenn ich dir die Zunge rausschneide. Was muss der arme Kerl unter dir gelitten haben!«

Sie atmete schwer. Sie versuchte, sich auf ihren Mann zu konzentrieren. Sie klammerte sich an die Hoffnung, Rupert mit ihren

Gedanken herbeirufen zu können. Nein, sie durfte diese Vorstellung jetzt nicht als unlogisch oder unwissenschaftlich abtun. Viel mehr als diese Hoffnung hatte sie nicht, und sie brauchte jetzt Hoffnung mindestens so dringend wie Wasser und Luft.

Geier hustete und versuchte, wieder Kontakt zu ihr aufzunehmen. »Mir gefällt dieser schräge Glockenturm neben der St.-Petri-Kirche am Markt. Das ist alles so schön mittelalterlich … als Folter noch ein anerkanntes Mittel der Wahrheitsfindung war. Ich könnte deine nackte Leiche dort nachts aufhängen, damit die Marktleute morgens, wenn sie ihre Stände aufbauen, etwas vorfinden, worüber sie reden können. Der Markt war doch früher immer ein Umschlagplatz für Meinungen und Informationen. Er könnte es wieder werden.« Er seufzte, als würde er sich in alte Zeiten zurückträumen.

Für Beate war er eine wiedergeborene Seele aus grauer Vorzeit, die sich in der modernen Gesellschaft noch nicht zurechtfand. Nur schwer integrierbar. Auch dieser Gedanke half ihr, mit ihm umzugehen. Trotzdem hatte sie Angst, verrückt zu werden. Ihr Verstand forderte Erklärungen. Die Seele einen hoffnungsvollen Ausblick.

»So. Und jetzt erzählst du mir alles, was du über Rupert alias Frederico Müller-Gonzáles weißt. Und denk an deine Finger. Es tut verdammt weh, einen zu verlieren. Ich spreche aus Erfahrung …«

Willi Klempmann hatte sich entschieden, Annika zu seiner Silvia zu schicken. Sie ging mit ihren langen blonden Haaren, dem kirschroten Lippenstift, der ihre Lippen voller aussehen ließ, und ihrer Bikinifigur locker als Urlauberin durch. Zumindest stellte er sich das so vor. Sie würde die Blicke der Männer auf sich ziehen und so von seiner Silvia ablenken.

Annika war ihm treu ergeben. Er konnte sich hundertprozentig auf sie verlassen. Christine war kampfstärker und auch angriffslustiger. In der Nähe der Kickboxerin fühlte er sich gut geschützt. Vor dem Hotel und in der Lobby hatte er noch drei Männer postiert. Sie wurden alle sechs Stunden ausgetauscht. Aber in seine Nähe, so dass er sie riechen und sehen konnte, ließ er nur Annika und Christine. Sie lebten praktisch mit ihm zusammen. Er betrachtete sie mit Wohlgefallen, aber nie hätte er mit einer von ihnen etwas angefangen. Gefühle lenkten sie nur von ihrem Job ab, fürchtete er. Und er wollte nicht erpressbar werden.

Jetzt, da er mit Annika redete, verhandelte Christine vor der Tür mit dem Zimmerservice. Er hatte sich zwar Seezunge bestellt, doch jetzt kam sie zur Unzeit. Viel zu schnell.

Er nahm Annikas Hände in seine. Sie roch das Nikotin der Zigarren. Es hing in seiner Kleidung fest. Sie ließ es sich nicht anmerken. Sie verachtete Raucher. Es war ihr völlig unverständlich, wie intelligente Menschen ihrem Körper so etwas antun konnten.

»Du Gute«, sagte er väterlich, »Silvia denkt, ich sei tot. Eigentlich ist das ja auch besser so. Aber sie leidet einfach viel zu sehr. Du musst ihr eine Botschaft von mir bringen und dafür sorgen, dass sie die Nachricht nicht aus lauter Freude gleich mit der ganzen Welt teilt. Aber du darfst nicht direkt zu ihr. Das könnte die Aufmerksamkeit auf sie lenken. Besuch ihre Freundin Susanne Kaminski und gib ihr diese Einladung von Henry Jaeger zu einer Autorenlesung. Der ist zwar längst tot, aber das wissen die Kretins der Gonzáles-Familie garantiert nicht. Falls sie euch abhören, werden sie keinen Verdacht schöpfen. Susanne wird sofort wissen, dass es von mir kommt. Ich habe mit ihr und Silvia mal über den alten Gauner und Dichter gesprochen. Du musst also mit keinem

Wort erwähnen, dass ich lebe. Du sprichst nur diese Einladung aus. Ist das klar?«

»Darf diese Susanne denn wissen, dass du lebst?«

»Ihr würde es Silvia sowieso erzählen. Aber du musst dafür sorgen, dass Susanne die Einzige bleibt. Sonst niemand. Das könnte sonst unsere gesamte Aktion gefährden.«

Annika nickte beflissen. Sie war stolz darauf, dass er ihr diese heikle Mission anvertraute.

»Sie werden über mich erfahren, dass du lebst, ohne dass ich es ihnen sage. Und dann, bringe ich sie beide zu dir oder nur deine Silvia?«

»Diese Susanne ist clever. Sie wird Silvia begleiten wollen. Das ist in Ordnung.«

»Und dann? Hierher?«

Er lächelte. »Ganz so leicht wollen wir es den Gonzáles-Leuten nun nicht machen. Bring sie nach Brake ins *Hotel Wiechmann*. Das ist an der oldenburgischen Unterweser, ganz nah beim Schifffahrtsmuseum.«

Annika, die sonst keine Fragen stellte, glaubte sich das jetzt herausnehmen zu können: »Gehört der Laden uns?«

Er lächelte sie milde an: »Nein, das ist völlig neutraler Boden. Sie soll dort ein paar Tage wohnen, ein bisschen an der Weser spazieren gehen, bis ein Boot sie holt.«

Er hätte es gar nicht sagen müssen, es war Annika auch so klar. In seinem Denken und Leben spielten Schiffe eine wichtige Rolle. Er fühlte sich auf dem Wasser oder zumindest in der Nähe des Meeres immer sicherer. Er war nicht der Typ, der sich auf einer Alm verkroch, wenn er von der Bildfläche verschwinden musste. Er schlief lieber in der Koje eines Containerschiffs als in einem Luxushotel.

Lange würde es nicht mehr dauern, und er hätte eine neue Yacht. Größer und pompöser ausgebaut. Vermutlich war sie bereits gebaut worden oder wurde in den nächsten Tagen fertiggestellt. Undenkbar, dass er seine Yacht in die Luft jagte, wenn er keine neue in Reserve hatte.

»Wenn du das gut machst, Mädchen, werde ich dich reich belohnen.«

Sie lächelte, obwohl sie es nicht mochte, wenn er sie *Mädchen* nannte.

»Aber wenn du es verkackst, bist du tot. Ist dir das klar?«

»Keine Angst. Ich weiß genau, was ich zu tun habe.«

Er streichelte ihr über die linke Wange und tätschelte ihr Gesicht. Dann fuhr er mit dem Daumen über ihre Lippen. »Du solltest diesen billigen Lippenstift nicht benutzen. Du bist eine schöne Frau. Lauf nicht rum wie ein Zwangsprostituierte.«

Annika verließ die Cessna auf Borkum wie ein Filmstar. Sie ließ sich von Willi Klempmanns Piloten, der sie mit verbissenem Gesicht hierhergeflogen hatte, heraushelfen. Er machte es galant. Sie hatte ein kleines Köfferchen auf Rollen dabei. Er wollte es für sie tragen, doch sie zog es lieber selbst hinter sich her.

Er hatte den Auftrag, sie und Silvia Schubert zum Festland zu bringen. Er sollte in Ganderkesee landen, von dort war es nicht weit an die Unterweser nach Brake zum *Hotel Wiechmann.*

Er wusste nicht, ob er in ein oder zwei Stunden fliegen würde oder in ein paar Tagen. So war das, wenn man für George arbeitete. Man war immer abrufbereit. Was für viele ein Gerücht war, wusste er genau. Der Chef lebte noch. Er hatte ihn schließlich nach Wilhelmshaven gebracht. Offiziell war er nicht sein Pilot, sondern er betrieb eine eigene kleine Firma. Ein Lufttaxi. Allerdings kamen alle Aufträge von George oder aus seinem Umfeld.

Er hatte ihm die Maschine gekauft und ihm aus seinen Schulden geholfen. Für ihn war George, der kaum durch die Tür der Cessna passte und hinten die gesamte Sitzbank einnehmen musste, ein gütiger Wohltäter. Jemand, der es gut mit ihm meinte.

Einige Pilotenkollegen behaupteten hinter vorgehaltener Hand, mit einer Mischung aus Bewunderung und Abscheu, er würde für einen Gangsterboss arbeiten. Im Gegensatz zu ihnen hatte er keine finanziellen Sorgen. George galt als äußerst großzügig. Dafür forderte er Loyalität und Diskretion ein.

Wie alle, die für George arbeiteten, trug auch er immer eine Waffe. George hatte ihn getestet. Es war dabei nicht um seine Flugkünste gegangen, sondern bei seiner Verpflichtung hatte George ihm einen schwarzen Revolver mit sechs Patronen in der Stahltrommel gegeben. Es war ein Blackhawk von Ruger.

Annika – die damals schon für George arbeitete – hatte sechs Flaschen aufgestellt, und George sagte: »Für jede, die du abknallst, erhöht sich dein monatliches Honorar um hundert Euro.«

Ja, so sahen Gehaltsverhandlungen bei George aus.

Er hatte das Magazin leer geschossen und drei Flaschen erwischt. Sie waren alle voll. Mit gutem Scotch, Brandy oder Cognac. Annika hatte sie aus Georges Barvorrat geholt. Die drei, die er verfehlt hatte, bekam er geschenkt. Für die anderen eine steuerfreie Entlohnung.

Nie würde er Annikas spöttischen Blick vergessen, als er dreimal knapp vorbeigeschossen hatte.

Zusätzlich zur Waffe schenkte George ihm auch einen neuen Namen und Papiere. Er hieß jetzt Hugo Schaller.

Er beneidete diesen Willi Klempmann alias George. Zu gern wäre er gewesen wie er. Nicht so dick und auch nicht so alt, aber doch so reich und mächtig. Ein Mann, dem man nicht zu widersprechen wagte. Einer, der sich nahm, was er haben wollte. Einer, der sich mit schönen Frauen wie dieser Annika umgab. Einer, der Gunst verteilen konnte und nach eigenen Regeln lebte, teure Autos fuhr, eine edle Yacht besaß und sich in einem Privatflugzeug herumkutschieren ließ.

Es gab aber auch ein paar Sachen, auf die er gern verzichtet hätte. Zum Beispiel wollte er niemand sein, dem man ständig nach dem Leben trachtete. Er war sich sicher, dass einer wie Willi Klempmann nicht die Polizei fürchtete und schon gar nicht die Justiz, wohl aber seine Konkurrenten und Mitspieler. Der Gangsterboss war mit den Jahren ein misstrauischer Geselle geworden. Einer, der nur noch wenige Leute nah an sich ranließ.

»Viele von uns«, hatte er ihm einmal während eines Fluges gesagt, »enden als einsame Männer. Gut bewacht und versorgt in ihrem selbstgeschaffenen Gefängnis. Auch ein luxuriöses Gefängnis bleibt aber ein Gefängnis. Ich lebe wenigstens auf einer Yacht. Da sehe ich den Horizont und fühle mich frei.«

Annika hatte Hugo leicht schnippisch signalisiert, dass sie gut alleine klarkäme. Er solle gefälligst hier warten. Er hatte ihr ans Flugzeug gelehnt nachgesehen. Ihre Beine gefielen ihm immer noch, auch wenn sie sich keine Mühe gab, zu verbergen, dass sie ihn verachtete. Für sie war er eine Memme. Einer, der von sechs Patronen nur drei ins Ziel brachte.

»Mit George hättest du nie so gesprochen wie mit mir«, grummelte er. »Du hättest nicht mal gewagt, ihn so hochmütig anzusehen.«

Als hätte er seine Worte laut hinter ihr her geschrien, statt sie in den ostfriesischen Wind zu flüstern, hob sie, ohne sich umzudrehen, den rechten Arm und zeigte ihm den Stinkefinger. Sie konnte ihn unmöglich gehört haben, doch sie wusste, was er dachte.

Beate guckte ihn aus ihren zugeschwollenen Augen an. Sie verunsicherte ihn durch ihr Schweigen. Er brauchte ihre Angst. Sie nährte ihn. Sie spürte das und versuchte, ihn hungern zu lassen.

Er klackte mit der Zange. Sie reagierte nicht.

»Wieso«, fragte er, »wohnt dein Mann mit dir in dieser Absteige hier in Norden?«

»Das ist keine Absteige«, stellte Beate klar, »das ist ein Neubau im Norden von Norden. Ein Einfamilienhaus. Verklinkert. Mit Garten. Davon träumen die meisten Menschen ein Leben lang.« Sie schränkte ein: »Es gehört natürlich noch zu zwei Dritteln der Sparkasse, aber …«

Geier lachte höhnisch: »Was läuft hier eigentlich? Dein Mann jongliert mit Milliarden, und ihr könnt euer Haus nicht abbezahlen? Verarsch mich nicht! Das sind doch Peanuts für euch. Ist das alles nur Fassade?«

»Sie machen einen Fehler … Sie irren sich einfach. Mein Rupi ist am Ende des Monats immer blank. Ich habe sogar schon meine Mutter angepumpt … Wenn meine Kurse nicht so gut laufen würden, dann …«

Er machte Fotos von ihr. Noch hatte sie alle Finger. Das würde sich gleich ändern. Er befürchtete fast, dass ihr Mann sie auf den Bildern nicht erkennen könnte, deshalb überlegte er, ob er sie eine Botschaft für ihn sprechen lassen sollte. Bestimmt würde sie beim Verlust des ersten Fingers ohnmächtig werden. Ja, genau so schätzte er sie ein. Er brauchte sie jetzt aber in wachem Zustand.

Als er eine gute Position für seine Handykamera suchte, ploppte auf dem Display eine irritierende Nachricht auf. Frederico Müller-Gonzáles hatte einem Journalisten ein Interview gegeben. Offenbar gab es im ganzen Land keine bedeutsamere Meldung mehr. Der Chefredakteur des *Ostfriesland Magazins*, Holger Bloem, veröffentlichte das Interview mit Frederico Müller-Gonzáles, dem mysteriösen Vorstandsvorsitzenden der Onlinebank Kompensan, auf allen Kanälen. Wie Holger Bloem betonte, galt der Mann als äußerst pressescheu.

Es gab im Netz den Text in schriftlicher Form, aber auch als Video. Holger Bloem las von einem Zettel ab, was Frederico Müller-Gonzáles ihm gesagt hatte. Das Youtube-Video lief sogar in den Nachrichten.

Geier hörte sich an, wie Holger Bloem Frederico Müller-Gonzáles zitierte: »Gangsterbanden versuchen, in der Finanzwirtschaft Fuß zu fassen. Sie wollen das Bankgeschäft übernehmen. Sie sind damit schon ziemlich weit gekommen. Wirecard war nur die Spitze des Eisbergs. Ich habe mich immer dagegengestemmt. Deshalb trachten sie meiner Familie und mir nach dem Leben. Meine Frau, Madonna, wurde ermordet und auf mich ein Attentat verübt. Meine Eltern müssen sich verstecken, und nun hat ein perverser, sadistischer Berufskiller in seiner Verzweiflung – weil er mich nicht zu fassen kriegt – die Frau eines ostfriesischen Polizisten entführt. Der arme Mann sieht mir zufällig ähnlich. Lass die Frau frei, du Versager! Das ist ein Ding zwischen uns beiden. Sie hat nichts damit zu tun. Du willst ein Duell? Du sollst es bekommen! Ich treffe dich, wo immer du willst. Dann tragen wir es aus. Aber hör auf, unschuldige Menschen zu töten. Wenn du der Frau etwas antust, setze ich zehn Millionen auf deine Ergreifung aus. Glaub mir, schon für die Hälfte wird dich jeder deiner Freunde verraten, falls ein Drecksack wie du überhaupt Freunde hat.«

Holger Bloems Stimme zu hören tat Beate unendlich gut. Allein ihr Klang brachte erfrischende Normalität. Da draußen kümmerte man sich um sie. Ob das, was Holger da von sich gab, besonders klug war, wusste sie nicht. Aber sie hoffte, dass die ostfriesischen Freunde einen Plan hatten. Sie waren nicht untätig und versuchten, ihr zu helfen. Sie kämpfte mit den Tränen.

Bald, sagte sie sich, wird das alles hier nicht mehr sein als eine Erfahrung, die uns alle noch enger miteinander verbindet.

Sie spürte neue Kraft in sich aufsteigen und neue Hoffnung.

Geier schnaufte. Er fühlte sich vorgeführt, beleidigt und in die Enge getrieben. Wie stand er denn jetzt da?

»Dein Mann ist ein kleiner Bulle und sieht Frederico einfach nur ähnlich?«, fragte Geier Beate. Noch bevor sie antworten konnte, bekam er Zweifel. »Aber wieso hat er dann …«

»Eine Beratungsstunde bei mir kostet sechzig Euro«, sagte Beate. »Und glauben Sie mir, Sie können in Ihrer Situation Lebenshilfe wirklich gut gebrauchen. Ich könnte Ihnen auch Reiki geben, damit Sie etwas runterkommen. Dazu müssten Sie mir allerdings die Hände freimachen.«

Er ging nicht auf ihr Angebot ein, sondern schimpfte: »Wenn dein Mann den Frederico Müller-Gonzáles gibt, wo ist dann der richtige Frederico? Habt ihr den umgelegt?« Er lachte laut. »Übernimmt gerade die ostfriesische Polizei die Gonzáles-Familie? Oder ist es umgekehrt?«

»Wenn Sie Probleme haben, können wir gerne darüber sprechen«, sagte Beate. Ihre Zunge schmerzte, wurde aber wieder beweglicher. Sie konnte die Worte klarer formulieren. »Ich möchte aber gerne erst ins Bad und mich frisch machen. Wir könnten uns einen grünen Tee aufbrühen und …«

»Halt dein freches Mundwerk, Bullenschlampe!«, schrie Geier.

Ann Kathrin Klaasens Haus im Distelkamp war ungefragt zu einem Treffpunkt der Ermittlungsgruppe geworden. Das Haus lag keine zweihundert Meter Luftlinie vom Tatort entfernt. In Ruperts und Beates Haus arbeitete gerade noch die Spurensicherung.

Beates Mutter wurde von der Polizeipsychologin Elke Sommer betreut. Einer Frau, die eine tiefe Abneigung gegen Rupert hegte, was sie mit seiner Schwiegermutter geradezu schwesterlich verband.

Das sei alles nur Ruperts Schuld, behauptete Edeltraut, sie habe immer gewusst, dass das alles böse enden werde. Sie war eigentlich mit Buttercremetorte zu Besuch gekommen. Die Stücke fanden bei der Spurensicherung reißenden Absatz.

Bei Ann Kathrin standen Rieke Gersema, Marion Wolters, Kriminaldirektorin Liane Brennecke und Dirk Klatt in der Küche vor dem Kaffeeautomaten. Sie hielten sich an ihren Kaffeebechern fest, obwohl eine Kanne mit schwarzem Tee auf dem Tisch stand. Die kleinen Tassen und die Kanne mit der ostfriesischen Rose darauf wirkten angesichts der Situation wie aus einer anderen Welt. Es passte nicht, jetzt Tee zu trinken, auch wenn er verführerisch duftete. Sahne und Kluntjes warteten vergeblich auf ruhige Genießer. Die hier Versammelten wollten nicht zur Ruhe kommen, sondern sich aufputschen. Sie suchten neue Ideen nicht in der Kontemplation, sondern in der Hektik eines Brainstormings.

Holgers Nachricht platzte in die Runde und versammelte alle um das Radio. Klatt verschluckte sich und spuckte Kaffee aus.

Rieke Gersema, die Pressesprecherin, hatte sich lange nicht mehr so schamlos übergangen gefühlt. Sie ahnte, was für Anfragen in den nächsten Stunden auf sie zukommen würden, dabei wusste noch kein Journalist von der Toten in Ruperts Haus.

»Sind die völlig verrückt geworden?«, fluchte Klatt.

»Das ist clever«, sagte Ann Kathrin, wie zu sich selbst. »Verdammt clever.«

Marion Wolters öffnete die Terrassentür. Sie brauchte frische Luft. Obwohl ein guter Nordwestwind wehte und gleich in die Küche fuhr, fächelte sie sich mit einem Fuß auf der Terrasse stehend noch Luft zu. »Der alte Zocker pokert hoch …«, japste sie kurzatmig. Es war nicht klar, ob sie damit Holger Bloem meinte oder Rupert.

Liane Brennecke, die sich mal in den Händen des Geiers befunden hatte, ahnte, was Beate gerade mitmachen musste. Üble Bilder stiegen in ihr auf. Sie wohnte immer noch bei Grendels in der Ferienwohnung, nur wenige Schritte von hier entfernt. Sie hatte nur ein Ziel: Rache an Geier. Der Gedanke, dass er gerade ganz in ihrer Nähe gewesen war und sich ein neues Opfer geholt hatte, würgte sie und stachelte gleichzeitig ihren biblischen Zorn an.

Sie seufzte: »Dem Geier kann man nicht drohen. Das beeindruckt den nicht. Er fühlt sich dann höchstens in seiner Großartigkeit bestätigt.«

»Jeder wird jetzt wissen wollen, was hier los ist. Was darf ich sagen?«, fragte Rieke Gersema verunsichert.

Ann Kathrin gab ihr eine klare Antwort: »Aus ermittlungstaktischen Gründen erst mal gar nichts.«

»Das geht so nicht«, protestierte Rieke. »Ich brauche Futter für die Presse.«

»Das bekommen die gerade von Holger. Wir sollten ihm jetzt nicht ins Handwerk pfuschen«, antwortete Ann Kathrin.

Rieke war empört und erleichtert zugleich. »Ja, ist der Bloem jetzt unser Pressesprecher?«, zischte sie.

»Nein«, konterte Ann Kathrin, »aber er weiß genau, was er tut.« Leise fügte sie hinzu: »Hoffe ich …«

Susanne Kaminski ließ Annika nicht einfach durch. Sie machte die Vorstopperin für Silvia, damit ihre Freundin nicht ständig Beileidsbekundungen über sich ergehen lassen musste. Das war gut gemeint, hatte aber eine niederschmetternde Wirkung. Jedes Mal wurde die Wunde neu aufgerissen. Silvia glaubte, die große Liebe ihres Lebens verloren zu haben, und wusste gar nicht, wie es weitergehen sollte.

Als Annika andeutete, eine Botschaft von Henry Jaeger zu überbringen, musste Susanne sich am Türrahmen festhalten, denn ihr war sofort klar, dass es sich um eine Nachricht des Verstorbenen handelte. Der längst vergessene kriminelle Autor war von Willi Klempmann oft zitiert worden.

Sie ließ Annika trotzdem nicht herein, sondern vor der Tür stehen, schloss sogar wieder ab. Sie war sich sicher, dass die Frau dort warten würde. Zweimal hatte sie von Silvia den Satz gehört: »Willi schickt mir gern einen seiner Laufburschen, wenn er mir etwas auszurichten hat. Er vertraut der Post nicht.«

Liebesbriefe von der Yacht nach Borkum wurden persönlich übergeben. Ja, so lächerlich sich das in dem Zusammenhang anhörte: Willi und Silvia schrieben sich Liebesbriefe. Wenn Willi von *Laufburschen* sprach, meinte er geschulte, gut bewaffnete Bodyguards.

Susanne fragte sich, ob diese Annika auch so etwas war und ob es eine weibliche Form für das Wort *Laufbursche* gab. Vielleicht *Botin*? In letzter Zeit beschäftigte sie sich immer wieder mit solchen Fragen. Manchmal half es ihr, die Schrecken des Alltags für ein paar Minuten zu vergessen.

Sie sagte zu Silvia, die gebeugt über einem Fotoalbum saß: »Da draußen steht eine Annika und behauptet, eine Botschaft von Henry Jaeger zu haben.«

Silvia war wie elektrisiert, ja, einzelne Kopfhaare stiegen hoch und standen ab. Susanne hatte so eine Körperreaktion noch nie gesehen, verstand aber jetzt, was mit dem Ausdruck *wie elektrisiert zu sein* gemeint war.

»Sie soll reinkommen«, bat Silvia.

Susanne holte Annika von der Tür ab. Wie erwartet stand die junge Frau mit ihrem Rollköfferchen geduldig wartend davor.

»Tragen Sie eine Waffe?«, fragte Susanne.

Annika lächelte: »Selbstverständlich.«

Susanne hielt ihre offene Hand hin und gab die Tür nicht so einfach frei.

»Das ist jetzt nicht Ihr Ernst«, spottete Annika und sah auf die offene Handfläche.

Susanne formulierte es freundlich: »Wir sind hier etwas vorsichtig geworden. Sie müssen verstehen … zwei Freunde wurden erschossen. Eine Yacht in die Luft gesprengt. Da würden Sie auch nicht mehr jeden zu sich ins Haus lassen.«

»Silvia kennt mich«, gab Annika an.

Susanne versuchte den Einwand wegzulächeln: »Ja, und wir sind uns auch schon mal auf der Yacht begegnet. Aber ich hätte trotzdem gern Ihre Waffe.«

Annika hatte nicht vor, Streit anzufangen, aber sie fühlte sich unwohl, wenn sie ihre Pistole abgab.

Susanne führte sie zu Silvia und legte die Waffe auf den Tisch wie ein mitgebrachtes Geschenk. Susanne setzte sich zu Silvia. Die beiden boten Annika aber keinen Platz an. Stattdessen erfasste Silvia die Situation intuitiv. Sie schoss aus dem Sessel hoch und sagte es Annika ins Gesicht: »Er lebt?!«

Annika deutete an, dass man eventuell abgehört werden würde, und formulierte vorsichtig: »Ja, Henry Jaeger lebt. Auf seinen Büchern steht ein Todesdatum, aber das ist gefälscht. Den Trick hat er sich wohl von Salinger abgeguckt. Um von der Presse in Ruhe gelassen zu werden, hat der auf seinen Büchern auch ein Todesdatum angegeben und lebte dann ungestört weiter. Aber Henry möchte Sie gerne sprechen.«

Susanne und Silvia sahen sich an. Sie hatten beide begriffen, worum es ging. Am liebsten wäre Silvia Annika vor Freude um den Hals gefallen, aber sie spielte weiterhin die trauernde Witwe, auch wenn es ihr schwerfiel.

»Ich bringe dir ein Glas Wasser«, sagte Susanne, weil sie spürte, dass sie jetzt selbst etwas brauchte, um den Kreislauf oben zu halten.

»Ich bin mit einer Cessna gekommen. Wir können losfliegen, wann immer Sie wollen. Wenn Sie noch ein paar Tage Zeit brauchen, ist das auch kein Problem.«

Silvia konnte vor Aufregung kaum sprechen: »Wir brechen sofort auf.«

Susanne deutete an, ihre Freundin gern zu begleiten. Sie brauchte dazu nicht viele Worte. Sie legte nur ihre Hand auf deren Unterarm. Die nickte dankbar und sagte: »Ja, bitte komm mit.«

»Wenn Sie etwas zusammenpacken wollen, lassen Sie sich ruhig Zeit. Der Pilot wartet am Flughafen.«

Silvia wirkte plötzlich kopflos, so als wisse sie nicht mehr, wie man einen Koffer packt. Susanne schlug vor: »Viel werden wir doch nicht brauchen. Also, auf mich müssen wir nicht warten. Ich fliege einfach so mit. Ich kann dir aber schnell was einpacken, wenn du …«

Silvia schüttelte den Kopf. »Lass uns am besten gleich los.«

Annika wäre eigentlich gern noch ins Bad gegangen. Da sie aber wusste, dass die Wohnung mit Kameras gespickt war und sicher davon ausging, dass George ihnen im Moment zusah, verkniff sie sich einen Gang zur Toilette.

Was ist das nur für eine komische Welt, dachte sie. Gleichzeitig bewunderte sie Silvia und George um die große Liebe, die sie verband. So etwas wünschte sie sich für sich selbst auch. Einer Gangsterbraut sagte man rasch nach, dass sie es nur für Geld tue.

Aber eins war klar – diese Silvia und ihr Willi waren ein Herz und eine Seele.

Schon wenige Minuten später verließen sie das Penthouse.

Hugo Schaller hatte nicht so schnell mit der Rückkehr gerechnet. Er hatte schon ein Schwätzchen mit dem Bodenpersonal gehalten, war dann aber zur Cessna zurückgelaufen, weil eine Möwe auf dem linken Flügel Platz genommen hatte und er das Tier vertreiben wollte.

Er hielt sich noch bei der Cessna auf. Er liebte diese Maschine, wie andere ihre Frau und ihre Kinder liebten. Er streichelte sie auch und redete mit ihr.

Als die drei Frauen auf ihn zukamen, wusste er, warum er Willi Klempmann beneidete.

Hugo Schaller hielt Silvia zwar die Hand hin, doch sie nickte ihm nur kurz zu, stieg ohne jede Hilfe ein und nahm wortlos neben dem Piloten auf dem Sitz des Copiloten Platz. Susanne fragte ihn kurz: »Wohin geht's überhaupt?«

Er sah Annika an, bevor er antwortete. Erst als die ihm zunickte, sagte er: »Ganderkesee.«

Es hätte sie genauso wenig gewundert, wenn er Rom, Athen oder Paris als Zielort genannt hätte. Aber Ganderkesee war ja auch ein schöner Ort.

Bevor Hugo Schaller die Maschine startete, versuchte er noch einen Scherz: »Unsere Stewardess ist in Elternzeit, deswegen kann ich Ihnen heute leider keinen besonderen Service anbieten, aber ein paar Schokoriegel und eine Flasche Wasser befinden sich schon an Bord …«

Sein Gag kam in der kleinen Maschine nicht besonders gut an. »Machen Sie schon«, zischte Silvia. Er presste die Lippen zusammen und steuerte die Maschine zur Rollbahn.

Annika sprach nicht.

Susanne beugte sich zu Silvia und flüsterte ihr zu: »Ist das nicht großartig, ganz großartig?« Silvia drückte Susannes Hand. Ein kurzes Lächeln huschte über ihr Gesicht, bevor sie wieder ernst guckte, so als hätte sie Angst, selbst hier aufgenommen oder gefilmt zu werden.

Silvia räusperte sich und sagte dann klar und deutlich: »Henry Jaeger hat also eine Lesung in Ganderkesee? In der Stadtbibliothek? Dann fliegt doch alles auf! Noch halten ihn alle Menschen doch für tot.«

Annika antwortete: »Nein, keine wirkliche Lesung, mehr ein Treffen in ganz privatem Kreis. Aber vielleicht wird er für seine besten Fans auch etwas aus einem neuen Werk vorlesen.«

»Ein neues Werk?«

Annika geriet ins Schwimmen. Sie versuchte, abzuwiegeln: »So genau weiß ich es nicht, aber es soll wohl unter Pseudonym erscheinen, damit er weiterhin für seine Leser als tot gilt.«

Warum reden wir eigentlich nicht Klartext, dachte Susanne Kaminski. Jeder, der uns zuhört, weiß doch inzwischen längst, dass wir über George reden und nicht über einen toten Schriftsteller, den er einmal bewundert hat.

Die Nachricht erreichte Frauke und Dr. Sommerfeldt sogar auf dem Golfplatz, obwohl sie sich eigentlich versprochen hatten, nicht aufs Handy zu gucken, sondern störungsfrei ein paar Bälle zu schlagen. Irgendwie fühlte sich Frauke aber fast ein bisschen schuldig gegenüber Frederico, weil sie sich mit Bernhard so gut verstand, ja sie geradezu innig miteinander waren. Sie musste über sich selbst grinsen. Erstaunt entdeckte sie eine leicht spießige Ader an sich. Machte sie plötzlich auf treue Ehefrau? Beim Betrug wie vieler Ehefrauen hatte sie rein professionell mitgewirkt?

Ein kurzer Blick aufs Handy reichte. Während Wildgänse über ihren Köpfen in Richtung Deich flatterten, staunte sie. Eigentlich hatte sie nur nachsehen wollen, ob Frederico sich bei ihr gemeldet hatte, aber die Nachrichtenflut war immens.

»Was ist da los?«, fragte sie. Im lauten Geschnatter der Gänse ging ihre Frage fast unter. Sommerfeldt sah sie nur kurz an, als hätte er sie nicht richtig verstanden. Er führte erst noch den Schlag aus und guckte der Flugbahn des Balles nach. Fast hundertfünfzig Meter. Er war zufrieden mit sich.

»Was macht Frederico da? Um welche Polizistenfrau geht es? Warum ist er so wütend?«

Bernhard wollte mit ihr die Nachrichten auf ihrem Handy betrachten. Sie wischte nervös von einer Seite zur anderen. Dann zog er sein eigenes Handy. Seit er hier lebte, bezog er die Tagespresse der *NWZ* und des *Ostfriesischen Kuriers* online, obwohl ihm Tageszeitungen in Papierform eigentlich viel lieber waren und er für die Klinik gleich mehrere Abos laufen hatte. Gedruckte Nachrichten regten seine Patienten weniger auf als die ständige digitale Bilderflut. Einige hatten in seiner Klinik Handyverbot. Nur so brachte er die Typen etwas runter. Bei manchen nervösen Erkrankungen half es schon, den Patienten Tageszeitungen und Festnetztelefon zu verordnen anstelle ihres Handys.

*Kurier* und *NWZ* machten mit einem Bild von Holger Bloem auf. Ein Foto von Frederico war zum Glück nicht zu sehen. Dr. Bernhard Sommerfeldt studierte die Nachrichten selbst, doch Frauke las trotzdem Sätze, die ihr bedeutsam erschienen, laut vor.

Sie ahnte, dass etwas nicht stimmte.

Sommerfeldt stellte seinen Driver in die Schlägertasche zurück und berührte Frauke sanft an der Schulter. Er wartete erst ihre Reaktion ab. Als die wohlwollend ausfiel, legte er den Arm um sie. »Ich glaube, der Zeitpunkt ist nun gekommen. Du musst die ganze Wahrheit erfahren.«

»Was für eine Wahrheit?«

Er schluckte. Die Wildgänse landeten lärmend im Wasser und verscheuchten die Enten.

»Ich hatte gehofft, er würde es dir selber sagen und es mir ersparen ...«

»Was?«

»Er ist nicht Frederico Müller-Gonzáles.«

Frauke löste sich aus der Umarmung und nahm Abstand vom Doktor, um ihm gerade in die Augen sehen zu können. »Sondern?«, fragte sie. »Wer ist er dann? Ein gejagter Serienkiller, so wie du?«

»Nein, ein Hauptkommissar aus Norden. Er ist verheiratet, und Geier hat seine Ehefrau.«

Frauke zuckte zusammen. Das tat weh. Sie kam sich dumm vor. Kindisch. Reingelegt. War sie nur Teil eines Spiels? Gleichzeitig empfand sie Mitgefühl mit der Frau, die sich in Geiers Gewalt befand.

Sie ging noch einen Schritt weiter zurück. Sie wollte wissen: »Was läuft hier?«

Er reichte ihr die Hand wie zur Versöhnung, obwohl es zwischen ihnen ja gar keinen Streit gegeben hatte: »Nichts ist, wie es scheint«, sagte er. »Du bist nicht Frauke und ich nicht Dr. Ernest Simmel. Warum soll er denn dann Frederico Müller-Gonzáles sein? Was sind schon Titel und Namen?«

Sie empörte sich: »Na hör mal! Wir wollten heiraten, und er ist schon verheiratet?!«

Sommerfeldt lächelte milde. »Du bist wunderbar, wenn du so spießig daherkommst. Man könnte dir die Empörung fast abnehmen. Wenn man nicht wüsste, wer du wirklich bist ...«

»Dich amüsiert das alles, was?«, fauchte sie.

Er wiegte den Kopf hin und her, als könne er sich nicht entscheiden. Aber er machte es nur spannend und nickte am Ende doch. »Ja, das Leben ist wie Golf, weißt du?«

»Häh?«

»Das hier ist jetzt ein Annäherungsschlag. Wir werden den Ball nicht im Loch versenken, aber wir kommen näher. Vielleicht sogar bis aufs Grün.«

»Was redest du da? Bin ich der Preis, oder was?« Sie hatte es kapiert, aber sie sprach es so aus, als würde es ihr nicht gefallen.

Er wollte um sie werben.

»Rupert liebt seine Frau. Er würde sie nie verlassen. Ja, ich weiß, er hat ständig andere Frauen. Ehebruch ist für ihn eine Art Volkssport, aber …«

Sie hielt sich die Ohren zu. Er fuhr fort und verließ sich darauf, dass sie ihn hörte. Die Veränderung ihres Gesichtsausdrucks gab ihm recht.

»Ich dagegen bin eher monogam. Ich verteile meine Sexualität nicht großzügig demokratisch unters Volk, sondern bevorzuge eher die Tiefe der Beziehung als die Breite der Verteilung.«

Das gefiel ihr. Er öffnete die Arme, aber sie sprang nicht rein.

Sie hakte kritisch nach: »Er ist ein Bulle … und doch der Freund eines Serienkillers?«

»Na ja, Freund ist ein großes Wort, aber …« Er dachte kurz nach. »Du hast dich schließlich auch in ihn verliebt, obwohl eure Beziehung zunächst rein professionell war.«

Sie guckte ratlos. »Und jetzt?«

»Lass ihn sausen. Du hast etwas Besseres verdient. Du bist viel zu gut für den. Der macht dich sowieso unglücklich. Er wird dich belügen und betrügen … Das meint der gar nicht böse, das ist sein Wesen. Ich dagegen …«

Sie hob abwehrend die Hände: »Du bist natürlich ganz anders«, spottete sie. »Du sagst immer die Wahrheit. Du bist ein notorischer Gutmensch und Frauenversteher.«

»Ja, spotte nur. Du hast ja allen Grund dazu.«

Sie nahm ein Siebener-Eisen in die Hände und spielte damit, als wisse sie noch nicht, ob sie es ihm besser über den Kopf schlagen oder einen Golfball spielen sollte.

»Zwischen uns knistert es ganz schön …«, sagte sie. Er legte für sie einen Ball auf das Tee.

Er forschte nach: »Wir gehören zusammen. Das spüren wir doch beide, oder?«

Sie schlug den Ball.

»Beim Siebener-Eisen benutzt man eigentlich kein Tee«, stellte er lakonisch fest.

»Warum legst du mir dann den Ball darauf?«

»Weil es langweilig ist, immer nach den Regeln zu spielen.«

Ihr Ball landete gut zehn Meter hinter seinem. Er verzog anerkennend die Lippen.

»Und? Was tun wir jetzt?«, fragte sie.

Er holte den Driver aus der Golftasche und legte sich einen Ball zurecht. »Für den Driver braucht man ein Tee.«

»Das ist keine Antwort auf meine Frage, Herr Doktor«, sagte sie spitz.

»Nun, ich denke, wir sollten zunächst einmal Beate retten.«

»Sie heißt also Beate.«

»Ja.«

»Du willst sie retten, damit er zu seiner Frau zurückgehen kann. Und ich dann frei für dich bin?«

Er mochte es, wenn die Dinge klar ausgesprochen wurden. Er führte seinen Schlag aus und antwortete erst, nachdem der Ball gelandet war: »Ich kenne Beate im Grunde kaum. Ich mache es aus vielen Gründen. Ich mag Rupert. Ich will dich und …« Er sprach nicht weiter, als sei es ihm unangenehm.

Sie ergänzte wissend seinen Satz: »… und du bist heiß auf diesen Geier.«

»Ja«, gestand er. »Bin ich.«

»Du liebst es, solche Kerle zu töten. Frauenschänder. Sadisten. Vergewaltiger …« Sie führte die Aufzählung nicht weiter aus.

Er nickte. »Ja. Ich steh drauf. Ihre Anwesenheit auf der Erde beleidigt mich als Mann.«

»Wie viele von ihnen willst du noch umbringen?«

»Wie viele gibt's denn noch?«

»Keine Ahnung. Aber der Geier gehört mir«, behauptete sie.

Sommerfeldt war ganz und gar nicht damit einverstanden. »Lass uns darum spielen«, schlug er vor. Sie grinste verschmitzt. »Ich hab nicht mal die Platzreife und du ein Handicap.«

»Okay. Für eine ganze Runde reicht unsere Zeit sowieso nicht.«

»Hast du Sorge, die Polizei kommt uns zuvor und verhaftet ihn?«

»Nein. Aber ich fürchte, Beate braucht uns. Und zwar schnell.«

Das war alles nicht so vorgesehen gewesen. Geier war es gewohnt, Angst und Schrecken zu verbreiten. Dass jemand versuchte, ihm Angst zu machen, war ihm neu. Er wechselte ständig sein Prepaidhandy. Er besaß fast ein Dutzend. Nach längeren verräterischen Telefonaten warf er sein Gerät gern in ein fließendes Gewässer. Im Rotbach hatte er schon einige versenkt. In der Emscher, im Rhein und in der Nordsee.

Aber jetzt warf er sein Handy nicht in die Ollenbäke. Er wollte niemanden ins Ammerland locken. Die Vorstellung, dass Kinder das Handy beim Angeln herausfischen könnten oder ihn jemand beobachtete, gefiel ihm nicht. Außerdem brauchte er Bewegung. Er hatte das Gefühl, festzustecken.

Er schaltete das Gerät aus und nahm die Karte raus. Er ließ Beate und Pascal gefesselt und geknebelt in Westerstede zurück. Er fuhr einfach herum, als müsse er sich selbst beweisen, ein freier Mann zu sein. Noch!

Nach einer knappen halben Stunde war er in Oldenburg. Er hielt auf dem großen Parkplatz vor *Möbel Buss.* Er schlenderte ziellos herum. Zum ersten Mal würde er sein Handy nicht versenken, sondern auf eine Reise schicken, dachte er belustigt.

Ein Wohnwagen mit niederländischem Kennzeichen parkte wegen der Hitze mit hochgeklappten Fenstern. Er schob die Karte wieder ins Handy und warf es durch ein Fenster in den Wohnwagen. Es landete zwischen Spüle und Abfalleimer.

Er war froh, das Teil los zu sein. Er hatte es als bedrohlich empfunden.

Er beschloss, oben im Möbelhaus essen zu gehen. Er hatte Hunger auf Fleisch. Er wollte ein Steak. Blutig.

Er wünschte sich eine vegan lebende Familie am Nebentisch, die ihm beim Essen zusah. Zur Not hätten es auch Vegetarier getan. Hauptsache, er konnte jemanden provozieren. Aber es lief heute nicht ganz rund für ihn. Die anderen Gäste ignorierten ihn und freuten sich über ihr Essen aus dem Wok.

Er, der sich sonst bewusst unauffällig bewegte und Menschenansammlungen eher mied, begann laut zu schmatzen. Auch das brachte ihm keine Aufmerksamkeit ein.

Die riesigen Aufgangsrampen, die durch das Haus führten, dienten eigentlich zur barrierefreien Besichtigung und zum problemlosen Transport gekaufter Möbel. Für ihn hatten sie etwas Erhabenes. Er schritt darauf nach oben, als seien sie für ihn persönlich gebaut worden. Für ihn, den Herrscher über Leben und Tod, der gerade von Frederico Müller-Gonzáles in der Presse als feiger Volltrottel hingestellt worden war.

Am liebsten hätte er beide getötet: Holger Bloem und Frederico Müller-Gonzáles. Doch noch war seine Aufgabe eine andere.

Er betrachtete ein Rentnerehepaar. Sie turtelten nicht gerade herum wie Teenies, aber sie liebten sich offensichtlich noch. Sie wollten sich neue Möbel kaufen. Sie nutzten die Ankunft des ersten Enkelkinds, um ihr Haus umzugestalten. Sie bestand auf bunten Farben. »Nur keine Alte-Leute-Möbel, sondern eine moderne Einrichtung«, betonte sie. Eine hellblaue oder rote Couch wollte sie.

Ihr Mann suchte einen bequemen Fernsehsessel und schlug vor, zwei zu nehmen.

»Damit wir gemeinsam Händchen halten können?«, fragte sie. »Oder willst du nur mit deiner Hand in meine Chipstüte kommen?«

Was, fragte Geier sich, tue ich als Nächstes? Er war aufgewühlt. Er hatte einerseits ein gottgleiches Gefühl, so als würde er alles durchschauen und hätte die vollkommene Macht. Andererseits gab es aber auch eine Leere in ihm. Vor der Leere fürchtete er sich am meisten. Er musste andere in Angst und Schrecken versetzen, um dieser Leere zu entkommen. Nichts war schlimmer als das schwarze Loch tief in ihm selbst. Es drohte manchmal, ihn zu verschlucken.

Am liebsten hätte er alle getötet, alle, und dann ganz allein in diesem Möbelhaus gewohnt. Jede Nacht in einem anderen Bett geschlafen und auf Sesseln gesessen, auf denen noch nie jemand vor ihm gesessen hatte. Alles war noch so schön neu hier.

Die Kantine sollte allerdings weiterhin für ihn offen halten. Ja, das wäre es! Er brauchte ein gutes Restaurant und ein großes Kino, ganz für sich allein. Ansonsten sollten alle Menschen einfach von der Welt verschwinden. Er wollte ihr Geschwätz nicht mehr ertragen müssen. Da war es ihm lieber, ihre Schreie zu hören.

Und jetzt versuchte dieser Frederico alias Rupert, ihn kirrezumachen und vorzuführen. Er würde ihn dafür leiden lassen. Aber so was von … sagte er sich selbst zähneknirschend.

Rupert wusste nicht mehr, was richtig und was falsch war. Gab es so etwas überhaupt? Er litt und fühlte sich den Ereignissen ausgeliefert, als sei sein Paddelboot in schwere See geraten. Die Wellen drohten über ihm zusammenzuschlagen, und vor lauter Gischt und aufgewühltem Schaum sah er das rettende Ufer nicht mehr. Er wollte so gerne Held sein und seine Frau retten, aber er wusste nicht, wie. Er war bereit, sich selbst zu opfern, aber dieses großzügige Angebot stieß nicht gerade auf Gegenliebe.

Er sah Holger Bloem zu, der nur noch telefonierte und in Videokonferenzen Rede und Antwort stand, falls er nicht schriftlich Interviewfragen beantwortete. Er war angeblich der einzige Mensch, der wusste, wo Frederico Müller-Gonzáles sich aufhielt und was er als Nächstes vorhatte. Der ostfriesische Journalist war überraschend zu seinem Pressesprecher geworden.

Bloem pokerte hoch. Rupert fragte sich, was aus ihnen allen werden sollte, wenn das hier schiefging.

Sie hatten inzwischen das Savoy verlassen und sich in Sommerfeldts Ferienwohnung zurückgezogen. Ein Häuschen in Bensersiel mit Blick auf die Nordsee und auf Langeoog.

Im Garten standen eine Schaukel und ein Klettergerüst für die Kinder des Vorbesitzers. Als Sommerfeldt das Haus gekauft hatte, sah er Kinder aus der Nachbarschaft, die dort ungestört spielten. Er selbst hatte keine Kinder, mochte aber Kinder sehr. Der Garten war groß genug, er hatte sogar noch einen Sandkasten anlegen lassen. Das Planschbecken stand im Schatten eines großen Kirschbaums. Es füllte sich immer wieder mit Regenwasser. Kinder stiegen nie hinein, aber mehr als ein Dutzend Spatzen hatte den Rand des Beckens zu ihrer Flugbasis erklärt. Manchmal, wenn Sommerfeldt hier im Garten saß und las, hörte er ihrem Gezwitscher zu.

Die Zimmer waren vollgestopft mit Büchern, als sei dies eine öffentliche Bibliothek. Aber es gab auch eine Vitrine mit Messern und eine Strohpuppe vor einer Holzwand, die als Zielscheibe für Übungen mit Wurfmessern diente.

Rupert fand Golfschläger und stellte sich vor, das seien für Sommerfeldt Schlagwaffen. Mordinstrumente, als Sportgeräte getarnt. Offenbar probierte Dr. Sommerfeldt sich auch als Bogenschütze aus. Mehrere Sportbögen und Pfeile deuteten darauf hin. Hier trainierte jemand das lautlose Töten.

Es gab eine gute Internetverbindung, und von hier aus waren sie näher am Geschehen, als wenn sie in Köln geblieben wären, glaubte Holger. Außerdem fühlte er sich im Einflussbereich der ostfriesischen Polizei sicherer.

Niemand kannte dieses Versteck. Das Haus gehörte einem Klinikleiter aus Norden. Dr. Ernest Simmel.

Weller war bei Ann Kathrin und verstärkte dort die Ermittlungstruppe.

Als Ruperts Handy sich meldete, wusste er gleich, dass nun eine entscheidende Wende eintreten würde. Er hoffte nur, dass es nicht die Botschaft von Beates Tod war.

Er hatte Glück. Frederico Müller-Gonzáles war am Apparat und lobte seinen Doppelgänger sehr: »Das ist ein genialer Schachzug, mein Freund. Eure Pressearbeit ist phantastisch!«

»Äh … ja … was? Wie?«

»Wir stehen plötzlich als Helden da. Meine ganze Familie und ich selbst natürlich auch. Dass so etwas möglich ist! Du machst uns von Gangstern zu Freiheitshelden. Menschen, die gegen die Finanzmafia kämpfen. Das ist klasse! Mein Vater und meine Mutter haben mich zum ersten Mal seit Jahren gelobt. Ach, was sage ich – seit Jahrzehnten! Mein Vater hat mir gesagt, er sei stolz auf mich. Kannst du dir vorstellen, was das für mich bedeutet, Rupert? Äh, ich meine, Frederico …« Er schluckte und fuhr fort: »Wie lange habe ich mich dafür abgestrampelt und doch immer nur die Verachtung meiner Eltern gespürt, weil ich nicht so geworden bin, wie sie mich gerne gehabt hätten.«

Er hörte gar nicht auf zu reden. Rupert nahm ein Glas Wasser und hörte einfach zu, während er Holger Bloem über die Schulter sah, der einer spanischen Zeitung ein schriftliches Interview gab. Eine Übersetzerin war zwischengeschaltet. Bloem schwitzte und arbeitete konzentriert.

*Ich suche Gerechtigkeit in einer korrupten Welt* … tippte Holger Bloem gerade.

Rupert las auf dem Bildschirm mit: *Was heißt hier Drogenkrieg? Gut, meine Verwandten haben vielleicht ein paar Drogendealer etwas robust daran gehindert, ihren Heroindreck auf Schulhöfen zu verkaufen. Das wäre eigentlich die Aufgabe der Polizei gewesen.*

Rupert konnte nicht alles gleichzeitig schaffen. Einerseits hörte er dem bis zur Weinerlichkeit gerührten Frederico Müller-Gonzáles zu, andererseits faszinierte Holger Bloem ihn, und er begriff, was man mit Sprache alles machen konnte. Vom Saulus zum Paulus, so eine Geschichte kam immer gut an. Die Menschen liebten solche Erzählungen und wollten sie nur zu gern glauben.

Rupert lauschte weiter Fredericos Worten, klopfte Holger aber auf die Schultern und flüsterte ihm ins Ohr: »Du bist ein Meister!«

Frederico Müller-Gonzáles bat Rupert: »Bitte schaff uns jetzt den verrückten Willi Klempmann vom Hals. Sorg dafür, dass wir alle wieder in Frieden leben und unsere Geschäfte machen können. Töte sie meinetwegen, töte sie alle oder schließ mit ihnen einen Friedensvertrag – Hauptsache, es herrscht Ruhe und niemand bringt mehr unsere Ehefrauen oder Mütter um. Du kannst das! Wer, wenn nicht du!«

»Und dann?«, fragte Rupert.

»Wie, was dann?«

»Übernimmst du dann wieder, oder was? Glaubst du, ich will ewig Gangsterkönig sein? Ich habe ein Leben, in das ich zurückmöchte!«

»Im Ernst? Okay, wir werden ab jetzt ganz normale Geschäfte machen, mein Freund«, versprach Frederico. »Krankenhäuser, Banken, Hotels – mit all der Kohle, die wir eingesackt haben, werden wir zu Stützen der Gesellschaft werden. Ich werde eine Galerie eröffnen und moderne Kunst …«

»Glaubst du, ich weiß nicht, dass euer Kunsthandel auch nur eine Form der Geldwäsche ist?«, behauptete Rupert.

Holger drehte sich zu ihm um. »Frederico?«, fragte er tonlos, indem er den Namen nur mit den Lippen formte, und deutete auf Ruperts Handy.

Rupert nickte.

»Hilf mir, dass ich meine Beate lebend zurückbekomme. Den Rest erledige ich.«

»Das kann ich nicht. So gern ich es tun würde. Mein Informantennetz existiert praktisch nicht mehr. George hat unsere besten Singvögel gegrillt. Aber ich würde mir an deiner Stelle George, also Willi Klempmann, vornehmen. Der weiß, wo deine Frau ist. Geier ist nur sein Werkzeug.«

»Erzähl mir was Neues, Bruder«, forderte Rupert ungehalten.

Das Gespräch brach ab. Hatte Frederico beleidigt aufgelegt? War er so eine Mimose?

Holger sagte: »Wir haben den Geier verdammt gereizt.«

»Ja«, stimmte Rupert zu. »Er muss mich jetzt erledigen. Lass uns ein Foto machen, damit er uns findet.«

»Häh? Was willst du?«

»Ins Savoy wäre er nicht gekommen, Holger. Er ist doch nicht blöd. Unsere Leute stehen schon im Foyer und am Fahrstuhl. Die Polizei observiert das Hotel. Zumindest, wenn die Kollegen vom BKA nicht völlig verblödet sind. Es ist eine erkennbare Falle, da läuft er sicher nicht rein. Aber hier, in Bensersiel, ist nichts. Hierher wird er kommen. Den Ort kann er leicht checken. Keine Hochhäuser mit guten Positionen für Scharfschützen. Kein großer Autoverkehr. Glaub mir, er wird kommen.«

»Aber niemand weiß, wo wir sind, Rupi. Höchstens dieser Dr. Simmel, der uns sein Haus zur Verfügung gestellt hat. Du hast ja sogar deine Leibwächter ausgetrickst. Wir sind praktisch vor ihnen geflohen. Weller ist in Norden und die anderen …« Holger schwieg nachdenklich. Die Sache erklärte sich ihm jetzt von selbst. »Du gerissener Sauhund, du«, sagte er anerkennend.

Er ging mit Rupert auf den Balkon.

»Wenn du mich hier fotografierst und darauf achtest, dass der Hintergrund einigermaßen scharf ist …«

»Dann«, ergänzte Holger, »weiß er, dass wir in Bensersiel sind. Ich krieg sogar die letzte Fähre mit drauf, wenn wir uns beeilen.«

Rupert grinste triumphierend.

Holger holte seine Kamera. »Jeder wird das Bild bringen, Rupi, weil es praktisch keine Fotos von Frederico gibt.«

»Es reicht mir, wenn du es bringst, Holger. Online. Und zwar sofort. Wir haben keine Zeit zu verlieren.«

Holger fotografierte Rupert. Im Hintergrund die Fähre und eine Ahnung von Langeoog.

»Ich fasse es nicht«, sagte Holger kopfschüttelnd. »Wir tun alles, um den Killer zu uns zu locken, und vorher tricksen wir unsere Leibwächter aus und sorgen dafür, dass auch kein Polizist in der Nähe ist ... Wir machen uns praktisch selber schutzlos?«

»Und wehe, du verrätst es meinen Kollegen. Sie würden den Geier nur abschrecken.«

»Wir werden uns ihm also ganz alleine stellen?«, fragte Holger vorsichtig nach.

»Nein. Nur ich. Du verschwindest auch.«

»Aber ich kann dich doch nicht alleine deinem Schicksal überlassen, Rupi.«

»Glaub mir«, orakelte Rupert, »es ist besser so. Für uns alle.«

Es ließ Weller keine Ruhe, warum Kevin Janssen nicht in der Lage war, die Standorte der Handys herauszubekommen, die seine neue App benutzten. Er lud Kevin ins *Smutje* zum Essen ein, um mehr herauszubekommen. Einerseits wollte Weller endlich wieder einen Krabbenburger, andererseits wusste er, dass der Geheimniskrämer Kevin in der Inspektion immer sehr mundfaul war, außerhalb aber, nach ein paar Schluck Bier, sehr geschwätzig wurde.

Weller hatte einen Tisch draußen reserviert. Es war ein lauer Abend. Es gab einige Bierspezialitäten im *Smutje*, zum Beispiel ganz regional Ostfriesenbräu vom Fass, aber auch *Bio Übersee-Pils* und Kellerbier von der Brauerei *Störtebeker.*

Sie suchten lange aus. Weller entschied sich dann für das regionale Bier aus Bagband. Er nahm ein helles *Ostfriesenbräu,* Kevin ein dunkles *Störtebeker.*

Weller stellte seine Frage, noch bevor Kathi die Burger brachte. Es war Kevin peinlich. Er druckste herum und sprach so leise, dass

Weller ihn kaum verstand: »Also … das ist wegen der App … Das Ding ist doch nicht legal. Es verstößt gegen …« Er guckte nach unten und schluckte.

Weller gab nicht nach: »Ja, das weiß doch jeder. Natürlich ist das nicht legal. Aber wo ist der Haken? Funktioniert sie nicht richtig, oder was?«

Gekränkt protestierte Kevin: »Doch! Wir haben inzwischen mehr als zwanzigtausend Nutzer. Ich wette, die kommen alle aus dem kriminellen Spektrum. Da verbreitet sich das Ding rasend.«

»Ja, ist doch prima«, freute Weller sich. »Wir bekommen alle Infos über die Szene, die wir brauchen. Wir müssen sie nur noch auswerten und …« Weller grinste. »Wahrscheinlich werden bald neue Gefängnisse gebaut werden müssen.«

Kevin wischte Wellers Worte gestisch vom Tisch. »Für die Ortung brauchen wir einen richterlichen Beschluss. Aber den können wir nicht beantragen.«

»Wieso nicht?«, fragte Weller empört. »Es geht um Kapitalverbrechen. Mord, Entführung und …«

Kevin schüttelte den Kopf. »Die machen mich fertig, Weller. Die haben mich sowieso auf dem Kieker. Die Leitende Staatsanwältin Jessen …« Er verdrehte die Augen, als er den Namen aussprach. »Und von dem zuständigen Richter will ich erst gar nicht sprechen. Ich bin für die der Buhmann. Ich verstoße aus deren Sicht doch täglich gegen den Datenschutz. Denen reicht es schon, wenn ich tief durchatme, dann hab ich gleich ein Disziplinarverfahren am Hals. Nichts von dem, was ich tue, ist für die wirklich legal. Die sehen das alles sehr kritisch. Ich verliere meinen Job, wenn das mit der App rauskommt …« Er wiegte den Kopf hin und her und fuhr fort: »Falls ich nicht im Knast lande. Und da treffe ich dann auf die Typen, die wir bespitzelt haben. Nee, Weller. Ich hab schlicht Schiss. Am liebsten würde ich alles ungeschehen machen.«

Weller ballte die rechte Faust und schlug heftig auf den Tisch. Kevin zuckte zusammen. Ihm war das peinlich. Er befürchtete, dass sie die anderen Gäste auf sich aufmerksam machten. Genau das wollte er nicht.

»Bitte«, raunte er fast unverständlich leise.

»Soll«, fauchte Weller, »Beate sterben, weil wir ein Problem haben, die richtigen Papiere abstempeln zu lassen, mit so einem Hottehüh-Pferdchen drauf vom Land Niedersachsen? Oder brauchen wir gar einen Bundesadler?«

»So kann man das nicht sagen, Weller. Du vereinfachst das alles. Es ist aber viel komplizierter ... Die Netzbetreiber dürfen uns nur helfen, wenn wir ...«

Mit einer schneidenden Bewegung forderte Weller: »Namen! Gib mir Namen! Wer macht das da für uns?«

Kevin nahm einen großen Schluck Bier, um Zeit zu gewinnen. »Du willst es mit Tricks versuchen?«

Weller hatte eine klare Antwort: »Uns steht die Scheiße bis zum Hals, Lisbeth. Ich würde mich auch mit dem Teufel verbünden, um aus dieser Lage wieder rauszukommen. Geier hat die Frau von unserem Kollegen Rupert. Wenn wir sie nicht retten, fliegt uns die ganze Dienstelle auseinander. Dann haben wir alle professionell und menschlich total versagt.«

Kathi brachte die Burger. Die beiden aßen schweigend, ja verbissen. Kevin war schneller fertig als Weller. Er stürzte den Rest seines Bieres runter und schrieb Namen auf eine Serviette. Die schob er Weller rüber.

Kevin stand auf. »Mach damit, was du willst, Weller. Aber bitte halte meinen Namen da raus.«

Weller sah Kevin hinterher. Der junge Mann tat ihm leid. Er war auf seine Art hochbegabt. Ein großes Talent. Ausgebremst von Bürokratie, Gesetzen und Richtlinien.

Auf dem Zettel standen drei Namen. Weller fotografierte die Serviette und schickte ein Foto an Rupert und eins an Ann Kathrin. Dazu schrieb er: Haben wir auf diese Figuren Einfluss?

Ann Kathrin gefiel das gar nicht. Es las sich für sie wie die Vorbereitung eines Erpressungsversuchs. Sie wusste noch gar nicht, worum es ging. Sie schrieb an Weller: *Das sind keine Figuren, das sind Menschen, Frank.*

Er begriff, dass sie – was immer sie gerade tat – unter mächtigem Druck stand.

Rupert antwortete Minuten später: *Die Gaby Susemihl kenne ich. Wir hatten mal einen One-Night-Stand oder zwei, wenn ich mich nicht irre. Warum? Was willst du von der?*

Weller tippte nicht länger. Er rief Rupert einfach an und bestellte sich gestisch bei Kathi noch ein Bier. Er ging zum Telefonieren auf den Parkplatz. Zwischen den Autos lief er auf dem Kiesweg hin und her.

»Glaubst du, sie würde uns helfen oder ist sie eher noch immer sauer auf dich?«

»Sauer auf mich? Wieso das denn?«

»Na ja, so eine verflossene Liebschaft, das kann schon belastend sein.«

»Ach, du Spinner«, lachte Rupert, »das war keine Liebschaft. Das war einfach Sex. Guter Sex. Befriedigend für beide. Wo soll jetzt das Problem sein?«

Weller atmete durch und hörte die Kiesel unter seinen Schuhen knirschen. Eine schwarze Katze huschte unter ein Auto.

»Du könntest sie also um etwas bitten?«

»Zur Sache, Weller. Ich habe keine Zeit für Smalltalk.«

»Wenn wir Glück haben, kann sie für uns den angeblich toten Willi Klempmann oder gar den Geier ausfindig machen. Sie kann deren Handys orten, allerdings ohne richterlichen Beschluss.«

Rupert war sofort elektrisiert. »Ruf sie an. Schöne Grüße von mir. Das wird schon reichen.«

»Im Ernst? Warum rufst du sie nicht an?«

»Nein, Weller, besser nicht. Sie hat mir geschrieben: *Ein Wort von dir, und ich verlasse meinen Mann.* Die Sache wurde mir zu heiß, verstehst du? Ich habe hier schon Probleme genug. So eine Klette, die sich an mich dranhängt, brauche ich jetzt nicht.«

»Verstehe«, sagte Weller. Er ging zu seinem Tisch zurück. Dort wartete ein frisches Bier auf ihn.

Die Tote in Beates und Ruperts Schlafzimmer hieß Birte Jospich. Anhand ihrer Fingerabdrücke war die Sozialarbeiterin aus Oldenburg identifiziert worden. Sie hatte mehrere Jahre lang Junkies betreut und war mehrfach beschuldigt worden, Leute gedeckt und Hehlerware verkauft oder bei sich zu Hause untergebracht zu haben. Daher führte das Bundeskriminalamt sie noch in ihrer AFIS-Datenbank. Das automatisierte Fingerabdruck-Identifizierungssystem hatte Namen und Adresse sofort ausgespuckt.

Ann Kathrin saß schon im Auto, um nach Oldenburg zu fahren. Sie informierte Weller aber noch. Sie tat so, als wolle sie es ihm nur rasch mitteilen, doch in Wirklichkeit hoffte sie darauf, dass er vorschlagen würde, sie zu begleiten. Sie waren verheiratet und als Paar manchen Belastungsproben im Dienst ausgesetzt, da sie gemeinsam in der Mordkommission arbeiteten. Sie ließ es nicht raushängen, aber sie war seine Vorgesetzte.

Er reagierte, wie sie erhofft hatte, und bat sie, vorbeizukommen und ihn abzuholen. Er war gerade erst vom *Smutje* zurückgekommen und hatte sich eigentlich auf einen ruhigen Feierabend gefreut.

Natürlich hätten sie die Kollegen in Oldenburg anrufen können, doch diese Sache war so brisant, da wollte Ann Kathrin sich auf jeden Fall einen eigenen ersten Eindruck verschaffen. Wie wohnte die Frau, die in Beates Bett gefunden worden war? Hatte der Mord etwas mit ihren ehemaligen Klienten zu tun?

Weller ging mit dem Handy am Ohr vor dem Haus im Distelkamp auf und ab, als Ann Kathrin vorfuhr. Er telefonierte mit Rupert.

»Von wegen, die hilft uns, Alter! Die hat wutentbrannt aufgelegt, als sie deinen Namen gehört hat. Gaby Susemihl ist ganz schön sauer auf dich. Ich hab's noch zweimal bei ihr versucht. Sie nannte dich einen Windhund, und ich glaube, sie hat auch was von Versager im Bett genuschelt.«

»Das hast du erfunden!«, verteidigte Rupert sich.

»Jedenfalls kommen wir so nicht weiter. Deine guten Beziehungen nutzen uns einen Dreck. So, ich muss Schluss machen. Ann muss ja nichts davon erfahren.«

Weller wollte auf keinen Fall mit dem froschgrünen Twingo nach Oldenburg fahren. Sie nahmen stattdessen den Citroën Picasso.

»Du riechst nach Burger und Bier«, kommentierte Ann Kathrin und ließ an der Fahrerseite die Scheibe herunterfahren. Sie hielt den Kopf ein wenig aus dem Auto und öffnete ihren Mund. Der Fahrtwind blähte ihre Wangen.

»Ist ja gut«, kommentierte Weller, »so schlimm ist es nun auch nicht. Ich war im Smutje und hatte ein Bier.«

Sie setzte sich wieder gerade hinters Lenkrad und betonte: »Nicht alles, was ich mache, hat etwas mit dir zu tun, Frank. Ich liebe einfach den Wind, und ich war heute etwas zu viel in geschlossenen Räumen.«

»Klar«, nickte Weller, »und wenn du schon nicht an den Deich kannst, hältst du wenigstens bei hundert Stundenkilometern den Kopf aus dem Auto.« Leise fügte er hinzu: »Eigentlich müsste man dir dafür ein Strafmandat verpassen.«

Sie redeten wenig während der Fahrt. Am liebsten hätte Weller das Lenkrad übernommen. Ann Kathrin wirkte auf ihn versunken. Er kannte das von ihr. Wenn ein Fall sie sehr beschäftigte, schien die Alltagswelt sie nicht mehr zu erreichen. Ann Kathrin funktionierte dann noch, aber wie eine ferngesteuerte Marionette ohne jede innerliche Beteiligung. Manchmal war das für ihn nur schwer zu ertragen. Genau das, was sie zu einer so erfolgreichen Ermittlerin gemacht hatte, erschwerte das Zusammenleben und kostete manche Freundschaft.

Er lehnte sich zurück und sah auf die Straße. Er schaltete das Radio nicht ein. In solchen Situationen fand sie Musik manchmal unerträglich, dann war auch das schönste Konzert für sie nur Lärm.

Er überprüfte ein paar Nachrichten auf dem Handy und tat so, als sei für ihn alles in Ordnung.

Das eingeschaltete Navi sprach mehr als die beiden und führte sie sicher zur Edewechter Landstraße, zum Haus der Jospichs.

Ann Kathrin ging nicht direkt zur Haustür, sondern sah sich das Gebäude an. Ihre Lippen zuckten. Am liebsten hätte Weller einen Arm um sie gelegt. Sie sah aus, als würde sie in der warmen Abendluft frieren.

Sie spürte etwas, nahm etwas wahr, das Weller entging. Er merkte nur an ihrer Reaktion, dass für sie etwas nicht stimmte.

»Soll ich es übernehmen, ihnen die Nachricht zu überbringen?«, fragte er. Ihm fiel es immer besonders schwer, die Botschaft vom Tod eines Angehörigen zu übermitteln.

Ann Kathrin schüttelte kaum merklich den Kopf und raunte: »Da ist etwas Schreckliches passiert, Frank. Wir werden nicht den psychologischen Dienst brauchen, sondern die Spusi.«

Weller fragte sich, woraus sie das folgerte. Er ging jetzt forsch zur Tür. Als er auf der Treppe stand, sah er bereits durchs Fenster einen umgekippten Stuhl, Scherben und Blut.

»Gefahr im Verzug«, sagte er wie zu sich selbst und öffnete die Tür gewaltsam. Kaum jemand war darin besser als er. Normalerweise musste ein Schlüsseldienst gerufen werden, doch so viel Zeit hatten sie nicht. In der Polizeiinspektion hatte sich die Mär verbreitet, einige Türen würden aus lauter Respekt vor Weller aufspringen, sobald er sich ihnen näherte.

Sie fanden den toten Hansjörg Jospich im Wohnzimmer. Offensichtlich hatte ein Kampf in der Wohnung stattgefunden. Der Teppich war blutgetränkt. Wenn ein Mensch normalerweise fünf bis sechs Liter Blut hatte, so kam es Weller vor, als hätte Herr Jospich mindestens zehn Liter Blut vergossen.

Weller wollte alles Notwendige in die Wege leiten, die Kollegen rufen und einen Arzt, doch Ann Kathrin stoppte ihn. »Der Sohn. Wo ist der Sohn?«

Sie rannte die Treppe hoch.

»Ann!«, rief Weller. Sie war einfach zu leichtsinnig. Sie sicherte sich nicht. Er wusste nicht einmal, ob sie ihre Dienstwaffe bei sich trug.

Er nahm seine jetzt in die Rechte und das Handy in die Linke. Er kontrollierte unten jeden Raum und hielt dabei Kontakt zu Ann Kathrin. »Alles o. k. bei dir?«, rief er.

»Der Junge ist nicht hier«, brüllte sie. Schon war sie wieder unten bei ihrem Mann Frank Weller. Sie zog gleich ihre Schlüsse. »Ich vermute, sie kannten den Mörder. Auf jeden Fall haben sie ihn arglos hereingelassen. Die Außentür ist nicht beschädigt. Die Fenster sind zu.«

Weller gab Ann Kathrin recht: »Sie haben dem Killer freiwillig aufgemacht.«

Ann Kathrin zog sich Gummihandschuhe an. »Warum«, fragte sie, »warum diese Familie? Wieso liegt die Frau in Ruperts Bett? Was haben die miteinander zu tun?«

Während sie gemeinsam auf die Spurensicherung warteten, nahm Ann Kathrin das Festnetztelefon und drückte auf Wahlwiederholung. Nach dem zweiten Klingeln wurde abgehoben. Eine abweisende weibliche Stimme meldete sich mit: »Ja. Wirths. Was willst du denn noch, verdammt nochmal?«

»Ich bin Hauptkommissarin Ann Kathrin Klaasen. Ich befinde mich in der Wohnung der Familie Jospich. Von diesem Apparat aus wurde mit Ihnen telefoniert. Darf ich fragen, wer Sie angerufen hat, Frau Wirths?«

»Willst du mich jetzt verarschen?«

»Nein, dies ist kein Telefonscherz. Sie haben an der Nummer erkannt, dass ich vom Apparat der Jospichs aus anrufe. Darf ich davon ausgehen, dass Sie nicht das beste Verhältnis zu Frau Jospich hatten? Haben Sie sich im Streit getrennt?«

»Das kann man wohl sagen. Und ich will mit der blöden Schnepfe auch nichts mehr zu tun haben!«

»Was wollte Frau Jospich von Ihnen, als sie Sie angerufen hat?«

Bärbel Wirths stöhnte übertrieben: »Irgendwas wegen diesem Rupert. Ist doch ein Kollege von Ihnen, oder nicht?«

Ann Kathrin winkte Weller herbei. Ihr wurde ganz anders.

Weller schaute sie groß an. Sie suchte am Telefon die Funktion, es lauter zu stellen, schaffte es aber nicht. Stattdessen drückte sie versehentlich das Gespräch weg.

»Es ging um Rupert«, raunte sie Weller zu.

»Vielleicht wollte Frau Jospich …« Weller sprach nicht weiter. Er fand die Situation sehr verwirrend. Ann Kathrin drückte noch einmal auf Wahlwiederholung. Diesmal hob Frau Wirths sofort ab. »Ja, was ist? Bringen wir es hinter uns.«

»Wann genau wurden Sie von Frau Jospich angerufen?«

»Herrjeh, keine Ahnung … Es war schon spät. Ich hatte bereits meinen Schlafanzug an, wenn Sie es genau wissen wollen.«

»Ich bitte Sie um Geduld, Frau Wirths. Hier ist ein schweres Verbrechen geschehen. Vermutlich wurde der Sohn entführt und Frau Jospich …«

Bärbel Wirths unterbrach scharf: »Sind das jetzt die neuen Telefontricks? Wird das hier so 'ne Art Enkeltrick? Wir haben jemanden entführt, geben Sie uns Geld, damit wir ihn freilassen? Da sind Sie bei mir echt an der falschen Adresse.«

»Frau Wirths, ich muss Sie das jetzt fragen: Hatten Sie oder Ihre Freundin eine nähere Beziehung zu Rupert?«

»Ach, hat er Sie auch flachgelegt, Frau Kommissarin?«, keifte Bärbel Wirths.

»Frau Wirths, Sie schweben in großer Gefahr. Sind Sie allein zu Hause?«

»Das geht Sie einen Scheiß an!«

»Wenn Sie die Möglichkeit haben, begeben Sie sich umgehend zur nächsten Polizeiinspektion oder soll ich Ihnen lieber einen Wagen vorbeischicken? Die Kollegen werden dafür sorgen, dass Sie …«

»Jetzt reicht's mir aber!«, brüllte Bärbel Wirths und legte auf.

Während Ann Kathrin die Nummer der Polizei in Gießen wählte, sagte sie zu Weller: »Rupert hatte mit beiden etwas. Wir haben es ganz klar mit dem Geier zu tun. Er holt sich Frauen, mit denen Rupert mal ein Liebesverhältnis hatte.«

Weller konnte sich den Kommentar nicht verkneifen: »Na, da hat er sich aber viel vorgenommen.«

»Damit will er ihn treffen, Frank. Die Frauen sind für Geier austauschbar. Er darf ihm keine lassen, verstehst du? Wenn er Beate tötet, könnte Rupert in seiner Adressenkartei nachgucken und hätte bestimmt noch ein paar Ersatzfrauen, so wie er eine Miet-Ehefrau hat. Diese Frauke.«

»Scheiße«, sagte Weller. »Sollen wir die jetzt alle beschützen? Sind die alle gefährdet?«

Der Kollege in der Dienststelle Gießen hieß Mettmann, und so meldete er sich auch. Ann Kathrin wies ihn zurecht: »Ich habe nicht in Mettmann angerufen, sondern in Gießen, und auch nicht bei Ihnen privat, sondern in der Polizeidirektion. Meldet man sich bei Ihnen jetzt neuerdings so?«

Weller zeigte Ann Kathrin gestisch, dass dies kein guter Anfang für ein Gespräch war, aber sie hatte auch nicht vor, mit einem Kollegen, der so unprofessionell telefonierte, über die Sache zu reden. Sie verlangte den Leitenden Polizeidirektor zu sprechen. Sie nannte seinen Vornamen und deutete damit an, dass sie beide sich gut kannten. In der Tat hatte sie bei mehreren Fortbildungen mit Horst Krämer abends ein Gläschen Wein getrunken. Kurze Dienstwege waren doch immer noch die besten.

Kommissar Mettmann fühlte sich plötzlich gar nicht mehr wohl mit seinem dämlichen Auftritt. Ihm wurde bewusst, dass er sich vor der berühmten Serienkiller-Jägerin Ann Kathrin Klaasen blamiert hatte. Er suchte nach einer Ausrede und machte es damit nur noch schlimmer: »Tut mir leid, dass ich mich vorhin am Telefon so … Ich hatte eine Zahn-OP. Das hat sauweh getan, jetzt lässt die Betäubung nach und eigentlich hätte ich mich krankschreiben lassen können, aber wir sind unterbesetzt und …«

Ann Kathrin unterbrach ihn: »Bitte verbinden Sie mich jetzt sofort mit Horst Krämer. Wir haben keine Zeit für ein kollegiales Gespräch. Es geht um Leben und Tod. Kapieren Sie das?«

Sekunden später konnte Ann Kathrin mit dem Leitenden Polizeidirektor sprechen. Sie hielt sich wie meist nicht mit Vorreden auf: »Moin, Horst. Hier Ann Kathrin Klaasen. Im Einzugsbereich eurer Dienststelle wohnt eine Bärbel Wirths. Die Frau schwebt in Lebensgefahr. Wenn unsere Informationen richtig sind, könnte es sein, dass ein Serienkiller, der bereits mehrere Frauen entführt und getötet hat, auf dem Weg zu ihr ist.«

»Na, das sind ja starke Geschütze, die du da auffährst, Ann.«

»Es reicht nicht, wenn ab und zu ein Polizeiwagen bei ihr durch die Straße fährt. Sie braucht richtigen Personenschutz.«

»Darf ich noch ein bisschen mehr erfahren? Wenn ich hier schon die Pferde scheu mache, dann …«

»Bitte, Horst, verlass dich jetzt einfach auf mein Wort. Später liefere ich alle Details nach.«

»Weiß die Frau, dass sie in Gefahr ist?«

»Ich habe versucht, es ihr zu vermitteln, aber sie weigert sich, es zu glauben.«

»Verstehe ich gut.«

»Horst, ich muss. Wir haben hier noch eine Menge zu tun. Ich stehe am Tatort. Der Ehemann ist tot, seine Frau ebenfalls. Wir haben es mit einem hochgefährlichen Mann zu tun.«

»Und der ist unterwegs zu uns?«

»Vermutlich.«

Horst Krämer sprach wie ein Ritter, der sich auf die Belagerung der Burg vorbereitet: »Wir werden ihm einen gebührenden Empfang bereiten.«

Draußen auf der Edewechter Landstraße hielten zwei Polizeiwagen. Ann Kathrin ging zur Tür, um die Kollegen zu begrüßen.

Weller machte mit seinem Handy Fotos von der Leiche und ein paar umgeworfenen Gegenständen. Auch der Tisch, auf dem noch Getränke standen, interessierte ihn. Aus der Situation am Tatort reimte er sich zusammen, was hier vermutlich geschehen war.

»Was für eine kranke Scheiße«, murmelte er.

Er, der sich nie besonders für das Weltgeschehen interessiert hatte, konnte plötzlich gar nicht genug Nachrichtensender empfangen. Was hatte er mit Politik zu tun? Was mit Sport? Auch Aktienkurse und Wirtschaftsdaten langweilten ihn nur.

Doch jetzt war er selbst zum Mittelpunkt des öffentlichen Interesses geworden. Frederico Müller-Gonzáles, ein in den Augen vieler Menschen vom Gangsterboss zum Robin Hood mutierter Volksheld, forderte ihn öffentlich heraus, überzog ihn mit Hass und Spott.

Er wurde *Geier* genannt, von einigen Zeitungen auch *der Geier*. Im Internet kursierten Karikaturen. Da es kein Bild von ihm gab, ließen die Zeichner ihrer Phantasie freien Lauf. Er fühlte sich gedemütigt, lächerlich gemacht, wie damals in der Schule. Er war immer ein Außenseiter gewesen. Gehasst, gemobbt. Ausgeschlossen. All das kam nun zu ihm zurück. Doch es stachelte nicht nur die Wut in ihm an, nicht nur die Lust, zu töten. Sondern da kam noch etwas. So eine Gleichgültigkeit, als sei ihm alles egal.

Er hatte mal in einer Talkshow einem ehemaligen Versicherungsvertreter, der dann Maler geworden war, zugehört. Der Mann hatte eine denkwürdige Aussage gemacht: »Als der Druck in der Firma immer größer wurde und ich nichts mehr richtig machen konnte, habe ich innerlich gekündigt. Ich fühlte mich damals innendrin wie tot. Erst als ich begann zu malen, ging es mir besser.«

Dieser Ausschnitt aus einer Talkshow im dritten Programm hatte sich in sein Gehirn gebrannt und wurde immer wieder neu abgespielt. Er kannte jede Geste, die der Maler, der sich Autodidakt nannte, beim Sprechen gemacht hatte. Und dieser Glanz in seinen Augen, als er von seiner Malerei sprach … da waren seine Bilder wie zum Greifen nah, ohne dass eins von ihnen gezeigt wurde.

Kann ich das auch, fragte Geier sich, einfach so kündigen?

Finanziell wäre das für ihn kein Problem. Er hatte einen Koffer mit Bargeld im Auto, und er konnte noch ein paar Verstecke ausheben. Das mit den Jospichs hatte doch super funktioniert.

Ja, er hatte durchaus den Impuls in sich, Pascal und Beate einfach in dem Haus in Westerstede zu lassen. Sollten sie doch verrotten!

Wie würde die Geschichte weitergehen, fragte er sich, wenn ich nun einfach verschwinde? Noch komme ich raus aus dem Land. Ich könnte irgendwo ein neues Leben anfangen.

Aber so wollte er nun doch nicht abtreten. Er hatte auch seine Klassenkameraden abgestraft. Niemand war schadlos aus der Sache herausgekommen. Wer ihn gemobbt hatte, musste leiden. Er hatte sie sich geholt. Nacheinander. Alle. Einzeln. Einige hatten nicht mal erfahren, dass er es war, der an ihrem Unglück schuld war.

Damals hatte er noch nicht getötet. Er hatte noch Häuser angezündet, während drinnen eine Party in der sturmfreien Bude lief. Wie sollte er daran schuld sein? Er war doch nicht mal eingeladen gewesen. Da musste ja wohl irgendein Halbstarker seine brennende Zigarette vergessen haben …

Er hatte harmlosen Strebern Drogen untergeschoben. Wege, sich zu rächen, fand er immer.

Er musste den guten Ruf des Geiers wiederherstellen. Das war er sich selbst und dem Mythos, den er geschaffen hatte, schuldig. Nein, er konnte nicht einfach verschwinden, sondern musste hart zuschlagen.

Er befürchtete, in der Auftragskillerszene bereits abgeschrieben zu werden. Da war die Konkurrenz groß, und es hatte sich längst herumgesprochen, dass Marcellus und Kleebowski nicht auf sein Konto gingen. Er wollte nicht so einfach kampflos das Feld räumen. Sein Name sollte Legende bleiben. Er hatte so lange daran gearbeitet, das durfte er sich nicht zerstören lassen.

Er beschloss, Pascal zu töten und ihn nach Dinslaken zu bringen. Er fand die Idee plötzlich genial, fühlte sich sofort besser, beschwingt, leicht, durchtrieben …

Ich werde ihn, dachte er, zu meinem alten Haus in Eppinghoven bringen. In den niedergebrannten Grundmauern werde ich ihn der Öffentlichkeit präsentieren. Dann weiß jeder, dass mein Rachefeldzug begonnen hat.

Ja, Pascal wollte er sowieso loswerden. Männer waren uninteressant für ihn. Kinder erst recht. Sie machten einfach keinen Spaß.

Mit Pascal wollte er seine Duftmarke deutlich setzen, wie ein Wolf, der pinkelnd sein Revier markiert.

Er sah auf dem Bildschirm, dass dieser Bloem schon wieder sein Gift verspritzte. Es gab ein Foto, auf dem war Frederico Müller-Gonzáles zu sehen. Im Hintergrund eine Fähre.

Pascal wusste, dass sein Tod beschlossene Sache war. Der Mann, dessen Gesicht er kannte, konnte ihn nicht laufen lassen. Er war diesem skrupellosen Menschen ausgeliefert. Mit jedem Versuch, sich selbst zu befreien, fügte Pascal sich nur noch mehr Schmerzen zu. Sein Peiniger verstand etwas von Fesselungskünsten.

Pascal suchte innerlich Halt. Er versuchte zu beten, stellte sich vor, was seine Mutter ihm raten würde oder sein Vater. Aber das machte ihn nur traurig. Er weinte und spürte seine Tränen wie ein Streicheln im Gesicht.

In der Schule, dachte er, hat man uns viel unnützes Zeug beigebracht. Aber es gab nie eine Unterrichtsstunde zum Thema: *Was mache ich in der Gewalt eines sadistischen Killers?*

Doch plötzlich, als er über seine Schule nachdachte, blitzte in ihm der Gedanke auf, seinen Lehrern vielleicht unrecht getan zu haben. Er griff, als er die Schritte hörte, zur letzten denkbaren Möglichkeit. Er stellte sich tot.

War es nicht eine beliebte Methode im Tierreich? Er erinnerte sich an eine Biologiestunde, in der Herr Vier, der nur ungern Fünfen verteilte, über die *Totsteller* im Tierreich gesprochen hatte. Damals hatte Pascal zum ersten Mal das Wort Opossum gehört. Herr Vier hatte ihnen Bilder von dieser nordamerikanischen Beutelratte gezeigt. Offener Mund, heraushängende Zunge, von sich gestreckte Gliedmaße – ja, so sah ein totes Tier aus. Herr Vier hatte den Schülern erzählt, es sei die letzte Methode, sich vor stärkeren, überlegenen Fressfeinden zu schützen. Kein Puma würde ein totes Opossum fressen. Er nannte es auch *Schreckstarre.*

Bei mir, dachte Pascal, ist wohl mehr Schauspielkunst gefragt. Ich kann mich nicht darauf verlassen, in eine Schreckstarre zu fallen. Aber wie soll ich es schaffen, ihn für lange Zeit zu täuschen? Er kennt sich garantiert mit Leichen aus. Klar kann ich den Mund öffnen und die Zunge raushängen lassen. Ich kann versuchen, nicht zu atmen. Aber ich kann schlecht meinen Herzschlag anhalten oder meinen Puls stoppen.

Wenn Pascal sich richtig erinnerte, konnten Schlangen sich totstellen, Hasen, Schildkröten, Hamster. Hatte Herr Vier nicht sogar von Fischen gesprochen, die so etwas machten?

Pascal hatte das Gefühl, dass viele Lebewesen dem Menschen weitaus überlegen waren. Trotzdem. Er wollte es versuchen. Es war seine letzte Chance.

Er streckte die Beine von sich.

Soll ich erschlaffen oder erstarren, fragte er sich. Er öffnete den Mund, ließ die Zunge heraushängen, wie er es vom Opossum gelernt hatte, dankte seinem Lehrer, Herrn Vier, und da er sich eh schon halb tot fühlte, hoffte er, das könne ihm helfen. Zumindest bot er mit seinen Verletzungen einen erbärmlichen Anblick.

Einige Tiere schafften es, mit offenen Augen und starrem Blick ihre Feinde vom Tod zu überzeugen. Das traute Pascal sich nicht zu. Er schloss die Augen lieber.

Die Tür wurde aufgestoßen. So öffnete jemand eine Tür, der gleich klarmachen wollte, dass er auf nichts Rücksicht nahm und bereit war, alles beiseitezufegen, was ihm im Weg stand.

Pascal konnte ihn riechen. Vielleicht gab es doch so etwas wie Schockstarre bei Menschen. Pascal wusste nicht mehr, ob er es gerade spielte oder ob es ihm wirklich geschah.

Wenn der Tod einen Geruch hatte, dann stieg der gerade Pascal in die Nase.

Bloß nicht bewegen. Bloß nicht bewegen. Nicht niesen. Nicht zucken. Nicht atmen.

»Die Jugend von heute verträgt nichts mehr«, spottete Geier und trat gegen Pascals rechtes Bein.

Was wird er tun, um festzustellen, ob ich wirklich tot bin, fragte Pascal sich. Wird er meinen Puls fühlen? Sticht er mir einfach mit dem Messer ins Bein? Lauscht er an meinem Herzen? Legt er zwei Finger auf meine Halsschlagader?

Geier griff ihm in die Haare und schlug seinen Kopf gegen die Heizung. Pascal biss sich dabei selbst auf die Zunge.

Eine Weile rumorte Geier im Badezimmer herum. Der Wasserhahn wurde aufgedreht. Pascal wagte es nicht, einen Blick zu riskieren. Er wusste nicht, was als Nächstes passieren würde. Er lauschte und roch. Er stellte sich vor, tot zu sein, und nichts, was geschehen würde, könnte ihm noch etwas ausmachen.

Diesmal näherte Geier sich ihm von der anderen Seite. Er stieß gegen Pascals linkes Bein und begann tatsächlich, die Fesseln loszuschneiden.

Dies war der kritische Moment. Pascal hätte am liebsten losgejubelt und wäre aus dem Haus gerannt. Er tat das alles nicht, sondern hielt weiterhin die Luft an. Es fiel ihm zunehmend schwerer.

Sein linker Arm war schon frei. Er ließ ihn schlaff herunterplumpsen. Jetzt nicht atmen, beschwor Pascal sich.

Dann waren beide Arme frei, und er rutschte an der Heizung ein Stückchen tiefer, bis die Füße irgendwo anstießen.

Wenn ich nach Luft schnappe, wird er mich töten, aber wenn ich nicht atme, werde ich auch sterben, dachte Pascal. Er spürte Geiers säuerlichen Atem in seinem Gesicht.

Pascal musste Luft holen. Er musste. Um es zu verhindern, schluckte er, aber auch das war verräterisch.

Er japste wie ein Ertrinkender, riss die Augen auf und sah direkt in Geiers Augen. Geiers Nase war keine zwanzig Zentimeter von seiner eigenen entfernt.

Instinktiv führte Pascal etwas aus, das er auf dem Schulhof gelernt hatte. Mehrfach war er Opfer eines Kopfstoßes geworden. Diesmal versuchte er diese Technik selbst. Er traf mit seiner Stirn Geiers Nase.

Geier richtete sich auf, griff sich ins Gesicht und schimpfte: »Du gottverdammtes Opfer, du!«

Pascal trat gegen Geiers Knie, raffte sich auf und rannte los.

»Bleib hier, du verfluchter Hund!«, brüllte Geier hinter ihm her.

Schon war Pascal bei der Treppe. Er stolperte herum wie ein schwer Betrunkener. Seine Körperkoordination funktionierte noch nicht wirklich. Es war, als würden seine Befehle bei den Beinen und Armen nur verspätet ankommen.

Er griff mit der linken Hand nach dem Treppengeländer, fasste aber daneben. Die Luft kam ihm zähflüssig vor, als müsse er gegen sie ankämpfen. Aber eine irre Angst und ein unbändiger Lebenswille trieben ihn vorwärts.

Das Gefühl, mehr zu schwimmen als zu laufen, verließ ihn bis in die obere Etage nicht. Er knallte die Tür hinter sich zu, wollte sie verriegeln. Der Schlüssel war herausgefallen und lag auf dem Boden.

Pascal bückte sich. Schon war Geier bei ihm.

Pascal schlug die Tür zu. Geier versuchte, sie aufzudrücken. Als Geier sich gegen die Tür warf, versuchte Pascal nicht, standzuhalten, sondern floh in die Küche. Die Tür knallte auf. Geier stürzte im Flur. Da seiner Gewalt kein Widerstand entgegengesetzt wurde, verlor er das Gleichgewicht. Noch auf dem Boden rief er: »Du kommst hier sowieso nicht raus! Du machst alles nur noch schlimmer!«

Pascal zögerte einen Moment, fragte sich, ob er zur Haustür rennen sollte, entschied sich dann aber dagegen, öffnete in der Küche ein Fenster über dem Waschbecken und kletterte über die Spüle nach draußen.

Es war ein unfassbares Gefühl, im Garten zwischen den Rhododendren zu stehen. Der Boden unter seinen Füßen war weich. Die Sonne versteckte sich hinter einer kleinen Schäfchenwolke. Er hörte Amseln. Hundert, vielleicht hundertfünfzig Meter von hier entfernt stand ein Haus.

Pascal stürmte los.

Wenn es einen Gott gibt, dachte er, dann hat der mir gerade geholfen, aus dieser verdammten Situation herauszukommen. Danke, lieber Gott, und danke, Herr Vier, für Ihren tollen Biologieunterricht.

Er trat auf eine Scherbe oder eine Muschelschale. Der Schmerz war wie ein Weckruf. Jetzt erst wurde ihm bewusst, dass er nicht nur barfuß war, sondern fast nackt.

Er hörte hinter sich Geier rufen: »Komm zurück! Ich habe gesagt, du sollst zurückkommen!«

Pascal drehte sich um. Die Haustür öffnete sich. Geier stand wutentbrannt im Türrahmen. Er streckte seine Hand nach Pascal aus, als könne er ihn mit magischen Kräften zurückholen. Und es gab tatsächlich etwas in Pascal, das wollte aufgeben, reumütig zurückkehren und um Gnade flehen. Aber etwas anderes war größer. Sein Widerstandsgeist trieb ihn vorwärts.

Er überquerte eine Straße. Ein schwarzer Audi mit offenem Verdeck näherte sich. Pascal entschied sich, statt den Wagen anzuhalten, lieber zu dem Haus zu rennen. Das erschien ihm ein sichererer Zufluchtsort zu sein.

»Hilfe!«, schrie Pascal, »Hilfe!«

Er hörte seinen eigenen Atem rasseln. Die Beine kamen ihm merkwürdig schwer vor, die Gelenke steif. Er ruderte weiter, als müsse er durch die Luft schwimmen.

Geier näherte sich mit schnellen Schritten. Er packte Pascal von hinten bei der Schulter.

Pascal fuhr herum und schlug um sich. Aber darin war er lange nicht so gut wie Geier, der ihm einen Boxhieb in die Magengrube verpasste. Dann einen Leberhaken.

Pascal wollte noch einmal um Hilfe rufen, aber es kam nur noch ein jämmerlicher Laut aus seinem Mund, kaum noch menschliche Sprache. Aus dem Haus meldete sich niemand. Hinterm Haus mähte jemand den Rasen.

Aber der Audi hielt an. Am Steuer saß eine Frau mit rotem Kopftuch und großer Sonnenbrille. Sie hätte vierzig, aber auch sechzig Jahre alt sein können. Der Mann neben ihr hatte weiße Haare und etwas Playboyhaftes an sich. Das Hemd offen bis zu den Brusthaaren. Er lehnte sich aus dem offenen Auto und rief: »Hey, hey, was ist los? Brauchen Sie Hilfe?«

Pascal schickte einen Dankesruf zum Himmel: Die Rettung, lieber Gott! Danke! Du schickst mir die Rettung!

Geier nahm Pascal in den Schwitzkasten.

»Das können Drogen aus Kindern machen«, rief Geier zum Audi rüber. »Es ist schrecklich! Man kann ihn keine Minute alleine lassen. Er baut nur Scheiß, Chrystal Meth ist eine furchtbare Droge.«

Der Playboy drehte sich um und sprach mit der Fahrerin des Wagens. Sie hatte schon ihr Handy in der Hand. Pascal hoffte, sie würde die Polizei rufen. Meine Mutter, dachte er, hätte es getan.

Doch der Playboytyp mit der Brustbehaarung rief nur zurück: »Wem sagen Sie das?! Ist das Ihr Sohn?«

»Ja«, rief Geier, »seit zwei Jahren abhängig!«

Pascal versuchte zu sprechen, doch Geier drückte ihm die Luft ab. Es gelang Pascal trotzdem, den Kopf zu schütteln, aber wer nahm schon die Äußerungen eines drogenabhängigen Jugendlichen wahr?

Jetzt guckte auch aus dem Haus jemand herüber und rief. »Ist alles in Ordnung?«

»Ja, danke für die Hilfe!«, rief Geier. »Jede Gesellschaft bekommt die Jugend, die sie verdient hat …«

Pascal riss sich los und brüllte: »Ich bin nicht drogenabhängig! Ich wurde entführt!«

Schon schnappte der Geier ihn wieder.

Das Audi-Cabrio fuhr weiter. Der Mann lehnte sich noch hinten raus und rief: »Viel Glück, Kumpel, und starke Nerven! Die wirst du brauchen!«

Geier hatte Pascal wieder im Griff. Er bedankte sich freundlich und zog den weinenden Jungen zurück in das Haus, aus dem er gerade versucht hatte, zu fliehen.

»Das ist nicht fair«, jammerte Pascal, »einfach nicht fair!«

»Das Leben ist nicht fair«, bestätigte Geier und streichelte ihm über den Kopf. Dann warf er Pascal wie einen Sack Kohlen in den Flur, schloss die Tür und trat nach ihm. »Du verdirbst alles, du kleiner, aufsässiger Idiot, du. Jetzt müssen wir diese gastliche Stätte verlassen. Oder glaubst du, ich warte darauf, bis einer von denen es sich anders überlegt und doch noch die Polizei anruft oder das Jugendamt? Ich bin ja eigentlich echt ein ruhiger Mensch, aber dir ist es gelungen, mich sauer zu machen, Kleiner. So richtig sauer.«

Die Fallbesprechung fand in der Polizeiinspektion Aurich statt. Polizeichef Büscher saß am Tisch, als würde er gar nicht dazugehören oder wisse nicht, was er auf dieser Veranstaltung sollte. Er hatte etwas Mitleiderregendes an sich. Er sah aus wie ein Mann, der wusste, dass er besiegt war. Ein geschlagener Held, der sich wehmütig an vergangene Zeiten erinnerte, während die jungen Recken heiß darauf waren, sich zu beweisen.

Normalerweise lag die Ermittlungshoheit dort, wo die Leiche gefunden wurde. Jetzt gab es die tote Frau Jospich in Norden und ihren toten Ehemann in Oldenburg. Dazu den höchstwahrscheinlich entführten Sohn.

Trotz der verwirrenden Lage gab es kein Kompetenzgerangel. Selbst Klatt vom BKA hielt sich zurück. Das hatte mit Ann Kathrins Persönlichkeit und ihrem Auftreten zu tun. Büscher kapierte, dass sie so etwas wie eine natürliche Autorität war. Dafür brauchte sie weder einen Dienstgrad noch eine Genehmigung von oben. Die Menschen hörten ihr einfach zu, wenn sie sprach. Man vertraute ihr. Selbst wenn sie ihre Zweifel äußerte, ihre eigenen Fragen und Unsicherheiten offenmachte, verlor sie dadurch nicht an Respekt, sondern gewann stattdessen noch dazu.

Büscher gestand sich ein, sie zu bewundern. So, dachte er, bin ich nie gewesen, so kann ich auch nie sein. Ich habe immer versucht, den Chef zu spielen, weil ich es eben sein sollte. Aber es war nie echt. Das haben sie immer gespürt.

Er konnte sich Ann Kathrin auch auf einer Rednerbühne vor Volksmassen vorstellen. Als Rädelsführerin, die Streikenden ihre Verhandlungsstrategie mit der Geschäftsführung erklärte.

Er wusste, dass sie sich selbst gar nicht so sah. Sie galt als wenig teamfähig, wobei gerade sie in der Lage war, Teams um sich zu scharen. Sie hatte allerdings Schwierigkeiten damit, sich selbst in ein Team einzuordnen. Wenn es Alphatiere gab, dann war sie eins. Aber sie wollte keins sein. Er ahnte, dass er nur so lange Kripochef war, wie sie seinen Entscheidungen zustimmte. Im Zweifelsfall würden die Kollegen ihr folgen und nicht ihm.

Jetzt überließ er ihr gleich das Spielfeld. Aus Oldenburg war Hauptkommissar Tjark Oetjen angereist. Er stimmte Ann Kathrin erstaunlich oft zu. Wenn zwei Dienststellen an einem Fall saßen und der von großer öffentlicher Bedeutung war, dann versuchten oft Dienststellenleiter, sich zu profilieren, ihren Anteil an der Arbeit besonders hervorzuheben oder das Ganze an sich zu reißen.

Hier gab es ein kollegiales Miteinander, denn Oetjen kannte Frank Weller und Ann Kathrin gut und hatte in seiner Wilhelmshavener Zeit auch schon mit Rupert zu tun gehabt. Er war stolz darauf, in diesem Fall mit Ann Kathrin zusammenzuarbeiten. Niemand in Deutschland hatte so viele Serienmörder geschnappt wie sie. Ostfriesland galt schon als Endstation für Serienkiller. Immer wieder hatte man versucht, sie nach Wiesbaden zu holen. Doch sie war Ostfriesland treu geblieben. Sie wusste genau, dass sie nur in der Zusammenarbeit mit ihren Kolleginnen und Kollegen hier wirklich gut war. In der Presse war sie oft mit einem Spürhund verglichen worden, der schnüffelnd witterte, wo es langging. Büscher erlebte sie stattdessen als ganz konkrete, faktenorientierte Frau, die erst mal alles sammelte, damit sich daraus ein Bild ergab.

In Klatts Weltbild gehörten Frauen eigentlich nicht zur Kripo, und wenn, dann sollten sie sich um Familienstreitigkeiten und Kinder kümmern. Vielleicht noch um Fahrraddiebstähle. Bei den richtig harten Jobs in der Mordkommission hatte er immer das Gefühl, Frauen sahen hier nicht richtig hin. Oder es zerstörte sie am Ende. Er wusste, dass seine Meinung nicht mehr zeitgemäß war. Er sprach es nicht aus, aber manchmal spürten die anderen genau, was er verschwieg.

Weller sah seiner Frau zu und lauschte ihren Ausführungen. Er ahnte, dass sie gerade über ihre Grenzen ging. Wenn sie sich ganz in einen Fall vertiefte, vergaß sie sogar zu essen und zu trinken. Er schob ihr dann immer wieder ein Glas Wasser hin, prostete ihr zu und animierte sie, ein paar Happen zu sich zu nehmen. Er hatte von *ten Cate* ostfriesischen Käsekuchen mitgebracht und drum herum ein paar Törtchen drapiert. Das Tablett, von Jörg Tapper für seine Freunde zusammengestellt, stand unangetastet in der Mitte des runden Tisches, während Ann Kathrin an einem Flipchart stand und auf weißes, unkariertes Recyclingpapier Kreise malte, in die sie Namen schrieb und mit bunten Pfeilen verband.

»Wir überprüfen sämtliche Überwachungskameras der Umgebung. Bis jetzt erfolglos. Rupert hat an seinem Haus und Grundstück fünf Kameras installiert, aber die Anlage ist alt und kaputt. Die Wartungsfirma gibt es nicht einmal mehr.«

»Heißt das«, fragte Tjark Oetjen, »die Kameras waren gar nicht intakt?«

Weller antwortete und gab zähneknirschend zu: »Ja, es war ihm wohl zu teuer, alles neu zu machen. Er war der Meinung, dass man den Kameras ja von außen nicht ansieht, dass sie nicht mehr funktionieren und sie hätten auch so eine abschreckende Wirkung.«

Marion Wolters hatte bisher geschwiegen. Lediglich ihr Magen gab knurrende Geräusche von sich. Sie flüsterte jetzt in Rieke Gersemas Ohr: »Außerdem dachte er wahrscheinlich, bei ihm sei sowieso nichts zu holen.«

»Unser Hauptaugenmerk muss jetzt darauf liegen, Pascal zu finden. Und Beate, die Frau unseres Kollegen. Hoffentlich noch lebendig«, sagte Ann Kathrin und schlug eine öffentliche Fahndung vor. Sie hielt ein Bild von Pascal hoch, das sie aus der Wohnung in Oldenburg mitgenommen hatte. »Lasst es uns veröffentlichen und über alle nur denkbaren Kanäle jagen. Vielleicht versteckt sich Geier mit dem Jungen irgendwo.«

Über den Bildschirm waren Fahnder aus Osnabrück und Wiesbaden zugeschaltet. Eine Kollegin, die eine Frisur hatte, als sei sie eine Filmdiva aus den fünfziger Jahren, ging offensichtlich davon aus, dass jeder sie kannte: »Was hat das alles mit diesen Presseveröffentlichungen zu tun, die Holger Bloem raushaut? Was ist das überhaupt für ein Typ? Wir werden mit Anfragen bombardiert.«

Ann Kathrin nahm Holger sofort in Schutz: »Dies ist ein freies Land mit einer freien Presse. Und wenn Frederico Müller-Gonzáles einem Journalisten ein Interview gibt, dann ist das seine Sache.«

Die Dame aus den Fünfzigern schüttelte den Kopf. Ihre mit Haarspray verklebten Haare wackelten, als sei die ganze Frisur aus einem einzigen Stück geschnitten. »Das erschwert unsere Ermittlungsarbeiten enorm. Wahrscheinlich wird der Täter dadurch erst so gereizt, dass er unverhältnismäßig überreagiert.«

Weller zeigte mit dem Zeigefinger auf den Bildschirm und schimpfte: »Nein, das ist ganz sicher nicht so. Von wegen überreagiert! Wir haben es mit einem sadistischen Killer zu tun. Ihr habt den jahrelang gejagt, der hat Polizistinnen getötet, Verkäuferinnen … Der verspottet und spielt mit uns.«

Sie wehrte ab: »Sein Haus in Dinslaken ist niedergebrannt. Möglicherweise ist er sogar darin umgekommen.«

»Wieder falsch«, zischte Weller. »Dann hätten wir da DNA-Spuren von ihm gefunden. Er ist entkommen, und er macht weiter. Dazu braucht er keine Zeitungsinterviews und keine Artikel von Holger Bloem. Wenn Sie keine Ahnung haben, dann ersparen Sie uns Ihre Ratschläge!«

Ann Kathrin sah Weller an und bat ihn um Mäßigung. Er zog das Tablett mit der Torte zu sich heran und aß ein Stück Käsekuchen aus der Hand. Er biss zu, als könne er so den Mörder unschädlich machen.

Die Frau mit der gemeißelten Frisur gab nicht auf und betonte: »Dieses Interview hätte so nicht veröffentlicht werden dürfen. Man könnte es als Gewaltaufruf werten oder als Aufforderung zu einem Duell.«

Weller sprach über den Tisch zu Ann Kathrin, als seien die anderen gar nicht mehr im Raum. »Wir haben keine Zeit für solchen Kram, Ann. Wir verzetteln uns. Wir müssen Beate finden und diesen Jungen. Uns läuft die Zeit weg!«

Ann Kathrin gab Weller mit einem Wimpernschlag recht.

Die BKA-Frau mit den hochtoupierten Haaren verzog abfällig den Mund und zischte: »Dieser Holger Bloem muss gestoppt werden. Kriegt den denn niemand unter Kontrolle? Jetzt werde ich Ihnen mal erzählen, wie ich die Sache sehe …«

Weller unterbrach sie: »Können Sie das nicht Ihrem Friseur erzählen?«

Ann Kathrin deutete Weller an, er solle sich mäßigen. Er drehte sich um, machte einen Faustschlag in die Luft und stöhnte. »Ach, ist doch wahr, verdammt!«

»Den Artikel von Holger Bloem«, sagte Ann Kathrin so sachlich wie möglich, »und die Zitate aus dem Interview sind sehr hilfreich für uns. Möglicherweise verunsichern sie den Täter und zögern das eigentliche Verbrechen hinaus. Vielleicht glaubt er ja, die falsche Frau zu haben. So gewinnen wir Zeit.«

Marion Wolters stand auf und hantierte am Bildschirm herum. »Ich verstehe Sie nicht mehr richtig«, sagte Marion. »Was haben Sie gesagt?« Die Gesichter waren plötzlich verpixelt, dann wurde der Bildschirm zu einer schwarzen Fläche. Nur noch ein leichtes Nachleuchten an den Rändern war zu sehen.

»Eigentlich«, sagte Marion, »wäre genau das Ruperts Part gewesen. Aber weil er nicht bei uns ist, übernehme ich das mal für ihn.«

Büscher blickte zu Tjark Oetjen und zu Klatt. Oetjen lehnte sich im Stuhl zurück und schien völlig einverstanden damit zu sein. »Ja, bei uns ist die gesamte Technik auch veraltet, da kann so was schon mal passieren. Erst streicht man uns die Mittel zusammen, und dann wundert man sich, wenn nichts mehr funktioniert. Schönen Gruß an die Sparschweine – sollen sie doch an ihrem Geld ersticken«, kommentierte er.

Klatt wollte sich auch ins Gespräch bringen. Immerhin vertrat er hier das BKA, und Büschers Passivität nervte ihn. Klatt litt daran, wenn Ann Kathrin so sehr die Bühne überlassen wurde. Er beugte sich vor, als hätte er eine geheime Botschaft an alle und deutete an, sie sollten die Köpfe näher zusammenstecken. »Es gibt da«, sagte er, »noch ganz inoffiziell – eine Möglichkeit, die wir alle nutzen sollten. Ihr wisst ja bestimmt, wie unsicher WhatsApp, Signal und solche Messaging-Apps sind.«

Es sah zwar kaum einer den Zusammenhang zu diesem Fall ein, aber Klatt freute sich über das allgemeine Nicken. »Ermittlergruppen organisieren sich oft gleichzeitig in WhatsApp-Gruppen, und das ist ja für den Austausch auch klasse und schnell, aber …« er wedelte mit den Fingern herum, als müsse er Fliegen vertreiben, »wer weiß, wer da alles mitliest.«

»Interessiert die CIA wirklich, was wir hier treiben?«, fragte Marion Wolters leise ihre Nachbarin Rieke Gersema. Die grinste. Für sie war das alles nur ein Versuch von Klatt, sich mal wieder wichtig zu machen.

»Aber«, fuhr Klatt geradezu triumphierend fort, »es gibt jetzt eine Lösung – also, wie gesagt, nicht offiziell, von mir habt ihr das nicht. Aber ich benutze neuerdings«, er hielt sein Handy auf den Tisch und zeigte es herum, so dass es jeder sehen konnte, »die App *Top Secret.* Wie der Name schon sagt, ist das ein sicheres System und wird hauptsächlich von Geschäftsleuten genutzt, an der Wallstreet und so, habe ich mir sagen lassen. Es wird nicht offiziell dafür geworben. Es gibt über zwei Milliarden WhatsApp-Benutzer. *Top Secret* dagegen ist im Grunde«, er freute sich über seinen eigenen Sprachwitz, »noch top secret. Ich schlage vor, dass wir als Ermittlungsgruppe, gerade in diesem speziellen Fall, *Top Secret* nutzen ...«

Während Tjark Oetjen bereits in seinem App-Store nach *Top Secret* suchte, biss Weller sich in den Handrücken, um nicht loszubrüllen. Er stand auf und ging zur Tür. Ann Kathrin sah ihn irritiert an.

»Ich muss mal für kleine Jungs«, behauptete er.

Da Geier sowieso vorhatte, diese Wohnung aufzugeben, nutzte er den WLAN-Anschluss, um per Computer eine kurze Filmaufnahme von Beate an die Polizeiinspektion zu schicken, so als wolle er eine schriftliche Anzeige machen. Immerhin hatte er sie aus Norden entführt, und ihr Mann war ganz klar Polizist.

Es kam Geier so vor, als würde er eine Weltmacht herausfordern. Die gesamte Polizei. Vermutlich würde das hier mit seinem Tod enden. Aber der Gedanke schreckte ihn nicht mehr. Er konnte sich jetzt vorstellen, wie sich Menschen fühlten, die glaubten, für eine große Sache zu sterben. Alles war jetzt so intensiv. Dieses Kribbeln auf der Haut. Er war voller Adrenalin.

*Schöne Grüße*, schrieb er dazu. *Der Countdown läuft.*

Nachdem er die E-Mail abgeschickt hatte, ging er zu Pascal, um ihn umzubringen. Er wollte sich nicht länger mit dem Jungen belasten.

Er hielt sein Messer an Pascals Halsschlagader und sagte: »So ist dein Vater gestorben. So sollst du ihm auch folgen.«

Pascal weinte und sagte den einzigen Satz, der ihm einfiel: »Ich bin zwölf.«

Geier hielt inne. Nein, es war kein Mitleid. Aber er sah durch Pascal eine Chance. Diese Beate musste auf jeden Fall sterben. Sollte die Polizei versuchen, ihn zu stoppen, wäre so ein Kind bei Verhandlungen ein guter Trumpf. Niemand würde den Tod eines Kindes riskieren. Bei Erwachsenen, vermutete er, taten sie sich leichter. Vielleicht war das Leben des Jungen für ein Fluchtauto gut oder sogar für freies Geleit.

Er hätte sich gerne noch ein bisschen mit Beate beschäftigt, doch es drängte ihn, aufzubrechen. Er rechnete damit, dass über kurz oder lang jemand das Jugendamt oder die Polizei verständigen würde.

»Okay«, sagte er zu Pascal. »Ich schenk dir noch ein bisschen Leben. Ich hoffe, du wolltest nicht Fußballer werden. Jungs in deinem Alter träumen doch oft davon.«

Pascal schluckte. »Nein, wollte ich nicht.«

»Dann ist ja gut. Ich muss dir nämlich ein Bein brechen, damit du mir nicht wieder wegläufst. Soll ich das linke nehmen oder das rechte? Oder meinst du, ich muss dir beide brechen? Nicht, dass du mir noch davonhumpelst …«

Als Weller seine Emotionen wieder im Griff hatte und in den Besprechungsraum zurückkam, traf er eine vollkommen veränderte Situation an. Alles redete durcheinander. Ann Kathrin und Tjark Oetjen standen und packten bereits ihr Zeug zusammen. Eine allgemeine Aufbruchstimmung und Hektik verbreiteten sich.

»Was ist los?«, fragte Weller. »Habe ich was verpasst?«

Marion Wolters hatte Spaß daran, Weller zu belehren: »Klempmanns trauernde Witwe ist soeben in Brake gesichtet worden.«

»Ja, äh, und was heißt das jetzt?«, fragte Weller.

»Dass Klempmann, wenn er noch lebt, auch nach Brake kommen wird. Und da wird er dann sein Waterloo erleben«, prophezeite Ann Kathrin mit entschlossenem Gesicht.

Tjark Oetjen hakte ein bisschen naiv nach: »Aber wieso soll seine Witwe sich keine Auszeit nehmen und an die Unterweser fahren?«

Rieke Gersema unterstützte den Einwand: »Ja, wieso eigentlich nicht?«

Ann Kathrin legte die linke Hand auf die Gürtelschnalle ihrer Hose: »Nenn es Bauchgefühl, wenn du willst.«

Marion Wolters sang: »An was soll ich denn glauben, außer an das, was ich spür?« Sie kannte das Lied von André Heller und versuchte, wienerisch zu singen, was misslang und völlig deplatziert klang. Auch war nicht klar, ob sie Ann Kathrin damit eins auswischen oder sie unterstützen wollte.

»Und was«, fragte Weller, »heißt das jetzt für uns?«

»Dass wir nach Brake fahren und das Hotel beschatten. Wenn er kommt, werden wir ihn einkassieren. Und er wird uns zu Geier führen.«

Das leuchtete Weller sofort ein. Er hatte gleich sein Handy in der Hand, um im *Hotel Wiechmann* ein Zimmer zu reservieren. Dabei liefen Weller und Ann Kathrin nebeneinander her durch den Flur. Der Rest folgte ihnen, lediglich Büscher blieb einfach am Tisch sitzen, als sei er eingeschlafen. Er starrte auf den Kuchen.

»Wer hat uns den Tipp gegeben?«, fragte Weller und hatte Mühe, mit Ann Kathrin Schritt zu halten.

»Eine Überwachungskamera am Flughafen Ganderkesee«, grinste sie.

»Du lässt alle Flughäfen überprüfen?«

»Nein, nur die kleinen. Bei unserer Personaldecke ist nicht mehr drin. Aber Klempmann hat einen Privatpiloten, Hugo Schaller, der ihn schon oft geflogen hat. Ich vermute, Klempmann ist sein einziger Kunde und finanziert ihm sein aufwendiges Leben und die Maschine. Und ebendieser Hugo Schaller hat Klempmanns große Liebe zusammen mit einer Freundin von Borkum nach Ganderkesee geflogen.«

»Du hast also nicht alle Flughäfen überwachen lassen«, insistierte Weller, »sondern bloß Schallers Maschine?«

»Ja, Frank, das war einfacher. Personalnot macht erfinderisch.«

»Warum sind wir nicht daraufgekommen, Ann? Ich meine, die ganze Truppe da hinter uns arbeitet doch an dem Fall. Ich wusste nicht, dass er einen Privatpiloten hatte.«

Der spöttische Zug um ihre Mundwinkel gefiel ihm nicht. Sie ließ ihn lange auf eine Antwort warten. Sie verließen die Polizeiinspektion bereits und gingen auf ihren Wagen zu, als sie sagte: »Aktenstudium, Frank. Ganz einfaches Aktenstudium. In der *NWZ* war sogar mal ein Bericht über ihn.«

Weller stöhnte: »Vermutlich von Holger Bloem.«

»Nein«, korrigierte Ann Kathrin ihn, »Holger schreibt fürs *Ostfriesland Magazin* und den *Kurier*. In dem Fall war es Lasse Deppe. Er hat originelle Menschen vorgestellt, die ihren Traum leben. Da wurde Schaller als einer beschrieben, der ein selbständiges Lufttaxi betreibt. Er hat mehrfach Leute aus dem kriminellen Milieu –

richtige Gangstergrößen – nach Borkum geflogen. Von dort aus ging es dann auf Klempmanns Yacht …«

Weller fühlte sich beschämt. »Das alles steht in den Akten?«, fragte er kleinlaut.

»Ja«, antwortete sie ruhig. »Lesen hilft.«

Ann Kathrin wollte ans Steuer, doch Weller bat: »Lass mich fahren, Ann.«

Wenn sie so sehr mit einem Fall beschäftigt war, fand er es manchmal gefährlich, neben ihr auf dem Beifahrersitz zu sitzen, denn sie konzentrierte sich mehr auf kriminalistische Zusammenhänge als auf den Straßenverkehr.

Sie waren beide froh, dass Klatt nicht vorhatte, auch bei ihnen einzusteigen. Sie fuhren mit drei Autos in Richtung Brake.

Trotzdem telefonierte Ann Kathrin und forderte ein Mobiles Einsatzkommando an. »Wenn Klempmann kommt, müssen wir mit heftigem Widerstand rechnen. Der schießt sich auch den Weg frei, wenn es drauf ankommt. Der ergibt sich nicht kampflos. Bis gerade hat der noch auf seiner Yacht ein recht legales Leben geführt. Er weiß, dass es damit vorbei ist.«

Weller deutete auf die beiden anderen Autos hinter ihnen und sagte: »Wenn seine Frau uns bemerkt, wird sie ihn warnen und die ganze Sache ist damit erledigt. Wäre es nicht besser, wir sorgen dafür, dass die anderen …«

Ann Kathrin gab ihm recht: »Fahr auf dem nächsten Parkplatz rechts ran. Wir müssen versuchen, sie loszuwerden.«

Tatsächlich hielten sie alle hinter Ann Kathrin und Weller an. Klatt sprang als Erster aus dem Auto. Er erwartete eine Wendung, irgendeine Information, die nur Weller und Ann Kathrin bekommen hatten und er mal wieder nicht. Das fand er typisch. Er war fast enttäuscht, als Ann Kathrin sagte: »Fahrt zurück. Wir dürfen jetzt nicht die Pferde scheu machen.«

Rieke Gersema war nur zu gern bereit, sofort umzukehren. Für sie als Pressesprecherin war so ein Einsatz gar nichts. Sie musste nicht dabei sein, wenn die Kugeln flogen. Ihr reichte es schon, wenn sie hinterher Fragen beantworten musste. Aber Marion Wolters war richtig heiß darauf, ganz vorn an der Front mitzuspielen.

»Außerdem«, sagte Weller, »wird das kein Spaziergang. Da müssen hochqualifizierte Spezialisten dran, sonst haben wir am Ende mehr Tote auf unserer Seite zu beklagen als …«

»Klar«, stimmte Klatt zu und stützte sich auf dem Autodach ab. »Das sieht doch jeder sofort ein. Und Sie gehören dann zu eben diesen hochqualifizierten Einsatzkräften, oder was?«

Weller hatte keine Lust, sich lange mit Klatt auseinanderzusetzen. Er zeigte auf Ann Kathrin und sagte: »Nein, ich bin nur der Babysitter für diese Dame hier. Ich bin nur gekommen, um ein paar Pastinaken für sie zu pürieren, das soll ja gut für den Magen sein.«

Marion Wolters grinste. Einer der Oldenburger Kollegen lachte sogar, hielt sich dann aber eine Hand vor den Mund, weil er sich nicht sicher war, ob das ohne Konsequenzen bleiben würde. Klatt galt als sehr einflussreicher Mann. Die Art, wie Weller mit ihm umging, beeindruckte die Oldenburger.

Der verunsicherte Klatt tat, als hätte er nicht richtig verstanden. »Babysitter?«

»Meinetwegen auch ihr Gigolo«, fauchte Weller ihn an. »So nennt ihr mich doch hinter meinem Rücken, stimmt's?«

Marion Wolters nickte, Rieke Gersema sah verschämt auf den Boden, schüttelte aber den Kopf.

»Ja, und was heißt das jetzt für uns?«, fragte Tjark Oetjen, obwohl er die Antwort längst wusste.

»Ich bitte euch, zurückzufahren. Es gibt genug zu tun. Wir müssen uns nicht im *Hotel Wiechmann* auf die Füße treten. Dies wird eine verdeckte Aktion zur Ergreifung von Willi Klempmann.«

»Und wenn wir ihn haben«, sagte Weller mit durchgedrücktem Rücken und Handbewegungen, als müsse er mit der Handkante Nägel in die Wand schlagen, »dann müssen wir für Möglichkeiten sorgen, ihn zu verhören.«

Klatt zog seine Hose über den Bauch und verschränkte dann die Arme über der Brust: »Ja, dafür haben wir spezielle Räume. Oder wollen Sie es wieder in Ihrem Lieblingscafé machen?«

Er wirkte angriffslustig auf Weller. Weller nahm das Duell jetzt nicht an, sondern belehrte Klatt: »Wir haben es mit Leuten zu tun, die über eine Armee verfügen. Vermutlich über bessere Waffen als wir. Ich halte es nicht für ausgeschlossen, dass seine Leute versuchen werden, ihn zu befreien. Wenn sein Anwalt es nicht schafft, dann könnten auch Leute mit Kalaschnikows kommen oder schwereren Waffen.«

»Meine Mutter«, flüsterte Rieke Gersema leise, »wollte eigentlich, dass ich Kindergärtnerin werde …«

»Das heißt heute Erzieherin«, korrigierte Marion Wolters, »und die kriegen noch weniger als wir.«

»Wenn wir ihn in die Polizeiinspektion nach Norden oder Aurich bringen, brauchen wir dort verstärkte Sicherheitsmaßnahmen.«

»Ihr seid doch verrückt«, empörte Klatt sich.

»Nicht wir sind verrückt«, korrigierte Ann Kathrin ihn. »Die Welt ist es.«

Dirk Klatt spürte ein Engegefühl in der Brust. Er kannte diese Körperreaktion. Nein, er stand nicht kurz vor einem Herzinfarkt. Er fühlte sich ausgeschlossen.

Manchmal war das auch in der Familie so, wenn seine Ehefrau von Selbstverwirklichung sprach und sein linksradikaler Möchtegern-Schwiegersohn zu flüstern begann oder rasch das Gesprächsthema wechselte, sobald er den Raum betrat.

Er saß noch im Auto. Er betrachtete sich im Rückspiegel und walkte sein müdes Gesicht durch. Seine Haut war teigig. Die dunklen Ränder unter seinen Augen machten ihm weniger aus als die Tränensäcke. Er kam sich vor wie Horst Tappert in dick. Er hatte den Mann mit den Tränensäcken als Oberinspektor Derrick immer gemocht. Gern wäre er gewesen wie Derrick, aber in maßgeschneiderten Anzügen sah er aus wie ein übergewichtiger Kellner, und eine Krawatte mit perfekt gebundenem Knoten hielt er am Hals nicht lange aus, weil er dann kaum Luft bekam und mörderisch zu schwitzen begann. Die Pilotenbrille sah lächerlich aus, wenn er sie trug, und so schlank, wie Derrick war, würde er in diesem Leben nicht mehr werden, das war ihm auch klar.

Aber dieser Fall würde in die Kriminalgeschichte eingehen. Er wollte sich nicht ausbooten lassen. Dieser ganze undisziplinierte ostfriesische Haufen hatte ihn von Anfang an als Fremdkörper empfunden und ihn nie wirklich in ihre Truppe gelassen. Sie behandelten ihn wie einen potenziellen Verräter.

Er starrte in den Himmel und bewunderte einen Vogelschwarm. Die klare Formation tat ihm gut. Einer ganz vorne, die anderen pfeilförmig hinterher. Aber auch dort war immer einer, der aus der Reihe tanzte oder seinen Platz nicht fand.

Ich muss mit meinen eigenen Leuten einen Alleingang der Ostfriesen verhindern, dachte er grimmig. Hier konnte er sich auf niemanden wirklich verlassen. Die stritten sich zwar wie die Kesselflicker, aber im Zweifelsfall hielten sie alle nach außen zusammen.

Er brauchte Leute, auf die er sich verlassen konnte. Freunde. Vertraute. Loyale Mitstreiter. Er fragte sich, ob er überhaupt

Freunde hatte. Der Gedanke machte ihn nicht traurig, sondern wütend. Er hatte sich immer solche Mühe gegeben, in der Familie und auch im Beruf. Und jetzt stand er mit leeren Händen da.

Vielleicht wäre das alles ein Fall für die Innere gewesen, aber denen konnte er auch nicht trauen. Die machten ihr ganz eigenes Ding, verdächtigten im Grunde jeden, und er befürchtete, dass sie ihn auch längst überprüften. Die machten sich mit niemandem gemein, wollten unabhängig sein. Objektiv. Als ob es so etwas wirklich gäbe …

Zu viel war schiefgegangen in letzter Zeit. Dieser Fall, die ganze Undercoveraktion, konnte Karrieren befeuern oder auch beenden. Bei erfolgreichem Abschluss würden ein paar der Beteiligten zu Legenden werden.

Er beschloss, diese Karte zu spielen, um seine eigene Ermittlergruppe zusammenzuschweißen. Er brauchte risikofreudige, karrieregeile Typen. Davon kannte er einige. Sie waren belastbar und standen heftig unter Strom. Sie wollten vorwärtskommen und würden die Chance, die er ihnen bot, ergreifen. Dieser Fall war ein Sprungbrett.

Er rief Niklas Eisenmann, einen Kollegen vom BKA, an. Er wusste von ihm, dass er eine Chance suchte, sich zu beweisen. Eisenmann galt als hochintelligent, war sich aber auch als Mann fürs Grobe nicht zu fein.

»Kannst du«, fragte er geheimniskrämerisch, »ein Team zusammenstellen? Die Provinzfuzzis hier kriegen das nicht gebacken. Wir schmieden gerade ein ganz heißes Eisen. Es muss inoffiziell sein. Eine verdeckte Aktion. In Brake. Das ist an der Unterweser.«

»Worum geht es?«, fragte Eisenmann deutlich interessiert.

»Die Verhaftung von Willi Klempmann.«

»Ich denk, der ist tot. Auf immer entwischt«, lachte Eisenmann.

»Hm. Und genau das stimmt nicht«, flüsterte Klatt.

»Das wäre dann ja ein ganz fetter Fang«, prophezeite Eisenmann.

»Bist du dabei?«

»Logo.«

»Gut. Wir brauchen ein mobiles Team. Scharfschützen. Leute mit Kampferfahrung. Drohnenüberwachung. Einen Hubschrauber ständig einsatzbereit und vor allen Dingen verschwiegene Kollegen, die sich unsichtbar machen können«, forderte Klatt.

Eisenmann schnalzte mit der Zunge, als hätte er so eine Truppe längst zusammengestellt und warte nur auf den ersten heißen Auftrag. »Meine Ninjas. Verlass dich drauf, Dirk. Unsichtbar und durchsetzungsfähig.«

Klatt streichelte sich über den Bauch, als hätte er gerade gut, aber zu fett gegessen. Eisenmann war genau der Richtige.

Rupert erlebte den Morgen in völliger Ruhe. Er saß auf dem Balkon, hatte die Füße aufs Geländer gelegt und schaute aufs Meer. Neben ihm auf dem Boden stand eine Flasche Mineralwasser, aber er hatte noch nicht daraus getrunken. Angesichts der irrsinnigen Situation empfand er tiefe Ruhe. War es das, was seine Frau Beate machte, wenn sie im Garten saß und vor den Tomaten meditierte, fragte er sich.

»Wenn die Welt um uns herum verrückt wird«, hatte sie ihm mal gesagt, »ist das noch lange kein Grund für uns, durchzudrehen.«

Sie wollte immer ihre Mitte finden. Er wusste nicht genau, wo das bei ihm sein sollte. Am Anfang hatte er es sogar für eine sexuelle Anspielung gehalten. Jetzt, da er hier in Bensersiel getrennt von seiner Frau war und nicht einmal wusste, ob sie noch lebte, fühlte er sich ihr mehr verbunden denn je.

Was bin ich bloß für ein schräger Typ, dachte er. Wie hält sie das mit mir aus? Ich bin praktisch in allem das Gegenteil von ihr. Sie hätte einen Besseren verdient, aber sie hat mich ausgesucht. Sie glaubt an Karma und all so ein Zeug.

Sie hatte ihm mal erzählt, in einem früheren Leben seien sie gute Freunde gewesen und er hätte sie gerettet.

Davon hatte er damals nichts wissen wollen. Das war für ihn Spökenkiekerei. Jetzt ärgerte er sich darüber. Er hätte sich viel mehr für seine Beate interessieren müssen, dachte er und schimpfte mit sich selbst.

Er versprach sich selbst, sich zu bessern. Er musste sie nur erst zurückbekommen. Am besten in einem Stück.

Schon vor Sonnenaufgang hatte er sich auf den Balkon gesetzt, denn im Schlaf sah er Beate völlig entstellt und in einem Rollstuhl. Er schob sie durch den Lütetsburger Park. Er wusste jetzt, dass er genau das tun würde, wenn es nötig wäre. Es war, als würde diese Extremsituation sie beide erst zusammenschweißen. Und hier, auf dem Stuhl, mit Blick aufs Meer, begann er auch zu begreifen, was Meditation sein konnte.

Wie ein Mantra sprach er ihren Namen immer wieder vor sich hin: »Beate. Beate. Beate.«

Er war sich sicher, dass der Geier hierherkommen würde. Niemand war mehr im Haus. Die ganze Gegend machte um diese Zeit einen ausgestorbenen Eindruck. Nur Möwen und Rotkehlchen waren zu hören.

Rupert hatte einiges von Dr. Sommerfeldt gelernt. Er trug unter der Hose am linken Bein ein verstecktes Holster mit einem Dolch. Er verstand nicht viel von Messern, aber die Klinge war lang und stabil. Sie reichte aus, um tief in ein Herz einzudringen.

Im Schulterholster steckte ironischerweise seine Dienstwaffe. Die Heckler & Koch, der er nicht wirklich vertraute. Aber hinten hatte er sich die Glock in die Hose gesteckt. So musste er kein Magazin wechseln, sondern konnte einfach eine andere Waffe ziehen und weiterfeuern.

Beate meditierte am liebsten nackt oder nur sehr leicht bekleidet. Er dagegen schwer bewaffnet.

Knapp neben seinen Füßen, so als sei er kein lebendiger Mensch, sondern ein Stück Holz, landete ein Rotkehlchen und sang ihn an. Er würde es niemals einem seiner Kumpels erzählen, aber er hatte das Gefühl, Beate hätte ihm diesen Vogel geschickt, um ihm zu sagen: *Ich lebe noch* und *Du machst das richtig, Liebster.*

Eine Träne lief über seine rechte Wange. Als er sie mit dem Handrücken wegwischte, erschreckte er den Vogel. Das Rotkehlchen flog weg. Rupert sah ihm hinterher.

»Komm endlich, Geier. Lass es uns zu Ende bringen«, sagte Rupert grimmig.

Von Beate hatte er gelernt, dass Wünsche manchmal in Erfüllung gingen. Man musste sie ans Universum schicken, hatte sie ihm oft gesagt. Das Ganze war natürlich Quatsch für ihn. Er hatte jeden Samstag den Wunsch, im Lotto zu gewinnen, aber es war nie passiert.

Vielleicht, dachte er jetzt, meinte Beate nicht solche profanen Wünsche, sondern eher etwas anderes.

Er sah zum Himmel und versuchte zu beten oder wie man das nannte, wenn man mit Gott sprach. »Hauptsache, sie lebt noch. Gott, Universum oder wer immer da oben was zu sagen hat: Lasst Beate aus dem Scheiß raus. Das ist was zwischen dem Geier und mir. Komm, Gott, sei ein Mann! Steh zu deinen Fehlern. Schick Geier zu mir.«

Er wusste nicht, ob das jetzt schon ein Gebet gewesen war oder mehr eine Beschwörung, vielleicht gar eine Drohung oder Beschimpfung. Wenn da oben ein höheres Wesen war, dann war es hoffentlich nicht sehr empfindlich. Rupert vermutete, so ein höheres Wesen müsse einiges gewöhnt sein. Kann man mit so jemandem verhandeln, fragte er sich. Was soll ich Gott anbieten? Was kann ich ihm geben, das er nicht schon hat?

Jetzt stand Rupert auf. Er konnte nicht länger auf dem Stuhl sitzen bleiben. Am liebsten wäre er in den Ring gestiegen, um es mit Geier auszuboxen oder ihn die Waffen wählen zu lassen, um es endlich zu beenden.

Rupert legte seine Hände aufs Balkongeländer und krampfte die Finger darum. Er brüllte zum Himmel: »Du hast Mist verzapft, Gott! Das ist einfach ungerecht! Er soll mich holen, mich! Kapierst du das, oder pennst du noch? Bist du so ein Versager, oder sind wir dir einfach egal? Zeig mal, was du draufhast, Gott, verdammt nochmal! Lass mich jetzt nicht hängen!«

Die Antwort war nur Vogelgezwitscher.

Jessi Jaminski, die Jüngste in der Truppe und sehr erfolgreiche Amateurboxerin im Box-Club Norden e.V. – sie hatte sogar schon an den Niedersachsen-Meisterschaften teilgenommen , saß in der Polizeiinspektion Norden am Computer und kontrollierte die eingegangenen E-Mails. Anzeigen über Lärmbelästigungen, ein anonymer Hinweis auf illegale Prostitution in einer Ferienwohnung, eine üble Beschimpfung, weil die Osterstraße immer noch nicht für Autos gesperrt war und ein Kind fast überfahren worden wäre. Darin die originelle Aussage: *Man macht auf der B1 keine Einkaufsstraße und man baut keine Autobahn durch eine Einkaufsstraße. Rafft ihr das nicht, ihr hirnrissigen Bullen?* Als Absender war *Der Rächer der Enterbten* angegeben.

Die E-Mail von Geier war als möglicher SPAM gekennzeichnet, und sie wurde gefragt, ob sie den Film wirklich öffnen wolle. Es gab immer irgendwelche Spaßvögel, die Pornos, Werbung für Penisvergrößerungen oder die neuesten Schlager der Volksmusik an die Polizei schickten. Vieles davon landete direkt im SPAM-Ordner, aber auch der musste regelmäßig überprüft werden. Bei großen Dateien waren sie immer besonders vorsichtig.

Geiers Worte: *Schöne Grüße – der Countdown läuft* ließen sie ahnen, dass hier nicht irgendein Blödsinn, sondern etwas Relevantes angekommen war. Trotzdem ging sie runter zu Kevin Janssen, den sie liebevoll Lisbeth nannte, und fragte ihn, ob sie den verdächtigen Inhalt öffnen solle.

Er sah sich die Sache an und hatte keine Sicherheitsbedenken. Er stand noch hinter Jessi, als sie den Film herunterlud. Es waren nur wenige Sekunden. Eine geschundene Frau schrie: »Hilf mir! Hol mich hier raus!«

Jessi erkannte Beate trotz des geschwollenen Gesichts sofort.

»O mein Gott«, rief Jessi und sprang vom Stuhl auf. Sie stieß gegen Lisbeth. Der legte die Arme um sie. Für einen Moment sah es so aus, als könne Jessi ohnmächtig werden, doch sie stabilisierte sich sofort wieder, ging ganz in die Professionalität und sagte sich auf, was zu tun sei: »Alle müssen informiert werden. Geier hat sich bei uns gemeldet.«

Kevin Lisbeth Salander Janssen versuchte, dem Ganzen etwas Positives abzugewinnen. »Das heißt aber auch, sie lebt! Sag das allen. Sie lebt!«

Die Nachricht erreichte Weller und Ann Kathrin auf der Terrasse des *Hotels Wiechmann* in Brake. Weller hatte sich Rühreier mit knusprigem Toastbrot und schwarzen Kaffee bestellt.

Ann Kathrin hatte einen Pfefferminztee vor sich stehen, aber nur einmal kurz daran genippt. Trotzdem tat der beruhigende Duft gut.

Weller versuchte, das Gespräch in Gang zu halten. Immer wieder kam es ihm dabei so vor, als würde Ann Kathrin versinken und in innere Welten abtauchen. Er hätte viel darum gegeben, zu wissen, was in ihr vorging. Am Ende solcher Prozesse platzte sie manchmal plötzlich mit Sätzen heraus wie: »Wir müssen jetzt unbedingt das und das machen« oder »dem glaub ich nicht, der hat gelogen«.

Es war, als könne sie Akten verinnerlichen und dann in sich selbst noch mal durchblättern, um sie auf Widersprüche zu untersuchen. Ihr waren in unzähligen Fällen Dinge aufgefallen, die sie alle übersehen hatten. Er bewunderte sie dafür und wäre gern mehr wie sie gewesen.

Er schaute auf die Weser und beobachtete ein paar Angler. An den Bootsstegen und der Parkanlage störte jemand die Ruhe mit seinem Laubbläser. Rupert würde das gefallen, dachte Weller. Er selbst hätte so was am liebsten verboten. Laubbläser zeigten für ihn genau die Problematik der heutigen Gesellschaft: Man macht viel Krach und pustet die Probleme von einer Ecke in eine andere, ohne irgendeines zu lösen. Und dabei wurde dann auch noch eine Menge Energie verbraucht.

»Das Rührei«, sagte Weller, »ist wirklich gut. Du solltest es probieren, Ann.«

Sie reagierte nicht, sondern sah zum Hotel hoch. Sie hatte bewusst einen Platz gewählt, von dem aus sie das Zimmer im Auge hatte, in dem Silvia Schubert wohnte.

»Warum Brake?«, fragte sie. »Warum dieses Hotel? Und wer ist diese Susanne Kaminski?«

»Sie ist strafrechtlich noch nie in Erscheinung getreten«, sagte Weller, obwohl ihm nicht ganz klar war, ob Ann Kathrin eigentlich mit ihm sprach oder mit sich selbst. Jedenfalls sah sie ihn nicht an.

Da war auch noch diese Frau, die sich Annika Schneider nannte und aussah wie ein Fotomodell, nur nicht verhungert, sondern durchtrainiert. Ann Kathrin hatte ihre Bewegungen beobachtet und war sich sicher, dass diese Frau bestens im Nahkampf trainiert war. Sie lief aber nicht ständig hinter Silvia Schubert und Susanne Kaminski her, sondern blieb in ihrem Doppelzimmer, das sie zur Einzelnutzung gebucht hatte.

Ann Kathrin begriff noch nicht ganz, wozu sie da war. Koordinierte sie aus ihrem Zimmer ein Treffen oder irgendeine andere Aktion? Oder war ihre Anwesenheit hier nur ein Zufall, den sie überinterpretierten, weil sie mit den beiden aus dem Flugzeug gestiegen war?

Mit wie vielen Leuten, dachte Ann Kathrin, habe ich schon zusammen im Flieger gesessen und hinterher in einem Hotel gewohnt, ohne etwas mit ihnen zu tun zu haben?

Sie teilte Frank Weller ihre Gedanken mit. Der konfrontierte sie mit sich selbst: »Wer erzählt denn immer, es gäbe keine Zufälle, Ann? Du oder ich?«

Sie gab ihm recht. Dann sprang sie zu einem ganz anderen Thema. Sie sah plötzlich streng aus. »Wenn unsere Leute hier gleich in voller Montur in ihren Schutzanzügen auftauchen und die Darth-Vader-Nummer durchziehen, dann flipp ich aus. Es geht genau darum, nicht erkannt zu werden.«

Weller lächelte und zeigte auf einen Firmenwagen: *Eiermann – Maler, Tapezierer, Klempner, Elektriker – alles rund ums Haus. Wir sind 24 Stunden am Tag für Sie da.*

»Du hast sie gar nicht bemerkt«, grinste er.

Jemand im Blaumann legte eine Leiter ans Haus an und kletterte hoch, um etwas in oder an der Dachrinne zu kontrollieren.

»Die sind von uns?«, fragte Ann.

Weller nickte. »Ja, so kann man sich frei im ganzen Haus bewegen, in Werkzeugkisten lassen sich gut Waffen transportieren und in so eine Handwerkerhose passt auch einiges. Noch unverdächtiger geht es nicht, Ann. Das ist eine neue Sondereinheit, die kannst du auch als Kellner anfordern, als feiernden Kegelverein, als Hochzeitsgesellschaft. Als Gärtner sind sie auch sehr beliebt. Und bei Verhaftungen in Privatwohnungen kommen sie normalerweise als Pizza-Lieferservice.«

Ann Kathrin pfiff anerkennend.

»Wir nennen sie«, sagte Weller nicht ohne Stolz, »die Schauspieltruppe. Die werden es Klempmann nicht leichtmachen. Jetzt kriegt er es mit richtigen Profis zu tun …« Weller relativierte: »Wenn er denn wirklich auftaucht.«

Das gefiel Ann. »Die Schauspieltruppe.« Sie flüsterte: »Wir brauchen ihn lebend. Nur er kann uns zu Beate führen.«

Wellers Handy spielte *Piraten Ahoi!* Er hatte es sofort am Ohr. Jessi Jaminski sagte aufgeregt: »Wir haben ein Video von Beate bekommen. Soll ich es euch per WhatsApp schicken oder benutzt ihr schon *Top Secret*? Wir sollten eine Gruppe gründen. Gibt's die schon?«

»Nein«, sagte Weller und hoffte, dass er damit richtiglag. »Die *Top-Secret-* Gruppe gibt's noch nicht … hoffe ich … ich meine, glaube ich …«

Sekunden später hatten er und Ann den Film per WhatsApp.

Ann war froh, nichts gegessen zu haben. Sie stand auf und ging runter an die Weser. Sie sprach den Fluss an: »Wir holen dich raus, Beate. Wir kommen. Wir sind schon ganz nah bei dir. Halt noch ein bisschen durch.«

Es klang wie eine Beschwörung.

Kommissarsanwärterin Jessi Jaminski hatte sich in Kevin Janssens Nähe merkwürdig aufgehoben gefühlt. Als das Schockvideo von Beate ankam, war er auf eine schöne, unaufdringliche Art bei ihr gewesen. In Bruchteilen von Sekunden war etwas entstanden, das über Professionalität hinausging.

Sie hatte den schlaksigen großen Mann nie besonders ernst genommen. Die Welt der Computer und Datenströme, in die er sich ständig vergrub, war so gar nicht ihre. Sie liebte noch das Analoge. Den Körperkontakt. Sie wollte ihr Gegenüber sehen und beim Boxen oder Lieben auch wirklich spüren.

Sie ging runter zu ihm, dorthin, wo er versuchte, zerstörte Festplatten wieder lesbar zu machen. Sie trat ein, ohne anzuklopfen. Auf drei Bildschirmen flackerten für sie unverständliche Schriftzeichen. Wahrscheinlich programmierte er gerade wieder etwas.

Sie kam sich jetzt blöd vor. Sie war nicht sehr geschickt darin, ein Date auszumachen. Sie fragte sich, wie sie das anstellen sollte. War es richtig, ihn einfach zum Essen einzuladen oder auf eine Tasse Kaffee? Einen Spaziergang? Sie konnte ihn doch schlecht fragen, ob er sie nächsten Samstag boxen sehen wollte.

Da ihr so schnell nichts Besseres einfiel, zog sie ihn ins Vertrauen: »Sag mal, du verstehst doch viel von Computern. Apps und so …«

Er nickte. »Ja, das ist meine eigentliche Aufgabe hier. Ich knacke Passwörter, umgehe Firewalls und sorge dafür, dass wir das lesen können, was wir lesen wollen.«

Sie hatte ein Gesprächsthema, auf das er ansprang. Der erste Schritt war getan.

Neben ihm war ein Stuhl frei, sie fragte sich, ob sie sich setzen dürfte. Gleich wäre hier eine Menge los. Das Video von Beate würde große Aktivitäten auslösen und bestimmt einige Sitzungen. Ihr blieb zu dem Annäherungsversuch nicht mehr viel Zeit.

Sie zeigte ihm ihr Handy. »Guck mal, es gibt da eine ganz neue App. Kennst du die schon? Benutzt du die auch? Das BKA hat sie empfohlen, also, Klatt, oben, in einer Sitzung. Das ist eine App, da kann keiner mehr mitlesen. Völlig sicher, wie schon der Name sagt.«

Er starrte auf ihr Handy. Ihm wurde schwindlig.

»Was ist?«, fragte sie. »Geht's dir nicht gut?«

»Das empfiehlt das BKA?«, fragte er, weiß um die Nase. »Wem denn?«

»Na, den eigenen Leuten. Was ist mit dir, Kevin? Ist die App nicht sicher?«

»Keine Ahnung«, log er. »Ich seh die jetzt gerade zum ersten Mal.«

Sie sah, dass er rot wurde, und bezog es auf sich. Wahrscheinlich, dachte sie, ist er, wie viele Computerleute, ein bisschen schüchtern und im Flirten nicht sehr geschickt.

Silvia Schubert und Susanne Kaminski spazierten an der Weser entlang. Sie bewegten sich nicht weit vom Hotel weg. Nach wenigen hundert Metern drehten sie wieder um und gingen denselben Weg zurück. Sie waren ins Gespräch vertieft.

Ann Kathrin sah ihnen zu und stellte sich Fragen: Wurde Silvia Schubert überhaupt nicht geschützt? War Susanne Kaminski ihre Personenschützerin? Susanne sah nicht so aus, aber genau das machte ja eine gute Personenschützerin aus. Die Zeit der muskelbepackten Männer in schwarzen Anzügen, mit verspiegelten Sonnenbrillen, war vorbei. Das Ganze wirkte ja nur lächerlich, wie in amerikanischen Gangsterfilmen. Heute ließ man sich anders beschützen. Nur Politiker und Popstars, die es nötig hatten, durch Bodyguards aufgewertet zu werden, wählten sich eine Truppe, die sofort als solche erkennbar war.

Trotzdem, selbst wenn diese für die Polizei völlig unbekannte Susanne Kaminski – falls das ihr richtiger Name war – den schwarzen Gürtel im Judo und in Karate besaß und schneller schoss als Lucky Luke, reichte eine Personenschützerin nicht aus.

Oder hatte George alias Willi Klempmann es absichtlich so organisiert? War es ein taktischer Zug von ihm? Servierte er seine Frau auf einem Silbertablett, um selbst in Deckung bleiben zu können? Sollte sie bei einem Spaziergang von einem Scharfschützen erschossen werden, weil sie zu den wenigen Menschen gehörte, die wussten, dass er noch lebte? War sie ein Sicherheitsrisiko? Wollte er sie loswerden? War das vielleicht sogar die Aufgabe von Susanne Kaminski?

Die beiden schlenderten jetzt durch die Altstadt. In der Breiten Straße gingen sie zur *Buchhandlung Gollenstede.* Ann Kathrin wartete mit Abstand draußen.

Nachdem die beiden Frauen die Buchhandlung verlassen hatten, ging sie hinein, wies sich als Kommissarin aus und fragte Eleonore Gollenstede, was die beiden gerade im Laden gewollt hätten.

Frau Gollenstede fragte: »Und Sie sind wirklich Ann Kathrin Klaasen? Hier bei uns in Brake? Das ist ja ein Ding. Läuft hier etwa ein Serienkiller frei herum?«

»Liebe Frau Gollenstede, ich bitte Sie, Stillschweigen zu bewahren und mir Auskunft zu geben. Ich bin dienstlich hier, so viel kann ich Ihnen sagen.«

Ann Kathrin ärgerte sich über ihr eigenes offenes Auftreten, aber es war Gefahr im Verzug. Sie musste so handeln.

»Die beiden«, sagte Frau Gollenstede, »haben sich Karten für eine Autorenlesung gekauft. Die ist morgen im Centraltheater. Das ganze Kino wurde umgebaut, und wir bieten jetzt ein breitgefächertes kulturelles Programm. Nicht nur Kinovorführungen, sondern auch Konzerte und Lesungen.«

Ann Kathrin verließ die Buchhandlung und sah den Frauen nach. Sie bewegten sich ungezwungen, standen vor einer Eisdiele und diskutierten offensichtlich miteinander, ob sie sich niederlassen sollten oder nicht.

Wenn sie morgen eine Autorenlesung besuchen wollen, dachte Ann Kathrin, dann haben sie also vor, länger zu bleiben. Oder sie wollen genau diesen Eindruck erwecken.

Es gab immer mehrere Möglichkeiten.

Die beiden tranken einen Espresso. Weller löste Ann Kathrin ab. Er folgte den beiden Damen jetzt, während Ann Kathrin nur Sichtkontakt zu Weller hielt. Eigentlich brauchte man für so eine Überwachung mindestens fünf Personen. Eine, die *das Auge* genannt wurde, hielt immer Sichtkontakt zu dem Menschen, der beobachtet werden sollte. Die anderen hielten nur Kontakt zum *Auge* und wechselten sich jeweils nach kurzer Zeit ab, so dass immer ein anderer das *Auge* war. Aber Brake war zu klein für dieses Spiel, und fünf Handwerker, die durch die Altstadt liefen, fielen garantiert auf. Die Schauspieltruppe sicherte inzwischen besser das Hotel.

Es machte Ann Kathrin nervös, dass bis zum nächsten Abend nichts passieren sollte. Vielleicht würde es noch ein, zwei Tage länger dauern, bis Willi Klempmann sich sehen ließ. Wenn Ann Kathrin an Beate und Pascal dachte, wusste sie, dass sie so viel Zeit nicht mehr hatten. Es kam auf jede Minute an. Sie begann zu zweifeln, ob es eine so gute Idee war, Silvia Schubert zu beschatten.

Die besichtigte derweil mit Susanne Kaminski das Schifffahrtsmuseum. Weller folgte ihnen. So ein Museum war ein guter Ort, um jemanden zu treffen. Hier konnte man sich zufällig begegnen, es war nicht gerade überfüllt und man fand immer ein stilles Plätzchen. Doch die beiden waren in dem Museum ganz allein. Außer ihnen sah sich nur noch Weller die Ausstellung an.

Geier hatte Angst, unter Beobachtung zu stehen. Was, wenn der Nachbar mit einem Fernglas hinterm Fenster saß? Nach dem Auftritt des halbnackten Pascal mit ihm auf offener Straße fühlte er sich hier nicht mehr wohl.

Er brach Pascals rechtes Bein. Dann verpasste er dem schockstarren Jungen eine Spritze, wickelte ihn in eine Decke und warf ihn hinten in den VW-Transporter.

»So, und jetzt zu dir«, sagte er und wollte sich Beate widmen. Er hatte fast Angst, sich ihr zu nähern. Er sah sich im Raum um. War da irgendetwas, wovon er nichts wusste? Lauerte da eine Gefahr?

Sie verhielt sich anders als seine vorherigen Opfer. Sie flehte nicht um Gnade, versuchte nicht, ihn zu bezirzen. Manche hatten sogar so getan, als fänden sie das alles geil, um ihn für sich einzunehmen und es ihm schwerzumachen, sie zu töten. Eine seiner ersten, eine junge Polizistin, hatte sogar versucht, ihm einzureden, sie habe ewig nach einem Mann wie ihm gesucht. Sie wolle ihn heiraten und eine 24/7 Beziehung mit ihm führen. Er musste sogar nachfragen, was das bitte schön sein sollte, und sie erklärte ihm, sie wolle vierundzwanzig Stunden am Tag, sieben Tage die Woche seine Sklavin sein. Sie nannte sich seine *Schmerzensdienerin,* aber das alles hatte ihr Leben nicht verlängert, sondern verkürzt. Er wollte dieses Gesülze nicht und schon mal gar keine Beziehung.

Beate saß nicht zusammengekauert an der Wand, sondern auf eine ihn irritierende Art raumeinnehmend. Er nahm wahr, dass sie ihre Atmung kontrollierte und sich ganz darauf konzentrierte, die Luft schnell einzusaugen, bis tief in den Bauch, und dann ganz langsam wieder auszuatmen.

Er lachte sie aus. »Ist das irgend so ein esoterischer Scheiß, mit dem du dich in Luft auflöst? Kannst du dann durch Wände gehen oder was?«

Sie reagierte nicht auf ihn.

»Glaubst du, wenn du mich ignorierst, bin ich nicht da? Machst du das mit Problemen genauso? Einfach nicht hingucken, dann siehst du auch nichts?«

Sie reagierte immer noch nicht. Vielleicht war sie auch schon verrückt geworden. Er kannte auch das. Einige zogen sich in ganz eigene innere Welten zurück, redeten plötzlich wie Kinder oder in fremden Sprachen.

Er machte noch ein paar Fotos von ihr, dann gab er auch ihr eine Spritze, die sie für einige Stunden ausschalten sollte.

Diese ewige Schlepperei … Als er mit ihr beim VW-Transporter ankam, stand ein schwanzwedelnder Dackel vor dem Wagen und schnüffelte.

»Du hast mir gerade noch gefehlt«, grummelte Geier. Er zog sein Messer, um das Tier zu töten und dann ins Wohnzimmer zu werfen. Das würde die Polizei länger beschäftigen als jede menschliche Leiche, glaubte er. Wahrscheinlich würden sie den Hundebesitzer suchen und ab dann sein Haus bewachen, denn das Ganze könnte als Morddrohung gegen ihn verstanden werden.

Ja, der Gedanke gefiel ihm. Je mehr die Polizei mit Blödsinn beschäftigt war, umso weniger Zeit hatten sie für ihn. Das hatte er in ganz jungen Jahren gelernt. Er nannte das *dem Äffchen Futterchen geben.* Wenn man in Ruhe einen Coup durchziehen wollte, mussten ein, zwei ganz offensichtliche Straftaten her, die die Polizei in Atem hielten, um sie vom Eigentlichen abzulenken.

Der Dackel war klein, aber nicht blöd. Als er nach ihm griff, begann das freundliche Tier zu kläffen. Als er das Messer sah, sogar anzugreifen. Zweimal schnappte er nach Geiers Hand, dann rannte er einmal im Kreis und attackierte Geier von hinten. Seine Zähne verfingen sich auf Wadenhöhe in Geiers Hose.

Geier machte einen heftigen Tritt nach vorne. Der Hund flog wie ein Fußball durch die Luft, bellte und funkelte Geier wütend an.

Er glaubte schon, der Hund würde ein zweites Mal angreifen. Er hätte nur ungern auf ihn geschossen, war aber bereit dazu. Doch dann überlegte der Dackel es sich anders, drehte ab und rannte hakenschlagend davon.

Geier erlebte das als Niederlage. Würde dieser Hund jetzt versuchen, Hilfe zu holen? Er stellte sich vor, wie der Dackel an seinem Herrchen oder Frauchen herumzerrte und in Richtung Ferienhaus stupste.

Es war wirklich Zeit, zu gehen. Einen Moment überlegte er noch, ob er den ganzen Laden hier anzünden sollte, aber dann war ihm die Zeit dafür zu knapp. Er wollte nach Dinslaken.

Er stellte sich immer noch vor, wie es wäre, Pascal auf seinem niedergebrannten Grundstück in Eppinghoven zur Schau zu stellen. Dann würde klarwerden, welchen Rachefeldzug er hier führte. Und diese Beate könnte er eigentlich nach Norden zurückbringen. Der Gedanke erheiterte ihn. Das Haus war bestimmt von der Kripo verriegelt und stand jetzt leer. Er könnte sie in ihr eigenes Bett legen, da, wo vorher Birte Jospich ihr Leben ausgehaucht hatte. Auf jeden Fall wollte er etwas machen, das alle erschreckte.

Von Westerstede nach Dinslaken würde er über die A31 mindestens zwei, mit ein bisschen Pech drei Stunden brauchen. Er musste sich an die Verkehrsregeln halten. Auf keinen Fall durfte er riskieren, geknipst oder gar angehalten zu werden.

Er hatte seinen Transporter jetzt zu einem Fahrzeug der Landwirtschaftskammer Niedersachsen umgewandelt. So konnte er bei einer Kontrolle einen Tierkadavertransport vortäuschen. Ein Transportrecht über öffentliche Straßen hatten Tierhalter mit den Kadavern ihrer verstorbenen Tiere aus seuchenhygienischen Gründen nicht. Das nutzte er natürlich aus. Er hatte sogar selbstgemachte Formulare im Auto, auf denen stand, welches tote Tier er hinten im Auto hatte, und den Bestimmungsort. Seiner Erfahrung nach wollte niemand, der diese Papiere kontrollierte, dann hinten im Auto nachgucken.

So war er schon zweimal durch Kontrollen gekommen. Jeder Polizist wusste, dass es für Tierkadavertransporte eigene Regeln gab, aber kaum jemand hatte je die echten Papiere gesehen, die dafür nötig waren.

Für die ganze Täuschung brauchte er nur zwei Folien, die er auf den Wagen klebte, und die selbstgemachten Formulare.

Er war während der Geflügelpest darauf gekommen, und der Trick hatte sich als sehr effektiv erwiesen.

Er fuhr hundertzwanzig auf der linken Spur und überholte bequem zwei Lkws. Im Radio lief ein Rock 'n' Roll-Song, den er nicht kannte, und dann ein Kommentar zu Frederico Müller-Gonzáles, eingestreut Originaltöne von Holger Bloem. Der große Dichter Bertolt Brecht habe geschrieben: *Was ist ein Einbruch in eine Bank gegen die Gründung einer Bank?* Frederico Müller-Gonzáles habe mit der Übernahme der Kompensan-Bank genau das unter Beweis gestellt. Müller-Gonzáles erinnere mit seinem Tun daran, dass Geld nicht etwa ein Zahlungsmittel sei, sondern in erster Linie ein Machtmittel. Man habe, zitierte Bloem Frederico Müller-Gonzáles, das Geld zum Gott erhoben und wundere sich nun, wenn nichts anderes mehr wichtig sei.

Geier lauschte fasziniert. Gonzáles schaffte es tatsächlich, zum

Volkshelden zu werden. Wenn er diesem Kommentar so zuhörte, war er kurz davor, sich Gonzáles anzuschließen.

Frederico Müller-Gonzáles wurde mit dem Satz zitiert: »Wer glaubt, Krankenhäuser seien dazu da, Gewinne zu machen, hat etwas ganz Grundsätzliches nicht verstanden. Sie sind dazu da, Menschen gesund zu machen.«

Plötzlich fügte sich in Geier ein Puzzleteil zum anderen. Er schaltete das Radio aus und suchte einen Parkplatz. Das Foto, das Holger Bloem von Frederico Müller-Gonzáles während des Interviews gemacht hatte, zeigte im Hintergrund eindeutig eine Fähre. Er hatte es genau in Erinnerung. Er musste nachsehen, es vergrößern. Gonzáles war also an der Küste.

Auf dem Foto kann ich genau feststellen, wo du bist, du alter Gauner, du. Und dann krieg ich dich.

Auf dem Parkplatz machte er ein paar Kniebeugen. Er ging nicht in das Toilettenhäuschen. Es roch schon von außen nach Urin. Stattdessen pinkelte er in die Büsche.

Rufe ich George an und frage ihn, wie er es gerne hätte? Oder mache ich es einfach und hole mir dann meine Belohnung ab?

Weller lag alleine im Bett. Die Hotelmatratze war zwar bequem, doch er konnte nicht schlafen. Er verschränkte die Arme hinter dem Kopf und sah zu Ann Kathrin. Sie saß im Sessel am Fenster und blickte hinaus auf die Unterweser.

»Ann«, sagte Weller vorsichtig, »es ist halb drei. Wir werden morgen einen schweren Tag haben. Willst du dich nicht …«

»Nein«, sagte sie nur, und er war froh, dass sie ihn nicht mit Sprüchen belehrte, wie: *Das Verbrechen schläft nie.* In dem diffusen Licht, das hereinfiel, sah sie schön aus. Geheimnisvoll.

Ich liebe dieses Weib, dachte Weller. So komisch und verrückt, wie sie manchmal ist, so toll ist sie auch.

Mit diesem Gedanken nickte er ein. Er zuckte wieder hoch, als Ann Kathrin aus dem Sessel hochfuhr und rief: »Sie wissen, dass wir hier sind!«

»Wer?«, fragte Weller.

»Silvia Schubert und Susanne Kaminski. Deswegen lassen sie sich nicht von ihrer Leibwächterin begleiten, sondern diese Annika Schneider schließt sich in ihrem Zimmer ein. Sie wissen, dass wir sie beobachten. Sie haben sich die Eintrittskarten für die Lesung gekauft, weil sie uns täuschen wollen.«

Weller richtete sich im Bett auf: »Das heißt«, kombinierte er, »sie werden noch vor der Lesung abhauen.«

»Natürlich. Oder glaubst du, dass Klempmann hierhin kommt, um mit ihnen Urlaub zu machen? Dass wir sie morgens im Frühstücksraum am Büfett antreffen, oder was?«

Weller zuckte mit den Schultern: »Und was heißt das für uns?«

Ann Kathrin nahm einen Schluck aus der Wasserflasche, die Weller an seiner Seite stehen hatte. Er bot ihr auch noch ein paar Erdnüsse an. Sie lehnte ab.

»Du hast heute praktisch noch nichts gegessen«, stellte er fest.

Sie machte eine Handbewegung, als spiele das überhaupt keine Rolle, und fragte ihn: »Wo ist die Schauspielerbande? Unsere Handwerkergang?«

»Die können um diese Zeit nicht mehr als Handwerker im Hotel rumlaufen, Ann. Außerdem machen die, im Gegensatz zu uns, auch Arbeitspausen.«

»Heißt das, im Moment ist niemand da?«, fragte Ann.

Weller beruhigte sie: »Doch, natürlich. Es arbeiten fünf Leute in je drei Schichten. Jetzt ist gerade die Liebespärchen- und Besoffenenbande dran!«

»Was?«

»Na ja, sie können ja schlecht jetzt tapezieren. Ein Pärchen sitzt unten im Hotelfoyer auf der Treppe und knutscht. An denen kommt keiner vorbei. Ein anderes vor dem Hotel im Auto. Und auf der Parkbank da hinten liegt ein Besoffener, der ist auch von uns.«

Ann Kathrin war beruhigt und doch erstaunt. »Die knutschen im Foyer?«

»Ja. Traumjob, was? Gab bestimmt 'ne Menge Bewerbungen dafür. Um es echt zu machen, haben sie sogar eine Flasche Schampus dabei und trinken aus der Flasche. Ist allerdings nur kalter Tee drin.« Weller grinste: »Dienstvorschriften.«

Ann Kathrin sah wieder aus dem Fenster. Ein Motorboot näherte sich und verlangsamte vor dem Hotel seine Fahrt. In dem Moment jaulte ein Feueralarm los.

»Das ist es!«, kreischte Weller. »Ein Ablenkungsmanöver!«

»Und wenn es wirklich brennt?«, fragte Ann.

Sie öffnete die Zimmertür und stellte sich halb in den Flur, so dass sie das Zimmer von Silvia Schubert beobachten konnte. Jetzt erkannte Weller, dass es für Ann Kathrin tatsächlich einen Vorteil hatte, noch angezogen zu sein. Er stand in Boxershorts und Unterhemd da. Als er seine Hose überstreifte, wäre er in der Eile fast gefallen, weil er gleichzeitig versuchte, nach draußen zu kommen.

Annika Schneider war plötzlich im Flur. Auch sie komplett angezogen. »Feueralarm«, sagte sie, und ihre Stimme klang mindestens so schrecklich wie der nervtötende Dauerton. »Wir sollten nach unten.«

Mehrere Gäste liefen durch den Flur. Auch Susanne Kaminski huschte an Ann Kathrin vorbei. Alle liefen nach draußen auf den Parkplatz, vorbei an dem knutschenden Pärchen, das nun auch nicht länger knutschen konnte.

»Wo ist Frau Schubert?«, fragte Weller. »Ist sie noch im Zimmer?

Schläft sie noch?« Er wollte klopfen. Annika stand keine zwei Meter von ihm weg. Sie trat einen Schritt nach vorn zu ihm hin und verpasste ihm einen Tiefschlag. Weller klappte zusammen und ging sofort in die Knie. Er japste nach Luft.

Andere Hotelgäste wurden aufmerksam und glotzten.

Annika donnerte ihr rechtes Knie gegen sein linkes Auge. Weller wurde schwarz vor Augen, aber er hörte Annika rufen: »Man grabscht einer Frau nicht so einfach an den Busen, du Scheißkerl! Meinst du, bloß weil ich gut aussehe, muss ich mir alles gefallen lassen? Oh, ich bin das so leid mit euch Typen!«

Weller versuchte aufzustehen und sich zu verteidigen. Da traf ihr Ellbogen seine kurze Rippe. Ihm blieb sofort die Luft weg.

Schon war Ann Kathrin bei ihm. Sie stieß Annika zurück und schimpfte: »Lassen Sie meinen Mann in Ruhe!«

»Dann bringen Sie Ihrem Mann mal Manieren bei! Es läuft wohl zwischen Ihnen im Bett nicht mehr so richtig, was? Sonst hätte er es doch nicht nötig, sich an andere heranzumachen.«

Weller stöhnte: »Ich habe mich nicht an ...«

»Das weiß ich doch, Frank. Sie haben meinen Mann grundlos geschlagen. Machen Sie die Tür frei.«

Die anderen Menschen im Flur hielten alles für einen Beziehungsstreit und zogen es vor, sich nicht einzumischen.

Annika griff in Ann Kathrins Haare und keifte: »Glaubst du, ich lass mir von dir was sagen, du eifersüchtige Ziege?«

Ein Zweikampf begann, in dem Ann Kathrin einen Armhebel ansetzte. Normalerweise gaben Gegner dann auf, weil es sehr schmerzhaft im Gelenk war und jeder Mensch Angst hat, dass sein Arm gebrochen wird. Nicht so Annika. Sie malträtierte stattdessen Anns Gesicht mit ihrer Faust. Dann brach ihr rechter Arm. Das war auch für Annika zu viel. Ein Haarbüschel, das sie Ann Kathrin herausgerissen hatte, fiel aus ihrer Hand.

Ann Kathrin stürmte an Weller vorbei zurück in ihr Zimmer und öffnete das Fenster. Sie sah, dass unten am Steg Silvia Schubert in ein Boot stieg.

»Haltet sie fest!«, rief Ann Kathrin. »Das ist Klempmann!«

Sie unterdrückte den Impuls, auf das Boot zu feuern. Sie rief nur: »Halten Sie an! Bleiben Sie hier!«

Der Penner aus der Schauspieltruppe rannte noch am Steg entlang und versuchte, mit einem Sprung an Bord zu kommen, aber er verfehlte das Motorboot um wenige Meter und landete in der Unterweser. Bei seinem Spurt hatte er mehrere Möwen aufgescheucht, die auf dem Steg geschlafen hatten und jetzt vor Angst kackten.

Ann Kathrin sah das Boot davonbrausen.

Während Weller versuchte, sich von seinen Schlägen zu erholen, und sich fragte, ob seine Rippe gebrochen war, rief Ann Kathrin die Kollegen von der Wasserschutzpolizei an. »Der Gesuchte flieht in Richtung Bremerhaven. Es ist äußerste Vorsicht geboten. An Bord befinden sich eine, möglicherweise mehrere schwerbewaffnete Personen, die sich nicht scheuen, von der Schusswaffe Gebrauch zu machen. Einer von ihnen ist mit an Sicherheit grenzender Wahrscheinlichkeit der als George bekannte Willi Klempmann, der angeblich vor Borkum bei einem Unfall verstorben ist. Ich glaube nicht, dass sie bis Bremerhaven durchfahren oder ins offene Meer. Ich vermute, sie gehen irgendwo an Land oder steigen in ein größeres Boot um, um über die Nordsee zu entkommen.«

Weller kam hinter ihr ins Zimmer. Er ließ sich rücklings aufs Bett fallen und stöhnte: »O mein Gott … Ich hab das Gefühl, mich hat ein Bus gestreift.«

Geier parkte auf dem großen Parkplatz vor dem Strandbad Tenderingssee. Für ihn gehörte das Strandbad zu Dinslaken, offiziell war es aber ein Teil von Voerde. Hier hatte er manchmal im Sommer den Tauchern zugesehen.

Tauchen, dachte er, das wäre vielleicht auch etwas für ihn. Unter Wasser quatschte einen wenigstens niemand an, da war man dann mit den Fischen alleine. Aber er hatte es nie geschafft, einen Tauchlehrgang zu machen. Dazu musste man sich doch wieder in eine Gruppe begeben. Er wollte sich nicht belehren, sich nichts beibringen lassen. Sobald jemand versuchte, ihm etwas zu erklären, bekam er Lust, diesen Menschen umzubringen. Vielleicht brach dann mit ihm, so erklärte er es sich selbst, sein alter Hass auf seine Lehrer durch, die nicht mitgekriegt hatten, wie sehr er von seinen Mitschülern drangsaliert worden war.

Er genoss den Abend. Dieser Baggersee hatte etwas Natürliches, ja eine fast mystische Ausstrahlung. Für ihn, der so gern fließende Gewässer hatte, war dies ein Stückchen Heimat. Hier hatte er manchmal erstaunlich gute Pommes mit den Fingern gegessen und sich dabei wieder gefühlt wie damals, als Kind.

Gern wäre er nach Dinslaken in die Innenstadt gefahren, um bei seinem Lieblingsgriechen *Zorbas* essen zu gehen. Er hatte dort einen Stammplatz. Aber er befürchtete, dort erwartet zu werden. Vielleicht nicht von der Polizei – er glaubte kaum, dass die schon so weit waren. Aber möglicherweise von den Schergen der Familie Gonzáles. Die waren bekannt dafür, Leute in ihren Lieblingsrestaurants aufzusuchen und direkt am Tisch abzuknallen. Damit wollten sie deutliche Signale setzen: *Wir kriegen euch überall und in aller Öffentlichkeit.*

Fredericos Vater hatte seine Gegner noch enthauptet. Damit war er berühmt geworden. Das war inzwischen Old School. Niemand machte so etwas noch. Er fand es eigentlich schade.

Mit den alten Traditionen ging doch auch ein Stückchen Kultur flöten.

Er ging am See spazieren und dachte darüber nach, was dagegen sprach, Pascal jetzt einfach zu töten und in den Trümmern seines alten Hauses in Eppinghoven abzulegen. Etwas hinderte ihn. Er forschte in sich selbst, was es sein könnte. Skrupel, wie andere Menschen sie angeblich hatten, waren es ganz sicher nicht. Es gab aber so etwas wie eine warnende Stimme in ihm. Konnte es sein, dass die Polizei dort eine Kamera aufgebaut hatte, um die Ruine zu überwachen? Wussten sie, wie viel sie ihm bedeutete? Ahnten sie, dass er dorthin zurückkommen würde? Oder sprach er ihnen jetzt zu viel Intelligenz zu?

Er mied den Kontakt zu George. Einerseits wollte er nur so wenig wie möglich telefonieren, um nicht geortet zu werden, andererseits hatte er keine Lust, sich von ihm irgendwelche Befehle geben zu lassen. Er handelte lieber auf eigene Faust und erledigte seine Mordaufträge nach dem Lustprinzip.

Und wenn ich den Jungen hier ablege, dachte er, vielleicht direkt vor dem Eis- und Pommesstand? War das öffentliche Demonstration genug?

Nein, nach den Morden an Marcellus und Kleebowski musste er zeigen, dass er wieder da war. Das Video von Beate an die Polizei zu schicken war da nur ein erster Schritt.

Er ging zurück zum Transporter. Hier konnte zwar nachts niemand seine beiden Opfer hören, weit und breit gab es keinen Menschen, doch er wollte nicht riskieren, dass ein Liebespaar, das kam, um auf dem einsamen Parkplatz zu knutschen, irgendetwas Verdächtiges wahrnahm.

Er öffnete den Transporter und sah nach den beiden. Pascal sah aus, als hätte er ihm nicht nur das rechte Bein gebrochen, sondern als sei er aufs Rad geflochten und dann weggeworfen worden. Er hatte sich aus der Decke freigewühlt und lag spinnenhaft auf dem Boden. Er war kurzatmig.

Beate dagegen schien sich überhaupt nicht bewegt zu haben, sondern lag da wie eine Mumie. Geier war sich nicht sicher, ob sie überhaupt noch lebte. Er fühlte mit links ihre Halsschlagader und hielt dabei in der rechten Faust seinen Dolch, bereit, zuzustechen, wenn dies wieder nur eine Finte sein sollte und sie vorhatte, ihn zu attackieren.

Das war aber nicht so. Die Betäubungsmittel hatten sie geschwächt, kombinierte er, oder sie hatte sich bereits selbst aufgegeben.

»Meditierst du wieder, oder was?«, fragte er. Doch sie reagierte nicht.

Rupert fühlte sich wie die Spinne im Netz, die auf ihre Beute wartete. Einerseits fand er es trickreich und cool, andererseits war diese elende Warterei überhaupt nichts für ihn. Er war nicht der Jäger, der geduldig im Hochstand sitzt, er war mehr für die Treibjagd geschaffen. Irgendwie zwang diese Scheiß-Ruhe ihn zum Nachdenken. Davor drückte er sich sonst so gern. Doch jetzt fragte er sich, wie das Leben aussehen würde, wenn das hier alles vorbei war. Wenn es ihm gelingen könnte, den Geier zu erledigen und Beate zu retten. Was würde dann werden?

Er stellte sich vor, wieder in die Polizeiinspektion nach Norden zurückzugehen. Wie würden sie dann mit ihm umgehen? Wäre er der Held, der er immer sein wollte, oder bliebe er trotzdem für alle das Döfchen, von dem niemand glaubte, dass er wirklich sein Abitur bestanden hatte?

Eins wusste er jetzt: Er würde nicht Frederico Müller-Gonzáles bleiben, sondern wieder zu Rupert werden. Und dies aus einem einzigen Grund: Für Beate.

Ja, mit ihr war ein Leben als Gangsterboss undenkbar. Er wollte sie nicht länger gefährden. Für sie war es einfacher, mit seinem kleinen Gehalt als Hauptkommissar zu leben als mit diesem ständigen Stress einer Todesbedrohung. Gangsterbosse wurden nicht alt, das hatte er inzwischen kapiert.

Er dachte auch über Frauke nach. Sie war ganz zweifellos eine großartige Frau. Aber eben eine Frau für einen Gangsterboss, nicht für einen Hauptkommissar. Sie bekam als Miet-Ehefrau dreimal so viel im Monat, wie das Land Niedersachsen ihm netto auszahlte. Das mit Frauke hatte nur eine Zukunft, wenn er Frederico bleiben würde.

Rupert war hin und her gerissen. Er hatte keineswegs vor, ab jetzt eine monogame Ehe zu führen. Aber hier und da mal eine kleine Affäre, das war doch etwas anderes als zwei Ehefrauen.

Mit Frauke Schluss zu machen stellte er sich gruselig vor. Vielleicht würde sie sich grausam rächen. Sie wusste so viel über ihn, und auf einen Faustkampf mit ihr hätte er sich nicht gerne eingelassen. Er befürchtete, dabei den Kürzeren zu ziehen.

Was soll ich tun, dachte er, und wie kann alles weitergehen?

Er saß noch immer auf der Terrasse. Er sah hoch in den Sternenhimmel. Er hörte das Rauschen des Meeres. Er war verzweifelt, aber gleichzeitig keimte auch Hoffnung in ihm auf. Er hatte viele Fehler gemacht. Das war ihm klar.

Musste er Beate alles erzählen? Wirklich alles?

Wenn es stimmt, dachte er, dass man aus Fehlern klug wird, müsste ich eigentlich inzwischen ein weiser Mann sein.

An Schlaf war nicht zu denken. Es war, als würden ihre aufgeschreckten Seelen Achterbahn fahren. Sie wollten sich beide nicht mit Alkohol betäuben. Eine edle Flasche Rotwein stand geöffnet, aber unangetastet, auf dem Tisch. Ihre Sinne durften nicht getrübt werden. Sie wollten beide absolut nüchtern und völlig klar sein.

Dr. Sommerfeldt hatte zig seiner guten Kontakte spielen lassen, aber jede noch so kleine Spur verlief im Nichts. Dieser Geier war wie der Seenebel vor Spiekeroog. Plötzlich da und dann auch gleich wieder verschwunden. Er schlug zu und tauchte ab. Sicher war nur, dass es eine Verbindung zwischen ihm und Klempmann alias George gab. Lange galt Geier als Klempmanns schärfste Waffe. Als sein Vollstrecker.

Sommerfeldt war unzufrieden mit sich selbst. Das alles dauerte viel zu lange. Beate hatte die Zeit einfach nicht. Ihre Uhr tickte.

Er tigerte im Zimmer auf und ab. Frauke saß im Sessel und blätterte in einer Lyriksammlung, als könne sie dort die Antwort finden. Gedichte hatten ihr, als sie selbst in Geiers Gefangenschaft gewesen war, geholfen, nicht verrückt zu werden. Sie war ihm so nahe gekommen … Sie kramte in ihren Erinnerungen. Vielleicht gab es ja irgendeine Information, mit der sie Sommerfeldt weiterhelfen konnte.

Mache ich etwas falsch, fragte er sich. Konzentriere ich mich zu sehr darauf, die Liebe dieser Frau zu gewinnen? Mache ich deswegen Fehler? Lasse ich mich von Informanten austricksen? Bin ich zu gutgläubig geworden? Nur weil ich in dieser Klinik zig kranke und verletzte Kriminelle gesund gemacht habe, bin ich noch lange nicht ihr Freund. Wenn jemand vom Kranken zum Gesunden wird, dann wird er dadurch noch lange kein besserer Mensch.

Er schielte zu Frauke herüber. Hatte er laut gedacht? Hatte sie seine Worte mitbekommen?

Frauke sah ihn an, wie nur verliebte Frauen gucken können,

und weil es ihr schwerfiel, die richtigen Worte in der Situation zu finden, zitierte sie aus dem Buch:

»Und was er sinnt, ist Schrecken, und was er blickt, ist Wut.
Und was er spricht, ist Geißel, und was er schreibt, ist Blut.«

»Ludwig Uhland«, stellte Sommerfeldt fest.

Sie staunte immer wieder darüber, wie belesen er war. Aber das kam ihr jetzt doch komisch vor. Sie drehte das Buch um, um nachzusehen, ob der Umschlag Uhland verraten hatte.

*Es war, als hätt der Himmel die Erde still geküsst* stand auf der Gedichtsammlung. Uhland wurde nicht erwähnt. Nur der Name des Herausgebers und der Illustratorin.

»Manchmal bist du mir unheimlich«, gestand sie.

Er sah zur Decke, als könne er dort Gedichtzeilen lesen, und zitierte aus dem Kopf, was ihm einfiel:

»Bis euch zu Schutt und Moder der Rachegeist zertritt!«

Sie klappte das Buch zu.

Er lächelte. »Das Gedicht hat mir viel bedeutet. Der Kampf zwischen Kunst und Macht. Am Ende siegt die Dichtkunst. Der Name des Königs wird ausgelöscht.«

Gestisch unterstrich er die Zeile des Gedichts, die ihm dazu einfiel:

»Des Königs Namen meldet kein Lied, kein Heldenbuch;
Versunken und vergessen! das ist des Sängers Fluch!«

Sommerfeldt fuhr fort: »Eigentlich ist Lyrik ja eher dein Ding. Ich brauche Romane. Große Versuche, die Welt zu erzählen. Aber das Uhland-Gedicht hat mich immer fasziniert. Vielleicht, weil es eine Geschichte erzählt.«

Sie legte das Buch auf die Sessellehne und ging zu ihm. Sie legte die Arme um ihn und drückte ihren Kopf an seine Brust. Sie hörte sein Herz heftig schlagen. Er war aufgeregt. Er wollte nur zu gern die Ehefrau des Kommissars retten, um ihm dann die Geliebte wegzunehmen. Sie spürte in diesem Moment, wie sehr sie zwei zusammengehörten.

Sie kam sich komisch bei dem Gedanken vor. Sie dachte ihn zwar, aber sie sprach ihn nicht laut aus, als sei es verboten. Vielleicht war Sommerfeldt der erste Mann, mit dem sie eine Beziehung auf Augenhöhe einging. Sie hatte Männer für Geld geliebt. Sie hatte Männer erschossen, und sie sehnte sich doch so sehr danach, um ihrer selbst willen geliebt zu werden.

»Du meinst es echt ernst, was?«, fragte sie und hoffte auf eine unmissverständliche Antwort. Doch er hielt sie nur fest im Arm und schwieg.

Sie machte es ihm leicht: »Willst du Beate retten, weil du ein guter Mensch bist?«

»Nein«, antwortete er klar, »das bin ich nicht. Ich bin egoistisch, ja selbstsüchtig. Ich fürchte Rupert als Konkurrenten. Wenn seine Beate getötet wird, wird er sich, um mit dem Schmerz fertigzuwerden, voll auf dich konzentrieren. Das möchte ich vermeiden.«

Sie löste sich ein wenig von ihm und guckte ihm ungläubig ins Gesicht: »Du fürchtest ihn als Konkurrenten um mich?« Sie erschrak ein wenig über ihre eigenen Worte, fühlte sich aber auch geschmeichelt.

Er relativierte ihre Vermutung: »Ich möchte ihn glücklich sehen, mich aber auch.«

Sie seufzte, und er fügte rasch hinzu: »Uns.«

Sie gingen aneinandergeklammert zum Fenster und blickten über den Deich zu einem Frachter.

»Ich habe mich aber lange nicht mehr so nutzlos gefühlt«, gestand er. »Ich komme einfach nicht weiter. Meine besten Informanten wissen nichts, oder sie heucheln, nichts zu wissen.«

Das Boot kam nicht weit.

Weller krümmte sich noch vor Schmerzen auf dem Bett und erhoffte sich ein wenig Trost und Zuneigung von seiner Frau. Aber Ann Kathrin stand am offenen Fenster und staunte: »Was um alles in der Welt ist denn da los?«

Weller versuchte, sich in eine Position zu wälzen, in der er etwas erkennen konnte. Aber das funktionierte nicht.

Ann Kathrin rief fassungslos: »Das ist die Apokalypse! Wir spielen ja gar nicht mehr mit! Die Gangsterbanden machen das alles unter sich aus.«

Sie lehne sich weit aus dem Fenster und fotografierte mit ihrem Handy die Szene auf der Weser.

Weller reckte sich unter Schmerzen im Bett hoch. Er kam immerhin bis auf die Knie.

Ann versuchte, das Ganze zu filmen. Weller hatte Sorge, seine Frau könne aus dem Fenster fallen. Diese Angst gab ihm Kraft. Er kniff die Lippen fest zusammen und schaffte es, vom Bett zu steigen und sie festzuhalten.

Sie fasste seinen harten Griff um ihre Hüften nur als Ermunterung auf, sich noch weiter vorzubeugen.

»Ann!«, mahnte er.

Draußen fielen Schüsse. Zuerst einzelne, dann war das Tackern einer automatischen Waffe zu hören. Ein Hubschrauber kreiste tief über der Unterweser. Der Fluss war plötzlich hell beleuchtet.

Weller lag fast auf Ann Kathrin drauf, um sie zu halten. Sein Kopf zwischen ihren Schulterblättern, sah er Szenen, als würde dort gerade ein Film gedreht werden. Kein Ostfriesenkrimi, sondern eine Hollywood-Großproduktion. Ein Actionfilm, in dem eine Szene teurer war als in Europa ein ganzer Film.

Weller kapierte, dass der Albtraum, vor dem sie alle Angst gehabt hatten, Wirklichkeit geworden war. Der Gangsterkrieg, nicht geführt von Schlägertrupps, sondern von einer hochgerüsteten, technisch hervorragend ausgestatteten Armee. Die fürchteten sich nicht davor, gesehen zu werden. Denen machte es noch nicht mal etwas aus, wenn sie gefilmt wurden. O nein. Die wollten, so vermutete Weller, Angst und Schrecken verbreiten. Da war ihnen jedes Foto recht.

Trotzdem rief er gegen den Lärm: »Ins Zimmer zurück, Ann! Geh in Deckung! Nimm den Kopf aus der Schusslinie! Die knallen dir das Gehirn weg!«

Sie verließ sich ganz darauf, dass er sie mit seinem Körpergewicht festhielt, reckte beide Arme mit dem Handy so weit vor, als wolle sie einen Kopfsprung machen, und filmte das Geschehen.

»Halt mich«, forderte sie. »Ich sichere Beweismaterial. Viel mehr bleibt uns ja nicht übrig.«

Endlich stoppte jemand den nervtötenden Feueralarm im Hotel. Unten auf dem Steg sammelten sich die Überreste des Mobilen Einsatzkommandos, die versuchten, noch irgendwie mitzumischen. Aber sie hatten weder Hubschrauber noch Boote zur Verfügung. Sie konnten nur noch zusehen.

Annika Schneider nutzte die Verwirrung, um zu entkommen. Nur ein junger Polizeibeamter war bei ihr geblieben. Er war sich nicht im Klaren darüber, ob sie zu den Tätern oder den Opfern gehörte. Die Schmerzen heuchelte sie jedenfalls nicht, ihr Arm war ganz offensichtlich gebrochen.

Er hieß Linus und war eigentlich seit ein paar Monaten verlobt, doch er musste sich eingestehen, dass er schockverliebt war. Der Feueralarm, die Schießerei auf der Unterweser, das alles jagte seinen Adrenalinspiegel und seinen Blutdruck hoch. Dazu noch diese Frau, die aussah wie die Fleischwerdung seiner fast schon vergessenen feuchten Pubertätsträume. Linus gehörte zu den guten Männern, die Frauen nicht leiden sehen wollen und in sich noch ein Beschützerherz pochen hören. Er sehnte sich danach, ein Held zu sein, und hätte gern in ihren Augen geglänzt. Doch er wusste nicht, was richtig oder falsch war, und stand herum wie ein Schuljunge. Er hätte ihr lieber einen Verband angelegt als Handschellen. Er blieb einfach bei ihr stehen und wartete darauf, dass andere, kompetentere Leute die Initiative ergreifen und ihm sagen würden, was genau er zu tun hatte.

Gegen seine Kopfschmerzen hatte er immer ein paar Ibuprofen 600 in der Tasche. Er bot ihr eine Tablette an. Sie nickte dankbar. Er griff in seine Hosentasche, um sie hervorzukramen, als ihre linke Faust ihm das Nasenbein brach. Benommen taumelte er hin und her. Fast wäre er gegen eine Wand gelaufen.

Als er seinen Orientierungssinn wieder zurückhatte, war Annika Schneider längst verschwunden.

Auf der Unterweser, nicht weit von den riesigen Silos, fand ein modernes Piratenstück statt. Neben Klempmanns Motorboot hielt ein anderes, und erfahrene, durchtrainierte Männer enterten das Schiff.

Weller musste sich eingestehen, dass er beeindruckt war. »Die«, sagte er fast eingeschüchtert, »machen das nicht zum ersten Mal, Ann. Die sind besser als wir.«

Sie stimmte ihm, ohne länger nachzudenken, zu und verließ ihre wacklige Position, um sich ins Zimmer zurückzuziehen.

Die Überreste der Schauspieltruppe konnten auch nicht mehr machen, als alles zu filmen. Es würde genug Material geben.

»Vielleicht«, gab Weller zu bedenken, »sollten wir doch bald in Norddeich unsere Fischbude eröffnen und den Dienst quittieren. Das ist nichts mehr für mich.«

Die örtliche Polizei rauschte mit Martinshorn und Blaulicht heran, und herbeigerufene Rettungssanitäter näherten sich.

Ann Kathrin und Weller standen jetzt am offenen Fenster und

hielten sich aneinander fest. Weller spürte Ann Kathrins Herz pochen. Es war, als würden sie sich gegenseitig Energie zuführen.

Weller wollte etwas Bedeutungsschwangeres sagen, doch mit dem Blick auf die Weser fiel ihm nichts Besseres ein als ein Spruch, den er in der Schule auswendig lernen musste: »Wo Werra sich und Fulda küssen, sie ihre Namen büßen müssen. Und hier entsteht durch diesen Kuss, deutsch bis zum Meer der Weser-Fluss.«

»Was willst du mir denn damit sagen?«, fragte sie.

Leicht beschämt verteidigte er sich: »Gibt es denn überhaupt noch etwas Sinnvolles, das man sagen kann? Die Gegenwart überfordert mich, und was ich in der Vergangenheit gelernt habe, hilft mir nicht mehr, sie zu bewältigen.«

»Ja, klar«, sagte sie und drückte ihn noch fester an sich. »Mit solchen Heimatsprüchen kommst du nicht weiter. Aber wir können ja jetzt nicht einfach ins Bett gehen.«

»Was schlägst du vor?«

Sie zeigte zu den Schiffen, die sich jetzt dem Hotel näherten. »Das da draußen, Frank, ist nicht in Ordnung. Und wir sind Polizisten geworden, um so etwas zu verhindern. Recht und Gesetz sind das Gegenteil von Willkür und Gewaltherrschaft.«

Er löste sich aus ihrer Umarmung und tastete die schmerzenden Stellen an seinem Körper ab.

»Hat sie dir eine Rippe gebrochen?«, fragte Ann Kathrin.

»Das wird heilen«, prophezeite er. »Aber«, er griff an sein Herz«, »der Schmerz hier ist schlimmer. Noch nie ist mir so sehr vor Augen geführt worden, wie unterlegen wir dem organisierten Verbrechen gegenüber sind.«

Ann Kathrin sah ihm in die Augen: »Aufgeben, Frank, ist keine Alternative. Wer soll sich ihnen denn entgegenstemmen, wenn nicht wir?«

»Die kommen zum Hotel«, stellte er kleinlaut fest.

»Die wollen hier anlegen.«

Weller seufzte und spottete: »Ja, wahrscheinlich haben sie sich hier eine Suite gebucht, und gleich steigt unten im Restaurant eine Riesenparty. Geschlossene Gesellschaft. Die Party läuft ohne uns, Ann!«

Der Hubschrauber landete auf dem Parkplatz neben dem Hotel. Ann Kathrin stellte fest, dass er keinerlei Hoheitsabzeichen aufwies. Er war weder von der Polizei noch vom Roten Kreuz.

»Ein privater Hubschrauber«, stellte Weller fest. Es hätte ihn nicht gewundert, wenn gleich auch zwei private Panzer aufs Gelände gerollt wären.

Er begleitete Ann Kathrin nach unten, um sich die Ereignisse aus der Nähe anzuschauen. Für Ann und Weller konnte jetzt alles geschehen. Vielleicht würden sie gleich Zeugen einer Hinrichtung werden. Alles schien möglich.

Weller kontrollierte seine Waffe. Der Gedanke, jetzt auf Deeskalation zu setzen – zu dem Thema hatte er mehrere Fortbildungen besucht –, erschien ihm geradezu absurd.

Ann lebte seit einiger Zeit nach dem Prinzip: Rechne mit dem Schlimmsten, und freu dich über jeden Tag, an dem es nicht eintritt.

Sie glaubte, auf alles gefasst zu sein. Doch was dann geschah, ließ ihre Knie weich werden. Ihr wurde schwindlig, und sie war froh, dass Weller sie stützte. Es interessierte sie auch nicht, wie das für die anderen aussah.

Klatt stieg aus dem Hubschrauber, grinste feist, klatschte in die Hände, als hätte er vom Kekseessen Krümel daran. Er ignorierte alle anderen und ging direkt auf Weller und Ann Kathrin zu. Er wollte etwas sagen, sprach aber noch nicht, weil er gegen das Rotationsgeräusch der Hubschrauberblätter nicht anbrüllen wollte. Was er zu sagen hatte, sollte jeder hören.

Erst als er glaubte, angemessene Aufmerksamkeit und Ruhe für seine Worte zu haben, klatschte er noch einmal in die Hände, als gehöre dies zu seinen Sätzen dazu und triumphierte: »Gesehen, Frau Klaasen? So sieht richtige Polizeiarbeit aus.«

Zwei Polizeibeamte stützten den übergewichtigen Willi Klempmann alias George, als er von Bord ging. Sein Schiff neigte sich, als würde es sich vor seinem Besitzer verbeugen. Er trug Handschellen, trotzdem wirkte er nicht gefährlich, sondern eher wie ein alter Mann, der sich beim Spaziergang verlaufen hatte und nicht allein ins Seniorenheim zurückfand. Die Polizeibeamten, die ihm Halt gaben, hatten etwas von freundlichen Betreuern an sich.

Hinter ihm ging Silvia Schubert von Bord und achtete darauf, von niemandem berührt zu werden. Sie trug die Nase hoch und gefiel sich in der Rolle der Adligen, die sich einen Weg durch den Pöbel bahnen musste und hoffte, sich dabei keine ansteckenden Krankheiten einzufangen. Ihr Gesicht hellte sich lediglich einmal auf und ein Lächeln huschte über ihre Lippen, als sie im Blaulicht eines Rettungswagens Susanne Kaminski sah. Die beiden Frauen nickten sich zu.

Weller nahm das wahr, wusste es aber nicht einzuordnen. War sie eine Mitwisserin und Komplizin oder einfach nur eine Freundin?

Weller verdrängte den Gedanken. Stattdessen rief er Rupert an, um ihm noch vor dem Morgengrauen die frohe Nachricht zu überbringen.

»Alter, wir haben George.«

»Ist das dein Ernst?«, brüllte Rupert.

»Ja. Willi Klempmann ist uns ins Netz gegangen. Jetzt holen wir uns deine Beate. Wenn einer weiß, wo Geier ist, dann er.«

»Prügel es aus ihm raus«, schrie Rupert begeistert.

Weller beruhigte ihn: »Wir haben eine Verhörspezialistin, mein Freund. Ann wird sich ihn vorknöpfen. Die hat noch jeden geknackt.«

Ruperts anfängliche Freude wich einem Misstrauen. »Soll ich kommen? Lass mich nur ein paar Minuten mit ihm alleine und wir wissen, wo meine Beate ist.«

»Das ist jetzt nicht deine Aufgabe, Rupi.«

»Was ist aus dir geworden, du Saftsack?«, konterte Rupert. »Natürlich ist das meine Aufgabe, du Vollpfosten. Sie ist meine Frau!«

»Ja. Und deswegen lässt du uns das jetzt regeln. Hau dich 'n Stündchen aufs Ohr, Rupi. Schlaf 'ne Runde für uns mit. Wir haben noch eine arbeitsreiche Zeit vor uns. Wenn wir wissen, wo Geier ist, geht's erst richtig los.«

Plötzlich war es, als würde Rupert nicht mehr mit Weller sprechen, sondern mit seiner Ehefrau. Er rief freudig: »Wir kommen, Beate! Wir kommen! Der Countdown läuft. Halte durch, Liebste!«

Zum ersten Mal seit langer Zeit war Rupert sich wirklich bewusst, nicht der Gangsterboss Frederico Müller-Gonzáles zu sein, sondern Rupert, Hauptkommissar aus Ostfriesland. In ihm tobte die freudige Gewissheit, bald seine Beate zurückzubekommen.

Er stand auf dem Balkon, hielt die Hände zum Himmel gereckt und atmete tief ein. Die Luft schmeckte nach Freiheit und Glück. Die aufgehende Sonne färbte den Himmel über dem Meer orange, mit strahlend gelben Ausläufern. Es kam ihm vor, als würde eine höhere Macht heißes Gold in die Nordsee gießen, um daraus nicht Münzen oder Barren zu formen, sondern all den Reichtum in Glück zu verwandeln.

Er unterdrückte den Impuls, das Himmelsgemälde zu fotografieren. Stattdessen wandte er sich an Gott: »Gut, dass du ein Einsehen hattest, Alter«, rief er nach oben. »Ich bin bereit, dir zu verzeihen, wenn ich nur meine Beate wiederbekomme.« Nach kurzem Nachdenken fügte Rupert mit drohendem Zeigefinger hinzu: »Und halt meine Frau in Zukunft aus dem ganzen Mist raus! Lass sie nicht für Sachen leiden, die ich verbockt hab. Das ist doch einfach ungerecht, das musst du doch einsehen, Gott!« Rupert steigerte sich rein. Er begann zu schimpfen: »Mensch, die ist Veganerin, und das nur, weil sie so 'n gutes Herz hat! Die will einfach den Tieren nichts zuleide tun!« Rupert klatschte sich gegen die Stirn und brüllte: »Hast du das überhaupt nicht mitgekriegt, Gott? Sie ist der beste Mensch auf Erden! Sie hält es sogar mit mir aus! Und ausgerechnet der tust du Leid an? Hast du denn überhaupt kein Gefühl für Gerechtigkeit? Wenn hier einer eine Strafe verdient hat, dann ich! Aber doch nicht Beate … Die ist hochsensibel, falls dir das was sagt! Verglichen mit der sind deine Engel leichte Mädchen!« Rupert versuchte, sich zu beruhigen. »Na ja, jeder macht mal Fehler, und jetzt biegst du das ja auch wieder gerade. Also, ich bin nicht nachtragend – für mich wäre die Sache dann erledigt.«

Rupert wollte ins Haus zurück. Er hatte das Gefühl, dringend duschen zu müssen. Er wollte frisch sein und gut riechen, wenn er Beate wieder in den Arm nehmen konnte. Aber in der Tür kam ihm ein Gedanke. Er drehte sich noch einmal um und sah zum Himmel, der sich jetzt schon wieder verändert hatte. Das war das Wunderbare hier am Meer: Jeder Blick zeigte etwas Neues. Nebelschwaden zogen über die Nordsee in Richtung Greetsiel. Der Wind formte sie zu mäandernden Gestalten, als würden riesige Kreaturen mit wehenden Mänteln sich dem Festland nähern, dabei tänzeln und immer wieder vor der Wasserkante zurückschrecken.

»Oder«, fragte Rupert nachdenklich, »hast du das alles nur gemacht, damit ich sehe, was ich an meiner Beate habe?« Wut keimte in ihm auf. »Das wäre nicht nötig gewesen!«, brüllte er. »Das weiß ich auch so!!!«

Nicht weit von ihm flatterten zwei Schwäne über die Wiese und machten einen Mordslärm dabei. Rupert wusste nicht, ob sie zankten und schimpften oder ob sich so das Liebesgeflüster der Schwäne anhörte. Kampf- oder Balzverhalten konnte er nicht voneinander unterscheiden.

In Sommerfeldts Küche brühte Rupert sich in der holländischen Filterkaffeemaschine einen Kaffee auf. Er war froh, dass es hier eine normale Filtermaschine gab und nicht so ein furchtbares Gerät, bei dem er das Gefühl hatte, erst zwei Jahre studieren zu müssen, bevor er in der Lage war, sich einen Espresso oder einen Caffe Crema machen zu können.

Der Kaffee war von der Langeooger Kaffeerösterei. Immerhin, Geschmack hatte Sommerfeldt, fand Rupert.

Der Kaffee blubberte durch den Filter, als Ruperts Handy sich meldete. Aufgeregt riss er es an sich und hoffte, die Nachricht zu bekommen: *Wir wissen, wo Beate ist.* Aber stattdessen meldete sich Professor Dr. Flickteppich: »Entschuldigen Sie die frühe Störung, Herr Gonzáles, hier Flickteppich.« Und, als könne Rupert vergessen haben, wer er war, fügte er hinzu: »Ihr stellvertretender Vorstandsvorsitzender.«

Rupert hatte überhaupt keine Lust, jetzt über Bankgeschäfte zu reden. Er war immer noch ganz euphorisch und freute sich auf seine Beate.

Mit Grabesstimme versuchte Dr. Flickteppich, sich Gehör zu verschaffen: »Es ist ein schrecklicher Tag. Wir stecken in furchtbaren Schwierigkeiten.«

»O nein«, triumphierte Rupert, »es ist ein wunderbarer Tag, und alle Probleme lösen sich gerade in Luft auf.« Er nahm Dr. Flickteppich überhaupt nicht ernst und hatte keine Lust, sich die gute Laune verderben zu lassen und die Vorfreude auf Beate. Er spottete: »Was haben Sie denn für Probleme? Hat die Bank wieder zu viel Geld und wir wissen nicht, wohin damit?«

Dr. Flickteppich räusperte sich: »Ich weiß es schon, weil ich gute alte Kontakte habe. Aber morgen wird es offiziell: Die BaFin hat ein Bußgeld gegen uns verhängt in Höhe von 1,5 Millionen, wegen verspäteter Einreichung von Verdachtsmeldungen.«

Rupert lachte: »Was für Verdachtsmeldungen? Soll das so 'ne Art Strafmandat sein? Haben die solche Preise?«

»Es geht um mangelhafte Geldwäschekontrollen«, konterte Flickteppich hart. »Ein Sonderbeauftragter überwacht uns jetzt. Die massenhaften Kontoeröffnungen werden geprüft. Wir dürfen maximal zwanzigtausend Neukunden pro Monat haben. Wir kommen aber auf fünfzig- bis sechzigtausend pro Tag.«

»Ja«, freute Rupert sich, »weil wir eben die Besten sind und unseren Kunden Luft unter die Flügel pusten, statt sie zu knebeln.«

»Wir müssen ein neues Compliance-Management aufbauen – beziehungsweise überhaupt erst schaffen –, um seriös dazustehen.«

Rupert, der keine Ahnung von Betriebswirtschaft hatte, fragte: »Was soll das sein, Kompliments-Management? Hat sich wieder jemand irgend 'n Scheiß ausgedacht, um uns das Leben schwerzumachen?«

Dr. Flickteppich stöhnte: »Das ist jetzt nicht Ihr Ernst, Herr Gonzáles?! Compliance steht für Einhaltung der gesetzlichen Bestimmungen. Es geht um regulatorische Standards, damit Regeln eingehalten werden.«

»Bevor wir die Regeln einhalten, sollten wir erst mal überprüfen, ob die in Ordnung sind«, entgegnete Rupert und fand sich ziemlich gut. Er hatte aber keine Lust, sich länger mit solchem Kram zu befassen. »Sie blockieren mit Ihrem Anruf hier wichtige Gespräche«, sagte Rupert. »Ich warte nämlich auf ein paar Nachrichten von …«

»Wir können das nicht auf die leichte Schulter nehmen, Herr Gonzáles. Wir werden noch alle im Gefängnis landen. Dem Sonderbeauftragten der BaFin werden die Haare zu Berge stehen, wenn er einen Blick auf unser Geschäftsgebaren wirft. Dazu braucht man keine große Prüfung, sondern …«

»Papperlapapp! Den überlasst mal einfach mir«, kündigte Rupert optimistisch an.

Dr. Flickteppich blieb hart: »Was haben Sie vor? Wollen Sie ihn umbringen? Glauben Sie, ich weiß nicht, wer Sie sind und mit welchen Methoden Sie nach oben gekommen sind, Herr Gonzáles? Mir können Sie nichts vormachen, und ich habe alles bei einem Anwalt hinterlegt. Das ist für mich wohl die beste Lebensversicherung. Ich glaube, in Ihrer Nähe braucht man so etwas. Auch dieses Gespräch hier nehme ich gerade auf.«

Rupert lachte: »Ich habe alle James-Bond-Filme aufgenommen und natürlich jeden Streifen mit Humphrey Bogart.«

Rupert legte das Handy vor sich und goss sich Kaffee ein. Der Duft verbesserte seine Laune noch mehr. Er hatte keine Lust, sich von Flickteppich runterziehen zu lassen. Er glaubte, einen triumphalen Tag vor sich zu haben.

»Aber wenn Sie das hier aufnehmen, dann sage ich das mal gleich für alle Erbsenzähler, denen Sie das vorspielen werden: Nein, ich habe keineswegs vor, Ihren Sonderbeauftragten umbringen zu lassen. Dafür ist der ein viel zu kleines Licht. Wir werden den einfach mit Geld zuscheißen. Typen wie der stehen auf Geld, wollen wir wetten? Sie beschäftigen sich doch den ganzen Tag mit nichts anderem. Wir stecken dem so viel Geld in die Tasche, dass an seinem Maßanzug die Nähte platzen. Der trägt doch einen Maßanzug – oder etwa einen von der Stange?«

»So ein Sonderbeauftragter ist nicht käuflich, Herr Gonzáles«, behauptete Flickteppich.

»Der war gut«, freute Rupert sich.

»Sie nehmen die Sache nicht ernst, Herr Gonzáles. Ich kann auch verstehen, dass Sie im Moment andere Probleme haben. Ich kenne die Interviews, die dieser Holger Bloem veröffentlicht hat. Der stilisiert Sie zum Volkshelden hoch, aber ich weiß, wer Sie wirklich sind.«

»Wieso glauben Sie dann, mir Vorschriften machen zu können, Herr Fickteppich?«

Rupert sprach den Namen bewusst falsch aus, um Dr. Flickteppich zu ärgern.

»Mit ordinären Redensarten und dummen Sprüchen kommen wir aus dieser Situation nicht heraus, Herr Gonzáles. Ich beantrage eine außerordentliche Vorstandssitzung.«

»Für so 'n Pipifax habe ich jetzt keine Zeit.«

»Pipifax? Ich rede von einer Krisensitzung! Wir müssen mit äußerster Dringlichkeit ... «

Rupert unterbrach ihn: »Krisensitzung? Als wir Ihren Pleiteladen übernommen haben, war er in der Krise, kurz vor der Zahlungsunfähigkeit. Und bei Überschuldung fällt Ihnen außer Personalabbau nie irgendwas ein. Jetzt schwimmen wir im Geld und wissen nicht, wohin damit. Nehmen Sie erst mal ein bisschen von der Schwarzgeldkohle und zahlen Sie der BaFin die Strafe, die sie uns auferlegt haben. Wir werden natürlich weiterhin so viele Konten eröffnen, wie wir Anfragen haben. Vielleicht können wir bei der BaFin ja ein Abo kaufen, so 'ne Art Zehnerkarte. Vielleicht haben die das ja. Denn wir werden garantiert nicht tun, was die wollen. Wir spielen unser eigenes Spiel. Wir lassen uns nichts vorschreiben. Haben Sie das kapiert? So, und jetzt muss ich mich wieder wichtigeren Dingen widmen.«

»Sie können doch jetzt nicht so einfach …«, protestierte Dr. Flickteppich.

»Mein Gott, sind Sie nervös! Lassen Sie sich eine Entspannungsmassage geben. Trinken Sie ein Schnäpschen oder fahren Sie einfach an die Küste.«

»Ich soll an die Küste fahren? Sind Sie völlig verrückt geworden? Dadurch wird doch nichts besser!«

»Stimmt«, gab Rupert zu. »Das verändert erst mal gar nichts. Die Probleme bleiben die gleichen. Aber immerhin wären Sie dann an der Küste … und da ist es einfach schön!«

Rupert drückte das Gespräch weg und ging mit dem Kaffee wieder auf den Balkon. Eine enttäuschte Möwe floh von der Brüstung. Sie hatte wohl darauf gehofft, dass er nicht mit einer Kaffeetasse, sondern mit einem Fischbrötchen herauskäme. Rupert winkte ihr nach: »Ich muss dich leider enttäuschen.« Leise sprach er in Richtung Meer: »So, Klempmann. Jetzt spuck endlich aus, wo Beate ist.«

Er erinnerte sich daran, dass er eigentlich vorgehabt hatte, zu duschen. Das holte er jetzt nach.

Beate machte sich Sorgen um Pascal. Das half ihr gegen ihre eigene Angst.

Er klapperte mit den Zähnen, zitterte am ganzen Körper und verkrampfte sich immer wieder. Dann wieder war es, als hätte er Schüttelfrost. Kalter Schweiß trocknete auf seinem Gesicht und ließ es glänzen.

Er war nicht ansprechbar, phantasierte aber manchmal. Sie

sah, dass sich seine Augäpfel unter den geschlossenen Lidern hin- und herbewegten.

Sie versuchte, sich ganz auf ihn zu konzentrieren. Sie war Reiki-Meisterin und leitete Meditationsgruppen. Sie wusste, dass ihr Mann Rupert über so etwas nur grinste und es für Hokuspokus hielt, aber er liebte sie genug, um ihr zu erlauben, alles an ihm auszuprobieren, und manchmal gestand er, dass ihm die Berührungen guttaten, und er konnte sogar zulassen, eine Energie durch den Körper fließen zu lassen.

Sie versuchte, an Ketten gefesselt, dem Jungen Reiki zu geben. Sie hätte so gern selbst ein Kind mit Rupert gehabt, aber nach einer Gebärmutter-OP war das nicht mehr möglich. Manchmal hatte sie darüber nachgedacht, ein Kind zu adoptieren. Ihre Mutter war dagegen und behauptete, von Rupert könnten Kinder nur Mist lernen. Ein schlimmeres Vorbild als den gäbe es praktisch gar nicht. Aber die konnte ihren Rupert halt auch überhaupt nicht leiden. Ihr wäre es lieber gewesen, sie hätte Herrn von Oertzen geheiratet, der war charmant und gebildet, doch verglichen mit Rupert auch ein Langweiler.

»Mit dem«, so hatte ihre Mutter behauptet, »kann man Kinder großziehen. Herr von Oertzen kann auch zu einem Elternabend gehen. Kannst du dir Rupert in einem pädagogischen Gespräch über Erziehungsfragen vorstellen? Dieser Straßenrüpel hat doch selbst nie eine Erziehung genossen.«

Beate versuchte, die Gedanken an ihre Mutter wegzuschieben und sich ganz auf Pascal zu konzentrieren. Eine Berührung war nur schwer möglich. Dabei hätte sie sich zu sehr recken müssen, und in einer allzu unbequemen Lage wurde Reiki verunmöglicht. Sie sagte bei ihren Seminaren immer: »Achtet darauf, dass es euch gutgeht. Legt euch bequem hin. Sorgt für euch.« All das war jetzt nicht möglich. Und trotzdem musste es irgendwie gehen.

Sie hatte ihre Atmung unter Kontrolle, und somit gab es wenigstens irgendetwas, auf das sie noch Einfluss hatte. Sie glaubte daran, dass Menschen eine Aura haben. Dass die Seele nicht im Körper ist, sondern dass sich der Körper in der Seele befindet wie in einer Schutzhülle, einem energetischen Ei. Nie hatte sie diesen Gedanken tröstlicher gefunden als jetzt, denn wenn sie irgendetwas brauchte, dann Schutz.

Sie hatte mal an einer Übung teilgenommen, da ging es darum, die Aura mit der Atmung auszuweiten. Es machte nämlich einen großen Unterschied, ob die Aura wenige Zentimeter über der Haut endete oder eine Armlänge vom Körper entfernt immer noch spürbar war. So konnten selbst die Fesseln und Ketten in diesem Lieferwagen sie nicht halten. Ihre Aura konnte man nicht einsperren.

Mit ihrer Atmung versuchte sie, ihre Aura wie einen Luftballon aufzublasen, so dass sie den gesamten Innenraum des schalldichten Transporters einnahm. Vielleicht war das alles nur Einbildung, Phantasie – ein schöner Wunsch. Aber viel mehr hatte sie jetzt nicht, und es half ihr.

Pascal befand sich jetzt in ihrer Aura. Sie konnte ihn zwar nicht physisch berühren, aber trotzdem gehörten sie nun zusammen, als würden sie gemeinsam in einer warmen Badewanne liegen.

Der Junge wurde ruhiger. Er zitterte zwar noch, aber nicht mehr ganz so schlimm.

Ich habe eine Aufgabe, dachte sie. Ich muss mich um ihn kümmern. Wenn man eine Aufgabe hat und sich der wirklich ganz widmet, hat man keine Zeit, verrückt zu werden, versprach sie sich selbst.

Ihre Hände und Füße wurden warm, und sie hatte das Gefühl, ihre Aura würde sich über den VW-Transporter hinaus ausbreiten. Sie hoffte sogar, damit Geier zu erreichen und vielleicht milde zu stimmen. Dass er zur Vernunft zu bringen war, glaubte sie ohnehin nicht. Aber auch er musste doch einmal ein Kind gewesen sein, dachte sie. Klein und unschuldig. Wenn er Kontakt zu seinem inneren Kind bekäme, dann würde er vielleicht erschrecken vor dem, was der Erwachsene, der aus ihm geworden war, in der Welt anrichtete.

Der Wagen wurde gestartet. Sie fuhren über Kopfsteinpflaster. Bei dem Geruckel hüpfte Pascals Körper durch jede Erschütterung auf und ab. Er öffnete kurz die Augen, stierte irgendwohin ins Nichts, und dann schlug sein Kopf hart gegen die Unterlage.

Beate hatte keine Ahnung, wohin Geier fuhr, doch in ihr nahm das Gefühl großen Raum ein, dass der letzte Abschnitt ihrer Reise begonnen hatte. Die nächsten Stunden würde Pascal ohnehin kaum überleben, vermutete sie.

Und dann wird er mich töten, dachte sie, um sich an Rupert zu rächen.

Manchmal, wenn er nachts unterwegs war und sie wach im Bett lag und sich Sorgen um ihn machte, weil sein Job zu den gefährlichen gehörte und er Körpereinsatz nicht scheute, dann dachte sie an ihn. Ja, sie sprach sogar mit ihm, und dazu benutzte sie kein Telefon, sondern eine Art innerseelische Standleitung, über die sie Verbindung halten konnte. Drei-, viermal hatte er sie dann tatsächlich angerufen, um ihre Stimme zu hören, wie er sagte, oder sich zu erkundigen, ob es ihr gutging. Wenn sie sagte: »Ich habe dich mit der Kraft meiner Seele gerufen, Liebster«, dann lachte er, als hätte sie einen Witz gemacht und behauptete, das sei nur Zufall. »Ich hätte dich sowieso angerufen.«

Solche Zufälle gab es oft. Im Moment war so ein Zufall ihre größte Hoffnung. Nur jetzt würde sie nicht ans Telefon gehen können. Trotzdem gab es eine Kraft in ihr, die ihr Hoffnung gab, Pascal beruhigen zu können und gleichzeitig Rupert herbeizurufen.

Der Wagen beschleunigte. Sie vermutete, dass sie sich auf einer Autobahnauffahrt befanden. Von ferne war eine Polizeisirene zu hören. Wenn sie die Augen schloss, konnte sie sogar kreisendes Blaulicht sehen.

Sie zweifelte daran, dass sie in diesem schalldichten Raum wirklich hören konnte, was draußen auf der Straße geschah, doch sie sehnte es sich herbei.

Plötzlich sah Pascal sie mit schreckensweit aufgerissenen Augen an. Seine Lippen waren rissig, seine Zunge sah aus, als sei sie aus trockenem Krepppapier.

Er stieß das Wort aus, als sei es eine alles lösende Formel, die ihm gerade erst eingefallen war: »Mama?!«

Sie brachte es nicht übers Herz zu sagen: *Nein, ich bin nicht deine Mutter.* Fast hätte sie *ja* gesagt, doch sie schaffte nicht einmal, zu nicken. Sie hätte viel darum gegeben, kurz die Hände freizuhaben, um Pascal in eine bequemere Position zu legen. Noch immer sah es für sie aus, als sei er aufs Rad geflochten worden. Die unnatürlich verrenkten Gliedmaßen mussten ihm höllische Schmerzen bereiten, dachte sie. Vielleicht war es eine Gnade, dass er wieder ohnmächtig wurde.

Zunächst hatten Weller und Ann Kathrin Mühe herauszufinden, wohin Klatt *seine Gefangenen*, wie er sie nannte, gebracht hatte. Die Medien berichteten. Im Internet gab es Filme und Fotos von der Polizeiaktion auf der Unterweser. Das *Hotel Wiechmann* war mit einem Schlag berühmt.

Doch was in aller Öffentlichkeit stattfand und diskutiert wurde, war polizeiintern eine geheime, vollkommen abgeschirmte Aktion. Klatt wollte alle Trümpfe in der Hand behalten und so verdeckt wie möglich weiterspielen. Er hatte nicht vor, sich den Erfolg stehlen zu lassen. Das hatte Ann Kathrin in seinem Gesicht gelesen. Er verhielt sich wie jemand, der die Hochzeitstorte versteckt hatte, damit die Gäste sich kein Stück davon abschneiden konnten.

Als Ann Kathrin Niklas Eisenmann vorbeihuschen sah, wusste sie, dass sie es mit der Ninja-Truppe zu tun hatte. Eine Einheit innerhalb der Polizei, die es angeblich gar nicht gab. Die einen redeten über sie, als sei es ein rein privater Kegelclub, gegründet von Angebern und Dilettanten. Für die anderen war das die Zukunft der Polizei – ein schnelles, durchsetzungsfähiges Eingreifkommando, ausgebildet, um Terroristengruppen zu stoppen oder Clanstrukturen zu zerschlagen. Unsichtbar und wenig zimperlich. Misstrauen war ihr oberstes Prinzip.

Weller rieb sich die müden Augen und sagte: »Sie werden Klempmann an einen geheimen Ort bringen. Wir haben keinen Einfluss mehr.«

»Aber wir müssen ihn befragen. Es ist die einzige Chance, die Beate und der Junge haben.«

Weller zeigte hinter den Fahrzeugen her: »Ja – wie sollen wir die aufhalten? Mit Dienstvorschriften? Mit Waffengewalt? Glaub mir, Ann, mit beidem kommst du bei denen nicht weit. Und wenn wir jetzt versuchen, eine richterliche Verfügung zu beantragen, dann dauert das Tage, wenn nicht Wochen. Die werden Einspruch erheben und …« Weller winkte ab. Er nahm seine Frau in den Arm. Sie fror.

Sie sprach zu sich selbst: »An einen geheimen Ort … wo sie ihn verhören können …«

»Eine Art ostfriesisches Guantánamo«, phantasierte Weller und korrigierte sich gleich: »Ich bin mir aber nicht mal sicher, ob die in Niedersachsen bleiben. Vielleicht haben die längst solche Orte geschaffen, und wir wissen nur nichts davon, weil wir hier immer noch die braven, ostfriesischen Provinzbullen spielen.«

Ann Kathrin mochte es nicht, wenn die Kollegen von sich selbst als *Bullen* sprachen. Natürlich waren das nur Zitate, aber sie setzte dem trotzdem etwas entgegen: »Wenn schon, dann *Provinzbullen* und *-kühe.*«

»Ich könnte jetzt gut einen Kaffee vertragen«, gestand Weller, »und am besten noch einen Marzipanseehund dazu.« Er seufzte, und sie dachten beide an ihren alten Kripochef Ubbo Heide, der immer behauptet hatte, Marzipan helfe beim Denken, und deswegen in aussichtslosen Situationen vor aller Augen einen *ten-Cate*-Seehund geschlachtet hatte und jeden aufforderte, zuzugreifen. Manchmal waren dann wirklich neue Ideen gekommen.

Im Grunde hätten alle immer noch Ubbo Heide gern weiter als Chef behalten. Sie trauerten ihm nach. Immer wieder stand er ihnen als Berater zur Verfügung. Dazu flogen sie manchmal nach Wangerooge, wo er eine Ferienwohnung hatte, und erzählten ihm von ihren Problemen. Mit seiner großen Erfahrung und seinem analytischen Verstand hatte er schon so manches Mal zur Lösung beigetragen. Doch diesmal, fürchtete Ann, würde ein Besuch bei ihm wenig helfen. Einerseits standen sie unter viel zu großem Zeitdruck, andererseits war das hier einfach nicht mehr seine Welt. Er kam aus der guten alten Polizeiarbeit, mit klaren Strukturen und abgegrenzten Zuständigkeiten. Doch da sich das organisierte Verbrechen ständig neu aufstellte, Gesetzeslücken fand und seine Strukturen an die sich verändernde Gesellschaft anpasste, musste auch sie sich verändern, um als Gegenspieler weiterhin eine Chance zu haben.

Sie sah das alles ein, doch es gefiel ihr nicht. »Ubbo wird uns jetzt nicht helfen«, sagte sie, und es klang schon fast wie eine Kapitulation.

Weller stellte klar: »Aber einen Kaffee brauche ich jetzt trotzdem.«

Sie gingen ins Hotel zurück, wärmten sich ein wenig auf und tranken beide Kaffee. Ann Kathrin hielt ihre Tasse mit beiden Händen umklammert, als müsse sie sich daran festhalten.

Der Frühstückraum war sehr voll. Viele Leute redeten durcheinander, Gruppen bildeten sich. Immer wieder erzählten sich die Menschen, was sie gerade erlebt hatten. Ein Mann aus dem Ruhrgebiet behauptete, das glaube ihm zu Hause niemand, vor allen Dingen nicht sein Schwiegersohn, der sei mit den anderen abenteuerlustigen Familienmitgliedern auf einer Städtetour. London, Paris, Berlin. Er dagegen suche lieber die Ruhe. Jetzt frage er sich, ob er nicht besser mitgefahren wäre. Er trank schon den zweiten Kräuterschnaps vor dem Frühstück. »Nur für den Magen, versteht sich.«

In all dem Gewühl saßen Weller und Ann Kathrin wie auf einer einsamen Insel. Sie bemühten sich, die anderen Menschen auszublenden, und sie strahlten ihren Wunsch, ungestört zu bleiben, so sehr aus, dass sich kaum jemand in ihre Nähe wagte. Sie anzusprechen schien unmöglich.

Ann versank einen Moment in sich. Es sah für Weller so aus, als sei sie eingeschlafen und könne gleich mit der Nase im Kaffee wach werden. Vorsichtig wollte er ihr die Tasse aus der Hand nehmen, damit sie sich nicht verbrühte. Doch sie schlief keineswegs, sondern war innerlich mit Beates Schicksal beschäftigt. Die beiden mochten sich.

Noch bevor Weller ihre Tasse berührte, riss sie die Augen auf und sagte: »Wir müssen etwas tun, Frank. Können wir denn gar nichts machen?«

»Blinder Aktionismus hilft uns jetzt nicht weiter, Ann. Lass uns nachdenken.«

Weller wollte zunächst nicht ans Handy gehen, als ein Anruf von Marion Wolters aufploppte. Doch Ann Kathrin gab ihm einen Wink, er solle ruhig rangehen. Vielleicht, weil sie hoffte, dann wieder ihren eigenen Gedanken nachhängen zu können, bis die Kaffeetasse leer getrunken war.

Weller hatte keine Lust, Marion zu erzählen, was gerade alles passiert war. Er befürchtete, diese Geschichte ohnehin noch hundertmal erzählen zu müssen. Doch als er Marion mit einem knappen »Moin« begrüßte, hatte sie keine Fragen zu den Geschehnissen an der Unterweser, sondern sagte stattdessen: »Hier in Aurich steppt der Bär. Ich habe so was noch nie erlebt. Die räumen die Büros um. Ein paar Kollegen haben sie nach Hause geschickt. Mich übrigens auch. Die übernehmen den ganzen Laden. Es kommt mir fast vor wie eine Hausbesetzung …«

»Wer macht das?«, fragte Weller.

»Irgendeine Spezialeinheit, von der ich dachte, sie sei ein Hirngespinst. Rupert hatte sich, glaube ich, auch mal da beworben, aber die haben ihn nicht genommen.«

»Danke«, sagte Weller und drückte das Gespräch weg. Er nahm noch einen Schluck Kaffee und stand auf. Ann sah zu ihm hoch und machte eine fragende Geste.

»Sie bringen ihn nach Aurich«, behauptete er.

Ann Kathrin deutete seinen Gesichtsausdruck so, dass er sich absolut sicher war. Sie federte vom Stuhl hoch. Fast wäre er umgefallen, doch Weller hielt ihn noch kurz. Die beiden gingen zum Ausgang, dabei rempelten sie verschiedene Gäste und Kollegen an.

Vielleicht, dachte Weller, kommt so bei einigen der Eindruck zustande, wir seien rücksichtslos und arrogant. Dabei sind wir nur klar auf unser Ziel orientiert.

Sie waren schon auf der Autobahn, als Weller prophezeite: »Sie werden uns nicht zu ihm lassen.«

»Das werden wir ja sehen«, konterte Ann entschlossen.

Weller lenkte den Wagen. Bei der rasanten Fahrt hielt er sich nicht gerade an die Geschwindigkeitsvorgaben der Straßenschilder. Ann Kathrin wies ihn darauf hin, dass dort gerade hundert stand, er aber hundertsechzig fuhr.

»Ich weiß«, antwortete er.

Sie benutzten kein Blaulicht. Es sah aus, als würde hier ein Privatwagen ein Autorennen gegen alle austragen.

Geier hielt sich peinlich genau an die Geschwindigkeitsbegrenzungen. Er wollte mit seinem Transporter nicht auffallen. In ihm hatte sich enormer Zorn aufgebaut. Er gestand sich jetzt zu, auch wütend auf George alias Willi Klempmann zu sein. Wenn er Groll auf ihn hegte, dann nannte er ihn gern *den fetten Willi,* und so redete er ihn jetzt in Gedanken an.

Geier konnte ihm nicht verzeihen, dass er den Job, Marcellus und Kleebowski zu erledigen, anderen überlassen hatte.

Geier hatte vor, sich diesen Rupert zu greifen oder Gonzáles oder wer immer der Knabe war, und ihn dann an den Meistbietenden zu verkaufen. Ein ostfriesischer Kripobeamter würde nicht viel bringen. Geier bezweifelte, dass seine eigene Behörde überhaupt Geld für ihn auf den Tisch legen würde. Bestimmt hatten sie irgend so eine Regel wie: *Der Staat darf sich nicht erpressbar machen.* Vermutlich würden sie ihn lieber opfern, statt Lösegeld für ihn zu bezahlen. Das sah in Gangsterkreisen schon ganz anders aus. Ein Undercoveragent, der vieles wusste, was eine Menge mächtiger Leute gefährden konnte, war jeden Preis wert. Und dieser Rupert musste ein Undercovermann sein, eine andere Erklärung gab es nicht für Geier.

Die Kompensan-Bank hatte Milliarden flüssig, und er hatte vor, ihre Kassen zu leeren, Zug um Zug. Er hätte dann drei Geiseln. Der Junge war wahrscheinlich gar nichts wert, den würde er ihnen tot präsentieren, nur um zu zeigen, dass es ernst war.

Er stellte sich vor, wie er seine Forderung formulierte und dabei einen Zeitrahmen setzen würde, wie: *Jede Stunde stirbt eine Geisel. Erst Pascal, dann Beate und am Ende euer gefakter Gangsterboss.*

Er fühlte sich gut dabei und fragte sich, wie viel er verlangen könnte. Er dachte dabei nicht über ein oder zwei Millionen nach, sondern über hundert oder zweihundert Millionen.

Der Transport solcher Summen würde ein Problem werden. Das ließ sich nicht in einer Handtasche mitnehmen. Bitcoins waren eigentlich ideal für solche Transaktionen. Er grinste. Eine Währung, eigentlich nur geschaffen, um Lösegelder anonym auszuzahlen. Doch er vertraute Scheinen mehr als digitalem Geld. Er las ja auch keine E-Books und rauchte keine E-Zigaretten.

Dieser Rupert muss in Bensersiel sein, dachte Geier. Er wohnt mit Blick aufs Meer. So viele Häuser kann es nicht geben, auf die das zutrifft. Und dazu die einzigartige Perspektive …

Geier war sich sicher, ihn rasch zu finden.

Egal, ob die zahlen oder nicht, dachte er. Am Ende werdet ihr sowieso sterben. Alle drei. Und ich werde weiterleben. Als Legende.

Er gestand sich ein, dass das Geld eigentlich gar keine Rolle spielte. Es ging um etwas anderes. Je höher die Summe war, die er bekam, umso bedeutender würde sein Ruf werden. Die höchste Summe, die je an einen Erpresser gezahlt wurde …

Er erinnerte sich an eine Szene in *Batman,* wie Joker einen irren Berg Dollars, der zu einer Pyramide aufgestapelt worden war, verbrannte und dabei lachte. Wahrscheinlich hielten die anderen Zuschauer im Kino ihn für verrückt. Geier hingegen hatte ihn verstanden. Er sah sich dort sitzen und die Welt auslachen, indem er das vernichtete, was für alle das Bedeutsamste war. Das, was sie zum Gott erhoben hatten: ihr Geld. An dieser Stelle war er mit Frederico Müller-Gonzáles einverstanden. Die Aussage, die er zum Thema Geld im Radio von ihm gehört hatte, fand Geier absolut korrekt. Endlich hatte es mal jemand auf den Punkt gebracht.

»Gegen unsere Polizeiinspektion in Aurich im Fischteichweg ist Fort Knox ein Open-Air-Festival, umsonst und draußen«, sagte Weller, als er die massiven Polizeikräfte zur Absicherung sah. Straßensperren und vermummte junge Kollegen mit automatischen Waffen, das kannte er sonst nur von Terroristenprozessen, wenn mit einem Anschlag oder einer Befreiungsaktion gerechnet werden musste.

Sie kamen mit ihrem Wagen nicht mal auf den eigenen Parkplatz im Hof. Sie wurden von einem jungen Mann, den sie noch nie zuvor gesehen hatten, angehalten, und er verlangte freundlich, sie sollten bitte umdrehen.

»Das werden wir nicht tun«, stellte Ann Kathrin klar. »Das dort«, sie zeigte auf die Polizeiinspektion, »ist unser Arbeitsplatz. Mein Name ist Ann Kathrin Klaasen, das ist mein Kollege Frank Weller. Sie können gerne unsere Dienstausweise sehen, und dann machen Sie den Weg frei. Wir haben zu tun.«

Er lächelte: »Ich darf Sie nicht durchlassen.«

Fassungslos starrte Ann Kathrin ihn an.

Weller versuchte, die Antwort zu konkretisieren: »Speziell uns beide nicht oder …«

Der junge Mann schüttelte den Kopf. »Nein, nicht nur Sie, sondern auch sonst niemanden. Hier kommt man nur mit einer

Sondergenehmigung rein. Wenn Sie die haben, zeigen Sie sie mir bitte, sonst drehen Sie um.«

»Aber«, wandte Ann Kathrin ein.

»Kein Aber. Ich habe keine Lust, länger mit Ihnen zu diskutieren. Entweder Sie zeigen mir Ihre Genehmigung oder Sie drehen um, und zwar jetzt sofort.«

»Sag ich doch«, grinste Weller zu Ann, »durchsetzungsfähige Truppe. Die verhandeln nicht. Die handeln.«

»Ich hätte gerne Ihren Namen und Ihre Dienstnummer«, forderte Ann Kathrin, die vergeblich auf seiner Kleidung einen Hinweis zur Identifizierung suchte.

»Und ich hätte gern ein Mettbrötchen mit Zwiebeln«, antwortete der junge Mann.

Weller zeigte auf seinen Helm: »Guck mal, Ann, er hat da oben 'ne Kamera dran.« Weller winkte: »Hallo, Kollegen, ich bin's! Euer Frank. Neben mir sitzt Ann. Wir können im Moment nicht in unsere Dienststelle. Prima, dass ihr das mit der Kamera festhaltet. Es wird bestimmt ein großer Spaß auf Instagram und YouTube werden.«

»Machen Sie jetzt bitte keine Schwierigkeiten«, verlangte der anonyme Polizist.

Ann Kathrin sah ihn gar nicht mehr an, sondern sprach mit Weller, der versuchte, alles ins Lächerliche zu ziehen, um es ein wenig zu deeskalieren. Ann sprach absichtlich so laut mit Weller, dass der Mann mit der Kamera am Helm sie hören musste, tat dabei aber so, als seien es vertrauliche Worte: »Wer sagt uns eigentlich, Frank, dass der da wirklich zu uns gehört? Das kann genauso gut irgendein Gangster sein. Vielleicht haben die unsere Polizeiinspektion längst übernommen. Jetzt schicken sie die richtigen Polizisten nach Hause und spielen sich dann hier als Staatsgewalt auf.«

»Stimmt«, gab Weller ihr recht. »Die Klamotten, die der trägt, kriegt man in jedem Theaterfundus. Obwohl, um die Kamera am

Helm beneide ich ihn schon ein bisschen. Auch gehören solche Maschinenpistolen nicht zu meiner Dienstausrüstung.« Mit ironischem Unterton fragte Weller gespielt naiv: »Ist das eine Weiterentwicklung der Kalaschnikow?«

Der junge Mann stöhnte: »Ich rufe jetzt meine Vorgesetzten.«

»Gute Idee«, lobte Weller ihn.

Der vermummte Polizeibeamte drehte sich um und ging zwei Meter zurück. Vermutlich wollte er nicht, dass Weller und Ann Kathrin hörten, was er zu sagen hatte. Er war über Sprechfunk mit der Einsatzleitung verbunden.

Ann Kathrin öffnete die Beifahrertür. Weller ahnte, was sie vorhatte. »Ann, bitte«, flehte er noch, doch sie rollte sich schon gebückt aus dem Auto, huschte im Schutz der Karosserie nach vorne und robbte katzengleich über den Innenhof, wo sie zwischen einzelnen Fahrzeugen Deckung suchte.

Der merkwürdige Polizist guckte ins Auto und sagte: »Also, ich habe klare Anweisungen. Sie haben keine Sondergenehmigung. Bitte ver… Wo ist denn Ihre Beifahrerin?«

»Welche Beifahrerin?«

»Ja, die da gerade noch gesessen hat.«

»Sie halluzinieren. Hat Ihnen jemand was ins Essen getan? Man muss da heutzutage sehr vorsichtig sein. Wir haben hier zum Beispiel eine Disco, da werden manchmal Frauen K.-o.-Tropfen verabreicht. Oder so halluzinogene Drogen, dass sie plötzlich auch den letzten hässlichen Typen für ein angesagtes Model halten.«

Ann war bereits am Eingang und öffnete mit ihrer Karte und dem dazugehörigen Code. So weit waren sie also noch nicht. Die elektronischen Sicherheitssysteme hatten sie noch nicht umgestellt.

Zum ersten Mal in ihrem Leben schlich sie sich in die Polizeiinspektion. Doch oben an der Rezeption saß keine der freundlichen bekannten Kolleginnen, sondern ein sauertöpfisch dreinschauender Mann mit einem Schnauzbart, der seine Oberlippe verdeckte. Ann fragte sich, ob der Bart echt war oder ob er den nur aus Tarnungsgründen trug.

Sie stellte sich als Dirk Klatts persönliche Assistentin vor und um gleich zu zeigen, wie viel Macht und Einfluss sie hatte, fragte sie: »Wer hat dir denn diese dämliche Verkleidung angepappt? Sieht doch jeder, dass der Bart unecht ist.«

Er griff hin, fasste den Bart an und zwirbelte ihn. »Der ist echt!«

Ann Kathrin lachte. »Nee, wirklich? Hätte ich nicht gedacht.«

Sie tippelte die Treppe hoch, als sei damit alles erledigt.

Weller fuhr den Wagen aus dem Einflussbereich der Polizeiinspektion weg und parkte bei der *Ostfriesischen Landschaft*, direkt vor der Bibliothek.

Ann ist schon drin, dachte er. Und was mache ich jetzt?

Er stellte sich vor, dass Klatt Ann Kathrin an ihrem eigenen Arbeitsplatz verhaften lassen könnte. Ein paar Stunden in den gekachelten Räumen und Ann dreht durch, dachte Weller. An wen, verflucht, wendet man sich in so einer Situation? Später, wenn das hier alles juristisch aufgearbeitet wird, dann möchte ich nicht der sein, dem man die Schuld in die Schuhe schiebt für das Scheitern dieser Aktion.

Dabei war ihm egal, was aus Klempmann oder dessen Geliebter werden würde. Ihm ging es nur um Beate und den Jungen, Pascal Jospich.

Inzwischen fragte Weller sich wirklich, ob die martialisch auftretenden Spezialkräfte tatsächlich Polizisten waren oder vielleicht nur als Spezialeinheit verkleidete Gangster.

Hatte eine gut organisierte Gang die Polizeiinspektion geentert? War das Ganze ein modernes Piratenstück?

Nachdem sie im Gebäude war, wurde Ann Kathrin von niemandem mehr gehindert, hatte überall freien Zugang, schien dazuzugehören. Die hier anwesenden Kräfte waren sich sicher, den Laden vollständig unter Kontrolle zu haben. Trotzdem trugen einige selbst auf den Fluren Sturmhauben, die eine Erkennung ihrer Gesichter unmöglich machten.

Schwere Stiefel knallten in den Gängen. Fast alle Bürotüren standen offen. Kleine Gruppen hielten sich in der Nähe der Fenster auf. Ann Kathrin sah Scharfschützen, die eine gute Position suchten. Schreibtische wurden einfach von ihren Plätzen geschoben und an der Wand übereinandergestapelt. Eine junge Frau trat gegen den Kaffeeautomaten, weil der ihr Geld genommen hatte, aber keinen Latte macchiato ausspuckte. Eine automatische Waffe hing an ihrer Schulter, doch damit beeindruckte sie den Kaffeeautomaten überhaupt nicht. Ann Kathrin war fast stolz auf diesen trotzigen Automaten, als sei er der letzte aktive Widerstand gegen die Besatzer.

Es gab nicht nur eine Kampftruppe, die sich darauf vorbereitete, das Gebäude gegen jeden Angriff zu verteidigen, sondern auch ein paar Männer in Anzügen mit blauen oder silbergrauen Krawatten und weißen Hemden. Ann Kathrin entdeckte zwei Damen in Kostümen, mit Haaren, als seien sie direkt vom Friseur hierhergeeilt. Trotzdem schien das Ganze eine sehr männerdominierte Aktion zu sein.

Sie ging durch zum Verhörraum. Vor der großen Glasscheibe, die einen Blick in das Zimmer bot, stand Niklas Eisenmann, den Ann Kathrin von einer Fortbildung kannte. Sie hielt ihn für einen eitlen Gecken. Eine narzisstische, aufgeblasene Persönlichkeit, mehr auf Außenwirkung bedacht als auf Nachhaltigkeit. Sie hatte ihn schnell als selbstsüchtig und karrieregeil eingeschätzt und sich an dem Abend nach der Fortbildung an einen anderen Tisch gesetzt, weil der Typ ihr unangenehm gewesen war. Sie verbrachte ihre Freizeit lieber mit anderen Menschen.

Neben ihm ein vermummter Bewaffneter und eine junge Frau in silbergrauem Hosenanzug. Eisenmann war offensichtlich darauf aus, von ihr bewundert zu werden.

Das Gespräch im Verhörraum wurde gefilmt und auf einen Monitor übertragen. Sie konnten hier draußen hören, was gesagt wurde, und alles sowohl durch die Glasscheibe als auch am Monitor mitverfolgen.

Ann Kathrin stellte sich dazu, als würde sie hierhingehören, und musste innerlich grinsen, denn in Wirklichkeit gehörte sie ja hierhin, nur die anderen eben nicht.

Eisenmann ignorierte sie geradezu demonstrativ.

Willi Klempmann saß im Verhörraum am Tisch wie andere Leute in einem Straßencafé. Er hatte das linke Bein über das rechte gelegt, eine Hand spielte mit der Kaffeetasse, die andere ruhte auf seinem Bauch. In seinem teigigen Gesicht erkannte Ann Kathrin aber, dass der Mann sehr nervös war und nur den lässig Entspannten zu spielen versuchte.

Dirk Klatt stand auf der anderen Seite des Tisches, bemüht darum, energiegeladen, ja triumphal zu wirken. Doch seine fahrigen Bewegungen verrieten ihn. Er blätterte in Papieren, die er lose in der Hand hielt, und fand offensichtlich nicht sofort das, was er suchte.

»Kann ich Ihnen helfen?«, fragte Willi Klempmann ironisch. »Sie sollten sich auch besser setzen. Sie sehen aus, als stünden Sie kurz vor einem Herzinfarkt. Haben Sie in letzter Zeit mal Ihren Blutdruck gemessen?«

Endlich hatte Klatt gefunden, was er suchte. Er knallte den Ausdruck auf den Tisch. Es war ein Foto von Beate, das der Entführer an die Polizeiinspektion geschickt hatte. Darunter seine Ankündigung: *Der Countdown läuft.*

Klatt las es laut vor: »Der Countdown läuft. Das ist Ihr Mann, und ich will wissen, wo er ist. Er hat zwei Geiseln in seiner Gewalt, die möglicherweise noch leben. Pfeifen Sie den Dreckskerl zurück!«

Ann Kathrin hielt es kaum aus, zuzusehen. Ihr entfuhr ein Seufzer. Eisenmann sah sie an.

Ann Kathrin klatschte mit der offenen Handfläche gegen die Scheibe. »Nein, nein, nein«, sagte sie. »Er macht alles falsch!«

»Was macht er denn Ihrer Meinung nach falsch?«, fragte Eisenmann und wirkte, als würde er jetzt der jungen Frau im Hosenanzug eine Lektion in Polizeiarbeit erteilen wollen.

Ann Kathrin suchte Blickkontakt mit Eisenmann. Er hielt erstaunlich lange stand. Das gelang nicht vielen Leuten. Wenn Ann Kathrin ihnen in die Augen blickte, mussten die meisten schon nach ein, zwei Sekunden weggucken, weil sie sich erkannt, ja durchschaut fühlten.

»Er weiß nichts über George, verrät ihm aber alles«, stellte Ann Kathrin klar.

Die junge Frau im Hosenanzug nickte. Das leuchtete ihr völlig ein.

Ann Kathrin fuhr fort: »Er hat jetzt all seine Trümpfe auf den Tisch gelegt, und der abgezockte Drecksack dort«, sie zeigte auf Klempmann«, »weiß genau, in welcher Not wir stecken.«

»Dirk Klatt ist einer unserer Besten«, stellte Eisenmann klar, klang dabei aber unsicher.

»Deswegen« erwiderte Ann Kathrin mit scharfem Ton, »haben sie ihn auch nach Ostfriesland abgeschoben, ja? Ist es nicht vielmehr so, dass man ihm die Sache anvertraut hat, weil man genau weiß, dass er scheitern wird? Ist sein Scheitern Teil des Plans? Soll er das hier vergeigen?«

Eisenmann trat einen Schritt zurück, fasste die junge Frau am Ärmel und zog sie von Ann Kathrin weg. »Wie sind Sie überhaupt hier reingekommen?«, fragte er, als würde er während einer Dienstreise aus einem Traum erwachen und in seinem Hotelzimmer befänden sich fremde Gäste.

»Dies«, sagte Ann Kathrin, »ist mein Arbeitsplatz, und normalerweise«, sie tippte gegen die Scheibe, »bin ich da unten und stelle die Fragen.«

Niklas Eisenmann verzog den Mund und machte eine abfällige Handbewegung. »Diese Sache hier ist ein paar Nummern zu groß für Sie, Frau Klaasen. Sie sind doch Frau Klaasen, nicht wahr? Seien Sie froh, dass wir die Sache übernommen haben. Sie hätten den da nie erwischt. Wir sind mit einer verdeckten Ermittlungsgruppe seit Jahren ganz nah an ihm dran. Das hier ist nur das Finale. Der krönende Abschluss einer langen, beschwerlichen Reise.«

»Ich werde jetzt da reingehen und ihn verhören«, sagte Ann Kathrin selbstsicher. »Immerhin ist das mein Job.«

George, alias Willi Klempmann, nahm einen Schluck Kaffee, verzog angewidert das Gesicht, stellte die Tasse wieder auf den Tisch zurück, hob beide Arme, reckte sich, verschränkte sie dann hinter dem Kopf, lehnte sich zurück und sagte: »So, jetzt hören Sie mir mal zu. Sie haben nicht den geringsten Grund, mich hier festzuhalten. Jemand hat meine Yacht in die Luft gesprengt. Man trachtet mir nach dem Leben, Ich muss untertauchen. Ich brauche einen neuen Namen und freies Geleit. Ich könnte auch ein paar Millionen von Ihnen fordern, das ist Ihnen doch klar? Aber Geld brauche ich nicht. Mir reicht es schon, wenn ich von Ihnen und Ihren Leuten in Ruhe gelassen werde. Schutz kann ich von Ihnen ja wohl kaum erwarten.«

Klatt klopfte auf das Papier. Mehrfach berührte er dabei die Fotografie. Das Blatt bewegte sich, und es sah aus, als würde Beates Gesicht eine Grimasse ziehen.

»Wo ist dieser Geier? Er hat sie doch in seiner Gewalt, oder?«

Ann Kathrin griff sich an den Kopf. Klatt verriet wirklich alles, statt irgendetwas zu erfahren.

Eisenmann versuchte, sie zu hindern, doch ein Blick von ihr reichte aus, um ihn zu stoppen.

Sie öffnete die Tür zum Verhörraum.

Klatt fuhr herum und starrte sie an. Er rang einen Moment um Fassung, dann schnauzte er los: »Ich befehle Ihnen …« Noch ehe er seinen Befehl formulieren konnte, konterte Ann: »Sie befehlen mir überhaupt nichts, H e r r Klatt.«

Klatt stand jetzt mit dem Rücken zur Wand. Links von ihm saß Willi Klempmann, rechts Ann Kathrin, zwischen ihnen der Tisch.

»Haben wir sein Handy?«, fragte Ann scharf und zeigte auf Klempmann. »Wir sollten es auslesen und feststellen …«

Klempmann verschränkte die Arme vor der Brust und grinste. »O ja, mein Handy … Das ist leider in die Weser gefallen, als die Herren mein Boot etwas unsanft gestoppt haben.«

Ann Kathrin ließ sich nicht entmutigen. Sie zeigte auf das Foto: »Das hier, Herr Klempmann, geschieht in Ihrem Auftrag. Und aus der Nummer kommen Sie nicht wieder heraus. Wir werden Sie hier festhalten, und Sie werden den Rest Ihres Lebens im Gefängnis verbringen. Noch können Sie von der Tat zurücktreten und uns helfen, das Schlimmste zu verhindern. Das würde vor Gericht für Sie sprechen. Sie können aus all dem schadlos herauskommen und irgendwo in der Karibik dann ein schönes Rentnerdasein genießen. Sollten aber diese Frau und der Junge ums Leben kommen, so ist damit auch Ihr schönes Leben beendet. Zumindest in der Form, wie Sie es bisher geführt haben.«

»Es ist nett, sich mit Ihnen zu unterhalten«, grinste George. Er schob die Kaffeetasse weit von sich weg in die Mitte des Tisches. »Aber der Kaffee hier ist entsetzlich. Ich würde Sie gerne zu einem Tässchen bei *ten Cate* einladen, Frau Klaasen.«

Ann Kathrin erschrak. Dieser Mann war wirklich bestens informiert. Er kannte seine Gegner und ihre Gewohnheiten.

Klatt hob die Hände in Richtung Decke, als müsse er Gott um Verzeihung bitten für das, was hier gerade aus dem Ruder lief.

George nutzte seine Chance. »Also gut. Hier mein Angebot: Ich erhalte freies Geleit. Sie bringen sofort Silvia Schubert zu mir. Ich werde aus Ihren Akten gelöscht. Alle Anklagepunkte gegen mich werden fallengelassen – sie sind ja sowieso lächerlich. Ich will einen Privatjet und …«

Klatt mischte sich ein. Er schien bereit, sich auf alles einzulassen. »So viel Zeit haben wir überhaupt nicht. Wenn ich daran erinnern darf: Der Countdown läuft«, zitierte er.

»Ja, dann können Sie mir bei der Gelegenheit vielleicht einen vernünftigen Kaffee besorgen. Und Sie haben schon recht. Geier ist ein ungemütlicher Typ, völlig verstört. Den hätte schon längst jemand aus dem Verkehr ziehen müssen. Das ist ein Versagen Ihrer luschigen Behörden, Herr Klatt. Einen wie den kann man doch nicht frei rumlaufen lassen!«

Klatt war die ganze Situation peinlich. Ann Kathrins Auftreten kratzte an seinem Triumph. Er wollte sich das jetzt nicht von ihr aus der Hand nehmen lassen. Er wies zur Tür. »So, Frau Klaasen, und Sie verlassen jetzt diesen Raum und überlassen das uns.« Er ging einen Schritt auf sie zu.

»Wagen Sie es nicht, mich anzufassen«, drohte Ann.

Willi Klempmann klatschte ihr Beifall: »Bravo! Ich mag selbstbewusste Frauen. Treten Sie ihm in die Eier! Lassen Sie sich nichts gefallen!«

Ein VW-Transporter mit der Aufschrift der Landwirtschaftskammer Niedersachsen rollte im Schritttempo durch Bensersiel, die Scheibe an der Fahrerseite runtergedreht, den Ellbogen draußen, sah sich der Fahrer Häuser an, als sei er auf der Suche nach einer günstigen Immobilie mit Meerblick. Er wirkte nicht wie jemand, der sich das leisten konnte, doch strahlte er die Gelassenheit eines Menschen aus, der aus reichem Hause kommt und weiß, dass für ihn Arbeit zeitlebens nicht der Broterwerb sein wird, sondern höchstens ein Hobby.

Er stellte den Wagen auf dem Parkplatz für Tagesgäste ab und ging den Rest zu Fuß. Er hatte eine Kamera dabei, flanierte und machte ungeniert Fotos von Häusern mit Meerblick. Dabei suchte er immer wieder neue Perspektiven aus.

Zwei Möwen beobachteten ihn, doch rasch erkannten die Tiere, dass seine Kamera zwar schön blitzte, man sie aber nicht essen konnte, und Möwen interessieren sich nicht für Unverdaubares.

Er ging zu seinem Auto zurück. Er hatte es nicht eilig. Hier neben dem Haus war ein Carport frei. Besser ging es nun wirklich nicht. Er betrachtete das Ganze als Einladung.

Geier überlegte, ob er den Wagen umgestalten sollte. Er konnte daraus noch den Hausmeisterservice Jupp Meyerhoff machen, auch einen Gärtnerbetrieb hatte er noch zur Verfügung. Aber als Tierkadaver-Entsorger schien es ihm jetzt wesentlich sicherer zu sein, auch wenn so ein Fahrzeug hier etwas deplatziert wirkte. Aber wer kam hier schon vorbei? Und wenn Menschen vorbeispazierten, dann sahen sie garantiert nicht auf die Autos, sondern aufs Meer und auf die Schiffe.

Eins war ganz klar: Hier hielten sich keine Polizisten auf. Es war ein ruhiger, friedlicher Ort. Viele kamen nur hierher, weil sie auf die Fähre nach Langeoog wollten, und einige entschieden sich, wiederzukommen, um zu bleiben.

Er konnte sie verstehen, und trotzdem zog ihn alles zurück nach Dinslaken, in sein Revier. Am liebsten hätte er die Stadt gekauft und alle Leute rausgeschmissen, um alleine spazieren gehen zu können. Okay, wenn er genau darüber nachdachte, dann könnten der Koch bei *Zorbas* und das Personal schon bleiben, immerhin wollte er weiterhin zu seinem Lieblings-Griechen essen gehen und auch das Kino sollte weiterlaufen. Aber bitte nur für ihn.

Das wäre was, dachte er. Die ganze Stadt gehört mir. Und wer sich dorthin verirrt, den jage ich durch die Straßen wie aufgescheuchtes Wild. Niemand hindert mich, und ich habe das Recht dazu, sozusagen den Jagdschein, weil Dinslaken eben mir gehört.

Am Bahnhof sollte ein Schild stehen. Eine Warnung sollte beim Aussteigen die Fahrgäste empfangen: *Vorsicht! Diese Stadt gehört dem Mann, der als Geier bekannt ist. Wenn Sie hier aussteigen, gehören Sie ihm und haben Ihr Recht auf Leben verwirkt. Herzlich willkommen in Geierstadt!*

Egal, wie viel Geld ich auch machen werde und aus der Kompensan-Bank herauspresse, eine ganze Stadt zu kaufen und zu entvölkern wird mir wohl nicht gelingen, dachte er. Das Leben war eben ungerecht.

Er hatte das Haus mehrfach umrundet. Eine Tür vom Carport führte direkt ins Haus. Die Eingangstür wirkte ungesichert. Die Tür zum Garten hinaus erst recht, und daneben die große Fensterscheibe hatte keine Gitter. Dafür standen Blumenkübel bereit, um sie hereinzuwerfen und zu zerschlagen. Jeder Kiosk in der Kölner Südstadt war besser gesichert als dieses Einfamilienhaus. Es war fast ein bisschen zu einladend.

Er entschied sich, durch den Garten zu kommen. Er zerdepperte die Scheibe nicht. Warum sollte er so viel Lärm machen und vielleicht die Aufmerksamkeit von Nachbarn erregen?

Er brauchte für die Tür keine zehn Sekunden. Er betrat das Wohnzimmer. Angenehm eingerichtet, keine Deckenbeleuchtung. Überall standen Steh- und Tischlampen herum. Vollgestopfte Buchregale deuteten auf einen Literaturliebhaber hin. Eine große Couch. Sessel mit bunten Kissen. Hier hielt sich jemand auf und las.

Eine Nichtraucherwohnung. Das roch er sofort.

Er vermutete, diesen Frederico Müller-Gonzáles-Darsteller schlafend, vielleicht besoffen, anzutreffen. Das war genau so ein Typ, der nach dem Prinzip lebte: *Daytime is not my time. My time is nighttime.* Er kannte das von sich selbst.

Er wollte in den Flur, da hörte er, dass hinter seinem Rücken eine Waffe durchgeladen wurde. Das metallische Klicken ließ ihn mitten in der Bewegung stoppen. Er wusste, dass er jetzt in der absolut unterlegenen Situation war.

Er trug unter seinem Jackett eine kugelsichere Weste, aber wer garantierte ihm, dass Frederico oder Rupert oder wer immer das war, ihm nicht direkt in den Hinterkopf schießen würde? Nur Amateure schossen auf den Oberkörper oder die Beine. Richtige Killer in den Kopf.

Er wird versuchen, seine Frau zurückzubekommen, deswegen wird er mir nicht in den Kopf schießen, das war Geiers zweiter Gedanke. Der gab ihm den Mut, sich langsam umzudrehen.

»Herzlich willkommen, Arschloch«, sagte Rupert. »Kann ich dir irgendwie behilflich sein? Suchst du etwas Spezielles?«

Rupert zielte nicht auf Geiers Kopf, auch nicht auf seine Brust, sondern der Lauf seiner Waffe war auf eine Stelle zwischen Geiers Beinen gerichtet. Geier hob unaufgefordert seine Arme und zeigte die offenen Handflächen vor.

»Spar dir die Show«, zischte Rupert. »Ich will meine Frau Beate zurück. Du bringst sie jetzt zu mir, oder ich schieß dir die Eier weg.«

Geier wusste genug über Menschen und Aggressionen, um zu verstehen, dass Rupert keine Sekunde zögern würde, um ernst zu machen. Er versuchte, das Ganze runterzuspielen: »Wenn's mehr nicht ist ... Die kannst du haben. Und diesen Lümmel noch dazu.«

Allein die Hoffnung, seine Frau gleich zurückzubekommen, brachte Rupert vor Freude aus der Fassung. Er wechselte die Waffe von der rechten Hand in die linke, putzte sich die rechte am Hosenbein ab. Für den Bruchteil einer Sekunde zielte er dabei auch nicht mehr direkt auf Geier. Der sagte: »Sie ist draußen im Auto.«

Jetzt fuchtelte Rupert mit seiner Glock vor Geiers Kopf herum. »Dann raus mit dir! Mach auf! Mach auf! Sofort!«

»Ruhig Blut«, mahnte Geier. »Wäre doch schade, wenn du mir das Gehirn wegschießt. Wir könnten Freunde sein, wir beide. Zwei entschlossene Männer, die ...«

»Ich bin da recht wählerisch, was meine Freunde betrifft«, keifte Rupert. »Mir reicht schon der bekloppte Weller. Und jetzt raus mit dir! Du gehst vor zum Auto. Mach auf. Und keine Tricks!«

Geier ging voran, Rupert knapp drei Meter hinter ihm her, zum VW-Transporter.

»Guter Trick, was?«, lobte Geier sich selbst und zeigte auf die Aufkleber. »Tierkadaver-Transport. Da sagt keiner, machen Sie doch mal auf, ich möchte mir das gerne angucken. Vor allen Dingen nicht, wenn gerade eine neue Seuche grassiert.«

»Ja«, schrie Rupert außer sich, »deine Mama wird dich bestimmt dafür loben. Und wenn du dann noch deinen Broccoli aufisst, bekommst du zum Nachtisch ein Eis. Aber ich will, dass du jetzt den Wagen aufmachst!«

Geier tat, worum Rupert ihn gebeten hatte.

Beate versuchte immer noch, ihre Aura über das Auto hinaus auszuweiten, um auf sich aufmerksam zu machen. Rupert sah sie, und es zerriss ihn fast. Er vergaß jede Sicherheitsvorkehrung. Er schubste Geier zur Seite und sprang in den Wagen. »Liebste«, schrie er, »Liebste!«

Fast wäre er über Pascal gestolpert, der mit seinem gebrochenen Bein verrenkt am Boden lag.

Beate sah schrecklich aus, aber sie war immer noch seine Frau. »Alles wird gut«, stammelte Rupert, »alles wird gut«, und bückte sich zu ihr.

Den Bruchteil einer Sekunde später verlor er das Bewusstsein. Er spürte den Schlag nicht einmal. Die Freude, Beate lebend wiederzusehen, war einfach zu groß, als dass Raum für Schmerz geblieben wäre.

»Na, ihr seid ja ein süßes Liebespärchen«, grinste Geier. »Dass es so etwas heute noch gibt … Der ist ja richtig verknallt in dich.«

Rupert lag mit seinem Körper schwer auf Beates linkem Bein. Sein Kopf in ihrem Schoß. Am liebsten hätte sie ihn gestreichelt.

Auch wenn jetzt wohl alles vorbei war und sie sich schuldig fühlte, weil sie ihn mit ihrer Aura hierhergelockt hatte, fühlte es sich trotzdem richtig an. Wenn schon, dann wollte sie mit ihm gemeinsam sterben. Im Tod vereint, dachte sie.

Es war, als würde sich ein Schicksal erfüllen. Eine Träne der Rührung lief über ihr Gesicht und tropfte auf Ruperts Hinterkopf.

Frank Weller wusste nicht, wie er ins Gebäude kommen sollte. Aber weiträumig umschritt er es und kam aus dem Staunen nicht mehr heraus. Er fühlte sich ein bisschen wie aus der Wirklichkeit gefallen oder in einer Parallelwelt gelandet. Er ging so nah wie möglich an die Absperrungen heran. Er sah die Nervosität der vermummten jungen Männer, die das Gebäude bewachten.

Dort, wo er gerade noch versucht hatte, mit Ann Kathrin auf den Parkplatz zu fahren, standen jetzt zwei gepanzerte Fahrzeuge. Auf dem Dach nahm er mindestens drei Scharfschützen wahr.

Marion Wolters stand plötzlich hinter ihm. »Ich mache Fotos«, sagte sie. »Das glaubt uns ja sonst keiner.«

»Haben die sich vorher irgendwie offiziell angekündigt?«, fragte Weller.

Marion schüttelte den Kopf. »Nee. Die waren einfach da und haben sich breitgemacht.«

Auf Facebook, Instagram und Twitter kochte die Gerüchteküche. Angeblich sei die Polizeiinspektion in Aurich von einer Hundertschaft gestürmt worden. Dort sei die Zentrale für Drogen, Waffen und Falschgeldhandel für ganz Europa. Einige hochrangige ostfriesische Kripobeamte seien als Köpfe der Drogen- und Waffenschmugglerbande entlarvt worden. Namentlich wurden Ann Kathrin Klaasen, Frank Weller, Rupert und Ubbo Heide genannt, wobei der Letztere schon seit Jahren pensioniert war.

»Das liest sich«, sagte Marion, »wie eine Liste, auf der man gerne mit dabei wäre.«

»Wie?«, fragte Weller irritiert.

»Da will euch jemand, der sich *Tarzans Rache* nennt, was ans Zeug flicken.«

»Ja, die versuchen, aus Schwarz Weiß zu machen und umgekehrt«, grinste Weller. Er freute sich fast darüber, im Internet genannt zu werden. Es war wie eine Bestätigung dafür, dass das, was sie gerade sahen, keine Halluzination war, sondern Wirklichkeit.

Wurden Dinge, fragte Weller sich, erst dadurch wahrhaftig, dass darüber berichtet wurde? Er wollte sich mit dieser philosophischen Frage an Marion Wolters wenden, als Kommissaranwärterin Jessi Jaminski bei ihnen auftauchte. Sie kaute Kaugummi und war so nervös wie noch nie zuvor in ihrem Leben.

»Was für eine Scheiße geht hier eigentlich ab?«, fragte sie. »Können wir nicht irgendjemanden anrufen, um das zu beenden?«

»Wen denn?«, fragte Weller.

»In meiner Ausbildung kam das nicht vor«, antwortete Jessi. »Da waren wir immer die Guten und die anderen die Bösen.«

Niklas Eisenmann schickte zwei Leute in den Verhörraum. Sie sollten Klatt dabei behilflich sein, Ann Kathrin Klaasen zu entfernen. Sie wollten sich das hier von ihr auf keinen Fall bieten lassen.

Als die zwei in ihren Schutzausrüstungen den Raum betraten, lachte Klatt: »Ein bisschen sehen die immer aus wie Darth Vader, oder?«

Ann Kathrin interessierte sich nicht für die zwei, sondern wollte sich an Willi Klempmann wenden. Sie stützte sich mit beiden Händen auf dem Tisch ab und beugte sich zu ihm vor. Ihren üblichen Verhörgang – drei Schritte, eine Kehrtwendung, drei Schritte, bei jedem zweiten Schritt ein Blick auf den Verdächtigen – nahm sie nicht ein. Dafür war der Raum viel zu voll.

»Ich mache Ihnen ein Angebot, Herr Klempmann …«, sagte Ann Kathrin.

Klatt gab den beiden Beamten ein Zeichen. Sie fassten Ann Kathrin rechts und links an den Armen. Ann Kathrin hob die Hände zur Decke, drehte sich um und sagte: »Nicht anfassen! Verlassen Sie den Raum. Sie haben hier nichts zu suchen. Hier findet ein Verhör statt. Sie stören die Situation.«

Klatt nickte noch einmal, um den beiden anzudeuten, sie sollten jetzt durchgreifen. Später auf dem Video konnte sein Nicken auch so gedeutet werden, dass er Ann Kathrin Klaasen recht gab. Aber jetzt war es eindeutig.

Die beiden versuchten, durchzugreifen. Sekunden später kniete der Erste am Boden und hielt sich beide Hände vors Geschlechtsteil. Ann Kathrin hatte ihn mit dem Knie erwischt. Der Zweite war schneller und griff zu seinem Pfefferspray.

Klatt schrie: »Nicht hier! Sind Sie wahnsinnig?!«

Auch dieser Satz trug später sehr zu seiner Entlastung bei. Er protestierte aber nicht, als jetzt mehrere Leute in den Raum stürmten, unter ihnen Eisenmann, und Ann Kathrin festnahmen.

Sie protestierte lautstark und nannte es Rechtsbeugung.

Als Klatt und Klempmann allein waren, musste Klatt sich an die Wand lehnen. Ihm war schwindlig. Er walkte sein Gesicht durch und atmete schwer.

Klempmann probierte noch einmal vom Kaffee und sagte: »Okay. Ich akzeptiere, dass es heute wohl kaum einen besseren geben wird. Was meinen Sie?«

Klatt reagierte nicht. Er zog sich einen Stuhl heran und ließ seinen Körper schwer darauf fallen. Es war kein Hinsetzen, sondern mehr ein Sacken.

»Sie haben es auch nicht leicht bei der Furie, was?«, grinste Klempmann und schlug plötzlich einen vertraulichen Ton an. »Also mal im Ernst: Warum ziehen Sie das hier ab? Meine Leute werden nicht kommen, um mich zu befreien. Ich bin Geschäftsmann, weiter nichts.«

Klatt sagte nichts dazu. Er nutzte die Pause, um sich zu konzentrieren. Wenn Beate und dieser Pascal Jospich das alles nicht überleben würden, dann gäbe es bestimmt ein Nachspiel, bei dem seine Verhör- und Verhandlungsmethoden kritisch hinterfragt werden würden. Er ärgerte sich schon, das Ganze nicht Ann Kathrin Klaasen überlassen zu haben. Er wollte nicht gern scheitern, hatte aber den Eindruck, Klempmann unterlegen zu sein. Ihn zu fangen war eins. Aber ihn jetzt zu einer hilfreichen Aussage zu bewegen, etwas ganz anderes.

Klatt spielte schon mit dem Gedanken, Ann Kathrin wieder reinrufen zu lassen und ihr die Verhandlungsführung zu übergeben. Einerseits kam ihm das vor wie ein sehr kluger Schachzug, ja fast wie eine Rache an ihr für ihre selbstherrlichen Aktionen, andererseits widerstrebte es ihm aber. Er wäre kaum in der Lage gewesen, ihren Erfolg zu ertragen.

»Haben Sie Angst«, fragte Klempmann, »dass Ihre Leute mich umbringen? Lassen Sie deshalb hier so viel Schutz für mich auffahren? Oder fürchten Sie einen Angriff vom Gonzáles-Clan? Glauben Sie mir, die sind gefährlicher als Ihre Leute. Mama Gonzáles verfügt über eine ganze Armee. Bis jetzt haben die nur hinter dem großen Teich agiert. Aber wenn die inzwischen hier sind, dann hoffe ich nur, dass Ihre Leute nicht beim ersten Schusswechsel weglaufen. Die greifen mit schwerem Gerät an. Das kennen wir von Gefangenenbefreiungen in Kolumbien, Mexiko und Brasilien. Damit hat sich die Gonzáles-Familie den Ruf erarbeitet, die eigenen Leute nicht im Stich zu lassen. Jeder kann auf sie zählen, zumindest, wenn man in der Führungsebene ist. Dieser ganze verdammte Clan hasst mich. Die haben meine Yacht in die Luft gesprengt. Sie wollten auch mich erledigen.«

Klatt wusste, dass dies eine Schaufensterrede war, die Klempmann für die Kamera hielt. Später, vor Gericht, würde das Video eine Rolle spielen. Das wusste er genau. Er hatte es mit einem ausgefuchsten Gegenspieler zu tun.

Klatt machte einen Versuch: »Sagen Sie mir, wo der Geier seine Geiseln gefangen hält. Machen Sie mir einen Draht zu ihm …«

»Erfüllen Sie meine Forderungen«, konterte Klempmann und stellte die Tasse mit angewidertem Gesicht wieder ab.

»Wenn Sie mir nichts sagen, sind Sie für mich wertlos. Ich werde keine Ihrer Forderungen erfüllen, sondern Sie einfach rausschmeißen.«

»Sie wollen mich schutzlos auf die Straße schicken?«, sagte Klempmann, und wenn er die Furcht nur spielte, dann spielte er sie gut.

Klatt nickte. »Nun, wenn ich Ihnen nichts weiter vorzuwerfen habe und Sie mir kein Angebot machen, warum soll ich Sie dann hier festhalten und mit einer Hundertschaft schützen?«

»Sie wissen genau, dass ich das nicht lange überleben würde, Herr Klatt.«

Klempmann schielte zu der Kamera, mit der alles aufgenommen wurde. Da der rote Punkt noch leuchtete, ging er davon aus, dass seine Sätze mitgeschnitten wurden. Er sprach in Richtung Kamera: »Das ist eine Morddrohung! Ein unbescholtener Bürger soll seinen Killern ausgeliefert werden, wenn er der Polizei nicht gibt, was sie will. Das sind Foltermethoden!«

»Mit Foltermethoden kennen Sie sich wohl besser aus als wir«, konterte Klatt.

Klatt schwieg eine Weile. Er sah ein, dass er so nicht weiterkam. Er stieß sauer auf. Er brauchte eine Magentablette.

Ein Stockwerk tiefer schloss sich praktisch unter Klatts Füßen die Zellentür hinter Ann Kathrin Klaasen.

Noch nie in ihrem Leben hatte sie so sehr am Polizeidienst gezweifelt wie jetzt. Und gleichzeitig wusste sie, dass sie jetzt ganz Polizistin bleiben musste, um das Schlimmste zu verhindern. Sie überlegte, welche Möglichkeiten es für sie überhaupt noch gab.

Geier hatte Rupert und Beate ins Haus gebracht. Pascal ließ er weiterhin im Transporter liegen. Nein, er hatte nicht das Interesse an dem Jungen verloren. Er folgte nur dem alten Prinzip, nicht alle Geiseln am gleichen Ort zu haben. Sollte er von hier fliehen müssen, hätte er immer noch einen Trumpf bei sich.

Er fand es witzig, Beate und Rupert auf dem großen französischen Bett anzuketten und ihre linke Hand mit Ruperts rechter mit Handschellen zu verbinden. Die silberne Acht hatte jetzt etwas von Eheringen an sich, fand er, als hätten die beiden erst jetzt wirklich einen Bund fürs Leben geschlossen.

Er fotografierte die zwei, nur so zu seinem Privatvergnügen. Dabei bemühte er sich, es so aussehen zu lassen, als seien sie in einer postkoitalen Situation fotografiert worden. Erschöpft vom Sadomaso- oder Fesselsex.

Es ist fast schade, sie umzubringen, dachte er. Mit dem Foto im Internet können die beiden sich nirgendwo mehr sehen lassen, außer in irgendeiner Fetischszene.

Beate sah ihren niedergespritzten Rupert liebevoll an. Sein linkes Auge war halb geöffnet, das rechte geschlossen. Sein Mund stand weit offen.

»Wenn man denkt, dass alles aus ist und nichts mehr hilft, Liebster«, flüsterte sie, »dann gibt es immer noch Wunder. Lass uns auf ein Wunder vertrauen.«

Ruperts Zungenspitze ragte aus seinem Mund nach oben und bewegte sich von links nach rechts, als würde sie etwas suchen oder als würde er im Traum seine Frau küssen. Dann begann er zu schnarchen.

Geier empfand das geradezu als Hohn. Seine Seele nährte sich von Angst. Das Liebesgeflüster dieses Pärchens und dazu Ruperts Schnarchen stachelte Geiers Wut an. Er fühlte sich nicht ernst genommen.

Vielleicht war das der Moment, in dem er endgültig akzeptierte, dass er verrückt war. Er wollte kein Geld mehr, sondern nur noch Rache. All sein Sinnen richtete sich auf Zerstörung. Niemand sollte eine Chance haben, ihn aufzuhalten, auch nicht mit viel Geld. Niemand durfte über ihn herrschen. Niemand hatte ihm etwas zu befehlen. Er geriet in einen Zustand, in dem er sich wie ein Gott fühlte, der versucht, ein Teufel zu sein. Besser als alle anderen Teufel, um die Herrschaft in der Hölle zu erlangen.

Er baute ein Kamerastativ vor dem französischen Bett auf und richtete die Kamera auf seine beiden Gefangenen aus. Beate kriegte genau mit, was er tat. Sie flippte nicht aus vor Angst, wie er gehofft hatte, sondern sie sah ihm zu wie eine neugierige Schülerin bei einem Experiment im Physikunterricht. Sie wirkte fast verklärt, so als würde sie ihn aus einer anderen Sphäre beobachten, als hätte ihre Seele den Körper bereits verlassen.

Erst als er das französische Bett mit Benzin tränkte, begann sie zu strampeln und zu schreien. Gern hätte er ihr dabei länger zugehört. Er liebte diese Schreie. Doch er konnte nicht zu viel Lärm riskieren. Er stopfte ihr einen Knebel in den Mund.

Er hielt ihr die Hand mit dem fehlenden Finger vors Gesicht und zischte: »Das ist dafür! Stirb, wie Hexen sterben.«

Rupert versuchte, sich im Schlaf umzudrehen, was aber nicht klappte, da er an Beate und ans Bett gefesselt war. Er raunte: »Rück doch mal ’n Stück, Liebste.«

Geier brüllte ihn an: »Werd wach! Hab Angst um dein Scheiß-Leben! Du liegst nicht im Ehebett! Ich mach dich gleich zum Grillhähnchen, und das Video geht dann raus in alle Welt. Jeder soll wissen, was passiert, wenn man sich mit mir anlegt.« Er klopfte sich an die Brust. »Man nennt mich Geier, weil ich den Tod bringe. Und du bist nur noch ein Stück Aas!«

Sie saßen in der Bibliothek der Klinik, doch in den schweren, gemütlichen Sesseln lasen sie keins der Bücher, sondern Frauke guckte auf ihren Laptop und Dr. Sommerfeldt auf sein Tablet.

Frauke verfolgte die Geschehnisse in Aurich im Internet. Wackelige Handyvideos bewiesen einen gewaltigen Polizeieinsatz vor der Polizeiinspektion im Fischteichweg. Selbst der Zugang zum Einkaufszentrum *Caro Aurich* war geschlossen worden. Ganze Teile der Innenstadt seien abgeriegelt und inzwischen für normale Bürger unerreichbar geworden.

In den Kommentaren standen Sätze wie: *Wenn das nicht der letzte Beweis ist – wir leben in einem Polizeistaat!* Oder: *Endlich wird hart durchgegriffen gegen den Filz in der Verwaltung!* Drei lachende Emojis deuteten darauf hin, dass alles ein Scherz sei oder dass der Schreiber Schadenfreude empfand.

»Welch ein irrer Aufwand«, sagte Frauke. »Als hätten sie dich gefangen.«

Dr. Sommerfeldt strahlte sie an. Er freute sich über das Kompliment. »Zu viel der Ehre«, sagte er bescheiden. »Ich glaube, die denken, ich sei irgendwo in der Karibik untergetaucht.«

»Und warum hast du es nicht gemacht?«, fragte sie.

»Weil ich es hier spannender finde. Du nicht?«

»Doch«, sagte sie. »Hier kann man ein aufregendes Leben führen. Aber eigentlich hatte ich Aufregung genug. Ich könnte jetzt auch ein bisschen Ruhe vertragen.«

Er zuckte mit den Schultern und fragte: »Brauchen wir beide nicht das Adrenalin? Diese Gefahr, entdeckt zu werden? Dieses Gefühl, dass jederzeit die Jagd wieder losgehen kann?«

»Ich nicht«, gestand sie und machte dabei einen sehr ehrlichen Gesichtsausdruck.

Sommerfeldt scrollte auf seinem Tablet durch die verschiedenen Meldungen und sagte: »Holger Bloem ist doch bestimmt da. Was sagt der denn dazu? Der weiß doch immer Bescheid.«

»Er ist der neue Freund von Frederico, scheint mir«, ergänzte Frauke. »Aber zu den Ereignissen in Aurich hat er sich noch nicht gemeldet. Ich finde hier nichts. Dabei ist der doch immer mit von der Partie, wenn es um schöne Landschaften oder schreckliche Verbrechen geht.«

Sommerfeldt legte sein Tablet zur Seite und zog Frauke zu sich. Er versuchte, sie zu küssen, und sie war sehr einverstanden damit. Eine Weile saßen sie nebeneinander und hielten sich stumm fest. Dann flüsterte Sommerfeldt ihr zu: »Wir sollten die Sache offen machen. Wir müssen das klären.«

Frauke erschrak. »Wie – offen machen?«

»Wir sollten Rupert die Wahrheit sagen.«

Frauke schluckte. Sie sah fast aus, als hätte sie Angst davor. Irgendetwas in ihr sträubte sich dagegen, den Mann, dessen Miet-Ehefrau sie war, mit der Wahrheit zu konfrontieren.

»Das ist hier nicht irgendeine kleine, spießige Affäre, Frauke«, sagte Sommerfeldt. »Wir gehören zusammen, das spürst du doch auch, oder?«

Sie biss sich auf die Lippe und nickte.

Vielleicht zum ersten Mal in ihrem Leben war sie sich sicher, dass sie zu jemandem gehörte. Nicht nur für ein paar Wochen oder Monate, sondern grundsätzlich. Für immer.

Der Gedanke kam ihr kitschig vor, sie traute sich gar nicht, ihn auszusprechen. Ein bisschen fühlte sie sich wie in der Pubertät, zum ersten Mal verliebt, und trotzdem saß sie irgendwie in der Klemme. Es fiel ihr nicht leicht, Frederico oder Rupert oder wer immer er war, damit zu konfrontieren, dass sie einen anderen liebte. Sie fühlte sich auf verrückte Weise an ihre Abmachungen als Miet-Ehefrau gebunden. Noch bezog sie ja sogar ein monatliches Gehalt von ihm. Zehntausend Euro plus Mehrwertsteuer. Es war ein Honorar dafür, dass sie ihm eine gute Ehefrau war. Es gehörte nicht mit dazu, ihn mit einem Serienkiller zu betrügen.

»Wenn man glücklich werden will«, sagte Sommerfeldt, »beginnt es damit, zu sich selbst zu stehen.«

Sie lachte. »Sagt mir jemand, der unter falschem Namen mit erschwindeltem Titel eine Klinik leitet.«

Sommerfeldt winkte ab: »Namen, meine Liebe, sind Schall und Rauch.« Er klopfte sich gegen die Brust: »Es kommt nur darauf an, wer wir sind, was wir fühlen. Authentisch sein …«

»Du willst jetzt einfach hingehen und ihm vor den Kopf knallen, dass wir ein Paar sind?«

»Hast du einen besseren Plan?«

Sommerfeldt schaltete sein Tablet aus, ging zur Bücherwand und schritt daran entlang, während seine Augen die Titel absuchten, als könne nur zwischen diesen Buchdeckeln die Lösung all ihrer Probleme verborgen sein.

Eisenmann hielt es kaum noch aus. Er schätzte Dirk Klatt und hatte ihm einiges zu verdanken. Doch er bekam deutlich mit, dass Klatt diesen Willi Klempmann, der als George zur Legende geworden war, nicht in den Griff bekam. Klempmann spielte auf Zeit, hielt Klatt hin, stellte immer wieder unerfüllbare Forderungen, ja demütigte den BKA-Kollegen.

Gegen alle Regeln öffnete er die Tür einen Spalt und fragte: »Kann ich dich mal kurz sprechen?«

Klatt griff in den Gürtel seiner Hose und zog sie höher. Mit mürrischem Gesicht ging er nach draußen.

Willi Klempmann lehnte sich entspannt zurück, und da er wusste, dass die Kamera auf ihn gerichtet war, winkte er und warf seinen Zuschauern Küsschen zu, als sei er ein Showmaster, der sich verabschieden wollte und allen noch einen guten Heimweg wünschte.

Klatt schloss die Tür und lehnte sich dagegen, als hätte er Angst, sein Gefangener könne sonst entfliehen.

Eisenmann konfrontierte ihn hart: »So geht das nicht weiter.«

»Was?«

»Das Verhör und …«, Eisenmann wedelte mit den Händen über seinem Kopf herum, »das alles hier.«

»Was willst du? Soll ich es aus ihm rausprügeln?«

»Die Zeit läuft uns davon, Dirk. Und nicht nur, weil Geier die Geiseln umbringen wird, sondern weil ich die Leute hier nicht mehr halten kann.«

»Wie? Was soll das heißen?«

»Die Ninjas haben eine harte Nacht hinter sich und sind alle längst im Überstundenbereich. Ich kann meine Leute hier nicht einsetzen, bis sie ohnmächtig werden. Ich brauche eine Ablösung. Eine Hundertschaft aus Oldenburg oder Osnabrück wird uns kaum nutzen. Du musst damit rechnen, dass die auf der Seite ihrer ostfriesischen Kollegen stehen. Die ganze Bande kennt sich doch schon viel zu lange. Wir brauchen also Einsatzkräfte aus Hessen, Bayern oder Baden-Württemberg.«

Klatt nickte und gestand ein: »Die werden wir aber nicht bekommen.«

»Die ganze Nummer hier, Dirk, können wir nicht mehr lange durchhalten. Dann muss ich meine Leute ablösen oder nach Hause schicken. Es läuft schon in den Nachrichten. Man stellt sich«, er schielte nach oben zur Decke, »ganz oben auch schon Fragen, was hier gerade passiert.«

Klatt verteidigte sich: »Das alles ist durch Gefahr im Verzug legitimiert. Wir haben ihn immerhin verhaften können.«

»Ja, ja, ja, papperlapapp. Ich geb dir noch eine Stunde, dann rücken meine Leute ab.«

»Ja, und dann? Sollen dann die Ostfriesen den Laden wieder übernehmen?«, jammerte Klatt und machte mit den Händen Gesten, als sei das ein völlig unmöglicher Gedanke.

»Ja, wer denn sonst?«

Klatt stöhnte. Eisenmann drehte sich um, wandte sich im Gehen aber noch mal an Klatt: »Kennst du nicht irgendwen, den du noch anrufen kannst? Irgendeinen ganz oben, der dein Freund ist oder wenigstens genug Dreck am Stecken hat, dass du ihn unter Druck setzen kannst? Den Innenminister zum Beispiel?«

»Der«, gestand Klatt kleinlaut ein, »würde im Zweifelsfall aufseiten von Ann Kathrin Klaasen und der Bande stehen. Die haben ihn mal rausgehauen, als er ...« Er winkte ab. »Das ist eine andere Geschichte.« Er hatte keine Lust, sie jetzt zu erzählen. Er fühlte sich mitten im Sieg als geschlagener Mann. Ein Boxer, der die ganze Zeit den Gegner beherrscht hat und dann nach Punkten verliert, weil die Wertung der Schiedsrichter ungerecht ist.

Er stellte sich vor, wie die ganze ostfriesische Bande hier anrückte, um siegreich ihre Büros wieder in Besitz zu nehmen. Sie würden Ann Kathrin aus der Zelle holen, und allein die Tatsache, dass sie für kurze Zeit eingesperrt worden war, würde ihrem Image noch einmal nutzen. Sie als Person erhöhen. So, wie Nelson Mandela aus dem Gefängnis zum Präsidenten wurde, so würde sie zur unangefochtenen Polizeichefin werden.

Und dieser Rupert war schon lange kein Polizist mehr, sondern eher eine Art Volksheld. Doch Volkshelden, dachte Klatt und spürte fast so etwas wie Genugtuung, sterben manchmal eben auch den Märtyrertod.

»Gib mir«, forderte Klatt, »noch zwei Stunden.«
»Eine«, beharrte Eisenmann. »Höchstens.«

Der ehemalige Kripochef Ubbo Heide hatte seine Ferienwohnung auf Wangerooge verlassen und sich gemeinsam mit seiner Frau Carola nach Norden fliegen lassen. Marion Wolters holte die beiden am Flugplatz ab und brachte sie nach Aurich. Ihr Wagen war für Rollstuhlfahrer eigentlich ungeeignet. Gemeinsam hoben die Frauen Ubbo heraus und bugsierten ihn auf den Beifahrersitz. Carola sah in seinem Gesicht, dass er Schmerzen hatte und alles für ihn recht unbequem war, doch er biss die Zähne zusammen. Er sollte jetzt bei seiner Belegschaft sein. Innerlich hatte er nie aufgehört, ihr Chef oder zumindest ihr Berater zu sein. So etwas wie ein väterlicher Freund war er für alle.

Unterwegs versuchte Marion Wolters, ihn aufzuklären, während der zusammengeklappte Rollstuhl in ihrem Kofferraum rappelte.

Carola hatte eine Thermoskanne Tee mitgenommen, eine Flasche Wasser und sogar ein paar Brote geschmiert. Fast trotzig aß Ubbo ein Roggenbrot mit Käse aus der Krummhörn. Die Brötchen auf Wangerooge, die *Seelen* genannt wurden, waren ihm eigentlich lieber, aber angeblich war das Weißmehl nicht gesund. Er hatte längst aufgehört, an solche Ratschläge zu glauben. Er aß das Brot Carola zuliebe, so wie es ihrer Meinung nach sein musste.

Marion Wolters versuchte, die unübersichtliche Situation zu erklären. Er saß kauend neben ihr und grunzte nur manchmal »Hm«, »aha«, »soso«. Einmal fragte er: »Im Ernst?« Das war es aber auch schon.

Sie hatte sich mehr von ihm erhofft. Vielleicht, dachte sie, ist er inzwischen wirklich zu alt geworden, um die sich verändernde

Welt zu begreifen. Das mit der Digitalisierung war ohnehin an ihm vorbeigezogen. Für so etwas hatte er früher Fachleute eingestellt.

Er war froh, mit seinem Handy telefonieren zu können und E-Mails hatte er noch nie vertraut. Er schrieb noch Briefe mit der Hand und verschickte Postkarten statt Fotos über WhatsApp oder Instagram.

Er ist so etwas von Old School, dachte sie, und es tat ihr fast leid, ihn abgeholt zu haben.

Vielleicht wäre es besser gewesen, ihm den Frust zu ersparen. Er war nicht mehr ihr Chef und sie mussten alleine klarkommen.

Carola verbreitete von der Rückbank Optimismus. Sie ging davon aus, dass die Autorität ihres Mannes ausreichen würde, um die Sache zum Guten zu wenden. Es entzog sich ihrer Vorstellungskraft, dass sein Wort nichts mehr zählen könnte und sein Rat nicht mehr gefragt war.

Ubbo schluckte den letzten Bissen herunter und spülte mit Tee aus der Thermoskanne nach. Jetzt roch es im Auto nach Schwarztee mit Pfefferminze.

»Da kommt also«, sagte Ubbo sehr ruhig, als könne er den Sachverhalt gar nicht glauben und gleich würde sich das Missverständnis aufklären, »eine bewaffnete Einheit in unsere Polizeiinspektion und schickt alle anderen nach Hause?«

»Ja«, bestätigte Marion, »genau so war es.«

»Und ihr seid einfach so gegangen?«, fragte Ubbo. »Was hat denn Martin Büscher gesagt? Ihr habt doch einen Chef in der Firma, oder nicht?«

Marion Wolters winkte ab. »Die Lusche ist doch schon vom normalen Tagesgeschäft überfordert. Der fiebert nur noch seiner Pensionierung entgegen.«

»Ihr lasst euch einfach so wegschicken wie Schuljungen?«

»Die Mädels waren genauso beteiligt«, korrigierte sie und nahm es auch als Vorwurf an sich selbst.

»Und was hat Ann gemacht? Weller? Rupert?«

»Die ganz harte Truppe war nicht da.«

Ubbo Heide verstand. Der Laden war praktisch kopflos, als die Besatzer anrückten.

»Wissen wir überhaupt, ob es richtige Polizisten sind oder übernimmt gerade ein Clan die Geschäfte?«, fragte Carola von hinten.

Marion Wolters biss sich die Lippe blutig. Sie schämte sich und fühlte sich irgendwie auf der Anklagebank, stellvertretend für all ihre Kolleginnen und Kollegen.

»Das ist das Problem in Hierarchien«, erklärte Ubbo Heide. »Wenn die Leute nur tun, was man ihnen sagt, dann muss man nur die Spitze absäbeln und kann nach unten durchregieren.«

Marion brachte zu ihrer Entschuldigung einen Satz vor, der ihr sofort leidtat: »Die sind aber auch schwer bewaffnet.«

Ubbo Heide stöhnte: »Willst du damit sagen, die hätten sich notfalls auch mit Waffengewalt Zutritt verschafft?«

Marion nickte und schüttelte dann wieder den Kopf. »Ja. Nein. Ach, ich weiß es nicht. Herrjeh, das haben wir auf der Polizeiakademie nicht gelernt. Wie verhält man sich denn in so einer Situation, verdammt?«

»Wenn man keinem mehr trauen kann, ruft man am besten alte Freunde an. Herz-zu-Herz-Verbindungen bleiben oft über Jahre intakt.« Ubbo drehte sich nach hinten um und bat Carola: »Ruf doch meinen alten Kumpel Brehm in der Polizeidirektion Osnabrück an. Vielleicht kann der sie stoppen oder weiß mehr.«

Carola lächelte milde und streichelte ihrem Mann über die Wange. »Der wurde vor anderthalb Jahren pensioniert. Wir waren bei der Feier dabei, Ubbo. Du hast eine Rede gehalten.«

In Aurich angekommen, wollte Marion Wolters einen Parkplatz

suchen, doch Ubbo Heide war dagegen. Er bat sie, den offiziellen Eingang zur Polizeiinspektion zu benutzen.

Sie schüttelte den Kopf: »Ubbo, das geht nicht. Die lassen uns nicht mal in die Nähe.«

»Das werden wir ja sehen«, prophezeite er und hob den Kopf, als wolle er ihr jetzt mal beweisen, wie das wirklich ging. Er forderte sie auf: »Sei nicht so gottverdammt demütig. Trag die Nase hoch. Wir sind die Guten. Und wir werden nicht von den Bürgern bezahlt, damit man uns auf der Nase rumtanzen kann. Wir räumen jetzt auf.«

»Bitte«, sagte Marion Wolters, »ganz wie du willst. Du bist der Chef.«

»Ich war der Chef«, sagte er.

»Aber ohne dich kommen wir offensichtlich nicht gut klar«, kommentierte Marion.

Geier zündete mit einem golden glänzenden Ronson-Messing-Benzinfeuerzeug Kerzen an und verteilte sie im Raum. Das Feuerzeug war ein Erbstück seines Vaters. Er hatte es ihm schon als Kind gestohlen. Es war alt, aus Gold und mit einem Docht und einem Benzinfläschchen ausgestattet.

Er hatte Ruperts Waffen fein säuberlich auf dem Nachttischchen aufgereiht. Nicht einmal eine Armlänge von Rupert entfernt, aber doch unerreichbar.

Er lachte und zeigte dem immer noch benommenen Rupert die Waffen. »Ausgerüstet warst du ja ganz gut, aber«, er tippte gegen seine Stirn, »mental fehlt dir einfach etwas. Du bist nicht konzentriert genug. Und weißt du auch, warum?« Er beantwortete seine Frage gleich selber. Er war an Ruperts Meinung im

Grunde gar nicht interessiert. »Weil du verliebt bist in diese Frau. Weißt du, Liebe macht einfach immer schwach und verletzlich. Man wird erpressbar. Als du sie gesehen hast«, er zeigte auf Beate, »hast du mich in deinem Rücken völlig vergessen. So blöd macht uns Liebe. Und dann steht man da wie das letzte blöde Schwein. Unintelligent, krummbeinig und bereit, geschlachtet zu werden.«

Beate hatte den Knebel herausgewürgt. Das feuchte Tuch lag neben ihr.

Rupert pflaumte Geier an: »Mach die Kerzen aus, du Idiot! Die Kerzen müssen nicht erst ins Benzin fallen. Hier stinkt es doch überall, das kann eine Verpuffung geben, dann fliegen wir alle in die Luft!«

»Ja, verbrennen werdet ihr so oder so. Entweder erreicht die Flamme der Kerze, wenn sie weit genug runtergebrannt ist, das Benzin oder …« Geier machte eine große Handbewegung und pustete: »Pouuwwhhh! Gebt euch ein bisschen Mühe, eine bessere Figur zu machen. Schaut mal, es wird alles gefilmt. Ich lade das hoch auf die Homepage eurer Polizeiinspektion. Ihr seid leichter zu hacken als ein Facebook-Account.«

Rupert deutete mit dem Kopf zu Beate und bat Geier: »Lass sie laufen. Das ist etwas zwischen uns beiden. Sie hat damit überhaupt nichts zu tun.«

Geier lachte: »Siehst du, wie verrückt Liebe macht? Statt sie zu opfern, bist du bereit, selbst draufzugehen, damit sie mit dem Leben davonkommt? Wie plemplem kann man denn nur sein? Vor so einem Irrsinn war ich zum Glück immer gefeit.«

Beate weinte vor Rührung und sagte: »Weil Sie nie wirklich Liebe empfunden haben, deswegen versuchen Sie, die Leere in Ihrem Herzen mit Hass …«

Weiter kam sie nicht. Geier lachte sie aus: »Komm mir jetzt

nicht mit deiner Hausfrauenpsychologie. Versuch nicht zu verstehen, was du sowieso nicht verstehen kannst.«

Geier zündete eine weitere längliche Kerze an und stellte sie auf eine Untertasse. Damit sie nicht gleich umkippte, hielt er das Feuerzeug einmal an den Kerzenboden, um das Wachs weich zu machen. Dann drückte er sie gegen das Porzellan und stellte die Kerze neben dem Bett auf.

»Du hast sie echt nicht mehr alle, du mieser Versager! Das kippt doch um! Was ist das für ein Murks?«, schimpfte Rupert.

»Klar kippt das um, das ist ja eben der Spaß dabei«, grinste Geier. »Das ist übrigens schon die zweite Frau von dir, die ich mir geholt habe, Frederico oder Rupert oder wer immer du bist. Die erste hieß Marie-Luise Wunstmann, nannte sich aber immer Chantal. Nur du hast Frauke zu ihr gesagt, stimmt's? Sie war deine Miet-Ehefrau.«

Beate staunte.

Rupert schimpfte: »Miet-Ehefrau? Ich habe keine Miet-Ehefrau! Du bist ein völlig verrückter Psychopath!« Rupert wandte sich an Beate: »Lass dir nichts erzählen, das bildet der sich bloß ein.«

Geier lachte gemein. »Du bist ein kleiner Lustmolch, was? Du hattest nicht nur zwei Identitäten, eine als Polizist und eine als Gangsterboss, du hattest auch zwei Frauen, hm? Und dazu bestimmt noch eine Geliebte für nebenbei, falls die beide Migräne haben, was?«

Rupert unterbrach ihn: »Was muss ich tun, damit du Beate laufen lässt?«

»Du wirst mir Bitcoins überweisen.«

Rupert lachte: »Geld spielt keine Rolle. Wie viel willst du haben? Fünfzig Millionen? Hundert? Geld interessiert mich einen Dreck. Ich weiß zwar nicht genau, wie das mit den Bitcoins geht, aber ich krieg das schon irgendwie hin.«

»Der Vorstandsvorsitzende einer Bank erzählt mir, dass er nichts von Bitcoins versteht«, höhnte Geier. »Das ist die große Gangsterwährung, die wurde nur geschaffen, damit man illegale Zahlungen machen kann, an Lösegelderpresser oder … Natürlich kann man damit auch die ganzen Rauschgift- und Waffengeschäfte abwickeln. Aber ihr Trottel arbeitet immer noch mit Bargeld, weil ihr aus dem letzten Jahrtausend seid. Im Grunde ist mir das ja sympathisch, ich bin ja genauso einer. Aber wir müssen alle mit der Zeit gehen. Ich werde dir ein Telefon besorgen, und dann veranlasst du die Überweisung. Du hast genau einen Anruf. Sag mir, wen du anrufen willst. Ich wähle für dich, und dann gib dir Mühe.«

Rupert erkannte, dass sich seine Verhandlungsposition gerade verbessert hatte. Er rutschte auf dem Bett hin und her. Er musste sich bewegen, um besser nachdenken zu können. Die Wirkung der Betäubungsspritze war noch nicht verflogen. Er fühlte sich benommen und gleichzeitig hellwach. Es war wie eine Dienstbesprechung nach einer durchzechten Nacht.

»Wenn ich irgendwen anrufen soll, pustest du vorher die Kerzen aus«, verlangte Rupert, »oder willst du, dass wir während des Gesprächs in die Luft fliegen?«

»Siehst du«, stichelte Geier, »das unterscheidet uns. Deswegen bin ich dir überlegen. Du hängst an deinem bisschen Leben und hast Angst, gegrillt zu werden. Mir ist es egal. Ich hole aus jedem Augenblick für mich so viel raus wie nur eben geht. Und auf den Rest, da scheiße ich. Es gibt keinen Gott und es gibt keine Hölle. Es gibt nur uns, hier und jetzt. Es ist ein Spiel! Ich habe im Moment die wesentlich besseren Karten, was meinst du? Du bist der Chef einer Bank und verfügst über Millionen. Oder sind es Milliarden? Ich dagegen habe nur diese Kerzen hier. Trotzdem hast du Schiss vor mir.«

Er ging rüber zu Beates Seite, sprach aber mit Rupert weiter.

»Ich werde ihr jetzt mal ein bisschen weh tun. Das stachelt dich bestimmt zu Höchstleistungen an, stimmt's?«

Er zog ein Messer und fuhr damit über Beates Oberarm. »Es tut dir weher, wenn ich sie schneide, als wenn ich dich ritze, richtig?«

»Ja, das ist so!«, brüllte Rupert. »Und wenn du ihr etwas tust, wirst du keinen Cent bekommen, niemals, verstehst du? Ich werde nicht telefonieren! Ich werde dir nichts überweisen! Wenn du ein Kerl wärst, dann würdest du mich losmachen und wir könnten miteinander kämpfen. Ein richtiges Duell. Wähl die Waffen! Nicht dieser Scheiß hier. Lass Beate raus!«

»Sie verwechseln uns«, sagte Beate. »Und wenn Sie in sich hineinspüren, dann werden Sie merken, dass Sie das alles eigentlich gar nicht wollen.«

Geiers Gesicht verzog sich zu einem breiten Grinsen. »Klasse, was die Kleine alles weiß, hä? Bevormundet die dich auch immer so? Kein Wunder, dass du dir eine Miet-Ehefrau hältst. Wie ist sie denn so im Bett? Ich meine, auf einer Skala von eins bis zehn, wie würdest du sie punkten? Sie macht ja einen ganz gelenkigen Eindruck. Auf so was stehst du doch bestimmt. Deine Frauke-Chantal-Marie-Luise habe ich als etwas muskulöser in Erinnerung.«

Beate versuchte, den Schmerz zu unterdrücken, aber es gelang ihr nicht. Sie presste die Lippen fest zusammen, um nicht zu schreien, aber Tränen schossen ihr aus den Augen. Blut lief an ihrem Oberarm herunter.

Rupert knirschte vor Wut mit den Zähnen. »Du bist tot, Drecksack. Tot! Du bist lediglich noch ein stinkendes Stück Scheiße, an dem sich die Schmeißfliegen laben.«

»So«, triumphierte Geier und leckte die Klinge des Messers ab, bevor er es zusammenklappte. »Nachdem wir nun alle wissen, wie sehr wir uns mögen, wirst du für mich telefonieren. Welche Nummer darf ich wählen?«

Zunächst wollte Rupert den Namen Frau Dr. Bumfidel nennen. Immerhin war sie Polizistin und konnte vielleicht sehr hilfreich sein, indem sie den Anruf orten ließ. Doch dann befürchtete er, sie könne durchdrehen und Fehler machen. Vielleicht war es doch besser, den Namen von Professor Dr. Flickteppich zu nennen. Der würde auf jeden Fall Schwierigkeiten machen. So konnte Rupert Zeit gewinnen.

Bei dem schönen Wetter radelte Sommerfeldt normalerweise in sein Ferienhaus nach Bensersiel, um sich dort zu entspannen. Er schlug Frauke vor, gemeinsam mit dem Rad dorthin zu fahren, um mit Rupert zu reden.

Sie hatte immer noch ein mulmiges Gefühl dabei, versuchte, sich darum zu drücken. Am liebsten hätte sie es den beiden Männern überlassen. Sie war sich allerdings nicht ganz sicher, wer von beiden das Gespräch überleben würde. Vielleicht musste sie dabei sein, um die Wogen zu glätten.

Sommerfeldt schien ruhig und gelassen. Er wusste genau, was er wollte. Doch sie befürchtete, Frederico könnte ausflippen. »Bernhard, können wir nicht einfach«, fragte sie, »abhauen? Alle Brücken abbrechen, weg und dann …«

»Nein. Die Zeit der Flucht ist für mich vorbei. Ich bin hier sesshaft geworden. Und hier will ich mit dir leben. Als Klinikleiter.«

»Und ich? Soll ich Krankenschwester werden oder was? Und mich dann in die Riege der Mädels einreihen, die dich anhimmeln?«

»Nein, du sollst dein eigenes Ding machen. Du fängst doch gerade an, mit Immobilien, denke ich.«

Damit erinnerte er sie an den Auftrag, den Frederico ihr gegeben hatte. In seinem Größenwahn hätte er ja am liebsten eine ganze Insel aufgekauft.

»Entspann dich«, schlug Sommerfeldt vor. »Danach wirst du dich viel besser fühlen. Freier. Lass uns klare Verhältnisse schaffen. Wenn wir mit dem Rad hinfahren, werden deine Gedanken unterwegs frei. Mir tut es immer gut. Nah am Meer lang.«

»Bis Bensersiel, das sind ziemlich genau vierzig Kilometer.«

»Ja, klar. Du bist eine junge, sportliche Frau. Das wird dir guttun. Du brauchst Bewegung. Unser Körper ist eine wunderbare, sich selbst reparierende Maschine. Muskeln bauen sich auf. Die Leber jagt die Giftstoffe aus dem Körper und …«

Sie stoppte ihn: »Bitte jetzt keinen Vortrag.«

»Okay. Wir können auch mit dem Auto fahren, wenn es dir lieber ist. Aber wir sollten es heute noch erledigen. Je schneller, umso besser.«

Im Auto sprachen sie eine Weile nicht miteinander. Sie schwiegen auch nicht wirklich. Es war wie eine stumme Kommunikation. Jeder hing seinen Gedanken nach, und doch tauschten sie sich irgendwie aus. Etwas, das es nach Sommerfeldts Erfahrung nur zwischen Verliebten gab, wenn sie auf einer seelischen Welle schwingen.

Sie fuhren an der Küste entlang. Er lenkte. Sie sah aus dem Fenster. Sie ließ die Scheibe herunter, um den Wind im Gesicht zu spüren. Sie wusste, dass ihr Leben kurz davor war, eine entscheidende Wendung zu nehmen. Sie begann sich vorzustellen, wie es wäre, als Ehefrau eines Klinikleiters ein ganz normales bürgerliches Leben zu führen. Niemand sollte jemals erfahren, wer sie beide wirklich waren. Ein Neuanfang, so unmöglich das vor kurzem noch schien, so nah war sie jetzt davor, diesen Traum zu verwirklichen. Und gleichzeitig bekam sie Angst davor. Konnte sie das überhaupt? Ein bürgerliches Leben mit all den Verpflichtungen, die dazugehörten? Angefangen vom Steuern zahlen bis zu den gesellschaftlichen Anlässen? Fuhr man dann ein- oder zweimal im Jahr in Urlaub und tat ansonsten seine Arbeit?

Ihr wurde ein bisschen mulmig. Und trotzdem freute sie sich darauf.

Ann Kathrin Klaasen flippte in dem weißgekachelten Raum nicht aus. Sie stand nicht vor der Tür und hämmerte dagegen, sie schrie nicht herum. Zu all diesen nutzlosen Taten ließ sie sich nicht hinreißen. Stattdessen setzte sie sich auf die blaue Plastikmatratze, die auf dem gemauerten Bett lag, strich sich die Haare aus der Stirn und atmete tief durch. Sie sah zur Tür und ahnte: Das nächste Mal, wenn sie sich öffnet, wird eine Entscheidung gefallen sein. Entweder man ist zur Vernunft gekommen und entschuldigt sich bei mir, oder sie werden mich töten.

Ja, auch das hielt sie inzwischen für denkbar.

Wenn das keine echten Polizisten waren, sondern gekaufte Söldner, dann mussten alle die, die zu viel gesehen hatten, sterben. Dann würde auch Klatt es nicht überleben. Sie vermutete, dass er selbst nur ein Spielball war. Er glaubte, die Sache in der Hand zu haben, aber in Wirklichkeit wurde er manipuliert und tanzte wie eine Marionette an fremden Fäden, ohne es zu merken.

Sie stand auf und schritt die Zelle ab. Sie war fast zu klein für ihren üblichen Verhörgang. Sie stoppte jedes Mal mit der Nase zehn Zentimeter vor der Wand.

Man muss sehr weit und gelassen sein, dachte sie, um eingeschlossen in so einem Raum nicht durchzudrehen.

Mit dem Hin-und-Herlaufen machte sie sich nur selbst nervös. Sie legte sich jetzt auf die blaue Plastikmatratze. Sie war kalt und fühlte sich klebrig an. Manchmal, wenn sie nach einer Straftat zum Tatort gerufen wurde, spürte sie, dass noch etwas Böses in den Wänden oder Möbeln hing. Ja, ein Sofa konnte sich erschrecken oder den Schrecken speichern. Sie sprach nicht gern darüber, sie wollte nicht für spinnert gehalten werden, aber Tatorte erzählten ihr etwas, auch auf einer energetischen Ebene. Sie versuchte, hineinzuspüren. Das tauchte hinterher in keinem Bericht auf, aber es beeinflusste ihre Arbeit.

Jetzt, auf dieser Plastikunterlage, spürte sie genau, dass dies keine Matratze war, die viel Liebesgeflüster gehört hatte, sondern eher Schluchzen, besoffenes Weinen und Flüche. Nein, da legte sie sich lieber auf die nackten Kacheln. Das fühlte sich für sie besser an.

Sie nutzte ihre Phantasie, um aus dem Raum zu entfliehen. Sie stellte sich vor, auf dem Deich im Gras zu liegen. Und tatsächlich hörte sie plötzlich Möwen und Meeresrauschen. In ihrer Vorstellung schlugen die Wellen an den Strand und wurden von den Wellenbrechern geteilt. Sie hörte Frank über einen Scherz von Rupert lachen. Es war eine Erinnerung an einen gemeinsamen Spaziergang am Deich. Rupert hatte bei *Riva* drei Portionen Eis geholt. Sie konnte es jetzt schmecken.

Rupert hatte Schlickeis gekauft und dazu noch Zitronen-, Erdbeer- und Kaffeeeis mit Sahne. Sie wusste den Auslöser nicht mehr, aber an dem Tag hatte Rupert Eis lutschend gesagt: »Scheiße ist, wenn ein Furz was wiegt.«

Ihr Mann Frank hatte sich vor Lachen den Deich runterrollen lassen, und von unten hatte er hochgerufen: »Deine philosophischen Erkenntnisse bringen uns echt weiter, Alter! Du solltest Vorlesungen an der Uni halten!«

Damals war ihr diese Szene blöd vorgekommen. Sie hatte sich sogar schamhaft umgeblickt, ob auch niemand etwas davon mitbekam. Die Herren Hauptkommissare benahmen sich hier wie Schuljungen, fand sie. Doch jetzt half ihr die Erinnerung daran, mit der schwierigen Lage, in der sie sich befand, besser fertigzuwerden. Wie die zwei sich ständig kabbelten und in einer Art Hassliebe verbunden waren, wie sie scheinbar nichts wirklich ernst nahmen und doch hart an der Lösung der Probleme arbeiteten, das tat ihr jetzt gut.

Sie verschränkte die Arme hinter dem Kopf und legte den rechten Fuß über den linken. Sie lag da, wie sie sich sonst am Deich sonnte. Ja, sie konnte sogar den Wind spüren, und sie hatte den Impuls, sich einzucremen, denn die Nordseesonne konnte heftig sein.

Sie lächelte. Sie fühlte sich nicht mehr gefangen. Denn innerlich war sie frei.

Marion Wolters, Jessi Jaminski, Weller und Ubbo Heide hatten sich mit Kaffee eingedeckt, standen auf der gegenüberliegenden Straßenseite und beobachteten das Treiben vor der Polizeiinspektion. Ubbo Heide war grauenvoll gescheitert. Noch nie in seinem Leben hatte er sich so gedemütigt gefühlt. Die Leute, die hier aufmarschiert waren, hatten keinerlei Respekt vor ihm. Eine junge Frau, bewaffnet, als würde hier ein Krieg stattfinden, ein Gefecht in den Straßen, in dem Haus für Haus im Einzelkampf erobert werden musste, hatte ihn sogar ausgelacht und ihm geraten: »Opi, geh nach Hause. Das ist hier nichts für alte Männer.«

Aufgeregt kam Kevin Janssen zu ihnen. Er wurde von Marion Wolters mit »Hallo, Lisbeth«, begrüßt, »haben sie dich auch rausgeschmissen?«

»Ich war gar nicht da, als sie kamen. Aber Leute, habt ihr euch mal unsere Homepage angeguckt? Die wird im Moment sehr frequentiert, sie ist zweimal zusammengebrochen wegen der vielen Anfragen. Die Leute wollen natürlich wissen, was bei uns los ist. Und jetzt habe ich da das hier gefunden.«

Er hielt ein überdimensional großes Handy in der Hand und klickte auf dem Display einen kurzen Film an. Dort lag Rupert, mit Handschellen an ein französisches Bett gefesselt. Neben ihm Beate. Rupert trug nur eine Unterhose und hatte Socken an den Füßen. Beate lag in Unterwäsche neben ihm. Beide machten einen sehr lädierten, ja gefolterten Eindruck. In Beates Augen Panik, in Ruperts der nackte Hass.

Darunter der Satz: *Der Countdown läuft.*

Weller griff sich an den Kopf und stöhnte: »Rupert, dieser Volltrottel! Er wollte mir nicht sagen, wohin er fährt, dieser Scheiß-Geheimniskrämer! Als Frederico Müller-Gonzáles hat er gelernt, der Polizei zu misstrauen, selbst den eigenen Kollegen. Selbst mir …«

»Soll das heißen, wir wissen nicht, wo dieses Bett sich befindet?«

»Nee«, sagte Weller, »das wissen wir nicht. Ich weiß nur, dass er vorhatte, Geier auf sich zu locken.«

»Na, das ist ihm ja gut gelungen«, spottete Marion Wolters und schämte sich gleichzeitig für ihre Worte. Um ein wenig davon abzulenken, fragte sie Kevin nun sachlich: »Kannst du feststellen, von wo das gesendet wurde?«

Kevin Lisbeth Salander nickte: »Ja, wenn ich ins Gebäude dürfte«, er zeigte auf die Polizeiinspektion, »könnte ich vielleicht ein bisschen mehr erreichen. Aber eins ist schon mal klar. Das Ding kommt über Holland und ist von einer pakistanischen Plattform hochgeladen worden. Der Geier war schon immer gut im Verschleiern seiner Internetaktivitäten. Wenn wir versuchen, ihn über den Weg zu kriegen, brauchen wir Wochen. Falls wir überhaupt die Genehmigungen dafür bekommen.«

»Genehmigungen?«, fragte Weller und klatschte sich gegen die Stirn. »Sind jetzt alle verrückt geworden?«

»Das fragst du den Falschen«, konterte Kevin.

»Ist unsere Homepage so leicht zu knacken?«, wollte Jessi wissen.

Kevin hob die Hände: »Ich hab damit nichts zu tun, das wird von Hannover aus zentral gemacht. Ich habe immer auf die Lücken in unserem Sicherheitssystem hingewiesen, aber auf mich hört ja keiner. Ich bin nur ein Nerd. Jedenfalls kommen wir da gar nicht mehr rein, da hat sich einer zum Administrator ernannt und uns gesperrt.«

»Na, herzlichen Dank!«, fluchte Marion Wolters.

»Der will uns vorführen«, sagte Weller. »Darum geht es: uns lächerlich zu machen. Jeder, der auf die Homepage geht, sieht das, und wir sind ausgesperrt und können nicht ins eigene Gebäude.«

»Es geht hier«, stellte Marion klar, »um mehr als einen Imageschaden. Allerdings frage ich mich auch, wie die Leute jemals wieder Vertrauen zu uns haben sollen.«

»Ann ist immer noch im Gebäude«, sagte Weller. »Wir müssen rein. Sie darf nicht das Bauernopfer werden.«

Über ihnen kreiste ein Hubschrauber.

»Vielleicht wollen die diesen George wegbringen«, orakelte Jessi.

Es waren nur wenige Sekunden auf dem Video, das sich ständig wiederholte.

Marion Wolters, die Rupert nun wirklich nicht leiden konnte, hatte Tränen in den Augen. »Leute, guckt mal – die Kerzen da … Der will die beiden abfackeln, und wir sollen dabei zusehen, wie sie verbrennen.«

Jessi hielt sich eine Hand vor den Mund und stöhnte: »Mein Gott, hoffentlich hast du nicht recht …«

Carola stand die ganze Zeit hinter ihrem Mann Ubbo Heide und hielt den Rollstuhl mit beiden Händen. Sie war traurig. Sie hätte ihm diese Niederlage gern erspart. Sein ganzes bisheriges Berufsleben, all die Fahndungserfolge, die er gehabt hatte, all die Anerkennung, die ihm zuteilgeworden war, schienen zu zerbröseln.

Carola war die Einzige, die sich das Filmchen nicht ansah. Sie hatte Angst, die Bilder könnten sie später im Traum verfolgen. Warum, dachte sie, kann nicht endlich gut sein, nach all den Jahren? Warum muss er sich immer wieder einmischen? Wäre es nicht besser, wir würden einfach ein ruhiges Leben als Pensionäre führen? Musste er sich immer mit dem Dreck dieser Welt abgeben?

Sie beugte sich zu ihm vor und flüsterte ihm zu: »Sollen wir nicht besser zurückfahren? Wir könnten zum Abendessen schon wieder auf Wangerooge sein.«

Er schüttelte den Kopf. »Ich lass doch jetzt meine Leute nicht im Stich. Der Käpt'n verlässt nicht als Erster das sinkende Schiff, sondern als Letzter.«

Sie überlegte, ob sie es wirklich sagen sollte. Sie zögerte, aber dann ging es nicht anders. Sie stellte klar: »Du bist nicht mehr der Käpt'n. Du hast das Schiff längst verlassen. Du solltest dir das hier nicht länger zumuten. Denk an dein Herz.«

»Mein Herz«, sagte er, »schlägt für Gerechtigkeit. Für Freiheit. Und alles, woran ich glaube, wird hier gerade mit Füßen getreten. Bitte, Carola. Versteh mich doch. Ich muss jetzt …«

»Du kannst sowieso nichts tun«, sagte Weller. »Wir sind dir wirklich nicht böse, wenn du jetzt …«

Ubbo machte eine unwirsche Handbewegung, mit der er das Geschwätz beenden wollte. »Euer Kollege Rupert und seine Frau

Beate sind kurz davor, verfeuert zu werden! Und deine Frau, Frank, befindet sich allein in dem Gebäude.«

»Ja«, sagte Weller, »sie ist jetzt unsere einzige Hoffnung.«

Während Rupert mit Dr. Flickteppich telefonierte, hielt Geier die Dolchspitze gegen Ruperts Halsschlagader gedrückt. Er musste nicht mal sagen: *Ein falsches Wort und du bist tot.* Die Klinge sprach ihre eigene Sprache.

Das Handy lag auf Ruperts Brustkorb, der sich durch Ruperts Kurzatmigkeit in schnellem Rhythmus hob und senkte.

In der linken Hand hielt Geier eine brennende Kerze. Er fand es amüsant, immer wieder heißes Wachs auf Ruperts Körper tropfen zu lassen. Jedes Mal zuckte Rupert zusammen, biss auf die Zähne und versuchte, nicht zu brüllen. Er wollte vor Beate immer noch gern als Held dastehen, selbst wenn er gefesselt völlig wehrlos diesem Sadisten ausgeliefert war und auch ihr nicht wirklich hatte helfen können.

»Was soll ich machen?«, fragte Flickteppich verständnislos. Das Handy war so laut gestellt, dass es sich anhörte, als würde sich Flickteppich bei ihnen im Raum befinden.

»Du bist mein Stellvertreter, verdammt, und du tust jetzt genau, was ich sage. Tausch hundert Millionen in Bitcoins um. Und dann sag ich dir, wohin die Kohle soll.«

»Hundert Millionen – sind Sie wahnsinnig geworden?«

Rupert wurde am Bauchnabel von heißem Wachs getroffen. Er robbte auf dem Bett im Rahmen seiner eingeschränkten Möglichkeiten hin und her. Flickteppich bekam seine ganze Wut ab: »Ja, hundert Millionen sollen bereitgestellt werden, und zwar sofort! Das kann doch wohl kein Problem sein!«

»Kein Problem? Hundert Millionen? Warum nicht gleich eine halbe Milliarde oder eine ganze?«

»Ja, auch gut«, sagte Rupert. »Wenn wir so viel Kohle zur Verfügung haben, warum nicht?«

»Das kann ich nicht tun.«

»Warum nicht, verdammt?«

»Sie können doch nicht als Vorstandsvorsitzender einfach über solche Summen verfügen! Die gehören Ihnen doch nicht ...«

Wachs traf Rupert an der Stirn. Er brüllte: »Wer beschwert sich denn hier immer, dass wir zu viel Geld haben und gar nicht mehr wissen, wohin damit? Ich helfe Ihnen jetzt, all diese Probleme zu lösen! Das wird in Bitcoins umgetauscht und dann ...«

»Bitcoins sind überhaupt keine richtige Währung, man kann das nicht einfach umtauschen. Sie haben das Prinzip nicht verstanden! Man kann Bitcoins nicht einfach so wechseln wie Schweizer Franken oder Euro!«

Rupert hatte sich nie ernsthaft mit digitaler Währung beschäftigt. Er sah Geier an. Geier verzog den Mund, ließ Wachs auf Ruperts Gesicht und Hals tropfen und flüsterte: »Gib dir Mühe!«

Die Messerspitze drang bedenklich tief in Ruperts Hals ein. Noch floss kein Blut, aber gleich würde die Haut reißen, das spürte Rupert. Er war nicht mehr in der Lage, dem Druck auszuweichen. Er hatte schon Angst, sein Arm könne auskugeln.

»Hör zu, Flickteppich«, schimpfte Rupert, »du weißt genau, dass wir eine Gangsterbank sind, nur dazu da, Geld zu waschen, und genau das passiert jetzt. Wir brauchen die Kohle woanders, und du wirst die genau dahin verschieben, wo sie benötigt wird. Ist das klar? Du bekommst Anweisungen darüber, wie das operativ zu geschehen hat, von einem Freund.«

Geier schickte ein Küsschen zu Rupert und sah ihn gespielt verliebt an.

Beate befürchtete, bereits verrückt geworden zu sein. Oder war es wirklich möglich, dass ihr Rupert, dessen Konto immer im Minus war und der oft mit der Hypothek fürs Haus in Verzug geriet, über zig Millionen verfügte?

»Bleib unter dieser Nummer erreichbar«, befahl Rupert. »Keine Dienstreisen. Kein schickes Essengehen. Kein Wellnesshotel. Keine Scheiß-Vorstandssitzungen. Jetzt wird gearbeitet, wenn du nicht willst, dass deine Karriere beendet ist, und glaub mir, Fickteppich, wenn wir eine Karriere beenden, dann heißt das nicht, dass man seinen Job verliert und eine dicke Abfindung bekommt. Wenn wir lieb sind, bekommst du eine Urne und wenn nicht, finden sie dich nie. Kapiert?«

Geier beendete das Gespräch mit einem Fingerdruck aufs Display.

»Das hast du ganz prima gemacht«, lächelte Geier, und Beate hoffte tatsächlich für einen Moment, er sei nun milde gestimmt worden und alles könnte eine gute Wendung nehmen. Doch Rupert schnauzte Geier an: »Kein Wunder, dass dir alle Frauen weglaufen, wenn das deine Sexspielchen sind, du Blödmann! Das tut weh, Mensch! Stellst du dir so ein Candle-Light-Dinner vor? Ein kleines, kuscheliges Treffen? Träufelst du den Frauen Wachs auf die Haut?«

»Du hast doch keine Ahnung«, grinste Geier. »Deine Beate mag das auch, stimmt's?«

Beate schüttelte wild den Kopf. Er näherte sich ihr mit der Kerze.

»Wenn ihr längst brennt«, sagte der Geier, während er auf Beates Körper Wachs tropfen ließ, »werde ich deinen Dr. Flickteppich anrufen und ihm sagen, wohin das Geld soll und wie. Und ich bin mir ganz sicher, dass die Sache gut läuft. Weißt du, warum?«

»Lass meine Frau in Ruhe!«, keifte Rupert, außer sich vor Wut.

Beate begann, laut zu beten.

Geier fuhr fort: »Weil ich ihm einen Anteil anbieten werde. Was meinst du, ab wann wird er schwach? Zehn Millionen? Zwanzig? Oder gehört er zu den Typen, die hart pokern, und verlangt die Hälfte? Also, ich würde an seiner Stelle die Hälfte verlangen. Mindestens.« Geier reckte sich, und als müsse er zeigen, welche Freuden er den beiden bereitete, ließ er auf seinen eigenen Handrücken Wachs tropfen. Entweder war er schmerzunempfindlich, oder es gefiel ihm tatsächlich.

Er schaltete die Kamera ein. »So. Jetzt werden wir mal ein kleines Filmchen machen von unserem liebenden Paar in den Flammen.«

Als Sommerfeldt in seinem Carport einen schwarzen VW-Transporter stehen sah, interessierte er sich nicht mehr für die Aufschrift, sondern wusste sofort Bescheid.

Frauke war schreckstarr. Bilder kamen zu ihr zurück, die sie nur zu gern vergessen hätte. Mit offenem Mund saß sie neben Sommerfeldt.

Sommerfeldt fuhr am Haus vorbei, als sei nichts gewesen. Er parkte erst am Ende der Straße hinter einer Thujahecke. »Er ist da«, sagte er trocken, »und mit ein bisschen Glück weiß er noch nicht, dass wir kommen.«

Frauke saugte Luft ein wie eine Ertrinkende und krampfte sich mit ihrer linken Hand in Sommerfeldts rechten Oberarm. »Er gehört mir«, stellte sie klar.

Er hielt das für eine gute Idee. Zu gern hätte er die Sache selbst erledigt. Die alte Hausarztromantik als Rächer mit der Teufelsmaske flammte wieder in ihm auf. Aber er wusste, dass er Frauke jetzt den Vortritt lassen musste. Er schränkte ihre Hoffnungen nur ein: »Falls Rupert ihn nicht längst in der Mangel hat. Der Sauhund hat ihn zu mir gelockt. Das Blöde daran ist«, erklärte Sommerfeldt schlecht gelaunt, »dass mein Haus und vielleicht meine Identität in den Mittelpunkt der Ermittlungen geraten. Ich hatte so sehr gehofft, ein ruhiges Leben als Klinikleiter führen zu können. Und jetzt das! Wenn man schon mal einem Polizisten seine Wohnung leiht …«

Sie stiegen aus, und ohne dass sie sich abgesprochen hatten, war es, als würden sie in der Landschaft verschwinden, sich auflösen im Grün der Gärten.

Umgeben von brennenden Kerzen filmte die Kamera Beate und Rupert, die sich letzte sehnsüchtige Blicke zuwarfen.

»Ich liebe dich – oh, mein Gott, ich liebe dich so sehr«, schrie Rupert, »und es tut mir alles so unendlich leid!«

»Ich dich auch«, rief Beate.

Geier zog eine Benzinspur vom durchnässten Bett über den Teppich bis in den Flur und dann die Treppe runter. Er wollte unten am Eingang das Benzin entzünden. Er stellte sich vor, dass es wie eine lange Lunte durchs Haus flackern würde, um dann oben das Bett in ein Flammeninferno zu verwandeln. Er wäre dann längst draußen in seinem Transporter, um mit Pascal die Reise nach Dinslaken anzutreten.

Geier hatte eine sehr gute Nase und ein ebensolches Gehör, doch der Benzingeruch erlaubte es ihm nicht, Fraukes Parfüm zu erschnuppern.

»Ich danke dir, Gott, dass ich diesen Moment erleben darf!«

Und als er herumfuhr und sie wahrnahm, brach sie ihm mit

einer rechten Geraden das Nasenbein. Er taumelte herum. Das Benzin ergoss sich über seine und ihre Füße.

Sommerfeldt stand ruhig mit drei Metern Abstand dabei. Die rechte Hand spielte mit dem Messergriff. Das Messer schien ihm zuzuflüstern: *Nimm mich! Bade meine Klinge in Blut. Ich war so lange untätig. Gönn mir doch mal wieder was.* Doch Sommerfeldt wartete, um Frauke die Rache nicht zu versauen.

Geier schleuderte den Kanister in ihre Richtung. Sie wehrte ihn mit der Handkante ab. Es tat einen Knall, als sei jemand vor ein Auto gelaufen.

Der Kanister flog durch die Luft. Sommerfeldt bekam ein paar Spritzer ins Gesicht. Er rieb sich die Augen. Das Ganze lief aus dem Ruder.

Schon hatte Geier sein Ronson-Feuerzeug in der Hand. Er warf es in die Benzinlache vor Fraukes Füßen. Flammen schossen wie kleine Blitze, die aus dem Boden kamen, an ihr hoch.

»Das Planschbecken«, schrie Sommerfeldt, »spring rein!«

Doch Frauke stürzte sich stattdessen auf Geier. Sie fielen um. Gemeinsam ineinander verkrampft, sich gegenseitig würgend, rollten sie über den Boden.

Geier griff nach seinem Messer. Jetzt konnte Sommerfeldt nicht länger warten. Er trat gegen Geiers Messerhand, packte Frauke und riss sie von Geier herunter.

Geier klopfte brennende Stellen an seinem Hemd ab. Sommerfeldt nutzte die Gelegenheit, um ihm mit einem Fußtritt den Kiefer zu brechen.

Frauke wollte sich erneut auf Geier stürzen, doch Sommerfeldt hob sie hoch, rannte mit ihr ein paar Schritte bis zum Planschbecken und warf sie hinein.

Die Flammen arbeiteten sich im Haus hoch und Sommerfeldt wusste, wo das enden würde. Er wollte Rupert und Beate retten.

Geier hatte sich aufgerichtet. Blut quoll aus seinem Mund, als er etwas sagen wollte. Sommerfeldt verstand die Botschaft nicht, sie spielte für ihn auch keine Rolle. Jetzt gab es Wichtigeres zu tun als sich mit einem verrückten Sadisten zu unterhalten.

Frauke tauchte aus dem Planschbecken auf und prustete: »Er gehört mir«, rief sie, »mir!« Doch da drang die Klinge von Sommerfeldts Einhandmesser bereits in Geiers Herz.

Er riss die Augen weit auf, reckte die Arme von sich. Um den Einstich herum züngelten kleine Flammen. Sommerfeldt nahm sich nur noch die Zeit, die er brauchte, um das Messer aus Geiers Brust zu ziehen, dann rannte er ins Haus, der Spur der Flammen folgend.

Er hatte zwei Feuerlöscher im Haus, einen unten in der Küche und den anderen oben neben dem Schlafzimmer. Er sprühte weißen Schaum auf Beate und Rupert. Die beiden zappelten im Bett wie an Land geworfene Fische.

Bei seiner Löschaktion stieß Sommerfeldt das Kamerastativ um.

»Mach uns los«, kreischte Rupert, »worauf wartest du noch?«

»Ich habe keine Schlüssel für die Handschellen.«

»Nimm die Knarre«, forderte Rupert und deutete mit der Nasenspitze dahin, wo Geier seine Waffen wie Jagdtrophäen ausgestellt hatte.

Sommerfeldt nahm die Heckler & Koch.

»Was ist«, rief Beate, »warum zögern Sie?«

Sommerfeldt sah sich um. Er suchte nach einer anderen Lösung. Obwohl er wusste, dass es um Bruchteile von Sekunden ging, hatte er die Hoffnung, den Schlüssel zu finden. Er hasste Lärm, und den Knall von Schusswaffen ganz besonders. Doch mit seinem Messer kam er jetzt nicht weiter, und Zeit, um runterzulaufen und Geier zu durchsuchen, gab es nicht mehr.

Die klatschnasse Frauke stand hinter ihm. Sie nahm ihm die Waffe aus der Hand und regelte die Sache selber. Ohne mit der Wimper zu zucken, drückte sie den Lauf der Pistole zunächst auf Beates Seite gegen das Metall der glänzenden Acht und drückte ab.

Sommerfeldt hielt sich die Ohren zu. Ja, er lief sogar aus dem Zimmer. Andere hatten eine Laktoseintoleranz, er eine Lärmallergie.

Ein zweiter Schuss fiel. Sommerfeldt fühlte sich taub.

Er löschte das Feuer auf der Treppe und rief Frauke zu: »Sie sollen raus ins Planschbecken und Wasser holen! Nimm du den Feuerlöscher in der Küche!«

Rupert stand wankend auf und begleitete seine Beate an Sommerfeldt vorbei nach draußen. »Alles wird gut«, versprach er ihr, »alles wird gut.« Dann drehte er sich zu Sommerfeldt um und pflaumte ihn an: »Wieso rufst du Trottel nicht die Feuerwehr? Willst du das hier alleine regeln?«

»Wir haben es ja auch ohne die Polizei geklärt, oder?«, fragte Sommerfeldt zurück.

Rupert und Beate sprangen ins Planschbecken. Die Spatzen sahen ihnen aus sicherer Entfernung, versteckt im Kirschbaum, zu.

»Wieso«, fragte Beate, »heulen jetzt eigentlich nicht alle Feuermelder?«

Rupert tauchte sein Gesicht unter. Das kühle Wasser tat gut. Dann sah er zu Geier und wusste, dass der Mann tot war. Von dem ging keine Gefahr mehr aus. Sommerfeldt hatte ganze Arbeit geleistet.

»Schau nicht hin«, bat er Beate und stellte sich so, dass sie den toten Geier nicht sehen musste. »Weißt du«, erklärte er, »das mit den Feuermeldern ist so eine Sache. Ich wette, der Spinner hat sie ausgeschaltet. Da ist in keinem eine Batterie.«

»Warum? Weil er verbrennen möchte?«

»Nein, weil er immer die Stille sucht und Lärm hasst.«

»Ist das«, fragte Beate, »der Serienkiller Dr. Bernhard Sommerfeldt? Sprichst du von dem?«

Rupert nickte betreten. Er hatte keine Lust, Beate jetzt die ganze Geschichte zu erzählen.

»Aber«, fuhr Beate irritiert fort, »der sieht doch ganz anders aus.«

»Ja. Er hatte eine Gesichts-OP.« Rupert tastete sein Gesicht ab. »Sollte ich vielleicht auch machen. Auf Frauen hat er eine gute Wirkung.«

»Du hast merkwürdige Freunde«, sagte sie.

Rupert schluckte. »Stimmt. Vermutlich gibt es bessere. Aber das sind eben meine.«

Beate schwankte. Sie wusste nicht genau, ob Sommerfeldt und seine Freundin sie gerettet hatten oder ob sie überhaupt erst durch ihn und seine Partnerin in Gefahr geraten waren. Aber was spielte das jetzt noch für eine Rolle?

Sommerfeldt erschien auf der Terrasse und rief zu Rupert: »Danke schön, dass ihr so fleißig beim Löschen mithelft! Erinnere mich dran, dass ich euch einen ausgebe!«

Sofort sprang Beate aus dem Planschbecken. Rupert hinterher. »Da«, rief sie und zeigte auf eine Gießkanne und einen Eimer. Beides stand auf der Terrasse neben einem Blumenkübel.

Holger Bloem saß in seinem Büro und sah sich Bilder für eine Reportage über die Seehundstation an. Ständig ploppten auf seinem Bildschirm Nachrichten zu den Ereignissen in Aurich auf. Eigentlich hatte er keine Zeit dafür, er musste sich jetzt um das Ostfriesland Magazin kümmern und das neue Monatsheft für den Druck freigeben.

Dann sah er auf der Seite der Polizeiinspektion die kurze Filmszene mit Rupert und Beate. Er wusste natürlich sofort, wo die beiden sich befanden. Er rief Frank Weller an.

Weller stand noch mit den ostfriesischen Freunden nahe bei dem großen Einkaufszentrum *Caro* im Fischteichweg, als er Holgers Anruf entgegennahm. Holger hatte als Journalist gelernt, Nachrichten klar zu bündeln. *Wer, wo, wann was.* Solche Zeugenaussagen wünschte Weller sich öfter mal. Er sagte nur: »Danke, Holger. Wir fahren sofort hin.« Dann drehte er sich so, dass ihm Marion Wolters, Jessi Jaminski, Ubbo und Carola ins Gesicht sehen konnten. Er sprach aber in Richtung Ubbo Heide: »Wir wissen, wo sie sind! In Bensersiel.«

»Dann hauen wir sie raus!«, verkündete Marion mit triumphalem Gesichtsausdruck. Sie hob sogar ihre Faust dabei und reckte sie in die Luft.

Ubbo Heide zeigte auf die Polizeiinspektion und befahl, als sei er gerade wieder zum Polizeichef ernannt worden: »Und denen sagen wir nichts!«

»Was ist mit Ann?«, wollte Jessi Jaminski wissen.

»Die kommt alleine klar«, betonte Weller. »Rupert und Beate ganz sicher nicht mehr.«

»Wir fahren ohne Blaulicht, in Privatfahrzeugen«, sagte Weller, und Ubbo Heide nickte.

Seiner Frau Carola gefiel das überhaupt nicht. »Du willst doch jetzt nicht wirklich an einem operativen Einsatz …«

»O doch, mein Schatz«, lachte Ubbo. »Genau das will ich. Unsere Leute sind in Not, und wir hauen sie raus. So ist es immer gewesen.«

Weller verstand Carola. Während sie sich bereits zu ihren Fahrzeugen bewegten, versuchte er, Ubbo umzustimmen: »Ubbo, beim besten Willen, das wird ein Bodyjob. Du sitzt im Rollstuhl und bist nicht einmal bewaffnet.«

Carola schob den Rollstuhl. Ubbo tippte sich gegen die Stirn und lachte: »Ein Mensch, der ein Gehirn hat, besitzt die schärfste Waffe auf Erden. Da geht einem selten die Munition aus.«

»Das sind Sprüche«, sagte Weller, »Sprüche. Wir haben es mit einem gefährlichen …«

Weller führte seine Argumentation gar nicht mehr zu Ende. Es war eh sinnlos. Er wusste doch, was für ein sturer Bock Ubbo Heide sein konnte. Da war er wie Ann Kathrin Klaasen. Was er sich einmal in den Kopf gesetzt hatte, zog er durch.

Als sie in ihre Autos stiegen, stellte Weller für alle klar: »Keine Informationen gehen nach draußen. Kein Funkverkehr, keine Telefonate. Wir fahren da hin, klären die Sache und fertig. Danach sehen wir weiter.«

»Genau so machen wir es«, betonte Ubbo Heide. »Du hast das Zeug zum Chef, Weller.«

Jessi Jaminski war glücklich, dabei sein zu können. In der Tiefe ihrer Seele waren das hier ihre Helden. Und Rupert ihr eigentlicher Lehrmeister. Jetzt würde sie dabei helfen, ihn zu retten.

Das, dachte sie, ist besser als Sex. Wobei sie, sexuell gesehen, noch nicht auf viele Erfahrungen zurückblicken konnte, zumindest nicht auf viele gute.

Sie fuhren mit drei Autos. Sie rasten, als würde das Blaulicht ihnen den Weg freimachen, nur hatten sie keinerlei Alarmsirenen auf ihren Fahrzeugen.

Beate registrierte, dass zwischen Sommerfeldts Frau und ihrem Mann merkwürdige Blicke gewechselt wurden. Da war so ein Einverständnis, als würden sie sich schon lange kennen und sich jeder für etwas schuldig fühlen, das er dem anderen angetan hatte. Dabei verdankten sie ihr doch das Leben. Sie hatte mit ihrem beherzten Einsatz die Handschellen zerschossen, während der Mann, von dem sie immer noch nicht glauben konnte, dass er der bekannte Serienkiller Sommerfeldt war, sich die Ohren zugehalten hatte und nach draußen gelaufen war.

Doch Beate verdrängte jetzt diese Gedanken. Etwas anderes war wichtiger. Sie rief laut: »Der Junge ist noch im Auto! Er hat ihm ein Bein gebrochen und ihn ruhiggespritzt! Schnell, ruft einen Krankenwagen!«

Rupert stand mit einer Gießkanne vor dem Bett. Er wirkte, als würde er mit einer Unterhose bekleidet im Garten die Pflanzen gießen, nur dass es sich diesmal nicht um Rosen, sondern Flammen handelte.

Sommerfeldt war zwar an den Handschellen gescheitert, aber Autos zu knacken, hatte er gelernt. Auf der Flucht musste er manchmal Fahrzeuge rasch wechseln. Die Zeit war zum Glück vorbei, denn die modernen Autos mit elektronischen Sicherungen ließen sich nicht so ohne weiteres kurzschließen und starten. Aber darum ging es ja jetzt auch nicht.

Er schob die Klinge seines Einhandmessers in den Türspalt und trat dann gegen den Schaft. Manchmal half einfach grobe Gewalt. Jetzt zum Beispiel.

Die Tür krachte auf. In dem schalldicht gepolsterten Innenraum sah er Pascal liegen. Der Junge war vollkommen weggetreten, wirkte apathisch, hatte vermutlich hohes Fieber, aber er lebte noch. Zunächst mal riss Sommerfeldt die Türen weit auf, um Luft in den Wagen zu lassen.

Beate und Frauke arbeiteten als Team wunderbar zusammen und bekamen das Feuer einigermaßen in den Griff. Es gab nur noch einige begrenzte Brandherde.

Sommerfeldt rief einen Krankenwagen und nahm sich dann Rupert vor. Im Schlafzimmer konnten sie nicht bleiben, hier war die Qualmentwicklung einfach zu groß. Er zog Rupert in den Flur, hielt ihn mit beiden Händen an den Schultern und sagte: »Hör zu, Alter. Gleich werden Rettungskräfte hier sein, und dann kommen bestimmt auch eure Leute. Ich möchte nicht, dass sie mich hier antreffen. Ich will mit der ganzen Sache nichts zu tun haben.«

»Du hast uns das Leben gerettet«, stammelte Rupert. »Du bist im Grunde ein Held.«

»Ja. Aber einer, dem man sechs Morde zur Last legt«, ergänzte Sommerfeldt. »Sie werden sehr schnell merken, dass ich nicht Ernest Simmel bin, sondern …« Er redete nicht weiter.

»Ich werde mich für dich einsetzen«, versprach Rupert. »Ich werde alles für dich tun, mein Freund.«

»O.k., dann pass auf«, erklärte Sommerfeldt. »Ich bin gar nicht hier gewesen und Frauke auch nicht. Dieses Haus hat dir der Leiter einer Privatklinik aus Norddeich vermietet, Ernest Simmel. Aber ansonsten hast du nichts mit dem zu tun. Wir verziehen uns jetzt. Ihr kommt hier alleine klar. Das war deine Party, Rupert. Du hast deine Frau gerettet und den Jungen.« Er klopfte Rupert auf die Schultern. »Herzlichen Glückwunsch, Alter. Aber zieh dir was an. Helden sollten nicht in Feinrippunterhosen herumstehen, wenn die Presse kommt.«

Rupert wollte noch etwas einwenden: »Ja, aber, ich …«

Schon war Frauke bei ihnen. Sommerfeldt legte den Arm um sie. »Wir sind jetzt ein Paar. Komm damit klar.«

Beate sah zu ihnen hoch. Sie befand sich noch unten im Wohnzimmer und bekämpfte eine brennende Benzinspur, die sich durch den Raum zum Buchregal schlängelte.

Rupert trat von einem Fuß auf den anderen. Es war alles ein bisschen viel für ihn. Er schielte runter zu Beate und sagte: »Ja, klar, was soll ich denn dagegen haben? Also, ich wünsch euch viel Glück. Ein Mann braucht eine gute Frau an seiner Seite.« Laut rief er: »Nicht wahr, Beate?«

Frauke lief als Erste die Treppe hinunter. Als sie bei Beate ankam, umarmte sie sie und sagte: »Sie müssen eine glückliche Frau sein. Sie haben einen ganz großartigen Mann.«

»Ja«, gestand Beate, »das weiß ich wohl. Er hat sein Leben aufs Spiel gesetzt, um mich zu retten. Aber wir verdanken Ihnen …«

Frauke ging einen Schritt zurück, legte einen Finger über ihre Lippen und sagte: »Pssst.«

Der Rettungswagen war vor den ostfriesischen Kollegen da. Die Rettungssanitäter waren einiges gewöhnt, aber der Zustand, in dem sie Pascal Jospich antrafen, schockierte sie. Das war unschwer an ihren Gesichtern abzulesen.

Rupert hatte sich an Sommerfeldts Kleiderschrank bedient. Er trug ein hellblaues Jackett, mit Seide gefüttert, und eine weiße Bundfaltenhose. Das Jackett hatte er über den nackten Oberkörper gezogen. Er war inzwischen barfuß, doch er kam sich irgendwie bekleidet vor. Er saß im Garten unterm Kirschbaum bei dem Planschbecken und atmete schwer. Am liebsten hätte er jetzt einen Scotch getrunken, doch er wusste, dass er einen klaren Kopf brauchte.

Nur Sekunden nach den ostfriesischen Freunden war auch Holger Bloem mit seiner Kamera da.

Marion Wolters staunte: »Warum habt ihr nicht die Feuerwehr gerufen?« Sie begann selbständig mit Löscharbeiten und telefonierte gleichzeitig mit der Feuerwehr. »Hier haben wohl alle Alarmanlagen versagt«, wunderte sie sich.

Beate trug Sommerfeldts flauschigen Bademantel. Darauf die gestickten Initialen *ES* für Ernest Simmel.

Holgers Erscheinen tat Rupert gut. Er zog ihn an seine Seite und setzte dann zu einer Erklärung für alle an: »Liebe Freunde, da liegt Geier. Er ist tot, weil dieser Mann hier«, er zeigte auf Holger, als sei er ein Kunstwerk, das gerade vor dem staunenden Publikum enthüllt wurde, »dieser Mann hier mir dabei geholfen hat, ihn zu erledigen. Wir haben ein Foto gemacht, das Geier zu mir führen sollte. Dafür haben wir dieses Ferienhaus hier genutzt. Und – was soll ich sagen – es hat geklappt! Er ist gekommen, und im Auto hatte er zwei Geiseln. Einen Jungen« – Weller ergänzte: »Pascal Jospich« – »und meine Ehefrau Beate. Unsere Aktion ist erfolgreich beendet.«

Beate küsste ihren Rupert und flüsterte: »Ich brauche dringend ein Glas Wasser. Am besten eine ganze Flasche.«

Carola, die wie immer alles für ihren Mann mit dabeihatte, reichte Beate Tee und Wasser. Sie bot ihr sogar ein Butterbrot an.

Ubbo Heide sprach mit fester Stimme: »Ich bin stolz auf euch. Das ist die gute alte Schule. Ja, das sind meine Leute! Während die anderen«, er deutete in Richtung Aurich, »einen Riesentanz machen, klärt ihr das Problem mit Köpfchen, Mut und«, er blickte zu Geiers Leiche, »einer gehörigen Portion Durchsetzungsfähigkeit.«

Carola nahm seine Hand. Seine Worte rührten sie, und jetzt war sie froh, mit ihm dabei zu sein. Das hier war vielleicht seine wichtigste, seine letzte Ansprache an die Polizisten, die er ausgebildet hatte.

»Ich weiß nicht, wie andere das hier alles beurteilen werden. Vielleicht bekommt ihr Auszeichnungen und Beförderungen. Vielleicht werden sie euch zu Vorbildern machen für eine ganze Generation. Möglicherweise hagelt es auch Disziplinarverfahren, und ein Anschiss folgt dem nächsten. Das alles hier wird ein

Nachspiel haben, und einige Leute werden versuchen, ihren Kopf aus der Schlinge zu ziehen, und versuchen, euch auf dem Altar ihrer Karrieren zu opfern. Aber was immer auch als Nächstes geschieht – eins sollt ihr wissen: Ich bin stolz auf euch. Verdammt stolz!«

»Bei mir kommt gerade eine Meldung rein«, sagte Marion Wolters, und es war ihr fast peinlich, die ergriffene Stimmung unterbrechen zu müssen. Trotzdem verkündete sie es wie einen Triumph: »Die Sondereinheit zieht wohl ab. Sie räumen unsere Polizeiinspektion.«

»Die Ratten«, grinste Weller, »verlassen das sinkende Schiff. Jetzt kann die Mannschaft zurückkehren.«

»Das heißt«, fragte Jessi Jaminski ungläubig nach, »Klatt ist jetzt mit Ann Kathrin und Willi Klempmann alleine?«

Weller nickte. »Ja. Aber nicht mehr lange. Trommle alle Leute zusammen, die du kriegen kannst«, bat er Jessi. »Ich glaube, es gibt 'ne Menge Arbeit. Wir müssen einiges aufräumen.«

Ubbo Heide bat Carola gestisch um ihr Handy. Sie gab es ihm. Er drückte die eingespeicherte Nummer vom *Café ten Cate*. »Hallo, Jörg«, sagte Ubbo, »wir haben etwas zu feiern. Ich brauche eine schöne, große Torte, ordentlich Marzipan und Deichgrafkugeln.«

»Und anständigen Kaffee«, warf Weller ein.

»Hast du es gehört?«, fragte Ubbo.

»Klar«, antwortete Jörg. »Wann soll ich wohin liefern?«

»Sofort. Nach Aurich in unsere Polizeiinspektion. Der Laden gehört wieder uns.«

ENDE

Leseprobe

**Klaus-Peter Wolf**
**Ostfriesengier**

Der 17. Fall für
Ann Kathrin Klaasen

*Das Buch erscheint*
*im Februar 2023*

**Die Amtseinführung der neuen Polizeidirektorin** Elisabeth Schwarz ging gründlich schief. Was erstens daran lag, dass Rupert sie als Alice Schwarzer begrüßte und dann noch Wellers Handy während ihrer Grundsatzrede *Piraten Ahoi!* spielte.

Das alles hätte sie vielleicht noch professionell weggelächelt, aber dann explodierte draußen auf dem Parkplatz am Fischteichweg in Aurich Dirk Klatts Auto. Er saß zum Glück nicht drin, sondern flanierte am ostfriesischen Buffet vorbei und wog ab, was dagegen sprach, erst Lamm und dann Fisch zu essen. Vielleicht würde er dafür den Nachtisch weglassen, obwohl die Rote Grütze mit Vanillesoße sehr gut aussah. Er, der Hesse, hatte sich inzwischen sogar an Matjes gewöhnt und in den letzten Monaten fünfzehn Kilo abgenommen.

Seinen Hals zierte eine lange Narbe. Die Stiche, mit denen die Wunde vernäht worden war, wirkten wie Tätowierungen. Für Rupert sah er jetzt noch mehr nach Frankensteins Monster aus, aber das sagte Rupert nicht.

Gleichzeitig mit der Amtseinführung sollte Martin Büschers Verabschiedung in den Ruhestand gefeiert werden. Rupert hatte auf seine ureigene Art versucht, Büscher davon abzuhalten: »Martin«, hatte Rupert gesagt, »überleg dir das mit der Pensionierung noch einmal. Einen gefährlicheren Job als Rentner kenne ich gar nicht.« Nach einer Pause hatte Rupert hinzugefügt: »Kaum einer überlebt das wirklich.«

Martin Büscher zu Ehren wollte der Polizistinnenchor singen, der es durch seine Eigenkomposition *Supi, dupi, Rupi* zu ziemlicher Berühmtheit gebracht hatte. Der Song war als Spottlied auf Rupert gedacht gewesen. Ein Spaß – mehr nicht –, doch irgendwer hatte bei den Proben wohl ein Handy mitlaufen lassen. Seitdem geisterte der Song durchs Internet. Inzwischen gab es verschiedene Coverfassungen, die von Bands gesungen wurden.

Zum Auftritt des Chors kam es aber nicht mehr. Frau Schwarz, die vierundfünfzig Jahre alt war, nach eigenen Aussagen zwei Ehen und zwei tödliche Krankheiten überlebt hatte, brach ihre Rede kurz nach der Detonation ab. Sie hatte, wie viele der Anwesenden, für einen Moment die Hoffnung gehabt, der Lärm könne etwas mit den Bauarbeiten im *Caro* zu tun haben. Das Einkaufszentrum lag direkt neben der Polizeiinspektion. Manchmal ließen sie sich von dort asiatisches Essen kommen oder holten sich in den Pausen einen Döner.

Als die Ersten nach draußen strömten, knüllte die neue Polizeidirektorin den Zettel zusammen, auf dem sie die Zahlen für ihren Vortrag festgehalten hatte. Sie wollte eigentlich frei reden, doch bei Zahlen war sie penibel. Sie hatte Respekt vor der hohen Verantwortung, die sie jetzt für die einundzwanzig Dienststellen und die vierhundertzwanzig »Bediensteten« hatte. Sie war jetzt für eine Viertelmillion Einwohner verantwortlich, und wenn die Urlauber kamen, wuchs die Zahl rasant an. Aurich, Wittmund, Esens, Norden, Wiesmoor und die Inseln. All das wollte sie aufzählen, und sie hatte lange darüber nachgedacht, ob sie Polizistinnen und

Polizisten sagen sollte oder lieber Polizist*innen. Eigentlich fand sie das Gendern richtig. Aber es sah dämlich aus und hörte sich verkrampft an. Das Wort Kolleg*innen ging ihr nur schwer über die Lippen, darum sagte sie jetzt »Bedienstete der Polizei«. Aber das hörte sich ein bisschen nach Servicekräften an, als würde hier gekellnert und man könnte bei der Polizei ein Schnitzel mit Pommes bestellen.

Sie wollte so gern alles richtig machen und von allen gemocht werden. Nun stand sie kreidebleich neben Ann Kathrin Klaasen auf dem Innenhof zwischen Glasscherben und Autoschrott. Statt eine feierliche Rede zu halten, blieb ihr nur noch der schlichte Satz: »Jemand führt Krieg gegen uns.«

Ann Kathrin Klaasen sah gar nicht so aus, wie Elisabeth Schwarz sie sich vorgestellt hatte. Sie kam ihr unscheinbar vor. Nicht Lichtgestalt, sondern eher verhuscht. Nicht extrovertiert, auf Wirkung bedacht, sondern nachdenklich. Ruhig. Natürlich kannte sie Fotos der legendären Kommissarin, hatte Ausschnitte von einigen Talkshowauftritten gesehen und sie hatte unzählige Geschichten über sie gehört. Vor allen Dingen wusste sie, dass Ann Kathrin Klaasen ihren Posten abgelehnt hatte. Es war ein seltsames Gefühl, neben der Frau zu stehen, deren Vorgesetzte sie ab jetzt war, nur weil sie selbst nicht leitende Polizeidirektorin werden wollte.

Wahrscheinlich, dachte Elisabeth Schwarz, ahnte diese Ann Kathrin Klaasen, dass es kein Traum, sondern ein Albtraum werden würde.

»Ein Anschlag auf einen Polizeibeamten ist ein Anschlag auf uns alle. Auf unsere freiheitliche Gesellschaft als Ganzes«, sagte sie zu Ann Kathrin Klaasen so laut, dass alle Umherstehenden im Hof sie hören konnten.

»Klasse. Damit kommt man in der Presse bestimmt gut an«, konterte Ann Kathrin Klaasen, »aber leider in der Ermittlungsarbeit nicht wirklich vorwärts. Es wurde nicht irgendein Auto in die Luft gesprengt, sondern das von Dirk Klatt. Es ist das zweite Mal, dass ein Mordanschlag auf ihn verübt wird. Es ist gut, wenn wir uns alle gemeint fühlen. Aber zunächst versucht man, ihn umzubringen. Und wir müssen gemeinsam herausfinden, warum.«

Elisabeth Schwarz schwieg betreten. Das war die erste kalte Dusche, dachte sie und musste sich gleichzeitig eingestehen, dass Kommissarin Klaasen recht hatte. Für einen kurzen Moment fragte Elisabeth Schwarz sich, ob hier etwas lief, das man ihr verschwiegen hatte. Ein Gangsterkrieg gegen die Polizei? War sie dann als Chefin die Nächste? Hatte Frau Klaasen deswegen abgelehnt, den Posten zu übernehmen? War Martin Büscher nicht etwa ausgebrannt, sondern einfach nur ängstlich?

Gut zwei Dutzend Einsatzkräfte, die eigentlich zur Feierstunde gekommen waren, befanden sich im Innenhof. Die Fenster waren offen, viele sahen von dort aus runter. Es war ein einziges Durcheinander und Herumgewusele. Einige Kollegen überprüften ihre Autos.

Frank Weller stand auf Zehenspitzen zwischen den Glassplittern. Er reckte sich und brüllte: »Ja, seid ihr denn alle wahnsinnig geworden? Rein mit euch! Geht in Deckung, aber sofort! Das war ein Bombenanschlag!«

Seine Worte lösten ohne jeden Widerspruch eine Flucht ins Gebäude aus. In Sekunden war der Parkplatz menschenleer.

Das hätte ich sagen müssen. Das wäre meine Aufgabe gewesen, ärgerte Elisabeth Schwarz sich. Prima Einstand. Ich versage noch während der Begrüßung. Schon beim ersten Problem, das auftaucht.

Rupert erklärte allen laut, ohne von irgendwem gefragt worden zu sein: »Das ist eine alte Terroristentaktik. Sie lassen eine Bombe hochgehen und locken damit Schaulustige und Rettungskräfte an. Dann erst kommt die eigentliche Explosion, die einen noch viel höheren Schaden anrichtet …«

Weller guckte Rupert sauer an. Der wusste nicht, was er falsch gemacht hatte, korrigierte aber vorsichtshalber: »Also, ich meine, der zweite Anschlag kostet noch mehr Menschenleben als der erste, deshalb hat der Kollege Weller völlig zu Recht …«

»Rupert, halt endlich die Fresse! Fordere lieber Sprengstoffexperten an«, zischte Weller. Rupert nickte gelehrig.

»Es wird keine zweite Bombe geben«, sagte Ann Kathrin. »Der Anschlag galt Klatt, und entweder wollten die ihn hier vor aller Augen in unserem Innenhof töten oder sie wollten uns nur demonstrieren, dass sie es jederzeit tun könnten.«

Klatt hatte sich auf der Toilette eingeschlossen. Weller klopfte: »Was ist? Durchfall? Kommen Sie raus, Mensch! Wir müssen reden.«

Klatt war zittrig, als er Weller gegenübertrat. Sein Anzug schlabberte an seinem Körper.

»D … das … galt mir …«, flüsterte er und betastete die Narbe an seinem Hals. Es fühlte sich an, als sei sie wieder aufgeplatzt.

Seit September 2020 schreibt Bestsellerautor Klaus-Peter Wolf einmal wöchentlich eine Kolumne für die NWZ und die Emder Zeitung. Darin geht es um Land und Leute, sein Leben am Deich und die Entstehung seiner Romane.

## *Ruperts Gemüseeintopf*

Bei langen Autofahrten bin ich nicht immer Klaus-Peter Wolf. Oft sitze ich als eine meiner literarischen Figuren hinter dem Steuer und sehe mit ihren Augen die Welt. Ich höre dabei ihre Musik und denke ihre Gedanken. Später nutze ich die Energie des *Eingetauchtseins* und schreibe aus der Perspektive ein paar Seiten.

Als Rupert fuhr ich aus Nordrhein-Westfalen über die 31 nach Norddeich. Rupert ist Hauptkommissar in Aurich. Seine Mutter kommt aus Dortmund, und sein Vater ist Ostfriese. Der kulturelle Riss geht also mitten durch ihn durch. Er trägt das Herz auf der Zunge und eckt daher oft an. Die einen nennen ihn *Macho.* Die anderen *Frauenheld.*

Ich kann nicht einmal sagen, wer von uns beiden Hunger bekam, vielleicht wir beide.

Auf dem sogenannten *Ostfriesenspieß* tankt man am besten noch einmal in Ems-Vechte West, denn danach kommt lange nichts mehr. Das Tanken war kein Problem, aber dann wurde es schwierig. Rupert wollte eine Currywurst mit Pommes und doppelt Mayonnaise. Ich nicht. Mit einem Tablett stand ich in der Schlange und stritt mit Rupert.

Hinter uns drei junge Männer. Vor uns ein Rentner, der sich eine Gemüsesuppe bestellte. Die Suppe roch gut. Ich wollte auch gern eine, aber der Rupert in mir war noch recht stark und protestierte. Ich weiß nicht, ob ich es nur gedacht oder auch laut gerufen habe:

»Halt endlich die Fresse!« Jedenfalls hielten die Jugendlichen jetzt mehr Abstand.

Ich stand wohl eine Weile unschlüssig herum, denn die junge Verkäuferin sah mich mit diesem mitleidigen Blick an, der wortlos sagte: »Na, Opi, nun entscheide dich mal!«

Zerknirscht hörte ich Rupert sagen: »Okay, dann nehme ich auch so eine Scheiß-Gemüsesuppe...« Die Servicekraft starrte mich an. Der Rentner fragte sich jetzt, was mit seiner Suppe nicht in Ordnung ist. Mir war das alles peinlich, aber was sollte ich machen? Ich konnte der guten Frau doch schlecht erzählen, dass ich ein Schriftsteller bin, der etwas anderes essen möchte als seine Figur. Ich hatte Angst, sie ruft dann einen Arzt.

Ich bekam meine Gemüsesuppe und versuchte, alles mit einem fürstlichen Trinkgeld zu regeln. Jetzt strahlte die junge Frau mich an. In ihrem Blick diese Frage: »Na Opi, möchtest du vielleicht noch für hundert Euro einen Schokoriegel?«

Ich aß meine Suppe. Der Rentner seine nicht, dabei schmeckte sie erstaunlich gut.

Ein Jugendlicher hatte das alles wohl missverstanden. Er zeigte mir den erhobenen Daumen und lachte: »Ich habe 'n Scheiß-Big Mac.«

Wenn Sie das mal irgendwo hören, das haben die nicht von mir. Das ist von Rupert.

Klaus-Peter Wolf

**Rupert undercover – Ostfriesische Mission**

Schon immer wollte Rupert zum BKA. Doch die haben ihn nie genommen. Jetzt aber brauchen sie ihn, denn er sieht einem internationalen Drogenboss zum Verwechseln ähnlich. Für Rupert ist das die Chance seines Lebens: Endlich kann er beweisen, was in ihm steckt. Eine gefährliche Undercover-Mission beginnt: Ganz auf sich allein gestellt, taucht er ein in die Kölner Unterwelt und merkt schnell, dass nichts so ist, wie es scheint und die Sache gefährlicher als gedacht. Kann er ohne seine ostfriesischen Kollegen überhaupt überleben?

384 Seiten, broschiert

Weitere Informationen finden Sie auf
*www.fischerverlage.de*

AZ 596-70006/1

Klaus-Peter Wolf

**Rupert undercover - Ostfriesische Jagd**

Der neue Auftrag

Die Sache hätte auch anders ausgehen können, denkt Rupert, als er in der Sicherheit seines Büros in Ostfriesland das letzte Stück Baumkuchen vom Teller pickt. Sein erster Undercover-Einsatz war mit der Rettung von Kriminaldirektorin Liane Brennecke und einem wilden Showdown im Hafen von Norddeich spektakulär zu Ende gegangen. Etwas Ruhe könnte jetzt nicht schaden. Doch Liane Brennecke sinnt auf Rache. Ganz klar: Das ist ein neuer Auftrag für Rupert.

118 Seiten, broschiert

Weitere Informationen finden Sie auf
*www.fischerverlage.de*

AZ 596-70007/1